D1920599

ro
ro
ro

Christian Torkler, geboren 1971 in Greifswald, wuchs im Pfarrhaus auf. Das und die unerschöpflichen Erzählungen der ostpreußischen Verwandten haben ihn früh geprägt. Er hat in Berlin Theologie, Philosophie und Kulturwissenschaften studiert. Von 2002 bis 2009 hat er in Dar es Salaam, Tansania, gelebt und von dort aus den Kontinent bereist. Nach einigen Jahren in Phnom Penh, Kambodscha, lebt und schreibt er wieder in Berlin. «Der Platz an der Sonne» ist sein erster Roman.

«Christian Torkler ist ein geniales Debüt gelungen, das unsere Welt glaubhaft auf den Kopf stellt.» *Brigitte*

«Mitreißend, spannend, mit vielen schockierenden Details (...) Ein Roman, der den eigenen Blick verändert und lange im Gedächtnis bleibt. (...) Jeder sollte dieses Buch lesen. Unbedingt.» *Uwe Kalkowski, Blog Kaffeehaussitzer*

CHRISTIAN

TORKLER

DER PLATZ AN DER SONNE

ROMAN

ROWOHLT TASCHENBUCH VERLAG

Meinen Eltern

Sämtliche Bibelstellen im Text wurden aus der folgenden Ausgabe zitiert:
Die Bibel. Nach der Übersetzung Martin Luthers, Standardausgabe
mit Apokryphen der Deutschen Bibelgesellschaft, Stuttgart 2006.
Das Zitat auf Seite 228 stammt aus: Goethe, Johann Wolfgang: Faust.
Der Tragödie Erster Teil, Stuttgart 2012.
Das Zitat von Ernest Hemingway auf Seite 564 wurde vom Autor
übersetzt und beruht auf folgendem Original:
Hemingway, Ernest: The Snows of Kilimanjaro.
In: Hemingway, Ernest: The Snows of Kilimanjaro And Other
Stories, New York 1961.

Veröffentlicht im Rowohlt Taschenbuch Verlag, Hamburg, April 2020
Copyright © 2018 by J. G. Cotta'sche Buchhandlung
Nachfolger GmbH, gegr. 1659, Stuttgart
Karte Copyright © Shutterstock/Marek Frank
Covergestaltung any.way, Barbara Hanke/Cordula Schmidt
Coverabbildung mauritius images/travelpixs/Alamy;
Stefanie Schubbert/Shutterstock
Satz aus der Scala bei Dörlemann Satz, Lemförde
Druck und Bindung CPI books GmbH, Leck, Germany
ISBN 978-3-499-00050-8

FSC
www.fsc.org
MIX
Papier aus verantwortungsvollen Quellen
FSC® C083411

Das für dieses Buch verwendete Papier ist FSC®-zertifiziert.

Die Grenzen von Deutschland nach dem allgemeinen Friedensvertrag von Reykjavik 1961
Kiel
Lübeck
Rostock
Hamburg
Bremen
NORDDEUTSCHE FÖDERATION
Hannover
Stettin
Berlin
NEUE PREUSSISCHE REPUBLIK
Gdingen
Danzig
Königsberg
Allenstein
Magdeburg
Dortmund
Essen
Köln
BUNDESREPUBLIK RHEINLAND, WESTFALEN UND NASSAU
Frankfurt am Main
Leipzig
SOZIALISTISCHE VOLKSREPUBLIK MITTELDEUTSCHLAND
Dresden
POLEN
TSCHECHIEN
Mannheim
Karlsruhe
Stuttgart
SÜDDEUTSCHER BUND
Nürnberg
FREISTAAT BAYERN
München
SLOWAKEI
ÖSTERREICH

Vorab

Ich kann das Meer nicht sehen von hier aus, aber ich kann es riechen. Auf den Hügeln ringsum rauschen die Palmen und letzte Woche hab ich auf dem Dach gegenüber sogar Affen gesehen. Richtige Affen! Wenn das Gitter vorm Fenster nicht wäre, könnte man glatt glauben, ich hab's geschafft.

Womöglich schaff ich's auch noch, vielleicht hab ich ja Glück. Wäre nicht das erste Mal. Ich hab schon ein paarmal gedacht, jetzt ist Feierabend. Doch irgendwie ging's immer weiter und ich bin noch da. Das mit dem Glück kann man nicht wissen. In der Heiligen Schrift heißt es *Glaube, Hoffnung, Liebe, aber die Liebe ist die größte unter ihnen*, und ich will nicht sagen, dass die Bibel in dieser Sache falschliegt. Ich finde nur, Hoffnung ist das Wichtigste. Wenn man die erst verliert, kann man sich auch gleich einsargen lassen.

Kann doch sein, eines Tages hab ich da unten mein eigenes Haus. Etwas außerhalb, mit großem Garten und einer fetten Karre in der Garage. Von der Terrasse aus hat man einen schönen Blick auf den See und die Berge. Dort sitze ich dann in meinem Schaukelstuhl, um mich rum meine Enkel und denen lese ich vor, was ich alles erlebt habe, um es so weit zu bringen.

Aber nicht deshalb schreib ich das hier und so was hatte Pfarrer Mowo auch nicht im Sinn, als er vorgestern in mein Zimmer kam. Er hat sich hingesetzt und kein Wort gesagt. Eine ganze Weile. Schließlich hat er seine Tasche aufgemacht, die Hefte und drei Stifte rausgeholt und alles vor sich auf'n Tisch gelegt.

— Schreiben Sie es auf, hat er gesagt und mir die Sachen rübergeschoben, alles, was Sie erlebt haben. Tun Sie das nicht für mich oder jemand anderen, sondern nur für sich.

Er hat seine Tasche zugemacht und unter'n Tisch gestellt.

— Das ändert ja nun auch nichts mehr, hab ich gesagt.

— Doch, das ändert etwas. Schreiben Sie auf, was Sie erlebt haben, und es wird Ihnen helfen, Ihren Frieden zu machen. Mit sich selbst und mit der Welt.

Ich hab aus'm Fenster geguckt und gedacht, ich weiß nicht, ob ich das kann. Oder ob ich das überhaupt will. Nach all dem, was passiert ist. Aber ich kann auch nicht den ganzen Tag fernsehen, ich kann nicht ständig was lesen und erst recht kann ich nicht mit den Idioten da unten rumsitzen. Die hocken jeden Tag zusammen, stundenlang, und hecken ihre Idiotenpläne aus. Kein Wunder, dass die hier niemand haben will. Am schlimmsten sind die Österreicher. Die sind noch schlimmer als die Russen und die sind schon nicht zu ertragen.

Jeder von denen kennt irgendwen, der wen kennt, und mit dem machen sie das nächste große Ding. Keinen Handschlag tun, aber die dicke Kohle kriegen und Weiber abschleppen. So ungefähr. Alles Schwachsinn und ich kann's nicht mehr hören. Was ich will, ist ehrliche Arbeit und dafür mein Geld kriegen. Was ist falsch daran? Mir muss keiner was schenken. Lasst mich nur machen und ich komm schon klar!

Aber wenn ich hier nur rumsitze und warte, dreh ich noch durch. Deshalb schreib ich das alles auf. Um was zu tun. Um überhaupt irgendwas zu tun.

Teil I

I

Geboren wurde ich am 1. Juni 1978 in Berlin, Hauptstadt der *Neuen Preußischen Republik.* Opa Lampbrecht kannte die Stadt noch von früher und immer wenn er davon erzählte, kriegte er feuchte Augen. Also, ein feuchtes Auge, um genau zu sein, denn das andere hatte er schon im Mai 55 verloren, in einem Lazarett bei Oranienburg.

—Mein Berlin, hat er oft gesagt, mein Spree-Athen in Trümmern.

Wenn Opa Lampbrecht nicht im Laden war, saß er in seinem Zimmer im Schaukelstuhl, immer in derselben Strickjacke und mit der schwarzen Augenklappe quer über'm Gesicht. Er wippte hin und her, hat über Gott und die Welt geredet und wir hingen an seinen Lippen.

Die schlimmste Zeit in Berlin ist der Winter. Es ist kalt und der Himmel ist trübe, die Häuser sind grau und falls Schnee liegt, dauert es nicht lange, bis er verdreckt ist vom Kohlenruß. Wenn der Schnee taut, steht das schmierige Wasser in den Schlaglöchern.

Im März kommt das erste Gras und dazwischen sprießen die Frühblüher, gelb, weiß und lila. Der April, na ja. Aber danach wird es schön. Die Luft ist mild und abends kann man lange draußen sitzen, im Park oder an der Spree. An einem solchen Abend wurde ich geboren.

Der 1. Juni war ein Donnerstag. Mein Muttchen hockte gerade vorm Herd, um Feuer fürs Mittagessen zu machen, da hab ich mich zum ersten Mal gerührt.

—Jetzt geht's los!, hat sie gesagt und ist vor Schreck hintenübergefallen.

Zum Glück war ihre Cousine Liane zufällig da. Die hat ihr hochgeholfen und sie ins Schlafzimmer gebracht. Sie hat dafür gesorgt, dass Muttchen bequem liegt, und ist dann rüber in die Lychener 20, um Frau Knuppke zu holen. Die hatte schon der halben Nachbarschaft auf die Welt geholfen.

Weil ich das erste Kind war, hatte mein Muttchen überlegt, ins Krankenhaus zu gehen. Doch am Ende ist sie lieber zu Hause und bei der Knuppke geblieben, nicht zuletzt wegen Frau Schönemann von nebenan.

Die ist zur Entbindung in die Charité gegangen und dort sollte eigentlich alles umsonst sein. In Wirklichkeit musste ihr Mann für jede Kleinigkeit löhnen. Sie hat in einem Raum mit dreißig Frauen gelegen und als ihr Kind frühmorgens kam, war keine Schwester da und erst recht kein Arzt. Die anderen Frauen haben ihr geholfen und das war eine schwere Geburt.

— Nein, hat mein Muttchen gesagt, mir erst das Fell über die Ohren ziehen lassen und dann noch alles alleine machen, dafür kann ich auch zu Hause bleiben.

Als die Knuppke da war, ist Liane zu der Baustelle gegangen, auf der mein Vater gerade gearbeitet hat. Mein Vater war Maurer, und zwar ein sehr guter. Wenn er sich zusammengerissen hat, war er sogar Polier. Doch in der Regel konnte er seine Klappe nicht halten.

Als Liane auf die Baustelle kam, stand mein Vater oben auf'm Gerüst und hat einen Zementsack hochgezogen.

— Ernst, hat sie gesagt und zu ihm raufgeguckt, dein Kind kommt!

— Oh Gott!, hat mein Vater gesagt und das Seil losgelassen.

Der Sack krachte neben Liane auf den Boden, sie stand in einer Zementwolke und musste husten wie 'n Kettenraucher. Die Kollegen haben gelacht. Über Liane und über meinen Vater, denn sonst hatte er's nicht so mit Gott.

Mein Vater ist runter vom Gerüst und losgerannt. Allerdings nicht nach Hause, sondern in den *Schusterjungen.* Das ist eine Kneipe bei uns an der Ecke. Er hat sich ins Hinterzimmer allein an einen Tisch gesetzt und einen Schnaps getrunken. Und ein Bier. Und immer so weiter.

Mein Muttchen hat unterdessen die Nachbarschaft zusammengebrüllt, aber ich hab mir Zeit gelassen. Erst kurz vor Mitternacht war es schließlich so weit, dann war Muttchen ruhig und ich hab gebrüllt.

— Gesund und munter, der Junge, hat die Knuppke gesagt, und die fünf Gramm extra sind genau da, wo sie hingehören.

— Und ein anständiger Brocken ist das, hat Liane gesagt, der braucht keine Milch, der kriegt gleich 'ne Bockwurst.

Die beiden haben gelacht und mein Muttchen hat gelächelt. Sie hat mich an ihre Brust gelegt, es wurde still im Zimmer und alle haben sich gefreut.

— Ich geh jetzt mal Ernst holen, hat Liane nach einer Weile gesagt, so ganz unbeteiligt ist der ja auch nicht.

Mein Vater saß noch im Schusterjungen und hatte schon drei Achten im Turm. Liane setzte sich neben ihn und schob das Schnapsglas weg.

— Ernst, du hast einen Sohn.

Mein Vater war schlagartig nüchtern. Er ist langsam aufgestanden und so blieb er stehen. Mit einem Mal ist er losgerannt und hat noch nicht mal bezahlt. Die Straße lang, rein ins Haus, über'n Hinterhof, die drei Treppen hoch und schon stand er am Bett, in den dreckigen Klamotten von der Baustelle und ganz außer Atem.

— Ich hab einen Sohn, hat er gesagt, einen Sohn!

— Ja, hat die Knuppke gesagt, und gut hingekriegt.

Sie hat gelacht und mein Vater hat gegrinst wie ein Honigkuchenpferd. Halten durfte er mich an diesem Abend noch nicht, denn mein Muttchen und Frau Knuppke hatten Angst, er lässt mich fallen. Bei der Fahne, die er hatte.

Zehn Tage später wurde ich in der Gethsemane-Kirche getauft. Das ist unsere Kirche, vorn an der Stargarder. Nicht schön, aber selten. Der Turm ist noch eingermaßen original, aber das Kirchenschiff hatte bei den schweren Bombenangriffen 52 einen Volltreffer abgekriegt.

Doch unsere Gemeinde hat es wiederaufgebaut. Das war in den sechziger Jahren, gleich nach dem Krieg. Die Leute wussten nicht, was sie essen, wo sie wohnen oder womit sie heizen sollten, und dennoch haben sie das gemacht. Die Mauern haben sie mit dem ausgebessert, was sie so finden konnten, die Fenster waren Flickwerk und zum Schluss wurde ein Dach zusammengeschustert. Da hat's durchgeregnet, bis wir Ende der Siebziger ein neues Wellblechdach gekriegt haben. Das hat unsere Partnergemeinde aus Nairobi spendiert und von da an war es zwar trocken, doch wenn der Regen aufs Dach prasselte, war von der Predigt kein Wort mehr zu verstehen. Man kann eben nicht alles haben.

— Diese Kirche ist wie wir, hat Pfarrer Balke gesagt, alles andere als vollkommen. Aber ihr könnt stolz auf sie sein, denn es war euer Glaube, der sie wiederaufgebaut hat. Diese Kirche ist vor Gott tausendmal mehr wert als die schönste Kathedrale von fremder Leute Geld.

In dieser Kirche wurde ich am Sonntag, dem 11. Juni 1978, getauft. Ich war nicht der Einzige, der an diesem Sonntag in die Gemeinde aufgenommen wurde, aber nur bei mir wurde getuschelt und das lag an meinem Namen.

Die Kirche war voll wie immer und Pfarrer Balke taufte ein Kind nach dem anderen. Die Kinder hießen Michael, Gerhard oder Max. Schließlich kam ich an die Reihe. Mein Muttchen hat mich im Arm gehalten, in dem weißen Taufkleid, das schon drei Weltkriege überlebt hatte, wenn auch nicht ohne Blessuren.

— Wie soll das Kind heißen?, hat Pfarrer Balke gesagt.

— Das Kind ..., hat mein Muttchen gesagt und einmal tief durchgeatmet, es heißt Josua.

Mit einem Mal war es still in der Kirche und dann ging das Geflüster los. *Josua? Was soll das denn? Kann die ihm keinen normalen Namen geben? Das war ja wieder klar ... die mit ihrem ... das hätte ich euch gleich sagen können, denn–*

— Das reicht!

Vor Pfarrer Balke hatten alle Respekt und wenn er laut wurde, war er wie ein alter Käpt'n, der bei hoher See übers Deck brüllte.

— Schluss damit! Wir sind hier nicht im Zirkus. Wir sind im Hause des Herrn!

Er winkte mein Muttchen zu sich und sie hielt mich über die Taufschale.

— Josua Brenner, ich taufe dich im Namen des Vaters ... und des Sohnes ... und des Heiligen Geistes ... Amen.

Wenn's nach meinem Vater gegangen wäre, hätte ich Hans heißen sollen, nach seinem Vater. Doch schließlich hat Muttchen sich durchgesetzt und er musste sich da reinfinden.

Anderthalb Jahre später wurde meine Schwester Maria geboren, am 13. Februar 1980. Sie kam so schwach auf die Welt, dass meine Eltern Angst hatten, sie schafft es nicht. Außerdem gab's keine Kohlen und wenn wir mal Brennholz hatten, wurde die Bude trotzdem nicht warm. Nicht bei dem Winter und nicht bei dem Ofen. Zwei Tage nach ihrer Geburt kam Pfarrer Balke zu uns nach Hause, um die Nottaufe zu machen.

Aber sie hat es geschafft. Klein und zierlich ist sie geblieben, doch das ist nur äußerlich. Sie lässt sich die Butter nicht vom Brot nehmen und Klaus, ihr Mann, hat nicht viel zu melden. Seit Jahren schon wohnt sie in Eberswalde und schmeißt da für einen Bonzen den Haushalt. Klaus hat auf'm Bau gearbeitet, Laster entladen oder sonst was gemacht.

Am 24. Juli 1981 wurde mein kleiner Bruder geboren. Mein Muttchen hatte wieder so ihre Pläne mit dem Namen, aber diesmal hatte mein Vater die Nase voll.

— Gottverdammichnochmal, hat er gesagt und mit der Faust auf'n Tisch gehauen. Der Junge wird nicht Moses oder Ahab oder sonst wie heißen, der kriegt einen ganz normalen Namen. Der heißt Hans, und fertig! Wie mein Vater.

Hans ist groß, gut in Form und hat Schlag bei den Frauen. Das hat er auch reichlich genutzt – bis er Gisela kennenlernte. Er hat ihr nachts Blumen vor die Tür gelegt, hat für sie gekocht und mit den Weibergeschichten war Schluss. Anderthalb Jahre später haben sie geheiratet, im Mai 2006. Als die beiden vor der Kirche standen, er im schwarzen Anzug und sie im weißen Brautkleid mit einem Blumenkranz im Haar, hat mein Muttchen vor Glück geweint.

Gisela arbeitet auf einem der großen Märkte in Moabit und hat da schon alles Mögliche verkauft. Gemüse, alte Radios, saure Gurken oder Oberhemden. Hans fährt einen der Klapperbusse durch die Stadt und das ist kein schlechtes Geschäft. Alle paar Jahre gibt es zwar große Pläne, die alte S-Bahn wiederaufzubauen, aber daran glaubt kein Mensch.

Kurz bevor ich los bin, hieß es in allen Zeitungen, dass die *Afrikanische Union* das zusammen mit dem Verkehrsminister angehen will, innerhalb der nächsten fünf Jahre. Dazu gab's ein Bild, wie der Minister den Bongos die Hände schüttelt. Die sind extra aus Kinshasa angereist und alle haben gelächelt. Sah zwar schön aus, aber auch daraus wird nichts werden.

Die alten Bahnhöfe sind entweder zerkloppt oder da ist jetzt was anderes drin. Die meisten Gleise haben sie im Krieg eingeschmolzen und was von den Brücken an Stahl noch übrig ist, das rostet vor sich hin. Das alles wieder herzurichten würde Unsummen kosten. Aber die Bongos haben ja Kohle ohne Ende, daran liegt es nicht. Das Problem sind der Minister und sein Rattenschwanz. Die werden zwei oder sogar drei Bahnhöfe wiederaufbauen, ein paar Gleise verlegen und dann ist das Geld auf einmal alle, verschollen. Die Bongos legen vielleicht noch was drauf, bis sie merken, dass sie verarscht werden, und das war's dann. Bis zum nächsten Mal.

Das Einzige, was sich ändern wird, ist der Verkehr, denn der wird mit jedem Jahr schlimmer. Immer mehr Leute kommen nach Berlin und alle müssen ständig irgendwohin, so ist das eben in der Stadt. Hans kann sich freuen, denn die meisten sind dabei auf die ollen Busse angewiesen.

Als ich klein war, gab es nur wenige Autos und die gehörten entweder der Partei oder dem Militär. Die Straßen waren so leer, dass wir da spielen konnten. Unser eigentliches Revier allerdings war ein großer, viereckiger Platz mitten im Viertel, der *Helmi*.

— Nennt ihn doch nicht so, hat Opa Lampbrecht gesagt. Es heißt *Helmholtzplatz*, so viel Zeit muss sein!

Wir standen vor ihm und konnten uns das Grinsen nicht verkneifen.

— Ihr dummen Bengels! Helmholtz, das war noch jemand, der hatte Format. Nicht wie diese Schießbudenfiguren, die heute das Sagen haben. Und das war früher so ein schöner Platz, mit Bäumen und Bänken, ein richtiger kleiner Park war das, umgeben von schmucken Häusern.

Die Bäume waren schon vor Ewigkeiten verheizt worden und seitdem standen auf dem Helmi nur ein paar müde Büsche. Die Häuser ringsum waren grau und angeschlagen oder ganz kaputt. Schön war da nichts, doch in unseren Augen war dieser Platz das Paradies.

Dort bin ich aufgewachsen. Der Helmi war für mich Königreich, Piratenhöhle, Schlachtfeld und später Bolzplatz. Da hab ich zum ersten Mal 'ne Wette gewonnen und das erste Mal eine aufs Maul gekriegt. Auf diesem Platz hab ich zum ersten Mal ein Mädchen geküsst und bin beim Schachern übers Ohr gehauen worden. Aber das hab ich dem Arsch heimgezahlt.

Angefangen hat meine Karriere dort im Buddelkasten. In dem ollen Sand hab ich meine ältesten und besten Freunde kennengelernt. Jochen Roller, den meisten nur als Roller bekannt, und Richard Lampbrecht, genannt Lampe. Er ist der Enkel von Opa Lampbrecht und der klügste Mensch, den ich kenne. Und Roller? Wenn er nicht schon tot ist, wird er es bald sein.

Mit ein paar anderen sind wir durch die Ruinen geklettert, um Schätze zu suchen. Nach unseren Beutezügen wurde auf dem Helmi getauscht. Einmal hat einer der Jungs so 'n Ding aus Metall entdeckt. Das war groß wie eine Kartoffel, außen geriffelt und schwer. Unten war ein kurzer Stiel dran. Sein Fund ging von Hand zu Hand.

— Her damit!

Ein Mann nimmt Lampe das Ding aus der Hand, dreht sich um und geht damit quer über den Platz. Wir alle hinterher, mit etwas Abstand. Auf der anderen Seite stehen zwei Ruinen nebeneinander, schon mit Gras überwuchert.

— Verdammte Scheiße!, sagt er, zieht was aus dem Stiel und wirft das Ding in die Trümmer, so weit er kann.

Das war ein BUMMS! Wir waren begeistert und hatten Stoff für die nächsten Wochen. Der Junge, der das Ding gefunden hatte, wurde bewundert und beneidet.

Als wir abends zum Essen am Tisch saßen, hab ich die Geschichte erzählt. Ich war noch nicht fertig, da hat mein Vater schon über'n Tisch gelangt und mir eine runtergehauen.

— Verdammte Bengels! Ihr wisst ja nicht, was ...

— Der Herr bewahrt die Seinen, hat mein Muttchen gesagt und mit Tränen in den Augen leise ein Vaterunser gebetet.

An meinem fünften Geburtstag haben meine Eltern mich zum

König vom Helmi gemacht. Früh am Morgen hat mein Vater mich gerufen.

— Junge, mir ist da ’ne Mark unters Bett gerollt, kannst du mir die mal vorholen? Du weißt ja, mein Rücken.

Ich hab nichts geahnt, bin unters Bett gekrochen und dort lag er! Ein nagelneuer, roter Roller! Als ich wieder oben war, standen meine Eltern vor mir und haben gelacht. Da war die Welt noch in Ordnung.

So ein Roller war nicht billig und ich hab keine Ahnung, wie mein Vater das gemacht hat. Alle haben mich beneidet und ich hab nichts ohne meinen Roller gemacht, bei jedem Wetter.

Bis er eines Tages weg war. Das war im Frühling drauf, ich wollte vom Helmi nach Hause, hab ihn kurz aus den Augen gelassen und im nächsten Moment war er nicht mehr da. Geklaut! Ich hab tagelang geheult und nichts konnte mich trösten. Ich bin mir sicher, mein Vater hätte mir einen neuen Roller besorgt, aber dazu ist er nicht mehr gekommen.

Am 12. Mai 1984 kommt mein Vater wie gewohnt von der Arbeit, setzt sich in die Küche, und ich bring ihm ein Bier, sein Feierabendbier. Er nimmt den Wohnungsschlüssel, PLOPP und das Bier ist auf. Mein Muttchen steht am Herd und kümmert sich ums Essen. Maria und Hans spielen zusammen in der Ecke.

— Erst mal den Staub runterspülen, sagt er und nimmt einen ordentlichen Schluck, und den ganzen anderen Scheiß.

— Red doch nicht so, nicht vor den Kindern.

— Heute kamen wieder zwei von diesen Arschgeigen. Aber von denen lass ich mir das Maul nicht verbieten!

— Ach Ernst ..., sagt mein Muttchen und schüttelt den Kopf.

Er nimmt einen zweiten Schluck und damit ist die Flasche fast alle.

— Ich muss gleich noch mal los, sagt er und wischt sich den Mund ab.

— Um halb sieben gibt's aber Essen.

— So lange dauert das nicht.

Er hat sein Bier ausgetrunken, ist aufgestanden und hat meinem Muttchen einen Kuss in den Nacken gegeben. Er hat seine Jacke angezogen, ist zur Tür rausgegangen und nie mehr wiedergekommen.

Der hat bestimmt 'ne andere, haben die Leute getuschelt. *Hätte ich auch bei der Alten.* Sogar in der Kirche konnten manche ihr Lästermaul nicht halten. *Guck dir die Frau doch an, der Lack ist ab ... die mit ihrem Fimmel und dazu die drei Blagen ... wenn da was Junges auf der Matte steht ... mich wundert das nicht ...*

Sicher, mein Vater war kein Kind von Traurigkeit. Doch er hätte uns nicht verlassen, niemals hätte er das gemacht! Die Wahrheit ist, dass sie ihn mitgenommen haben. So einfach ist das. Das war Mitte der Achtziger, da sind noch ganz andere Sachen passiert und es kam oft vor, dass Leute verschwunden sind.

Mein Vater hat nichts von der Partei, von der Regierung und der ganzen Bande gehalten und daraus kein Geheimnis gemacht. Vielleicht war sein Maß an diesem Tag voll oder die brauchten noch einen für die Statistik. Jedenfalls haben sie ihn sich gegriffen und entweder gleich erschossen, oder er ist in einem der Lager verrottet.

Für uns war von diesem Tag an alles anders. Mein Muttchen war allein und musste sehen, wie sie uns durchbrachte. Ich war der Älteste und musste mit anpacken. An diesem 12. Mai 1984 ist Ernst Brenner gegangen und der Ernst des Lebens ist gekommen, aber lustig war das nicht. Ich war noch keine sechs Jahre alt und meine Kindheit war schon vorbei.

2

Ohne Vater konnten wir uns die Wohnung nicht mehr leisten, aber zum Glück war gerade im Vorderhaus was frei geworden. In der neuen Wohnung war der Flur so winzig, dass man sich nicht umdrehen konnte, ohne anzustoßen. Links war ein schmales Zimmer mit einem Fenster zum Hof. Dort wurde gekocht und gewaschen. Rechts ging's in ein Zimmer mit zwei Fenstern zur Straße, da haben wir geschlafen und auch sonst alles gemacht.

In der alten Wohnung hatten wir einen Wasserhahn und ein eigenes Klo. Wenn es uns jetzt überkam, mussten wir runter auf den Hof. An der Brandmauer vom Nebenhaus stand ein langer Schuppen aus Holz, da waren sechs Plumpsklos drin. Jeder war für sich, doch allein war man nie. Du sitzt auf dem Holzbrett, guckst hoch zu dem Herz in der Tür und dein Arsch hängt über der Grube. Links plätschert es und rechts plumpst was in die Jauche. So lernt man manche Nachbarn besser kennen, als einem lieb ist.

Am schlimmsten war dabei der Gestank, selbst den Fliegen wurde schwindlig davon. Nur der olle Krüger aus'm Dritten hatte damit kein Problem. Der hatte im Sommer 57 in der Nähe von Königsberg einen Granatsplitter in den Hinterkopf gekriegt und hat damit ewig im Lazarett gelegen. So weit hatten sie ihn wieder zusammengeflickt, nur riechen konnte er nichts mehr. Er saß stundenlang auf'm Scheißhaus und hat Zeitung gelesen.

— Da hab ich meine Ruhe, hat er gesagt, und meine Alte geht mir nicht auf'n Zeiger.

Fürs Wasser gab's einen Hahn im Hof. Wenn der zugefroren oder leer war, hieß es, Ohren auf! Sobald ich gehört hab, dass es irgendwo tropfte oder jemand eine Leitung ansägte, hab ich mir meine Geschwister und die Kanister geschnappt und los ging's. So was sprach sich schnell herum und die Kunst war es, schneller zu sein als das Gerücht.

Wenn wir in der ersten Zeit die Familie nicht gehabt hätten, wäre es ganz übel gewesen. Viele haben uns unter die Arme gegriffen, besonders Onkel Werner. Mein Vater stammte aus Anklam und seine Familie lebte noch da oben. Sein älterer Bruder hatte einen kleinen Laden, aber keine eigene Familie und deshalb stand er ganz gut da. Als Kinder waren die beiden Brüder wie Pech und Schwefel gewesen, doch das hatte sich geändert.

— Ein Kleinbürger bist du geworden, hatte mein Vater gesagt, als sie sich das letzte Mal gesehen haben, ein verdammter Biedermann! Denkst immer nur an deinen Scheißladen! Bloß nicht anecken, bloß nicht ... könnte ja gefährlich werden. Mit solchen Leuten wie dir ... ihr seid die eigentliche Plage!

— Was soll ich deiner Meinung nach denn machen? Soll ich da hingehen und ... was dann? Und wer soll sich dann um die Eltern kümmern? Die Schwestern tun schon, was sie können, aber was meinst du, wo das Geld herkommt? Genau aus diesem *Scheißladen*! Du hast dich ja fein verdrückt.

— Jetzt streitet euch doch nicht, hat mein Muttchen gesagt, ihr seid doch Brüder.

— Einen Feigling als Bruder!

Das hat Onkel Werner tief getroffen. Doch als mein Vater weg war, ist er zur Stelle gewesen und hat geholfen, wo er konnte. Er ist niemals darauf rumgeritten, dass er vielleicht ein Kleinbürger ist, aber dafür am Leben und wohin das mit meinem Vater geführt hat. Das hab ich ihm hoch angerechnet. Er hat seinen Bruder vermisst und darunter gelitten, dass sie im Streit auseinandergegangen waren.

Doch trotz aller Hilfe, am Ende stand mein Muttchen allein da und musste zusehen, wie wir über die Runden kamen. Im Laufe der Jahre hat sie gewaschen und genäht, geputzt und hundert andere Sachen gemacht, solange die nur ein bisschen Geld einbrachten. Von morgens bis abends hat sie geschuftet. Bis sie nicht mehr konnte und selbst dann noch.

Zum Glück hatte sie die Idee mit dem Essen und die alten Kollegen von meinem Vater haben ihr geholfen. Von Montag bis Samstag hat sie jeden Tag einen großen Topf Suppe gekocht und die auf den Baustellen verkauft. Und ich hab ihr geholfen.

Kurz vor Mittag war die Suppe fertig und wir haben die Schubkarre beladen. Die war verrostet und verbeult und das Rad schlackerte hin und her. Bevor wir den Hausflur verlassen haben, hat mein Muttchen die Karre abgesetzt und sich zu mir runtergebeugt.

— Wenn wir da jetzt rausgehen, müssen wir vorsichtig sein. Sehr vorsichtig und leise. Denn dann sind wir im Land des schwarzen Zauberers und der will uns unseren Schatz wegnehmen. Aber ich hab Glück, denn ich hab den besten Kundschafter der Welt. Der schleicht durchs Land, ohne dass der Zauberer das merkt, und findet den besten Weg für mich und den Schatz.

Also bin ich vorneweg gestiefelt und hab auf jedes Loch geachtet. Mein Muttchen ist mir hinterhergekurvt und zur Belohnung hab ich immer den ersten Becher Suppe gekriegt, stolz wie Bolle.

Mal sind wir durch Indianerland geschlichen, mal waren die finsteren Hunnen scharf auf die Suppe. Ich hab sie alle überlistet und für mich war das ein Abenteuer. Für mein Muttchen war das eine elende Schinderei, aber das merkt man als Kind nicht.

Im Winter wurde auf den Baustellen nicht gearbeitet und ich hab keine Ahnung, wie wir das überstanden haben. Ich weiß nur noch, dass Muttchen immer müde und fertig war.

Von unseren vier Stühlen mussten wir drei verkaufen und der letzte hat im Januar dran glauben müssen.

— Kinder, hat sie gesagt, draußen ist es so scheußlich und kalt, da schickt man keinen Hund vor die Tür. Aber wir machen uns das heute schön gemütlich, dieses eine Mal wenigstens. Den Stuhl hier kauft sowieso keiner, den könnt ihr kaputt machen. Aber vorsichtig!

Wir haben an dem Stuhl gezerrt und gezogen und auf dem Holz rumgekloppt, bis wir das Ding kleingekriegt hatten. Schon von der Anstrengung war uns warm.

— Jetzt in den Ofen damit, aber langsam.

Stück für Stück haben wir erst die Beine und danach alles andere ins Feuer geworfen. Das Holz war kienig und knackte. Draußen schlug der Schnee an die Scheiben, aber drinnen wurde es mollig warm. Mein Muttchen saß auf dem Bett und sah uns zu. Diese Stühle hatten ihren Eltern gehört, sie hatten drei Kriege und viele schlechte Zeiten überstanden. Den ersten Winter ohne meinen Vater überlebten sie nicht.

Mit dem Frühling ging die Arbeit auf den Baustellen wieder los. Das Geschäft mit der Suppe nahm Fahrt auf und ich hatte meinen Teil beizutragen.

— Josua, hat mein Muttchen gesagt und meine Hände genommen, ich weiß, das ist nicht immer leicht für dich. Aber du bist jetzt der Mann im Haus und damit hast du gewisse Pflichten. Ohne dich schaffe ich das nicht.

Ich kam mir sehr bedeutend vor. Immerhin war ich der beste Kundschafter der Welt und dazu der Mann im Haus. Ich war jemand, daran gab es keinen Zweifel. Bis zum 2. September 1985, denn das sollte mein erster Schultag sein.

— Ich will aber nicht in die Schule gehen!, hab ich gesagt und hatte Tränen in den Augen. Ich will lieber Kundschafter bleiben, das ist viel besser!

— Kundschafter sein ist gut und schön, sagt mein Muttchen und nickt, aber überleg doch mal. Als Kundschafter beschützt man den Schatz nur, den Schatz anderer Leute. Ist es nicht viel besser, einen eigenen Schatz zu besitzen?

— Meinen eigenen Schatz?

— Ja, genau.

— Und den krieg ich in der Schule?

— Na ja, sagt sie und lächelt, nicht sofort. Aber sagen wir mal so, wenn du nicht in die Schule gehst, wirst du ihn niemals kriegen.

— Hm.

— Sieh es mal so. Wenn du erst deinen eigenen Schatz hast, hast du auch deine eigenen Kundschafter und dann müssen die tun, was du ihnen sagst.

Der letzte Punkt hat mich überzeugt und von da an wollte ich unbedingt zur Schule gehen. Was mich zur nächsten Sorge brachte, und das war die Schultüte. Mein Vater hätte sich darum gekümmert, aber jetzt? Von dem bisschen, was wir hatten, mussten schon Fibel, Hefte und Stifte gekauft werden, und das war noch nicht mal der größte Posten.

Mitte August sind wir nach Kreuzberg gefahren, dort war an der Spree ein großer Markt. An langen Seilen hingen Hunderte von Schuluniformen, auf Drahtbügeln und nach Farben geordnet. Wir mussten zu den blauen, die waren für die Volksschule.

Muttchen hat gesucht und ich hatte zu tun, sie in dem Gedränge nicht zu verlieren. Nach einer Ewigkeit hat sie das Richtige gefunden und ich musste anprobieren. Die Uniform war gebraucht und zu groß.

— Sitzt doch wie angegossen, hat die Frau neben uns gesagt und gelacht, wie so ’n oller Kartoffelsack.

Ich hab angefangen zu heulen.

— Ich ... ich will nicht mehr zur Schule. Ich will–

— Die dumme Kuh, was weiß die denn? So bleibt das ja nicht. Das mach ich dir alles noch passend und wenn du wächst, können wir das schön wieder rauslassen. Stück für Stück. Du wirst schon sehen. Wenn ich fertig bin, sitzt die eins a.

Ich hab die Tränen weggewischt und meine Sachen wieder angezogen. Muttchen hat noch ein weißes Hemd ausgesucht und danach ging das Gefeilsche los. Am Ende hat sie zwar alles für einen guten Preis gekriegt, aber meine Schultüte konnte ich damit vergessen, das war klar.

Die Einschulung war an einem Montag und um neun sollten wir in der Schule sein. Als meine Geschwister mich das erste Mal in voller Montur sahen, wurden sie blass vor Neid, doch auch das konnte mich nicht trösten. Wir wollten gerade los, da klopft es an der Tür.

—Josua, sagt mein Muttchen, geh du mal.

Ich trotte zur Tür, mach auf und draußen steht Onkel Werner. Schräg vorm Bauch hält er eine riesige Schultüte und grinst.

3

Der Unterricht begann am nächsten Morgen um halb acht. Roller hat mich abgeholt, und das an jedem Schultag für die nächsten sechs Jahre. Wenn er unten war, hat er kurz gepfiffen. Keiner konnte pfeifen wie Roller.

— Ist ja auch 'ne Pfeife, hat sein Vater gesagt, kommt ganz nach seiner Mutter. Die war auch so eine ...

Rollers Mutter ist mit einem anderen durchgebrannt, da war er vier. Seitdem war sein Vater mit ihm allein und musste sehen, wie er damit klarkam. Wir haben überlegt, mein Muttchen mit ihm zu verkuppeln, und ich hab Onkel Werner gefragt, was er davon hält.

— Junge, ich versteh dich, hat er gesagt, aber daraus wird nichts. Guck dir das doch an. Wenn deine Mutter mal ein bisschen Zeit für sich hat, dann geht sie in die Kirche. Aber Georg Roller, wo geht der hin?

— In die Kneipe.

— Genau. Um seinen Kummer zu ertränken. Und in die Kirche geht der Mann nur, wenn es beim Abendmahl auch Wein gibt, verstehst du?

Trotzdem hat mein Muttchen sich um Roller gekümmert. Sie hatte ihn gern und wenn sie mir was zu essen mitgab, hat sie oft für Roller was dazugelegt. Eine gekochte Kartoffel oder ein Stück Brot.

— Der hat ja gar nichts auf den Rippen, hat sie gesagt, der Junge sieht aus wie ein Garderobenständer.

Zu zweit haben wir Lampe abgeholt. Der wohnte Pappelallee 19, im ersten Stock, in einer großen Wohnung mit Balkon. Wenn wir nach dem Unterricht noch bei Lampe waren, haben wir da oben oft gestanden und runtergespuckt. Bis seine Mutter uns erwischte und dann gab's Ärger.

Die Schule war ein roter Backsteinbau. Die hatte im Krieg einiges abgekriegt, aber keinen Volltreffer. Ende der Sechziger wurde sie wieder zusammengeflickt, mehr schlecht als recht. Das Quergebäude lag an der Straße, die beiden Seitenflügel gingen nach hinten weg und dazwischen befand sich der Schulhof. Mitten auf dem Schulhof stand der Fahnenmast.

Die Schule hatte zwei Eingänge. Der linke wurde nie benutzt und über dem rechten stand in großen weißen Buchstaben *27. Berliner Volksschule* und darunter *Otto von Bismarck*. Das wurde jedes Jahr zum Schulanfang aufgefrischt.

An meinem ersten Schultag hatte ich keine Ahnung, wer dieser Bismarck war. Ich kannte nur Bismarckheringe, von denen hat der olle Krüger immer geschwärmt. Wie die aussahen oder schmeckten, wusste ich auch nicht, mir war allerdings klar, dass sie unsere Schule nicht nach einem Fisch benannt hatten.

Unser Direktor hingegen kannte den Mann genau. Zumindest hatte er viele Sprüche von ihm auf Lager. Wenn wir rauf in die Aula mussten oder in den Schulhof zum Appell, war das Wichtigste die Rede vom Direktor. Die hat sich hingezogen und ständig kam er mit diesen Sprüchen.

— Unsere Schule trägt einen großen Namen und diesem Namen müssen wir uns würdig erweisen, jeden Tag! Das ist unsere verdammte Pflicht und jeder hat seine Pflicht zu tun. Denn wie schon der große Bismarck sagte: *Wir sind nicht auf der Welt, um zu genießen und glücklich zu sein, sondern um unsere Schuldigkeit zu tun.* Unsere verdammte Schuldigkeit! Ist das klar?

— Jawohl, Herr Direktor!

Wer nicht mitgebrüllt hat, kriegte gleich was hinter die Ohren. Einen Spruch seines Helden brachte er bei jeder Gelegenheit.

— Für die Jugend habe ich nur drei Worte als Ratschlag.

Er guckte bedeutungsvoll in die Runde. Als ob wir nicht gewusst hätten, was als Nächstes kam.

— Arbeite, arbeite, arbeite!

Bei jedem Wort schlug er mit der flachen Hand auf sein Pult und nickte mit dem Kopf. Ich schätze mal, der Herr Direktor hielt sich selbst für eine Art Bismarck.

In Wirklichkeit war er nur ein aufgeblasener, alter Mann, der nach oben gebuckelt und nach unten getreten hat. Und er hat die Mädchen angegrapscht, wenn er dachte, das sieht keiner. Manchmal musste eine hoch in sein Zimmer, sich auf seinen Schoß setzen, und er hat so Sachen gemacht. Maria war zwei Klassen unter mir, die hat mir das erzählt. Sie kam drum herum, aber ihre beste Freundin musste da zweimal durch.

Außerdem war er ein Säufer und darüber weiß ich Bescheid, weil ich auch einmal in seinem Zimmer war, und zwar zu einer Aussprache. Wer in diesen Genuss kam, musste mit dem Schlimmsten rechnen, denn nicht selten endete so was damit, dass der Übeltäter rausgeschmissen wurde. Das hieß, er kam auf eine Sonderschule und von dort in den Knast war es ein kurzer Weg.

Dabei hatte ich nichts gemacht. Also, ich hatte es nicht mit Absicht gemacht, aber wen interessiert das schon?

Jedes Jahr am 22. September wurde der *Tag der Nationalen Einheit* begangen. Bis der vor ein paar Jahren abgeschafft wurde, war das unser Nationalfeiertag und bei dieser Gelegenheit wurde nicht gespart. Vormittags wurde Unter den Linden die große Militärparade veranstaltet, am Nachmittag fand im Olympiastadion die *Zentrale Kundgebung* statt und abends gab es ein Feuerwerk.

Im Olympiastadion haben sich die Parteifritzen gefeiert und feiern lassen. Alles, was Rang und Namen hatte, saß an diesem Tag auf der Tribüne. Es wurden Reden gehalten, Lieder gesungen und Fahnen geschwenkt. Damit der Laden voll war, wurden ganze Schulen zur Anwesenheit verdonnert und wer nicht kam, kriegte richtig Ärger. Ich musste nur ein Mal hin, in der fünften Klasse, und das hat mir gereicht.

Am nächsten Tag gab es den ganzen Quatsch noch mal in der Schule. Kurz vor neun mussten alle im Schulhof Aufstellung nehmen, und zwar in einem großen Viereck. An drei Seiten standen die Schüler, vorn die Kleinen und hinten die Großen. Der Priebke rannte hin und her und brüllte rum.

— Ihr Jammerlappen, jetzt mal ein bisschen Disziplin! Was seid ihr bloß für Memmen! Könnt ihr keine Reihe bilden? Ihr, nach vorne, und die anderen zurück! Nein, nicht ihr, die anderen! Was gibt's denn da zu grinsen, dir werd ich gleich ... seid ihr taub? Eine Schande seid ihr!

Der Priebke war lange beim Militär gewesen und nach seiner Dienstzeit haben sie ihn zum Lehrer für Wehrertüchtigung und Sport gemacht. Im Nebenberuf war er Arschloch und er hatte oft schon morgens so eine Schnapsfahne, dass einem schwindlig wurde.

An der vierten Seite, links und rechts vom Fahnenmast, standen die Lehrer, der Direktor und die Ehrengäste – Veteranen mit ein bisschen Lametta und kleine Lichter von der Partei. Schlag neun trat der Direktor vor und wartete, bis Ruhe eingekehrt war.

— Verehrte Parteigenossen, geschätzte Kollegen, liebe Schüler. Wir schreiben das Jahr 1963. Nach langer und schmerzlicher Überlegung hat Generaloberst Wilhelm Neubert, der geliebte und gütige Vater unserer Republik, sich entschlossen, das Schicksal unseres Vaterlandes in die eigenen Hände zu nehmen. Er hatte keine Wahl. Schmarotzer, Egoisten und Feinde des Volkes bedrohten das Wohl aller und die Zukunft unseres Landes. Nach einem feigen Angriff musste er handeln, und am 22. September 1963 war die Nationale Einheit unseres Landes endlich hergestellt. Für uns alle begann eine ...

In Wirklichkeit war es umgekehrt, aber darüber durfte lange

nicht gesprochen werden. Erst in den letzten Jahren hat sich das geändert und einiges ist ans Licht gekommen.

Nach dem großen Frieden von 61 war unser *geliebtes Vaterland* keine Republik, sondern eine Föderation und General Neubert war nur einer von drei Oberaffen. Er hatte zwar das größte Stück vom Kuchen abgekriegt, doch das reichte ihm nicht. Deshalb hat er sich im September 63 den ganzen Kuchen geschnappt.

Zuerst hat er mit dem Kameraden gemeinsame Sache gemacht, der 61 am wenigsten abgekriegt hatte und sich seitdem zu kurz gekommen fühlte. Das hat Neubert ausgenutzt. Die zwei haben beschlossen, den Dritten im Bunde kaltzumachen und seine Gebiete unter sich aufzuteilen.

In der Nacht vom 13. auf den 14. September rollten Panzer durch die Stadt und Kommandoeinheiten haben die Radio-Station, den Flughafen und alle wichtigen Brücken gesichert. Die Villa des Ahnungslosen wurde umstellt und Neuberts Leute haben sich nicht mal die Mühe gemacht reinzugehen. Mit drei Panzern haben sie die Bude zusammengeschossen und wer rauskam, wurde abgeknallt. Die restlichen Anhänger sind übergelaufen oder mussten dran glauben. Nach weniger als einer Woche war alles erledigt und es wurde gefeiert.

Als die neuen Freunde schön besoffen waren, hat Neubert seine Jungs noch mal losgeschickt. Die haben einen nach dem anderen kaltgemacht und wenn es stimmt, hat Neubert ihren Chef persönlich umgelegt. Der war bei einer Nutte am Tauentzien, und zwar mittenmang. Neubert ist rein und hat nur gegrinst, bevor er erst ihn und danach die Nutte erschossen hat. Die Leichen wurden in den Landwehrkanal geschmissen und der *Vater der Republik* war geboren. Sein Vaterglück währte allerdings nicht lange.

—Als Generaloberst Wilhelm Neubert am 25. Juli 1966 starb, hat der Direktor gesagt und so geguckt, als wär's gestern gewesen, kam dieser Schlag für uns alle plötzlich und unerwartet ...

Besonders für Neubert selbst, denn er hat wohl kaum damit gerechnet, am Frühstückstisch vom Chef der eigenen Leibwache erschossen zu werden.

Damit war Oberst August Kroll am Ruder und der hatte alles gut vorbereitet. Bevor jemand was ahnte, waren seine Leute schon losgezogen und haben alle erledigt, die ihm gefährlich werden konnten. Und wieder schwammen Leichen im Landwehrkanal. Nach ein paar Tagen war die Sache gelaufen und Kroll verhängte drei Tage Staatstrauer für den Vater der Republik.

Danach hat er Schritt für Schritt alles umgemodelt. Das Rückgrat von Neubert war der *Deutsch-Nationale Kampfbund*, der stammte noch aus Kriegszeiten. Kroll hat daraus die NDPAP gemacht, die *National-Demokratische Preußische Arbeiterpartei*. Wer dagegen war, wurde abserviert.

Die NDPAP war die einzige Partei und jeder, der was zu sagen hatte, war Parteigenosse. Kroll war Vorsitzender, Kopf der Regierung und Chef der Armee. Sein bester Kumpel, Ernst Rottmann, wurde der Chef vom NSD. Das steht für *Nationaler Sicherheitsdienst* und wenn die einen in die Finger kriegen, dann gute Nacht! Ihr Hauptquartier haben die in Tempelhof, ein riesiges Areal ist das, hinter hohen Mauern, gekrönt von Stacheldraht. Dort befindet sich auch das Zentrale Untersuchungsgefängnis, genannt das *Rote Elend*.

— Weißt du eigentlich, hat der olle Krüger mal gesagt, was das höchste Gebäude in Berlin ist?

Ich hab ein paar aufgezählt.

— Alles falsch, hat er gesagt und den Kopf geschüttelt, am höchsten ist das *Rote Elend*.

— Aber das hat doch nur vier oder fünf Stockwerke?

— Das stimmt schon. Aber wenn du erst mal drin bist, kannst du vom Keller aus bis nach Masuren gucken.

Im Keller waren die Folterzellen und in Masuren die Straflager, das war kein Geheimnis.

Als Kroll Ende 68 den Ausnahmezustand aufhob, hielt er alle Fäden fest in der Hand. Zum 1. Januar 1970 trat eine Verfassung in Kraft, die sah auf dem Papier gut aus, doch in Wahrheit war das alles ein Witz. Kroll nannte sich von da an Kanzler und es wurde sowohl eine Nationalhymne als auch ein Nationalfeiertag eingeführt. Beides hat mich zwanzig Jahre später ins Zimmer des Direktors gebracht.

4

Nachdem der Direktor fertig war mit seiner Rede, nahm der Chor Aufstellung und zehn Schüler traten vor. Jeder von ihnen bekam eine brennende Fackel. Während die Fackelträger sich im Kreis aufstellten, schritten der lange Lehnert und ich zum Fahnenmast. Die Fackelträger nahmen Haltung an und wir ebenfalls. Nach einer Gedenkminute fing der Chor mit der Nationalhymne an und alle mussten mitsingen.

Ich bin ein Preuße, kennt ihr meine Farben?
Die Fahne schwebt mir weiß und schwarz voran.

Das mit dem *schwarz* war unser Einsatz. Wir haben das Seil gegriffen und angefangen zu ziehen.

Nie werd ich bang verzagen,
wie jene will ich's wagen.

An der Stelle hätten wir merken müssen, dass das Ziehen immer schwerer wurde. Haben wir aber nicht.

Sei's trüber Tag, sei's heit'rer Sonnenschein,
ich bin ein Preuße, will ein Preuße ...

Es war still und alle starrten den Fahnenmast an. Erst als der Direktor mir eine runtergehauen hat, hab ich aufgehört zu ziehen und hoch zur Spitze der Stange geguckt. Wir hatten die Fahne schon halb durch die Zahnräder gedreht und was noch übrig war, hing runter wie ein alter Lappen.

— Ihr ...

Der Direktor atmet schwer und holt noch mal aus.

— Ihr ...

Er lässt die Hand sinken und guckt uns an. Die blanke Wut hämmert von innen gegen seine Augen.

— In mein Zimmer. Alle beide! Sofort!

Das Zimmer des Direktors lag im dritten Stock, am Ende des Flurs. Neben der dunklen Tür stand eine Bank. Wir haben uns auf die Kante gesetzt.

— Der schmeißt uns raus, hab ich gesagt, und–

— Das macht er nicht, hat Lehnert gesagt und den Kopf geschüttelt.

— Wieso nicht?

— Weil, mein Vater und der, die kennen sich noch von früher, vom Krieg. Der schmeißt mich nicht raus und darum, dann kann er dich auch nicht ...

Meine Hände waren nass und ich hab mir fast in die Hosen gemacht. Lehnert ist auf der Bank hin und her gerutscht und musste ständig seinen Rotz hochziehen. Als er sich endlich die Nase geputzt hat, haben seine Hände gezittert.

Der Direktor hat uns zwei Stunden schmoren lassen, bis er schließlich am Ende des Flurs auftauchte, den Priebke im Schlepptau. Der Fußboden war frisch gebohnert und ihre Schritte hallten durch den Gang. Als sie näher kamen, konnte ich sehen, dass der Priebke in der einen Hand zwei Kanthölzer hielt und in der anderen seinen Stock.

Der Direktor tut so, als ob wir Luft sind, und geht in sein Zimmer. Der Priebke bleibt stehen und guckt auf uns runter.

— Ihr ... ihr kleinen Pisser! Wisst ihr, was man früher mit solchen wie euch gemacht hat?

Wir gucken auf unsere Schuhe.

— In einen Sack, paar Steine mit rein und ins Wasser damit. Wie mit kleinen Katzen. Gar nicht lange fackeln. Aber wir kriegen euch schon klein.

Er schlägt mit seinem Stock auf die Kanthölzer und grinst.

— Und jetzt rein da, aber 'n bisschen dalli!

Wir rutschen von der Bank und schleichen ins Zimmer des Direktors, der Priebke schließt die Tür hinter sich und schubst mich vorwärts. Im Halbdunkel steht ein riesiger Schreibtisch, dahinter sitzt der Direktor und mustert uns. Der Priebke lässt die zwei Kanthölzer vor dem Schreibtisch auf den Boden fallen und richtet sie mit der Schuhspitze aus. Die Hölzer haben drei scharfe Kanten und eine zeigt nach oben.

— Rauf da mit den Knie und Hände hinter'n Rücken!

Der Schmerz frisst sich durch die Hose in die Haut.

— Tja, sagt der Direktor, was mache ich jetzt mit euch? Ungeziefer seid ihr, verdammtes Ungeziefer! Und was macht man damit?

— Zertreten tut man das, sagt der Priebke und nickt. Bis nur noch Matsche übrig ist.

Mir wird schlecht.

— Jetzt nicht umkippen hier!, sagt der Priebke und packt mich an der Schulter. Du Waschlappen!

Der Direktor nimmt einen Bleistift in die Hand und klopft damit auf die Schreibunterlage. Er atmet langsam durch die Nase ein und wieder aus.

— Ja ... aber das gibt so hässliche Flecken, die kriegt man nie wieder raus. Deshalb und weil wir den zwanzigsten Jahrestag haben und weil ich kein Unmensch bin, will ich heute mal Gnade vor Recht ergehen lassen, ausnahmsweise.

Er legt den Bleistift vor sich hin.

— Jeder von euch kriegt fünfzehn Stockschläge auf den nackten Hintern. Gleich hier und jetzt. Und bis Weihnachten putzt ihr sämtliche Klos! Jeden Tag nach dem Unterricht. Ist das klar?

— Jawohl, Herr Direktor.

— Brenner, sagt der Priebke, mit dir fangen wir an! Du stinkende Made. Dein Vater war schon so einer und jetzt du! Los, Hosen runter, aber 'n bisschen plötzlich, sonst verzähl ich mich noch.

Ich mach den Knopf auf und die Hose fällt runter.

— Den Schlüpper auch, loslos! Richtig runter! Und vorbeugen! So weiß wird dein kleiner Arsch gleich nicht mehr aussehen.

Die Kante schneidet in meine Knie, ich stütz mich mit den Händen am Schreibtisch ab und warte auf den ersten Schlag.

— Dann mal los, sagt der Direktor.

Ein Fauchen geht durch die Luft ... es klatscht!

— Und eins, sagt der Priebke, und zwei ...

— *Für die Zuchtlosen stehen Ruten bereit und Schläge für die Rücken der Toren*, sagt der Direktor und grinst.

— ... und fünf ... und sechs ...

— Das ist aus den Sprüchen Salomos. Deine Mutter kennt das sicher, die hat's doch so mit der Bibel.

— ... und neun ... und zehn ...

Ich hab versucht, nicht zu heulen. Doch beim zwölften Hieb konnte ich nicht mehr. Das hat so wehgetan und es hörte nicht auf.

— ... und vierzehn ... und fünfzehn! Noch Nachschlag gefällig?

Der Priebke lacht.

— Aufstehen und anziehen! Loslos, nicht einschlafen!

Ich bin schon an der Tür.

— Warte!, sagt der Direktor. Ich bin noch nicht fertig mit dir. Du kriegst außerdem einen schriftlichen Tadel! Und wenn noch irgendwas passiert, nur die allerkleinste Sache, dann fliegst du von der Schule, und zwar hochkant. Ist das klar?

— Jawohl, Herr Direktor.

— Dein Glück.

Er zieht eine Schublade auf und guckt rein.

— Priebke, wo sind die Formulare?

Der zuckt mit den Schultern. Als der Direktor die Schublade zumacht, rollen mehrere Flaschen zurück und scheppern aneinander. Bei der nächsten Schublade ist es genauso.

Mit einem Mal hab ich mich den beiden überlegen gefühlt. Trotz der Schläge. Trotz der Tränen. Denn es war doch so: Zwei alte Säufer verkloppen einen Jungen, der sich nicht wehren kann. Was für Helden!

Als ich nach Hause kam, wusste Muttchen schon Bescheid, denn meine Geschwister hatten ihr brühwarm geschildert, was auf dem Schulhof passiert war. Ich hab ihr erzählt, was danach noch kam, nur das mit den Flaschen hab ich weggelassen. Muttchen hat uns nie geschlagen, ein Donnerwetter hatte ich allerdings erwartet. Doch als ich fertig war, hat sie mich umarmt und die Tränen liefen ihr runter.

— Mein Gott, Junge ...

— Aber wir ... es war doch nicht mit Absicht.

— Ich, das weiß ich doch. Aber erst dein Vater und wenn du jetzt ... das würde ich nicht aushalten.

Sie drückt mich so fest, dass ich kaum Luft kriege. Erst nach einer Weile lässt sie mich los.

— Versprich mir eins, sagt sie und nimmt meine Hand. Sei bitte vorsichtig!

Sie steht auf und läuft hin und her.

— Die machen vor nichts halt, vor gar nichts. Auch wenn du noch ein Kind bist, denen trau ich alles zu. Ich ... deshalb musst du mir das versprechen! Machst du das?

— Versprochen.

5

Mitte der achtziger bis in die neunziger Jahre, das waren schlimme Zeiten, nicht nur politisch. Wir hatten oft nicht genug zu essen und manchmal auch gar nichts. Im Sommer war das Wasser knapp und was aus den Rohren kam, war eine schmutzige Brühe. Viele sind an Typhus gestorben, auch Tante Liane. Das war 88 und ging ganz schnell.

Im Winter war es oft so kalt in der Wohnung, dass am Morgen die Wände geglitzert haben. Die Waschschüssel hatte eine Eisschicht und der Lappen war wie ein Brett.

Damals sind die Ersten abgehauen. Das war nicht einfach und es war scheißgefährlich. Wer nur in der Nähe der Grenze geschnappt wurde, kam in den Knast, und das für Jahre. Wer beim Türmen erwischt wurde, den haben sie erschossen. Die Leute haben's trotzdem versucht und es wurden mit jedem Monat mehr.

Wenn wieder einer weg war, hieß es, der ist in den Süden ... Ich hab mit Roller und Lampe zusammengehockt und wir haben uns stundenlang ausgemalt, wie es wohl sein könnte in diesem *Süden*. Wir hörten nur Gerüchte, aber eins war klar. Es musste viel besser sein als alles, was wir kannten.

Doch auch wenn unser Land alles andere als ein Paradies war, es hatte auch schon schlimmere Zeiten erlebt. Nach dem Krieg war ja alles im Arsch, das ganze Land und Berlin sowieso. Häuser, Straßen, Brücken, Schienen, alles kaputt. Kein Strom, kein Wasser, keine Kanalisation. Manche haben einfach auf die Straße gekackt.

In den ersten Jahren nach 61 ist nicht viel passiert, denn da hatten die drei Oberaffen genug damit zu tun, sich gegenseitig zu belauern und um die Ecke zu bringen. Viele sind damals verhungert oder erfroren. Als Neubert am Ruder war, hat sich einiges getan, aber nach seinem Tod war damit Schluss, denn Kroll war zunächst nur damit beschäftigt, seine Macht zu sichern. Doch ab 68 saß er fest im Sattel und hat die Dinge angepackt.

Am Anfang waren die Fortschritte bescheiden. Hier wurde eine Straße ausgebessert, dort ein Kabel geflickt und da wurden Trümmer weggeschafft. Es gab wieder mehr zu essen, doch vor allem gab es eins: Hoffnung.

— Wir hatten endlich das Gefühl, hat Opa Lampbrecht gesagt, das wird schon wieder. Die schlechte Zeit liegt hinter uns und jetzt geht es aufwärts. Meine Güte, sogar das Wetter wurde besser!

Mitte der Siebziger kamen die ersten Kredite und von da an wurde nicht mehr geflickt oder zusammengeschustert, jetzt wurde neu gebaut! Häuser, Schulen und Straßen, Kraftwerke und Krankenhäuser. Nicht alles an einem Tag und nicht überall, aber jeden Tag etwas. Die Regale füllten sich und im Winter gab es sogar Briketts. In Siemensstadt wurde wieder was hergestellt, der Westhafen brummte und ein neuer Flughafen wurde gebaut. Wenn das so weitergegangen wäre, wer weiß ... Doch es sollte anders kommen.

Kroll war von Anfang an rücksichtslos, er duldete keinen Widerspruch und kannte keine Gnade. Niemand erschießt seinen Chef beim Frühstück und ist nebenher ein netter Kerl. Aber in den ersten Jahren hat er zumindest nicht in die eigene Tasche gewirtschaftet und sein persönlicher Luxus hielt sich in Grenzen. Anfang der Achtziger hat sich das geändert. Da hat er *Witterung aufgenommen*, so hat Opa Lampbrecht das genannt.

— Wie ein Bluthund! Nur, dass er nicht Blut gewittert hat, sondern Geld. Moneten! Ich sage dir, der Mensch kann allem widerstehen, nur nicht der Versuchung.

Er hat zusammengerafft, was er kriegen konnte. In Mitte hat er das Schloss wiederaufbauen lassen, als Amtssitz, und dabei wurde nicht gespart. Auch wenn's in der ganzen Stadt duster war, das Schloss erstrahlte in schönstem Glanz.

Kroll stammte aus Wilmersdorf, das ist ein kleines Kuhdorf, östlich von Berlin. Dort hat er sich eine Sommerresidenz hinsetzen lassen, mit Pferdeställen, Gästehäusern und einem großen Park drumherum.

Was er vorgemacht hat, das hat sein Rattenschwanz nachgemacht. Die saßen auf ihren Posten und Pöstchen und haben sich bedient, die ganze Bande. Das war nicht schwer, denn bis Mitte der Achtziger floss das Geld in Strömen. Die Bongos haben sich gegenseitig über'n Haufen gerannt mit ihrer Kohle und der Raffke musste nur am richtigen Hahn sitzen und seinen Eimer drunterstellen.

Den dicksten Eimer hatte Kroll natürlich selbst und darin ist der Rest seiner Bescheidenheit ersoffen. Er hielt sich für den Größten und konnte alles am besten. Wer daran Zweifel hatte, wurde über'n Jordan geschickt.

Er wollte unser geliebtes Vaterland zur *Blume Europas* machen und bei so einem Ziel darf man nicht kleckern, da muss man klotzen. Straßen sind dafür zu schmal, Autobahnen müssen gebaut werden! Auch wenn kein Schwein in diese Richtung fahren will.

Auf Rügen haben sie eine Fischfabrik hingezimmert, damit könnte man die halbe Welt versorgen, nur dass es kaum noch Fische in der Ostsee gibt. Bei Grimmen haben sie Ende der Siebziger Öl gefunden und daraufhin zwei Chemiefabriken in die Landschaft gesetzt. Erst danach kam raus, dass die Förderung sich nicht lohnt. Lauter solche Sachen, alles Ideen von Kroll.

Die Bongos haben bezahlt, ohne Sinn und Verstand. Erst ab Mitte der Achtziger haben sie mitgekriegt, dass ihr Geld entweder zum Fenster rausgeworfen wird oder in den Taschen von Kroll und seiner Bande verschwindet. Sie haben ihre Leute geschickt, die sollten sich das genauer angucken. Zunächst hat Kroll das zugelassen, doch mit einem Mal hat er alle Ausländer rausgeschmissen. Die hatten vierundzwanzig Stunden Zeit, um zu verschwinden, und fertig.

Das war Ende 85 und von da an wurde es schlimm. Alles war knapp, nur die Parolen nicht. Ständig war die Rede von *Volksverrätern*, hinter jedem Baum lauerte ein *Verschwörer* und sogar in der Schule drohte die *Unterwanderung*. Da haben wir uns sonst was vorgestellt.

Das Maul weit aufzureißen ist noch nie eine gute Idee gewesen. Nun allerdings wurden Leute schon abgeholt, bloß weil sie schief oder in die falsche Richtung oder überhaupt geguckt hatten.

Mitte 86 hat Kroll drei seiner alten Kampfgefährten abserviert. Die sind den ganzen Weg mit ihm gegangen und waren inzwischen Minister. Er hat geglaubt, sie wollen ihn stürzen und selbst an die Macht. Darum hat er sie erschießen lassen, nachts in ihren Häusern, und die Familien gleich mit.

Er traute sich nur noch im Konvoi raus. Vorn und hinten ein offener Wagen mit Maschinengewehr, dazwischen drei gepanzerte Karossen, schwarz und mit verspiegelten Scheiben. Erst beim Einsteigen entschied er, welchen der Wagen und welche Route er nimmt. Sie sind durch die Stadt gerauscht und alles war abgesperrt. Einmal hat sich eine Frau auf die Straße verirrt, die haben sie einfach umgefahren und nicht mal versucht zu bremsen.

Manche sagen, Kroll hatte Syphilis, deshalb hat er sich so verändert. Vielleicht war das so, aber nach allem, was ich weiß, braucht man keine besondere Krankheit, um ein Arschloch zu sein. Außerdem kann nicht die ganze Bande Syphilis gehabt haben. Die lebten in Saus und Braus und wir pfiffen aus dem letzten Loch. Die hatten Champagner, Kaviar und die Nutten vom Tauentzien, wir dagegen hatten das Rote Kreuz.

Die kamen jeden Dienstag und jeden Samstag zum Helmi und haben Essen verteilt. Wir mussten spätestens um fünf Uhr früh dort sein, sonst war die Schlange zu lang. Im Sommer war es schon hell, die Luft war klar und von den Dächern haben die Vögel gezwitschert. Im Winter war es dunkel und wir haben uns den Arsch abgefroren.

Gegen neun war der Laster da und die Plane wurde zurückgeschlagen. Bewegung kam in die Schlange. Die Ersten fingen an zu drängeln und Schritt für Schritt kamen wir der Sache näher. Lieber Gott, hab ich gedacht, du hast bestimmt wichtigere Sachen zu tun und ich bin nur ein kleiner Junge, aber lass bitte noch was übrig sein, wenn wir dran sind.

Mal hat Gott mich erhört, mal nicht und manchmal hat ihm auch der Teufel ins Handwerk gepfuscht. Der hatte seinen eigenen Laster, dunkelgrün und hinten saßen Soldaten drauf. Die haben die ganze Ladung kassiert und dabei noch Witze gerissen. Einmal hat ein Mann sich darüber beschwert, den haben sie gleich mitgenommen.

Eine Zeit lang gab es Lebensmittelmarken. Der Laden, wo wir die einlösen konnten, war vorn an der Raumer. Auf der Schaufensterscheibe stand in geschwungener Schrift *Lebensmittel und Getränke* und drinnen hockte Herr Grimme hinter'm Ladentisch.

Zuerst kriegten wir was für die Marken, wenn auch nicht in der Menge, die draufstand. Mit jeder Woche wurde es weniger und schließlich stand Herr Grimme vor dem leeren Regal und hat den Kopf geschüttelt. Sein Doppelkinn schlackerte hin und her. Was der Grimme nicht selbst aufgefuttert hat, das landete auf dem Schwarzmarkt am Arnimplatz. Dort war so ziemlich alles zu kriegen, sofern man das nötige Kleingeld oder was zum Tauschen hatte. Unser Geld reichte auch so schon nicht und alles, was wir eintauschen konnten, hatte Muttchen bald versetzt.

Viele Nachmittage bin ich durch die Ruinen getigert, um was von Wert zu finden. Allein oder mit Kumpels. Muttchen war von meinen Ausflügen nicht begeistert.

— Denk doch nur an die Sache mit der Handgranate. Wir schaffen das auch so und bald kommt Onkel Werner.

Der hatte eine Kuh, ein paar Hühner und seinen Garten. Er kam regelmäßig nach Berlin und hat uns immer einen vollen Korb mitgebracht. Muttchen hat vor Freude geweint, wenn sie den ausgepackt hat, und Onkel Werner war das peinlich.

Trotzdem reichte es vorne und hinten nicht, also haben wir geklaut.

— Das macht nichts, hat der olle Krüger gesagt, klauen doch alle. So sind eben die Zeiten und sieh das mal so: Wenn jeder klaut, wird auch jeder beklaut, und das ist dann wieder gerecht. Ein Kreislauf ist das, immer in Bewegung.

Mich hat das überzeugt, Muttchen nicht.

— Dieser Suffkopp, hat sie gesagt und geschnaubt, was der euch erzählt. Wem willst du mehr glauben, dem Krüger oder der Heiligen Schrift? Wie lautet das siebente Gebot?

— *Du sollst nicht stehlen.*

— Sehr richtig! Wenn der Krüger in der Hölle landen will, ist das seine Sache. Aber du klaust nicht! Verstanden?

Ich hab mit dem Kopf genickt und wir haben trotzdem geklaut. Was zu essen und im Winter Kohlen. Dafür sind wir bis nach Lichtenberg rüber, zum alten Bahnhof. Einer ist über'n Zaun geklettert, hat die Kohlen rübergeschmissen und die anderen haben gesammelt.

Denn ob geklaut oder nicht, wenn wir morgens ins Klassenzimmer kamen, musste jeder ein paar Kohlen vor den Ofen legen. Wer keine hatte, kriegte eins mit dem Stock und musste in der Ecke stehen. Der Lehrer hat sich die besten rausgesucht und in seine Aktentasche gesteckt. Am schlimmsten war der Schabowski. Der hat sich mehr als die Hälfte genommen und wenn der Rest verheizt war, ist er gegangen und hat uns sitzen lassen. Wir haben gewartet und die Eisblumen von den Scheiben gekratzt.

Sobald es wärmer wurde, hat sich der Schabowski vor die Klasse gestellt und die Arme vor der Brust verschränkt.

— So, meine Lieben, hat er gesagt und gegrinst, wir machen jetzt einen Ausflug, eine Exkursion. Der Unterricht findet heute unter freiem Himmel statt und ihr lernt, was es heißt, mal anständig zu arbeiten. Das ist was fürs Leben.

Er hatte einen Garten an der Bornholmer Brücke und dort mussten wir für ihn schuften. Er hat in seinem roten Liegestuhl gesessen und uns rumkommandiert. Aufgestanden ist er nur, wenn's Prügel gab oder sein Bier alle war. Die anderen Lehrer waren nicht viel besser. Jeden Tag musste man gucken, ob sie mit dem falschen Fuß aufgestanden waren oder Ärger mit ihrer Alten hatten. Nur einer war anders, Herr Witt.

Den konnte man fragen, ohne was dafür auf die Finger zu kriegen. Bei ihm hab ich lesen gelernt und das war das Größte überhaupt. Herr Witt hat sich keine Kohlen unter'n Nagel gerissen und Schläge gab's nur, wenn wir es nicht besser verdient hatten. Mit seiner Empfehlung kam Lampe aufs Gymnasium und ich verdanke ihm, dass ich nach der Volksschule auf die Mittelschule durfte. Bei Roller war nichts zu machen, der war froh, als die Schule vorbei war.

Im Juni 91 trennten sich unsere Wege und noch etwas geschah in diesem Sommer. Ein Wunder!

6

Der 11. Juni 1991 war ein Dienstag, der Himmel war bewölkt und ein leichter Wind trieb den Staub durch die Straßen. Ich bin zum Arnimplatz gegangen, so gegen elf. Mittlerweile war sogar der Schwarzmarkt dermaßen leer, dass sie den bald zumachen konnten. Ich bin zwischen den Buden rumgeschlendert – und auf einmal war sie da, die Neuigkeit!

Er ist tot! Das hat sich verbreitet wie ein Feuer im trockenen Schilf. Jedem war klar, wer gemeint ist, und das ganze Viertel, die ganze Stadt hat aufgeatmet. In dem Moment fühlten sich alle leicht und frei. Sogar die Halsabschneider vom Markt standen in ihren Buden und haben gelächelt.

Ich bin nach Hause gerannt, so schnell ich konnte, um der Erste zu sein, der Muttchen davon erzählt. Als ich auf den Hof komme, sitzt sie am Kocher, rührt die Suppe um und ahnt nicht das Geringste.

— Er ... ist ... tot! Gestorben! Aus! Feierabend!

Muttchen legt den Löffel quer über den Topf.

— Gott sei seiner Seele gnädig.

— Da hat er aber ganz schön zu tun.

Der olle Krüger kommt vom Scheißhaus, die Zeitung in der Hand.

— Er ist tot, sag ich.

Er kratzt sich am Kopf und faltet die Zeitung zusammen.

— Ich hab schon gedacht, der ist so böse, der stirbt nie.

Er geht über'n Hof und rückt seine Hosenträger zurecht. Bevor er im Durchgang verschwindet, dreht er sich um.

— Aber das holt uns alle ein, früher oder später. Da kann man nichts machen und mitnehmen kann keiner was.

—Mitnehmen konnte er nichts, sagt mein Muttchen, nimmt den Löffel und rührt die Suppe um. Aber was hat er zurückgelassen ... dieses Dreckschwein!

Nie zuvor hatte mein Muttchen so ein Wort in den Mund genommen und sie hat es auch niemals wieder gemacht. Das krachte runter wie ein Felsen und ich hab zum ersten Mal eine Ahnung davon bekommen, was sie durchgemacht hatte.

Später am Tag haben wir mehr gehört. Der alte Kroll hatte sich abends ins Bett gelegt und ist am nächsten Morgen nicht mehr aufgewacht. Keine Schmerzen, kein Leid, sondern ein beschaulicher Tod mit zweiundachtzig. Wo bleibt da die Gerechtigkeit?

Damit keiner auf dumme Ideen kam, haben sie am nächsten Tag eine Sondersitzung des Parlaments einberufen. Karsten Kroll, der Sohn vom alten Kroll, wurde zum Nachfolger in allen Ämtern gewählt. Einstimmig.

Der Mann war nicht sehr helle und er war ein Suffkopp und Hurenbock, das wusste jeder. Aber er war auch nur die Fassade. Wer dahinter saß und was die vorhatten, das war nicht so klar und es war den meisten auch egal. Endlich rührte sich was und das war genug. Fürs Erste.

Zwei Wochen später stand ich vor meiner neuen Schule. Das war eine lange Backsteinfassade in der Christburger Straße, keine zwanzig Minuten von zu Hause weg. Über dem Eingang stand *9. Berliner Mittelschule* und darunter *Paul von Lettow-Vorbeck.*

Bei Bismarck hatte ich wenigstens die Heringe gekannt, Paul von Lettow-Vorbeck sagte mir gar nichts. Deshalb hatte ich zwei Tage vorher Opa Lampbrecht danach gefragt.

—Ja, hat er gesagt und genickt, nun ... Paul von Lettow-Vorbeck war ein deutscher General, Kommandeur der Schutztruppe in Deutsch-Ostafrika. Der Einzige, der im Ersten Weltkrieg in britisches Territorium eingedrungen ist. Damals gab es das noch,

Großbritannien. Sie haben ihn nie gekriegt, denn er war immer schneller und schlauer. Ein Kriegsheld, im Felde unbesiegt.

Der erste Schultag fiel auf den ersten Montag im September und die erste Stunde hatten wir bei Herrn Stangenberg. Er unterrichtete Geschichte und war der Parteifritze der Schule. Linientreu und so trocken wie ein Feldweg im August. Er kam rein, wir standen stramm und er hat einen nach dem anderen gemustert.

— Na ja ..., hat er gesagt und sich hingesetzt, dann wollen wir doch mal sehen, was ihr für Kerle seid! Paul von Lettow-Vorbeck, wer war das?

Manche haben nach unten geguckt, andere aus dem Fenster und ich hab mich auf einen Nagel in der Wand konzentriert.

— Keiner? Meine Güte noch mal! Unsere Schule trägt diesen stolzen Namen und keiner von euch Armleuchtern kennt ihn? Was seid ihr nur für ein Sauhaufen!

Da hab ich mich gemeldet.

— Immerhin einer! Name?

— Brenner, Herr Lehrer.

— Aha. Na ja, dann wollen wir mal sehen, wie hell die Flamme leuchtet. Also?

— Paul von Lettow-Vorbeck war ein großer deutscher Kriegsheld im Ersten Weltkrieg. Im Felde unbesiegt.

— Richtig! Erst hat er den Chinesen, danach den Schwarzen und zum Schluss den Briten ordentlich den Hintern versohlt. Ein Held! Sehr richtig, das war er! Brenner, aus dir wird noch was. Dafür kriegst du eine Eins. Mit Eichenlaub! Setzen!

Die Klassen waren kleiner. Wir waren um die dreißig Schüler, jeder hatte seinen Stuhl, immer zwei an einem Tisch. Wir wurden weniger verprügelt und mussten nicht nur auswendig lernen. In der Volksschule hatte ich mich oft gelangweilt, damit war es jetzt vorbei und das hat mir gefallen.

Ich hab nicht nur Einsen gekriegt, schon gar nicht in *Ordnung und Betragen,* aber ich war gut in der Schule und bin gern hingegangen. Nicht alle, aber manche Lehrer wollten, dass wir wirklich was verstehen, und bei denen haben wir was gelernt.

Der dicke Gummert war so einer, bei dem hatten wir Deutsch. Er wog bestimmt drei Zentner und hatte immer einen weißen Kittel an, darin sah er aus wie ein Eisberg. Er sah sich selbst als Gemütsmensch, doch wenn er durchs Treppenhaus brüllte, wackelten die Wände. Bei ihm hab ich zum ersten Mal gemerkt, dass sich was änderte, seitdem der alte Kroll tot war. Das war gegen Ende des ersten Schuljahres.

—So, meine Lieben, hat er gesagt, ich weiß, das ist die letzte Stunde für diese Woche, aber wir wollen trotzdem mal sehen, was in euren müden Birnen so hängen geblieben ist. Wir schreiben eine Arbeit!

Ein Murren und Maulen geht durch die Klasse.

—Haben wir doch letzte Woche erst!

Der dicke Gummert guckt aus dem Fenster.

—Außerdem haben wir heute schon eine Arbeit geschrieben, in Mathe.

—Tja, sagt er und macht das Fenster auf, das ist ganz einfach. In unserer Verfassung steht, dass wir in einer Demokratie leben. Lassen wir also das Volk über eine so wichtige Frage entscheiden.

Das Haus gegenüber ist eingerüstet und auf unserer Höhe stehen zwei Bauarbeiter, die teilen sich ein Bier.

—Ihr da!, sagt er und legt die Hände zum Sprachrohr zusammen. Als Vertreter der preußischen Arbeiterschaft und des preußischen Volkes dürft ihr entscheiden: Sollen die Jungs heute eine Arbeit schreiben oder nicht?

Die beiden lachen, schütteln die Köpfe und winken ab.

—Damit ist es entschieden. Der Wille des Volkes hat euch gerettet. Aber nächste Woche gibt's keine Demokratie, verstanden?

In den alten Zeiten wäre er dafür im *Roten Elend* gelandet. Das ging nun nicht mehr so einfach, denn die Bongos guckten dem NSD auf die Finger. Kaum war der alte Kroll tot, sabberte die neue Garde vor Gier, doch diesmal waren die Bongos schlauer. Die haben ihre Kohle nicht umsonst am Eingang abgegeben. Sie wollten was dafür haben und sind gekommen, um zu sehen, dass sie's auch kriegen.

Das große Schlagwort war *Liberalisierung*, davon hörte man jeden Tag und an jeder Ecke. Ich wollte wissen, was das ist, aber mein Muttchen hat nur mit den Schultern gezuckt. Deshalb hab ich den ollen Krüger gefragt, als wir uns vorm Scheißhaus getroffen haben.

— Liberalisierung, sagt er und kratzt sich am Bauch, ja, damit haben sie's im Moment. Was das ist? Ja, das ... das ist, wenn jeder machen kann, was er will. Oder so.

— Aber wenn jeder machen kann, was er will, läuft dann nicht alles kreuz und quer? Und am Ende geht alles den Bach runter?

— Ja nun, das ist immer die Gefahr. Dass alles in Arsch geht und Feierabend. Egal, wie du den Scheiß nennst.

Das hat mich nicht weitergebracht, deshalb bin ich zu Opa Lampbrecht gegangen. Der saß in seinem Schaukelstuhl und hat Zeitung gelesen. Ich hab ihm erzählt, wie weit ich mit dem ollen Krüger gekommen bin.

— Nun, hat er gesagt und die Zeitung in den Schoß gelegt, seine Erklärung ist schon richtig. Doch eigentlich geht es darum, dass jeder Mensch nach seiner Fasson leben und glücklich werden kann.

— Aber ...

— Du hast recht, natürlich kann das im Chaos enden. Wir haben es erlebt. Aber die Angst davor wird auch gern benutzt, um den kleinen Leuten einzureden, sie brauchen einen starken Mann an der Spitze. Einen Löwen, der die kleinen Affen in die goldene Zukunft führt. Ohne den sind die Affen hilflos, bringen sich gegenseitig um und es herrscht nur Durcheinander. Aber ich sage dir eins. Die Affen sind gar nicht so hilflos und wenn man es richtig anstellt, kommen sie sehr gut allein zurecht. Und ich sage dir noch etwas. Hundert kleine Affen können auch den größten Löwen zu Fall bringen. Sie müssen nur zusammenhalten.

Lampes Mutter kommt rein und zieht die Gardinen auf.

— Du bringst den Jungen nur auf dumme Gedanken.

— Besser, sagt er und schüttelt den Kopf, du gehst jetzt.

Auch in der folgenden Zeit wurde mir nicht so recht klar, was Liberalisierung nun eigentlich ist. Denn das, was mir die beiden erzählt hatten, passte nicht zu dem, was sich in Wirklichkeit veränderte.

7

Vor der Liberalisierung gab es nur die staatlichen Läden der PEHG. Das stand für *Preußische Einzelhandelsgesellschaft* und bedeutete, dass die Läden leer waren. Die wenigen privaten Läden waren nicht viel besser und sonst gab es nur den Schwarzmarkt. Das änderte sich im Frühling 92.

Die ersten Buden bei uns im Viertel gab es an der Schönhauser. Am Anfang waren das Bretterverschläge mit kaum was drin, doch die Stände wurden besser und füllten sich. Nach ein paar Monaten konnte man dort alles kriegen, was man brauchte – und die Leute haben gekauft.

—Irgendwas machen wir falsch, hat der olle Krüger gesagt. Ich möchte mal wissen, wo die das ganze Geld herhaben. Die lassen die Korken knallen und unsereins kriecht auf'm Zahnfleisch. Alles Verbrecher!

Der Markt auf dem Arnimplatz wurde kleiner und verschwand schließlich ganz. Der eigentliche Schwarzmarkt war nun in Kreuzberg, hinter der Brücke. Dort gab es die Sachen, die vom Laster gefallen waren, oder bei Bedarf auch den ganzen Laster. Dieser Markt wurde mit jedem Monat größer und das war wohl auch die Liberalisierung.

Ich war ein paar Mal mit Roller dort, der kannte sich da aus. Seit die Schule für ihn vorbei war, zog er mit älteren Jungs durch die Gegend und die waren jetzt seine Familie.

—Lass dich bloß nicht mit denen ein, hat mein Muttchen gesagt, das sind zwielichtige Gestalten. Mit denen gerätst du nur auf die schiefe Bahn und das kannst du mir nicht antun. Ich verstehe nicht, wie der Vater von Jochen das erlauben kann.

Der hatte aufgeben, denn Roller ließ sich sowieso nichts sagen.

Ab und zu gab es noch 'ne Abreibung, doch eines Tages war Schluss damit. An diesem Tag hat Roller gedroht, ihm beim nächsten Mal retour zu geben.

Ich fand diese *zwielichtigen Gestalten* sehr reizvoll und Roller versorgte Lampe und mich mit Einzelheiten aus ihrem abenteuerlichen Dasein. Wir gingen beide noch zur Schule, doch Roller stand schon mitten im Leben und kannte die Welt – und was für eine Welt!

—Wir drehen Dinger, hat er gesagt, so einfach ist das. Der Mensch lebt nicht vom Brot allein, es muss auch Wurst und Käse sein! Oder meint ihr, ich will enden wie mein Alter? Der schuftet den ganzen Tag, für die paar Kröten. Na vielen Dank auch!

—Dann, sag ich, seid ihr so was wie 'ne Bande?

—Nicht nur so was wie. Wir sind eine Bande, die *Spiegelbande.*

—Wieso Spiegelbande?

—Wonach hört sich's denn an? Wir klauen Spiegel, Autospiegel. Nicht die ganzen Dinger, nur die Gläser. Das ist unser Hauptgeschäft. *Kleiner Aufwand, großer Nutzen,* sagt Lennert immer, unser Chef.

—Wie ... wo klaut ihr die denn?

—Mann, Brenner! Du bist heute wirklich schwer von Begriff. Wo klaut man wohl Autospiegel? An Autos natürlich! Aber nicht, wenn die parken, da sind meistens Wächter. Direkt an der Kreuzung wird das gemacht. Du musst nur schnell sein.

Wir gucken ihn an und verstehen kein Wort.

—Ihr beiden Schlauberger, was lernt ihr eigentlich in eurer Scheißschule? Ist doch klar! Abends, wenn's schummrig ist und die Autos bei Rot an der Ampel warten müssen, schleichen sich zwei von hinten ran, immer schön unten bleiben, und dann zack und zack, raus mit den Spiegeln. Das geht ganz leicht und bis die Fettärsche merken, was passiert ist, sind wir längst weg.

Wir haben ihm geglaubt und kamen uns langweilig und blöd

vor, denn was hatten wir schon zu erzählen? Von einem Tag auf den anderen allerdings war Schluss mit der Bande. Erst später haben wir gehört, was passiert war.

Kurz nach Mitternacht sind sie in ein Lager am Westhafen eingebrochen und die Wächter haben Lennert in die Finger gekriegt. Mit Knüppeln und Tritten haben sie ihn alle gemacht, fünf Mann. Von da an saß er zu Hause, konnte nur noch lallen und der Sabber lief ihm aus'm Mund. Er war gerade sechzehn und der Ofen war aus.

Kurz vorher hatte Roller mich noch gefragt, ob ich bei ihnen mitmachen will.

— Los, Brenner! Lass das mit der Schule, das ist nutzloser Scheiß! Bei uns kannst du leben wie die Made im Speck und für zu Hause fällt auch was ab.

— Nee, wenn meine Mutter das mitkriegt ... außerdem hab ich noch andere Sachen.

— Was denn für Sachen?

— Ach, nicht so wichtig.

Das war gelogen. Ich hatte meine erste Freundin und das war mehr als wichtig. Da lief zwar nur Händchenhalten, aber sonst hatte keiner in der Klasse eine Freundin und damit war ich der König. Ich hab nicht viel gesagt, nur gegrinst und ein paar Andeutungen gemacht. Die Jungs haben sich sonst was vorgestellt und das war mir recht.

Die Geschichte hielt nicht lange. Meine zweite Freundin hieß Ursula und wir haben uns geküsst. Am Anfang nur so, später dann mit Zunge. Das hab ich in der Schule durchblicken lassen und von da an war ich endgültig der Fachmann für Weibergeschichten.

Am dritten Advent sind wir beide auf den Weihnachtsmarkt gegangen. Den schönsten gab es in Mitte, am *Roten Turm*. Opa Lampbrecht hat mir erzählt, früher stand dort das Rathaus für ganz Berlin. Einen vollen Straßenblock hatte dieser Bau mal eingenommen, doch bei den schweren Angriffen 52 ist er so zerkloppt worden, dass sie alles abreißen mussten. Bis auf den Turm.

Auf dem Platz davor stand ein riesiger Tannenbaum, geschmückt und beleuchtet. Ringsum waren die Buden aufgebaut und der Schnee auf den Dächern glitzerte im bunten Licht. In den Buden gab es Zuckerwatte und kandierte Früchte, Bratwurst, Bier und Schnaps.

Roller hatte mir was geborgt, damit sind wir Karussell gefahren und ich hab Ursula zu einem kandierten Apfel eingeladen. Den haben wir zusammen gegessen und je kleiner der Apfel wurde, desto näher kamen sich unsere Lippen ... Kurz danach hat sie mich verlassen, für einen anderen. Ich hatte ein gebrochenes Herz und Schulden und wollte nie wieder was mit Mädchen zu tun haben.

Die erste Stunde im neuen Jahr hatten wir bei Herrn Stangenberg und nach dem Unterricht hat er mich beiseitegenommen.

— Brenner, ich hab doch mal gesagt, aus dir wird noch was. Richtig?

— Jawohl, Herr Stangenberg.

— An mir ist wohl ein Prophet verloren gegangen. Denn die Sache ist die. Du bist ja nicht blöd und deshalb bestünde die vage Möglichkeit für dich, noch aufs Gymnasium zu wechseln. Nach der Reife hier. Verstanden?

Ich war sprachlos.

— Bist du taub?

— Nein, Herr Stangenberg. Verstanden!

— Na immerhin. Besprich das mal mit deiner Mutter, ob ihr euch das leisten könnt.

Gymnasium! Vielleicht komm ich mit Lampe in eine Klasse, hab ich gedacht. Abitur! Wenn ich das hab, dann ... Jetzt hängt alles von Muttchen ab.

Noch am selben Abend hab ich es so eingerichtet, dass ich mit ihr allein im Zimmer war. Sie saß am Fenster und hat Socken gestopft, draußen schneite es.

—Vorhin hab ich Lampe getroffen, sag ich.

—Richard? Den hab ich ja schon lange nicht mehr gesehen, wie geht's ihm?

—Dem geht's gut, richtig gut. Er sagt, Gymnasium ist das Größte.

—Na ja, der Richard ist auch sehr klug. Für den ist das schon das Richtige.

—Und für mich wär das nichts?

—Die Frage stellt sich ja gar nicht.

—Doch.

—Was soll das denn bedeuten?

—Herr Stangenberg hat heute gesagt, ich könnte aufs Gymnasium wechseln, nach der Reife. *Die Möglichkeit besteht,* hat er gesagt.

Muttchen legt die Stopfsachen in den Schoß und guckt raus in die Dunkelheit. Als sie sich zu mir umdreht, hat sie Tränen in den Augen.

—Ach, Junge.

Ich bin aufgesprungen und rausgerannt. Die Tür hab ich hinter mir zugeschlagen, so laut es ging. Ich bin durch den Schnee gerannt und mir war alles egal. Als ich nicht mehr konnte, hab ich mich in einen Hauseingang gesetzt und geflennt, bis alles raus war.

Im Juni 93, kurz nach meinem fünfzehnten Geburtstag, hab ich die mittlere Reife bestanden. Mit Eins. Damit war meine Schulzeit vorbei. Ich hab mich oft gefragt, wie alles gelaufen wäre, wenn das mit dem Gymnasium geklappt hätte. Ich weiß, man kann nicht alles haben und muss das Beste aus dem machen, was man kriegt. Ist ja auch nicht mehr zu ändern, aber trotzdem. Die Gedanken machen, was sie wollen.

8

Nachdem die Schule vorbei war, hat mein Muttchen mich einen Monat lang machen lassen, was ich wollte. So ein Monat würde nie wieder kommen, das war klar, und deshalb konnte ich diese Zeit nicht genießen.

Das, was danach kommen würde, war wie ein Gespenst. Wenn wir rausgefahren sind zum Wannsee, um zu schwimmen und Mädchen kennenzulernen, stand es zwischen den Bäumen. Wenn wir durch die Stadt gezogen sind, stand es an der nächsten Ecke und hat auf mich gewartet. Wenn wir an einem langen Abend an der Spree saßen, saß es hundert Meter weiter und guckte zu uns rüber.

Seine Stunde kam an einem verregneten Nachmittag Mitte Juli. Muttchen setzte sich zu mir aufs Bett, sie sah müde aus.

— Josua, hat sie gesagt und ihre Hand auf meine gelegt, hör mir mal zu.

— Ich weiß schon.

Sie hat sich eine Strähne aus dem Gesicht gewischt, das Haar war grau. An diesem Tag hab ich begriffen, dass meine Mutter alt wird. Sie hatte Tränen in den Augen und ich hab sie umarmt, ganz fest. Da war ich zum ersten Mal wirklich der Mann im Haus. Ob ich das wollte oder nicht.

Am nächsten Morgen bin ich in aller Herrgottsfrühe los, um Zutaten für die Suppe zu besorgen. Muttchen hat gekocht und Maria hat ihr geholfen. Sie war mit der Volksschule fertig und im Gegensatz zu mir heilfroh, die Schulzeit hinter sich zu haben. Ende des Jahres sollte sie zu Muttchens ältester Schwester gehen. Die hatte mit ihrem Mann einen kleinen Hof in der Nähe von Bernau, dort sollte Maria mit anpacken und Hauswirtschaft lernen. Bis es so weit war, stand sie bei uns am Topf. Sobald die Suppe fertig war, hab ich meine Runde zu den Baustellen gemacht.

In jeder Straße war mindestens ein Haus eingerüstet. Daneben wurde was Altes abgerissen und eine Ecke weiter was Neues hochgezogen. Es wurde gesägt, gebohrt und gebrüllt, die Presslufthämmer dröhnten und die Mischer knirschten.

— Die ganzen Bauarbeiter, hat der olle Krüger gesagt, die hat der Kroll in seinem Keller gehabt, in Gefangenschaft, weißt du? Nun, wo der alte Sack tot ist, kommen die raus und holen nach, was sie in den letzten Jahren verpasst haben.

— Wenn Sie das sagen.

— Jaja, und warum wird jetzt gebaut wie der Teufel? Damit wir's im nächsten Krieg wieder zerkloppen können!

Mich interessierte eher der nächste Tag und je mehr gebaut wurde, umso besser, denn ich war nicht der Einzige, der auf den Baustellen was verkaufen wollte. Früher gab es die finsteren Hunnen und den bösen Zauberer, nun gab es die Konkurrenz. Mit der Zeit allerdings hatte ich den Bogen raus und meine festen Abnehmer.

Wenn ich mit der Suppe fertig war, hab ich ein Päuschen eingelegt und danach ging's weiter. Ich kannte die Leute auf den Baustellen, die haben mir was besorgt. Ich hab Sand geschippt, Eimer geschleppt, Schutt weggeräumt, Laster abgeladen und wurde ziemlich kräftig.

Abends fielen mir die Augen zu und am nächsten Morgen ging das Spiel wieder von vorne los. Ich hab meine Freunde nicht mehr gesehen und hatte keine Freundin. Nicht mal Zeitung hab ich gelesen. Und das mit dem Gymnasium? *Glücklich ist, wer vergisst, was nicht mehr zu ändern ist* ... Ich hatte es tatsächlich vergessen, aber glücklich war ich nicht.

Der Herbst kam, erst wurde es frisch und dann kalt, nasskalt. Auf den Gerüsten war es glitschig und ab Ende Oktober wurde kaum noch gearbeitet. Das Geschäft mit der Suppe lohnte sich nicht mehr.

Dass mir ausgerechnet der olle Krüger eine neue Arbeit besorgen konnte, damit hatte ich nicht gerechnet. Er hatte einen Kumpel aus'm Krieg und der hatte ein paar Laster laufen. Im Winter wurden damit Kohlen ausgefahren und die brauchten noch einen. An einem kalten Tag im November ging's los.

Morgens um sechs bin ich nach Lichtenberg gefahren, es war noch dunkel. Ich sollte mich in der Zentrale melden, die Adresse hatte mir der olle Krüger auf einen Zettel gekritzelt. Als ich da war, stand ich vor einem rostigen Tor in einer Ziegelmauer. Das Tor war angelehnt und ich bin reingegangen.

Ein Hof hinter'm Bahnhof, der Boden bestand aus festgefahrenem Kohlenruß und war übersät mit Ölflecken. Mir gegenüber parkten fünf Laster, Männer standen in Grüppchen zusammen und rauchten. Hinten in der Ecke lehnte sich ein Kabuff an die Mauer, aus dem Blechrohr im Dach qualmte es wie verrückt. Das war die Zentrale.

Drinnen saß eine Frau hinter einem Schreibtisch und in der Ecke bullerte der Kanonenofen. Die Frau war um die fuffzig und hieß Hildegard Krüger. Alle nannten sie Hilde und hinter ihrem Rücken die *wilde Hilde.*

— Guten Morgen, sag ich und zieh die Tür hinter mir zu.

— Ja, Morgen, sagt Hilde und kramt in den Papieren auf dem Schreibtisch. Brenner, richtig?

— Genau.

— Sag ich ja, sagt sie und nimmt sich den nächsten Papierstapel vor. Das ... das haben wir gleich. Warte mal, wo ist denn jetzt dieser Scheißzettel? Der muss doch ...

— Ich kann sonst auch–

— Hier! Wer sagt's denn. Also, Brenner, du fährst mit Püppi, alles klar?

— Wer ist Püppi?

— Raus auf den Hof, das siehst du schon. Na los! Hier wird keiner fürs Rumsitzen bezahlt. Also keiner außer mir.

Beim letzten Laster in der Reihe ist mit Draht eine Puppe an den Kühler gebunden. Püppi trägt eine rosa Strickjacke und hat braune Locken, allerdings fehlt ihr ein Bein und die Stirn ist eingedrückt, dadurch guckt ein Auge nach links und das andere nach oben. Ein Mann kommt auf mich zu.

— Du bist der neue Knecht?

— Ja, und–

— Ich bin Horst, aber du kannst mich Hotte nennen. Dann wollen wir mal. Jungs, es geht los!

Drei Männer drücken ihre Kippen aus. Einer steigt vorn mit ein, die anderen beiden klettern auf die Ladenfläche und ziehen mich hoch. Nach ein paar Versuchen springt der Motor an und wir gehen auf Tour.

Hotte ist gefahren und hat den Papierkram gemacht, die anderen haben die Kiepen geschleppt und ich hab geschippt. Raufschippen, runterschippen, umschippen, in die Kiepen schippen. Meine Schippe und ich, wir waren wie Geschwister. Wenn nichts zu schippen war, hab ich gefegt oder den Laster gewaschen. Ich bin früh im Dunkeln los und wenn ich Feierabend hatte, war es wieder duster.

Zu Weihnachten hab ich von meinem Geld einen Tannenbaum gekauft. Seit Jahren hatten wir uns keinen mehr geleistet. Während Muttchen unterwegs war, hab ich den Baum hochgeschleppt und meine Geschwister haben ihn geschmückt. Wieder zurück, stand sie in der Tür und war sprachlos. Wir haben nur gegrinst.

Anfang Januar ist Maria zu Muttchens Schwester auf den Hof gegangen. Jetzt hatten wir zwar mehr Platz und einen Esser weniger zu versorgen, aber Muttchen ist das sauer geworden. Mir auch und Hans war für eine Woche so still wie noch nie.

Ab Februar wurde es weniger mit den Kohlen und Anfang März hatten wir unsere letzte Fuhre. Zum Abschied hat mich Hilde so umarmt, dass ich verstanden hab, weshalb sie die *wilde Hilde* genannt wurde. Die Männer haben meine Hand geschüttelt und mir auf die Schulter geklopft.

Mit dem Frühling ging die Arbeit auf den Baustellen wieder los und ich war zurück im alten Trott. Ich war noch keine sechzehn und schon in der Tretmühle. So hatte Hotte das genannt.

— In der sind wir gefangen und rennen um unser Leben, hat er gesagt. Jeden Tag, von morgens bis abends. Bis wir eines Tages tot umfallen. Dann kommt der nächste und übernimmt unseren Platz.

Ein paar Monate später kam die Tretmühle ins Stocken, denn Muttchen kriegte eine feste Anstellung und mit dem Suppengeschäft war es vorbei. Sie fing in einer Wäscherei im Wedding an, sah die Sachen durch, die reinkamen, und machte Kleinigkeiten heil. Sie konnte dabei sitzen und bekam jede Woche ihr Geld. Das war wie 'n Sechser im Lotto.

Die Stelle verdankte sie Onkel Georg, der war ein Cousin von ihr und hatte Beziehungen. Ohne die lief gar nichts und die beste Beziehung war und ist die Familie. Aber mit der Familie ist das so 'ne Sache.

— Die bucklige Verwandtschaft, hat Hotte gesagt, da bist du einmal auf'n grünen Zweig gekommen und schon steht die vor der Tür und will mit rauf. Onkel und Tanten, Nichten und Neffen, von denen hast du noch nie gehört. Aber jetzt lernst du sie kennen. Alle mit auf den Zweig. Bis er bricht! Und zack, sitzen alle wieder im Dreck. Schönen Dank auch!

Ich brauchte was Neues. Ab Juni stand ich an der Kreuzung und hab Sachen verkauft. Seit der Liberalisierung standen an jeder großen Kreuzung Jungs, die Hände voll mit allem möglichen Krempel. Wenn die Autos anhalten müssen, machen sie sich auf die

Socken, immer zwischen den Karren durch und die Augen auf. Sobald einer guckt, geht das Gelaber los.

— Diese Schraubenzieher hier, das sind die besten überhaupt. Extra gehärtet. Import. Damit können Sie ... Sie wissen noch nicht? Hier, nehmen Sie mal einen. Das ist was, nicht? Wie der schon in der Hand liegt. Ich mach Ihnen einen guten Preis, einen Spitzenpreis. Aber nur heute.

Angefangen hab ich an der Kreuzung Danziger-Schönhauser. Ich hab mich bis nach Mitte hochgearbeitet und dann hatte ich Glück. An einem Sonntagnachmittag Ende Juli klopft es bei uns, ich mach auf und ein Junge steht vor der Tür.

— Ich ..., sagt er und zieht den Rotz hoch, ich bin der Bruder von Gerald. Er sagt, du weißt schon. Na, und du ... du sollst mal rüberkommen, er will dir was vorschlagen.

Da wurde ich hellhörig. Gerald stand nämlich an der Kreuzung Friedrichstraße Ecke Unter'n Linden und das war die reinste Goldgrube, denn dort kamen ständig Bongos vorbei. Zwanzig Minuten später steh ich bei ihm am Bett.

— Mann, Brenner, sagt er und sein Gesicht sieht schief aus, du weißt ja, wie das ist. So eine Scheiße auch.

— Hat dich einer erwischt?

— Voll in die Seite. Mir tut alles weh und ich kann nicht laufen. Wenn ich pissen muss, na ja ... und die Birne brummt, als wenn ich drei Flaschen Korn intus hätte. Verdammter Mist!

— Tut mir echt leid.

— Und als ich auf der Straße gelegen hab, hat mir dieser Wichser noch 'n Tritt verpasst. Weil ich 'ne Beule in seine Dreckskarre gemacht hab. So ein Arschloch!

— Das kannst du laut sagen. Und ... was kann ich für dich tun?

— Du kannst mich vertreten. Bis ich wieder auf'm Damm bin. Aber dann ist Schluss. Das ist immer noch mein Platz.

— Schon klar. Kannst dich drauf verlassen. Ehrenwort.

Des einen Leid ist des anderen Freud, hab ich gedacht, als ich am nächsten Morgen an seinem Platz stand. Und ich hatte meine Freude. Am besten liefen die Sandalen. Die Sohle war aus alten Autoreifen, zwei Lederriemen rüber und fertig ist die Laube. Für so 'n Scheiß haben die Bongos sich dumm und dämlich bezahlt.

Ende August kam Gerald zurück. Er humpelte und sah beschissen aus, doch er war wieder im Geschäft. Damit war die gute Zeit vorbei, aber das hatte ich vorher gewusst. Zwei Tage später treff ich zufällig Roller in der Schönhauser.

9

— Du kannst bei uns anfangen, sagt er, das ist überhaupt die Idee. Gerade ist einer ausgestiegen und für den kannst du rein. Ich regle das schon, kein Problem.

— Immer langsam. Was ist das denn, dieses *bei uns*?

— Ach so, sagt er und lacht. Neinnein, da musst du dir keine Sorgen machen. Alles ganz legal. Ich bin doch jetzt im *Kranzler*.

— Im Kranzler? Das in Charlottenburg?

Früher gab es ein Kranzler in Mitte und eins am Ku'damm, doch von beiden war nach dem Krieg nichts mehr übrig. Anfang der Siebziger hatten sie in der Fasanenstraße das *Neue Café Kranzler* aufgemacht und dort verkehrte alles, was Rang und Namen hatte.

— Aber sicher, sagt Roller, das ist jetzt meine neue Wirkungsstätte, wenn ich mal so sagen darf.

— Ach nee. Und was machst du in dem Laden? Oberkellner? Küchenchef? Oder gleich Generaldirektor?

— Besser, sagt er und grinst, wir machen den Parkplatz und das ist ein Bombengeschäft.

— Was zahlen die denn?

— Ach, die vom Kranzler zahlen gar nichts. Die erlauben bloß, dass wir da stehen. Die Kohle kommt über die Trinkgelder rein und im Kranzler hocken ja nur die reichen Knöppe und Diplomaten und so was. Bei denen sitzt der Rubel locker.

— Hört sich gut an.

— Na aber! Komm Montagvormittag vorbei und du gehörst zur Truppe. Ich klär das schon.

Drei Tage später bin ich vom Zoo aus den Ku'damm runtergeschlendert. Es war noch frisch, am Himmel stand nicht eine Wolke und in den Bäumen zwitscherten die Vögel.

Ich hatte mir was Anständiges angezogen, damit ich in dieser feinen Gegend nicht schief angeguckt werde. Am schlimmsten waren die Wächter vor den teuren Geschäften. Die hatten selbst nichts auf der Schnitte, aber benahmen sich so, als würde der Laden ihnen gehören. Von diesen Läden gab es neuerdings eine Menge.

Das Tor zum Parkplatz ist in einer Querstraße. Ich weiß nicht, wo ich zuerst hingucken soll, eine Karre ist teurer als die andere. Roller winkt und kommt zwischen den Autos auf mich zu.

—Alles im Sack, sagt er und grinst, du bist im Geschäft! Der alte Roller hat das mal wieder geregelt.

Er dreht sich um und reckt den Hals.

—Alle mal herkommen! Der Neue ist da.

Ein paar Jungs schlendern durch die Reihen und stellen sich auf.

—Also, sagt Roller, das hier ist Heinzer, das ist Georg, Müller, Schmittchen, Willi und der Lange da hinten, das ist Langer. Das hier ist mein alter Kumpel Brenner und dem zeigen wir jetzt mal, wie der Hase läuft.

Das war nicht schwer. Wenn eine Karre kam, hab ich sie auf einen freien Parkplatz dirigiert. Wenn sie fuhr, hab ich sie rausgewunken und das Trinkgeld kassiert. Am besten waren die Bongos, die hatten überhaupt kein Verhältnis zum Geld. Was die fürs Parken rausgerückt haben, dafür mussten manche einen Tag arbeiten. Für ein Mittagessen im Kranzler haben die das hingelegt, was mein Muttchen in der Woche verdient hat. Ohne mit der Wimper zu zucken.

Das Trinkgeld konnte man aufbessern durch *flankierende Sonderleistungen*, so hat Schmittchen das genannt. Felgen polieren, Scheinwerfer putzen und im Sommer haben wir Pappe auf die Scheiben gelegt, damit die Schlitten sich nicht aufheizten. Im Herbst war Autowaschen ein ständiges Geschäft. Ein Schlagloch reichte und schon war die halbe Karre verdreckt. Im Winter mussten wir Schnee schippen und konnten die Scheiben freikratzen.

An einem Frühlingstag im Mai hab ich meine Unschuld verloren. Sie hieß Martha und es gab nur dieses eine Mal, denn Martha hatte es nicht so mit Bindungen. Noch Tage später bin ich mit einem Grinsen durch die Gegend gelaufen, als ob ich nicht ganz dicht wäre.

— Du hast Gehirnhautentzündung, hat Roller gesagt, ziemlich sicher. Oder noch schlimmer, Gehirnentzündung.

— Quatsch, sagt Schmittchen, das ist die Sonne. Wenn die wieder so knallt, müssen wir ihm 'ne Pappe auf die Birne legen, damit er nicht ganz durchdreht.

— Macht, was ihr wollt, sag ich, mir geht's einfach nur gut.

— Und bald geht's dir noch besser, sagt Roller.

Roller und Schmittchen waren die Chefs. Die brauchten die gewöhnliche Arbeit nicht mehr machen, sondern mussten für *günstige Rahmenbedingungen* sorgen. Dafür bekamen sie von den anderen ihre Prozente. Ein guter Anteil, für den sie die meiste Zeit unter'm Baum sitzen konnten.

Ende Mai hat Roller im Kranzler aufgehört. Von da an machte er mit ein paar Kumpels *in Import und Export und so*. Eine Kneipe in der Greifswalder war ihr Büro. An seinem letzten Tag hat Roller mich als seinen Nachfolger vorgeschlagen.

— Aber ich bin schon länger dabei, hat Müller gesagt, viel länger. Ich wär jetzt dran.

— Das stimmt, sagt Roller und alle haben genickt, du bist schon viel länger dabei. Aber die Frage ist, willst du tatsächlich da reingehen und mit den Jungs vom Kranzler reden? Willst du wirklich mit den reichen Knöppen verhandeln, wenn die mal wieder 'ne Schramme finden und denken, wir sind's gewesen? Wenn du das willst, bitte ...

Müller sagt nichts.

— Brenner macht das, sagt Roller, der kann das. Der kann sogar Englisch.

Na ja, ich hatte ein paar Brocken aufgeschnappt und die reichten für *smalltalk*. Da waren die Bongos schon aus'm Häuschen.

— Am besten, sagt Roller, wir stimmen ab.

Alle anderen waren für mich, Müller hat sich unter'n Baum gesetzt und war eingeschnappt. Am nächsten Tag war ich Chef und hab mehr verdient als mein Muttchen.

Eine Woche später hatte ich meinen siebzehnten Geburtstag und Muttchen hat das zum Anlass genommen, mir ins Gewissen zu reden. Mal wieder.

— Junge, das mit dem Kranzler, schön und gut, aber das kann doch nicht alles sein! Du musst etwas lernen. Einen Beruf. Etwas Anständiges, das–

— Und was ist mit Hans?

Hans hatte die Schule hinter sich und fuhr auf einem der Klapperbusse mit. Er hing in der Tür, sagte an, wohin der Bus fuhr, und überredete die Leute zum Einsteigen. Während der Fahrt kassierte er und die Münzen schepperten in seiner Hosentasche.

— Jetzt lassen wir mal Hans aus dem Spiel, sagt Muttchen, im Moment geht es um dich. Georg kann dir bestimmt helfen. Oder Onkel Werner.

— Soll ich etwa nach Anklam gehen? In dieses Kaff? Also, ich arbeite doch und was ich verdiene, ist nicht schlecht.

— Ja, aber was ist das für eine Arbeit? Junge, versteh mich doch! Ich will doch nur, dass du dein Leben nicht verschwendest.

— Mach ich schon nicht.

Solche Predigten gingen bei mir zum einen Ohr rein und zum anderen wieder raus. *Das Gehirn auf Durchzug stellen*, so hat Roller das genannt und darin hatte er eine Menge Erfahrung.

Neben meinem Geburtstag gab es im Juni 95 noch ein anderes wichtiges Ereignis. Siegfried Wagenbeck hat das BFD ins Leben gerufen, das *Bündnis für Freiheit und Demokratie*. Bei der Gründung saßen sie zu dritt in der Küche seiner kleinen Wohnung. Die war an der Zionskirche, keine Viertelstunde von uns weg.

Von Siegfried Wagenbeck hatte man schon einiges gehört. Der nahm kein Blatt vorn Mund und war dafür ein paar Mal im Knast gelandet. Doch die hatten ihn nicht kleingekriegt und er hat immer weitergemacht.

Seit der alte Kroll tot war, hatte sich manches verändert, doch das reichte den Leuten nicht. Die Stimmung im Land war wie ein aufgestauter See, der gegen den Damm drückte. Mit der Gründung des BFD hat Wagenbeck den ersten Stein aus diesem Damm gebrochen. Zuerst tröpfelte es nur, daraus wurde ein Rinnsal, das wurde größer, ein zweiter Stein lockerte sich, ein dritter wurde durch den Druck herausgesprengt und riss andere mit sich.

Als das BFD die erste Versammlung auf dem Helmi gemacht hat, bin ich hingegangen. Das war Ende August und es war bedeckt. In der Mitte vom Platz stand ein Laster mit offener Ladefläche, davor drängten sich bestimmt vierhundert Leute und es kamen ständig mehr.

Die Frau auf dem Laster hat so leise geredet, dass ich kein Wort verstanden hab. Die Leute neben mir haben angefangen, sich übers Wetter zu unterhalten. Danach kam ein Mann, der war zwar zu verstehen, doch was er gesagt hat, war so langweilig, dass ich fast eingeschlafen bin. Die Ersten sind gegangen.

Auf einmal sagt er: *Und jetzt spricht zu Ihnen Siegfried Wagenbeck!* In dem Moment reißt der Himmel auf, die Sonne bricht durch, scheint auf den Laster und dort steht er, im Licht! Eine kräftige Gestalt mit einem mächtigen Kopf. Das ungebändigte schwarze Haar ist durchzogen von ersten grauen Strähnen. Sein Blick ist in die Ferne gerichtet. Die Leute sind still und sehen zu ihm auf. Schlau gemacht.

Mit seiner tiefen, dröhnenden Stimme spricht er vom Gelobten Land. Von einem Land der Demokratie und Freiheit. Von einem Land, in dem es jedem Einzelnen gut geht, und nicht nur den Schmarotzern an der Spitze. Die Leute sind wie gebannt – bis die Sirenen aufheulen.

Die Bullen kommen von allen Seiten. Mit Holzknüppeln und Eisenstangen gehen sie auf die Menschen los und prügeln auf alles ein, was sich bewegt. Die Leute schreien, heulen und jammern. Ich will nur weg, da trifft mich der erste Schlag am Arm. Das brennt und mir kommen die Tränen. Der nächste Schlag geht in die Rippen. Ich krieg keine Luft, bleib hängen und geh zu Boden. Um mich rum Schuhe, Blut und Stiefel, Knirschen und Kreischen. Einer tritt mir aufs Schienbein, einer steigt auf meine Hüfte. Mir wird schwarz vor Augen.

Jemand packt meine Hand und zieht mich hoch. *LOS!* Ich renne und schubse, schlage und trample auf Hände und Beine, brülle wie ein brennendes Tier. Nur weg! Weg, weg, weg von hier! Der erste Schuss. Für einen Wimpernschlag ... Stille ... dann bricht die Hölle los und reißt mich mit.

Ich steh vor unserer Haustür, weiß nicht wie. Rein da! Schnell! Und zu. Auf der anderen Seite Sirenen, Schüsse und Schreie. Ich rutsch an der Hauswand runter, sack in mich zusammen und flenne wie ein kleines Kind.

Die Schmerzen kamen später. Mir tat alles weh. Beim Bücken und Aufstehen standen mir Tränen in den Augen, ich konnte nur auf dem Rücken liegen und auch das war nicht ohne. Doch ich hab meine Verletzungen mit Stolz ertragen, denn ich hatte sie im Kampf für die Freiheit gekriegt, im Kampf für die gute Sache. Daran hab ich geglaubt und andere sollten davon wissen. Je öfter ich die Sache erzählt hab, desto heldenhafter wurden meine Taten. Nur mein Muttchen durfte davon nichts mitkriegen, nicht nach der Sache mit meinem Vater.

— Überfallen haben sie mich, hab ich zu ihr gesagt, drei Mann. Die wollten die Kohle haben, das bisschen. Aber ich hab mich gewehrt und–

— Meine Güte, am hellichten Tag?

— Das Verbrechen schläft nicht.

— Ich bin nur froh, dass du nicht bei dieser Versammlung warst.

— So weit kommt's noch, sag ich und dreh mich zum Fenster.

Aus dem Haus gegenüber kommt der Opa, der jeden Tag zweimal mit seinem Hund rausgeht. Der Hund ist klein und dick. Sechs Leute haben sie auf'm Helmi erschossen und drei sind totgetrampelt worden. Die Flecken aus getrocknetem Blut sind noch Tage später zu sehen.

— Josua! Sieh mich an und sag mir, dass du so etwas nicht machst!

Der Opa schlurft los und sein Hund tippelt hinterher. *Halb Ofenrohr, halb Perserteppich*, denke ich, so nennt der olle Krüger den Hund. Wenn der eine stirbt, macht der andere auch nicht mehr lange. Ich dreh mich um.

— Hab ich doch schon gesagt.

— Ach Junge, sagt sie und umarmt mich, pass bloß auf dich auf.

In Wahrheit hatte ich auf dem Helmi meinen Zoll bezahlt und das war jetzt auch meine Sache. Ich bin regelmäßig zu den Versammlungen vom BFD gegangen. Wenn die Bullen kamen, krachte es. In Kreuzberg sind sie einfach in die Menge gefahren – drei Tote. In Schöneberg haben sie einen Jungen erschossen, der war erst elf. Am Antonplatz haben sie eine schwangere Frau so zusammengeknüppelt, dass sie auf'm Pflaster verblutet ist, und keiner von denen hat was dagegen gemacht.

Oft haben sich die Arschlöcher vom NSD unter die Leute gemischt und versucht, von innen heraus Stunk zu machen. Das konnte allerdings nach hinten losgehen. Wenn die Leute einen

Spitzel in die Finger kriegten, wurde der verdroschen oder totgeschlagen.

Im Winter flaute das mit dem BFD ab. Revolution hin oder her, wenn es draußen nasskalt und matschig ist, bleiben die Leute lieber zu Hause. Die Geschäfte am Kranzler dagegen liefen gut, gerade vor dem Fest der Liebe. Die reichen Knöppe entdeckten den barmherzigen Samariter in sich und die Bongos waren besonders spendabel – bevor sie mit gutem Gewissen nach Hause flogen, um in ein paar Tagen das auszugeben, was ich im Jahr nicht verdient hab.

Mit dem Frühling kam das BFD zurück, stärker als zuvor. Wenn Siegfried Wagenbeck angekündigt war, strömten Tausende zusammen und die Bullen konnten immer weniger machen. Bei einer seiner Reden hab ich Iwan näher kennengelernt.

Iwan stammte aus Lichtenrade, aber er sah aus wie ein Russe, deshalb der Name. Keiner wusste, wie er in Wirklichkeit hieß, und es war gut möglich, dass er es selbst vergessen hatte. Er war um die vierzig und hatte eine Reihe Taxis am Laufen. Die meisten standen gegenüber vom Kranzler, daher kannten wir uns vom Sehen.

Siegfried Wagenbeck stand auf einer Holzkiste und redete. Die Leute klatschten und johlten nach jedem dritten Satz. *Genau!*, rief einer und ein anderer, *diese Schweine!* Iwan stand am Rand der Menge und rauchte eine.

— Tach Iwan, hab ich gesagt und mich neben ihn gestellt, ganz schön was los hier, nicht?

— So sieht's aus.

Ich steck mir eine an und muss daran denken, wie ich als Kind bei Pfarrer Balke in der großen, alten Bibel geblättert habe. Auf einem der Bilder predigte Moses vor dem Volk. Sein Umhang wehte im Wind und am Himmel türmten sich die dunklen Wolken.

— Reden kann er, sag ich, und die Leute hören auf das, was er sagt. Ich denke, wenn einer was verändern kann, dann er.

— Soso. Denkst du das? Na von mir aus.

— Meinst du nicht? Guck dir das doch an hier und–

— Ich sag dir eins. Falls der mal ans Ruder kommt, wird er sich nur sein eigenes Stück vom Kuchen abschneiden, ein dickes Stück. Danach sind seine Kumpels dran und am Ende hat sich nichts geändert. Nur die Namen.

— Das glaub ich nicht.

— Kann ich mir vorstellen, sagt er und drückt seine Kippe aus. Wahrscheinlich glaubt er das auch nicht. Aber so wird es kommen, das kann ich dir jetzt schon sagen. Den wahren Charakter eines Menschen erkennst du erst, wenn du ihm Macht gibst. Und bei den allermeisten Leuten ist das ein Scheißcharakter, das kannst du mir glauben.

Iwan steckt sich eine neue an. Siegfried Wagenbeck ist fertig und die Leute jubeln, pfeifen und klatschen. Er hebt die Arme und guckt über die Köpfe der Menschen hinweg.

— Noch was anderes, sag ich und trete meine Kippe aus.

— Wenn's nichts mit Politik zu tun hat?

— Nein, was ganz anderes. Wenn du mal wieder 'n Fahrer suchst, dann denk an mich. Fahren kann ich.

— Nicht mehr zufrieden bei den Parkis?

— Doch, aber ist auch nichts für die Ewigkeit.

— Hm. Na mal sehen.

Onkel Werner hatte mir das Fahren beigebracht. Wenn er uns besuchte, kam er mit seinem Lieferwagen. Der fuhr nicht schnell und klapperte an allen Ecken, aber er fuhr. Monatelang hatte ich ihn bekniet, mich mal ans Steuer zu lassen. Eines schönen Tages sind wir raus nach Pankow auf einen Parkplatz und er hat mir gezeigt, wie's geht. Das haben wir drei, vier Mal wiederholt und ich hatte den Bogen raus. Die Fahrerlaubnis gab's zu kaufen. Ein Passbild, zwanzig Mark, und schon darf man alles fahren, was Räder hat. Amtlich.

Iwan ist nicht darauf zurückgekommen und ich hab gedacht, das ist seine Art der Antwort. Außerdem hatte ich andere Sachen im Kopf.

Das war im Sommer 96, kurz nach meinem achtzehnten Geburtstag. Im *Prater* tagte die Ortsgruppe vom BFD und ich bin hingegangen, ohne viel zu erwarten. Kleine Lichter würden sich in die Haare kriegen und über die richtige Linie streiten. Immerhin konnte ich ein Bier trinken. Oder zwei.

Der Prater ist der älteste und schönste Biergarten in Berlin und er ist bei uns um die Ecke. Es war noch hell, aber sie hatten die bunten Lampen zwischen den Bäumen schon angemacht. Um einen Tisch hatte sich eine Traube gebildet, das war die Versammlung und die Streiterei war in vollem Gange.

Ich wollte gerade hin, als ich sie gesehen hab. Sie lehnte an einem Baum und guckte mich an. Ich weiß nicht, wie lange wir uns angesehen haben, doch eins weiß ich: Wenn in dieser Zeit einer zwischen uns durchgegangen wäre, der wär mit einem Schlag verkohlt und als Asche auf den Boden gerieselt.

— Hallo, hab ich gesagt, als ich vor ihr stand.

— Hallo.

Sie hatte braune Augen und die schönste Stimme der Welt.

— Ich ... wolltest du auch zu der Versammlung?

— Ja, sagt sie, wollte ich eigentlich, aber ...

— Satz mit x?

— Was?

— War wohl nix.

Sie lacht und ich auch. Über so einen blöden Spruch.

— Ein Bier?

— Warum nicht.

— Ich komme gleich wieder. Geh bitte nicht weg.

Mit den beiden Pilsetten haben wir uns in eine Ecke gesetzt und geredet. Über Gott und die Welt und das, was dazwischen ist.

Einerseits hatten wir uns gerade erst kennengelernt, alles war neu und aufregend. Es lag diese Spannung in der Luft, die es nur gibt, wenn sich was anbahnt. Andererseits waren wir wie alte Freunde, die sich lange nicht gesehen hatten.

Wir haben nicht gemerkt, wie es dunkel wurde und dass alle anderen schon gegangen waren. Bis die Chefin vor uns stand. Die Bänke standen umgedreht auf den Tischen und die bunten Lampen waren aus.

— So, meine Hübschen, hat sie gesagt, dann wollen wir mal. Von mir aus könnt ihr noch die ganze Nacht turteln, aber nicht mehr hier.

Katharina nach Hause zu bringen war eine halbe Weltreise. Als wir da waren, bin ich fast umgefallen, denn sie wohnte in einer piekfeinen Villa in Grunewald. Ihr Alter war ein hohes Tier bei der Partei und Stellvertreter von einem der Minister. Ich glaube, Katharina hat sich nur deshalb mit dem BFD eingelassen, um ihm eine zu verpassen.

Wir standen auf dem Gehweg vor ihrem Haus. Es war Nacht und der Wind rauschte in den Blättern über uns. Wir haben uns angesehen und schließlich geküsst. Ein langer Kuss. Sie ist reingegangen und ich hab gewartet, bis alles dunkel war im Haus.

10

— Wie heißt sie denn?, sagt mein Muttchen am nächsten Morgen.

Sie sitzt am Fenster und flickt eine Hose, draußen scheint die Sonne. Ich hab mir in der Küche das Gesicht gewaschen und steh in der Tür. Müde und trotzdem aufgedreht wie ein Kreisel.

— Bring sie doch mal mit, dann lernen wir uns kennen.

— Ja, sagt Hans und drängelt sich an mir vorbei, bring sie doch mal mit.

Als ich auf 'n Parkplatz kam, hat Schmittchen gegrinst wie ein Puffkellner und die anderen waren nicht besser. Offenbar stand auf meiner Stirn, dass ich hoffnungslos verschossen war. Denn genau so war es.

Wir hatten uns für den Abend im Prater verabredet und der Tag kroch dahin wie eine alte Schnecke. Ich hab so viele Kippen durch den Schornstein gejagt wie sonst in einer Woche. Endlich wurde es Zeit und ich konnte los. Nichts ging mir schnell genug und wehe, jemand kam mir in die Quere. Je näher ich allerdings dem Prater kam, desto langsamer wurde ich.

Was ist, hab ich gedacht, wenn sie gar nicht kommt? Wenn dort nur die alten Knacker sitzen, die immer da sind? Dann fällt alles in sich zusammen und ich mach mich zum Affen. Ich war kurz davor umzudrehen, um mir diese Blamage zu ersparen.

— Da ist er ja!, sagt die Chefin, als ich im Eingang stehe. Hab ich doch gesagt! Wär auch 'ne gottverdammte Schande, so 'n hübsches Mädchen einfach sitzen zu lassen. Männer machen so was ständig, das weiß keine besser als ich. Aber noch nicht in dem Alter.

— Marianne, sagt einer von den alten Knackern, dich hat doch noch keiner von den Kerlen sitzen gelassen, dazu sind die gar nicht gekommen. Die hast du alle vorher schon im Bett zerquetscht, das hast du nur nicht gemerkt.

— Noch so 'n Spruch, sagt die Chefin, dann nehm ich dir dein Bier weg und du wanderst für eine Woche ins Trockendock. Haben wir uns verstanden?

Alle lachen und ich geh langsam zu unserem Tisch. Mein Kopf ist wie ein leerer alter Eimer.

— Hallo, sag ich und setz mich zu ihr.

— Hallo.

— Wartest du schon lange?

— Schon mein ganzes Leben.

— Na das ... ist ja schon 'ne Weile.

— Ja, sagt sie und grinst, das hab ich aus einem Film, aus ... aus einem Liebesfilm.

Wir haben uns geküsst, lange und immer wieder. Von diesem Abend an waren wir zusammen. Richtig, wirklich und wunderbar.

Wir haben jede freie Minute miteinander verbracht. Morgens haben wir uns manchmal im Grunewald getroffen, noch bevor ich zum Kranzler und sie in die Uni musste. Wir haben lange Spaziergänge gemacht und geredet.

Nachmittags sind wir zum Wannsee rausgefahren und haben gebadet. Oder wir haben an der Spree gesessen. Katharina hat einen Korb mit belegten Broten von zu Hause mitgebracht, nur die feinsten Sachen. Wir haben uns die Happen gegenseitig in den Mund geschoben und rumgealbert. Sie hat mir von ihren Eltern erzählt, wie sie das alles ankotzt. Ihr Vater war ein verlogener Sack und hatte ein Verhältnis mit seiner Sekretärin. Ihre Mutter hasste ihn dafür, doch hatte Angst, den Arsch zu verlassen, ihn und das gute Leben.

Am schönsten war es abends auf dem Kreuzberg. Unter uns lag die Stadt im Dunst, der Lärm war nur ein fernes Rauschen, nach und nach gingen die Lichter an. Die Sonne verschwand am Horizont und unter einem flammenden Himmel türmten sich Wolkengebirge mit dunklen Schluchten und leuchtenden Gipfeln. Wir haben uns Geschichten ausgedacht, wie es wäre, diese Berge zu bezwingen, und wie es dahinter aussieht. Im Land auf der anderen Seite.

Es war eine Frage der Zeit, bis ihr Vater mitkriegte, was lief. Er war nicht begeistert, nicht von mir und nicht von uns. Aber was konnte er machen? Nichts und niemand konnte uns trennen.

An einem sonnigen Tag im September kommt Iwan auf mich zu.

—Tach, sagt er und macht sich eine Kippe an, alles klar so weit?

—Alles in Butter.

—Weißt du noch, diese Zirkusveranstaltung oben im Wedding, als wir uns ... erinnerst du dich?

—Ist schon 'n bisschen her.

—Die Sache, dass du mal Taxi fahren kannst, wenn ich einen brauche, ist die noch aktuell?

Mit einem Mal wurde der Himmel blauer, die Blätter an den Bäumen wurden grüner und die fetten Karossen blitzten wie noch niemals zuvor.

—Was ist jetzt? Gilt das noch oder nicht?

—Sicher. Doch, auf jeden Fall. Natürlich!

—Jetzt krieg nicht gleich 'n Herzkasper. Das ist nur zur Vertretung. Mehr läuft nicht, klar?

—Verstanden.

—Na gut. Komm mal Montag so gegen neun zu mir rüber, dann erklär ich dir, wie das bei uns läuft.

Am Montag war ich Schlag neun bei Iwan. Auf dem Bürgersteig hinter den Taxis stand eine alte Parkbank, auf der saß er und rauchte.

—Pünktlich wie die Maurer, sagt er und nimmt einen Zug, gefällt mir. Denn das Taxigeschäft ist ein Termingeschäft. Daran können sich die Flachpfeifen da hinten mal ein Beispiel nehmen!

Die anderen Fahrer stehen beim letzten Wagen zusammen, unterhalten sich und gucken nicht mal.

— Na ja, jedenfalls ... für dich läuft es folgendermaßen. Wenn mal Not am Mann ist, bist du ab heute die Vertretung. Das kann auch von jetzt auf gleich passieren, klar?

— Klar.

— Na gut, sagt er und nimmt einen Zug. Was das Finanzielle betrifft, so krieg ich dreißig Prozent. Der, den du vertrittst, kriegt zehn und du kriegst den Rest. Das sind dann wie viel?

— Das sind ... sechzig Prozent sind das.

— Schlaues Bürschchen. Wenn man mit Geld zu tun hat, schadet es nichts, wenn man ein bisschen rechnen kann. Auch daran können sich die Flachpfeifen ein Beispiel nehmen! Habt ihr das gehört?

Er wirft die Kippe auf den Boden und tritt sie mit dem Absatz aus.

— Und taub sind sie auch noch. Na ja ... Aber von den sechzig Prozent musst du den Sprit bezahlen. Und so kleine Reparaturen, wenn mal was ist. Klar?

— Klar.

Er holt die Schachtel aus der Brusttasche, klopft eine neue Kippe raus und steckt sie sich an.

— Wie bei jeder anständigen Geschichte kommt das Wichtigste zum Schluss. Das ist ein wirklich gut gemeinter Ratschlag und du solltest ihn dir zu Herzen nehmen. Sind auch nur drei Wörter und die sollten sogar im kleinsten Hirn noch ein Plätzchen finden. Bescheiß mich nicht! Spiel nicht mal mit dem Gedanken! Ich merk das und dann kannst du dich frischmachen. Verstanden?

— Verstanden.

— Gut. Dann kannst du gleich loslegen, die Karre steht da drüben.

Das war ein weißer Protea Mark III mit Handschaltung. Der war fünfzehn Jahre alt, die Stoßdämpfer waren runter und er fing an zu rosten. Aber innen sah er gut aus, die Sitze waren mit braunem Samt bezogen. Ich bin eingestiegen, hab eine kurze Andacht eingelegt ... und den Zündschlüssel gedreht. Der Motor sprang sofort an und schnurrte wie ein Kätzchen. Dafür waren die Proteas berühmt. Die Karre konnte auseinanderfallen, doch der Motor lief bis zum Jüngsten Tag.

Kupplung, erster Gang und los ging's. Meine erste Tour. Mir musste keiner erklären, wie der Hase läuft. Wenn einer die Straße runtergeht oder an der Ecke steht und er hat so einen Blick, dann weiß ich, der Mann braucht ein Taxi. Ich weiß das, bevor er selbst auf den Gedanken kommt. Ich hab ein Gespür dafür, ob einer sich unterhalten will oder nicht. Wenn, sag ich das, was er gern hört. So läuft das Geschäft. Es hat nicht lange gedauert und ich hab mehr Kohle gemacht als manche der regulären Fahrer. Das war gut für mich und gut für Iwan.

In der Weihnachtszeit bin ich viel gefahren und auch zwischen den Jahren. Silvester musste ich am Kranzler arbeiten. Katharina war bei ihren Eltern und wir hatten verabredet, Schlag zwölf zum Mond hochzugucken. Dort wären wir zusammen, denn der Mond ist überall derselbe.

— Seht euch das an, hat Schmittchen gesagt, Brenner bewundert nicht das Feuerwerk, sondern den Mond. Das ist wahre Liebe.

Rote und gelbe Raketen zischen durch die Nacht und explodieren in einem Funkenregen. Böller knallen und krachen, ihr Gestank liegt in der Luft und Rauchschwaden ziehen über die Straße.

— Der ist nicht verliebt, sagt Heinzer, der ist bescheuert. Den Mond kann er sich das ganze Jahr über angucken, aber das Feuerwerk nur heute.

— Deshalb hast du auch keine Freundin, sagt Langer.

— Das ist Absicht. Wenn man will, dass etwas wirklich klappt, muss man es selbst in die Hand nehmen.

Alle lachen und Heinzer grinst.

— Und, sagt Schmittchen und legt mir den Arm um die Schulter, was sind deine Vorsätze fürs neue Jahr?

— Tja, sag ich und fang an zu überlegen.

— Du weißt schon, was sich ändern soll und so.

— Gar nichts soll sich ändern. Es soll einfach alles so bleiben, wie es ist.

Doch es blieb nicht so – es wurde noch besser! Mit Katharina war alles so frisch wie am Anfang, wir konnten nicht voneinander lassen und trotzdem waren wir wie ein altes Ehepaar. Je länger wir zusammen waren, desto weniger Worte haben wir gebraucht, um uns zu verstehen.

Mit dem Kranzler hatte ich ein festes Einkommen und durch das Taxifahren konnte ich was drauflegen. Ich stand gut da und konnte Katharina was bieten. Sie hat gesagt, das ist ihr nicht wichtig, aber trotzdem. Zu meinem neunzehnten Geburtstag hab ich mich neu eingekleidet und sie zum Essen ausgeführt. Alles vom Feinsten.

An einem Freitag im August bin ich morgens zu Iwan, um meine Abrechnung zu machen. Er saß auf seiner Bank und rauchte.

— Heute schon Radio gehört?

— Nein, sag ich, was passiert?

— Wie man's nimmt. In einem Jahr sollen Wahlen sein. Haben sie gerade gebracht. *Frei, demokratisch, unabhängig* und so weiter, der ganze Sermon.

— Das ... das ist ja unglaublich!

Wahlen hatte es auch früher schon gegeben. Aber egal, wie viele hingegangen sind und was sie mit den Zetteln gemacht haben, die Wahlbeteiligung lag immer bei 100 Prozent und die NDPAP hat jedes Mal gewonnen, mit 99,9 Prozent. Es gab sowieso keine anderen Parteien und ich hab mich nur gefragt, was mit dem Zehntelprozent passiert ist, das fehlte. Das war wohl das Zeichen für Demokratie.

Bei den letzten Wahlen hatte die NDPAP in Fehrbellin sogar 120 Prozent gekriegt und das ist nur wenigen aufgefallen. Doch damit ist jetzt Schluss, hab ich gedacht, dieses Mal wird alles auffallen. Weil die Leute genau hingucken und die Bongos passen auf, dass keiner bescheißt. Vor allem aber gibt's jetzt was zu wählen und–

— Stimmt, sagt Iwan, *unglaublich* ist das richtige Wort.

— Du glaubst das nicht?

— Ach, die Wahlen wird's schon geben, aber ansonsten? Das ist nur wieder so 'ne Nebelgranate. Denkst du im Ernst, die verzichten einfach auf ihre Posten? Eher schneit's in der Wüste.

Ich ließ ihn reden, denn für mich war die Sache klar. In einem Jahr sind Wahlen und Siegfried Wagenbeck wird gewinnen! Damit wird alles anders, alles wird besser. Viele haben das geglaubt und das BFD hat einen ordentlichen Schub gekriegt.

Am Samstag, den 4. Oktober gab es eine Kundgebung am Alex, es kamen fast zwanzigtausend Leute und die Bullen ließen sich erst gar nicht blicken. Da hatten wir die Wahl schon gewonnen. Am ersten Advent hat Siegfried Wagenbeck am Olympiastadion geredet und ich war dabei. Zehntausende haben ihm zugejubelt – wer sollte uns jetzt noch aufhalten? Danach war ich mit Katharina auf dem Weihnachtsmarkt in Spandau verabredet.

— Du hättest ihn hören sollen, er war großartig! Schade, dass du nicht dabei warst. Dieser Mann, der ... ist irgendwas?

Ich will ihr einen Kuss geben, aber sie weicht mir aus.

— Wollen wir uns dort auf die Bank setzen?, sagt sie.

— Ich dachte, wir wollen auf den Weihnachtsmarkt?

— Ich möchte aber, dass wir uns da hinsetzen. Bitte.

— Von mir aus.

Ich setz mich neben sie und guck mir die Buden an. Leute schlendern vorbei und von den Karussells klimpert Musik zu uns rüber. Mit einem Mal fängt sie an zu weinen.

— Was ist denn heute los mit dir? Ist was mit–

— Ich ... es ist aus!

— Was ist aus?

— Das mit uns.

Sie heult und schluchzt. Ich will meinen Arm um sie legen, doch sie schubst mich weg.

— Lass mich! Lass mich einfach in Ruhe! Ich ...

Langsam sickert durch, was sie gesagt hat.

— Das ist dein Vater, oder? Der glaubt, ich bin nicht gut genug für dich. War ich noch nie! Jetzt droht er damit, dir den Hahn zuzudrehen, aber–

— Mach es mir doch nicht so schwer. Bitte ...

— Ich soll es dir nicht so schwer machen? Und was ist mit mir?

Sie guckt mich an. Ihre Augen sind verheult, aber ihr Blick ist fest.

— Es ist aus. Lass mich einfach in Ruhe!

Sie steht auf und verschwindet in der Menschenmenge. Ich bleib auf der Bank sitzen, allein. Ohne Gefühle, ohne Gedanken. Sie hat alles mitgenommen. Als ob man morgens in seiner Wohnung aufwacht und über Nacht wurde sie völlig ausgeräumt.

Ich hab auf dieser Bank gesessen, bis die Sonne weg war. Ein eisiger Wind kam auf, und ich hab gezittert wie 'n Drogi auf Entzug. Ich bin aufgestanden und losgegangen, den ganzen Weg von Spandau bis nach Hause.

In den nächsten Wochen bin ich oft mit dem Taxi nach Grunewald gefahren. Ich hab den langen Weg gemacht, nur um an ihrem Haus vorbeizufahren. Sie kannte ja den Wagen und ich hab gehofft, dass sie rauskommt und alles ist wieder gut. Sie kam nicht und das Haus wirkte wie ausgestorben.

Silvester musste ich nicht arbeiten. Einladungen gab's genug, aber ich bin zu Hause geblieben. Maria war wieder in ihrem Kaff, weil sie dort einen Freund hatte und mit dem wollte sie reinfeiern. Hans war auf der Piste und so war ich mit Muttchen allein. Noch vor einem Jahr, hab ich gedacht, wollte ich nur, dass alles so bleibt, wie es ist. Und jetzt? Jetzt will ich gar nichts mehr. Ist sowieso alles egal.

—Ach Junge, hat Muttchen gesagt, ich weiß, das klingt hart, aber so etwas geht vorüber. Das Leben geht weiter.

—Das klingt nicht hart. Das klingt nur so ... so abgenutzt.

—Stimmt. Aber frag dich mal, warum das so klingt? Weil das schon viele Menschen vor mir gesagt haben. Die meisten von denen wussten nur zu gut, worüber sie reden, und ich weiß es auch, das kannst du mir glauben.

Draußen ging das Feuerwerk los und auf der Straße grölten die ersten Besoffenen. Muttchen hat das Licht ausgemacht, mich bei der Hand genommen und gemeinsam standen wir am Fenster, um das neue Jahr zu begrüßen.

11

Anfang März hat Iwan mich beiseitegenommen. Er hat sich eine angesteckt und mir eine angeboten. Iwan teilte seine Kippen nur bei besonderen Gelegenheiten.

—Also, hat er gesagt und mir Feuer gegeben, ich hätte da was für dich.

—Ja?

—Du bist kein schlechter Fahrer und kommst nicht aus Dummenau. Wenn du willst, kannst du ab Mai richtig bei mir einsteigen. Nicht nur Vertretungen und so. Du verstehst, was ich meine?

—Sicher, sag ich und denke, *das Leben geht weiter.*

—Damit ändert sich einiges für dich. Du gibst mir keine Prozente mehr, sondern fuffzig Mark die Woche. Ganz egal, was passiert, ich krieg mein Geld. Alles, was drüber ist, kannst du behalten.

—Was ist, wenn ich keine fuffzig verdiene?

—Das ist nicht mein Problem. Ich krieg mein Geld, und fertig. Auch wenn die Scheißwelt untergeht, am Jüngsten Tag kreuzt du hier auf und gibst mir meine fuffzig Mark. Klar?

—Klar.

—Gut. Und versau mir die Karre nicht.

Die Jungs vom Kranzler hatten schon lange rumgemosert, dass ich zu selten da bin. Meine Prozente hab ich gekriegt, aber nicht viel dafür gemacht. Ende April bin ich mit einem Kasten Bier und einer Pulle Schnaps zum Kranzler getrabt und wir haben meinen Abflug begossen. Das war kein großer Abschied, denn die Taxis standen ja gegenüber, aber ein Abschied war es schon.

Am 1. Mai hab ich bei Iwan angefangen. Ich hatte keine Mühe, die fuffzig Mark zusammenzukriegen. Wenn das weg war, die

Kohle fürs Tanken und die paar Kleinigkeiten am Auto, blieb für mich immer noch mehr als genug. Mit zwei-, dreihundert Mark im Monat konnte ich rechnen. Mein Muttchen hat nur hundertachtzig verdient und dafür saß sie zehn Stunden am Nähtisch, sechs Tage die Woche.

Ich hatte wieder Oberwasser. Der Winter war vorbei, der Rubel rollte und ich musste seltener an Katharina denken. Zwischendurch hatte ich zwei kurze Nummern, das hat geholfen. Der Sommer fing verregnet an und wurde dann heiß und trocken. An einem Morgen Anfang Juli hat Iwan mich zu sich gewunken.

—Ich hab gerade einen Anruf gekriegt, das kannst du heute machen. Eine von den PWEs, guter Kunde. Bei denen muss man pünktlich sein. Der Fahrer, der das sonst macht, hat was mit dem Magen, und auf die anderen Luftpumpen hier kann ich mich nicht verlassen.

PWE war die Abkürzung von *Partner für Wiederaufbau und Entwicklung*. Die stürmten ins Land und ich hab nie verstanden warum. Als ob es bei uns was zu holen gibt. Aus aller Herren Länder kamen die, gefolgt von haufenweise *Internationales Irgendwas*. Dazu diverse Kirchen, Initiativen, Bündnisse und was weiß ich noch alles. Jede Truppe hatte ihr eigenes Kürzel, ihr eigenes Bildchen und einen tollen Spruch auf'm Auto. Die konnte ich in Ruhe studieren, während die Herrschaften im Kranzler die Kohle auf'n Kopp hauten.

—Alles klar, sag ich, wann und wo?

—Um elf in der Tiergartenstraße 12, kann man sich ja gut merken. Aber den Namen krieg ich nie zusammen. Irgendwas mit *Kooperation* und *Wasser* und *Abwasser*. Siehst du schon, steht auf dem Schild am Tor.

—*Abwasser*? Hoffentlich steigt da kein versiffter Klempner ein und verdreckt mir die ganze Karre.

—Nein, sagt Iwan und lacht, da musst du dir keine Sorgen machen. Die von den PWEs machen die Arbeit ja nicht selbst. So weit kommt's noch. Die sagen nur, wie die anderen ihre Arbeit machen sollen.

—Und die–

—Die machen die Arbeit dann auch nicht. Aber alle sind schwer beschäftigt und gut bezahlt.

—Aha. Und wen hol ich nun ab? Irgend so 'n Fred Wichtig?

—Ach was, nur eine kleine Sekretärin, die da für die Bongos arbeitet und irgendwas erledigen muss.

Punkt elf war ich bei der Adresse und hab kurz gehupt. Das Tor ging auf und ich dachte, mich trifft der Schlag! An dem Tag trug sie ihr grünes Kleid, dazu eine passende Handtasche und die blonden Haare waren hochgesteckt. Sie stieg hinten ein und lehnte sich zurück.

—Zur IBEWA bitte.

Meine Fresse, denke ich, das ... das darf ich jetzt nicht versaubeuteln. Auf keinen Fall! Da muss ich ganz–

—Hallo, sagt sie, jemand zu Hause? Das ist doch ein Taxi, oder nicht?

—Doch, ich ... zur IBEWA, natürlich. Die ist oben am Kaiserdamm, alles klar.

Sie lächelt nur und wirft einen Blick in ihre Tasche. Ich verstell den Innenspiegel so, dass ich sie sehen kann, und wir fahren los. Sie sagt kein Wort und guckt aus dem Fenster. Ich überlege hin und her, wie ich ein Gespräch mit ihr anfangen könnte, aber mir fällt nichts ein.

Wir sind schon auf dem Kaiserdamm, da beugt sie sich vor. Ich kann ihr Parfum riechen.

—Nur eine Frage, sagt sie.

—Ja, natürlich.

—Werden wir verfolgt?

—Ob wir ... was?

— Die Frage war, ob wir verfolgt werden?

— Wie kommen Sie denn darauf?

— Na ja, sagt sie und lehnt sich wieder zurück, Sie sehen öfter in den Rückspiegel als auf die Straße und deshalb dachte ich, dass uns vielleicht jemand folgt.

Ich werde ganz klein in meinem Sitz. Zum Glück kommt in dem Moment die IBEWA in Sicht, die *Internationale Bank für Entwicklung und Wiederaufbau*, ein Protzbau gleich hinter'm Lietzensee. Mit Hupen und Drängeln schaff ich es auf die andere Seite und halte vor dem Eingang.

— Soll ich warten?

Sie lächelt und nimmt ihre Handtasche.

— Warum nicht. Immerhin bin ich bei Ihnen vor Verfolgern sicher.

Sie ist ausgestiegen und ich hab mir einen Parkplatz gesucht. Verdammter Idiot, hab ich gedacht, was musst du sie auch ständig anstarren? Wie blöd kann man sein? *Werden wir verfolgt?* Du Volltrottel! Da kam mir die Idee.

Nach einer Viertelstunde stand sie wieder vor dem Eingang und hat nach mir gesucht. Ich bin vorgefahren und sie ist eingestiegen. Ich hab mich in den Verkehr eingefädelt und hinter der nächsten Kreuzung meinen ganzen Mut zusammengenommen.

— Also, ich ... ich hab die Lage noch mal überprüft.

— Welche Lage denn?

— Das mit den Verfolgern.

— Interessant, sagt sie und beugt sich vor.

Wieder dieses Parfum.

— Allerdings.

— Und, wie ist die Lage?

— Nun, leider kann ich nicht ausschließen, dass Sie verfolgt werden. Die Möglichkeit besteht.

— Soso, sagt sie und lehnt sich wieder zurück.

— Ja, und deshalb ... also darum würde ich Sie heute Abend gern nach Hause fahren. Nur zur Sicherheit.

Ich stell den Innenspiegel so ein, dass sie nicht mehr in meinem Blickfeld ist. War den Versuch wert, denke ich. Dann eben nicht. So umwerfend ist sie auch nicht. Als wir vor ihrem Büro anhalten, steigt sie aus, wirft die Tür zu und geht zum Tor. Kurz davor dreht sie sich um.

— Dann um halb sechs hier. Und ... ich heiße Ingrid.

Das Tor schloss sich hinter ihr und ich hab erst mal die Karre absaufen lassen. Das ist mir noch nie passiert. An der Ecke hab ich einem Laster die Vorfahrt genommen, erst seine Hupe hat mich zur Besinnung gebracht. Sie hat mich nicht mal bezahlt, hab ich gedacht. Aber egal! Scheißegal und schönegal, das geht aufs Haus.

Am Abend hab ich sie nach Hause gefahren und mehr war nicht. Am nächsten Abend stand ich wieder vor dem Tor und sie war kein Stück verwundert, mich zu sehen. Zum Abschied hat sie mich auf die Wange geküsst. Am dritten Abend haben wir wild rumgeknutscht und am Ende der Woche waren wir ein Paar. Wir haben zusammengepasst wie Topf und Deckel.

Das war eine verrückte Zeit. In unseren Herzen tobten Liebe und Leidenschaft und in der Stadt tobte der Wahlkampf. Kroll und seine Truppe kämpften mit allen Mitteln. Das fing beim Termin an. Sie haben die Wahl nicht zufällig in den August gelegt, in den Hochsommer! Wenn die Hitze in der Stadt brütet, haben sie wohl gedacht, sind die Leute schlapp. Die Bongos haben das nicht mitgekriegt, denn bei denen zu Hause ist ja immer Sommer.

Einen Monat vorher war die Stadt ROT. Das war die Farbe der NDPAP, denn das A und P stand ja für *Arbeiterpartei*. An jeder Ecke wehten ihre Fahnen und an jeder Wand klebten ihre Plakate. Autos mit Lautsprechern auf dem Dach fuhren durch die Straßen und verkündeten die großen Lügen. *Mehr Geld, mehr Strom, mehr Wasser, mehr Schulen, mehr Krankenhäuser, mehr Arbeit ...*

— Die versprechen das Blaue vom Himmel, hab ich zu Ingrid gesagt, aber wer ist noch so blöd und glaubt das? Ich meine, wenn die das alles wollen, warum haben sie's nicht schon längst gemacht? Die sind doch am Ruder.

— Außerdem haben sie keinen Sinn für Farben.

— Sie haben keinen Sinn für ... was?

— Für Farben. Auf roten Plakaten versprechen sie das Blaue vom Himmel, sagt sie und schüttelt den Kopf, das passt einfach nicht.

Anfang August hab ich Siegfried Wagenbeck auf einer Kundgebung in Moabit gehört und bei der Gelegenheit hat er gesagt, was er von dieser Farbe hält.

— Dieses Rot steht nicht für die Arbeiter! Es steht nicht für die Menschen, die jeden Tag schuften und trotzdem am Abend nicht wissen, wie sie ihre Kinder satt bekommen sollen. Denn die hohen Herrschaften interessieren sich überhaupt nicht für die Arbeiter! Sie interessieren sich nur für eins: sich die Taschen vollzustopfen! Mit unserem Geld!

Tausend Pfiffe und Buhrufe.

— Aber wofür steht es dann, dieses Rot? Ihr wisst es und ihr fühlt es! Dieses Rot steht für das Blut der Menschen, die sie auf dem Gewissen haben! Erschossen, zusammengeschlagen und verkrüppelt! Dafür steht dieses Rot: für unser Blut!

Ein Sturm brach los und ich war mittendrin. Ja, unser Blut! Das ist auch mein Blut, und das von meinem Vater!

Zehn Tage vor der Wahl sind die Parteifritzen und ihre Handlanger losgezogen, um Geschenke zu verteilen. Angefangen haben sie mit ihrem Parteischeiß. Hemden, Mützen und Fähnchen. Die wenigsten haben was genommen. Kurz vor der Wahl wurde Mehl spendiert, Zucker, Brot und selbst Kaffee. Auf den Dörfern sollen sie sogar Fahrräder verschenkt haben!

Wie verzweifelt müssen die sein, hab ich gedacht, und wie weit werden sie noch gehen? Am Abend vor der Wahl war ich mit Ingrid zusammen und der Himmel hing voller Geigen. Hinter'm Horizont aber braute sich was zusammen.

Samstag, 15. August 1998, der Tag der Entscheidung. Ich bin früh aufgestanden. In den Bäumen zwitscherten die Vögel und der Himmel war blau. Das war wie ein Versprechen.

Um neun sollten die Wahllokale aufmachen und kurz vorher bin ich mit Muttchen und Hans runter auf die Straße. Hans war erst siebzehn und durfte noch nicht wählen, aber er wollte dabei sein. Eine Menge Leute war unterwegs. Wir mussten in unsere alte Volksschule in der Greifenhagener und als wir um die Ecke biegen, bin ich dem Letzten in der Schlange fast in die Hacken gerannt. Der Laden war noch nicht auf, aber die Schlange war schon mehr als hundert Meter lang.

Kurz nach neun kam Bewegung in die Sache. Es ging voran, allerdings im Schneckentempo. Es gab nicht genug Wahllokale und in den meisten stand nur ein einziges kleines Kabuff, wo man sein Kreuz machen konnte. Die haben sich wohl gedacht, nach ein paar Stunden haben die Leute vom Warten so die Schnauze voll, dass sie nach Hause gehen. Keiner ist gegangen und niemand hat sich vorgedrängelt.

Die Stimmung war wie auf einem Geburtstag. Es wurden Witze gemacht und Geschichten erzählt. Zentimeter um Zentimeter rückten wir unserer alten Schule näher. Bei der Gelegenheit hat mir Hans erzählt, dass der Priebke sich inzwischen totgesoffen hatte und der Direktor war kurz davor.

Gegen eins kam ich in das Klassenzimmer. Muttchen war schon fertig und Hans hat draußen gewartet. Das Kabuff stand in der Ecke und davor saßen drei Heinis hinter einem Tisch. Sonst hatte sich nichts verändert. Nur, dass über der Tafel der junge Kroll hing und nicht mehr der alte. Das war Pflicht. In jedem Klassenzimmer, jedem Büro und jedem Laden hatte so ein Bild zu hängen. Es gab genaue Vorschriften dafür, wie groß das Bild sein sollte und wo es hängen musste. So was kriegen die geregelt, hab ich gedacht, aber jeden Tag Strom, das nicht.

Einer der Heinis gab mir den Wahlzettel und ich bin in das Kabuff marschiert. Es gab keine Stifte, aber das wusste ich schon. Als die ersten rauskamen, hatten sie das erzählt und gleich sind welche losgerannt, um Stifte zu besorgen. Die wurden von einem zum anderen weitergegeben.

Ich hab mein Kreuz gemacht und als ich gegangen bin, hab ich hochgeguckt zum Bild von Karsten Kroll. Tja, mein Freund, du hängst da nicht mehr lange. Aber falls du unbedingt irgendwo hängen willst, das lässt sich einrichten.

Am Nachmittag hab ich Ingrid abgeholt und wir haben uns an die Spree gesetzt. Viele Leute waren unterwegs und alle waren ausgelassen, eine Spur zu ausgelassen.

12

Erst am Sonntag war mit den Ergebnissen zu rechnen. Schon morgens saß das ganze Land vor dem Radio. Es wurde ein Schlager nach dem anderen gespielt. Ich musste mich ständig kratzen, Hans hat zur Musik mit dem Fuß gewippt und Muttchen hat an ihren Fingernägeln gekaut. Als sie sich dabei ertappte, war es ihr peinlich. Ich hab nur gegrinst.

Zu jeder vollen Stunde gab es Nachrichten. Um acht kam nichts. Um neun kam nichts. Dann platzte die Bombe: *Beim letzten Ton des Zeitzeichens war es zehn Uhr. Hier sind die Nachrichten des Preußischen Rundfunks, wir senden aus Berlin. Guten Morgen! Vor wenigen Minuten hat die amtliche Wahlkommission der Neuen Preußischen Republik das vorläufige Endergebnis der Parlamentswahl vom 15. August dieses Jahres verkündet.*

Es folgt eine Kunstpause und ich rutsche auf meinem Stuhl hin und her. Hans starrt auf den Lautsprecher und Muttchen hält die Luft an.

Nach dem vorläufigen amtlichen Endergebnis erhielt die National-Demokratische Preußische Arbeiterpartei 84,5 Prozent aller abgegebenen Stimmen. Sie bleibt damit die stärkste Kraft im Parlament und besetzt auch weiterhin das Amt des Kanzlers. Das Bündnis für Freiheit und Demokratie erhielt 12,3 Prozent aller abgegebenen Stimmen und zieht erstmalig ins Parlament ein. Die übrigen 3,2 Prozent ver-

— Das ..., sag ich und denke, das kann doch nicht sein, das darf nicht sein! Das ... das können die nicht machen. Es wissen doch alle Bescheid! Jeder weiß, wer gewonnen hat, und alles andere ist eine Lüge! Eine verdammte Lüge und Fälschung! Das ... das können die doch nicht machen!

Hans starrt noch immer den Lautsprecher an.

— Ach Jungs, sagt mein Muttchen und hat Tränen in den Augen, habt ihr wirklich geglaubt, dass–

— Diese Schweine!, sag ich und spring so auf, dass der Stuhl nach hinten wegkippt. Ich … ich weiß auch nicht, was ich geglaubt hab. Aber das …

Ich lauf im Zimmer hin und her und will am liebsten die Schranktür eintreten oder die Scheiben einschlagen! Hans macht das Radio aus und guckt mich an. Muttchen stellt den Stuhl wieder auf und setzt sich aufs Bett.

— In den Psalmen steht, *unser HERR ist groß und von großer Kraft, und unbegreiflich ist, wie er regiert. Der HERR richtet die Elenden auf und stößt die Gottlosen zu Boden.*

— Da scheiß ich drauf!

— Josua!

— Diese Schweine! Diese …

Ich renn raus und werf die Tür hinter mir zu. Die Treppe runter. Wenn mir da einer in die Quere gekommen wäre, dem hätte ich die Fresse poliert. Auf der Straße sind schon eine Menge Menschen unterwegs. Sie haben harte Gesichter und viele ballen die Fäuste. Alle gehen in Richtung Danziger und ich reih mich ein.

An der Ecke stehen die Bullen, vier Mann und ein Hörnertaxi. Wir sind sechzig, siebzig Leute und werden mehr. Langsam schließt sich ein Kreis um sie und es wird lauter. Die Bullen drücken sich an die Karre und haben die Hosen voll.

Der erste Stein fliegt und landet auf dem Dach. *Plong!* Der zweite zerdeppert das Blaulicht. Die Leute johlen und pfeifen. Die vier Affen rennen los, wir lassen sie laufen und lachen. *Diesen Pissern haben wir ordentlich in den Arsch getreten!*, ruft einer und die Leute klatschen und grölen. *Und den anderen werden wir genauso in den Arsch treten!* Klatschen und Pfiffe.

— Das soll uns erst mal einer nachmachen, sagt der Mann neben mir, einem Pisser in den Arsch treten. Reife Leistung!

Ich muss lachen und die Leute ringsum auch. Die Menge setzt sich in Bewegung. Als wir an der Ecke Danziger und Schönhauser ankommen, sind wir mehr als dreihundert. Auch aus den anderen Straßen strömen die Menschen auf die Kreuzung. So viele Leute, denke ich, und so viel Wut!

Uns braucht keiner sagen, wo wir hingehen sollen. Wenn man den Stöpsel aus'm Becken zieht, fließt das Wasser auch von allein in den Ausguss. Richtung Mitte! Dahin, wo die Oberbonzen sich die Eier schaukeln und glauben, sie können uns verarschen! Wir sind Tausende, wir sind eine Macht! Nicht mehr Amboss, jetzt sind wir der Hammer!

Wir marschieren die Schönhauser runter, aus einzelnen Schritten wird ein einziges Stampfen. Wer wir waren, spielt keine Rolle mehr. Jetzt sind wir EINS! EIN zorniges Ungeheuer und unter unseren Füßen erzittert die Welt!

Er richtet die Elenden auf und wirft die Gottlosen zu Boden, denke ich und balle meine Faust so fest, dass die Knöchel weiß werden. *Wirft sie zu Boden!*

Mit einem Ruck kommt das Ungeheuer zum Stehen. Ich recke mich hoch, um zu sehen, was los ist. Sechs Reihen vor mir ist der Anfang unseres Zuges. In der ersten Reihe stehen die Leute dicht zusammen, von einer Straßenseite zur anderen. Die nächsten dreißig Meter ist nichts. Dann kommt die Sperre.

Quer über die Straße stehen sie. Zehn Mannschaftswagen mit der Schnauze zu uns und davor die Bullen in voller Montur. Mit Helm, Schild und Knüppel. Auf den Wagen hocken welche mit Gewehren. Wenn wir nach Mitte wollen, müssen wir da durch.

Es ist still. Ein Vogel zwitschert. Was, denke ich, mach ich hier eigentlich? Es ist Sommer, die Sonne scheint und ich hab eine Freundin. Ich sollte am Wannsee sitzen und den Tag genießen, nicht hier stehen und darauf warten, dass ...

Aber das könnte denen so passen! Am besten sitzen wir alle am

Wannsee und denken nicht groß nach. Wie eine Herde Schafe, die sie mal hierhin und mal dorthin treiben können, und–

Hier spricht die Polizei! Diese Demonstration ist nicht genehmigt und gegen das Gesetz. Sie haben fünf Minuten Zeit, diesen Ort zu verlassen. Danach werden wir diese illegale Zusammenrottung auflösen. Eine weitere Warnung wird es nicht geben.

Ein paar Pfiffe und Buh-Rufe. Die Bullen schlagen mit ihren Knüppeln auf die Schilde. *Plock, Plock, Plock.* Alle im selben Takt und immer lauter. *Plock, Plock, Plock.* Meine Knie werden weich und die eine Rippe tut weh. Die erinnert sich an den Knüppel.

Abhauen kann ich nicht, die Leute stehen dicht an dicht. Und abhauen will ich nicht, nicht nach diesem Beschiss, nicht heute! Keiner ist gegangen. In einem hohen Bogen fliegt der erste Stein. Trifft eine Karre am Kühlergrill und plumpst auf die Straße. Für einen Moment ist Ruhe ... und im nächsten bricht die Hölle los!

Steine fliegen und Flaschen. Die Leute pfeifen, grölen, johlen. Hinter mir kreischt eine Frau, ein Mann brüllt sie an, andere brüllen zurück. Ein Ballern. Qualmende Büchsen landen in der Menge. *Gas! Das ist Tränengas!,* hör ich noch und schon brennen mir die Augen. Ich kann nichts sehen, stoß einem in die Rippen, einer tritt mir auf die Hacken, dass ich schreie.

Die Ersten stürmen los, andere folgen, ich auch. Jetzt ... jetzt machen wir sie fertig! Jetzt sind wir am Drücker! Alles ist verschwommen und mir ist schlecht, scheißegal! Diese Schweine! Die können sich frischmachen. Wie viele sind das schon? Fuffzig? Sechzig? Wir sind dreitausend! Diese–

Ein Schuss.

Die Zeit bleibt stehen.

Noch ein Schuss, noch einer, noch ... neben mir greift sich ein Mann an die Brust und sackt in sich zusammen. Einer kommt auf mich zu, das halbe Gesicht nur Knochen und Blut. Schüsse,

Schreie, Schluchzen, Wimmern. Ein irres Lachen, Rauchschwaden ziehen über die Straße.

Ich lauf weiter. Einer greift meinen Arm, ich schüttel ihn ab. Alles im Nebel. Schwankende Gestalten. Ein Bein, mein Fuß, ich lande im Dreck. Ein Kopf. Aus dem Loch in der Schläfe pulst Blut. Ich dreh mich um und bleib liegen. Die Welt verschwimmt.

Nach ... ich weiß nicht, ich ... liege auf dem Pflaster und hebe den Kopf. Vorsichtig. Scherben, Steine, leere Patronen. Und Leichen. Manche friedlich, andere verkrümmt und verrenkt. Überall Blut. Es stinkt nach Pisse. In der Ferne knallen Schüsse. Mir wird schlecht. Ich schaffe es auf alle viere und es kommt mir aus Mund und Nase. Mit den Händen steh ich in meiner Kotze und würge, bis alles raus ist. Ich ... ich muss hier weg!

Auf die Knie. Hände abwischen. Alles dreht sich, mir wird schwarz vor Augen ... reiß dich zusammen! Die Bullen kommen wieder und ballern dich weg. Oder schlagen dich tot. Jetzt komm auf die Füße! Vorsichtig ... und los! Nicht stolpern und nicht ausrutschen. Nicht dran denken, dass das alles ... alles Blut ist und ...

Mit jedem Schritt wird es einfacher. Erst in die Senefelder und dann rechts in die Kastanienallee. Kein Mensch zu sehen. Alles wirkt so friedlich. Ich halte mich im Schatten der Häuser. Es ist Hochsommer, doch unter mir nur dünnes Eis. Ein falscher Schritt, es bricht und ich ersaufe. Wie eine junge Katze im Waschtrog.

Die Laster kommen aus der Oderberger. Ich drück mich an die Wand und halte die Luft an. Fünf, sechs, sieben, hinten offen. Das sind nicht die Bullen, das sind Soldaten! Mit Stahlhelm und voll bewaffnet. Sie biegen ab, keiner hat mich gesehen. Meine Hände zittern und die Beine sacken weg. Reiß dich zusammen!

Zur Kreuzung Danziger und Schönhauser. Langsam und in Deckung bleiben. Hier haben wir uns gesammelt. Wie lange ist das her? Keine Ahnung. Ein ganzes Leben. Auf den Straßen liegen Leichen. Sie haben die Leute zurückgetrieben, den ganzen Weg. Und abgeknallt.

Weiter oben auf der Schönhauser brennt ein Auto. Schwarzer Qualm weht die Straße runter. Sonst ist nichts zu sehen. Und niemand. Nur die Toten. So wird's nicht bleiben. Ich muss hier weg, jetzt! Quer über die Kreuzung. Rein in die Danziger, bis zur nächsten Ecke. Ich riskiere einen Blick ... die Lychener ist leer. Los! Nur noch die paar Meter. In den Hausflur und Tür zu!

Ich rutsche an der Wand runter und bleib so sitzen. Mir ist, als ob ich einen Monat nicht geschlafen hätte. Keine fünf Minuten später, auf der Straße, der Lärm von großen Dieseln. Einer nach dem anderen donnert vorbei. Jetzt machen sie alles dicht. Wer jetzt noch unterwegs ist, der ... ich hab so ein Schwein gehabt!

Ich quäle mich die Treppe hoch, Muttchen reißt die Tür auf.

—Junge ... mein Junge, sagt sie und die Tränen laufen ihr runter, ich ...

Sie hilft mir in die Wohnung und ich setz mich hin. Auf den Stuhl, auf dem ich vor ein paar Stunden die Wahlergebnisse gehört hab. Wenn mir da einer gesagt hätte, dass ... mir wird schlecht.

—Du siehst ja ganz grau aus, sagt Muttchen. Und das Blut, bist du ...

—Ist nicht von mir. Das ... wo ist Hans? Ist der etwa–

—Nein, sagt Muttchen und schüttelt den Kopf. Als du so rausgestürmt bist, wollte er hinterher, natürlich. Aber ich hab ihn festgehalten. Bevor der Junge nicht achtzehn ist, sag ich ihm noch, wo es langgeht. Er war nicht begeistert, aber er ist hiergeblieben. Dann gingen die Sirenen los und wir haben die ersten Schüsse gehört und da ... da musste er mich festhalten, damit ich nicht rausgehe, um nach dir zu suchen.

— Und jetzt?

— Er ist drüben beim ollen Krüger und macht was heil. Er hat gesagt, alles ist besser, als hier nur rumzusitzen und zu warten.

— Kann ich was trinken? Mir ist nicht gut.

Sie holt mir ein Glas Wasser. Das trink ich in einem Zug aus und stell das leere Glas zurück auf den Tisch. Schon besser. Sie umarmt mich und streichelt meinen Kopf.

— Ach Muttchen.

— Vorhin, sagt sie und wischt sich mit dem Ärmel die Tränen aus dem Gesicht, vorhin sind sie mit dem Lautsprecherwagen rumgefahren und haben gesagt, man soll auf keinen Fall das Haus verlassen. Um drei soll was im Radio kommen. Das ist gleich so weit.

Ich steh auf und dreh die Kiste an. Die haben Nerven, denke ich. Auf den Straßen verrecken die Leute und im Radio spielen sie Schlager. Die Musik hört auf.

Hier ist der Preußische Rundfunk, wir senden aus Berlin. Es folgt eine offizielle Verlautbarung der Regierung der Neuen Preußischen Republik.

Der Sprecher räuspert sich.

In den letzten Stunden haben kriminelle Banden versucht, die öffentliche Ordnung zu stören. Unterstützt und bezahlt von ausländischen Agenten, wollen sie unser Vaterland ins Chaos stürzen.

Die Sicherheitsbehörden haben alle nötigen Schritte unternommen, um das zu verhindern, und sie werden auch in Zukunft alles tun, um die Bürger unseres Landes vor diesen Elementen zu schützen. Um die Kriminellen endgültig zu fassen und ihrer gerechten Strafe zuzuführen, hat sich der Kanzler schweren Herzens zu folgendem Schritt entschlossen.

Der Sprecher räuspert sich erneut.

Mit sofortiger Wirkung und bis auf Weiteres gilt in der Neuen Preußischen Republik das Kriegsrecht. Von achtzehn Uhr am Abend bis sechs Uhr am Morgen gilt eine uneingeschränkte Ausgangssperre. Verstöße dagegen werden sofort und unnachgiebig geahndet.

Das war eine offizielle Verlautbarung der Regierung, es ist jetzt fünfzehn Uhr und zwei Minuten.

13

In den nächsten Tagen und Wochen herrschte Krieg! Krieg auf den Straßen und Plätzen. Krieg in den Schulen und Fabriken. Krieg bei Tag und in der Nacht. In den Städten und sogar in den Dörfern. Krieg!

Die Regierung kämpfte gegen das Volk. Das Volk kämpfte gegen ein Regime von Arschlöchern, Lügnern und Betrügern. Raffgierige und aufgeblasene Fettsäcke. Gegen die ganze verkommene Bande. Gegen ihre Lakaien und Speichellecker.

Es war ein ungleicher Kampf. Sie hatten Soldaten, Maschinengewehre und Panzer. Wir hatten Steine und Flaschen. Und unsere Wut! Das ist eine mächtige Waffe.

Tagsüber gab es Streiks und Demonstrationen. Zehntausende haben mitgemacht, immer und immer wieder. Trotz der Schüsse. Trotz der Prügel. Viele wurden verhaftet und ohne Prozess eingebuchtet. In kleinen, dunklen Zellen. Oder in den Lagern. Viele sind niemals zurückgekehrt. Nicht mal im Sarg.

Nachts wurden Barrikaden gebaut, am nächsten Morgen standen die Bullen dumm da und kamen nicht durch. Nachts wurden Scheiben eingeschmissen und Reifen zerstochen. Dunkle Gestalten kommen, bewegen sich im Schatten und verschwinden unbemerkt. Zwei Minuten später fliegt die Bullenkarre in die Luft! Rauchende Trümmer krachen auf die Straße.

Drei Soldaten stehen an der Ecke und rauchen. Aus dem Nichts kommt eine brennende Flasche geflogen und BAFF! Rauchen ist nicht gut für die Gesundheit, besonders wenn man selber qualmt.

Doch wen die Bullen in die Finger kriegen, den machen sie fertig. Bis er um den Gnadenschuss bettelt. Die Soldaten machen sich das Leben noch einfacher. Erst schießen, dann fragen.

Am schlimmsten sind die Spitzel, immer wieder hat der NSD seine Leute eingeschleust, Verräter! Für die gibt es nur eine Strafe, die Arschfackel. Die kriegen einen Autoreifen über'n Kopf und der wird so weit runtergezogen, bis sie die Arme nicht mehr bewegen können. Benzin rüber und anzünden ... Ich hab bei solchen Sachen nicht mitgemacht, aber ich hab's auch nicht verhindert. Wer uns verpfeifen wollte, der wusste, worauf er sich einließ.

Anfang September sollte in Mitte eine Demonstration stattfinden. Als ich dazukomme, haben sich schon drei-, vierhundert Leute eingefunden. Vor mir rollen zwei Männer ein Transparent aus, da hör ich das Rasseln. Der Panzer kommt aus der Seitenstraße und fährt in die Menge. Ein paar Leute werfen mit Steinen. Die machen PLONG und prallen ab. Nur weg hier, denke ich, bevor es zur Sache geht. Der erste Schuss!

Ich renne, bis ich die Schreie nicht mehr höre. Die Schüsse und Sirenen sind weit weg. In einer Seitenstraße lehn ich mich an eine Mauer, um wieder zu Atem zu kommen, und denke, ich guck nicht richtig!

— Scheiße, Iwan? Bist du das?

Er sitzt mir gegenüber, den Rücken an die Hauswand gelehnt und die Beine von sich gestreckt. Unter dem rechten Oberschenkel ist eine rote Pfütze.

— Nein, sagt er und keucht, sein Zwillingsbruder. Was ... was ist das für 'ne beschissene Frage?

— Meine Fresse! Ist das dein Blut?

— Wo... wonach sieht's denn aus? Angeschossen haben die mich, gerade mich! Da halt ich mich ex... extra raus aus dem ganzen Politikdreck und dann? Fang ich mir 'n Querschläger ein! Was für eine Scheiße. Was für ... für eine beschissene Oberscheiße!

— Wie ist das denn passiert?

— Willst du die Geschichte hören, be... bevor ich hier verblute oder danach? Mann, du ... du musst mir helfen. Sonst war's das.

Er schiebt seinen Rücken die Wand hoch, ein Stückchen. Der Schweiß steht ihm auf der Stirn und er ist blass. Er beißt die Zähne zusammen und rückt noch ein Stückchen hoch. Mit einem Stöhnen sackt er in sich zusammen und sein Blick wird stumpf.

— Wir bringen dich in die Charité! Das schaffen wir, so weit ist das nicht. Los, jetzt reiß dich zusammen!

— Du ... du bist vielleicht ein Schlauberger. Was meinst du, was die tun, wenn da einer mit ... mit 'ner Kugel im Bein auftaucht? Die machen einen Anruf. Und bestimmt nicht beim Pfaffen. Ich ... ich kenn einen in Spandau, der ... der kümmert sich um solche Sachen, aber bis wir da sind ...

Er schluckt und stöhnt.

— Nein, hier ... hier ist Feierabend für mich. Ein Scheißende für ein Scheißleben!

— Das passt ja dann wieder, sag ich und muss grinsen.

— Ja, sagt er und lächelt, das passt.

Kenn ich denn keinen, denke ich, der ... nein. So ein Mist! Aber ich kenn einen, der einen kennt! Vielleicht. Ziemlich sicher. Und die Kneipe, die Roller sein Büro nennt, ist ganz in der Nähe. Zum Laufen zu weit, aber ... verdammt, wenn Iwan mal ein Taxi braucht, ist keins da. Ironie des Schicksals. Allerdings ...

— Warte mal kurz, sag ich und lauf los, ich komm gleich wieder.

— Du Drecksack! Du ... du kannst mich hier doch nicht liegen lassen! Du ... du beschissener Drecksack!

Ich bin froh, das zu hören. Wenn er so rumbrüllen kann, denke ich und lauf schneller, macht er's noch ein bisschen. Zwei Ecken weiter steht ein Taxi, das hab ich auf dem Herweg gesehen. Ich weck den Fahrer auf und ein paar Minuten später stehen wir in der Seitenstraße.

— Den da?

— Wir müssen bloß in die Greifswalder und du kriegst fuffzig Mark!

— Hundert!

Arschloch, denke ich und nicke. Wir legen eine Decke hinten rein und wuchten Iwan in die Karre. Keine zehn Minuten später sind wir bei *Busse und Braun*. Das ist eine Eckkneipe, in der hat Roller mit zwei Kumpels das Hinterzimmer in Beschlag genommen. Ich geh gleich durch, der Gute sitzt in einem Sessel und raucht.

— Alter, sagt er und steht auf, das ist ja 'ne Überraschung! Setz dich. Wie wär's mit 'ner schönen, kühlen Pilssuppe?

— Ich brauch einen Arzt, jetzt sofort!

— Willst du abtreiben? Wer ist denn der Vater?, sagt er und lacht.

Ich hab ihm alles erklärt. Er ist nach vorn gegangen und hat einen Anruf gemacht. Wir sind zum Auto, haben dem Fahrer die hundert Markt gegeben und Iwan reingetragen. Das Blut tropfte auf die Dielen. Der Wirt stand hinter'm Tresen, hat Gläser poliert und uns nicht mal angeguckt.

Wir haben ihn im Hinterzimmer aufs Sofa gelegt und nicht lange danach kam ein älterer Mann mit einer schwarzen Tasche rein. Er hat uns weggeschickt und die Tür zugemacht. Nach einer halben Stunde ging die Tür auf und der Arzt kam raus.

— Das war knapp, aber er wird's schaffen. Die Tabletten liegen auf dem Tisch, dreimal zwei, bis sie alle sind. Ansonsten Ruhe und keine weiteren Kugeln bitte.

Er nimmt seine Tasche und geht.

— Und, sag ich, wie machen wir das mit der Bezahlung?

— Darum mach dir mal keine Sorgen, sagt Roller, das hab ich geregelt.

— Du hast was gut bei mir.

— Quatsch! Wir sind doch Brüder. Aber dein Chef, der ist dir jetzt was schuldig. Das ist mal sicher.

Nach einer Woche humpelte Iwan schon durch die Gegend, die Kippe im Mundwinkel.

— Nicht so schnell wie die Windhunde, hat er gesagt, aber dafür zäh wie Leder. Unkraut vergeht nicht.

— Mit dem Rauchen, ist das gut für dich? Der Arzt–

— Aber sicher! Siehst du doch, geräuchert hält sich länger.

Er hat gelacht und mir eine Kippe angeboten. Manchmal hat er mir eine ganze Schachtel zugesteckt oder etwas Geld. Wenn es eine Tour gab, hab ich sie gekriegt. Ja, ich hatte was gut bei ihm und das war auch bitter nötig, denn das Geschäft lief schlecht. Ab sechs galt die Ausgangssperre und statt hinter'm Steuer musste ich zu Hause sitzen. Doch auch tagsüber lief es beschissen.

An jeder großen Kreuzung gab es Fahrzeug-Kontrollpunkte. War man endlich an der Reihe, musste man immer wieder dieselben Fragen beantworten und dieselben Papiere vorzeigen. Der Posten wedelte mit seiner MP und man durfte ihm auf keinen Fall in die Augen gucken. Oder frech werden. Sonst gab es Prügel oder der Wagen wurde beschlagnahmt oder es löste sich ein Schuss, zufällig.

In dieser Zeit hab ich eins gelernt. Gib einem Mann ein Gewehr und er wird abdrücken. Vielleicht nicht heute oder morgen, aber eines Tages wird er es tun. Einfach, weil er es kann.

Die Kunden wurden genauso kontrolliert und waren zu Fuß besser dran und schneller. Die besten Kunden waren sowieso weg, denn als die ersten Schüsse fielen, haben die von den Botschaften und den PWEs ihre Koffer gepackt. Von einem Tag auf den anderen haben die keine müde Mark mehr an die Regierung und die ganze Bande überwiesen und das war bald zu merken. Ingrid musste nicht mehr ins Büro und kriegte ihr Geld trotzdem, aber nur noch für zwei Monate.

Die Regale leerten sich und auf den Märkten war Ebbe. Allein der Schwarzmarkt brummte. Dort stand dasselbe Pack wie früher und verdiente sich eine goldene Nase. Die hätten ihre Seele verhökert! Das Dumme war nur, sie hatten keine mehr.

Manchmal platzte den Leuten der Kragen, dann wurde einer von denen kaltgemacht und seine Sachen wurden verteilt. Für den Tag war Ruhe, aber am nächsten Tag standen die lieben Kollegen wieder da. Wie die Kakerlaken. Wo es verdreckt ist und zum Himmel stinkt, gibt es Ungeziefer. Das ist im Kleinen so und im Großen nicht anders.

Ab Mitte Oktober ging den Leuten die Kraft aus, nach und nach. Sogar Leuten wie Heinzer, der immer ganz vorn mit dabei war.

— Das ist so ..., hat er gesagt, als ob wir mit Holzlatten auf einen Felsen einprügeln. Das stört den gar nicht. Was wir bräuchten, ist ein Vorschlaghammer.

— Oder Sprengstoff, hab ich gesagt, und BUMM!

— Das wär was. Aber ich sag dir eins. Wenn sich nicht demnächst was tut hier, dann bin ich weg. Ein Kumpel von mir ist letztes Jahr in den Süden gegangen und der hat mir neulich geschrieben. War alles nicht so schwierig, wie manche sagen. Jetzt ist er in Ghana, in Accra, und lebt da wie die Made im Speck. Ich dagegen bin immer noch hier und krieg nur auf die Fresse.

— Aber wenn alle weggehen, die was taugen, wird sich hier nie was ändern.

— Ändert sich so ja auch nichts, hat Heinzer gesagt.

Hin und wieder flackerte noch was auf, doch Anfang November war Schluss. Die Bongos kamen zurück und fingen an, mit Kroll junior und seiner Bande zu verhandeln. Sie haben damit gedroht, den Hahn für immer zuzudrehen. Nur deshalb hat unsere ruhmreiche Regierung eingewilligt, dass sich politisch einiges ändern soll. Auf lange Sicht. Was man für Geld nicht alles kaufen kann.

Am 31. Dezember 1998 um zwölf Uhr wurde das Kriegsrecht aufgehoben und damit die Ausgangssperre. Es war vorbei. Aber nicht vergessen und schon gar nicht vergeben.

14

Für mich lief es im neuen Jahr ziemlich gut. Iwan hat mir die besten Touren gegeben und wenn ich Mist gebaut hab, war das kein Problem. Anderen hat er den Arsch aufgerissen, mir hat er auf die Schulter geklopft. Ich hätte ihn bescheißen können und er hätte nur gegrinst. Hab ich aber nicht.

Mir war das peinlich und die anderen Fahrer haben rumgemosert, von wegen Gerechtigkeit und so. Iwan war das egal.

— Wenn euch das hier nicht gefällt, hat er gesagt, könnt ihr euch gern was anderes suchen. Ich zwing ja keinen, für mich zu arbeiten. Seht euch mal um ...

Er steht auf dem Bürgersteig und breitet die Arme aus.

— Nicht mich sollt ihr anstarren. Ihr sollt euch umgucken! So viele Leute. Hier und in der ganzen Stadt. Wie viele von denen suchen Arbeit? Was glaubt ihr, jeder Zweite? Ich sag euch, was ich glaube. Ich glaube, ich habe keine Mühe, neue Fahrer zu finden So!

Die Fahrer verdrücken sich und ich geh zu Iwan.

— Die haben doch recht. Auch wenn–

— Einen Scheiß haben die! Ohne dich wäre ich schon längst zwei Stockwerke tiefer eingezogen und das kann ich im Leben nicht wiedergutmachen.

— Aber–

— Kein aber! Da kannst du dich auf'n Kopf stellen und lachen, daran wird sich nichts ändern und basta! Um die anderen mach dir mal keine Sorgen, die kriegen sich schon wieder ein.

Es hat gedauert, doch am Ende haben sich alle daran gewöhnt, dass ich ganz oben auf der Liste stand, ich auch. Wenn ich mit Ingrid was unternehmen wollte, durfte ich das Taxi sogar privat nutzen.

Wir waren so glücklich und so verliebt – und jeder sollte es sehen. Außerdem war Frühling. Es ist jedes Mal schön, wenn das Grau verschwindet und die Farben zurückkehren in die Stadt, aber in diesem Jahr war da noch mehr.

Das Leben ist wie ein Pendel. Mit den Wahlen schlug es zur einen Seite. Doch mit diesem Frühling kam es zurück! Das war ein gewaltiger Schwung und er hat uns alle mitgerissen. Als ob man früh aus dem Bett springt, das Fenster aufreißt und den frischen Morgen genießt. Und das Leben.

Nach und nach kamen die PWEs zurück, gute Kunden für mich, und Ingrid konnte wieder arbeiten. Jede freie Minute aber, jede freie Sekunde haben wir zusammen verbracht. Bei Tag und auch bei Nacht. Ingrid hatte ein eigenes Zimmer und ihre Eltern waren nicht so altmodisch in diesen Dingen wie Muttchen. Ihr hab ich erzählt, ich übernachte bei Roller oder Lampe. Sie hat das durchschaut, aber nichts gesagt.

Als aus dem Frühling Sommer wurde, sind wir abends oft rausgefahren zum Baden. So haben wir auch unser einjähriges Jubiläum gefeiert, an einem kleinen See, nur wir beide und eine Flasche Schampus. Die hatte Schmittchen für mich aus'm Kranzler organisiert. Wir saßen am Ufer, haben auf uns angestoßen und waren glücklich.

An einem Samstag Ende Juli war ich mit Muttchen allein im Zimmer und hab allen Mut zusammengenommen.

— Ich will dir was sagen.

Sie dreht sich um und guckt mich an.

— Ja?

— Es ist ... Ingrid und ich, wir wollen heiraten!

— Ihr wollt ...?

Sie sieht mich an wie eine Erscheinung.

— Ja, sag ich und denke, Freude sieht anders aus.

— Tja, das ...

— Freust du dich nicht?

— Doch, natürlich. Nur ... meint ihr nicht, es ist vielleicht noch ein bisschen ...

— Wir sollen noch warten?

— Na ja.

— Für mich ist das so: Ingrid ist die Frau meines Lebens. Da bin ich mir ganz sicher. Ich werde sie sowieso heiraten und dann kann ich es auch gleich machen.

— Ja, so kann man das natürlich auch sehen.

— Und außerdem ...

— Was denn noch? Ist sie schwanger?

— Ja.

Nur ein Wort. Ein ganz kurzes Wort, doch das hat mehr Macht als ein Panzer. Muttchen muss sich hinsetzen.

— Ist das dann alles? Oder kommt noch mehr?

— Nein, das ist für heute alles, sag ich und wage ein Grinsen.

— Die Grimasse kannst du dir sparen!

Sie legt sich die Hand auf die Stirn, als ob sie Fieber hätte. Ich setz mich neben sie.

— Alles in Ordnung?

— Doch, sagt sie, nimmt die Hand von der Stirn und legt sie auf meine Hand. Es ist nur ... dann müsst ihr natürlich, das Kind kann ja nicht ... keine Frage. Aber verstehst du, heute früh hab ich noch nichts geahnt und jetzt ... das kommt alles so plötzlich und alles auf einmal.

— Das mit dem Kind kam für uns auch plötzlich. Aber wir freuen uns. Und überleg doch mal, jetzt wirst du Oma!

— Ja, sagt sie und lächelt, stimmt. Mein erstes Enkelchen.

Wir haben uns umarmt, ganz fest.

— Weinst du?

— Das, sagt sie und drückt mich noch mal, das sind Freudentränen.

— Sicher?

— Ja, sagt sie und löst sich von mir, ihre Augen sind verheult. Es ist nur ... damit bist du richtig und endgültig erwachsen und für eine Mutter ist das ... Aber ich freu mich für euch.

Der Termin für die Hochzeit wurde auf den 24. Oktober 1999 festgesetzt und dieser Tag raste auf mich zu wie ein D-Zug. Ich hatte gefürchtet, in der Nacht vorher krieg ich kein Auge zu, aber ich hab geschlafen wie ein Stein. Endlich wach, fiel mir mit einem Schlag ein, was für ein Tag vor mir lag! Ich hatte die Hosen gestrichen voll und hab gedacht, ich bleib einfach im Bett, für den Rest meines Lebens. Oder wenigstens für heute.

— Los, jetzt mal raus aus der Furzmulle!

Roller steht neben meinem Bett und grinst auf mich runter. Er ist mein Trauzeuge und hat sich schon fein gemacht.

— Frau Brenner, ich glaube, er hat Schiss gekriegt und jetzt will er nicht mehr.

— Das hätte er sich früher überlegen sollen, sagt mein Muttchen, sie ist nebenan und klappert mit den Töpfen. Jetzt ist es zu spät.

— Tja, Brenner, du hast es gehört. Fahnenflucht gibt's nicht mehr. Raus aus der Kiste und ran an den Feind!

Ich quäl mich aus dem Bett und mir ist schlecht. Maria ist vor zwei Tagen gekommen, sie steht am Fenster und bügelt den Anzug auf, den ich mir für den großen Tag geliehen hab. Sie lächelt mich an. Ich geh in die Küche, beim Waschen zittern mir die Hände. Zwanzig Minuten später hilft Muttchen mir in den Anzug und bindet mir die Krawatte, Roller macht meine Schuhe zu. Ich bin ganz wacklig auf den Beinen und mein Herz schlägt bis zum Hals.

— Du siehst aus wie Graf Koks, sagt Hans und grinst.

— Halt bloß die Klappe!

Auf der Straße geht es mir besser. Die Luft ist frisch, der Himmel blau und unsere Schritte rascheln durchs Laub. Die Glocken der Gethsemane-Kirche läuten schon. Die alten Glocken hatten sie im Krieg abgeholt und eingeschmolzen, aber vor ein paar Jahren hat die Partnergemeinde aus Kenya zwei neue Glocken spendiert.

Wie immer ist die Kirche voll und als wir reinkommen, drehen sich viele um und gucken uns an. Ich seh Schmittchen, Lampe mit seinen Eltern, Leute aus der Gemeinde und viel Verwandtschaft. Ein paar tuscheln, andere grinsen. Davon geht's mir nicht besser. Ich setz mich in die erste Reihe. Wenn ich jetzt tot von der Bank kippe, denke ich, dann wär's wenigstens vorbei und ... Ein Geflüster und Gewisper geht durch die Kirche.

Ich dreh mich um. Ingrid kommt mit ihrem Vater durch den Mittelgang auf mich zu, ganz in Weiß und wunderschön. Mit einem Schlag fällt die Aufregung von mir ab und der Tag ist großartig!

Unser Trauspruch war aus dem Johannes-Evangelium, mein Muttchen hatte ihn ausgesucht. *Ein neues Gebot gebe ich euch, dass ihr euch untereinander liebt, wie ich euch geliebt habe, damit auch ihr einander lieb habt.* Darüber hat der neue Pfarrer gepredigt und wir haben uns bei der Hand gehalten, die ganze Zeit.

Gefeiert haben wir in einem Saal in Pankow, Iwan hatte alles organisiert. Es wurde gegessen und getrunken, gelacht und erzählt. Reden wurden geschwungen und danach wurde getanzt. Muttchen war mittenmang, sie hatte ein helles Kleid an und war so vergnügt. Als sie sich über die Tanzfläche drehte, sah sie aus wie ein junges Mädchen. So muss sie gewesen sein, als Vater sie kennengelernt hat.

Kurz nach Mitternacht gingen die letzten Gäste und gegen zwei waren wir beide im Bett. Unsere erste Nacht als Mann und Frau.

— Und, sagt Roller am nächsten Tag, wie war's?

— Wie war was?

— Na was wohl? Die Hochzeitsnacht natürlich! Wie war's?

— Wir haben geschlafen.

— Ja, sicher habt ihr irgendwann geschlafen. Aber davor?

— Davor haben wir auch geschlafen.

— Meine Güte, du weißt doch genau, was–

— Mann, Roller! Wir waren hundemüde nach diesem Tag. Wir haben einfach nur geschlafen, und fertig.

— Aha, sagt er und kratzt sich am Kopf, das hatte ich befürchtet. Deshalb werde ich auch nicht heiraten. Denn wenn das dann übrig bleibt, ich meine, schlafen kann ich auch alleine.

15

Wir wollten eine eigene Wohnung, doch das war fast aussichtslos. Der Krieg war zwar an die vierzig Jahre her, aber noch immer gab es ganze Straßenzüge, da standen nur Ruinen und dazwischen türmten sich Schuttberge. Die Häuser, die überdauert hatten, waren grau und der Putz bröckelte von den Mauern. Die Wohnungen waren feucht und muffig und wenn der Ofen noch drin war und zog, war das ein Glücksfall. So was kriegte man nur mit Beziehungen.

Es gab Wohnungen, die waren in Schuss und es wurden auch neue gebaut, gar nicht wenige. Für die brauchte man nur das nötige Kleingeld. Ingrid hatte nach der Hochzeit aufgehört zu arbeiten und so viel hab ich nicht verdient. Deshalb blieben für uns nur die Wohnungen übrig, die was mit *Arsch* zu tun hatten: im Arsch oder am Arsch der Welt. Selbst für die konnten wir uns ganz hinten anstellen und die Schlange war lang.

Dann hatten wir Glück. Ingrid hat gesagt, es war Schicksal, für mein Muttchen war es die Hand Gottes, aber für mich war es Glück. Für Ingrids Mutter war es Zufall und die musste es am besten wissen.

Die Schwiegereltern wohnten im Wedding, in der Sprengelstraße 40. Ende November hat Ingrids Mutter eine Bekannte aus der 42 getroffen und die hat beiläufig erzählt, dass bei ihr was frei wird.

Sie ist gleich rüber, war die Erste, hat Himmel und Hölle in Bewegung gesetzt und am Abend hatten wir die Bude. Zwei Zimmer im zweiten Stock im Vorderhaus, Klo halbe Treppe, aber dafür ein anständiger Kachelofen im großen Zimmer.

— Das ist jetzt unsere Wohnung, hat Ingrid gesagt, als wir zum ersten Mal in dem kleinen Flur standen. Kannst du das glauben? Unsere Wohnung! Und was für eine!

— Kann man wohl sagen.

— Hier können wir unser Kind bekommen. Hier kann es groß werden. Und für Geschwister ist auch noch Platz.

— Na ja, sag ich, immer eins nach dem anderen.

— Ganz meine Meinung, sagt Ingrid und gibt mir einen Kuss, immer eins nach dem anderen.

Die Wohnung war nicht billig und ich musste mich ganz schön drehen, damit wir unser Auskommen hatten. Das hat mir nichts ausgemacht, denn wenn ich abends nach Hause kam, hat jemand auf mich gewartet. Draußen war es kalt und der Schnee fiel in dichten Flocken, aber drinnen bullerte der Ofen und wir saßen eng zusammen.

Als das neue Jahrtausend anfing, waren wir zu Hause. Das Feuerwerk ging los, wir haben uns umarmt und geküsst. Schließlich sind wir zum Fenster gegangen, um zu gucken und anzustoßen.

— Auf uns, hat Ingrid gesagt, und unser Kind.

— Auf uns drei!

Draußen knallt es und Raketen zischen über den Nachthimmel.

— Das wird unser Jahr, sagt sie.

— Unser Jahr? Quatsch, das wird unser Jahrzehnt, unser Jahrtausend!

— Jetzt übertreib mal nicht. Eigentlich reicht es mir schon, wenn ich den nächsten Monat überstehe.

— Das wird schon.

— Du hast gut reden. Du kriegst das Kind ja auch nicht.

Frau Schimmelpfennig hatte gesagt, Anfang Januar sind wir zu dritt. Spätestens am fünften, ganz sicher. Frau Schimmelpfennig hatte schon mehr als tausend Kindern auf die Welt geholfen, so hieß es, und ihr Wort kam kurz nach dem Wort Gottes.

Der fünfte Januar kam. Und nichts geschah. Auch am sechsten, Schweigen im Walde. Als Taxifahrer bin ich das Warten gewohnt, doch das war etwas anderes. Dazu die Sprüche. DER Spruch! *Das Kind ist noch nicht da? Dann wird's bestimmt ein Mädchen. Das putzt sich noch.* Zuerst war es lustig, dann langweilig, doch nach ein paar Tagen hatte ich die Faust in der Tasche, wenn mir einer damit kam.

Am Morgen des vierzehnten Januar rührte sich was. Ingrids Mutter kam rüber und eine halbe Stunde später war mein Muttchen da. Gegen zehn quälte sich Frau Schimmelpfennig die Treppe rauf. Ich musste im anderen Zimmer warten, während sie bei Ingrid war. Nach ein paar Minuten durfte ich rüber.

— Das dauert noch, hat sie gesagt, aber heute Abend hast du dein Kind. Versprochen.

— Sie haben uns auch versprochen, dass bis zum fünften alles gelaufen ist. Kann ich denn irgendwas tun?

— Ja, sagt Frau Schimmelpfennig und setzt sich hin. Steh uns nicht im Weg rum! Das ist Frauensache und da haben Männer nichts bei zu suchen.

— Am besten, sagt Ingrids Mutter, du gehst arbeiten.

— Wenn du dich nur nicht betrinkst, sagt mein Muttchen. Als du nämlich geboren wurdest, da hat dein Vater–

— Ich weiß.

Ich hab Ingrid einen Kuss auf die Stirn gegeben und sie hat gelächelt. Noch ein Kuss und ich bin zur Arbeit gefahren.

Gegen eins bin ich zum ersten Mal zu Hause vorbei. Ich hab kurz gehupt, Muttchen kam ans Fenster und hat den Kopf geschüttelt. Zwei Stunden später das Gleiche. Gegen sechs war ich wieder da. Das Fenster blieb leer. Die haben mich bestimmt nicht gehört, hab ich gedacht und noch mal gehupt. Nichts. Soll ich hochgehen? Aber wenn ich reinplatze, während sie gerade ... Wird schon alles richtig sein.

Ich hab die Karre abgestellt und bin in die Kneipe an der Ecke gegangen, zu *Ernst*. Die Männer saßen vor ihrem Bier oder dem dritten Kurzen, aber ich hab mir einen Kaffee bestellt. Noch einen. Und einen dritten. Dazu hab ich eine halbe Schachtel Zigaretten durch'n Schornstein gejagt. Mit einem Mal wurde mir ganz blümerant und ich musste an die frische Luft.

Draußen war es dunkel und kalt, am Himmel standen die Sterne. In dem Moment hab ich im Herzen begriffen, dass ich Vater werde. Dass ich vielleicht schon Vater bin! Ich bin losgerannt, es war glatt und ich hab mich zweimal auf die Fresse gepackt. Egal! Schon von Weitem hab ich gesehen, dass bei uns jemand am Fenster steht, mit einem kleinen Bündel im Arm.

Ich bin quer über die Straße, die Treppen rauf und dann steh ich bei uns im Zimmer. Meine Lunge geht wie ein Blasebalg und das Herz schlägt mir bis zum Hals.

Ingrid liegt im Bett, sie sieht erschöpft aus, aber glücklich. Ihre Mutter sitzt daneben und hält ihre Hand. Mein Muttchen steht am Fenster und wiegt mein Kind leise hin und her.

—Wie siehst du denn aus?, sagt Frau Schimmelpfennig, sie steht am Ofen. Wie ein Schneemann!

—Ich ... ich hab mich zweimal voll auf die ... also, ich bin hingefallen, weil ich doch, ich ...

Es gibt diese Momente, eben noch war es laut, jeder hatte was zu sagen, und im nächsten Augenblick ist es ganz still. Manche sagen, in solchen Momenten geht ein Engel durchs Zimmer. Ich bin mir sicher, immer wenn ein Kind geboren wird, geht ein Engel durchs Zimmer, und an diesem Abend wurde unser Kind geboren.

Plopp, plopp, plopp tropft der Schnee von meiner Jacke auf die Dielen und der Moment ist vorbei. Frau Schimmelpfennig räuspert sich und Ingrids Mutter setzt sich zurecht.

—Zieh dir erst mal die nasse Jacke aus, sagt mein Muttchen, sonst holst du dir noch was weg und das können wir nun gar nicht brauchen.

Als ich wieder zurück bin, setz ich mich zu Ingrid aufs Bett.

— Und, sag ich und nehm ihre Hand, wie geht's dir?

— Mir geht's gut, sehr gut. Und unserem Sohn geht's auch gut. Wir haben einen Sohn.

— Jawoll, sagt Frau Schimmelpfennig, einen Erben und Thronfolger. Ein kleiner Prachtkerl ist das.

— Das Jahr fängt gut an, sagt Ingrid und lächelt.

Ich geb ihr einen Kuss auf die Stirn, ihre Haut schmeckt salzig.

— Willst du ihn mal halten?, sagt mein Muttchen und strahlt. Deinen Sohn?

Ich steh auf und geh zum Fenster.

— Aber hauch mich erst mal an. Denn dein Vater–

— Ach Muttchen. Was denkst du von mir?

— Nur das Beste, sagt sie und reicht mir das Bündel.

Ich nehme meinen Sohn in den Arm und er guckt mich aus den Tüchern heraus an. Er ist so klein. Und so schön. Er gluckst und ich muss lachen.

— Wie ein Alter macht er das, sagt Frau Schimmelpfennig, als ob er schon zehn Kinder in die Welt gesetzt hätte.

— Lasst uns ein Vaterunser beten, sagt mein Muttchen, Grund genug haben wir.

Zwei Wochen später wurde unser Sohn in der Gethsemane-Kirche getauft. Der Junge hat den ganzen Gottesdienst über gebrüllt, mit einer Ausnahme.

— Wie soll das Kind heißen?, hat der Herr Pfarrer gesagt und in dem Moment war er ruhig.

Die Gemeinde hält die Luft an und sogar die alten Klatschtanten sind still. Das Wort Gottes kann sie nicht zum Schweigen bringen, doch mein Sohn, der kann das. Er guckt sich um und schließlich sieht er den Herrn Pfarrer an. Manchmal haben kleine Kinder so einen Blick, als ob sie schon hundert Jahre auf dem Buckel hätten.

— Er soll Martin heißen, sagt Ingrid.

— Martin Brenner, sagt der Herr Pfarrer, ich taufe dich im Namen des Vaters …

Der erste Tropfen fällt auf seine Stirn und er fängt an zu brüllen, als ob er über offenem Feuer geröstet wird.

Nach dem Gottesdienst haben wir in der Lychener eine kleine Feier gemacht. Onkel Werner war extra zur Taufe gekommen und hatte unterwegs meine Schwester aufgesammelt. Seit zwei Monaten war sie nun in Eberswalde und arbeitete dort im Haushalt von einem der örtlichen Parteibonzen.

Es gab Kaffee und Muttchen hatte einen Kuchen gebacken. Später am Nachmittag stand ich am Fenster, draußen wurde es langsam dunkel. Wie oft hab ich hier gestanden?, hab ich gedacht. Hab den Leuten zugeguckt oder den Wolken.

Jetzt hab ich mein eigenes Zuhause, bin verheiratet und Vater. So richtig Familienvater, mit allem Drum und Dran. So, wie mein Vater vor mir. Mann, wär das schön, wenn der jetzt hier wäre.

— Wollen wir langsam los?

Ingrid steht dicht hinter mir und ich dreh mich um.

— Ich liebe dich.

Sie legt den Kopf schief, lächelt und beugt sich zu mir.

— Ach ja?, sagt sie und ich spüre ihren Atem in meinem Ohr. Das trifft sich gut. Denn ich … ich liebe dich auch.

— Ich will euch ja nicht drängen, sagt Muttchen und kommt zu uns, aber wollt ihr nicht bald nach Hause mit dem Jungen?

— Ja, sag ich, stimmt. Und danke. Danke für … eigentlich für alles.

— Meine Güte, Josua! So, wie du das sagst, könnte man denken, wir sehen uns nie wieder. Ist alles in Ordnung?

— Ja, alles bestens. Ich bin einfach … einfach nur glücklich!

— Ist doch schön, sagt Muttchen, was man mit ein bisschen Kaffee und Kuchen so ausrichten kann.

Wir haben uns verabschiedet und sind gegangen. Draußen war es dunkel und kalt. Ingrid ging neben mir, die Hände in den Taschen und ein Tuch um den Kopf gewickelt. Ich hatte Martin auf dem Arm, er schlief fest in seinen dicken Decken. Wir sind die Lychener runtergegangen und der Mond schien auf die Straße. Wie die Heilige Familie, hab ich gedacht, nur nicht auf der Flucht.

16

Martin war ein kräftiger, gesunder Junge und er machte sich großartig. Immerzu wollte er trinken und nahm ordentlich zu. Auf seine Wampe konnte er stolz sein, ich jedenfalls war es. Ich war stolz auf sein Lächeln, auf seine kleinen Händchen, auf alles an ihm.

Man braucht nicht die weite Welt, um sein Glück zu finden. Die Welt kann klein sein, wenn man nur darin zu Hause ist. Jeder von uns hatte seinen Teil zu machen und gemeinsam haben wir alles geschafft. Ingrid hat sich um Martin und den Haushalt gekümmert. Ich hab dafür gesorgt, dass die Miete pünktlich bezahlt wurde und was Anständiges auf'n Tisch kam.

Von Montag bis Samstag hab ich um die zehn Stunden gearbeitet und wenn nötig, bin ich auch am Sonntag gefahren. Damit kamen wir gerade über die Runden, denn das Leben war teuer geworden und es wurde mit jedem Monat teurer. Innerhalb eines Jahres hatte sich der Preis für Mehl verdoppelt, ebenso für Kartoffeln und Eier. Dabei hab ich ganz gut verdient, anderen ging es schlechter und viele krochen auf dem Zahnfleisch.

Kroll und seiner Bande war das scheißegal. Sie nannten sich *Gewählte Regierung des Volkes* und haben ständig vom Vaterland geredet. In Wirklichkeit haben sie zusammengerafft, was sie kriegen konnten, und gelebt wie die Fürsten. In ihrem Schlepptau kamen die neuen Geschäftsleute. Alles Verbrecher. Alles ein Pack!

Das BFD war zerschlagen. Ihre besten Köpfe und Fäuste hatten die Zeit nach den Wahlen nicht überlebt. Falls doch, wurden sie später abgeholt. Der NSD hatte seine Listen und die haben sie abgearbeitet, mit preußischer Gründlichkeit. Wer gleich aufgehängt wurde, hatte Glück. Schlimmer war es, in Tempelhof zu landen.

Wer dort als Politischer einsaß, hat nach ein paar Wochen die Wärter angefleht, dass sie ein Ende machen.

Heinzer hat mir das erzählt. Den hatten sie im Januar morgens um zwei aus'm Bett geholt und mitgenommen. Als er nach vier Monaten rauskam, hat er ein Bein nachgezogen und sein Gesicht war schief. Er hat so genuschelt, dass ich Mühe hatte, ihn zu verstehen. Er konnte kein helles Licht mehr ab und hat die einfachsten Sachen vergessen. Mit einundzwanzig.

In der Zeit nach den Wahlen sind viele abgehauen, in der Regel in den Süden. Manche aus Angst, die meisten aber, weil sie die Schnauze voll hatten von dem ganzen Dreck. Eine richtige Welle war das und ich hab mehr als einen Kumpel gehen sehen. Für mich war das nichts, ganz abgesehen davon, dass ich Frau und Kind hatte. Aber ich konnte die verstehen, die gegangen sind.

Siegfried Wagenbeck war verschwunden. Es hieß, er ist tot oder im Ausland oder sie halten ihn an einem geheimen Ort fest. Für manche war er aufgefahren in den Himmel und für andere schmorte er in der Hölle. Wir hatten ihn fast vergessen – doch plötzlich tauchte er wieder auf! Am 15. August 2000, am zweiten Jahrestag der Wahlen. Er hatte mehr Falten im Gesicht und eine Narbe an der Schläfe, war ansonsten aber unverändert.

Man kann von dem Mann halten, was man will, aber eins steht fest: Er hatte Arsch in der Hose. Stimmt, die Lage hatte sich beruhigt und er konnte darauf spekulieren, dass die Bongos ihn beschützen. Doch sicher sein konnte er nicht. Wieder nach Berlin zu kommen, das hieß für ihn, mit Tod und Teufel zu würfeln – und dieses Spiel hätte er auch verlieren können.

Er fing an, das BFD neu aufzubauen. Nur wenige Menschen haben eine Ausdauer wie dieser Mann und die brauchte er auch, denn der Kampf war mühsam und lang. Sein größter Feind dabei war nicht Kroll, die Partei und oder der NSD, sondern die Stimmung der Leute. *Das bringt doch alles nichts,* haben sie gesagt oder gedacht. *Wir wissen doch, wohin das führt. Wir kleinen Leute, wir können sowieso nichts ändern. So war es immer und so wird's auch bleiben.*

Dagegen hat er angekämpft und wenn es nötig war, hat er mit jedem Einzelnen geredet. Schritt für Schritt hat er sich vorgearbeitet. Immer mehr Menschen hörten ihm wieder zu, kamen zu den Versammlungen und ließen sich nicht mehr einschüchtern. Sie kamen, denn er gab ihnen mehr als nur Worte oder ein Flugblatt. Er gab ihnen den Mut zurück, das Selbstvertrauen und die Hoffnung. Das BFD wurde stärker. Im Vergleich zu früher waren die Fortschritte allerdings bescheiden.

Ich selbst hab das nur am Rande mitgekriegt. Neben der Arbeit hatte ich kaum Zeit und die hab ich mit meiner Frau und meinem Jungen verbracht. Oder mit der lieben Verwandtschaft, die erschien, um das junge Paar zu besuchen und den Jungen zu begucken.

Am 27. März 2000 ist Opa Lampbrecht gestorben. Das war der erste Frühlingstag des Jahres und der allererste Frühlingstag für Martin. Für den einen endet und für den anderen beginnt es.

Opa Lampbrecht ist friedlich eingeschlafen. An seinem Sterbetag ist er aufgewacht wie immer, hat sich im Bett aufgesetzt und seinen Blick durchs Zimmer schweifen lassen. Er hat gelächelt und genickt, aber gesagt hat er nichts. Nach ein paar Minuten hat er sich wieder hingelegt, ist eingeschlafen und nicht wieder aufgewacht. Wenn ich mir aussuchen könnte, wie ich sterbe, dann so.

Drei Tage später war die Beerdigung. Es war kalt und der Wind trieb den Regen in Schleiern über die Straße. Der Trauergottesdienst fand in der Kirche statt und die war gerammelt voll. Opa Lampbrecht kannte Gott und die Welt. Die halbe Welt war gekommen und Gott kam auch.

Der Regen platterte aufs Blechdach und der Wind heulte um die Kirche, als ob er sie zerreißen wollte. Doch als der Herr Pfarrer auf die Kanzel stieg, hörte der Regen auf und der Sturm legte sich.

Unser Leben währet siebzig Jahre, und wenn's hoch kommt, so sind's achtzig Jahre, und was daran köstlich scheint, ist doch nur vergebliche Mühe, denn es fähret schnell dahin, als flögen wir davon. Das ist aus dem 90. Psalm und darüber hat der Herr Pfarrer gepredigt, so wollte es Opa Lampbrecht.

Nachdem die Trauerfeier vorbei war, wurde der Sarg durch den Mittelgang nach draußen getragen und alle sind aufgestanden. Erst, als der Sarg an mir vorbeizog, hab ich wirklich begriffen, dass Opa Lampbrecht tot war. Er liegt in dieser Holzkiste, hab ich gedacht, ich kann ihn nichts mehr fragen und es gibt keine neuen Geschichten mehr. Nie wieder.

Nach der Beerdigung hat die Familie zum Kaffeetrinken eingeladen. Ich hab mich neben Roller gesetzt und wir haben ein paar alte Geschichten ausgegraben. Aber es hat nicht lange gedauert, bis Roller mal wieder durchblicken ließ, dass er große Pläne hatte.

— Ich will nicht viel darüber reden, hat er gesagt, aber es dauert nicht mehr lange, dann geht's los!

— Aber wenn du nicht darüber reden willst, wieso redest du dann ständig drüber?

— Na ja, das beschäftigt mich eben und du bist mein Freund. Mit wem soll ich denn sonst reden? Und eins sag ich dir. Damit bin ich aus'm Schneider, ein für alle Mal und ratzfatz!

Mit Lampe hab ich auf der Beerdigung kaum sprechen können. Ich konnte mir jedoch vorstellen, wie er sich fühlte, denn die beiden waren Seelenverwandte und jetzt war eine Seele weg. Was der Tod von Opa Lampbrecht allerdings bedeutete, für Lampe und die ganze Familie, davon hatte ich keine Ahnung. Bis Mitte August, denn so lange hab ich gebraucht, um Lampe dahin zu kriegen, mit mir ein Bierchen im Prater zu trinken.

Wir waren bei der ersten Runde, ich hab gelabert und Lampe war still wie ein Grab. Sonst redete er wie ein Wasserfall, über alles

Mögliche und Unmögliche. Mir ging langsam der Stoff aus, doch er nuckelte nur an seinem Bier. Zeit für die Geheimwaffe.

— Und, hab ich gesagt, was macht die Uni?

Er stellt sein Bier ab, guckt mir in die Augen und ich denke, jetzt hab ich dich! Eins hab ich beim Taxifahren gelernt, jeder hat seinen Punkt. Und das ist deiner!

— Das weiß ich nicht, sagt er, und das will ich auch nicht wissen! Nie mehr!

— Was ... was soll das denn heißen?

— Das soll heißen, dass mein Studium vorbei ist! Dass ... dass alles vorbei ist! Und bloß, weil ...

— Weil was?

— Weil mein Herr Vater sich verspekuliert hat, und jetzt sind wir pleite! Deshalb!

Familie Lampbrecht hatte einen Laden in der Schönhauser und einen in Pankow. *Eisen-Lampbrecht*, das war eine Adresse im Viertel. Es gab nichts, was sie nicht hatten oder besorgen konnten, und die Preise waren in Ordnung.

— Aber ich hab immer gedacht, das läuft gut mit den Läden?

— Ja, das lief auch gut. Solange Opa noch lebte. Der hatte die Hand drauf und wusste, wie alles funktioniert. Aber mein Vater, der weiß das nicht. Seit fünfunddreißig Jahren gibt es das Geschäft schon und mein Vater hat nur vier Monate gebraucht, um alles gegen die Wand zu fahren. Den Laden in Pankow mussten wir schon schließen und wir können froh sein, wenn wir den anderen halten können. Mein Studium allerdings, das hat sich damit erledigt.

— Aber–

— Weißt du, was er zu mir gesagt hat? *Du kostest nur Geld und bringst nichts ein!* Tja, das ist jetzt vorbei. Nun stehe ich im Laden und verkaufe Schrauben und Nägel und irgendwelche verdammten, beschissenen Scheißdichtungsringe!

Er nimmt sein Bier und will es in einem Zug austrinken. Verschluckt sich, muss husten und würgen. Der Rotz läuft ihm aus der Nase und sein Hemd ist vollgekleckert.

— Da siehst du's ja, sagt er und wischt sich die Tränen weg, ich bringe nichts ein und ich kann auch nichts. Noch nicht mal Bier trinken.

Danach hab ich Lampe lange nicht gesehen. Er wollte mich nicht treffen, er wollte gar keinen treffen. Mit diesem Schlag musste er erst mal fertigwerden und das konnte er wohl nur allein. Er musste mit dem Leben fertigwerden und das läuft nicht immer so, wie wir uns das vorstellen.

— Es kann nicht jeden Tag Gänsebraten geben, hat der olle Krüger gesagt, sonst wird man noch übermütig.

Nach dem Abend im Prater hatte ich ein schlechtes Gewissen. Ihm ging es dreckig und mir ging es gut, unverschämt gut. Mein Glas war voll. Bis zum Rand. Und wenn ich was abgetrunken hab, war es immer noch voll.

In diesem Jahr musste ich Silvester nur den halben Tag arbeiten. Wir sind früh aufgestanden, der Morgen war kalt und grau. Ich hocke vor dem Herd, um das Feuer anzumachen, hör was vom Flur, dreh mich um und da steht Martin in der Tür. Er hält sich am Rahmen fest und guckt mich an. Aus seinen großen, braunen Augen. Dann läuft er los! Auf mich zu, wird immer schneller, stolpert ... fällt mir in die Arme und gluckst vor Freude. Er drückt mich ganz fest und sein Köpfchen schmiegt sich an meine Wange.

Als ich von der Arbeit nach Hause gegangen bin, wurde es gerade dunkel und ich hab mich gefragt, wie wird das alles werden? Das neue Jahr und überhaupt? Wie soll es werden? Die Antwort war einfach: Das neue Jahr soll genauso werden, wie das alte war. Genauso gut.

Ich wusste, so hatte ich schon mal dagestanden. Mit dem gleichen Gefühl und der gleichen Zufriedenheit. Dann ist die Geschichte mit Katharina in die Binsen gegangen. Doch dieses Mal, hab ich gedacht, ist alles anders. Ich bin anders, Ingrid ist anders und wir haben unseren Jungen. Diesmal geht nichts in die Binsen. Ich war mir so sicher.

17

Als es Frühling wurde, hat Martin eine neue Welt entdeckt, nämlich den Hof. Da konnte er mit anderen Kindern spielen und es gab einen Buddelkasten. Ende Juni sitz ich mit ihm draußen und wir bauen eine Sandburg, als es mit einem Mal donnert. Die ersten Regentropfen fallen, der Himmel verfinstert sich und der Wind bläst mir den Staub in die Augen. Ich schnapp mir den Jungen und wir sind gerade im Hausflur, da bricht das Unwetter los. Als ob die Welt untergeht, mit Sturm und Regen, Blitz und so einem Donnern, dass die Fensterscheiben klappern.

Bis in die Nacht war draußen die Hölle los. Den ganzen nächsten Tag über hat es geregnet, die nächste Nacht und den Tag darauf. Am dritten Tag hat sich der Himmel aufgeklärt, doch in der Nacht kam ein zweites Unwetter, noch heftiger als das erste. Was in dieser Zeit runterkam, reichte für zwei Jahre.

Das Wasser konnte nicht abfließen, denn die Kanalisation war ein Witz. Das meiste war schon im Krieg zerkloppt worden und um den Rest hat sich kein Schwein gekümmert. Es hat keine zwei Tage gedauert, da waren die Keller vollgelaufen und eine Woche später waren die Höfe überschwemmt.

Nach zwei Wochen stand in manchen Straßen das Wasser bis über'n Knöchel und es regnete immer weiter. Im Taxi hatte ich zwar ein Dach über'm Kopf und das Geschäft lief gut, doch wenn man die Straßen nicht genau kannte, war jede Tour ein Risiko. In Kreuzberg ist ein Taxi vor meinen Augen in ein Loch gerutscht, dem ist die ganze Karre vollgelaufen. Feierabend.

Vor dem Regen lagen in jeder Ecke leere Packungen rum, olle Plastetüten, ausgetretene Kippen und Reste, für die sich sogar die Ratten zu schade waren. Das alles ging nun auf Reisen. Eine eklige Brühe schwappte durch die Stadt und machte der Spree Konkurrenz.

In Berlin war es schlimm, doch im Süden des Landes muss es richtig übel gewesen sein. Dort soll es so viel geregnet haben, dass sich über Nacht harmlose Bäche in reißende Flüsse verwandelt haben. Die haben alles mit sich gerissen, was ihnen im Weg stand. Häuser, Brücken, Autos. Hunderte sollen verreckt sein, wenn nicht Tausende.

In den Zeitungen oder im Radio kam dazu nichts, aber es gab Gerüchte. Hans war mittlerweile zum Fahrer aufgestiegen und kutschierte einen der kleinen Klapperbusse durch die Stadt. Er hatte jeden Tag mit vielen Leuten zu tun, dadurch hörte er allerhand und Schmittchen hat mir erzählt, was bei den Bongos im Kranzler so die Runde machte. Die Krönung war, dass der zuständige Minister in den Urlaub gefahren ist, als es hässlich wurde. Was sollte er auch machen? Das Wasser kommt, das Wasser geht.

Als sie nicht mehr anders konnten, kam was in den Nachrichten. Die Rede war von *etwas höheren Niederschlagsmengen*, von *planmäßigen Evakuierungen* und *großzügigen Hilfeleistungen*. Von Toten oder Vermissten war nicht die Rede. Die durfte es nicht geben und deshalb gab es keine. So einfach war das.

Der Schuss ging nach hinten los. Die Regierung des Volkes wollte die Leute für dumm verkaufen und das machte sie wütend. Nach den Wahlen hatten die meisten die Köpfe eingezogen und wollten ihre Ruhe haben, doch damit war es jetzt vorbei. Die Menschen gingen wieder zum BFD und zu Siegfried Wagenbeck, denn er war der Einzige, dem sie zutrauten, dass er was verändern konnte.

Wagenbeck war gut. *Die Sintflut*, hat er gesagt und die Arme ausgebreitet, *die biblische Sintflut hat die alte und verkommene Welt hinweggespült, hat sie vernichtet. Nun erleben wir eine neue Flut und diese Flut wird diese verkommene und verdorbene Welt hinwegspülen, wird sie von der Erde waschen. Das Wasser ist nur der Anfang. Die eigentliche Flut, das seid ihr! Das sind wir! Wir sind die Sintflut!* Die Leute haben ihm zugejubelt und wenn er sprach, kamen sie zu Tausenden. Das war wie in alten Zeiten und ohne den Regen wäre es dazu nicht gekommen. So hat alles seine zwei Seiten.

An einem Morgen Anfang August hab ich die Gardinen aufgezogen, der Himmel war wolkenlos und die Sonne schien mir ins Gesicht! Das war wie Weihnachten und Geburtstag zusammen. Ich hab das so genossen und die ganze Stadt hat aufgeatmet.

Am Abend des ersten Tages roch das Wasser nur muffig, am zweiten Tag schimmelig. Das kannten viele aus ihren Wohnungen. Am dritten Tag stank es nach faulen Eiern. Mit jedem Tag wurde es wärmer und schlimmer. Nach fünf Tagen war es heiß, die Luft stand und der Gestank war kaum zu ertragen. Wie eine Glocke hing er über der Stadt und keiner konnte dem entkommen.

Das Wasser verschwand langsam und mit ihm dieser Gestank. Der Müll blieb liegen, in der prallen Sonne. Wenn der Teufel Parfum benutzt, dann bestimmt mit dieser Note. *Süßlich-herbe Verwesung.* Ein paarmal konnte ich nicht anders, ich musste stehen bleiben, mich an der Wand festhalten und kotzen.

— Ich weiß gar nicht, was du hast, hat Roller gesagt, der Gestank ist doch nicht das Schlimmste.

— Ach ja, hab ich gesagt und mir kam's schon wieder hoch, sondern?

— Das Schlimmste ist das Beißen in den Augen.

Ich musste lachen und damit hatte sich das Kotzen erledigt, fürs Erste. Zur Hälfte hatte Roller allerdings recht, der Gestank war nicht das Schlimmste. Das stand uns noch bevor.

Es war nicht das erste Mal, dass die Kloake in die Knie ging, deshalb wussten wir, was auf uns zukam. Die Ratten und die Scheißerei. Beide Plagen kamen so sicher wie das Amen in der Kirche. Die Frage war nur, wie heftig?

Mit den Ratten hielt es sich in Grenzen. Ich schätze, der Gestank war sogar für diese Biester zu übel. Trotzdem mussten wir aufpassen. An einem Nachmittag komm ich in die Küche, da sitzt eine fette Ratte auf dem Tisch und vergnügt sich mit meinem Brot. Die hat mich angeguckt, als wär das ihre Wohnung und ich die Ratte.

Die Scheißerei dagegen war furchtbar. Ich hatte Glück, Muttchen und Hans auch, aber Maria hat es böse erwischt. In der Zeit fing das mit Klaus an und er hat sich rührend um sie gekümmert, Tag und Nacht. Maria war gerade über'n Berg, da war Ingrid dran. Ich weiß, wie das ist. Mit einem Mal wird dir schlecht, du musst dringend aufs Klo und alle Schleusen sind offen. Du schleppst dich ins Bett, das Fieber geht hoch und du wirst immer schwächer. Als ob dich einer anzapft und alles Leben aussaugt. Das geht fix und nach ein paar Tagen ist Feierabend. Ingrid hatte einen Schutzengel und kam wieder auf die Beine.

Mitte September war ich auf einer von den Scheißerei-Stationen, um Schmittchen zu besuchen. Das hat mich Überwindung gekostet. Aber er ist mein Freund, hab ich gedacht, das bin ich ihm schuldig und er würde mich auch besuchen. Wozu hat man Freunde?

Er lag in einer Klinik in Neukölln, in einem großen Saal. Ein Bett neben dem anderen, alle belegt. Keine Laken, keine Kopfkissen und zum Zudecken nur olle Fetzen. Die Matratzen waren dünn und hatten in der Mitte ein Loch. So groß, dass genau ein Hintern reinpasste. Unter jedem Loch stand ein Eimer.

Ich musste quer durch den Saal. Vorbei an Stöhnen, Wimmern und Schluchzen. Durch Plätschern, Plumpsen und Furzen. Der Gestank war entsetzlich. Ich hab mein Hemd hochgezogen, um mir den Stoff vor die Nase zu halten, doch das hat wenig gebracht.

Als ich an seinem Bett stand, hab ich einen Schreck gekriegt. Schmittchens Gesicht war eingefallen und grau, die Augen lagen tief in den Höhlen, seine Haare waren stumpf und durchgeschwitzt.

— Mann, hab ich gesagt und mir einen Stuhl rangezogen, wie du aussiehst, so viel kann man gar nicht saufen.

— Tach Brenner, sagt er und lächelt, schön ... schön, dass du da bist. Du denkst auch nur an das eine. Aber ich ... ich sag dir, diesmal ist es anders. Dieses Mal nehme ich nichts zu mir, dieses ... diesmal tue ich endlich das, was ... was jeder gute Bürger machen sollte. Ich geb was zurück ... an die Gesellschaft.

— Das hast du dir fein ausgedacht, sag ich und werf einen Blick auf den Eimer. Sehr praktisch, Kompliment!

Er versucht zu lachen, verschluckt sich und muss husten.

— Mann, das hört sich nicht gut an. Soll ich wen herholen? Einen Arzt oder 'ne Schwester oder so?

— Alter, jetzt ... jetzt bring mich nicht schon wieder zum Lachen. Du siehst doch, wie ... einen Arzt oder 'ne Schwester, das ... guter Witz. Die kommen nicht hierher. Ich ... ich schätze mal, die ... die mögen unser Rasierwasser nicht.

— Das wird's sein. Aber wenigstens hast du den Humor nicht verloren.

— Humor nicht verloren und ... und an Weisheit gewonnen. Denn ich ... ich weiß jetzt endlich, was das Leben ist. Das ... das ist mir in den letzten Tagen so richtig klar geworden.

— Da bin ich ja gespannt.

— Ganz ... ganz einfach. Guck dich um. Das Leben ist Scheiße!

Zwei Tage später war er tot. Die Beerdigung war in Mariendorf und alle sind gekommen. Sogar Iwan und der ging sonst nie zu Beerdigungen. Der Pfarrer hat über die unsterbliche Seele geredet und das himmlische Paradies. Mir hat das nichts gegeben, ich konnte nur daran denken, was Schmittchen gesagt hatte. *Das Leben ist Scheiße!* Darüber hätte er predigen sollen. Aber was soll man dazu groß sagen?

Ich weiß nicht, ob es das war oder was anderes, vielleicht kam vieles zusammen. Ich weiß nur eins. Kurz nach Schmittchens Tod fing es an und es wurde mit jedem Tag stärker. Irgendwas stimmte nicht mit mir und meinem Leben. Es ging in die falsche Richtung. Nicht schnell, aber unerbittlich. Wie ein Baum, der langsam im Moor versinkt.

18

Zuerst blieb das im Hintergrund. Da lauerte etwas, aber ich hab es nicht ernst genommen, wollte es nicht ernst nehmen. Doch mit jedem Tag rückte es ein Stückchen näher. Eines Tages setzte es zum Sprung an und in dem Moment wusste ich, was es war. Angst! Sie hockte auf meiner Schulter und flüsterte mir etwas ins Ohr. Nur ein Wort, wieder und wieder: Trott!

Aufstehen, essen, arbeiten, essen, schlafen und wieder aufstehen. So sah mein Leben aus. Sicher, ich hatte Ingrid und wir hatten Martin. Wir hatten Freunde und Familie. Es gab freie Tage und am Sonntag sind wir in die Kirche gegangen, doch das waren nur ein paar Früchte auf einem trockenen, eintönigen Sandkuchen und den gab es jeden Tag.

Es war nicht so, dass ich nicht arbeiten wollte, und ich war nicht undankbar. Wir waren gesund und kamen über die Runden. Besser als viele andere. In den Siedlungen rund um die Stadt lebten Zehntausende in irgendwelchen Buden, zusammengeschustert aus Müll und Spucke, im Dreck und der eigenen Scheiße. Schon beim geringsten Anlass hauten die sich die Köppe ein. Die hatten wirklich Probleme und keiner kümmerte sich darum. Nein, es ging uns gut. Dennoch stimmte was nicht.

Ich war dreiundzwanzig Jahre alt. Ich hatte das Leben noch vor mir und konnte schon sehen, wie alles weitergehen würde. Vielleicht kommt noch ein Kind, vielleicht ziehen wir um, aber ansonsten? Das war doch mein Leben und ich hatte darin nichts mehr zu sagen! Ich kam mir vor, als ob ich in einem Wagen saß, der auf Schienen stand – und auf diesen Schienen ging es bergab. Langsam, gleichmäßig, gnadenlos und am Ende der Strecke konnte ich bereits den Prellbock sehen.

Ich musste mich entscheiden. Ich konnte in dem Wagen bleiben, es mir bequem machen und abwarten, bis der große Hammer fällt. Oder ich konnte die Arschbacken zusammenkneifen und was wagen! Rausspringen, bevor es zu spät ist, bevor ich nicht mehr hochkomme. Und dann? Da hatte ich schon eine Idee!

Ich hab lange, gründlich und immer wieder darüber nachgedacht, es ging ja nicht nur um mich, ich hatte schließlich Familie. Denn auch wenn in meinem Herzen die Sache von Anfang an abgemacht war, diese Entscheidung wollte ich bei klarem Verstand treffen, und das habe ich.

Um mit Ingrid darüber zu reden, musste ich den richtigen Moment abpassen. Sie wird mich verstehen, hab ich gedacht, als wir uns gegenübersaßen, wir haben uns immer verstanden.

Alles hab ich ihr erzählt. Vom Trott, von dem Wagen, von meiner Angst und dass ich nicht für den Rest meines Lebens Taxi fahren wollte, dass ich noch was machen wollte aus meinem Leben. Nicht nur für mich. Für uns. Sie hat mich angeguckt, zugehört und nichts gesagt. Das, hab ich gedacht, ist ein gutes Zeichen. Sonst würde sie sofort auf mich einreden. Als ich fertig war, hat sie immer noch nichts gesagt. Das war ein schlechtes Zeichen.

—Und?, sag ich und setz mich aufrecht hin.

—Und was?

—Na ja, was ... was hältst du davon?

—Du willst tatsächlich wissen, was ich davon halte?

Das sieht wirklich nicht gut aus, denke ich, aber da muss ich jetzt durch.

—Ja, und du kannst ganz ehrlich sein.

—Wie schön.

Sie atmet tief ein, lehnt sich im Stuhl zurück und stößt die Luft durch die Nase wieder aus.

—Also. Entweder hast du dir schwer was weggeholt, als du deinen Kumpel im Krankenhaus besucht hast, oder du hast einfach nur den Verstand verloren. Was ja wohl aufs Gleiche hinausläuft.

Mit einem Ruck setzt sie sich auf, legt ihre Hände auf meine Knie und guckt mich an.

— Meine Güte, Josi! Bist du denn ...

— Du meinst, ob mir einer ins Gehirn geschissen hat?

— So ungefähr. Ich meine, was soll ich denn davon halten? Auf deiner Schulter sitzt einer und der flüstert dir was ins Ohr?

— Das war doch nur–

— Das weiß ich auch! Und das meine ich auch nicht. Worum es mir geht, ist ... Herrgott, Josi, ich verstehe dich nicht! Ich verstehe dich wirklich nicht. Siehst du denn nicht, was wir für ein Glück haben? Dafür sollten wir Gott jeden Tag danken und das mache ich auch. Aber du? Du willst das alles kaputt machen? Was geht nur in deinem Kopf vor?

— Aber das–

— Sieh dich doch um! Die meisten Leute haben nichts, weniger als nichts. Die wissen morgens nicht, was sie abends essen sollen. Die rutschen auf Knien hinter dir her, nur damit sie für einen Tag Arbeit kriegen. Du hast Arbeit, eine gute dazu, und die willst du wegwerfen?

— Darum geht es doch nicht.

— Wir können uns diese Wohnung leisten. Das ist kein Palast, aber eine gute Wohnung. Hier ist Platz für uns drei und hier wäre auch Platz für vier. Willst du das nicht auch?

— Ich ...

— Ja, was willst du eigentlich? Es ist gar nicht lange her, weißt du noch, was du da zu mir gesagt hast? Wenn nur alles so bleibt, wie es ist, dann bist du glücklich. Glücklich für den Rest deines Lebens! Und jetzt? Ist dir das alles nicht mehr gut genug? Bin ich dir nicht mehr gut genug? Und Martin? Denkst du auch nur einen Moment an den Jungen?

— Ja, natürlich. Das–

— Wir haben doch jeden Grund, zufrieden und glücklich zu sein. Warum können wir das nicht einfach genießen? Du warst doch im Krankenhaus und bei der Beerdigung. So schnell kann das gehen. Da muss man jeden Tag genießen, jeden Augenblick!

In dem Moment verstand ich mich selbst nicht mehr. Hatte sie nicht recht? Hatten wir nicht allen Grund, glücklich und zufrieden zu sein? Warum wollte ich das kaputt machen? Ja, hab ich gedacht, das ist schon das richtige Wort, *kaputt machen*. Vielleicht hab ich wirklich was am Kopf? Warum soll es nicht immer so weitergehen? Was ist falsch daran?

Weil mir das nicht genug ist! Gerade, weil ich im Krankenhaus und bei der Beerdigung war! Sicher kann alles so weitergehen, das ist ja das Einfachste. Aber damit bin ich eben nicht *zufrieden und glücklich*! Nicht, wenn das schon alles gewesen ist. Wenn ich jetzt nichts mache, was wird dann aus mir? Nicht mehr lange und ich hocke jeden Abend in derselben Kneipe, zieh mir Molle und Korn rein und denke, ja hättest du damals mal ...

So will und werde ich nicht enden! Das wird nicht einfach, nicht mit Ingrid und überhaupt. Aber als der olle Kolumbus über den Ozean gesegelt ist, um Amerika zu entdecken, das war auch nicht einfach. Doch er hat's gemacht – und geschafft. Im Gegensatz zu den Säufern, die im Hafen geblieben sind und bestimmt genauso rumgelabert haben wie die Säufer heute. *Jaja, das hätte ich auch gekonnt, kein Problem. Wenn ich nur gewollt hätte. Aber ich wollte nicht* ... Genau das ist der Unterschied. Sie wollten nicht, die wollten nichts. Und die waren zufrieden und glücklich? Ganz sicher.

Der Wille ist der Schlüssel. Was wollen, was machen wollen. Oder nicht. Da trennen sich die Wege. Und wenn man was richtig will, wird das auch was! Sicher, es gab bestimmt Kapitäne vor Kolumbus, die wollten auch und sind abgesoffen. Nach denen kräht kein Hahn. Trotzdem! Lieber setz ich auf offener See mein Leben aufs Spiel, als dass ich in einer Ecke langsam verrotte.

— Für dich und Martin, hab ich gesagt und ihre Hand genommen, wird sich nichts ändern. Ihr seid für mich das Wichtigste auf der Welt. Aber für mich wird sich einiges ändern, muss sich was ändern. Ich kann dich nur bitten, das zu verstehen. Ohne dich schaff ich das nicht. Aber mit dir, wir beide, wir können sonst was erreichen. Du wirst sehen, in ein paar Jahren lachen wir darüber, wir drei. Oder wir vier. Oder fünf?

— Du glaubst wohl, damit ... aber so läuft das nicht, nicht mit mir. Ich ... und was ist das überhaupt? Was willst du denn machen, wenn du nicht mehr fährst?

Nun muss es raus, denke ich, jetzt kommt das dicke Ende.

— Eine Bar. Ich will eine Bar aufmachen.

Ingrid guckt mich an, als hätte ich ihr vorgeschlagen, dass wir bei uns im Hof nach Öl bohren.

— Du willst ...? Du willst was?

— Nicht heute und nicht morgen. Vielleicht im nächsten Jahr, wenn ich das bis dahin schaffe. Vielleicht auch später. Ich geh das ganz in Ruhe an, Schritt für Schritt.

— Das kann ja wohl ...

— Natürlich fahr ich weiter Taxi, das ist klar. Davon leben wir schließlich und wie gesagt, für dich ändert sich nichts. Du musst dir keine Sorgen machen. Das mit der Bar, das mach ich nebenbei und erst, wenn alles fertig ist und der Laden läuft, erst dann–

— Eine Bar!, sagt Ingrid und steht auf. Das ... Himmelherrgottnochmal, wie bist du denn auf diese Schnapsidee gekommen? Dafür willst du alles aufgeben? Ich kipp gleich aus den Latschen.

Das ist keine Schnapsidee, denke ich, obwohl, in gewissem Sinne schon. Das wär gar kein schlechter Name für den Laden, *Schnapsidee.*

— Und du grinst nur! Das, das kann ja wohl nicht sein! Ach

ja, um auf deine Frage von vorhin zurückzukommen. Jawohl, dir haben sie ins Gehirn geschissen. Wenn da überhaupt noch was war, wo sie reinscheißen konnten!

Sie ist zur Tür gelaufen und hat sie so hinter sich zugeknallt, dass die Gläser im Schrank klirrten. Ich wusste nur zu gut, was sie jetzt machte. Sie ging zwei Häuser weiter zu ihrer Mutter und heulte sich dort aus. Es würde keine halbe Stunde dauern, bis meine Schwiegermutter vor mir steht.

Nach zwanzig Minuten kam sie reingerauscht wie ein Gewittersturm. *Dafür habe ich meine Tochter nicht großgezogen, dass du sie ins Unglück stürzt ... Werd endlich erwachsen und schlag dir die Flausen aus dem Kopf ... Es ist zum Heulen ... Meine arme Ingrid, was soll sie denn machen, in deiner Bar? Nackt auf dem Tisch tanzen? ... Das schlag dir mal schön aus'm Kopf ... Dass ich nicht lache ... Dabei habt ihr es so schön hier ... Nur gut, dass Oma das nicht mehr erleben muss ...* Ich hab die Ohren auf Durchzug gestellt und mir alles ausgemalt. Hier die Tische, dort der Tresen, dahinter die Flaschen in einem hohen Regal.

Das wird nicht das Kranzler, hab ich gedacht, aber es wird was Besonderes und die Leute werden kommen. Schon, wenn nur die kommen, die ich kenne, ist der Laden voll. Ich bin gern unter Leuten und kann mit fast allen. Das mag ich am Taxifahren und deshalb bin ich gut darin. Allerdings, die meiste Zeit sitz ich nur rum, allein in der Karre. Die einem anderen gehört. Aber die Bar, das wird mein eigenes kleines Reich. Und so klein muss es nicht bleiben. Wenn der Laden erst mal läuft, kann ich immer noch ein Schippchen drauflegen. Vielleicht mit Essen, wer weiß? Jedenfalls ist Luft nach oben, auch was die Kohle angeht und–

—Hörst du mir überhaupt zu?

—Ich ... klar, jedes Wort. *Gut, dass Oma das nicht mehr erleben muss.*

—Du ...

Sie hat sich umgedreht und die Tür hinter sich zugeschmissen. Ingrid kam ein paar Stunden später zurück, ihre Augen waren verheult und wir haben kein Wort gewechselt.

Der Haussegen hing windschief. Ingrid redete nicht mit mir, ihre Mutter dafür umso mehr. Jeden zweiten Tag stand sie auf der Matte und es war immer der gleiche Sturzbach, der auf mich niederprasselte. Mein Muttchen klang ähnlich und dafür konnte es nur eine Erklärung geben. Jeder Mutter wird nach der Geburt ihres ersten Kindes ein spezielles Buch ausgehändigt und immer, wenn sie das Gefühl hat, ihr Kind fährt gegen die Wand, kann sie dort nachschlagen und sich mit den passenden Ermahnungen, Beschwörungen und Strafpredigten versorgen. Sicher hatte Ingrid auch schon so ein Buch.

Ich stand allein auf weiter Flur. Familie, Freunde, Kollegen, sie haben nur die Köpfe geschüttelt oder mich angeguckt, als ob ich zum Mond fliegen wollte. Dabei will ich nur was aus meinem Leben machen, hab ich gedacht, wieso versteht das keiner? Sogar Roller war nicht auf meiner Seite.

—Was dagegen einzuwenden ist?, hat er gesagt und die Augenbrauen hochgezogen. Ganz einfach, du wirst diesen Kahn auf Grund setzen, das ist dagegen einzuwenden.

—Aber–

—Nichts mit aber. So wird es kommen. Das liegt nicht an dir und nicht an dem Kahn, es liegt an dem Gewässer. In der Brühe kannst du nur auflaufen.

—Aber das ist doch–

—Das ist die Wahrheit. Es sei denn, du wirst ein Arschloch. So ein Typ, der anderen die Schuhe klaut, während sie schlafen. Aber so einer bist du nicht, zum Glück. Du bist eine ehrliche Haut. Doch so einer kriegt hier nur eins, nämlich eins übergebraten.

—Toll! Also mach ich am besten gar nichts und warte, bis der Ofen ausgeht? Oder was soll ich tun?

— Die Welt ist groß.

— Was?

— Lassen wir das. Hör zu, du hast mich gefragt, was ich davon halte, und ich hab's dir gesagt. Jetzt weißt du's und der Rest ist deine Sache. Ich bin dein bester Kumpel. Bin ich doch, oder? Wenn du die Sache trotzdem durchziehen willst, dann helfe ich dir, und fertig. Müssen wir nicht mehr drüber reden. Wenn du was brauchst, frag mich und ich werd tun, was ich kann.

Das war die Wende. Nach Roller kam Hans.

— Tja, hat er gesagt, ich versteh zwar nicht, was so falsch ist am Taxifahren, ich meine, ich fahr auch den ganzen Tag durch die Stadt und find's klasse. Aber ist am Ende ja deine Sache. Und auf der anderen Seite, wenn mein Bruder 'ne Kneipe hat, ist die Flüssigkeitszufuhr ja geregelt, oder? Aber im Ernst, wenn du was brauchst oder so, kein Thema.

Mein Muttchen fing an, mich zu verstehen, und selbst meine Schwiegermutter hielt sich zurück. Und Ingrid?

— Na von mir aus, hat sie eines Abends gesagt, dann mach das eben.

— Du meinst ...?

— Ich meine diese Schnapsidee, das mit der Bar. Wenn du unbedingt willst, dann mach das.

— Also, ich ... ist das dein Ernst?

— Ich kenne dich ja ein bisschen. Wenn du dir was in den Kopf gesetzt hast, lässt du's dir nicht wieder ausreden. Wir haben es versucht, wirklich. Aber ... also, wenn es das ist, was dich glücklich macht, dann bitte. Nicht, dass ich mir in zwanzig Jahren dein Gejammer anhören muss.

— Ich will einfach keine Leiche im Keller haben, verstehst du?

— Wer will das schon?, sagt sie und lächelt, das erste Mal seit Wochen.

— Willst du wissen, wie ich mir das vorstelle? Das mit der Bar? Ist alles schon fertig, zumindest in meinem Kopf.

Sie hat mir einen Kuss gegeben und zugehört. Es war das erste Mal, dass ich jemandem in allen Einzelheiten davon erzählt habe. Das tat mir gut und je länger ich geredet hab, desto mehr wurde mir eins klar: Wenn ich die Sache so aufziehe, wie ich's mir vorstelle, ist da richtig Musik drin.

Ich musste nur noch Iwan einweihen. Von dem hing viel ab und deshalb hab ich das Gespräch vor mir hergeschoben. An einem grauen Tag im November hab ich mir ein Herz gefasst. Er stand an der Ecke und hat mit einer von den Kletten geredet.

Das sind die Jungs, die um die Taxis rumschleichen und betteln oder das verkaufen, was sie gerade geklaut haben. Für ein paar Pfennige machen die alles. Oft sind ihre Eltern schon über'n Jordan, sie selbst mussten zur lieben Tante und die hat sie eines Tages rausgeschmissen. Oder die eigenen Eltern schicken sie los zum Betteln. Ein paar Blödmanner finden sich immer. Manche sind auch auf eigene Faust losgezogen, um ihr Glück zu machen. Daraus wurde nichts und jetzt drücken sie sich an den Ecken rum und müssen sehen, wie sie über die Runden kommen.

Iwan war der Einzige, der sich um sie kümmerte. Er hörte sich ihre Geschichten an, steckte ihnen was zu und wenn es Ärger gab, hat er das geregelt. Die Jungs ließen nichts auf ihn kommen. Er hat mal seine Brieftasche verloren, eine Stunde später hat einer der Jungs sie ihm gebracht und es fehlte kein Pfennig.

Ich hab mich auf die Bank gesetzt und mir eine angesteckt. Nach ein paar Zügen kam Iwan rübergeschlendert und setzte sich neben mich. Am Rest seiner alten Kippe hat er sich eine neue angemacht und einen tiefen Zug genommen. Ich hab überlegt, wie ich anfange.

— Wie ich so gehört habe, sagt er und schnippt die alte Kippe weg, willst du eine Bar aufmachen. Stimmt das?

Scheiße, denke ich, jetzt hat er es hintenrum mitgekriegt und ich steh dumm da. Das kommt davon.

— Woher hast du das denn?

— Ich hab so meine Quellen. Stimmt das nun oder nicht?

— Ja, sag ich und mir ist nicht wohl dabei, das stimmt.

— Aha, sagt er und guckt sich die Häuser gegenüber an, als ob er sie kaufen will.

— Weißt du, Iwan, ich–

— Wenn du Hilfe brauchst oder so, dann sag was. Kein Problem. Du kannst auf mich zählen.

— Das ... das mach ich, auf jeden Fall. Danke, das ist wirklich–

— Was hast du denn gedacht?

— Na ja, ich hab befürchtet, du bist vielleicht ...

— Quatsch! Ich finde das gut. Du bleibst nicht stehen, du machst was. Sich regen bringt Segen, heißt es doch. Man sollte immer auf mehr als nur einem Bein stehen. Sonst reicht ein kleiner Schubs, du kippst um und liegst im Dreck.

— Da ist was dran.

— Wann willst du denn loslegen?

— Mit dem neuen Jahr, gleich im Januar.

— Hört sich gut an, sagt er, neues Jahr, neues Glück.

19

Im Januar 2002 hab ich angefangen, einen Platz zu suchen, wo ich meine Bar aufmachen konnte. Ein Laden, ein Schuppen, ein Keller, irgendwas. Das erste Problem dabei war die Zeit, dummerweise hatte ich keine. Ich hatte Ingrid versprochen, dass sich für sie nichts ändert, und die Kohle musste ich erst mal einfahren.

Wenn ich das in der Tasche hatte, bin ich weiter gefahren. Sobald es eine gute Tour gab, war ich der Erste, der die Hand gehoben hat, und Iwan hat mir jeden Gefallen getan. Die Bar würde allerhand kosten und was ich hatte, musste ich mir nicht borgen. Borgen bringt Sorgen, und davon hatte ich schon genug.

— Wir sehen uns kaum noch, hat Ingrid gesagt, du kommst ja nur noch zum Schlafen her. Du gehst nach mir ins Bett und wenn ich aufwache, bist du schon wieder weg. Ob ich nun verheiratet bin oder nicht, das ist völlig egal. Und dein Sohn, der ist dir auch egal.

— Aber, ich ... wir haben das doch alles besprochen.

— Ach ja? War ich dabei? Wir haben alles Mögliche besprochen, aber dass du überhaupt nicht mehr da bist, das ... Du machst ja sowieso, was du willst. Ich, wir zählen gar nicht mehr. Vielleicht hat meine Mutter ja recht und du hast–

— Ich hab was?

— Eine andere Frau! Meiner Mutter war gleich so.

Entweder bin ich dann zu Hause geblieben und hab mich beschissen gefühlt, weil ich mit der Bar nicht vorankam, oder ich bin losgegangen und hatte ein schlechtes Gewissen, weil ich nicht bei meiner Familie war. Meine Schwiegermutter hätte ich auf den Mond schießen können, und zwar auf die dunkle, kalte Seite.

Neues Jahr, neues Glück? Die Zeit verging, aber vom Glück

keine Spur. Ich hab breit gestreut, dass ich was suche, und hab mir so einiges angeguckt. Doch was ich mir leisten konnte, kam nicht infrage, und was infrage kam, konnte ich mir nicht leisten. Es war zum Verzweifeln. Die Bäume wurden grün, im Tiergarten blühten die ersten Blumen und ich hatte nichts.

Ende März habe ich was gefunden. Eine ehemalige Kneipe bei uns um die Ecke. Nicht zu groß, nicht zu klein, gute Lage für Laufkundschaft und der Besitzer wollte erst Kohle sehen, wenn ich den Laden aufmache. Das passte wie die Faust aufs Auge. Sogar Ingrid war begeistert und wir haben uns ausgemalt, wie alles aussehen wird.

Bis seine Alte mitgekriegt hat, was er vorhatte. Die hat ihn auf die halbe Größe zusammengestaucht und er musste die Sache abblasen. Dann eben nicht, hab ich an dem Abend gedacht, Scheiße noch mal! Ich hab's versucht, aber es hat nicht geklappt. Soll nicht sein, ich kann's nicht ändern. Wenigstens hab ich's probiert.

Am nächsten Morgen schien die Sonne aufs Bett. Ich hab die Decke zurückgeschlagen und mich aufgesetzt. Das war's also? So einfach? Von wegen! Bloß, weil der Alte keine Eier hat, geb ich doch nicht auf! Das könnte dieser Hexe so passen. Ich find schon was, und zwar was Besseres.

Ein paar Tage später treff ich Lampe auf der Straße. Seit dem Abend im Prater hab ich ihn nicht mehr gesehen.

—Mann, sag ich und umarme ihn, neuer Haarschnitt? Gut siehst du aus und frisch wie der Morgentau.

—Danke, schön zu hören. Mir geht es auch gut.

—Das freut mich, wirklich. Denn beim letzten Mal, da hast du ganz schön scheiße ausgesehen und deine Stimmung war, na ja.

—Das letzte Mal? Ja, das ... das war auch keine gute Zeit für mich, alles war ... Aber das ist jetzt vorbei, mir geht es gut.

—Heißt das, du studierst wieder? Alles in Butter?

—Ach das, sagt er und für einen Moment ist die Frische aus seinem Gesicht verschwunden. Nein, das ist vorbei. Die Uni war ohnehin nichts für mich. Aber ich habe meinen Weg gefunden.

— Ja dann, was will man mehr? Und was machst du jetzt? Bist du noch im Laden?

— Ja, und das macht mir richtig Spaß. Du wirst es nicht glauben, aber ich habe meine Liebe zur Buchhaltung entdeckt.

— Ach.

— Mein Vater hat ja keine Ader dafür. Sonst wäre ... nun ja. Aber mir liegt das. In der Buchhaltung ist alles klar. Die Zahlen stimmen oder sie stimmen nicht. Das ist etwas Handfestes, kein *vielleicht* oder *möglicherweise*, verstehst du?

— Verstehe.

— Außerdem, sagt er und fährt sich mit der Hand durch die Haare, ich ...

— Was denn?

— Nun, das habe ich noch keinem erzählt, noch nicht.

— Jetzt mach's mal nicht so spannend.

— Na ja, ich ... ich habe etwas vor. Ein Projekt, ein großes Projekt.

— Meine Fresse, jetzt hörst du dich an wie Roller. Der tut auch immer so. Komm schon, was ist es?

— Ein Buch. Ich will ein Buch schreiben, vielleicht. Aber mehr sage ich auf keinen Fall.

— Weil du mir auch schon so viel erzählt hast, sag ich und denke, der kann sich mit Roller wirklich die Hände reichen. Ein Buch also. Dann ist das mit dem Laden wohl doch nicht die Erfüllung. Es sei denn, er schreibt ein Buch über Buchhaltung.

— Aber wir reden nur über mich, sagt er, was ist mit dir?

— Geht so.

Ich erzähl ihm von meinen Plänen mit der Bar und er nickt.

— Finde ich gut und ich bin mir sicher, du schaffst das. Das dauert nicht mehr lange und ich sitze bei dir am Tresen.

— Wenigstens einer, der noch dran glaubt.

Ich breite meine Leidensgeschichte aus bis zu dem Punkt, an dem der Alte einen Rückzieher macht.

— Er hat zwar die Hosen an, sagt Lampe, doch sie hat den Gürtel. Das hat Opa immer gesagt und ... aber mir ist gerade etwas eingefallen, das könnte dich interessieren.

— Und zwar?

— Also, die Frau vom Bruder meiner Mutter, die hat einen Cousin, der heißt Karl, aber alle nennen ihn Kalle, und ich kenne ihn eigentlich ganz gut.

— Und?

— Der macht alle möglichen Geschäfte und wenn ich mich richtig erinnere, hat er noch ein Grundstück in der Schliemannstraße. Zwischen Stargarder und Helmi, auf der rechten Seite, wenn du vom Helmi kommst. Dort stehen ein paar Schuppen und sonst nichts. Vielleicht wäre das etwas für dich, für deine Bar meine ich.

— Das ... das hättest du doch gleich sagen können.

— Habe ich doch.

Schliemannstraße, denke ich, das wär's natürlich. In der Gegend kenn ich mich aus. Aber immer mit der Ruhe. Wer weiß, wie gut sich Lampe mit dem steht und was der für Pläne mit dem Ding hat. Andererseits, das ist Verwandtschaft. Ich bin mit Leuten verwandt, mit denen wär ich nicht befreundet und trotzdem mache ich Sachen für die und–

— Soll ich ihn fragen?

— Ja, natürlich! Auf jeden Fall. Mehr als Nein sagen kann er ja nicht.

Muss er auch nicht, denke ich, ein Wort und aus der Traum. Mal wieder.

— Komm doch nächste Woche in den Laden, vielleicht weiß ich dann schon mehr.

Mich hat das nicht losgelassen. Am Sonntag nach der Kirche

ist Ingrid mit dem Jungen nach Hause und ich bin rüber in die Schliemann. Die linke Seite hatte es im Krieg ziemlich erwischt, doch auf der rechten Seite gab es nur ein Loch, zwischen der 20 und der 22.

Links und rechts standen die Mauern der Nachbarhäuser, Brandmauern ohne Fenster. Hinten war ein Bretterzaun und dahinter die Rückseite vom nächsten Haus. Zur Straße hin war alles offen. Zwei längliche Baracken standen nebeneinander, die kurze Seite zur Straße, zu jeder gehörte eine Hälfte vom Grundstück.

Die rechte Baracke war eine Autobude. Alte Reifen lagen davor, ein LKW-Getriebe stand auf zwei Böcken und in der Ecke rostete ein Bus vor sich hin. Der Boden war schwarz vor Öl und Dreck. Die linke Bude war leer und runtergekommen, auf ihrer Seite stand das Gras kniehoch.

Da können die Leute im Sommer draußen sitzen, hab ich gedacht, und keiner regt sich über den Lärm auf. Zwischen die Buden setz ich einen Zaun, dann gibt's keinen Ärger. Die Hütte selbst, die ... jetzt mach mal halblang! Das wird sowieso nichts. Im Wedding hast du auch schon große Pläne geschmiedet und dann?

Am Donnerstag bin ich nachmittags zu *Eisen-Lampbrecht* in die Schönhauser gegangen. Das Geschäft ist vor allem eins: voll. Quer durch den Raum geht die Ladentheke, hinter der Theke ist ein schmaler Gang für die Verkäufer und dahinter steht ein Regal, so breit wie der Laden und bis unter die Decke. In vielen kleinen Fächern und Schubladen lagern Schrauben, Dübel, Muttern, Haken und hundert andere Schätze. In der Mitte vom Regal ist eine Tür, die führt ins Lager.

Vor der Theke stehen auf der rechten Seite Klobecken, Waschbecken, Wischeimer, Schneeschieber und dahinter türmen sich Kartons aus aller Herren Länder. Als Kind war das für mich der Hauch der weiten Welt. Auf der linken Seite stehen oder lehnen Rohre, Regenrinnen und Dachpappe. Was anders nicht unterzubringen ist, hängt von der Decke. Wasserhähne, Taschenlampen, Spülkästen, Klebeband und was weiß ich noch alles.

Weil der Laden so voll ist, müssen immer zwei Verkäufer gleichzeitig arbeiten. Einer steht hinter der Theke und kümmert sich um den Kunden, der andere turnt herum und sucht die Sachen zusammen. Außerdem gibt es Opa Rudi. Seit Menschengedenken sitzt der in einer Ecke hinter der Theke und schläft, glaubt man. Bis es Ärger gibt oder er das Gefühl hat, die Verkäufer arbeiten auf eigene Rechnung. Dann ist er hellwach und ein Blick von ihm genügt. Opa Rudi war ein alter Freund von Opa Lampbrecht, sie hatten sich gegenseitig das Leben gerettet und es hieß, im Krieg ist er einer von den ganz harten Jungs gewesen.

Lampe saß links hinter der Theke auf einem Barhocker und schrieb was in ein Heft. Von mir aus hat er seine Liebe zur Buchhaltung entdeckt, hab ich gedacht, aber eine Schande ist es trotzdem. Aus dem wird was, das war immer klar. Der sitzt eines Tages hinter einem dicken Schreibtisch, umgeben von seinen Büchern und hat was zu sagen. Stattdessen hockt er nun in diesem Laden und über seinem Kopf baumeln vier Klobrillen, eine hässlicher als die andere.

— Einen Moment noch, sagt er, ich bin gleich fertig.

Eine Minute später klappt er das Heft zu und legt es weg.

— Was kann ich für dich tun?

— Na ja, sag mal, hast du schon mit diesem Kalle gesprochen?

— Mit Kalle?

Ein Verkäufer kommt und flüstert ihm was ins Ohr, Lampe runzelt die Stirn. Er hat's vergessen, denke ich, das gibt's ja nicht. Ja oder nein, damit hab ich gerechnet, aber nicht mit so was. Die ganze Aufregung umsonst.

— Entschuldigung, wo waren wir?

— Bei Kalle.

— Richtig. Ja, mit dem habe ich gesprochen, natürlich. Also, eigentlich will er das nicht vermieten, aber vielleicht macht er eine Ausnahme für dich. Wenn ihm deine Nase gefällt, sagt er. Ihr trefft euch nächste Woche Dienstag um drei in der Schliemannstraße. Falls du noch Interesse hast.

— Na sicher! Und was für ein Interesse! Das ... Mann, ich danke dir. Du hast was gut bei mir.

— Noch ist nichts entschieden. Ich habe nur vermittelt, weiter nichts. Ach ja, eine Sache noch, das ist wichtig. Vor ein paar Jahren hat Kalle bei einem Unfall ein Bein verloren. Das ist ein ganz wunder Punkt bei ihm. Also tu einfach so, als würdest du das nicht bemerken. Damit fährst du am besten.

— Das mach ich, ganz sicher. Kein Problem. Und meine Nase wird ihm schon gefallen. Ich hab eine großartige Nase, ganz großartig. Lampe, du bist der Größte!

Jetzt geht's los, hab ich gedacht, als ich nach Hause gegangen bin. Nein, nicht gegangen, ich bin geflogen! Ich hab die Leute angestrahlt wie ein Kind, das gerade eine Tafel Schokolade geschenkt gekriegt hat. Von wegen Schnapsidee!

Ingrid bügelt, als ich ihr die Neuigkeit erzähle, und ich bin mir nicht sicher, ob sie überhaupt zuhört.

— Jetzt sag doch was. Ist das großartig?

— Meine Mutter hat recht, sagt sie, stellt das Bügeleisen beiseite und guckt mich an. Ich wollte das nicht sehen und sie übertreibt auch gern, aber in dieser Sache liegt sie richtig. Du bist ein Traumtänzer. Das bist du. Manchmal hab ich das Gefühl, ich habe zwei Kinder, ein kleines und ein großes.

— Das ist doch Quatsch. Das ist kein Traum. Außerdem bin ich ein furchtbarer Tänzer, sag ich und muss grinsen.

— Stimmt. Das siehst du wenigstens ein. Aber alles andere? Meine Güte, Josi, ich–

— Aber das wird bestimmt was! Ich bin mir sicher. Ich hab da so ein Gefühl. Ganz sicher!

—Ja, dieses Gefühl hattest du auch beim letzten Mal. Da warst du dir auch ganz sicher. Und dann? Aus der Traum! Und ich kann anschließend die Scherben wegfegen. Ganz ehrlich, ich habe die Nase voll davon, und zwar gründlich. Welcher Monat ist jetzt? April. Und was hast du in der Hand? Nichts. Weniger als nichts. Nur Enttäuschungen.

—Aber am Dienstag, da–

—Was soll da sein? Du hast den Mann noch nicht mal gesehen, geschweige denn mit ihm gesprochen. Alles, was du hast, ist dein Kumpel Richard und der ist viel zu nett, um dich zu entmutigen. Sei doch mal ehrlich, warum sollte dieser Kalle dir was vermieten, was er keinem anderen vermieten will? Warum? Nenn mir nur einen Grund, nur einen einzigen!

Wegen Lampe, denke ich, weil der doch ... aber das heißt überhaupt nichts. Ingrid hatte recht, mit allem. Ich hab geglaubt, in der Welt scheint die Sonne und der Himmel ist blau, doch das war nur das Muster auf den Gardinen. Ein billiger Druck. Ingrid hat mit einem Ruck die Vorhänge aufgezogen und in Wirklichkeit ist es draußen kalt, trübe und windig.

Ich stand in unserem Wohnzimmer und hab mich gefühlt wie ein Kreisel, bei dem die Kraft alle ist. Eben noch dreht er sich wie wild auf den Dielen, doch mit einem Mal ist die Feder erschöpft, er kommt ins Trudeln und im nächsten Moment kippt er um und bleibt liegen.

20

An diesem Nachmittag hab ich mich entschieden, alles abzublasen. Ich war nicht der Einzige mit geplatzten Träumen. Am Ende hatte ich meine Lektion gelernt und gut. Ich hatte Freunde und Arbeit, Frau und Kind und wir hatten unser Auskommen. Was wollte ich mehr?

Ich hab versucht, den Termin in der Schliemann abzusagen, aber konnte Lampe nicht erreichen. Also musste ich am Dienstag dahin. Was soll's, hab ich gedacht, diese eine Sache noch und das war's. Ich war pünktlich, Kalle nicht. Warum auch, ich wollte ja was von ihm und nicht umgekehrt.

Gegen halb vier kam er um die Ecke. Zwei Krücken und ein Bein, so schwang er sich über den Bürgersteig. Das ist bestimmt keine Freude, hab ich gedacht. Wie geht der aufs Klo? Das ganze Theater mit hinsetzen, hochkommen und abwischen, alles mit zwei Krücken. Selbst das kleine Geschäft, nur mit einer Hand. Mit der anderen muss er ja die Krücke halten, *denn auf einem Bein kann man nicht stehen*, denke ich und muss mir das Grinsen verkneifen, weil Kalle in dem Moment vor mir steht. Er ist um die fuffzig und sieht grau aus im Gesicht.

— Du bist Brenner, seh ich das richtig?

— Stimmt, und Sie sind Herr ... Herr Kalle?

Sein Lachen hört sich an, als würde eine leere Blechbüchse über'n Hinterhof scheppern. So lustig, denke ich, ist es nun auch nicht.

— Herr Kalle, sagt er und schüttelt den Kopf, der ist gut. So hat mich noch keiner genannt. Aber lass stecken, du kannst du zu mir sagen und Kalle reicht.

— Alles klar.

— Du willst das Ding hier mieten? Seh ich das richtig?

— Ja, sag ich und denke, vielleicht hat er auch noch was mit den Augen, wenn er mich ständig fragt, ob er das richtig sieht.

— Na ja, ich weiß nicht, ob Richard dir das gesagt hat, aber eigentlich will ich gar nicht vermieten. Doch er hat mich so bekniet, da hab ich gesagt, ich hör mir mal an, was du zu sagen hast. Ich bin sowieso in der Gegend und deshalb ... aber wie gesagt, eigentlich können wir uns das auch sparen.

Tja, denke ich, Ingrid hatte recht. Gut, dass ich die Bar schon beerdigt habe, sonst müsste ich es jetzt tun. Mit der ganzen Idee hab ich mir ein schönes Ei gelegt. Bei dem Thema muss ich wieder daran denken, wie es wohl ist, mit nur einem Bein und zwei Krücken aufs Scheißhaus zu gehen. Ich schiele auf seinen Stumpf, ich kann nicht anders.

— Was starrst du mich so blöd an?

— Ich ..., sag ich und denke, was soll's? Warum lügen? Die Karre ist sowieso im Dreck, warum soll ich noch so tun, als ob.

— Ich hab dich was gefragt!

— Na ja, es ist ... dir fehlt ja nun ein Bein und das fällt schon auf. Deshalb muss ich da hinsehen. So.

Kalle guckt mich an, als hätte er gerade herausgefunden, wer ich in Wirklichkeit bin. Nämlich ein Verrückter und der größte Schwachkopf vor dem Herrn. Das war's dann endgültig, denke ich. Wenn noch das allerkleinste bisschen Hoffnung bestanden hätte, hab ich das gerade zerschossen. *Man soll aus seinem Herzen keine Mördergrube machen*, das hat Vater oft gesagt und heute bin ich der Sohn meines Vaters.

Kalle schüttelt den Kopf und fängt an zu lachen. Meine Fresse, denke ich, der kriegt sich gar nicht wieder ein. Der kippt mir noch rückwärts von den Krücken und dann? Wer von uns ist jetzt der Verrückte?

— Mann ... Junge, du ... du hast Nerven! Du hast wirklich Arsch in der Hose! *Dir fehlt ja nun ein Bein und das fällt schon auf.* Das ... Jungejunge! Aber sicher fehlt mir ein Bein. Das weiß ich selbst ja wohl am besten. Aber jeder tut so, als wär alles in Ordnung. Als wär das Bein noch da. Als hätte es diesen Unfall nicht gegeben, diesen beschissenen Scheißunfall!

Was, denke ich, soll ich dazu sagen?

— Die denken, das ist ein wunder Punkt bei mir. Aber sicher ist das ein wunder Punkt! Dazu gehört ja nicht viel Phantasie. Verdammt noch mal, mir fehlt ein Bein und ich muss mich auf diesen beschissenen Scheißkrücken durch die Gegend schleppen. Jeden beschissenen Scheißtag. Wenn das kein wunder Punkt ist, was dann? Aber wenn man so tut, als wäre nichts passiert, davon wächst mir auch kein neues Bein. Und hinter meinem Rücken zerreißen sie sich doch die Mäuler und gucken. Als ob ich das nicht merken würde! Davon hab ich so die Schnauze voll, von dieser ganzen verlogenen Bande. Junge, du gehörst zu den wenigen, die mal sagen, was Sache ist.

— Na ja, das–

— Keine falsche Bescheidenheit. Du hast Arsch in der Hose und wer hat den heute noch? Diese Bande jedenfalls nicht. Ich sag dir eins. Wenn du willst, sind wir im Geschäft. Mit dieser Bude da, meine ich. Das ist mir die Sache wert.

— Ach, sag ich und denke ... nichts hab ich gedacht. Das kam wie eine Welle über mich und ich hatte genug damit zu tun, wieder an die Oberfläche zu kommen.

— Ja, sagt Kalle, kein Witz. Du kannst die Bude haben. Für, warte mal, ich würde sagen ... bis du aufmachst, gibst du mir hundert im Monat, immer bar am Ersten. Klar? Wenn der Laden aufmacht, dann zweihundert. Und wenn er nach, sagen wir mal ... nach drei Monaten noch läuft, packst du zwanzig Prozent vom Gewinn obendrauf, klar?

— Zehn Prozent, sag ich und kann wieder denken.

— Fünfzehn. Oder du kannst alles vergessen.

— Gut, fünfzehn, sag ich und halt ihm die Hand hin.

Er wirtschaftet mit den Krücken rum und schlägt ein, wir schütteln uns die Hände und ich denke, das gibt's nicht!

Mit einem Fläschchen Schampus aus'm Kranzler stand ich abends vor der Tür. Nachdem Martin eingeschlafen war, haben wir angestoßen. Auf die Bar, auf Lampe, auf Kalle, auf uns und unsere Zukunft. Ingrid war versöhnt und über das, was vorher war, haben wir nicht geredet. Warum auch? Alles war gut und wir waren glücklich, weshalb sollten wir das verderben?

Die Zukunft lag vor mir wie das Gelobte Land. Jetzt muss ich den Laden nur auf Vordermann bringen, hab ich gedacht, die paar Formalitäten erledigen und los geht's. Ganz einfach.

Angefangen haben wir am ersten Wochenende im Juni. Ich hatte meine Freunde zusammengetrommelt und es kamen fast alle. So ein ganz schlechter Kerl kann ich nicht sein, hab ich gedacht, immerhin ist das keine Pflichtveranstaltung und ich bin nicht die Partei.

Am Samstag haben wir Unmengen an Müll und Schutt rausgeschleppt, haben die Bude sauber gemacht und am Ende des Tages konnten wir langsam sehen, wohin die Reise geht.

— Übrigens, hat Hans gesagt, als wir schließlich alle mit einem Bierchen vor der Bude sitzen, wie soll der Laden denn heißen?

— Na ja, sag ich und denke, so schlecht war der Einfall nicht. Wie wär's mit *Schnapsidee*?

Die Begeisterung hält sich in Grenzen.

— Ich weiß nicht, sagt Roller, mal ehrlich, Schnapsidee? Würdet ihr da reingehen? Also, wenn ihr Brenner nicht kennt?

— Nur, wenn's was umsonst gibt, sagt Langer, aber dann ist ohnehin egal, wie der Laden heißt.

— Da hast du's.

— Wie wär's denn mit *Baracke*?, sagt einer.

— Sehr einfallsreich!

— Nein, nicht einfach so Baracke, sondern das Bar am Anfang großgeschrieben und den Rest klein, versteht ihr? Ich meine, es ist eine Baracke, aber auch eine Bar. Wenn's fertig ist.

Die Jungs wackelten erst mit den Köpfen, doch einer nach dem anderen fand die Idee gut. Also BARacke, hab ich gedacht, das ist gar nicht schlecht. Meine Fresse, ich hab den Laden, der wird langsam, und jetzt weiß ich auch, wie ich ihn nenne. Das geht ja wie's Brötchenbacken.

Am Sonntag haben wir draußen gearbeitet. Mein Muttchen war nicht begeistert davon, dass wir den Heiligen Sonntag so entehren, aber war ja für einen guten Zweck, gewissermaßen. Wir haben die Wiese gemäht, den Müll aufgesammelt und am frühen Nachmittag kam ein Laster mit Brettern.

Vier Gestalten saßen auf der Ladefläche, denen wollte ich im Dunkeln nicht begegnen. Sie haben die Bretter runtergeschmissen und kein Wort gesagt. Roller hat mit dem Fahrer geredet, der hat nur genickt und gegrinst. Die vier haben uns mit dem Arsch nicht angeguckt und wollten nicht mal ein Bier. Als der Laster leer war, hat der Fahrer ein letztes Mal gegrinst, Gas gegeben und wir standen in einer stinkenden, blauen Wolke neben einem Bretterhaufen.

— Freunde von dir?, hab ich gesagt.

— Nein, sagt Roller und klopft hinten auf seine Zigarettenschachtel, bis vorn eine Kippe rauskommt, eher Geschäftspartner, würde ich sagen.

— Aha, und was kriegst du für die Dinger?

— Gar nichts. Die sind mein Geschenk zur Eröffnung.

— Quatsch, du hast ja auch was dafür bezahlt und das–

— Nein, sagt Roller und lacht, so läuft das nicht. Lass gut sein. Die sind ein Geschenk von mir, und fertig. Und jetzt sollten wir uns ranhalten, damit wir den Zaun fertigkriegen, bevor die Sonne weg ist. Sonst machen die Bretter über Nacht noch einen kleinen Spaziergang.

Abends um zehn stand der Zaun. Nicht schön, aber selten, und das Grundstück war dicht. In der Woche drauf hat ein Kumpel von Heinzer mir die Scheiben gemacht. Lampe hat mir die weiße Farbe für die Fenster besorgt und für den Außenanstrich ein sattes Rot. Die Farbe war ein Geschenk von ihm, er wollte mir auch die Dachpappe verehren, aber das hab ich nicht angenommen.

An einem schönen Sommertag Ende August war die BARacke von außen fertig. Das Rot leuchtete, das Weiß strahlte und die graue Dachpappe glitzerte in der Sonne. Ja, hab ich gedacht, genau so! Jetzt machen wir das innen fertig und ich kann eröffnen, noch in diesem Jahr.

Den Fußboden haben wir in einem dunklen Braun gestrichen und die Wände in einem warmen Gelb. Alles war noch besser, als ich's mir vorgestellt hatte. Ich war mir sicher, das Rot wird die Leute anlocken und wenn sie erst mal da sind, dann bleiben sie auch, weil es so gemütlich ist. Und trinken ein Bier nach dem anderen.

Während die Farbe trocknete, hab ich Tische und Stühle besorgt. Ich hab gekauft, geschachert und getauscht. Alles einheitlich zu machen konnte ich mir nicht leisten und so hatte ich am Ende eine bunte Mischung von allerhand zusammen. Was soll's, hab ich gedacht, wenn die Leute erst drei Achten im Turm haben, sind ihnen die Möbel sowieso egal.

Mitte September kam der Tischler und hat die Theke eingebaut. Die war so hoch, dass ich meine Ellbogen drauflegen konnte, und führte an der schmalen Seite quer durch den Raum, nur ganz rechts blieb ein Durchgang.

Im Kranzler standen an der Wand hinter der Theke die Flaschen mit den edlen Etiketten, eins vielversprechender als das andere. Drei lange Reihen, dunkles Holz, Glas und Spiegel. Wenn am Abend die Kronleuchter angingen, funkelte und glitzerte alles. So was Ähnliches wollte ich auch haben und der Tischler hat mir ein Regal an die Rückwand gebaut. Nicht so edel und noch fehlten die Spiegel, aber immerhin.

Beim Tischler musste ich nur das Material und das Bier bezahlen, den Rest hat Iwan übernommen. So lief das ständig. Hier ein Freundschaftsdienst, dort ein Freundschaftspreis. Manchmal war mir das peinlich, doch es war ein gutes Gefühl, Freunde zu haben.

Trotzdem hat mich das Ganze ein Schweinegeld gekostet. Nicht nur die großen Sachen, auch die Kleinigkeiten. Ein paar Mark hier, ein paar Mark dort, das läppert sich. Wenn es schneit, sind die einzelnen Flocken auch klein, doch am Ende ist alles weiß und der Schnee liegt meterhoch.

Ich war gezwungen, mir einiges zu borgen. Bei Iwan, bei Onkel Werner und anderen Verwandten. Damit musste ich hinkommen, denn ich wollte auf keinen Fall zu den Geldverleihern gehen. Wer bei denen am Haken hängt, hat verloren. Die machen dich zwar nicht kalt, aber sie machen dich fertig. Lieber hab ich gearbeitet, bis ich nicht mehr konnte.

Wenn ich nicht Taxi gefahren bin, hab ich in der BARacke gearbeitet. Oft hab ich gleich im Laden übernachtet und bin von dort aus losgefahren. Es gab Tage, an denen hab ich Ingrid oder Martin überhaupt nicht gesehen.

Das hat mir nicht gefallen und trotzdem war ich sicher, ich bin auf dem richtigen Weg. Trotz der langen Tage und der kurzen Nächte, trotz der Schufterei und der Schulden. Denn ich tat das, was ich tun wollte und sollte – und das war großartig!

Ingrid hat das gespürt und mich machen lassen. Ihre Mutter hat zwar auf mich eingeredet, doch ich saß im richtigen Zug und der fuhr in eine glänzende Zukunft. Warum sollte ich mich da um eine alte Frau kümmern, die auf dem Bahnsteig stand und schimpfte? Sie wurde kleiner und mein Zug nahm Fahrt auf. Bis er das erste Mal ruckte und mit einem Quietschen stehen blieb. Auf offener Strecke.

21

Es ging um den Strom. Der Anschluss war da, er musste nur geschaltet werden und ich brauchte einen Zähler. Das wird ein bisschen dauern, hab ich gedacht, und was kosten, aber so schlimm kann es nicht sein.

— Was soll der Terz?, hat Roller gesagt. Ich hab einen an der Hand, der macht dir das. Ganz offiziell. Na ja, fast. Für, ich schätze mal ... für einen Hunderter hast du den Anschluss. In Nullkommanichts.

— Ja, sicher. Aber ich will das offiziell machen, keine krummen Touren. Du weißt doch, wie das läuft. Sonst stehen die eines Tages vor der Tür, drehen mir den Saft für immer ab und ich kann mich frischmachen. Oder sie drehen ihn nicht ab, aber stehen dafür jede Woche auf der Matte und ich kann blechen.

— Na ja ...

— Am Ende ist das dein Kumpel. Der regelt das, wartet ein bisschen und dann hält er die Hand auf. Nein, ich mach das offiziell, so kann mir keiner was. Schön nach Vorschrift.

— *Schön nach Vorschrift* heißt in diesem Land doch nur *schön blöd*, aber bitte.

Am nächsten Morgen bin ich zur BEW gegangen, das steht für *Berliner Elektrizitäts- und Wasserwerke*. Früher war das eine Behörde, die Bongos hatten daraus Mitte der neunziger Jahre eine Firma gemacht und jetzt war es sowohl Firma als auch Behörde. Die saßen in Moabit und es hieß, in dem Block gibt es mehr Büros als Strommasten im ganzen Land.

Ich bin durch endlose Gänge gelaufen, Treppen rauf und runter. Mit den Schildern war es wie überall. Wenn du sie brauchst, verstehst du sie nicht, und wenn du sie verstehst, brauchst du sie nicht mehr. Meine Fresse, hab ich gedacht, ich kann von Glück reden, wenn ich hier lebend rauskomme. Wer weiß, wie viele in diesen Gängen schon verhungert sind? Sie suchten ein Büro und fanden den Tod.

Endlich war ich da, *Abteilung XII D, Bereitstellung Berlin Nordost.* Den Flur runter standen Leute an der Wand und warteten. Die Schlange endete an einer geschlossenen Tür. Zimmer 634. Gegenüber saß eine dicke Frau hinter einem Tisch, die hatte die Formulare.

— Was!, sagt sie, als ich vor ihr stehe.

— Ich ... ich brauche nur einen Antrag. Um einen Stromanschluss zu kriegen.

— Das heißt *Formular zur Beantragung der Bereitstellung eines Stromanschlusses für Endabnehmer.* Oder *BBSE-Formular.* Das kann ja nicht so schwer sein!

— Aha. Gut, dann hätte ich gern so ein *BBSE-Formular,* bitte.

— Die sind alle. Der Nächste!

— Was ist mit denen da?

— Das sind die falschen.

Ich schiebe einen Fünfmarkschein über den Tisch. Sie gähnt, macht eine Schublade auf und lässt ihn flattern. Zu den anderen Scheinen. Sie macht die Schublade zu und gibt mir eins von den *falschen* Formularen.

— Haben Sie vielleicht einen Stift?

— Seh ich so aus? Der Nächste!

Ich hab mir einen Stift geliehen, das Formular ausgefüllt und mich hinten angestellt. Und gewartet. Erst nach einer halben Stunde durfte der Nächste rein. Noch einer und dann war Mittagspause. Nach zwei Stunden ging es weiter und Schlag vier hieß es: *Wir schließen, morgen wiederkommen!*

Am nächsten Morgen bin ich zur BEW, noch bevor die aufmachten und als ich vor Zimmer 634 stand, waren nur drei vor mir. Gegen neun watschelt die dicke Kuh an uns vorbei, die Formulare unter'm Arm. Hinter ihrem Tisch angekommen, lässt sie den Stapel fallen, dass es staubt, fällt mit einem Stöhnen in den Stuhl und macht die Augen zu. Nach ein paar Minuten fängt sie an zu schnarchen. Inzwischen stehen zwanzig hinter mir, doch Zimmer 634 bleibt zu.

Kurz nach zehn macht jemand von innen die Tür auf. *Der Nächste!* Als ob er schon reihenweise Leute abgefertigt hätte. Aber Arbeit ist nicht alles, denke ich, Frühstück ist auch wichtig. Und ein richtiges Frühstück kann anstrengend sein, das wird unterschätzt. Der Mann hat es nicht leicht, wollen wir dankbar sein, dass er überhaupt gekommen ist.

Gegen elf bin ich dran. Das Zimmer 634 ist groß, ringsherum gehen die Regale bis zur Decke, vollgestopft mit Akten. Was nicht mehr in die Regale passt, stapelt sich auf dem Fußboden. Es riecht nach altem Papier, Staub und Schimmel. In der Mitte des Raumes steht ein Schreibtisch, der allerdings ist leer. Bis auf eine Zeitung.

Hinter dem Schreibtisch sitzt ein Mann um die vierzig, so fett wie die Kuh auf'm Flur, er macht sich mit einem Zahnstocher die Fingernägel sauber. Es gibt nur einen Stuhl und auf dem sitzt der Fettsack.

— Guten Tag, sag ich und räuspere mich. Ich möchte einen Stromanschluss beantragen. Das Formular hab ich schon ausgefüllt, das *BBSE-Formular.*

— Wie schön.

Er nimmt den Antrag und wirft ihn in den Pappkarton neben sich.

— Sonst noch was?

— Na ja, was ... was denken Sie, wie lange dauert das? Es geht bloß um den Zähler und dass der angeschlossen wird.

— Tja, sagt er und atmet durch die Nase aus, das dauert. So schnell schießen die Preußen nicht.

— Aber es ist nur …

— Junger Mann, wir sind überlastet und unterbesetzt, ich kann es nicht ändern. Unterbesetzt und, wenn ich das sagen darf, unterbezahlt. Für das, was wir hier leisten.

— Ja, sag ich und nicke, das ist schlimm. Gerade, wenn man sieht, wie manche sich die Taschen vollstopfen.

— Meine Worte. Eine Schande ist das. Also, das dauert.

— Aber kann ich … kann man denn da gar nichts machen?

— Tja, sagt er, holt einen Briefumschlag aus einer Schublade und schiebt ihn in meine Richtung. Das kommt darauf an.

Als eiserne Reserve hab ich zwei Fuffziger in der Tasche. Die Frage ist nun, geb ich ihm fuffzig oder hundert? Ist es zu wenig, ist er beleidigt, ist es zu viel, dann ist das Geld umsonst durch'n Schornstein gegangen. Wie viel? Die große Frage unserer Zeit. Ich lege einen Fuffziger in den Umschlag.

— Wie schon gesagt, das kommt darauf an.

Ich schieb den zweiten Fuffziger hinterher und leg den Umschlag auf den Schreibtisch. Er nickt und holt meinen Antrag aus dem Karton, legt ihn vor sich hin, macht eine Schublade auf und holt Stempel samt Stempelkissen raus.

— So, sagt er und haut den Stempel auf mein Formular.

GEPRÜFT!, steht auf dem Zettel und ich denke, geht doch. Hat mich nicht mehr gekostet als der Kumpel von Roller und alles ist in Ordnung.

— Was denken Sie jetzt, sag ich, wie lange wird das dauern?

— Tja, sagt er und lehnt sich zurück, das hängt davon ab.

— Das … aber ich hab doch gerade–

— Nein, das ist es nicht, sagt er und schüttelt den Kopf. Es ist nur so, im Moment haben wir Engpässe, Lieferengpässe. Mit den Zählern.

— Aber–

— Ich kann es nicht ändern. Allerdings …

—Allerdings?, sag ich und denke, das wär auch zu schön. Warum soll man die Kuh laufen lassen, wenn noch Milch im Euter ist?

—Für besondere Kunden haben wir, nun ja, die Möglichkeit geschaffen, privat einen Zähler zu erwerben. Das ist eigentlich nicht möglich, aber ...

—Und ich bin so ein *besonderer* Kunde?

—Ich mag dich, Junge. Das ist die Wahrheit. Jungs wie dich brauchen wir in diesem Land. Die was in die Hand nehmen und loslegen. Die nicht nur an sich denken. Deshalb tue ich dir diesen Gefallen. Denn wie gesagt, eigentlich ... aber in deinem Fall mache ich eine Ausnahme.

Wie großzügig von diesem Fettarsch, denke ich, und er tut es nicht für sich, er tut es fürs Vaterland.

—Also?, sagt er.

—Wie teuer wäre das denn?

—Hundertdreißig.

Als ob ich die Wahl hab, denke ich. Die hundert Mark sind weg, und wenn ich das nicht mache, war alles umsonst.

—So viel hab ich nicht dabei.

—Das macht nichts. Bring mir das Geld die Woche vorbei. Du musst auch nicht warten, kannst gleich reinkommen.

Ich hab mir das Geld geborgt und am nächsten Vormittag stand ich wieder vor seinem Schreibtisch. Er las Zeitung.

—Ah, sagt er, das ging ja schnell. Hast du das Geld?

—Hundertdreißig Mark.

—Hab ich hundertdreißig gesagt? Kleiner Scherz am Rande. Gib her!

—Und, wann kommen die jetzt?, sag ich und schieb den Umschlag rüber.

—Tja, sagt er und kratzt sich am Hals, die Woche nicht mehr, aber die nächste. Mitte nächster Woche, ganz sicher.

— Gut. Nur eine Kleinigkeit noch. Könnte ich einen Beleg oder so kriegen, dass ich ...

— Aber sicher.

Er macht die Schublade auf, kramt mein Formular raus und reißt den Durchschlag ab. Stempelt noch mal *GEPRÜFT!*, dazu das Datum, unterschreibt und gibt mir den Zettel. Geht doch, denke ich, man muss nur fragen. Die Preußen schießen nicht schnell und nicht umsonst, aber sie schießen.

Mitte der Woche ist für mich Mittwoch. Da kam keiner, auch nicht am Donnerstag und nicht am Freitag. Bestimmt nächste Woche, hab ich gedacht und wurde mit jedem Tag gereizter. Fehlanzeige. Der Ärger in mir fing an zu brodeln, aber ich hab den Deckel draufgelassen. Nur an den Seiten kam etwas Dampf raus und der Deckel klapperte hin und wieder.

Ich war wütend auf den Fettsack, die fette Kuh, auf den ganzen Scheißladen! Auf Roller, weil er von Anfang an recht gehabt hatte, doch am meisten war ich wütend auf mich selbst. Wie kann man nur so blöd sein! Wie einer von den Bongos. Die glauben auch alles, was man ihnen erzählt. Brav und blöd.

Am nächsten Montag stand ich vor Zimmer 634. Reiß dich zusammen, hab ich gedacht, wenn du hier den Dicken markierst, erreichst du gar nichts. Noch ist vielleicht was zu machen. Wenn du nett und freundlich bleibst. Sonst ist das ganze Geld im Arsch. Also, immer die Ruhe, denke ich und geh rein.

— Guten Tag, ich ... also, ich war schon mal hier, vor zweieinhalb Wochen. Vielleicht erinnern Sie sich?

— Junger Mann, sagt der Fettsack und schlürft einen Schluck Kaffee, haben Sie eine Ahnung, wie viele Leute hier jeden Tag reinkommen? Jeden Tag! Da soll ich mir merken, wer vor zwei Wochen hier gewesen ist, vor mehr als zwei Wochen? Das soll wohl ein Witz sein.

— Nein, das soll kein Witz sein, sag ich und merke, wie der Ärger in mir hochsteigt. Ich war hier und wenn Sie sich daran nicht erinnern, dann erinnern Sie sich vielleicht an das Geld, das ich Ihnen gegeben hab. Zuerst hundert Mark und danach noch mal hundertdreißig für den Zähler.

— Da haben wir's doch! Das kann nicht stimmen, denn die Zähler werden nicht verkauft, das dürfen wir gar nicht.

— Aber das, ich ... das kann ja wohl nicht sein!

— Meine Worte, das geht gar nicht.

— Sie ... aber ich hab es sogar schriftlich, mit Ihrer Unterschrift.

Ich knall den Durchschlag auf seinen Schreibtisch.

— Na und? Das ist ein Antrag und der ist geprüft. Das heißt, er kann bearbeitet werden. Weiter nichts. Wenn der schon durch wäre, würde da *bewilligt* stehen. Davon seh ich nichts und von Geld steht da auch nichts. Das hier, das ist gar nichts!

— Sie ..., sag ich und in mir kocht es so, dass der Deckel wegfliegt, ich mach Sie ...

— Was machst du, he?, sagt er und stemmt sich hoch. Du halber Hahn! Dich rauch ich in der Pfeife und das noch vorm Frühstück.

Gegen den Arsch hab ich keine Chance, nicht gegen drei Zentner. Das Geld ist weg, doch meine Zähne will ich behalten.

— Sie ... Sie sind ein Arschloch. Nur ein mieses, fettes Arschloch.

— Weißt du was?, sagt er und setzt sich wieder. Zu meinem Arschloch kannst du ruhig du sagen. Und jetzt raus hier!

Noch am selben Tag bin ich zu Roller gegangen und hab ihm die hundert Mark gegeben. Zwei Tage später kam sein Kumpel. Es hat keine Viertelstunde gedauert und ich hatte meinen Anschluss. Ein neuer Zähler war im Preis inbegriffen.

22

Das war eine Hürde, hab ich gedacht, so was kommt vor. Es kann nicht alles wie am Schnürchen laufen, so geht's nicht zu in der Welt, nicht in meiner Welt. Wenn es zu glatt läuft, das ist ein Grund zur Sorge. Ich bin gelaufen, kurz gestolpert, hab mich wieder aufgerappelt und weiter geht's. Jetzt brauch ich nur noch die Gewerbegenehmigung und kann aufmachen.

In unserem schönen Land braucht man für so ziemlich alles eine Genehmigung. Iwan hat mal gesagt, es ist ein Wunder, dass man keine Genehmigung zum Scheißen braucht, eine Scheißgenehmigung.

Einige Genehmigungen kann man sich sparen, andere braucht man nur unter Umständen, doch gewisse Genehmigungen braucht man auf jeden Fall. Nämlich die, bei denen es um Geld geht. Wo man was verdienen kann, will der Staat mitverdienen und deshalb hat er die Genehmigung erfunden. Wer die nicht hat, bewegt sich auf dünnem Eis, kann jederzeit einbrechen und für immer untergehen.

Für jede Genehmigung gibt es ein Amt und so gibt es für die Gewerbegenehmigung das Gewerbeamt, genauer gesagt das *Preußische Zentralamt für Handel und Gewerbe*, kurz *PZHG*. Das ist ein mächtiger Block in Mitte und davor stand ich an einem Morgen im Oktober, der Himmel war so grau wie das Gebäude.

Keine Viertelstunde später hatte ich das richtige Büro gefunden. Flügel B, römisch acht, Zimmer elf. Vor mir waren nur zwei Leute. Das, hab ich gedacht, fängt gut an, kein Vergleich mit dem anderen Sauladen. Wenn es so weitergeht, krieg ich meinen Schein schon heute oder zumindest diese Woche. Nach zwanzig Minuten wurde ich aufgerufen.

Das Büro war groß, sowohl links als auch rechts stand ein Schreibtisch, voll mit Akten, dahinter saß je eine Mutti und hämmerte in ihre Schreibmaschine. Dieses Geklapper den ganzen Tag, hab ich gedacht, das würde mir auf'n Kranz gehen. Quer dazu und vor den Fenstern stand ein dritter Schreibtisch, dahinter saß die Obermutti und blätterte in einer Akte.

—Ja bitte?, sagt sie und klappt die Akte zu. Worum geht es?

—Es geht um, also ich–

—Jetzt setzen Sie sich erst mal hin. Wir sind ja hier nicht auf dem Bahnhof. Bitte ... also, worum geht es?

—Ich brauche eine Gewerbegenehmigung.

—Ja, sonst wären Sie wohl kaum hier. Aber wozu?

—Wozu? Na für ein Gewerbe.

Die beiden anderen Muttis hören auf zu tippen und gucken mich an. Was soll das denn jetzt, denke ich, doch schon geht das Geklapper weiter.

—Junger Mann, sagt sie und beugt sich vor, wenn Sie glauben, Sie können mich hier veräppeln, dann sind Sie schief gewickelt, aber ganz schief. Haben wir uns verstanden?

—Ja ... schuldigung, ich ... also, ich brauche das, um ... weil ich nämlich eine Bar aufmachen will, deshalb.

—Das hört sich doch schon anders an. Mit Alkoholausschank?

—Mit ...? Ja, sicher. Auf jeden Fall. Mit Alkoholausschank. Sonst lohnt sich das ja nicht. Ich meine–

—Dann handelt es sich also um eine Schankwirtschaft.

—Wenn Sie das sagen.

—So ist es. Und für eine Schankwirtschaft brauchen Sie keine gesonderte Gewerbegenehmigung.

—Ach nee! Na das ist ja gut.

—Wie man's nimmt. Wenn Sie eine Schankwirtschaft betreiben möchten, brauchen Sie eine *Behördliche Konzession zum Betrieb einer Schankwirtschaft*. Diese Konzession beinhaltet bereits die Gewerbegenehmigung und deshalb müssen Sie die nicht gesondert beantragen.

—Aha. Gut ... ich, ich verstehe. Dann brauch ich also diese ... und was muss ich machen, um so was zu kriegen?

Sie zieht eine Schreibtischschublade auf, holt ein Formular raus und reicht es mir. Das hat bestimmt zehn Seiten.

— Das ist das Formular *P-Dreiundvierzig*, der *Antrag auf Erteilung einer Behördlichen Konzession zum Betrieb einer Schankwirtschaft*. Den müssen Sie ausfüllen, vollständig. Wenn etwas fehlt, wird der Antrag erst gar nicht bearbeitet, verstehen Sie?

—Alles klar. Soll ich den jetzt gleich ausfüllen? Oder mach ich das in Ruhe und komm noch mal wieder?

— Das machen Sie besser in Ruhe. Wenn Sie alle Unterlagen beieinanderhaben, dann kommen Sie wieder her und geben den vollständig ausgefüllten Antrag mit sämtlichen Anlagen hier bei mir ab.

—Gut. So mach ich das. Und was ... was für Unterlagen sind das?

—Nun, sagt sie und seufzt.

In ihrem Blick ist etwas, das kann ich nicht deuten. Erst später wird mir aufgehen, es war Mitleid.

—Ich gehe das einmal der Reihe nach durch, sagt sie. Zunächst brauchen Sie eine Bescheinigung der *Preußischen Generalbauaufsicht*, und zwar die *Behördliche Bescheinigung über die Eignung der Örtlichkeit zum Betrieb einer Schankwirtschaft*. Diese Bescheinigung hat verschiedene Anlagen, die unter anderem den Brandschutz und die Gebäudeentwässerung betreffen und daneben noch verschiedene andere Aspekte des Baurechts und Baunebenrechts. Es handelt sich um insgesamt sieben Anlagen. Alle sieben Anlagen müssen der eigentlichen Bescheinigung beigefügt sein, sonst ist sie nicht gültig und wir können den Antrag nicht bearbeiten. Verstanden?

Ich nicke nur.

— Gut. Dann brauchen Sie zwei Bescheinigungen der *Berliner Oberfinanzdirektion.* Zum einen die *Bescheinigung über die Erteilung einer gewerblichen Steuernummer* und zum anderen die *Bescheinigung über Ihre bisherige steuerliche Unbedenklichkeit.* Nicht, dass Sie in dieser Hinsicht etwas auf dem Kerbholz haben, ja?

Die Mutti links von mir reißt ein Blatt aus der Maschine.

— Ferner brauchen Sie eine Bescheinigung des *Preußischen Ministeriums für Volksgesundheit.* Eigentlich sind es zwei Bescheinigungen, die können Sie aber zusammen beantragen. Das ist zum einen die *Bescheinigung über die gesundheitliche Unbedenklichkeit des Antragstellers,* auszustellen von der Abteilung *Personen und Körperschaften,* und zum anderen die *Bescheinigung über die Einhaltung der Hygienevorschriften auf dem Gelände der fraglichen Örtlichkeit,* auszustellen von der Abteilung *Gebäude und Liegenschaften.* Warum Sie das zusammen beantragen können, weiß der Himmel, aber so ist es nun einmal. Versteh einer die Verwaltung! Das wurde erst kürzlich eingeführt, Sie haben Glück.

— Ja, sag ich und denke, was bin ich doch für ein Glückspilz.

— Schließlich benötigen Sie ein *Amtliches Führungszeugnis,* ausgestellt durch die *Generalverwaltung der Preußischen Schutzpolizei.* Zuletzt fügen Sie noch eine beglaubigte Kopie des Miet- oder Pachtvertrags bei, und das ... ja, das wäre dann alles.

— Mehr nicht?

— Diese Bemerkung können Sie sich sparen, junger Mann. Ich mache hier nur meine Arbeit und–

— Du hast das mit dem Denkmalschutz vergessen, sagt die Mutti rechts von mir.

— Richtig, das ist neu. Seit einem halben Jahr haben wir nämlich ein *Amt für Denkmalschutz* und von denen brauchen Sie auch eine Bescheinigung. Ich weiß nicht, wie die heißt, aber das wissen die ja dann.

— Wir haben ein *Amt für ... für Denkmalschutz?*

Sie erzählt mir was über internationale Verträge und anderen Scheißdreck, internationalen Scheißdreck. Ich weiß nicht, ob ich lachen oder weinen soll. Denkmalschutz! Haben sich diese internationalen Herrschaften unsere schöne Stadt jemals angeguckt? Berlin ist ein Trümmerhaufen! Ein verschimmeltes Brot legt man auch nicht zur Seite, um es zu schützen. Das schmeißt man einfach weg.

Die ist bestimmt in der Partei, denke ich, und glaubt diesen ganzen Mist. Ihr Mann auch, und abends hocken sie in ihrer Parteibude und reden über den Denkmalschutz. Wie gut das alles für uns ist. Auf lange Sicht. Verdammt, ich muss hier raus!

— War's das damit?

— Ja, damit sollten wir nun wirklich alles haben.

— Gut, dann ...

— Ach, eine Sache noch. Das ist sehr wichtig. Wenn Sie den Antrag hier einreichen, dürfen die beigefügten Unterlagen nicht älter als drei Monate sein.

— Aber das–

— Da müssen Sie mich nicht so ansehen. So ist das eben und ich habe die Vorschriften nicht gemacht.

Natürlich, der Klassiker! Aber wer dann? Wer hat diese ganzen beschissenen Scheißvorschriften und Fristen verbrochen? Keiner! Eines Tages sind wir aufgewacht und sie waren da. Jetzt müssen wir uns daran halten und können gar nichts tun, denn wir haben die Vorschriften ja nicht–

— Also, nicht älter als drei Monate und entscheidend ist immer das Ausstellungsdatum. Sonst können wir den Antrag hier nicht bearbeiten, das dürfen wir gar nicht. Verstehen Sie? Aber das ist nun auch wirklich alles.

— Ja, dann ... dann geh ich mal.

Ich steh auf und fühl mich, als wär ich fuffzig Kilometer gerannt. Ich dreh mich um und die Tür ist so weit weg.

— Viel Erfolg.

— Ja, danke.

Und bei der bedankst du dich noch, hab ich gedacht und wollte die Tür mit Karacho hinter mir zuschmeißen, aber ich hatte keine Kraft mehr. Ich bin durch den Flur geschlichen und in meinem Kopf war alles grau. Wie die Böden hier, hab ich gedacht, wie die Türen und die Treppen, wie alles hier. So machen die das. Sie locken dich in ihre Höhle und wenn du wieder rauskommst, bist du so grau wie alle anderen. Ein graues Steinchen in einer langen, grauen Mauer.

23

Ich kam in die Eingangshalle. Es war kalt und zugig, die Luft roch nach altem Staub und Bohnerwachs. In der Ferne klapperten Absätze durch einen leeren Flur und ich hätte heulen können. Aus der Traum, alles vorbei. Die Drehtür klemmte, ich hab mich dagegengeworfen. Diese Scheißtür, hab ich gedacht, hier funktioniert auch gar nichts!

Doch was hab ich erwartet? Ich komm hier rein, die rollen einen roten Teppich aus und überreichen mir feierlich den Schein? Das hätte ich mir auch denken können, das alles. Warum soll's hier besser sein als überall sonst? Natürlich wollen die mir das Leben schwer machen! Bis sie mich so weit haben, dass ich meine Idee zu Grabe trage, und alle anderen Ideen können gleich mit in die Kiste.

Die Tür gibt nach und ich bin draußen. Der Himmel ist blau, die Sonne scheint, die Luft ist frisch und klar. Die Häuser, Autos und Bäume werfen Schatten, so scharf, dass man sich daran schneiden kann. Ich dreh mich um und guck an der Fassade hoch. Einen Scheiß werd ich! Formulare, Fristen, Bescheinigungen, Ämter, Stempel, den ganzen Dreck? Das mach ich mit links und vierzig Fieber. Gut, vielleicht nicht mit Fieber und ich werd beide Hände brauchen, aber ich schaff das, ich schaff das auf jeden Fall!

Ihr glaubt, ich bin so einer, den ihr fertigmachen könnt, ganz nach Belieben? Tja, Freunde, das hat sich Goliath auch gedacht, als der kleine David auf ihn zukam. Bis ihm der Stein mitten in die Stirn krachte. Danach hat er nichts mehr gedacht und am Ende war die Rübe ab. Mich kriegt ihr nicht klein und am Ende hab ich meinen Laden!

Ich bin weiterhin zehn Stunden Taxi gefahren, auch am Sonntag. Wenn ich konnte oder musste, hab ich mich um den Behördendreck gekümmert und wenn dann noch Zeit blieb, war ich in der Bar. Zu Hause war ich kaum.

— Du machst noch alles kaputt, hat mein Muttchen gesagt, deine Familie, deine Ehe und vor allem dich selbst. Junge, das ist nicht mitanzusehen. Der Herr hat das schon gut eingerichtet. *Am siebenten Tage sollst du ruhen* und das gilt auch für dich.

— Tja, sag ich, der Herr brauchte auch keine Kohle und vor allem brauchte er keine Bescheinigungen, um die Welt zu erschaffen. Glaub mir, wenn das so gewesen wäre, hätte er den Sonntag auch durchgemacht.

— Ich mach mir doch nur Sorgen.

— Weiß ich ja, aber ich schaff das schon.

Muttchen hat den Kopf geschüttelt und ich hab gedacht, eigentlich ist es doch ganz einfach. Ich muss nur immer einen Schritt nach dem anderen gehen, bis ich am Ziel bin.

Ende Oktober war ich das erste Mal bei der *Preußischen Generalbauaufsicht*. Manche lassen sich das Schwerste bis zum Schluss, ich will das erledigt haben und eine Bescheinigung mit sieben Anlagen, das war der dickste Brocken.

Die saßen in Schöneberg, in einem ehemaligen Krankenhaus. Mit der Zeit kannte ich alle Flure, denn in jedem habe ich zahllose Stunden verbracht, um vielleicht aufgerufen zu werden oder auch nicht. Wenn ich reindurfte, hieß es in der Regel, *da fehlt was* oder *so geht das nicht*. Oder ich hatte die Todsünde begangen und dort was reingekritzelt, wo stand *Nur für den amtlichen Gebrauch!*. Da ging die Welt unter. Alles Schikane.

Und ein Wink mit dem Zaunpfahl. Denn wie jede Behörde in unserer ruhmreichen Republik war auch die Generalbauaufsicht ein großes Getriebe. Wenn man am Ende was in der Hand haben wollte, musste dieses Getriebe sich drehen. Damit es sich drehen konnte, musste es geschmiert werden. Also hab ich geschmiert.

Manche steckten die Kohle einfach ein. Manche machten den Eindruck, als wär das was Offizielles, ganz nach *Vorschrift zur ordnungsgemäßen Bestechung von Beamten.* Andere legten sie schnell weg und taten so, als wäre nichts passiert.

Auch sonst hatte jeder Sesselfurzer seine eigene Art und die musste man zu deuten wissen. Da war zum Beispiel Herr Krömer. Der war wichtig, denn auf seinem Schreibtisch kamen die sieben Anlagen zusammen und nur er konnte am Ende die *Behördliche Bescheinigung über die Eignung der Örtlichkeit zum Betrieb einer Schankwirtschaft* ausstellen. Oder nicht.

Herr Krömer war hager und trug eine große Brille. Damit sah er aus wie eine Ameise im Anzug. Regelmäßig legte Herr Krömer den Kopf in den Nacken, guckte sich die Zimmerdecke an und ich durfte seinen schlecht rasierten Hals betrachten. Sein Adamsapfel ging rauf und runter, wenn er schluckte.

— Wissen Sie eigentlich, hat er nach einer Weile gesagt und noch immer an die Decke geguckt, wie wenig wir hier verdienen? Wissen Sie das?

Ich schiebe den Umschlag über den Schreibtisch. Er hört das Geräusch, kippt den Kopf langsam in meine Richtung, nimmt den Umschlag und steckt ihn in die Innentasche.

— Dann wollen wir doch mal sehen, was Sie heute für mich haben.

Die Wochen gingen ins Land und die Umschläge wanderten über die Schreibtische. Ich hab Ingrid alles erzählt, aber sie hat mir nicht geglaubt.

— Meinst du im Ernst, ich falle auf so was rein?, hat sie gesagt und ist im Zimmer rumgelaufen wie ein Tiger im Käfig. Hältst du mich für so blöd? Du ... du hast eine andere, das sieht doch 'n Blinder mit Krückstock. Dahin gehst du immer, zu ihr!

— So ein Quatsch, das bildest du dir ein! Das ist–

— Ich bilde mir was ein, ja? Ich hab mir mal was eingebildet, das ist richtig. Ich hab mir eingebildet, ich hätte einen Mann, der mich liebt, der uns liebt und alles für uns tut. Der mir treu ist. Aber wie gesagt, das ... wie kannst du nur!

— Aber da ist nichts, gar nichts!

— Da geht auch unser ganzes Geld hin. Wir kommen kaum über die Runden, aber diese Schlampe lebt in Saus und Braus.

— Meine Güte! Es gibt keine Schlampe.

— Für dich ist sie natürlich keine Schlampe, das ist klar. Die hat dich um den Finger gewickelt, Männer sind so bescheuert. Aber ich bin auch nicht besser. Ich hab immer gedacht, mir passiert so was nicht, mir nicht, aber da hab ich mich geirrt. Meine Mutter hatte gleich so ein Gefühl.

Das renkt sich wieder ein, hab ich gedacht, ich muss nur diesen Scheiß hinter mich bringen. Wochen später saß ich zum letzten Mal vor Herrn Krömer. Alle Anlagen waren fertig und die Bescheinigung lag vor ihm, bereit zur Unterschrift.

— Da wäre ..., sag ich, während er die Zettel durchblättert, nur noch eine Kleinigkeit. Gar nicht wichtig, aber ...

— Na wenn es nicht wichtig ist, sagt er und guckt mich durch seine Ameisenbrille an, warum fangen Sie dann damit an?

— Na ja, für mich ist das schon wichtig. Aber für Sie ist das nur eine Kleinigkeit, eigentlich nichts. Sie müssten nur ...

— Nur was?

— Nur das Datum weglassen und das wär's auch schon.

— Soso.

— Und bevor ich das vergesse. Weil alle immer so nett zu mir waren und weil ... da hab ich hier was für die Kaffeekasse. Am besten, ich geb Ihnen das und Sie können das dann verteilen.

Mach damit, was du willst, denke ich, aber lass das Datum weg. Ist das nicht zum Lachen? Wie oft musste ich löhnen, damit er was macht, und jetzt muss ich löhnen, damit er was nicht macht. Zum Kotzen ist das!

Herr Krömer nimmt den Umschlag, wiegt ihn in der Hand und steckt ihn in die Tasche. Er zieht eine Schublade auf, holt drei Stempel raus und macht sich an die Arbeit. Unter jedes Siegel setzt er seinen Wilhelm. Alles fertig. Bis auf das Datum.

— Hm, sagt er und dreht seinen Stift zwischen den Fingern, tja ... dann wollen wir mal nicht so sein.

Er legt den Stift weg, schiebt mir den Packen rüber und lächelt. Wie ein Vater. Ich nehm die Sachen und lächle zurück. Wie ein Sohn.

— Vielen Dank, sag ich und denke, du blödes Arschloch, eines Tages bist du dran. Obwohl, Fett und Scheiße schwimmen immer oben.

Als ich nach draußen kam, zwitscherten die Vögel. Das erste Mal war ich hier im Herbst, hab ich gedacht, und jetzt haben wir Frühling. Aber egal, ich hab endlich was in der Hand. Der dickste Brocken ist im Sack und ich habe einen Beweis, dass meine einzige Geliebte die *Preußische Generalbauaufsicht* war. Abgestempelt und unterschrieben!

— Dafür?, hat Ingrid gesagt und den Packen auf den Tisch geknallt.

— Wie ... was meinst mit *dafür*?

— Für diesen Haufen Papier hast du mich die ganze Zeit, mich und unseren Sohn hast du ... und das ganze Geld! Für diesen ... dafür?

— Na ja, es ist schon mehr als nur–

— Jetzt sag mir wenigstens, dass das alles ist, dass du fertig bist mit diesem ganzen Mist! Sag mir das!

— Also, ganz ehrlich, ein oder zwei Sachen fehlen noch, aber das–

Sie ist rausgerannt und hat die Tür hinter sich zugeknallt. Meine Fresse, hab ich gedacht, erst glaubt sie, ich hab eine andere, und macht mir die Hölle heiß. Jetzt ist klar, dass nichts läuft, und das ist auch wieder falsch. Was soll ich denn machen?

— Brenner, hat Iwan ein paar Tage später gesagt, so langsam musst du dich mal entscheiden. Willst du Taxi fahren oder eine Bar aufmachen? Beides geht auf die Dauer nicht. Ich halt dir schon den Rücken frei, aber so allmählich ...

— Ich weiß, aber die ganzen Arschlöcher auf den Ämtern, das kannst du dir doch vorstellen.

— Kann ich. Trotzdem. Die anderen Fahrer haben die Schnauze voll davon und so eine Stimmung kann ich nicht brauchen. Tut mir leid.

— Ja, sag ich, mir auch.

An einem Sonntag im April schwingt sich Kalle in die BARacke. Er setzt sich hin und lehnt die Krücken an die Wand.

— Nicht schlecht, die Bude, sagt er und guckt sich um, mein lieber Scholli. Die Frage ist nur ...

— Ja?, sag ich und denke, das hat mir noch gefehlt.

— Wann machst du den Laden auf? Mit anderen Worten, wann krieg ich statt der hundert Mark pro Monat meine zweihundert? So sind wir doch verblieben, oder?

Ich erzähl ihm, was ich bisher gemacht hab, und trage etwas dicker auf. Bei dem, was noch zu machen ist, lass ich die Hälfte weg. Kalle hört zu, nickt und als ich fertig bin, kratzt er sich am Kopf.

— Gut. Weißt du, wir machen das folgendermaßen.

— Schieß los.

— Ich geb dir noch ein halbes Jahr Zeit. Wenn du den Laden bis dahin nicht aufmachst, ist die Sache gelaufen und ich schmeiß dich raus. Klar?

— Aber ...

— Junge, ich tue dir damit einen Gefallen, ja? Also überspann den Bogen nicht. Ein halbes Jahr, verstanden?

— Verstanden, sag ich. Was sonst soll ich auch sagen?

Eigentlich konnte ich nur ein Amt nach dem anderen abhandeln, mehr konnte ich mir nicht leisten und mehr Zeit hatte ich nicht.

Aber wenn es so weitergeht, hab ich gedacht, dauert das Jahre, bis ich den Laden aufmachen kann. Bis dahin hat Ingrid sich verabschiedet, Iwan meinen Namen vergessen und Kalle mich schon längst vor die Tür gesetzt. Ich muss mehrgleisig fahren.

Die beiden Anträge beim *Preußischen Ministerium für Volksgesundheit* hatte ich schon abgegeben, allein das hatte mich eine Woche und ein Heidengeld gekostet. Aber das lief und ich musste nur zwei- oder dreimal die Woche dahin, um nachzufragen und das Getriebe zu schmieren.

Nachdem ich das am folgenden Montag erledigt hatte, bin ich nach Lichtenrade gefahren, dort saß die *Berliner Oberfinanzdirektion.* Am Arsch der Welt. Nach dem üblichen Theater mit den Formularen, dem Anstehen, Warten und Wiederkommen, wurde ich zum ersten Mal aufgerufen.

Ein Blick ins Büro und ich hab das Gesicht *lieber Sohn* aufgesetzt. Das hatte ich mit der Zeit gelernt. Erkennen, wer hinter dem Schreibtisch sitzt, und rein in die richtige Rolle. Der passende Schlüssel öffnet das Schloss. Die Männer waren sich ähnlich und insgesamt misstrauischer, Frauen waren mal freundlich, mal verbittert und es gab wahre Hexen hinter diesen Schreibtischen. Die vor mir war keine Hexe, sie hätte meine Mutter sein können und Mütter lieben Söhne, besonders den *lieben Sohn.*

— Einen wunderschönen guten Tag, hab ich gesagt und ein freundliches Lächeln aufgesetzt.

Ein Regenschauer schlug gegen die Scheibe und der Wind scheuchte graue Wolken über einen grauen Himmel.

— Guten Tag, sagt sie und guckt mich von oben bis unten an, ja?

Ich erzähl meine Geschichte, schmücke hier was aus, drücke dort auf die Tränendrüse und baue hin und wieder einen Witz ein. Schließlich leg ich die beiden Anträge auf ihren Schreibtisch.

— Das geht aber nicht, sagt sie und schüttelt den Kopf, so geht das nicht.

— Aber, ich–

— Junger Mann, Sie können nicht beide Anträge gleichzeitig abgeben, nur einen nach dem anderen. Da müssen Sie sich entscheiden. Jeder Antrag ist ein Vorgang für sich, jeder Vorgang bekommt seine eigene Bearbeitungsnummer und Sie dürfen nicht zwei Bearbeitungsnummern gleichzeitig haben.

— Aber–

— Das sind nun mal die Vorschriften, ich habe sie nicht gemacht. Sie dürfen nur einen Antrag abgeben.

— Ja, das versteh ich. Natürlich, die Vorschriften. Aber wie wäre es, nur angenommen, wenn Sie mal eine Ausnahme machen? Nur dieses eine Mal?

— Eine Ausnahme? Sie machen mir Spaß! Dafür sind die Vorschriften ja gemacht, es gibt keine Ausnahmen. Wo komme ich denn da hin?

— Wo Sie da hinkommen? Also, wenn es nach mir geht, kommen Sie dafür direkt in den Himmel.

Sie rückt ihre Schreibunterlage zurecht und lächelt.

— Na, Sie sind mir ja einer. Direkt in den ... aber eigentlich geht das nicht.

— Aber nur eigentlich.

— Na ja ... dann geben Sie mal her.

Vier Eisen hatte ich nun im Feuer, dazu kamen meine Arbeit, die BARacke und meine Familie. Wie hat die wilde Hilde gesagt? *Der Tag hat vierundzwanzig Stunden, und wenn das nicht reicht, nehmen wir die Nacht dazu.*

24

An einem lauen Abend im Mai 2003 wurde Onkel Werner ermordet. Er wollte seinen Laden gerade zumachen, da kamen zwei rein und haben ihn erstochen. Sie haben ein paar Sachen mitgehen lassen und das Geld aus der Kasse geklaut. Fünfunddreißig Mark.

Eine Woche später war die Beerdigung. Mit dem Bus sind wir nach Anklam gefahren, es war kalt und der Wind trieb den Regen vor sich her. Der Boden um die Gruft war matschig und klebte an den Schuhen. Ich stand in der Schlange, um meinen Erdwurf zu machen, und mir ist allerhand durch den Kopf gegangen.

Sein Verhältnis zu meinem Vater. Wie er mit meiner Schultüte vor der Tür stand und strahlte. Wie ich ihn mit meinem Muttchen verkuppeln wollte, ich war zehn oder elf. Ich hatte mir alles ausgemalt. Wir wären wieder eine richtige Familie. Nur Anklam, das war nicht drin, Onkel Werner musste auf jeden Fall nach Berlin ziehen. Allerdings hatte ich die Rechnung ohne die Wirtin gemacht. Als ich Muttchen von meinen Plänen erzählt hab, wurde sie erst verlegen und dann wütend. Sie hat mir den Mund verboten, unter Androhung schlimmster Strafen. Warum eigentlich? Onkel Werner war bestimmt nicht abgeneigt.

Noch was ging mir durch den Kopf und das waren meine Schulden. Onkel Werner hatte mir eine Menge Geld geliehen und was war jetzt damit? Wer erbt das und was ist, wenn der die Kohle sehen will? Dann kann ich alles vergessen. Sogar, als ich die Erde auf seinen Sarg geworfen hab, ging mir das nicht aus dem Kopf. Jemand war gestorben, um mich herum gab es nur Tränen und ernste Gesichter und ich dachte an Geld. Ich hab mich geschämt, aber ich konnte es nicht ändern.

Am nächsten Tag hat der Herr Pfarrer sein Testament aufgemacht. Ich war hundemüde und überdreht. Als er fertig war, hatte ich eine Menge Schulden weniger und obendrein ein Sümmchen geerbt. Mir fiel ein solcher Stein vom Herzen, dass die Wände wackelten. Trotzdem, ich hätte meine Schulden lieber verdoppelt, wenn Onkel Werner dafür am Leben geblieben wäre. Denn Menschen wie ihn kann man an einer Hand abzählen und dabei noch vier Finger weglassen.

Eine Woche nach der Beerdigung starb Onkel Heinz und in der Woche drauf Onkel Rudi, Cousins von Muttchen. Wenn erst einer aus der Verwandtschaft stirbt, kannst du drauf warten, dass andere folgen. Als ob der Sensenmann eine ewige Rundreise macht und wenn er mal wieder durch deine Gegend kommt, nimmt er alle mit, die mittlerweile auf seiner Liste stehen. Meinem Muttchen ging das mächtig an die Nieren.

— Ist doch klar, hat Iwan gesagt, wie alt ist sie jetzt?

— Achtundvierzig.

— Ein Jahr älter als ich. Ich kenn das, immer wenn einer aus meiner Generation den Löffel abgibt, hab ich das Gefühl, die Einschläge kommen dichter. Verstehst du, was ich meine?

Ja, hab ich gedacht, und ich versteh auch, was das für mich bedeutet. Eines Tages wird mein Muttchen sterben und wir werden zu Waisen. Die Eltern sterben und die Kinder bleiben zurück. Das ist der Lauf der Dinge, das ist bitter, aber so soll es sein. Viel schlimmer ist es, wenn die Eltern zurückbleiben. Das ist so schrecklich, dass wir nicht mal ein Wort dafür haben.

Doch mit dem Leben ist es wie mit dem ersten Grün. Das ist auf der einen Seite zart und verletzlich, ein später Frost oder ein Fußtritt können es vernichten. Auf der anderen Seite findet dieses Grün immer seinen Weg. Der Boden kann noch so hart sein, auf Dauer ist er machtlos gegen dieses Pflänzchen.

Für mich war der Boden in den nächsten Wochen steinhart. Ständig bin ich zu den Scheißämtern gerannt, doch es rührte sich nichts. Bis ich Anfang September mal wieder nach Lichtenrade gefahren bin, zur Oberfinanzdirektion.

Als guter Sohn hatte ich ein schönes Verhältnis zu meiner neuen Mutter aufgebaut und das trug endlich Früchte. Beide Bescheinigungen waren fertig und ich habe gedacht, na also, jetzt kommt Bewegung in die Sache! Noch schöner wär's, wenn sie das Datum weggelassen hätte, aber irgendwas ist immer. Nun hab ich drei Monate Zeit, um den Rest zu besorgen, und das wird ja zu schaffen sein!

— Ja, sagt der Mann im *Preußischen Ministerium für Volksgesundheit* am nächsten Tag und streicht die Zeitung glatt, ich erinnere mich an Sie, natürlich. Aber das dauert noch. Wir können hier auch nicht hexen.

Ach, denke ich, aber Kaffee trinken, das könnt ihr. Wie wär's zur Abwechslung mal mit Arbeit? Die soll wahre Wunder wirken, hab ich gehört.

— Was denken Sie denn, so ganz unverbindlich, zu wann könnte das was werden?

Er schiebt die Zeitung beiseite und beugt sich über den Kalender. Mit dem Zeigefinger fährt er die Spalten rauf und runter.

— Also, dieses Jahr wird das nichts mehr.

— Aber der September hat gerade erst angefangen und da können Sie jetzt schon ...?

— Wollen Sie mich über meinen Kalender belehren? Oder vielleicht darüber, wie ich meine Arbeit zu machen habe? Nur zu!

— Entschuldigung, ich wollte wirklich nicht, ich ... es tut mir leid.

— Hm, na ja. Allerdings, sagt er und lehnt sich zurück, etwas gäbe es schon, was Sie tun könnten, um den Prozess zu beschleunigen.

— Aha. Und an was haben Sie da gedacht?

— Sie können den Nächsten reinschicken.

Er hätte mir ebenso gut mit einem Hammer auf den Kopf hauen

können, dieser Arsch. Wollte er den Preis hochtreiben? Nein, so einer war das nicht. Der wollte seine Spielchen treiben. Daumen rauf oder Daumen runter. Mich hat er in den Dreck getreten, mit Vergnügen, und ich konnte nichts daran ändern.

Dieses Arschloch, hab ich gedacht, ohne seine Scheißzettel kann ich den Antrag nicht einreichen, ohne Antrag gibt es keine Konzession und ohne Konzession keine Bar. Nicht in diesem Jahr.

Im nächsten Jahr sind die Zettel von der Finanzmutti nicht mehr gültig, dann darf ich da wieder von vorn anfangen. Außerdem, warum soll mir dieser Arsch jemals irgendwas bescheinigen? Damit wäre sein hübsches Spiel ja zu Ende. Nein, der lässt mich schmoren bis zum Jüngsten Tag. Davon abgesehen hab ich die restlichen Zettel noch nicht mal beantragt und Kalle schmeißt mich sowieso raus. Das kann ich alles vergessen.

Ich war kurz vor dem Ziel, nur noch ein paar Meter und ich hätte es geschafft! Doch da kam dieser Drecksack von der Seite und hat mir ein Bein gestellt. Ich bin lang hingeschlagen und mein Kopf knallte aufs Pflaster. *Wer hinfällt, kann verlieren,* hat der Priebke uns immer erzählt, *wer liegen bleibt, hat verloren.* An diesem Tag bin ich liegen geblieben und nur ein Wunder konnte mich noch retten.

25

Am 12. Oktober 2003 sollten die nächsten Wahlen stattfinden. Schon einen Monat vorher war die ganze Stadt voll mit roten Fahnen und Plakaten, mit Bildern von Kroll und den anderen Arschgesichtern. Wie bei der letzten Wahl haben sie sonst was versprochen und versucht, ihren Parteiplunder unter die Leute zu bringen. Klamotten, Fähnchen, Halstücher. Dazu gab's Brot, Zucker und für die Kinder Schokolade. Das haben wir genommen und ansonsten die Ohren auf Durchzug gestellt.

In den Dörfern sah das schon anders aus. Die haben jeden Blödsinn geglaubt und wenn sie eine Jacke oder ein Hemd geschenkt kriegten, haben sie die Sachen auch angezogen, egal, was hinten draufstand. In Berlin kam man damit keine fünf Meter weit und schon gab's was auf die Fresse.

Das BFD brauchte so ein Theater nicht. Zwei Jahre war es her, dass das halbe Land unter Wasser gestanden hatte, von dem Elend danach ganz zu schweigen. Damals hatte die Regierung das Volk einmal zu oft verarscht und seitdem war das BFD immer größer und stärker geworden. Ein Aufruf genügte und Tausende gingen auf die Straße, Zehntausende. Lange vor der Wahl war eins klar: Wenn es mit rechten Dingen zugeht, macht Wagenbeck das Rennen, und zwar mit Pauken und Trompeten und Kroll kann einpacken. Aber das kam uns bekannt vor.

Zehn Tage vor der Wahl hat die Frau vom Finanzminister versucht abzuhauen. Die Sache ist aufgeflogen und ging rum wie ein Lauffeuer. Sie hatte zwei Koffer voller Geld bei sich und das war nicht unsere geliebte Neue Reichsmark, nein, das waren Rupies und Afros, harte Währung. Nicht nur ihre Koffer, sondern auch die Jackentaschen und sogar die Unterwäsche waren vollgestopft damit.

Die Ratten verlassen das sinkende Schiff, hab ich gedacht. Allerdings ist das mit den Ratten so 'ne Sache. Wenn man sie in die Ecke treibt und sie keinen Ausweg mehr sehen, können sie verdammt fuchtig werden. Kroll und seine Bande hatten viel zu verlieren und warum sollten sie das freiwillig aufgeben?

Fünf Tage vor der Wahl wurde die Armee in die Stadtteile verlegt, die geschlossen hinter dem BFD standen. Der Wedding war dabei. Als die vollbesetzten Laster durch die Straßen rollten, haben sich die Leute in den Hauseingängen versteckt.

Zwei Tage vor der Wahl wurden an allen wichtigen Kreuzungen Polizeisperren aufgebaut. Die Bullen kamen niemals aus dem Viertel, wo sie standen. Nicht, dass sie am Ende Skrupel kriegten, wenn sie auf ihre Nachbarn schießen mussten. Am Tag vor der Wahl wurden alle Versammlungen und Demonstrationen verboten und es wurde *empfohlen*, zu Hause zu bleiben.

Am Wahlsonntag sind wir früh aufgestanden und uns war nicht nach Reden zumute. Sogar Martin war still und guckte uns mit großen Augen an. Wir haben den Jungen zu den Schwiegereltern gebracht und sind zu der Schule gegangen, wo wir wählen konnten. Auf der Straße waren zwar eine Menge Leute unterwegs, aber es war ruhig. Ist das die Ruhe vor dem Sturm?, hab ich gedacht. Mir war flau in der Magengegend und damit war ich nicht der Einzige.

Vor dem Eingang war eine lange Schlange und kaum jemand sagte ein Wort. Ein Mann hat versucht, einen Witz zu machen, doch es hat keiner gelacht. Schritt für Schritt ging es voran und gegen zehn standen wir vor der Wahlkommission. Drei Leute saßen an einem Tisch und hinter ihnen stand ein Mann. Teurer Anzug und ein Schild am Revers, *Shankar Irgendwas* und darunter *Offizieller Wahlbeobachter*. Shankar hat mir zugenickt und gelächelt.

Im nächsten Zimmer standen nicht nur ein Kabuff wie beim

letzten Mal in meiner alten Schule, sondern gleich drei und genug Stifte gab es auch. Ich hab mein Kreuz beim BFD gemacht und draußen auf Ingrid gewartet. Hand in Hand haben wir einen kleinen Spaziergang gemacht, die Sonne wärmte unsere Gesichter und brachte die bunten Blätter zum Leuchten.

Kann es nicht so weitergehen, hab ich gedacht, so friedlich? Möglich wär's. Aber kann auch sein, dass gerade jetzt ein paar Häuser weiter scharfe Munition ausgegeben wird und im Hof lassen sie die Panzer warmlaufen. Ein Anruf genügt, die setzen sich in Bewegung und keiner kann sie aufhalten. Da kann der gute Shankar nicken, so viel er will.

Wir sind bei den Schwiegereltern geblieben, gegen Mittag kam Muttchen dazu und schließlich noch ein paar Nachbarn. Die Frau von gegenüber hatte einen Kuchen gebacken und Ingrids Mutter hat Kaffee aufgesetzt. Unter normalen Umständen wäre das eine lustige Runde gewesen, aber so? Es wurde nur das Nötigste gesagt und mir war manchmal so, als müsste ich die Luft anhalten.

— Das ist hier ja so gemütlich wie auf einem Minenfeld, hat mein Schwiegervater gesagt.

Alle haben ihn angeguckt, denn er sagte sonst nie was und in der Ehe hatte er auch nicht viel zu melden.

— Das stimmt, hat die Frau von gegenüber gesagt, alle haben genickt und damit war wieder Ruhe.

Worauf warten wir eigentlich?, hab ich gedacht. Auf Schreie? Darauf, dass in der Ferne ein Maschinengewehr losknattert oder auf der Straße Panzerketten klirren? Komisch, das wäre das Schlimmste, was passieren könnte, und trotzdem wär ich erleichtert. Dann wüssten wir wenigstens, was Sache ist.

Draußen dämmerte es, der Kuchen war aufgegessen, der Kaffee alle und wir hockten immer noch zusammen. Keiner wollte gehen.

— Bringen die denn heute überhaupt was?, sagt die Frau von gegenüber. Beim letzten Mal kam auch erst am nächsten Tag was.

— Und was da kam, sagt ihr Mann und alle nicken.

— Doch, sagt Ingrid, es soll was kommen. Josi, mach doch mal den Rundfunk an.

Das Radio dudelte vor sich hin. Um sieben kam nichts und auch nicht um acht. Inzwischen war es draußen dunkel. Ich bin zum Fenster gegangen und hab runter auf die Straße geguckt, es war kein Mensch zu sehen.

Die sitzen alle zu Hause vor ihren Radios und warten, hab ich gedacht, das ganze Land. Wenn ich an Krolls Stelle wäre, würde ich jetzt losschlagen, einen besseren Zeitpunkt gibt's nicht. Es ist dunkel, die Straßen sind leer und noch kann er machen, was er will. Ich würde mir Wagenbeck greifen, dazu die führenden Köpfe vom BFD und überhaupt alle, die mir gefährlich werden können. Dann kurzer Prozess und in ein paar Stunden ist alles erledigt. Ja, vielleicht läuft das gerade. Während wir so ahnungslos sind wie eine Herde Schafe, die vor dem Schlachthof grast. In Wirklichkeit ist schon alles entschieden. Mal wieder.

Um neun war nichts in den Nachrichten und danach kam Gedudel. So würde ich das auch machen, Gedudel und Gelaber ... Es knackt im Lautsprecher und die Musik wird unterbrochen. Ingrid springt auf und dreht das Radio laut. Jetzt, denke ich, jetzt kommt es, so oder so.

Hier ist der Preußische Rundfunk, wir unterbrechen das laufende Programm für eine Sondersendung. Pause. Und? *Vor wenigen Minuten hat der nationale Wahlleiter die ersten offiziellen Hochrechnungen zur heutigen Parlamentswahl veröffentlicht.* Pause. Jetzt red schon! *Der nationale Wahlleiter weist ausdrücklich darauf hin, dass es sich dabei nur um Hochrechnungen handelt. Diese Hochrechnungen müssen nicht dem amtlichen Endergebnis entsprechen, mit dem nicht vor Dienstag kommender Woche zu rechnen ist, so der Wahlleiter.* Pause. Ich werd noch wahnsinnig, wenn der so weitermacht. *Es folgen jetzt die Zahlen der ersten offiziellen Hochrechnung.* Und Pause.

Es raschelt im Lautsprecher und der Sprecher räuspert sich. Ich kann spüren, wie seine Hände zittern, und meine Hände zittern auch. Das Land wird auf jeden Fall explodieren, die Frage ist nur, ob aus Wut oder Freude? Wir halten die Luft an.

Laut den ersten offiziellen Hochrechnungen entfällt auf das Bündnis für Freiheit und Demokratie ein Stimmanteil von 71,3 Prozent, auf die– Weiter kommt er nicht, nicht bei uns. Wir springen auf und schreien! Vor Glück, Freude und Erleichterung. Der Mann von gegenüber hüpft durchs Zimmer wie ein kleiner Junge.

Wir fallen uns in die Arme, lachen und weinen und beides gleichzeitig. Ingrid umarmt mich und wir küssen uns wie schon lange nicht mehr. Ich umarme die Frau von gegenüber, ihren Mann und sogar meine Schwiegermutter. Mein Muttchen steht in der Mitte des Zimmers und hat Tränen in den Augen.

— Ach Muttchen, sag ich und nehm sie in den Arm, sie lässt sich fallen, schluchzt und zittert.

— Wenn ... die ganze Zeit muss ich daran denken. Der hätte sich so gefreut, dass endlich ...

Die Tränen laufen ihr über die Wangen und ich drücke sie ganz fest.

— Vater ist in einer besseren Welt und gerade jetzt guckt er runter und freut sich mit uns. Da bin ich ganz sicher.

Mit einem Mal stand eine Flasche Korn auf'm Tisch und Ingrids Mutter hat einen Braunen dazugestellt. Ich wusste gar nicht, dass sie solche Reserven hatte. Wir haben angestoßen und wieder angestoßen und sogar Muttchen hat sich einen Kurzen genehmigt. Sie wurde rot im Gesicht und musste sich hinsetzen.

Wir haben gelacht und getrunken, geraucht und Witze erzählt und wir haben getanzt. Wir hatten nur die Musik aus dem Radio, aber an diesem Abend war das die schönste Musik der Welt und wir waren die besten Tänzer. Eine dritte Flasche tauchte auf oder war es schon die vierte? Wir haben gefeiert, als würde am nächsten Tag die Welt untergehen. Dabei ging unsere Welt gerade erst auf.

Martin haben wir bei den Schwiegereltern gelassen, so hatten wir den Rest der Nacht für uns und den haben wir genutzt. Das hatten wir schon seit Monaten nicht mehr gemacht. Der ganze Scheiß, der zwischen uns stand, war weg und wir waren wieder ein Paar, ein Liebespaar.

Am nächsten Tag hat keiner gearbeitet, nur die Kneiper. Das war ein strahlend schöner Tag und alle waren auf den Straßen. Wildfremde Menschen sind sich in die Arme gefallen, die Leute haben ihr Essen geteilt und in vielen Läden gab es Freibier. Wir haben den ganzen Tag gefeiert, die halbe Nacht und den nächsten Tag.

Am Dienstag um zwei sollte das offizielle Endergebnis verkündet werden. Wir waren in Mitte unterwegs, als es so weit war. Wer konnte, hat sein Radio aufs Fensterbrett gestellt und aufgedreht bis zum Anschlag. Die Leute standen dicht an dicht auf den Straßen und haben gewartet. Was, hab ich gedacht, wenn jetzt das Gegenteil kommt? Dann bricht die Hölle los und wir sind mittendrin. Ich hab Ingrids Hand genommen, sie war feucht und wir haben unsere Finger fest verschränkt.

Beim letzten Ton des Zeitzeichens war es vierzehn Uhr. Hier ist der Preußische Rundfunk, wir senden aus Berlin. Vor wenigen Minuten hat der nationale Wahlleiter der Neuen Preußischen Republik das amtliche Endergebnis der Parlamentswahl vom 5. Oktober 2003 veröffentlicht. Pause. Die Leute haben die Luft angehalten und Ingrid hat meine Hand so gedrückt, dass es wehtat.

Nach dem amtlichen Endergebnis erhielt das Bündnis für Freiheit und Demokratie 74,1 Prozent aller abgegebenen Stimmen. Die National-Demokratische Preußische Arbeiterpartei erhielt 18,4 Prozent, die restlichen Stimmen verteilen sich auf die übrigen Parteien. Damit ist das Bündnis für Freiheit und Demokratie die stärkste Kraft im Parlament und stellt als solche den Kanzler.

Die Leute standen da wie versteinert und es war ganz still. Dann brach der Jubel los, ein Freudenschrei aus zehntausend Kehlen! Der Boden bebte, die Luft erzitterte und die Scheiben klirrten. Wir haben gewonnen! Nach all den Jahren, nach dem ganzen Scheiß haben wir endlich gewonnen – und sie haben verloren! In diesem Moment hatte ich eine Eingebung.

26

Am nächsten Morgen bin ich ins *Preußische Ministerium für Volksgesundheit* gegangen. Warum? Gerade war ein Wunder geschehen und wieso sollte es kein zweites geben? Es sprach nichts dafür, aber genau das macht ein Wunder ja aus – es geschieht trotzdem.

— Ja, bitte, treten Sie doch näher.

Der Arsch springt auf, kommt auf mich zu und hält mir seine Hand hin.

— Herr … bitte helfen Sie mir kurz, mein Gedächtnis, na ja, Herr …

— Brenner.

— Natürlich, Herr Brenner, bitte, nehmen Sie doch Platz.

Er setzt sich hinter seinen Schreibtisch und faltet die Hände.

— Was kann ich denn für Sie tun?

— Na ja, es geht um–

— Ja, ich erinnere mich! Das waren, Sie hatten zwei Anträge gestellt, nicht wahr?

— Ja, und–

— Ein Momentchen bitte, nur einen Moment.

Er springt auf und geht zu dem Aktenschrank, der hinter ihm steht.

— Brenner … B… Bra… Bre… Brenner, da haben wir es ja!

Er kommt zurück, setzt sich und schlägt die Akte auf.

— Na du meine Güte! Das haben Sie ja schon im Mai beantragt.

Ja, denke ich, und zwar bei dir, du Arsch.

— Das ist natürlich … aber wissen Sie was?, sagt er und steht auf. In dieser Sache müssen wir jetzt etwas unternehmen. Wenn Sie kurz warten möchten, ich begebe mich jetzt auf den kurzen Dienstweg.

Er kichert und geht raus. Der Kerl hat den Verstand verloren, denke ich, ganz eindeutig. Der hätte hier mehr lüften sollen. Oder ist das mein Wunder? Ein bekloppter Bürohengst auf dem kurzen Dienstweg?

— So, sagt er, als er keine zehn Minuten später durch die Tür kommt, das hätten wir. Bitte sehr, hier haben wir Ihre Bescheinigungen, alles, wie es sein soll. Mit Unterschrift und Dienstsiegel. Das Datum hab ich mal weggelassen, ich weiß ja, wie das ist. Das hat leider alles länger gedauert, aber an mir lag es nicht, das müssen Sie mir glauben. Ich habe getan, was ich konnte, wirklich. Alles Gute und viel Erfolg.

Als ich durch die Flure gegangen bin, hab ich mich gefühlt wie nach einem Frühschoppen. Nicht besoffen, aber so angeschickert, dass die Welt verschwimmt und vor sich hin wabert. Kaum an der frischen Luft, war ich klar im Kopf. Das war kein Wunder, hab ich gedacht, der Arsch hat Angst, eine Heidenangst.

Jahrelang konnte er seine Spielchen treiben, hat immer am längeren Hebel gesessen und sich amüsiert. Aber am Sonntag ist seine schöne Welt in die Brüche gegangen, jetzt sind wir am Drücker und er hat keine Ahnung, was auf ihn zukommt. Deshalb tut er so scheißfreundlich und um ja nichts falsch zu machen, macht er einfach alles und pisst sich dabei noch in die Hose. Damit wird er nicht der Einzige sein.

Am nächsten Tag bin ich zum *Amt für Denkmalschutz* gegangen. Die wollten weder meinen Ausweis sehen noch sonst irgendwas, sie wollten nur, dass ich wieder verschwinde. Den Gefallen hab ich ihnen getan, mit einer *Bescheinigung über die denkmalpflegerische Unbedenklichkeit* in der Tasche. Das hat keine Stunde gedauert.

Am Freitag bin ich zur *Generalverwaltung der Preußischen Schutzpolizei* gefahren, *Abteilung für öffentliche Angelegenheiten*. Am Eingang musste ich meinen Ausweis vorzeigen, wurde durchsucht und durfte passieren. Hinter mir fiel die Tür ins Schloss und ich stand in einem langen Flur, am anderen Ende war ein Fenster, vergittert. Scheiße, hab ich gedacht, und was ist, wenn die was finden in meiner Akte, von früher?

Wie blöd bin ich eigentlich? Für so einen Dreckszettel setz ich alles aufs Spiel? Die prügeln mir das Hirn aus'm Schädel und lachen sich scheckig. Ein Hahn, der seinen Hals freiwillig auf den Hauklotz legt. Aber noch kann ich–

— Was willst du hier?

Ich dreh mich um. Ein Mann in Uniform, hohe Stiefel.

— Bist du taub?

— Ich ... nein. Ich brauche ein ... ein Führungszeugnis, ein Amtliches Führungszeugnis.

— Aha. Mitkommen!

Er geht den Flur lang und ich folge ihm, jeder seiner Schritte klingt wie ein Schuss.

— Hier, sagt er und bleibt vor einer der Türen stehen, Zimmer 34!

Ich leg meine Hand auf die Klinke, da spür ich seine Pranke auf der Schulter. Ein Schauer überkommt mich und meine Knie werden weich.

— Erst anklopfen! Hat dir das keiner gesagt? Wenn man in ein Zimmer geht, erst anklopfen! Klar?

— Ja, sag ich und klopfe an.

— Na also, geht doch!

In Zimmer 34 wurde mein Antrag aufgenommen und gleich bearbeitet. Nach zwei Stunden hab ich meinen Wisch gekriegt und in der Mitte stand in fetten Buchstaben: *Keine Eintragungen.*

Jetzt fehlt nur noch die Konzession, hab ich gedacht, als ich auf dem Weg nach Hause war. Obwohl, *nur noch* ist gut. Das ist so, als würde man sagen, der Körper ist in Ordnung, fehlt nur noch der Kopf. Ich hab Glück gehabt, unverschämt viel Glück. Was ist, wenn das nun aufgebraucht ist? Dann kann ich mir mit den anderen Zetteln den Hintern abwischen. Knapp daneben ist auch vorbei.

Am Wochenende hab ich den Antrag ausgefüllt und am Montag bin ich früh um sieben zum *Preußischen Zentralamt für Handel und Gewerbe* gefahren. Dort hatte sich nichts verändert. Lange Flure und lange Gesichter. Sieht schlecht aus, hab ich gedacht. Eine Woche lang ist alles gut gegangen, doch diese Woche ist jetzt vorbei. Ja, wir haben gewonnen und sie haben verloren. Aber nicht hier.

Auch in dem Büro hatte sich nichts verändert. Links und rechts hämmerten die Muttis in ihre Schreibmaschinen, quer dazu saß die Obermutti hinter ihrem Schreibtisch und blätterte in einer Akte. Im Fenster hinter ihr zogen dunkle Wolken auf.

— Guten Tag, sag ich und setz ein Lächeln auf.

Sie klappt die Akte zu und guckt mich an.

— Was wollen Sie?

— Na ja, ich war vor einem Jahr schon mal hier und da–

— Und Sie glauben, dass ich mich daran noch erinnere? Junger Mann, haben Sie eine Vorstellung davon, wie viele Leute durch diese Tür kommen, jeden Tag?

Die war letztes Mal aber freundlicher, denke ich, und Schiss hat die nicht. Meine Fresse, ist das wirklich schon ein Jahr her?

— Also, was wollen Sie?

— Wie gesagt, ich war ... und jetzt möchte ich diese Konzession beantragen, eine *Behördliche Konzession zum Betrieb einer Schankwirtschaft*, so heißt das.

— Wie das heißt, weiß ich selbst. Haben Sie alle Unterlagen?

— Ja, sag ich und und reich ihr den Packen rüber, alles nicht älter als drei Monate. Wie Sie gesagt haben.

Sie nimmt den Stapel, legt ihn vor sich auf den Schreibtisch und richtet die Blätter so aus, dass alles auf Kante liegt. Mit einem Seufzen nimmt sie sich das erste Dokument. Guckt sich eine Bescheinigung nach der anderen an, gründlich. Zwischendurch macht sie *hm* ... oder *soso* ... Ich sitze auf meinem Stuhl und denke, ist das jetzt gut oder schlecht?

— Tja, sagt sie und hält die letzte Seite in der Hand.

Sie blättert zurück und nimmt sich den Stapel ein zweites Mal vor. Sie runzelt die Stirn und ich denke, das sieht nicht gut aus. Die lehnt den Antrag ab, ziemlich sicher.

— Nun, sagt sie, legt das erste Dokument zurück auf den Stapel und richtet ihn aus. Das ist ... interessant. Wenn ich das richtig sehe, wurden allein vier Anlagen in einer Woche ausgestellt, und zwar in der letzten Woche. Da hatten Sie ja, wie soll ich sagen ... ganz schönes Glück.

Mit einem Schlag ist mir klar, was in ihrem Kopf vorgeht. Ich hatte ein ganzes Jahr gebraucht, um die ersten paar Bescheinigungen zu kriegen. Alle anderen aber hab ich innerhalb einer Woche besorgt und das war zufällig die erste Woche nach der Wahl. Um das hinzukriegen, musste ich neuerdings verdammt gute Beziehungen haben.

Hat man Beziehungen, ist das gut. Hat man keine, ist es schlecht. Aber noch schlechter ist es, wenn man sich mit dem anlegt, der die Beziehungen hat – wenn man sich mit mir anlegt.

— Sie können das nennen, wie Sie wollen, sag ich und lehn mich zurück. Ich glaube, die Unterlagen sprechen für sich.

In ihrem Behördenkopf rattern die Gedanken vorwärts und rückwärts. Oder bilde ich mir das ein? Wenn ich falschliege und der Schuss nach hinten losgeht, hab ich's wirklich verkackt.

— Dann will ich Ihrem Glück mal nicht im Wege stehen, sagt sie. Gerda, schaffen wir das bis Freitag mit der Konzession?

— Müssen wir wohl, sagt Gerda.

27

Am Freitag, den 24. Oktober, hab ich die Konzession abgeholt und am Samstag, den 1. November 2003 hab ich meinen Laden aufgemacht. Dazwischen hatte ich viel zu tun, nur Kleinigkeiten, aber hundert Kleinigkeiten. Ständig kam was dazu oder dazwischen, doch am Ende war alles so, wie ich es haben wollte.

Am Samstagnachmittag kam Lampe mit einem Geschenk. Aus einer rostigen Stahlplatte hatte er die Buchstaben B A R a c k e rausschneiden lassen. Zwei Leute mussten das Ding tragen und drei die Halterung, eine Art Galgen aus Holz. Keine Stunde später hing das Schild an zwei Haken quer über dem Bürgersteig und schaukelte hin und her.

Als letzten Akt hab ich meine Konzession aufgehängt. Wie und wo, das war auf einem Beiblatt haarklein vorgeschrieben. Noch nie hatte ich eine Anweisung lieber befolgt, denn jeder sollte meine Trophäe bewundern.

Gegen sechs kamen die ersten Gäste und von da an ging es Schlag auf Schlag. Ich hatte alle eingeladen, die mir geholfen, mir was besorgt oder einen Gefallen getan hatten, eben alle, die für mich da waren, wenn ich sie brauchte. Die Jungs vom Kranzler kamen, Kumpels aus der Nachbarschaft und Iwan erschien mit fast allen Kollegen.

— Mann, hat er gesagt und mich umarmt, du wirst mir fehlen. Du warst mein bester Fahrer und jetzt–

— So ein Quatsch.

— Doch! Und eins sag ich dir. Falls das hier nicht läuft, was ich nicht glaube, aber ... also, du kannst immer zurückkommen, jederzeit. Nicht nur deshalb, weil du mir das Leben gerettet hast, was ich–

—Jetzt hör aber auf mit den ollen Kamellen, sag ich und geb ihm ein Bier. Wie sagt man im Norden? Nich lang schnacken, Kopp in Nacken!

Roller kam, Lampe und natürlich mein Bruder, wieder mit einer neuen Freundin. Maria und Klaus waren da, eine Menge Verwandtschaft stellte sich ein und sogar Muttchen ist gekommen, auch wenn sie grundsätzlich jede Bar oder Kneipe für einen Ort der Sünde hielt und sich nie richtig mit meinem Plan hatte anfreunden können. Unter den vielen bekannten Gesichtern waren auch ein paar, die ich nicht kannte. Oder doch? Je voller es wurde, desto mehr hab ich den Überblick verloren, aber das war geschenkt. An diesem Abend ging alles aufs Haus und die paar Bier machten keinen Unterschied.

Draußen hatte ich einen Grill aufgebaut, es gab Buletten und Bratwurst. Hinter dem Grill stand Horst. Bei dem Namen denkt man an Bauchansatz und Halbglatze, aber Horst war sechzehn, hatte braune Locken und war so dürr wie ein Kleiderständer. In Berlin kriegte seit Ewigkeiten kein Junge mehr diesen Namen, aber Horst kam nicht aus Berlin.

Er kam aus Glewitz, ein kleines Nest im Norden. Schon als Kind wollte er raus aus dem Kaff und in die große Stadt. Sein Vater ließ ihn nur gehen, wenn er von vornherein Arbeit und Unterkunft hatte, und da kam ich ins Spiel. Wir waren entfernt verwandt und ich brauchte Hilfe. Lesen, Schreiben oder Rechnen war nicht seine Stärke, aber arbeiten konnte er wie ein Pferd. Er hat im Laden geschlafen und damit brauchte ich keinen Nachtwächter mehr.

Später am Abend, als es ruhiger wurde, hab ich mich hinten ans Regal gelehnt und meinen Blick schweifen lassen. Die Leute saßen oder standen, in Grüppchen oder zu zweit, sie redeten oder hörten zu, ein Bier in der Hand, die Kippe im Mundwinkel. Einer erzählte einen Witz und andere lachten. Das Gerede und Gemurmel, Geplapper und Geklapper floss ineinander und wurde eins. So, wie aus vielen Geräuschen das Rauschen des Meeres wird. Über allem hing der Rauch in dicken Schwaden.

Ich stand in meiner Bar, hinter meinem Tresen und genau so hatte ich mir das vorgestellt. Bis zu diesem Abend konnte ich nur hoffen und wünschen, dass ich das Richtige tue, wissen konnt ich es nicht. Schwimmen kann man nur im Wasser. Nun war ich im Wasser – und es war herrlich. Ja, hab ich gedacht, wenn man was richtig will, klappt das auch. Glück gehört dazu und nicht zu knapp, doch man muss auch was draus machen.

Am nächsten Tag, Sonntag, den 2. November 2003, wurde Siegfried Wagenbeck feierlich vereidigt. Das ganze Land hat die Zeremonie verfolgt, wir waren zu Hause und saßen gebannt vor dem Radio. *Ich will die Verfassung achten und schützen,* hat er gesagt, *die Sicherheit und das Wohlergehen des Volkes steht über allem, ihm und nur ihm will ich dienen. Das schwöre ich!*

Wir haben uns umarmt und ich hab gedacht, nicht nur für uns drei fängt jetzt ein neues Leben an, mit der Bar und so, sondern für uns alle. Jetzt kommt unsere Zeit, darauf haben wir gewartet. Nun wird alles besser. Er hat es geschworen.

Am Sonntagabend kamen die in meine Bar, die es am Samstag nicht geschafft hatten. Das waren ziemlich viele und wir hatten einen lustigen Abend. Am Montag kamen die letzten Nachzügler, die haben sich nicht lange aufgehalten und gegen neun war ich mit Roller und Lampe allein. Wir saßen an einem Tisch am Fenster und jeder hatte ein Bier vor sich stehen.

Roller ist geblieben, weil er mein bester Kumpel war, und Lampe, damit ich nicht mit Roller allein da hockte. Das war gut, denn mit Roller stimmte was nicht. Er hatte was auf dem Herzen, aber behielt es für sich und das machte es nur schlimmer. Wie bei einer Verstopfung – und am Ende muss es doch raus.

Lampe nippte an seinem Bier, Roller guckte Löcher in die Luft und mir ging allerhand durch den Kopf. Was man so denkt, wenn man mit zwei Kumpels am Tisch sitzt und keiner sagt ein Wort. Mit einem Mal reckt Lampe den Hals.

— Na, wenn das nicht Long John ist.

— Long wer?, sagt Roller.

Die Tür geht auf und Kalle schwingt sich rein.

— Schönen guten Abend die Herren!

Er lässt sich in einen Stuhl fallen und lehnt die Krücken an den Tisch.

— Tach Kalle, sag ich und bin erleichtert, dass Leben in die Bude kommt, ein Bierchen?

— Na aber, sagt er und guckt sich um. Mannomann, du hast es also wirklich geschafft. Nicht schlecht. Mit allen Zetteln und dem ganzen Scheiß und so?

— Mit dem ganzen Scheiß. War zwar der reinste Affenzirkus, aber am Ende–

— Am Ende zählt nur, wer den Krieg gewonnen hat. Darauf trink ich einen, auf den Sieger! Prost!

Mit einem Zug trinkt er die halbe Flasche aus, rülpst und wischt sich mit dem Handrücken den Mund ab.

— Schuldigung, sagt er und rülpst noch mal, wo sind nur meine Manieren geblieben? Haben sie mir wohl auch amputiert, zusammen mit dem Bein.

— Hauptsache, die Vorderzähne sind heil.

— Genau. Aber was anderes. Du kannst dir denken, warum ich hier bin?

— Ich hab so eine Ahnung.

— Das ist gut. Und diese Ahnung, kannst du mir die gleich geben?

— Na ja, leider nicht. Weißt du, das alles–

— Kein Problem. Bring's mir einfach die Woche vorbei. Ich bin zwar ein Krüppel, aber kein Unmensch.

Er trinkt sein Bier aus und wuchtet sich hoch.

— Schönen Abend noch. Und bis die Tage.

Die Tür schlägt hinter ihm zu und ich stell die leere Flasche auf den Tresen.

— Was, sagt Lampe, war das denn gerade?

— Tja, sag ich und setz mich wieder, soeben hat sich meine Miete verdoppelt.

Am vierten Abend kam nur noch Roller. Er saß am Tresen, trank ein Bier nach dem anderen und stierte vor sich hin. Jetzt reicht's mir, hab ich gedacht und mich neben ihn gesetzt. Es gibt genug Sachen, worüber ich mir Gedanken machen muss, da brauch ich nicht noch einen Kumpel, bei dem ich mir den Kopf darüber zerbrechen muss, worüber er sich den Kopf zerbricht. Wie sich das schon anhört!

— So, Meister. Also, was ist los? Warum hockst du hier wie ein Trauerkloß und versaust allen die Laune?

— Allen ...?, sagt Roller und guckt sich um.

— Gut, mir und Horst. Aber egal. Du bist so lustig wie ein Loch im Kopf und ich will wissen, warum. Und zwar jetzt.

— Na ja, sagt er und trinkt einen Schluck, ich ... also, um es kurz zu machen, ich ... ich geh weg von hier. In den Süden.

Ich hatte so was geahnt. Das lag schon länger in der Luft, wie ein drohendes Unwetter. Ich hatte gehofft, es zieht vorbei, aber nun ging ein Platzregen auf mich nieder.

— Warum?

— Das fragst ausgerechnet du? Was hat dich das an Nerven, Zeit und Kohle gekostet, um diesen Laden aufzumachen? Wie vielen Leuten musstest du dafür in den Arsch kriechen? Ständig muss man buckeln, für jede Kleinigkeit, und dann lassen sie dich am ausgestreckten Arm verhungern. Doch da mach ich nicht mehr mit! Ich hab noch was vor im Leben und das schaff ich auch! Aber nicht hier. Hier können mich alle mal am Arsch lecken.

— Aber–

— Guck dich doch um! Die Häuser rotten vor sich hin und was neu gebaut wird, kann sich kein Schwein leisten. Obwohl, gerade die Schweine können sich das leisten. Wie oft war der Strom weg letzte Woche? Und das Wasser ist so braun, als ob einer reingeschissen hat!

Er trinkt einen Schluck.

— Alles ist so im Arsch. Die Leute gehen auf'm Zahnfleisch und wenn du in diesem Scheißland was werden willst, hast du nur drei Möglichkeiten.

Roller hält drei Finger hoch.

— Du kannst zur Armee gehen, du wirst Politiker oder du gehst unter die Ganoven. Darauf läuft sowieso alles hinaus, alles Verbrecher! Du musst den richtigen Leuten in den Arsch kriechen und darfst dich nicht mit den falschen anlegen. Nach oben buckeln und nach unten treten, bis aus dir ein richtiger Drecksack geworden ist. So und nur so kommst du groß raus. Aber dann, dann kannst du die Kohle einsammeln, bis du nicht mehr aus'n Augen gucken kannst, und deine Alte kann schon zum Frühstück das verbraten, was andere im ganzen Monat nicht haben.

Er trinkt einen Schluck.

— Seit wann bist du denn so politisch?, sag ich und mach mir ein Bier auf. Ich meine, früher hat dich das nicht groß gekratzt, aber jetzt auf einmal? Das lief doch ganz gut bei dir, oder?

— Na ja, das lief mal gut und mal schlecht. Aber verstehst du, so will ich nicht alt werden! Ständig mit einem Fuß im Knast. Immer von Leuten umgeben, die dich für fuffzig Mark abstechen und danach in aller Ruhe frühstücken. Davon hab ich die Schnauze voll! Ich hab's ja auf die ehrliche Tour versucht, wirklich. Aber ein Scheiß ist draus geworden, weil hier alles Scheiße ist, alles!

— Aber Roller, gerade jetzt! Dieses Land wird sich verändern. Wir haben die Wahl gewonnen und es ist nur–

— *Wir* haben die Wahl gewonnen? Träum schön weiter. Der Wagenbeck hat die Wahl gewonnen und wenn der erst mal fest im Sattel sitzt, wird er merken, wie bequem dieser Sitz ist. Wie schön, für ihn und seine Kumpels. Nichts wird sich ändern, gar nichts.

— Da liegst du falsch!

— Hoffentlich! Ich würde mich gern irren, das kannst du mir glauben. Aber selbst wenn, für mich ist die Sache entschieden.

— Und da unten ist dann alles besser?

— Na sicher! Das weiß doch jeder. Ich will ja nichts geschenkt haben, ich will schon arbeiten, das muss sich nur lohnen. Und dort lohnt sich das, aber richtig. Die Bongos haben mehr als genug, da wird für den kleinen Roller schon was abfallen. Ich muss nur dahin und mir das abholen. So einfach ist das.

So einfach, denke ich. Der hat sich das in den Kopf gesetzt und lässt sich davon nicht mehr abbringen. Es sei denn ...

— Weißt du was, sag ich, ich mach dir jetzt einen Vorschlag und ich mein das ernst. Du bist mein bester Kumpel und in so einer Lage macht man keine Scherze. Du musst nur Ja sagen und die Sache ist geritzt.

Roller stellt sein Bier auf den Tresen und guckt mich an.

— Also, pass auf, sag ich und denke, Ingrid erklär ich das später, irgendwie, auch wenn sie Roller nicht leiden kann. Doch eins nach dem anderen, denn–

— Ja, ich pass auf. Was ist jetzt?

— Also, die Sache ... die Sache ist die. Wenn du willst, kannst du bei mir einsteigen, hier im Laden. Wir machen das Ding zusammen, wir beide. Der Laden wird gut laufen und wenn du dabei bist erst recht. Du musst über keine Berge klettern und nicht durch die Wüste latschen. Dein Glück ist gleich hier, du musst nur zulangen. Über das Finanzielle mach dir keine Sorgen, das kriegen wir geregelt. Wir sind doch Kumpels. Also, ein Wort genügt und du bist dabei. Was denkst du?

Roller hat Tränen in den Augen und zieht den Rotz hoch. Ich geb ihm eine Papierserviette. Keiner kann sich so laut die Nase putzen wie Roller.

— Brenner, ich ... ich weiß gar nicht, was ich sagen soll.

— Sag einfach Ja, und fertig.

— Mann, sagt er und schnaubt noch mal aus. Du machst mir das echt schwer und es ist nicht so, dass ... aber ich hab mich entschieden. Es gibt kein Zurück mehr, nicht für mich. Ich hab schon alle Brücken hinter mir abgebrochen, verstehst du? Dein Angebot, wirklich, das ... aber ich werde gehen, noch diese Woche.

Damals hab ich nicht verstanden, warum er geht. Aber mir war klar, dass er geht, dass er auf jeden Fall geht. Ich konnte es ihm nur schwerer machen, aufhalten konnte ich ihn nicht.

— Ich schaff das, sagt Roller und trinkt sein Bier aus. Und du kannst nachkommen, ich kümmere mich um alles, um den ganzen Scheiß. Dann ziehen wir da unten was zusammen auf, wir beide!

— Ich hab Familie, das–

— Egal! Die kannst du mitbringen, die ganze Truppe. Ihr könnt alle bei mir wohnen, ich hab zehn Schlafzimmer.

— Nur zehn?

— Oder zwanzig, kein Problem.

— Darauf stoßen wir an! Horst, gib mir mal die Flasche, die da oben. Und zwei Gläser. Auf die Schlafzimmer!

— Und aufs Badezimmer! Genau in der Mitte steht eine riesige Badewanne. Wenn du da drinsitzt, kannst du raus in den Garten gucken. Und die Küche erst ...

— Wozu brauchst du denn eine Küche?, sag ich und gieß zwei Doppelte ein. Wenn du kochst, komm ich nicht. Den Magen kann ich mir auch hier verderben. Und runter damit!

Auf einem Bein kann man nicht stehen. Drei Beine sind besser als zwei. Jeder Hund hat vier Beine ... bis die Flasche leer war und ich so viele Beine hatte, dass ich mich darin verheddert hab. Arm in Arm haben wir gewartet, bis die Tür vorbeikam, und los! Allerdings hatten wir die Rechnung ohne die Schwelle gemacht und schon lagen wir im Dreck und haben uns ausgeschüttet vor Lachen. Als wir endlich auf der Straße standen, hat Horst hinter uns abgeschlossen.

— Scheiße, Mann, sagt Roller und umarmt mich, ich ...

— Alles Gute und viel Glück.

Er hat sich umgedreht und ist gegangen. Die Nacht war sternenklar, der Mond schien und ich stand da und hab ihm hinterhergesehen. Er ist die Schliemann runtergegangen, dann am Helmi abgebogen und weg war er. Mit einem Schlag war ich stocknüchtern. Und allein.

28

Als ich am nächsten Morgen aufgestanden bin, war mir kotzübel und die Möbel hatten Schlagseite. Zum Abend hin wurde das zwar besser, aber meine Stimmung war im Keller. Horst saß in der Ecke und kaute auf seinen Fingernägeln, ich saß am Tresen und das war's. Keine Kundschaft.

Bis zum Ende der Woche kamen drei zahlende Gäste. Die anderen wollten nur gucken, was umsonst kriegen oder sich aufwärmen, denn draußen war es nasskalt und windig. Ich hab sie rausgeschmissen und gedacht, tut mir leid, aber ich hab genug eigene Probleme und die werden nicht kleiner, wenn ich hier ein Sanatorium für Penner aufmache. Ich weiß nicht mal, wo ich die Kohle für Kalle hernehmen soll.

In der zweiten Woche sah es nicht besser aus. Ich musste Iwan anpumpen, mal wieder. Jeden Tag hab ich mir gesagt, das wird schon. Rom wurde auch nicht an einem Tag erbaut. Nur noch ein bisschen die Luft anhalten, dann läuft der Laden, der muss einfach laufen. Nächste Woche sieht das schon anders aus.

Am Ende der dritten Woche hatte ich so lange die Luft angehalten, dass mir schwindlig wurde. Zu meinen Füßen tat sich ein großes Loch auf und ich war kurz davor, vornüberzukippen. Verdammte Scheiße, hab ich gedacht, und dieses Loch hab ich mir selbst gebuddelt. Ich musste ja unbedingt diese Bar haben, diese Scheißbar. Alle waren dagegen, aber Herr Brenner wusste es besser. *Ich mach das, ich schaff das,* ohne Sinn und Verstand. Und jetzt hab ich den Salat. Meine Ehe klappert an allen Ecken und Enden, ich hab den Arsch voller Schulden und von wegen, das wird schon. Guck mal aus'm Fenster! Wir haben um die null Grad, Schneeregen und der Himmel ist so grau wie kalte Asche. Sicher, bei dem

Wetter wollen die Leute nichts lieber als ein schönes, kühles Bier. Das war richtig schlau, ausgerechnet im November eine Bar aufzumachen – doch mit einem Mal wusste ich, was mich retten konnte.

Wie vieles in meinem Leben verdankte ich auch das Opa Lampbrecht. Genau an solchen Novembertagen hat er immer davon erzählt.

— Jungs, wisst ihr, was ich jetzt vertragen könnte?

— Was denn?, hat Lampe gesagt, auch wenn wir beide genau wussten, worum es ging.

— Das fragt ihr noch? Habe ich noch nie davon erzählt? Ich hätte gedacht ... aber dann will ich das nachholen, denn wir reden hier über ein Kulturgut ersten Ranges und es ist eine Schande, dass es so etwas heute nicht mehr gibt. Aber es gibt ja so vieles nicht mehr. Und ich habe wirklich noch nie davon erzählt?

— Nein, ganz sicher nicht.

— Hm. Nun ja. Also, was ich meine, das ist Glühwein! Ein schöner, dampfender Glühwein, hmmm ... Den gab es früher an jeder Ecke und das wäre jetzt genau das Richtige. Gerade, weil das mit meinen Knochen wieder losgeht. Ich sage euch, mit einem heißen Glühwein in der Hand, da sieht die Welt schon ganz anders aus!

— Glühwein?, hat Lampe gesagt. Leuchtet der in der Dunkelheit?

— Ob der ...? Ihr Schweinehunde! Natürlich habe ich davon schon erzählt. Einen alten Mann so auf die Schippe zu nehmen. Raus mit euch!

Glühwein! Das ist die Idee, hab ich gedacht. Und mein letzter Versuch. Ob ich will oder nicht, wenn das in die Hose geht, kann ich den Laden zumachen und dann gute Nacht!

Blieb nur eine Frage übrig. Wie macht man Glühwein? Das hatte Opa Lampbrecht auch erzählt, ich hatte es allerdings vergessen. Also hab ich meine Hoffnung auf Lampe gesetzt. Am nächsten

Vormittag bin ich zu ihm in den Laden und er wusste es tatsächlich, ungefähr. Ich hab mir alles aufgeschrieben und bin gleich los, um die Zutaten zu besorgen.

Billiger Rotwein und Zucker waren kein Problem. Mit den Zitronen war es schwieriger und die haben mich ein Heidengeld gekostet. Die Gewürze allerdings stellten eine echte Herausforderung dar. Jetzt, hab ich gedacht, könnte ich Roller brauchen. Den frag ich heute und morgen steht er mit einem Sack voller Gewürze vor der Tür. Aber Roller ist weg, es muss auch ohne ihn gehen.

Zum Ende der Woche hatte ich alles zusammen und am Montag hab ich zum ersten Mal versucht, die richtige Mischung anzusetzen. Viel hilft viel, hab ich gedacht und ordentlich Gewürze reingekippt. Das Zeug schmeckte zum Kotzen. Horst hat es auf die Wiese geschüttet und an der Stelle wuchs das ganze nächste Jahr über nichts. Die zweite Ladung ist mir übergekocht und das war eine Schweinerei! Die dritte Ladung war zu süß und die vierte zu sauer. Genug Verluste für einen Tag.

Am Dienstag lief es besser und am Mittwoch war ich so weit, das Gesöff unter die Leute zu bringen. Aus zwei Holzplatten hab ich einen Aufsteller zusammengenagelt und GLÜHWEIN raufgepinselt. Bei dem Mistwetter kommt sowieso keiner, hab ich gedacht und das Ding vors Tor gestellt.

Keine halbe Stunde später geht die Tür auf und ein Opa steht auf der Schwelle. Zwei Krücken und nur ein Bein. Meine Fresse, denke ich, schickt Kalle seinen Vater vorbei? Aber der ist tot, das hat er mir erzählt.

—Das mit dem Schild, sagt der Opa, stimmt das? Hier gibt's Glühwein?

—Wollen Sie einen probieren?

—Hm.

—Jetzt setzen Sie sich erst mal hin, ich bring Ihnen einen Becher. Bei dem Wetter, da–

— Ein Scheißwetter ist das, sagt er und lässt sich auf einen Stuhl fallen. Da schickt man keinen Hund vor die Tür. Aber mit mir kann man's ja machen. Und bloß, weil ich ein Mal gesagt hab, was mir nicht passt an ihr!

Ich mach einen Becher voll und stell ihn auf seinen Tisch.

— Dann Prost.

— Hm ...

Er beugt sich vor und schnüffelt, dabei grunzt er vor sich hin.

— Hm ...

Er nimmt den Becher mit beiden Händen und fängt an zu schlürfen. Sein Adamsapfel geht rauf und runter. Das zweite Schlürfen, der zweite Schluck. Er stellt den Becher zurück, grunzt und kaut.

— Und?

— Hm ..., sagt er, nimmt einen dritten Schluck und stellt den Becher wieder auf den Tisch. Ich hab schon Besseres getrunken. Und Schlimmeres. Die Itaker, die machen das mit Weißwein, das schmeckt vielleicht beschissen! Sowieso, diese ... alles Heulsusen und Weicheier, die muss man nur scharf angucken und schon kippen die um. Aber die Weiber! Ich sage dir ... wenn ich meine Alte dagegen angucke und–

— Ja, sicher. Aber der Glühwein, was ist mit dem? Soll ich da was anders machen?

— Der ... tja, der ist zu sauer. Weniger sauer muss der sein.

— Aha, also weniger Zitrone. Noch was?

— Ja, die, wie heißen die noch mal? Nicht Tulpen, sondern ...

— Nelken? Gewürznelken.

— Genau! Auf jeden Fall weniger Nelken. Du willst ja keinen Rotkohl kochen. Meine Mutter hat immer–

— Also, weniger Zitrone und weniger Nelken?

— Ja, fürs Erste, sagt er, nimmt den Becher und schlürft.

Mit jeder neuen Mixtur schmeckte der Glühwein besser und der

Opa hatte eine Acht mehr im Turm. Hoffentlich kommt er heil nach Hause, hab ich gedacht, der mit seinen Krücken.

— So, sag ich schließlich, wir machen jetzt Feierabend.

— F...eierabend? Was soll das denn? Der ist noch nicht fertig ist der nicht, der ... aber wir beide, wir machen das, wir ... wir werden das Kind schon schaukeln!

— Das machen wir. Aber nicht mehr heute. Jetzt schaukeln wir erst mal nach Hause und morgen sehen wir weiter.

Am nächsten Abend kam er wieder und hatte zwei Kumpels im Schlepptau. Dem einen fehlte die rechte Hand und der andere trug eine gelbe Armbinde mit drei schwarzen Punkten. Meine Fresse, hab ich gedacht, als die drei an einem Tisch saßen, wenn das so weitergeht, kann ich ein Versehrtenheim aufmachen. Egal. Den Jungs kann von mir aus alles Mögliche fehlen, wenn's nur nicht das Geld ist.

— Wir wollen was von dem Glühwein, sagt der ohne Bein, die letzte Mischung. Den hättet ihr mal trinken sollen, bevor ich dem Jungchen gezeigt hab, wo's langgeht. Zum Kotzen war der, das sag ich euch. Aber jetzt kann man ihn trinken. Drei Becher nehmen wir, zum Verkosten!

Ich stell die Becher auf den Tisch. Dampf steigt auf und die Opas beugen sich vor. Der ohne Bein grunzt vor sich hin.

— Sehr zum Wohl. Und wie ich dem Herrn ohne Bein gestern schon gesagt hab, ich bin für Verbesserungsvorschläge offen. Tun Sie sich keinen Zwang an.

— Der was?, sagt der Blinde. Der *Herr ohne Bein*? Also, wenn der ein *Herr* ist, dann kann ich bei den Scharfschützen anfangen.

Die drei lachen, nehmen ihre Becher und stoßen an. Es folgt ein großes Riechen, Brummen und Schnaufen, begleitet von *hm ... na ja ... tja*. Der ohne Hand wagt den ersten Schluck, dann traut sich der Blinde und zum Schluss kommt der ohne Bein. Der macht das größte Theater.

Während sie ihre Becher Schluck für Schluck alle machen, gibt jeder seine Ratschläge zum Besten. Die Herrschaften sind verschiedener Meinung und kriegen sich in die Haare. Gleich kloppen die sich, denke ich, das fehlt mir noch.

Es war nicht leicht, alle Ratschläge in einen Topf zu kriegen, doch die zweite Ladung schmeckte besser als die erste. Die dritte war noch besser und bei der vierten waren die Jungs sich einig: *So und nicht anders muss ein anständiger Glühwein schmecken.* Wie schön, hab ich gedacht, dann kommen wir jetzt zum Geschäft. Alles oder nichts.

Am nächsten Morgen war die Luft klar und kalt, der erste Wintertag. Als ich in die BARacke kam, hatte Horst schon den Ofen geheizt und es war gemütlich warm. Wir hatten viel zu tun. Zuerst hat Horst den Aufsteller rot angestrichen. Als er trocken war, hab ich ihn auf beiden Seiten mit weißer Farbe beschriftet:

GLÜHWEIN
Nach altem Originalrezept
50 Pfennig pro Becher

Gegen fünf hab ich den ersten Topf aufgesetzt. Als der so weit war, hat Horst das Schild auf die Straße gestellt und wir haben gewartet. Wenn keiner kommt, hab ich gedacht, ist Ende Gelände, und zwar endgültig. Aber das kann nicht sein, nicht nach dem ganzen Scheiß. Das wär einfach nicht gerecht. Ach ja? In welcher Welt lebst du? Wenn keiner kommt, kommt eben keiner, und fertig. Dann kannst du dir deine Gerechtigkeit in die Haare schmieren und alles andere auch. Es gibt nur eins, worauf du dich verlassen kannst, und das sind deine Schulden!

Da war es wieder. Das Loch zu meinen Füßen. Größer und dunkler als je zuvor. Mitten im Laden. Die Tür geht auf und meine drei Opas kommen rein.

— Ich hab gehört, sagt der ohne Hand, hier soll's Glühwein geben, exzellenten Glühwein. Nach Originalrezept. Und mit Glühwein, wenn ich mal so sagen darf, damit kennen wir uns aus.

— Ja, sagt der Blinde, denn schmecken kann ich noch. Das ist wie Sehen, nur mit ohne Augen.

— Also drei Glühwein, sag ich. Es ist nur ... also, heute kosten die was. Fuffzig Pfennig. Steht draußen dran.

— Natürlich kosten die was, sagt er und rückt seine Armbinde zurecht. Meinst du, ich bin blind?

Die drei lachen und ich hol die Becher. Als ich sie auf'n Tisch stelle, geht die Tür auf und zwei weitere Opas kommen rein. Einer ist dick, der andere dünn, aber sie haben noch alle Körperteile und gucken können sie auch.

— Das mit dem Glühwein, sagt der Dicke, stimmt das?

— Darf ich Ihnen zwei bringen?

— Hm. Was ist das denn für'n Rezept? Wo ist das her?

— Meine Güte, sagt der Blinde, fragt ihr immer so viel, bevor ihr einen trinkt? Da werdet ihr ja nie besoffen.

— Wir nehmen mal zwei.

Nach dem ersten Schluck haben sie gegrinst und genickt. Meine Versehrtentruppe hat eine neue Runde bestellt und die beiden Opas haben nachgezogen. Die Tür ging auf, drei Bauarbeiter erschienen und setzten sich an einen Tisch.

— Machst mal welche für uns? Und noch 'n Kurzen dazu!

Im Laufe des Abends kamen zweiundzwanzig Leute, zahlende Kunden. Für die zweite Ladung musste ich einen größeren Topf nehmen und als der letzte Gast gegangen ist, war der fast leer. Ich hab die Tür hinter ihm zugemacht und mich umgedreht. Der Boden war dreckig und an zwei Stellen abgewetzt, aber das Loch war verschwunden. Darauf trink ich einen, hab ich gedacht. Horst hat den Rest aufgeteilt und wir haben angestoßen. Der Glühwein war wirklich gut.

29

Am nächsten Tag kamen mehr als dreißig Leute, am Tag darauf mehr als fuffzig und dann hab ich aufgehört zu zählen. Das sprach sich rum wie ein Lauffeuer, der Laden lief nicht nur, er brummte!

Wir hatten Dezember. Nach dem ersten schönen Tag war der Himmel grau geworden, es schneite und war kalt. Bei diesem Wetter passte mein Glühwein wie die Faust aufs Auge. Der wärmte die Leute von innen und wenn einem warm ist, sieht die Welt schon anders aus.

Doch da war noch mehr und damit hatte ich nicht gerechnet. Mein Glühwein kam aus der Zeit, bevor alles den Bach runterging. Als die Welt noch in Ordnung war. So haben viele mit meinem Gebräu auch etwas von der *guten alten Zeit* in sich reingeschlürft. Das tat ihnen gut, besonders den Alten.

Betagte Haudegen standen mitten im Trubel, den Becher in der Hand und die Augen wurden ihnen feucht. Mit jedem Schluck mehr, bis ihnen eine Träne über die Wange lief. Nicht selten hat mir einer von ihnen die Hand geschüttelt oder mir zugenickt. Ich hab zurückgenickt und die Bestellung für einen zweiten Becher aufgenommen. So hatten wir beide was davon.

Außerdem war es Adventszeit und diese Zeit ist für Glühwein wie geschaffen. Kurzum, das Schicksal hat mich vor die richtige Tür gestellt und mir den passenden Schlüssel in die Hand gedrückt. Ich hab aufgeschlossen – und wurde fast über den Haufen gerannt. Nach zwei Wochen standen die Leute bis nach draußen und je näher Weihnachten rückte, desto länger wurde die Schlange. An manchen Tagen mussten wir früher zumachen, weil alles alle war. Die Leute kamen aus der ganzen Stadt und mitunter hatte ich das Gefühl, alle auf einmal.

Um nicht unterzugehen, hab ich Hanna eingestellt, eine entfernte Verwandte von Iwan. Sie hieß eigentlich Johanna, war achtzehn und sah nicht übel aus. Eine Zeit lang hab ich gedacht, sie würde was mit Horst anfangen, doch daraus wurde nichts. Horst war zu schüchtern und Hanna kam aus dem Eichsfeld und war sehr katholisch. Mir war das recht, so waren die beiden nicht abgelenkt und konnten ordentlich ranklotzen. Wir haben von morgens bis in die Nacht geschuftet, wie die Brauereipferde. Nur fertig ist fertig, verschieben geht nicht, die nächsten Gäste warten. Jeden Tag ging das so, außer Sonntag – und es war großartig!

Sicher, manchmal hatte ich die Schnauze voll und bin auf dem Zahnfleisch gegangen, aber das ging vorüber. So viele Leute haben große Pläne und reden auch ständig darüber. Dass *nicht mehr viel fehlt* und dass *sich alle noch umgucken werden*. Am Ende kriegen nur die wenigsten was gebacken und ich gehörte dazu.

Um die Weihnachtstage und Silvester war der Trubel am größten, danach pegelte sich alles ein. Ab Januar war der Laden jeden Abend voll, die Leute standen an, aber nicht bis draußen. Ich konnte anfangen, meine Schulden abzuzahlen. Alles lief gut, auch mit Ingrid. Wir waren glücklich und ich hätte das mehr genießen sollen.

Damals war mir das nicht klar, aber in den letzten Jahren hab ich eins gelernt: Glück ist wie ein gutes Essen. Das muss man genießen, wenn es auf dem Tisch steht. Denn vielleicht ist schon morgen Schmalhans Küchenmeister.

An einem Vormittag Anfang März komm ich aus der Haustür, der Himmel ist blau, ein laues Lüftchen weht und in der Luft liegt eine erste Ahnung von Frühling. Ich atme tief ein und genieße die Sonne auf meiner Haut – und im nächsten Moment hab ich das Gefühl, als hätte mir einer mit der Faust ins Gesicht geschlagen.

— Und das, sagt Iwan und zieht die Augenbrauen hoch, war der Frühling?

— Genau. Das hört sich vielleicht bescheuert an, aber so war es nun mal.

— Das hört sich ziemlich bescheuert an. Meine Güte, leckst du nachts immer die Töpfe aus, in denen du dein Gesöff köchelst?

— Mach dich nur lustig. Für mich ist das nicht zum Lachen. Kein Schwein wird mehr Glühwein trinken, wenn es draußen warm wird und die Vögel trällern. Aber das ist der einzige Grund, warum die Leute bei mir hocken. Was würdest du machen, wenn du einen Laden hast, der nur im Winter läuft, und dieser Winter ist vorbei? Da bin ich mal gespannt.

— Was weiß ich? Verkaufst du eben Bier. Wie jede andere Kneipe auch.

— Gegen die großen Biergärten habe ich nichts zu melden und die anderen Kneipen haben ihre Stammkundschaft. Seit Jahren oder Jahrzehnten, dagegen komm ich nicht an.

— Dann mach was anderes. Denk dir was Neues aus.

— Sehr schön. Und was?

— Tja, sagt Iwan und holt seine Kippen raus, wenn ich das wüsste, hätte ich längst meine eigene Kneipe. Aber wer eine gute Idee hatte, kann auch eine zweite haben. Dir fällt schon was ein.

Wir haben weiterhin jede Menge Glühwein verkauft, alles lief bestens. Ich hatte nur das Gefühl, mit jedem Becher komm ich dem Abgrund näher. Das waren keine großen Schritte, es waren ja auch keine großen Becher, doch Schritte waren es schon. Was ich brauche, hab ich gedacht, ist ein Glühwein für den Sommer. Ganz einfach. Nur, was soll das sein?

Meine Gedanken ratterten vorwärts und rückwärts, hoch und runter, den ganzen Tag. Am Ende war ich so schlau wie vorher und die Zeit verging.

Jeden Morgen bin ich als Erstes zum Fenster gegangen und hab die Gardine einen Spalt aufgemacht. War das Wetter beschissen, war ich beruhigt. Schien die Sonne, war meine Stimmung im Keller und dort blieb sie.

Mitte März ist der olle Krüger gestorben. Nach dem Frühstück ist er mit seiner Zeitung aufs Scheißhaus gegangen. Als er nach zwei Stunden nicht zurück war, hat seine Alte nachgeguckt. Das *Neue Berlin* lag auf dem Boden und er lehnte an der Wand, ein Lächeln auf den Lippen. Die Beerdigung war am 20. März. Als sein Sarg in die Grube runtergelassen wurde, hab ich gedacht, der mit seinen Sprüchen, er wird mir fehlen.

Einen Tag später war Frühlingsanfang. Ich bin gegen fünf aufgewacht, Martin schlief in seinem Bettchen und Ingrid lag friedlich neben mir. Ich hab mich auf den Rücken gedreht – und mit einem Schlag war mir klar, wie es weitergeht.

FREIBIER! Wenn es Freibier gibt, kommen die Leute. Umsonst zieht immer. Die rennen mir die Bude ein, dagegen war das mit dem Glühwein gar nichts. Allerdings ... mit Freibier lässt sich kein Geschäft machen. Aber wer sagt denn, dass es nur Freibier gibt? Das ist lediglich der Köder, die Wurst, mit der ich nach dem Schinken werfe.

Wer das erste Bier bestellt, kriegt das zweite dazu geschenkt. Das erste muss gerade so viel kosten, dass zusammen mit dem zweiten plusminus null rauskommt. Das ist die Wurst. Das dritte, vierte und fünfte Bier kostet wieder und das ist der Schinken, mein Schinken! Keiner geht in eine Kneipe und trinkt nur zwei Bier. Wenn er erst da ist, bestellt er eins nach dem anderen.

Ich hab die Gardine zur Seite geschoben, draußen wurde es hell und der Himmel war klar. Was für ein schöner Tag! Als ich aufgewacht bin, hätte der Winter von mir aus ewig dauern können. Jetzt konnte er nicht schnell genug zu Ende sein, denn ich wollte loslegen mit meiner Idee. Verrückte Welt, hab ich gedacht und musste über mich selbst lachen.

— Stimmt was nicht?, sagt Ingrid und reibt sich den Schlaf aus den Augen. Was ... was ist denn so lustig am Morgen?

— Nichts. Und alles. Es geht mir gut, hervorragend.

— Aha, sagt sie und wirkt misstrauisch.

Was soll man auch von jemandem halten, der am Morgen im Bett sitzt und lacht? *Das Leben ist kein Kasperletheater*, sagt meine Schwiegermutter ständig und ich muss wieder lachen. So ein Quatsch! Das Leben ist ein einziges Kasperletheater! Wenn das nicht so traurig wäre, müsste man sich totlachen. Ingrid schüttelt den Kopf.

— Willst du mir nun sagen, worum es geht, oder nicht?

Manche Ideen sind nur gut, solange man sie im Kopf hat. Einmal ausgesprochen, fallen sie in sich zusammen. Meine Idee wurde stärker und besser, je mehr ich Ingrid davon erzählt hab.

— Jetzt müssen wir nur noch warten, bis der Winter vorbei ist, und los geht's. Das hab ich dummerweise nicht in der Hand.

— Wieso nicht? Du musst ja nicht den ganzen Winter beenden, nur die Glühweinsaison, und das kannst du machen. Du hast damit angefangen und jetzt verkündest du eben das *Offizielle Ende der Berliner Glühweinsaison*. Sagen wir, am 31. März.

— Du meinst ... so, wie es in der *Offiziellen Berliner Glühweinbibel* geschrieben steht?

— Genau, davon gibt es nur ein Exemplar und das ist zufällig in unserem Besitz. Außerdem, noch ist der Laden voll. Wenn du das jetzt ankündigst mit dem Bier, hast du die Leute am Haken und der Laden bleibt voll.

Ich hab sie geküsst und gedacht, was hab ich für ein Glück. Am Nachmittag hab ich mit Horst einen neuen Aufsteller gebaut. Den haben wir grün angestrichen und darauf stand in weißer Schrift:

!!!! 31. MÄRZ !!!!
Offizielles Ende der Berliner Glühweinsaison
Danach im Angebot: FREIBIER!
Nach dem ersten Bier ist das zweite
UMSONST!!!
WEITERSAGEN:
»Das erste Bier versenkt, das zweite gibt's GESCHENKT!«
(Nur solange der Vorrat reicht)

Wir haben das Schild rausgestellt und nach weniger als zehn Minuten stand einer in der Tür.

—Wir haben noch zu, hat Horst gesagt.

—Jaja, ist auch nur ...

Er kommt zu mir, beugt sich über'n Tresen und guckt mich an, als hätten wir schon sonst was miteinander erlebt.

—Sachmal, das ... das mit dem Schild. Du hast doch dieses Schild rausgestellt, das auf der Straße das, nicht?

—Ja, sag ich und denke, der Mann könnte sich mal wieder die Zähne putzen.

—Und, sagt er und kratzt sich am Kinn, stimmt das? Das mit dem zweiten Bier? Oder ist das nur Verarsche? Sachmal.

—Das stimmt. Genau so, wie es da steht.

—Aha. Und das ... solange der Vorrat reicht, steht da. Wie lange reicht der denn, dein Vorrat?

—Tja. Wenn Schluss ist, ist Schluss.

—Verstehe, sagt er und beugt sich weiter zu mir rüber, aber sachmal ... kannst du das nicht jetzt schon mal machen, das mit dem Bier?

—Nein. Erst ab dem einunddreißigsten. Und nur, solange der Vorrat reicht.

Er hat genickt, sich umgedreht und ist gegangen. Allein am ersten Tag kamen bestimmt zehn Leute, die mich auf das Schild angesprochen haben. Ob das stimmt und vor allem, wie lange der Vorrat reicht? Dabei hatte ich das nur so raufgeschrieben. Es gibt noch überhaupt nichts, hab ich gedacht, aber die haben schon Angst, zu kurz zu kommen. Sollen sie nur. Sie werden gleich rasiert, das Wasser kocht schon.

30

Der 31. März 2004 fiel auf einen Mittwoch. Am Vormittag war es bedeckt, doch als ich später zur BARacke gegangen bin, war der Himmel blau, frühlingsblau und voller Versprechungen.

Ich hatte mit einem Mal den Drang, einfach alles in mich aufzunehmen. Für einen Moment hatte ich die ganze Welt in mir und die Welt hatte mich. Ich ging um die Ecke – und der Moment war vorbei.

Eine Menschenmenge versperrt die Straße. Meine Fresse, denke ich, das sind bestimmt fuffzig, sechzig Leute, das ... die können nicht alle zu mir wollen, da muss was passiert sein. Hoffentlich nichts mit Horst oder Hanna. Oder der Laden ist abgebrannt. Aber das müsste ich riechen. Oder zwei haben sich in die Haare gekriegt und einer ist liegen geblieben. Das hätte mir noch gefehlt.

— Was ist denn los hier?, sag ich und versuche, über die Köpfe zu gucken.

— Hier ist gar nichts los, sagt der Mann neben mir, noch nicht.

— Aha, sag ich und drängle mich durch, Entschuldigung ... darf ich mal ... Schuldigung ... ich–

— Du fängst dir gleich eine, mein Bübchen!

Der Mann hält mich am Arm fest und ich denke, wer diese Schnapsfahne abkriegt, muss selber nichts mehr trinken.

— Lass ihn in Ruhe, Herbert! Der tut doch nichts.

— Der tut nichts? Lesen kann ich noch. *Solange der Vorrat reicht*, steht da und nachher schnappt mir dieser Arsch das letzte Bier vor der Nase weg. Das lass ich mir nicht bieten.

Darf ich vorstellen, denke ich, meine geschätzte Kundschaft.

— Was grinst du so blöd?, sagt Herbert und quetscht meinen Arm zusammen, seine Augen sind blutunterlaufen und glasig.

— Ich–

— Meinst du, ich mach Witze, du kleiner Pisser? Das haben schon ganz andere gedacht. Dein Scheißgegrinse, das prügel ich dir aus der Fresse, du–

— Das würd ich lieber nicht machen, sagt einer hinter mir.

— Was willst du denn? Du kriegst auch gleich aufs Maul.

— Na ja, dem gehört der Laden hier. Und ich schätze mal, wenn du dem eine reinhaust, war's das für dich. Vorrat hin oder her.

Die wenigen Rädchen, die bei seinem Pegel noch funktionieren, drehen sich, langsam. Es macht *klick*, er lässt mich los und versucht, den Stoff meiner Jacke glatt zu streichen.

— War ja nicht so gemeint. Das sollte nur ... ein Scherz sollte das sein, kleiner Witz.

— Zum Totlachen. Kann ich jetzt durch?

Vor mir öffnet sich eine Gasse bis zum Tor. Keiner sagt was und ich denke, jetzt habt ihr die Hosen voll, dass das mit dem Bier nichts wird, oder? Ein paar Männer klopfen mir vorsichtig auf die Schulter, so nach dem Motto, *wir waren das nicht, das war Herbert, nichts für ungut.* Auf einmal bin ich kein *kleiner Pisser* mehr, denke ich, was? Denn ich kann euch den Hahn auf- oder zudrehen, ganz wie ich will.

Ein komisches Gefühl ist das und es gibt ein Wort dafür: Macht! Wenn ich jetzt sage, ihr dürft alle rein, nur Herbert nicht, könnte er nichts dagegen machen. Falls er's doch versucht, finden sich bestimmt welche, die ihm die Fresse polieren. Die finden sich immer.

Ein Schauer läuft mir den Rücken runter und ich hämmere mit der Faust gegen das Tor, als ob es um mein Leben geht. Darum geht es auch, denke ich, und um meine Seele. Horst macht das Tor auf und hinter mir gleich wieder zu.

Gegen fünf geh ich mit Horst zum Zaun. Durch einen Spalt gucken wir raus auf die Straße und ich denke, das sind jetzt mindestens hundert. Einhundert durstige Kehlen.

— Pass auf, sag ich, ich geh jetzt raus, rede mit den Leuten und erst auf mein Zeichen machst du das Tor auf, verstanden?

— Du willst da rausgehen?

— Eigentlich nicht, aber was soll ich machen?

Tor auf, Tor zu und ich steh draußen. *Jetzt mach den Laden auf,* ruft einer von hinten und Bewegung kommt in die Menge. *Was soll das, wir stehen hier schon ewig.* Erste Pfiffe. *Durst ist schlimmer wie Heimweh.* Ein paar lachen.

— Also, sag ich und heb die Hände, wir machen gleich auf, aber–

Das wurde auch Zeit, brüllt einer, ein paar klatschen.

— Aber so geht das nicht. Ihr seht ja das Tor, da passt immer nur einer durch. Einer nach dem anderen. Und ich finde, wer früher gekommen ist, der kommt auch früher rein, das ist nur gerecht. Wenn ihr euch also …

Die Ersten haben eine Schlange gebildet und die Nächsten stellten sich hinten an. Wem das nicht passte, der konnte sich verpissen. Ja, hab ich gedacht, auf unsere preußischen Tugenden kann man sich verlassen, bei jeder Gelegenheit.

Nach einigem Hin und Her war aus einem Rudel Wölfe eine Reihe Schafe geworden und ich hab Horst das Zeichen gegeben. Wenn es jetzt auf der anderen Seite kein Bier gäbe, hab ich gedacht, sondern ein Henkerbeil, das würde auch funktionieren. Schön einer nach dem anderen und die blutigen Köpfe kullern über die Wiese. Das hat es alles schon gegeben.

Drinnen stand eine Reihe Gläser auf dem Tresen, gefüllt und bereit. Eins bezahlen, zwei kriegen, einer nach dem anderen. Es gab kaum Gedränge und die Leute waren zufrieden, wenn sie mit ihren beiden Gläsern loszogen. Das ist nicht die Kunst, hab ich gedacht, die Stunde der Wahrheit schlägt bei der zweiten Runde. Es dauerte nicht lange, bis es so weit war. Der Mann hatte eine Warze an der Schläfe und stützte sich mit einem Arm auf die Theke.

— Und wo ... ich meine, wo ist das zweite? Das war doch so angesagt, oder?

Er dreht sich um, manche nicken, andere warten ab.

— So steht's auf dem Schild.

— Ich weiß, was auf dem Schild steht. Dort steht *das erste Bier versenkt, das zweite gibt's geschenkt.* Aber das hier ist dein drittes Bier und darüber steht da nichts.

— Ja, aber das ... das ist doch klar! Ist doch so, oder?

Er dreht sich wieder um. Drei oder vier nicken, andere wackeln mit dem Kopf, die meisten gucken nur. Herbert drängelt sich zum Tresen.

— Du ... du willst uns hier doch nur verarschen, sagt er und schwankt. Ich hätt dir schon draußen, vorhin schon ... du kriegst jetzt erst mal eine aufs Maul.

— Herbert, lass das mal, das–

— Fass mich nicht an, sonst ...

Herbert stolpert über seine Füße, im nächsten Moment liegt er auf'm Boden und sein Glas geht zu Bruch. Keiner macht oder sagt was.

— Leute, jetzt denkt mal nach. Wenn ich wirklich jedes zweite Bier verschenke, kann ich den Laden nächste Woche zumachen. Davon hab ich nichts und ihr auch nicht. So aber könnt ihr jeden Tag, den der Herr werden lässt, herkommen und kriegt ein Bier umsonst.

— Außer Sonntag, sagt einer.

— Ja, außer Sonntag. Aber sonst. Und auch, wenn ihr das dritte Bier bezahlt, gab's das zweite trotzdem umsonst. Wo gibt's das schon? Kennt ihr eine andere Kneipe, wo ihr jeden Tag was geschenkt kriegt? Nur eine einzige?

Einer räuspert sich, sonst ist Ruhe.

— Hm ..., sagt der mit der Warze und kratzt sich am Kopf, wenn du das so, ich meine ... na ja.

Er kramt in seiner Hosentasche, zählt die Münzen ab und packt sie auf den Tresen. Der Nächste hat anstandslos bezahlt. Wenn einer diskutieren wollte, hab ich nur den Kopf geschüttelt.

Gegen ein Uhr nachts war Feierabend, nach einem mordsmäßigen Umsatz. Ich hab Hanna und Horst ein Scheinchen in die Hand gedrückt und bin nach Hause gelaufen. Über mir leuchteten die Sterne und es war frisch. Als ich über die Schienen gegangen bin, hatte ich freies Blickfeld und konnte den Mond sehen. Zunehmend, hab ich gedacht, das passt ja.

Am nächsten Tag kamen viele ein zweites Mal und dazu diejenigen, die erst mal abgewartet hatten, ob das stimmt. Schon im Buddelkasten gibt es solche, die alles anfassen müssen, und solche, die aus sicherer Entfernung gucken, ob die anderen sich die Finger verbrennen. Opa Lampbrecht hat gesagt, aus den einen werden gute Soldaten, aus den anderen alte Soldaten. Gute, alte Soldaten sind selten.

Es war gar nicht so leicht auseinanderzuhalten, wie viel Bier einer schon hatte, aber in dieser Sache hat sich Hanna als Naturtalent herausgestellt. Sie stand rechts von mir und hat sich um die Gläser gekümmert. War ich mir nicht sicher, hab ich zu ihr geguckt. Sie hat genickt oder den Kopf geschüttelt und die Sache war geklärt.

Nach ein paar Tagen kam Herbert. Er sah nüchtern aus und hat sich hinten angestellt. Vielleicht sollte der Mann einfach nichts trinken, hab ich gedacht. Aber wer bin ich, ihm Vorschriften zu machen?

— Ich ..., sagt Herbert, als er dran ist, und der Schweiß steht ihm auf der Stirn, ich wollte nur, also ... das mit dem, das tut mir leid.

— Schon gut. Vergessen wir's. Ein Bier? Oder zwei?

— Bier wär gut jetzt.

Von da an gab es nie wieder Ärger mit ihm, im Gegenteil. Wenn es was zu helfen gab, war Herbert zur Stelle, und wenn ein paar

Heinis am Rad drehen wollten, ist er mit ihnen nach draußen gegangen und hat sich kurz *unterhalten.*

Der Laden lief wie geschmiert und der Rubel rollte. Horst und Hanna haben gut gearbeitet und gut verdient. Hanna hat fast alles nach Hause geschickt und sich selbst wenig gegönnt. Keine Ahnung, was Horst mit seinem Geld gemacht hat, aber er war ständig pleite. Nie hat er seinen vollen Lohn gekriegt, immer stand er bei mir in der Kreide.

Ingrid hat hin und wieder rumgemosert, dass ich so selten zu Hause bin, und eine größere Familie wollte sie auch. Aber mit Luft und Liebe kann man nun mal keine Schulden begleichen und auch keine Miete zahlen. Und klar, ich wollte auch ein zweites Kind, aber wir hatten Martin und wir waren noch jung! Es ging aufwärts und ein Ende war nicht abzusehen. Für mich waren das genug Gründe, um glücklich zu sein.

31

Sie kamen an einem sonnigen Tag, Ende Juli 2004. Die Stadt brütete vor sich hin. Die Leute haben geschwitzt und gestöhnt. Geschwitzt hab ich auch, aber nicht gestöhnt, denn was kriegt der Mensch in der Hitze? Durst! Und was hilft am besten gegen den Durst? Ein schönes, kühles Pils.

Hanna war mit Horst unterwegs und ich lag unter der Theke, um was heil zu machen. Ich hab die Tür gehört und gedacht, wieder einer, der nicht lesen kann, meine Güte! Ich hab mich aufgerichtet und da standen sie. Ein Herr und zwei Knechte.

Der Herr war klein, fast schmächtig, und sein Kopf war zu groß für den Körper. Er war um die vierzig und trug trotz der Hitze einen Anzug, cremefarben, mit weißem Hemd und heller Krawatte. Die braunen Schuhe passten zum Anzug und waren blitzblank poliert. Die Knechte waren nicht so gut gekleidet, dafür größer als ihr Herr und doppelt so breit.

— Wir haben noch geschlossen, hab ich gesagt und mir mit einem Geschirrtuch den Schweiß von der Stirn gewischt, tut mir leid.

— Das muss Ihnen nicht leidtun, sagt der Anzug und lächelt, ich komme mit Absicht etwas früher, um den normalen Betrieb nicht aufzuhalten.

Er nimmt einen Stuhl, setzt sich und schlägt die Beine übereinander. Aus der Innentasche seines Jackets nimmt er ein silbernes Zigarettenetui und klappt es auf. Mit dem rechten Zeigefinger streicht er über die weißen Zigaretten. Tja, denke ich, immer diese Entscheidungen.

— Und, sag ich und leg das Geschirrtuch auf den Tresen, was kann ich für Sie tun?

— Nun, sagt er, nimmt eine Zigarette und klappt das Etui zu, es geht um's Geschäft.

Kaum hat er die Zigarette zwischen den Lippen, reißt ein Knecht ein Streichholz an und gibt ihm Feuer. Er nimmt einen tiefen Zug, schließt die Augen und entlässt den Rauch mit einem Seufzen. Und der, denke ich, will den normalen Betrieb nicht aufhalten?

— Aha, sag ich, und was für Geschäfte?

— Wissen Sie, diese Stadt ist gefährlich. Gefährlicher, als die meisten glauben.

— Ich hatte bisher keine Probleme, sag ich, und mir wird flau in der Magengegend.

— Gott sei Dank! Obwohl das nicht ganz der Wahrheit entspricht, denn mit Gott hat das wenig zu tun. Wir haben uns um Sie gekümmert und nur deshalb sind Sie bisher verschont geblieben.

— Davon hab ich aber nichts gemerkt.

— Tja, sagt er und nimmt einen weiteren Zug, aber dennoch ist es so. Wie hat ein großer Philosoph so treffend gesagt? *Nur ein kranker Mensch weiß, dass er krank ist; ein Gesunder weiß nicht, dass er gesund ist.* Philosophie ist mein Steckenpferd, müssen Sie wissen.

— Tatsächlich.

— Doch zurück zum Geschäft. Ob Sie das nun wissen oder nicht, Sie waren bisher gesund, Ihre kleine Bar ist unversehrt geblieben, und dafür haben wir gesorgt. Und wir wollen natürlich, dass es für Sie so weitergeht. Das wollen Sie doch auch, oder?

Er zieht den Aschenbecher zu sich ran.

— Es ist für ein Kind so wichtig, sagt er und klopft die Asche ab, mit beiden Elternteilen aufzuwachsen. Aber wem sage ich das?

Mir wird eiskalt, und das mitten im Hochsommer.

— Was ... was wollen Sie?

— Das gefällt mir, sagt er und lächelt, Sie kommen gleich zur Sache. Darin will ich nicht zurückstehen. Eine einfache Frage verdient eine einfache Antwort, das gebietet der Anstand. Wir bekommen dreißig Prozent vom Umsatz. Nicht mehr, nicht weniger und keinerlei Debatte.

Dreißig Prozent?, denke ich. Vom Umsatz? Das ...

— Das geht nicht, sag ich und meine Hände zittern, das ... da muss ich gar nicht rechnen. Mit dreißig Prozent vom Umsatz da ... damit kann ich den Laden gleich zumachen. Das ... das tut mir leid.

Er nimmt einen weiteren Zug und seufzt.

— Nun ja, das tut mir auch leid.

— Verstehen Sie mich doch, sag ich und in meinem Kopf sieht es aus wie nach einem Waldbrand, bitte! Mit dreißig Prozent, damit ...

— Aber ja, natürlich verstehe ich Sie, selbstverständlich. Doch Sie müssen auch mich verstehen und eins müssen Sie mir glauben. Ich mache das nicht gern, wirklich nicht.

Er nickt einem der Knechte zu, der geht an der Theke lang und schlägt dabei mit der flachen Hand aufs Holz. Ich bin kurz davor, mir in die Hosen zu machen. Nicht bildlich, sondern richtig. Er tritt in den schmalen Durchgang zwischen Tresen und Wand. Noch, denke ich, noch könnte ich sagen, gut, einverstanden. Dreißig Prozent vom Umsatz. Dann ... das Schwein grinst mich an. Quer über die rechte Wange geht eine Narbe, die macht sein Gesicht schief. Aber so ... so läuft das nicht, nicht mit denen. Ich hab einmal Nein gesagt und jetzt bin ich fällig. Ich hab was auf'm Konto und das ... das wird nun ausgeglichen. Je breiter das Grinsen wird, desto schiefer ist sein Gesicht.

Er schlendert zu dem Regal mit den teuren Flaschen. Sie stehen in einer Reihe und glänzen um die Wette. Er nimmt die erste, studiert das Etikett – und wirft sie mit Schwung in die Ecke. Es scheppert und durch den Raum zieht ein Duft von ... Ein Jammer! Die nächste Flasche, zack! Zack und zack. Mein ganzer Stolz, nur noch ein Scherbenhaufen und ein Gestank wie in der letzten Fuselbude.

Aber vielleicht war's das schon? Ich hab meine Lektion gekriegt und hab's verstanden, natürlich hab ich das, keine Sorge. Vielleicht ... das Schwein kommt zu mir und sein Grinsen wird noch breiter. Vielleicht ... seine Faust kracht in mein Gesicht! Die Welt wird schwarz-weiß. Wird schwarz mit tausend Sonnen. Den nächsten Schlag merk ich kaum, der ist wie ein Unfall, der zwei Straßen weiter passiert.

Im nächsten Moment bin ich mittendrin. Schmerz und Angst. Es dröhnt und pocht und fühlt sich an, als ob mir jemand mit einer stumpfen Schere die Mundwinkel aufschneidet. Blut tropft auf die Dielen.

Der nächste Schlag, in meinem Bauch explodiert eine Handgranate. Ich krieg keine Luft mehr. Der Schlag danach ist eine Splitterbombe. Tausend glühende Ecken und Zacken brennen sich durch meine Innereien. Ich sack in mich zusammen, lieg auf dem Fußboden wie ein kaputter Kartoffelsack und–

— Das reicht!

Die Stimme kommt aus weiter Ferne.

— Wir wollen doch unseren geschätzten Geschäftspartner nicht verlieren. Los, hilf ihm hoch. Das ist ja nicht mitanzusehen.

Der Schläger greift mir unter die Achseln, wuchtet mich hoch und lehnt mich an den Tresen. Kaum lässt er los, sack ich wieder weg.

— Na!, sagt er und packt mich am Arm. Jetzt nicht schlappmachen! Was bist du denn für 'n Jammerlappen. Nach dem bisschen. Ich hab noch gar nicht angefangen, das war–

— Jaja, sagt der Anzug, das wissen wir. Gib ihm lieber das Handtuch, damit kann er sich ein bisschen sauber machen.

Ich tupf mir das Gesicht ab, alles tut weh. Als ich das Handtuch auf den Tresen lege, ist es voller Blut und mir wird schlecht.

— Tja, sagt der Anzug und schüttelt den Kopf, wie sagt der alte Goethe? *Blut ist ein ganz besondrer Saft.* Blut ist unser Lebenssaft. Doch viele können seinen Anblick nicht ertragen, ohne dass ihnen übel wird. Ist das nicht merkwürdig?

Du Arschloch, denke ich, ist auch nicht dein Blut, du–

— Unsere beiden Freunde hier dagegen, die haben damit weniger Probleme, ganz im Gegenteil. Andererseits, nun ja, denen könnte ich erzählen, Goethe sei eine asiatische Biersorte und sie würden es glauben. Jeder hat seine Stärken und Schwächen und jeder hat seinen Platz in der Welt. Je früher man das begreift, desto besser. Finden Sie nicht auch?

So ein Drecksack, denke ich. Aber dein Platz, der ist bald Geschichte. Das ist nur eine Frage der Zeit. Vielleicht hast du's nicht mitgekriegt, aber die alte Garde ist weg. Jetzt weht ein neuer Wind und der wird dich wegfegen, dich und dein ganzes beschissenes Pack. Dauert nicht mehr lange und wir räuchern dein Loch aus und–

— Er hat dich was gefragt, sagt der Schläger und quetscht meinen Oberarm zusammen, bist du taub? Auf die Ohren hast du doch nix gekriegt. Also, mach den Mund auf!

— Bitte, sagt der Anzug, was sind das für Manieren? Wir wollen den armen Mann doch nicht unter Druck setzen.

Die beiden Knechte grinsen sich an und ich denke, den Witz macht er wahrscheinlich jedes Mal und eines Tages haben ihn sogar die beiden Hohlköpfe begriffen, diese–

— Wir wollen nur, dass Sie alles noch einmal gründlich überdenken. Im Moment sind Sie, nun ja, etwas derangiert und in solch einer Lage sollte man nichts von derartiger Wichtigkeit entscheiden. Überlegen Sie sich unser Angebot in aller Ruhe. In genau einer Woche komme ich wieder und erwarte Ihre Entscheidung.

Er rückt seine Krawatte zurecht.

— Um eine Kleinigkeit möchte ich Sie noch bitten. Es wäre

schön, wenn dieses Gespräch unter uns bleiben könnte. Und in diesem Zusammenhang möchte ich Ihnen auch davon abraten, auf gewisse Einfälle zu kommen, auf sehr dumme Einfälle. Wir verstehen uns?

— Ja.

— Das ist schön. Dann gehen wir jetzt. Bitte grüßen Sie Ihre Frau von mir und Ihren kleinen Sohn. Martin, nicht wahr? Unbekanntermaßen natürlich, aber vielleicht lernen wir uns bald kennen. Das liegt ganz bei Ihnen. Auf Wiedersehen.

Die Tür schlägt zu, ich rutsch an der Wand auf den Boden und flenne wie ein kleiner Junge. Rotz, Tränen und Blut laufen mir übers Gesicht, tropfen auf die Hose. Scheißegal. Das muss raus. Die Angst und der Schmerz und ... ich schäme mich. Als ob ich was hätte machen können.

Jetzt, denke ich und wisch mir den Rotz von der Nase, jetzt brauch ich erst mal einen Schnaps. Einen Doppelten. Und wenn die Welt untergeht.

Ich quäl mich hoch, mein Gesicht tut weh, mein Bauch, mein Arm, alles. Diese Arschlöcher! Ich gieß mir einen ein. Runter damit. Das Zeug brennt auf den Lippen, egal! Noch einen und weg. Schon besser. Das sieht aus hier, ich ... die Tür geht auf und Hanna steht auf der Schwelle. Die Einkaufstasche rutscht ihr aus der Hand und kracht mit einem Scheppern auf den Fußboden.

— Was ist denn hier passiert?

— Hier?, sag ich und denke, Scheiße, was erzähl ich ihr jetzt? Nicht die Wahrheit, denn wenn die das mitkriegen, dann–

— Ja, wo denn sonst?

— Also, sag ich und mein Kopf ist wie eine Wüste, da ... da kam so ein Arschloch rein und der ... der wollte mir die Kasse klauen. Und ... und da sind wir uns in die Haare geraten. Das ist passiert.

— Der kam einfach so rein und wollte die Kasse haben?

— Nein ... nicht einfach so. Er hatte ... ein Messer hatte der und … aber ich hab seine Hand gepackt und … und so verdreht, dass er das fallen lassen musste, das Messer. Dann haben wir uns gekloppt.

— Da hast du aber ziemlich was abgekriegt.

— Ja, das … das war auch 'n ganz schöner Hirte. Aber zum Schluss hab ich ihm ordentlich was übergebraten. Wollte mich beklauen, am helllichten Tag! Das muss man sich mal vorstellen.

— Ist ja auch nichts in der Kasse, sagt Hanna, wo wir noch gar nicht aufhaben.

Das, denke ich, ist ein guter Punkt.

— Na ja, der … ich schätze, so groß wie der war, so blöd war er auch. Oder er war scharf aufs Wechselgeld. Der sah so aus, als ob er jeden Pfennig braucht.

— Tja, sagt sie und hebt ihre Einkaufstasche auf, dann wollen wir hier mal Ordnung schaffen. Aber zuerst machen wir dich sauber. Wie du aussiehst, da kriegt man ja Angst.

Als Horst kam, musste ich die Geschichte ein zweites Mal erzählen. Ich hab hier was geändert, dort einiges ausgeschmückt und damit hörte sich die Sache schon überzeugender an. Als ob es so passiert wäre. Die ersten Gäste kamen und wieder musste ich alles zum Besten geben. Die Geschichte wurde immer beeindruckender und mein Heldentum von Mal zu Mal größer. Am Ende des Abends und nach einer Reihe von Schnäpsen hab ich selbst dran geglaubt.

Als ich am nächsten Morgen aufwache, ist Ingrids Gesicht über mir. Eine Träne läuft ihr die Wange runter.

— Was, sag ich und setz mich auf, ist was passiert?

— Das fragst du mich?, sagt sie und wischt die Träne weg. Meine Güte, Josi, ich …

Ach so, denke ich, stimmt. Scheiße, wenn ich nur halb so schlimm aussehe, wie ich mich fühle, dann–

— Jetzt sag doch was! Was ist denn passiert?

Ich hab ihr die Geschichte erzählt und sie hat mir alles geglaubt. Aus dem kantigen Stein, den ich Hanna vor die Füße geworfen hatte, war ein Kiesel geworden. Der war rund, glatt und lag gut in der Hand. Eine schöne Geschichte, eine schöne Lüge.

— Das ist diese Bar, sagt sie und schlägt die Bettdecke zurück, die frisst sowieso schon unser Leben auf! Und wenn du dadurch am Ende ...

— Ist ja noch mal gut gegangen, sag ich und denke, ach ja? In Wahrheit sitz ich bis zum Hals in der Scheiße und hab keine Ahnung, wie ich da rauskommen soll.

Dabei hätte ich das wissen müssen, ich bin schließlich nicht der Erste, bei dem die Brüder vor der Tür stehen. Die haben ihre Leute überall, kleine Arschlöcher, die für ein bisschen Kohle die Augen aufhalten. So haben sie alles im Blick und warten ab. Bei einem Kirschbaum pflückt man auch nicht die Blüten. Nein, man wartet, bis daraus Kirschen werden und sie reif sind. Erst dann wird gepflückt.

Was soll ich machen? Ich hab zwei Möglichkeiten. Entweder kann ich mich gegen sie stellen. Wenn ich das allein durchziehe, machen die mich zum Krüppel oder halten sich an Ingrid und Martin. Wenn ich mir Hilfe suche, steh ich bei denen in der Kreide und bin so schlau wie vorher. Oder ich zahle. Das halte ich ein paar Monate durch und dann kann ich den Laden zumachen. Das ist überhaupt die Lösung. Ich mach den Laden dicht, und fertig. Aber so leicht lassen die mich nicht vom Haken.

Die Woche verging und am siebten Tag bin ich früh um vier aufgewacht. Ich hab am ganzen Leib gezittert, musste kotzen und hab's gerade so aufs Klo geschafft. Den Kopf in der Schüssel, musste ich würgen und wieder würgen und ... ja, hab ich gedacht, vielleicht ... vielleicht ist das der schmale Weg zwischen zwei Abgründen. Ich hab mir die Kotze vom Kinn gewischt und mir die Nase geputzt. Wenn ich Glück hab. Wenn nicht, ist sowieso alles egal.

Zuerst erscheint das schiefe Gesicht in der Tür und guckt sich um. Ob ich auf dumme Einfälle gekommen bin. Leider nicht, denke ich, sonst wäre dieses Arschloch der Erste, der das mitkriegt. Bis von seiner Visage nur ein Brei aus Blut, Schleim und Knochen übrig ist. Das Arschloch grinst, gibt ein Zeichen und zwei Minuten später sitzt der Anzug vor mir und steckt sich eine an.

— Nun, sagt er, nimmt einen tiefen Zug und rückt seine Krawatte zurecht, haben Sie sich unser Angebot durch den Kopf gehen lassen?

— Ja, das hab ich.

— Wie schön. Und?

— Also. Sie kriegen die dreißig Prozent, keine Frage. Aber ... na ja, ich hab das durchgerechnet, und wenn die vom Umsatz abgehen, kann ich den Laden in zwei Monaten zumachen. Deshalb ... was ich meine, auf lange Sicht fahren Sie besser, wenn die dreißig Prozent vom ... vom Gewinn abgehen. Das ist natürlich nur ein Vorschlag, aber ...

Er nimmt einen Zug und guckt aus dem Fenster. Der Arsch, der mich fertiggemacht hat, kratzt sich im Nacken und der andere pult in der Nase. Ein Blick von ihm, denke ich, und die machen mich alle. Bis ich in meiner eigenen Scheiße verrecke. Er nimmt einen weiteren Zug und betrachtet seine Fingernägel. Das dauert zu lange, denke ich, viel zu lange. Ich hätte ihm zwanzig Prozent vom Umsatz anbieten sollen oder vierzig vom Gewinn oder–

— Einverstanden, sagt er und drückt seine Zigarette aus. Dreißig Prozent vom Gewinn. Jeden Freitag wird jemand kommen, um unseren Anteil abzuholen. In einem sauberen Umschlag, klar?

— Klar.

Er steht auf und tritt an den Tresen.

— Eins noch, ein guter Rat von mir. Hintergehen Sie uns nicht, niemals! Spielen Sie nicht einmal mit dem Gedanken. Wir merken das und was dann geschieht, wollen Sie nicht erleben. Sie nicht,

Ihre Frau nicht und Ihr Kind erst recht nicht. Habe ich mich verständlich ausgedrückt?

Seine Hände liegen nebeneinander auf dem Holz und er sieht mich an. Ein Blick in seine Augen ist so, als ob man auf einer Brandmauer steht und runterguckt, fünf Stockwerke. In die Dunkelheit.

— Ja.

— Das freut mich, sagt er, nimmt seine Hände vom Tresen und lächelt. Ich wünsche Ihnen noch einen schönen Tag und darf mich empfehlen.

Er geht raus und der Popelknecht hinterher. Der Arsch kommt zum Tresen und setzt sein schiefes Grinsen auf.

— Schade. Hatte mich schon gefreut, deine Alte zur Witwe zu machen. Soll ja 'n scharfer Feger sein und ich hätte ihr die gute Nachricht zu gern selbst überbracht, wenn du verstehst, was ich meine. Hätte ihr bestimmt gefallen, der Schlampe. Heute hast du noch mal Glück gehabt, mein Freund. Aber ich hab dich auf'm Kieker, dich und deine kleine Fotze.

32

Von diesem Tag an stand jede Woche eine Arschgeige vor der Tür und kriegte einen fetten Umschlag in die Hand, für nichts! Ich hätte dem Kerl am liebsten jedes Mal die Fresse poliert, aber ich saß nun mal am kürzeren Hebel. Außerdem blieb auch so noch allerhand Kohle für uns übrig.

Mitte Oktober wurde es kalt und als der erste Frost kam, hab ich mit Glühwein angefangen. Je kälter es wurde, desto besser lief das Geschäft und der Schnaps ging auch gut weg. Ein Kumpel von Herbert hat beides zusammengekippt.

— Hmmm ..., hat er gesagt und geschlürft, das ist gut. Als ob dir ein Englein auf die Zunge pinkelt.

Später am Abend hab ich seine Mischung probiert und die schmeckte nicht übel. Nicht jedermanns Sache, hab ich gedacht, aber trotzdem, daraus könnte was werden. Muss ja nicht Schnaps sein. Könnte ein Likörchen sein, nicht für die Dröhnung, nur fürs Aroma.

Zum Ende der Woche hatte ich drei Mixturen zusammen, die mir schmeckten. Hanna und Horst fanden sie auch gut und sogar Herbert war angetan.

— Was wir jetzt noch brauchen, sagt Hanna, das ist ein Name, was Griffiges.

— So wie du?, sagt Herbert.

Hanna wird rot und Herbert grinst. Horst hebt die Hand.

— Können wir nicht einfach sagen, was es ist?

— Wunderbar, sag ich, und was ist es?

— Glühwein mit Schuss.

— Wenn hier einer 'n Schuss hat, sagt Hanna und schüttelt den Kopf, dann bist du das.

— Nein, sag ich, das ist gut, da müssen wir gar nicht weiter überlegen. *Glühwein mit Schuss!* So nennen wir das.

Ich hab ein neues Schild auf die Straße gestellt und ein weiteres über den Tresen gehängt. Ganz oben stand der *Klassiker* und darunter die drei Varianten *mit Schuss*. Das schlug ein wie eine Bombe! Die Leute wollten nichts anderes mehr und ich hab gut daran verdient.

Sobald es wärmer wurde, hieß es wieder: *Das erste Bier versenkt, das zweite gibt's geschenkt*. Die Leute standen bis auf die Straße. Ende April hab ich meine letzten Schulden zurückgezahlt. Ich hab eine Saalrunde spendiert und mir eine Zigarre genehmigt. Schon nach der Hälfte war mir so schlecht wie noch nie.

Am 22. Mai 2005 hatte mein Muttchen ihren fuffzigsten Geburtstag. Sie wollte daraus keine große Sache machen und hat nur uns Kinder mit Familie eingeladen. Wir waren die Ersten.

— Ich freu mich so, dass ihr da seid, hat sie gesagt, dass ihr alle kommt. Ihr seht euch ja auch nicht so oft, das ist–

— Ach Muttchen, sag ich, du weißt doch, wie das ist.

— Ja, na ja. Aber eins musst du mir versprechen. Ihr müsst zusammenhalten, ihr Geschwister. Auch, wenn ich nicht mehr bin.

— Jetzt red doch nicht so.

— Versprochen, sagt Hans.

Er steht in der Tür und grinst. Hinter ihm kommt Gisela die Treppe hoch. Kurz nach Weihnachten hat das mit den beiden angefangen und seitdem ist Hans wie ausgewechselt. Er hat nur noch Augen für sie und trägt sie auf Händen. Nach der Begrüßung geh ich mit ihm in den Hof, eine rauchen.

— Und, sag ich, läuft gut mit euch?

— Gut? Also, ich weiß gar nicht, wie ich das beschreiben soll. Ich hab ja immer 'ne große Klappe, aber da fehlen mir die Worte. Es läuft zehnmal besser als gut, mit Sahnehäubchen und extra Zucker, verstehst du? Vorher, das war alles nichts. Aber jetzt!

— Freut mich für dich. Und Muttchen sagt, seit du mit Gisela zusammen bist, hängst du auch nicht mehr mit den Nationalen rum? Das freut mich auch.

— Ach, von denen bin ich schon lange weg. Ich weiß nicht, was mich da geritten hat, das sind doch alles Idioten.

— Ganz meine Meinung. Aber sonst alles beim Alten?

— So sieht's aus. Allerdings fahr ich jetzt einen von den Großen, du weißt schon, die langen Kisten. Das lohnt sich mehr und ich fahr immer dieselbe Route, von Weißensee nach Mitte und zurück. Auf der Strecke kann ich jedes Schlagloch mit Vornamen ansprechen, ich kenn meine Pappenheimer und die mich. Und jeden Bullen unterwegs. Du weißt ja, wie das läuft. Kleine Geschenke erhalten die Freundschaft.

— Na ja, lange wird das nicht mehr so weitergehen.

— Du meinst, wegen Wagenbeck und seinem Verein? Das hab ich auch mal geglaubt. Aber ich sag dir was, das läuft alles genauso wie vorher. Eins zu eins.

— Das dauert eben seine Zeit. Wie viele Jahre ist hier alles in die falsche Richtung gegangen? Das kann man nicht einfach in ein paar Tagen ändern. Ich meine, wenn du deinen Bus mitten in der Stadt wenden willst, geht das auch nicht mit einem Ruck, oder?

— Kommt drauf an, sagt Hans und grinst. Aber ich weiß, was du sagen willst. Vielleicht hast du recht, hoffentlich. Doch ganz ehrlich, wenn ich Gisela nicht hätte, ich ... ich glaub, ich würde weggehen von hier und da unten von vorn anfangen. Denn hier wird sich nichts tun, nicht für unsereins.

Natürlich wird sich was tun, hab ich gedacht. Es hat sich schon was getan, und nicht wenig. Ich bin das beste Beispiel. Früher hätte ich meinen Laden im Leben nicht gekriegt, ohne die Wahlen. Ich würde heute noch diesen Sesselfurzern mein Geld in den Arsch schieben. Nein, das ... das braucht einfach nur seine Zeit.

Wir sind hochgegangen, inzwischen waren Maria, ihr Mann

und die Zwillinge angekommen. Die Bude war voll, es war laut und meine kleine Schwester schon in Fahrt.

— Nee, sagt sie, trinkt das Glas Wasser in einem Zug aus und wischt sich mit dem Handrücken über'n Mund, das war vielleicht 'ne Tour. Dann mit den beiden Gören. Und manchmal sind es sogar drei, wenn ihr versteht, was ich meine. Schon vor Berlin war alles dicht, weiß ich warum. Oben in Pankow gab's auf einmal 'n *Rums* und das war's! Achse gebrochen. Zum Glück konnten wir gleich umsteigen. Wenn dir das in der Walachei passiert, sitzt du fest und das Geld ist weg. Und dieser ganze Trubel, nee. Euer Großberlin, das könnt ihr geschenkt haben. Da lob ich mir mein Eberswalde, müsst ihr gar nicht so blöd gucken.

— Bist du noch bei dem Parteiheini?, sagt Hans.

— Na aber! Nur, dass er jetzt in der anderen Partei ist, die mit den drei Buchstaben. Das ging ganz fix. Weiß ich, wie er das gemacht hat, aber der sitzt wieder fest im Sattel und steht besser da als vorher.

— Jetzt wollen wir aber essen, sagt Muttchen und stellt die Kartoffeln auf'n Tisch, ihr müsst doch Hunger haben.

— Was hast du da wieder gezaubert, sagt Hans und schließt die Augen, und wie das riecht ...

— Tja, sagt Maria, da sieht man, dass wir Kinder Gottes sind, oder, Mutter? Aus nichts was machen, von wem haben wir das wohl?

33

Am Ende dieses Sommers tauchte ein Gedanke in mir auf. Zuerst war er klein und blass und blieb im Hintergrund, doch im Laufe der Zeit wurde er größer und kriegte sowohl Farbe als auch Gestalt. Das Geschäft läuft gut, habe ich gedacht, auch wenn jede Woche dreißig Prozent weggehen. Kundschaft hab ich mehr als genug und wenn ich mehr Platz hätte, könnte alles sogar noch besser laufen. Und Platz ist da, gleich nebenan.

Ich hab diese Idee gehegt und gepflegt, aber für mich behalten. Bis Weihnachten. Am Abend des zweiten Feiertages saßen wir in der warmen Stube, am Baum brannten die Kerzen und Martin schlief in seinem Bett.

—Ach Josi, sagt Ingrid und kuschelt sich an mich, wäre es nicht schön, wenn Martin jetzt noch ein Geschwisterchen hätte? Ich verstehe das nicht, was machen wir bloß falsch?

—Also meiner Meinung nach, sag ich und beuge mich über sie, machen wir das schon ganz richtig und–

—Mir ist das ernst, sagt sie und schiebt mich weg. Ich will doch nur, dass sich unsere Familie noch ein bisschen vergrößert, du nicht auch?

—Auf jeden Fall.

Sie schmiegt sich wieder an mich.

—Apropos vergrößern, sag ich und leg meinen Arm um sie, es gibt da was, das will ich mit dir besprechen.

Ich war mir nicht sicher, wie sie reagieren würde, deshalb hab ich weit ausgeholt. Ich war noch nicht fertig, da steht sie auf.

—Ich rede von unserer Familie und was machst du? Kommst mit deinem Laden! Aber kein Wunder, du bist ja mehr mit diesem ... diesem Ding verheiratet als mit mir!

Martin hustet, Ingrid geht zu ihm und beugt sich über sein Bett.

— Mann, sag ich, hat er den schon länger?

— Das müsstet du nicht fragen, wenn du öfter hier wärst.

Sie streicht Martin über den Kopf und er beruhigt sich wieder.

— Ja, du hast recht, ich … darum geht's doch gerade. Aber du lässt mich ja nicht ausreden.

Sie kommt zurück, setzt sich neben mich und verschränkt die Arme. Ich fang an zu erzählen und sie wartet, bis ich fertig bin.

— Du willst mir also weismachen, dass du weniger arbeiten wirst und mehr zu Hause bist, wenn der Laden größer ist?

— Genau, denn damit kann ich mehr Leute anstellen und die können das Tagesgeschäft übernehmen. Außerdem will ich das mit Iwan zusammen machen und dann teilen wir uns das, was an Arbeit übrig bleibt.

— Hast du überhaupt schon mit ihm geredet?

— Nein, aber er hat mal so was angedeutet.

— Also nicht.

— Wenn ich ihm das anbiete, steigt er bestimmt mit ein. Das ist eine Goldgrube und Iwan ist gewieft, wenn es um's Geschäft geht. Außerdem hat er gute Beziehungen.

— Solange er nicht zu gewieft ist.

— Und mich über'n Tisch zieht, meinst du? Nein, da kannst du beruhigt sein. Iwan ist eine ehrliche Haut, auf seine Weise. Wenn man damit umgehen kann, ist alles in Butter. Und er schuldet mir was.

— Und Kalle?

— Der kann doch nur gewinnen. Und die Jungs von der Autobude nebenan will er sowieso loswerden, das hat er mir neulich erst gesagt.

Im Laufe des Abends hat sich Ingrid langsam mit meiner Idee angefreundet und schließlich hatte ich sie auf meiner Seite. Bis nach Mitternacht haben wir zusammengehockt und Pläne geschmiedet. Zuerst ging es nur um den Laden und was wir daraus machen könnten. Später haben wir über alles Mögliche geredet und hatten jede Menge Ideen. Das meiste war Spinnerei und wir wussten das, aber trotzdem. Es hat Spaß gemacht und eins war klar. Da kommt noch was! Wir haben das Leben noch vor uns, so viele Möglichkeiten! Wir müssen bloß zugreifen.

Mit Iwan konnte ich erst Ende Januar reden. Die Grippe hatte ihn erwischt und er ist dem Tod gerade noch von der Schippe gesprungen. Viele hatten nicht so ein Glück.

Er lag noch im Bett, ich hab mich zu ihm gesetzt und meinen Vorschlag gemacht. Er war sofort einverstanden und voller Ideen. Er sah aus wie der Tod auf Latschen, aber seine Augen blitzten. Wir haben uns hochgeschaukelt und ich musste mich zwingen zu gehen, damit er zur Ruhe kommt. Doch Iwan ist ein zäher Knochen und zwei Tage später stand er bei mir im Laden.

— Du siehst immer noch beschissen aus.

— Charmant, sagt er und lacht. Gib mir mal 'n Glühwein.

— Aber im Ernst, wie geht's dir?

— Wird wieder. Und bei euch, alle gesund?

— Na ja, Martin kränkelt so 'n bisschen, aber das ist nur Husten, den hat er schon länger. Kein Wunder bei dem Wetter.

— Aber das Wetter ist gut fürs Geschäft, oder?

Das ist das Stichwort, denke ich und biete Iwan einen Stuhl an. Beim zweiten Glühwein hab ich ihm auch erzählt, dass jeden Freitag einer bei mir vor der Tür steht, um einen dicken Umschlag abzuholen. Iwan war kein bisschen überrascht. So ging's eben zu in der Welt und das Geschäft lohnte sich trotzdem.

Auch an den nächsten Abenden haben wir zusammengehockt, Pläne geschmiedet und gerechnet. Es war wunderbar. Wir waren regelrecht berauscht von unserem Vorhaben und alles andere war unwichtig.

Am 4. Februar kam Kalle abends in den Laden, ich hatte ihn eingeladen. Er hat sich alles angehört und ist die Zahlen durchgegangen. Schließlich hat er sich am Stumpf gekratzt und tief durchgeatmet.

—Was haltet ihr davon, wenn ich mit einsteige? Nicht nur als Vermieter, sondern als Teilhaber. Kohle hab ich und damit können wir das fett aufziehen, aber richtig fett.

Wir haben uns angegrinst und eingeschlagen. Das, hab ich gedacht, wird ja immer besser. Mit einem kleinen Boot bin ich losgefahren und jetzt sitze ich auf einem dicken Dampfer und genieße die Aussicht. Das muss begossen werden!

Wir haben bei mir angefangen und sind dann weitergezogen. Von einer Kneipe in die nächste, ich hab nicht mitgezählt. Kalle hat eine Runde nach der anderen ausgegeben. Als wir uns verabschiedet haben, war es hell und das im Februar. Iwan wohnte um die Ecke und ich hab bei ihm übernachtet.

Gegen drei Uhr nachmittags bin ich aufgewacht und es ging mir beschissen. Iwan war schon weg, ich hab mir einen Kaffee gemacht und bin los. Auf dem Weg zum Laden musste ich zweimal kotzen, danach ging's mir besser. Scheiße, hab ich gedacht, so was mach ich nie wieder. Bis zum nächsten Mal. Ich muss erst mal was essen und brauch noch einen Kaffee, aber so einen, dass der Löffel drin steht und–

—Wo warst du denn nur?, sagt Hanna.

—Wieso? Ich war unterwegs.

—Hier sind schon zwei Jungs gewesen, die haben Bescheid gesagt, du sollst unbedingt nach Hause kommen!

—Hat meine Schwiegermutter wieder was mit der Verdauung?

—Nein, das ... das muss was Schlimmes sein.

—Was ist denn passiert?

—Das weiß ich nicht. Die Jungs haben nur gesagt, du sollst kommen, so schnell es geht.

An der nächsten Ecke hab ich eins von den Mopeds rangepfiffen. Seit Neuestem fuhren die durch die Gegend und nahmen Leute mit. Das war teurer als der Bus, aber billiger als ein Taxi und vor allem kam man damit durch. Mit jedem Jahr wurde der Verkehr schlimmer, vom Dreck in der Luft nicht zu reden. Mir kam das vor wie ein Spiel, bei dem hunderttausend Leute versuchten, von A nach B zu kommen, und die einzige Möglichkeit war die, mit einem anderen den Platz zu wechseln. Dieses Spiel konnte man nur verlieren. Es sei denn, man saß auf einem Moped. Ich hab dem Fahrer gesagt, er kriegt das Doppelte, wenn er mich so schnell wie möglich in den Wedding bringt. Ich hatte ja keine Ahnung, was man aus diesen Nähmaschinen rausholen kann. Hinter der Bornholmer Brücke hab ich mir fast in die Hose gemacht. Links ein Laster, rechts ein Bus, wir rasen durch eine schmale, tiefe Schlucht. Nur, dass eine Schlucht nicht in die Kurve geht und da dreht sich auch kein mannshoher Reifen neben deinem Kopf.

Als ich abgestiegen bin, haben meine Beine gezittert. Der Fahrer hat gegrinst und die Kohle eingesteckt. In dem Moment ist mir wieder eingefallen, warum ich gekommen bin. Rein ins Haus und die Treppen rauf. Muttchen stand vor unserer Tür und ihr Gesicht war verheult. Ich hab gedacht ... nichts hab ich gedacht. Ich wollte an ihr vorbei in die Wohnung, aber sie hat mich festgehalten und in den Arm genommen.

—Josua, sagt sie und drückt mich, ich ... es tut mir so leid.

—Aber, sag ich und befreie mich aus ihrer Umarmung, was ... kann mir mal einer sagen, was überhaupt passiert ist?

Sie wischt sich eine Träne von der Wange.

—Ihr habt euren Jungen verloren, sagt sie, heute früh.

Wie, denke ich, *verloren*. Dann müssen wir ihn suchen. Den finden wir schon, das kann doch nicht so schwer sein. So ein Kind. Wie kann man ein Kind verlieren? Wie ... der Boden kippt unter mir weg, das Treppenhaus, die ganze Welt. Ich muss mich an der Wand festhalten und mir wird schlecht.

— Er war ja schon sehr angeschlagen, sagt Muttchen und will meine Hand nehmen. Über Nacht ging das Fieber rauf, es wurde immer schlimmer. Und heute morgen ...

— Aber ich ... wo ist Ingrid?

— In der Küche. Aber sei vorsichtig, bitte.

Ingrid steht am Fenster und guckt auf die Straße. Ihre Tränen tropfen aufs Fensterbrett.

— Heute Morgen, sagt sie, ohne sich umzudrehen, kurz nach acht. Sie haben ihn schon abgeholt, weil ... er ist nicht mehr hier.

— Aber ...

Ich versuche, meinen Arm um sie zu legen. Sie dreht sich um und schubst mich weg.

— Er ist tot! Verstehst du das? Er ist tot und du ... du warst nicht da. Du Dreckskerl, du ...

— Es ...

— Er ist tot. Und du warst nicht da.

34

Von da an war alles anders. Martin war tot und Ingrid konnte damit nur fertigwerden, indem sie jemandem die Schuld gab, nämlich mir. Als unser Sohn im Sterben lag, stand ich an irgendeinem Tresen und hab die nächste Runde geholt. Als er gestorben ist, hab ich meinen Rausch ausgeschlafen.

Aber woher sollte ich wissen, dass ... Schwachsinn! Der Junge ist nicht aus'm Fenster gefallen. Er war krank, eine ganze Weile schon. Ich hab das bloß nicht für voll genommen, weil mir anderes wichtiger war, weil ich nur die Bar im Kopf hatte und meine großen Pläne.

Und wenn ich zu Hause gewesen wäre? Was hätte ich machen können? Einen Arzt holen? Der war ja da! Am Abend bevor Martin gestorben ist, hat Ingrid gespürt, dass was nicht stimmt. Sie hat einen Arzt gerufen, der kam gegen neun. *Abwarten,* hat er gesagt und dafür ein Schweinegeld kassiert, für ... wenn der seine Arbeit richtig gemacht hätte, würde unser Junge noch leben. Dieser beschissene Quacksalber! Ich hätte ihm die Fresse polieren können, bis nichts mehr davon übrig ist. Dafür wär ich im Knast gelandet und unser Sohn wäre trotzdem tot.

Oder ins Krankenhaus? Dahin geht man nicht, um gesund zu werden. Ins Krankenhaus geht man zum Sterben. In der Straße, die zur Charité führt, sind links und rechts Tischlereien. In langen Reihen stehen die Särge auf der Straße, für jeden Geschmack und Geldbeutel. Daran hat sich nichts geändert, Wahlen hin oder hier.

Ja, wer die Kohle hat, marschiert in eins von den privaten Dingern. Da ist alles vom Feinsten und dort sind die Ärzte, die was taugen. Allerdings wollen die erst einen Packen Scheine sehen, bevor sie dich auch nur angucken. So viel hätt ich auf die Schnelle unmöglich zusammenkratzen können. Tja, haste was, dann biste was. Haste nichts, dann bist du tot. In diesem Scheißland!

Ich hätte nichts machen können. Aber ich hätte da sein können, verdammt noch mal! Ich hätte da sein müssen! Für meinen Sohn und meine Frau. Vielleicht wär mir doch was eingefallen, irgendwas, in der Not. Aber ich war mit meinen Kumpels einen heben und Ingrid war allein, so einfach ist das. Sie hat recht, ein Dreckskerl bin ich, ein Scheißkerl! Das kann ich nie wiedergutmachen.

Am 10. Februar 2006 war die Beerdigung, nachmittags um drei. Es war kalt und die kahlen Bäume sahen aus wie Scherenschnitte. Als ich die Erde auf den kleinen Sarg geschmissen hab, dröhnte es mir in den Ohren und in dem Moment ist mir was abhandengekommen, was ich mein Lebtag nie wiederfinden werde. Ingrid hat mich nur einmal angeguckt und in ihrem Blick lag nichts als Verachtung.

Trotzdem hab ich gehofft, nach der Beerdigung renkt sich alles wieder ein. Wir lieben uns doch, hab ich gedacht, und das wird schon. *Dass ihr euch untereinander liebt, wie ich euch geliebt habe,* das ist unser Trauspruch und der bedeutet uns was! Wir brauchen bloß etwas Zeit. Wenn erst der Frühling kommt, finden wir wieder zusammen.

Die ersten Blumen blühten, die Vögel zwitscherten in den Bäumen, die Tage wurden länger und wir waren wie zwei Eisschollen auf einem See, die auseinandertrieben. Ingrid ist mir aus dem Weg gegangen und ich hab sie gehen lassen. Wir haben getrennt geschlafen, kaum miteinander geredet und wenn doch, haben wir uns gestritten. Um Kleinigkeiten. Wir wollten uns streiten.

Ich hatte meinen Sohn verloren und meine Frau. Nur der Laden war mir geblieben und der war an allem schuld, dieses Drecksloch! Ich konnte ihn nicht mehr ertragen. So, wie ich mich nicht mehr ertragen konnte. Die großen Pläne waren gestorben. Ich hab nur das Nötigste gemacht und wenn Hanna und Horst nicht gewesen wären, der Laden hätte keine zwei Wochen überlebt. Trotzdem ging es bergab. Irgendwann merkt auch der letzte Trottel in der Gemeinde, wenn der Pastor seinen Glauben verloren hat. Die Kirche steht noch, aber der Geist ist weg.

Zum 1. August 2006 wurden für die kleinen Läden die Steuern erhöht und für die Inhaber einer *Behördlichen Konzession zum Betrieb einer Schankwirtschaft* wurden sie sogar verdoppelt. Die großen Fische dagegen blieben verschont, wenn sie überhaupt zur Kasse gebeten wurden.

— Und ich Idiot hab geglaubt, alles wird besser, hab ich zu Iwan gesagt und mir eine Kippe genommen, das dauert nur. Aber was passiert? Verarscht werden wir, nach Strich und Faden. Mal wieder.

— Nein, sagt er und gibt mir Feuer, du siehst nur das Schlechte. Du musst auch das Gute an der Sache sehen.

— Ach ja? Was soll das sein?

— Du hast das Privileg, am Aufbau unseres Vaterlandes mitzuwirken. Mit den neuen Steuern kannst du deinen persönlichen Beitrag leisten. So stand's auch in der Zeitung. Du solltest mehr lesen.

— Und welchen Aufbau meinen die genau?

— Tja, mein Guter, nur weil sich bei uns nichts tut, heißt das ja nicht, dass sich gar nichts tut. Irgendwo muss das viele Geld ja hin. Und da meiner bescheidenen Erfahrung nach der Geldfluss zu den wenigen Flüssen gehört, die von unten nach oben fließen, solltest du deinen Blick dorthin richten. Zu unseren selbstlosen Staatsmännern.

Die Steuern waren das eine. Das andere war, dass jeder Geschäftsinhaber per Gesetz dazu verdonnert wurde, eine Versicherung abzuschließen. Gegen Vandalismus, Einbruch, Feuer, Blitzeinschlag, Wasserschaden und sogar gegen Erdbeben. In Berlin!

Nur eine Gesellschaft war dafür zugelassen und es wurde gemunkelt, dass der jüngste Bruder von Wagenbeck bei denen mit von der Partie war. Alles eine Saubande und denen konnte ich jeden Monat meine Kohle in den Arsch schieben.

— Prämie nennen die das, hab ich gesagt und die Asche weggeschnippt, als ob ich was kriege! Glauben die, ich bin blöd? Vielleicht kannst du mir erklären, wo genau der Unterschied zu den anderen Wichsern ist, die jede Woche vor meiner Tür stehen und ihren Anteil abholen? So oder so, mir bleibt keine Wahl und am Ende des Monats hab ich weniger und die haben mehr.

— Nun ja, sagt Iwan und macht sich an der alten Kippe eine neue an, es handelt sich tatsächlich um eine Art Schutzgeld, nur offiziell. Um dich vor dir selbst zu schützen.

— Damit ich weiterhin meinen Beitrag zum Aufbau unseres Vaterlandes leisten kann?

— Jetzt hast du's verstanden.

In diesem Jahr gab es nur zwei Lichtblicke. Im Mai haben Hans und Gisela geheiratet. Ingrid wollte nicht hingehen, nicht mit mir. Allein zu kommen, dazu hatte ich Lust wie 'ne Kuh zum Tanzen, aber Hans ist mein Bruder, das konnte ich ihm nicht antun und Muttchen erst recht nicht.

Die beiden waren ein schönes Paar und sie sahen so glücklich aus. Das ist mir sauer geworden. Als Maria mit Mann und Kindern reinkam, ist mir noch klarer geworden, wie beschissen alles war, mein ganzes Leben. Ich hab mich trotzdem für sie gefreut und dadurch wurde der Abend auch schön für mich.

Der zweite Lichtblick war Lampe. Wir hatten uns seit Martins Beerdigung nicht mehr gesehen und das war nicht seine Schuld. Nur durch Zufall haben wir uns am Helmi getroffen, an einem Nachmittag Ende September.

— Alter Falter, hab ich gesagt, gut siehst du aus. Bisschen voller geworden?

— Na ja, sagt er und grinst, aber nur etwas. Was man von dir übrigens nicht behaupten kann. Wie geht es dir denn? Ich hab–

— Mir geht's gut, alles bestens. Aber erzähl mal, wie geht's deinen Eltern? Was macht der Laden?

— Denen geht es gut. Und der Laden hat sich wieder erholt, der läuft ganz passabel.

— Ein Glück.

— Ja, sagt er und verlagert sein Gewicht von einem Bein aufs andere, und außerdem ...

— Was ist? Musst du aufs Klo?

— Ob ich? Nein, es ist nur ... wir haben uns ja lange nicht gesehen und daher ... du weißt das vielleicht noch nicht, aber ...

— Was denn nun?

— Ich habe eine Freundin.

Meine Fresse, denke ich, jetzt geht's endgültig in den Keller mit mir! Ich fang schon an zu phantasieren, denn das ...

— Du hast eine Freundin?

— Ja, habe ich doch gerade gesagt. Schon seit vier Monaten.

Lampe hatte noch nie irgendwas am Laufen und ich hab geglaubt, das wird auch nichts. Nicht, weil er andersrum ist oder so. Sondern, es gibt eben Leute, die bleiben allein. Aber jetzt das und schon seit vier Monaten!

— Das ist ja 'n Ding.

— Ja, und sie ist großartig! Ehrlich gesagt, ich hatte die Hoffnung schon aufgegeben, schon lange. Doch in Wahrheit habe ich nur auf die Richtige gewartet und jetzt ist sie da. Mit ihr ist alles so ... so, wie es sein soll, verstehst du?

— Ja, sag ich und denke, das versteh ich, sicher ... und von einem Tag auf den anderen ist es vorbei und es gibt nichts, was du dagegen machen kannst.

— Sie wird dir gefallen. Sie ist nicht so wie ich, überhaupt nicht. Aber ich denke, deshalb passen wir auch so gut zusammen.

— Ich freu mich für dich, ehrlich. Komm, lass dich mal umarmen.

Wenn mir jemand vor einem Jahr gesagt hätte, denke ich, dass Lampe eine Freundin hat und ich ... einen Vogel hätte ich dem gezeigt. Manchmal glaub ich, dass Gott nur seine Spielchen mit uns treibt. Mal so und mal so und dann sehen, was passiert.

— Weißt du, wo ich sie kennengelernt habe? Bei uns im Laden! Ausgerechnet dort! Und das hat mir die Augen geöffnet. Verstehst du, es gibt doch Dinge, um die weiß man. Aber dann kommt der Tag, an dem man sie auch tatsächlich begreift. Als ich Renate kennengelernt habe, das war so ein Tag.

— Sie heißt Renate?

— Ja, ein schöner Name, oder? Aber was ich sagen wollte, wenn ich an diesem Tag nicht im Laden gewesen wäre, hätte ich Renate niemals kennengelernt und das ... das ist mit nichts aufzuwiegen. Und ich wäre nicht im Laden gewesen, wenn sich das seinerzeit anders abgespielt hätte, nach Opas Tod. Was ich dabei begriffen habe, ist: Es gibt nicht den einen richtigen Lebensweg und alle anderen Wege sind schlechter, sondern jeder Weg hat sein Für und Wider. Ich weiß, das klingt banal, aber so ist es.

Lampe nimmt seine Brille ab.

— Und wenn sich das auch im Einzelnen unterscheidet, ich glaube, unter'm Strich gleicht sich alles aus.

— Ach ja? Aber wenn alles sein Für und Wider hat, dann kannst du mir ja vielleicht sagen, wo genau mein *Für* abgeblieben ist? Denn mein Leben ist nur noch scheiße und weiter nichts! Alles, verstehst du, alles andere wäre besser. Und unter'm Strich gleicht sich alles aus? Was ist das für ein Mist! Das Leben ist keine beschissene Buchhaltung! Außerdem, wenn am Ende sowieso alles gleich ist, muss sich ja auch nichts ändern. Muss keiner seinen faulen Arsch hochkriegen, um was anders zu machen. Was für ein Schwachsinn!

Ich zieh mir eine Kippe aus der Schachtel und meine Hand zittert. Lampe schluckt und setzt die Brille wieder auf. So ein Scheiß, denke ich, so was … so ein Dünnschiss! Ich nehm einen tiefen Zug, schon besser.

— Du hast recht, sagt er und rückt seine Brille zurück, aber … nein, du hast recht, und Punkt. Es tut mir leid. Ich wollte nicht … verstehst du, ich hab einfach lange gebraucht, um damit fertigzuwerden, dass … alle haben immer gesagt, Lampe, aus dem wird was. Der hat das Zeug dazu. Dann stand ich eines Tages in diesem verdammten Laden und habe Klobecken und diesen ganzen Mist verkauft. Jeden Tag hatte ich nur mit Blödmännern zu tun. Leute vom Bau, die nichts im Kopf haben als Bier und … ich weiß noch, an meinem dritten Tag kam einer. Ich stand hinter der Ladentheke und er hat sich zu mir rüber gebeugt, mit einer mächtigen Fahne. *Weißt du, was wirklich schade ist?*, hat er gesagt. Ich Dummkopf habe mich darauf eingelassen und den Kopf geschüttelt. Er hat sich noch weiter über die Theke gebeugt und gesagt, *wirklich schade ist, dass man Bier nicht ficken kann.* Alle haben gelacht und ich stand in diesem Laden und hab gedacht, wenn das jetzt mein Leben ist, jeden Tag, dann … gib mir auch eine Zigarette!

— Du rauchst doch gar nicht.

— Kann ich das selbst entscheiden, ob ich rauche oder nicht?

— Ist ja gut.

Das erste Streichholz bricht ihm ab, das zweite flammt auf und er nimmt einen ordentlichen Zug. Nicht, dass er mir umkippt, denke ich, das–

— Ich will das nicht mit dem vergleichen, was du durchgemacht hast, aber bei mir war auch nicht alles Sonnenschein. Als ich im Laden anfangen musste, war mein Leben kaputt. Das Schicksal hatte mich in dieses Loch geworfen und ich konnte nichts daran ändern. Ja, ich habe mich damit abgefunden, auf die eine oder andere Weise. Aber als ich Renate kennengelernt habe, ist mir klar geworden, ich kann sehr wohl etwas ändern. Nämlich meinen Blick auf die Dinge! Mehr wollte ich nicht sagen. Ich bin jetzt glücklich und wer weiß, ob ich sonst glücklich geworden wäre. Auf jeden Fall nicht glücklicher, denn das ... das geht gar nicht.

Tja, denke ich, das ist der Unterschied zwischen uns. Ich will nicht meinen Blick auf die Dinge ändern. Ich will die Dinge ändern! Zumindest wollte ich das. Eine Zeit lang hab ich geglaubt, ich bin ganz gut darin, hab mich für'n tollen Kerl gehalten. Leider hatten die Dinge andere Pläne. Jetzt ist alles im Eimer und von dem tollen Kerl ist nichts mehr übrig. Aber dafür kann Lampe nichts, im Gegenteil, er war immer für mich da.

— Du musst hin und wieder an der Kippe ziehen, sag ich, sonst hast du nichts davon.

— Ich, ich rauche doch überhaupt nicht, sagt er und schmeißt die Kippe weg, es war nur so ...

— Und, was macht dein Buch?

— Das ist fertig, also fast.

— Worum geht's denn nun? Erzähl mal. Wenn du willst. Wenn nicht, ich versteh das, kein Problem.

— Doch, gern. Aber zwei Sachen, das–

— Was du willst.

— Du darfst das keinem erzählen, noch nicht. Und wir müssen uns dazu hinsetzen.

— So schlimm? Dann steck ich mir noch eine an.

35

Wir setzen uns auf eine Bank. Das ist schon die zweite Schachtel heute, denke ich, und die ist fast alle. Was soll's. Lampe wartet, bis ich so weit bin, rückt seine Brille zurecht und räuspert sich.

— Du machst es ja spannend, sag ich.

— Also, um die Zusammenhänge richtig zu erklären, muss ich etwas weiter ausholen.

— Als Kain seinen Bruder Abel erschlug?

— Nicht ganz so weit, aber ...

Dann hat er losgelegt. Erster Weltkrieg, Lenin und die Bolschewisten, der große Führer Adolf Hitler, Zweiter Weltkrieg, die Russen mit den Amis und Tommys gegen Deutschland. Bis alles verloren und zerkloppt, der große Führer tot und der Krieg zu Ende war. Das meiste kannte ich schon, aber Lampe war so schön in Fahrt.

Schon vor dem Krieg waren die Russen sich mit den Amis nicht grün, und nach 45 ging das Spiel weiter. Zwei Kinder, ein Kuchen und keiner will teilen. Die Grenze führte quer durch Deutschland und mitten durch Berlin. Ständig haben die sich beharkt. Bis die Bolschewisten Berlin dichtgemacht haben.

— Daraufhin, sag ich und schmeiß die Kippe weg, kamen die Amis mit ihrer Luftbrücke, richtig? Davon hat dein Opa oft erzählt und ich weiß noch, früher hab ich mir darunter sonst was vorgestellt, eine Luftbrücke!

— Genau. Zuerst haben die Sowjets geglaubt, die Amerikaner schaffen das nie, nur aus der Luft. Aber damit lagen sie falsch und deshalb haben sie begonnen, die Flüge zu stören. Immer wieder. Das lief zunächst mehr oder weniger glimpflich ab, bis zum 18. Oktober 1948. An diesem Tag hat ein russischer Jäger eine amerikanische Transportmaschine angegriffen und wurde deshalb von den Amerikanern abgeschossen. Die haben es dabei belassen, der sowjetische Kommandeur allerdings nicht.

—Der war bestimmt besoffen, die Russen haben doch immer einen in der Krone.

—Möglicherweise. Jedenfalls war er wütend und wollte Blut sehen. Als Rache hat er befohlen, den Flughafen Tempelhof anzugreifen. Ohne das von oben absegnen zu lassen. Das ganze Geschwader ist geflogen und hat viel zerstört. Zur Vergeltung haben die Amerikaner sowjetische Stützpunkte in der Ostzone angegriffen. Daraufhin hat Stalin die gesamte Kriegsmaschinerie in Gang gesetzt und schon Ende Oktober standen die ersten sowjetischen Panzer am Kanal.

—Und so ging es weiter. Zug um Zug.

—Genau, aber keiner konnte die Oberhand gewinnen, es gab nur Verlierer und Verluste. Ab Mitte 53 zerfielen die Blöcke in viele verschiedene Kriegsparteien mit je eigenen Interessen. Die kämpften miteinander oder gegeneinander, doch am Ende kämpfte jeder gegen jeden ums nackte Überleben. Bis keiner mehr konnte und alles zerstört war. Erst dann kam der Frieden von 61.

—Mann, Lampe! Das ist ja nun nichts Neues, und darüber schreibst du dein Buch?

—Nein, ich schreibe nicht über das, was passiert ist. Sondern über das, was passiert wäre, wenn …

—Wenn was?

—Wenn dieser sowjetische Kommandeur das gemacht hätte, was er hätte machen sollen, bevor er einen Angriff befiehlt. Nämlich seine Vorgesetzten zu fragen. Stell dir vor, die hätten das abgelehnt. Damit hätte es vielleicht keinen dritten Krieg gegeben. Die Amerikaner und Briten hätten weiterhin ihre Luftbrücke organisiert, am Ende hätten die Sowjets eingesehen, dass die Blockade ihren Zweck verfehlt, und hätten sie aufgehoben. Wenn es aber diesen Krieg niemals gegeben hätte, wie sähe es dann heute aus in der Welt? Wie sähe Berlin aus? Darüber schreibe ich, verstehst du?

— Was ist mit den Bongos? Ich meine, ohne das alles, die hätten doch niemals so 'ne Karriere hingelegt. Vielleicht würden wir dann heute in fetten Karren durch ihre Städte fahren und die könnten unsere Schuhe putzen und nicht umgekehrt. Allerdings ... wenn wirklich alles umgekehrt wäre, würden wir beide jetzt hier nicht sitzen und uns darüber unterhalten, oder?

— Hat eben alles sein Für und Wider, sagt Lampe und grinst.

Es war schön gewesen, mal wieder mit ihm zu quatschen. Wie früher, in den guten alten Zeiten. Ich hab mich für ihn gefreut und gedacht, schön, dass es wenigstens einem von uns gut geht.

Im Herbst haben wir wieder die *Berliner Glühweinsaison* eröffnet. Das, was in den letzten Jahren eine gute Idee war, kam mir in diesem Jahr vor wie eine Tasse kalter Kaffee. Wir hatten wenig Kundschaft und kamen kaum über die Runden. Am liebsten hätte ich den Laden zugemacht. Nur wegen Hanna und Horst hab ich das nicht durchgezogen und weil es einfacher war, alles so zu lassen, als was zu tun.

In einer schwachen Stunde bin ich fremdgegangen. Ich hatte keinen Spaß dabei, sie auch nicht und wir haben uns nie wieder gesehen. Ingrid hat sofort gemerkt, was Sache ist. Als ich in der nächsten Nacht nach Hause kam, war sie weg. Kein Zettel, kein gar nichts, aber ich wusste Bescheid. Sie war zu ihren Eltern gezogen. Ein paarmal hab ich versucht, mit ihr zu reden, doch sie wollte mich nicht sehen. Ihre Mutter hat sich für mich eingesetzt, das hat mich überrascht, gebracht hat es nichts. Der Ofen war aus und die Asche kalt und grau.

Am Heiligabend hab ich allein in unserer Bude gesessen. Mein Muttchen war bei Hans und Gisela. Die beiden haben mich auch eingeladen und ich hätte ebenso nach Eberswalde zu meiner Schwester fahren können, doch ich wollte weder das eine noch das andere. Ich wollte allein sein und bin nicht mal in die Christvesper gegangen. Bis in die Nacht hab ich auf unserem Sofa gesessen und in die Dunkelheit gestarrt.

Vor einem Jahr war Martin noch am Leben, hab ich gedacht, und hat da drüben in seinem Bett geschlafen. Und ich saß mit Ingrid genau hier und wir haben Pläne geschmiedet. Meine großen Pläne! Ich konnte den Hals ja nicht voll genug kriegen. In einem kleinen Boot den Fluss runterzufahren, das hat mir nicht gereicht. Es musste ein großer Dampfer sein und raus aufs Meer – und dann kam der Sturm.

Ich hab mir eine neue Flasche aus der Küche geholt. Zwei Stunden später war sie leer und ich war immer noch nüchtern. Ich kann nicht schlafen, hab ich gedacht, und ich kann mich nicht besaufen, nicht mal das! Ich kann überhaupt nichts. Wie konnte ich nur auf die Idee kommen, mich um eine Familie zu kümmern? *Gewogen und für zu leicht befunden.* Ein Versager bin ich, das ist die traurige Wahrheit.

An einem Montagmorgen schlepp ich mich vormittags in die Küche, um den ersten Kaffee zu machen. Scheiße, denke ich, ich muss weniger saufen und weniger rauchen. Auf jeden Fall weniger saufen. Im Flur liegt ein großer, brauner Umschlag, den muss jemand morgens unter der Tür durchgeschoben haben. Ich reiß ihn auf und denke, mich trifft der Schlag!

Der Brief ist vom *Amtsgericht Berlin,* mit Siegel und Unterschrift. In diesem beschissenen Amtsdeutsch wird mir mitgeteilt, dass Ingrid die Scheidung beantragt hat. Mir wird schwindlig, ich muss mich an die Wand lehnen. Scheidung. Das kann sie nicht, das ... und sie hätte wenigstens den Mumm haben können, mir das persönlich zu geben. Und den Anstand. Fehlanzeige.

Weiter unten im Brief steht, dass ich mich dazu äußern soll, innerhalb von vierzehn Tagen. Ich kann der Scheidung zustimmen oder dem Antrag widersprechen. *Zutreffendes bitte unterstreichen.*

Nein, denke ich, natürlich stimme ich nicht zu! Das … ich will mich nicht scheiden lassen und das werde ich auch nicht. Dafür brauch ich keine vierzehn Tage.

Wenn Sie widersprechen, führen Sie bitte im nachfolgenden Feld Ihre Gründe auf. Ach ja? Kein Problem! Überhaupt kein …

Ich rutsch an der Wand runter, bis ich auf dem Fußboden sitze. Gründe? Mir fällt keiner ein. Gar keiner. Nicht mehr. Ich lehne meinen Kopf an die Wand. Es rauscht in meinen Ohren.

Ich bin aufgestanden, hab den Brief genommen und auf den Küchentisch gelegt. Mit einem Lineal hab ich das *Zutreffende* unterstrichen. Unterschrift und das war's. Aus der Traum.

36

Das Leben zog an mir vorüber. Wie ein Kinderkarussell bei Nacht. Tag um Tag. Am 5. Februar jährte sich Martins Todestag zum ersten Mal. Morgens stand ich an seinem kleinen Grab. Der Himmel war wie ein Tuch, durch viele Wäschen grau geworden, und es war kalt, nasskalt. Die kahlen Bäume warteten im Nebel, hin und wieder fiel ein Tropfen von dem kleinen Holzkreuz in den Matsch. *Martin Brenner, 14. 1. 2000 – 5. 2. 2006.*

Der Laden lief schlecht, wie ein Viertakter auf zwei Töpfen. Am Ende der Woche blieb für mich kaum was übrig. Aber ich brauchte auch nicht viel. Bisschen was zu essen, ordentlich Schnaps und ein paar Schachteln Zigaretten.

Muttchen hat mich gelegentlich zum Essen eingeladen, das ließ sie sich nicht nehmen. Hans guckte regelmäßig vorbei, Iwan gelegentlich und mal der eine oder andere Kumpel. Lampe kam und hat mir Renate vorgestellt. Die beiden kamen aus verschiedenen Welten, aber passten trotzdem gut zusammen. Oder deswegen. Sie alle wollten mich aufheitern oder was mit mir unternehmen. Ich hatte meine Ausreden parat und wenn man oft genug ablehnt, fragt eines Tages keiner mehr. Mir war das recht.

Wie sich herausstellte, hatte Wagenbeck persönlich seinem Bruder den Posten bei der Versicherung verschafft und das war nur die Spitze vom Eisberg. Die halbe Verwandtschaft hievte er auf hübsche Posten und Pöstchen und seine Kumpels von früher gingen auch nicht leer aus. Alle stopften sich die Taschen voll und Wagenbeck kriegte mit Sicherheit seinen Anteil von ihnen. Die Leute haben sich darüber aufgeregt und geschimpft wie zehn Schwiegermütter. Mir ging das am Arsch vorbei. Sollten sie doch fett und glücklich werden, das ganze verschissene Pack!

An einem Nachmittag im Juni geht die Tür zum Laden auf und wer adelt mich durch seine Gegenwart? Der Anzug und seine Knechte. Das alte Lied. Er setzt sich hin, die beiden bleiben stehen. Er holt das Zigarettenetui aus der Innentasche, klappt es auf, streicht mit dem rechten Zeigefinger über die Kippen, entscheidet sich, ein Streichholz flammt auf. Der erste Zug, er schließt die Augen und seufzt.

— Und, sagt der Arsch, der mich fertiggemacht hat, wie geht's deiner kleinen Fotze? Ich hab ja–

— Das reicht!, sagt der Anzug und guckt ihn an. Du weißt genau, dass ich diese Ausdrucksweise nicht schätze. Also entweder sprichst du so, wie es zivilisierte Menschen tun, oder du hältst den Mund, verstanden?

— Ja, ich ... schuldigung.

— Ich muss mich entschuldigen, sagt der Anzug und guckt mich an. Es ist schwer, heutzutage gutes Personal zu finden, doch wem sage ich das? Nun ja. Ich will Sie nicht lange aufhalten. Ich bin, wie Sie sich unschwer denken können, aus geschäftlichen Gründen hier. Möglicherweise können Sie sich vorstellen, warum?

— Keine Ahnung und ist mir auch egal.

— Hm ... nun ja. Also, ich will es so ausdrücken. Ihre wöchentlichen Zahlungen bleiben hinter unseren Erwartungen zurück, und zwar um einiges und schon seit Längerem. Können Sie mir folgen?

— Gerade so.

— Das lässt für mich zwei Schlüsse zu. Entweder läuft Ihr Geschäft schlecht oder Sie geben uns weniger als die vereinbarten dreißig Prozent. Ist Letzteres der Fall, würde ich mich gezwungen sehen, unserer Vereinbarung neuen Nachdruck zu verleihen. Sie verstehen, was ich meine?

Der Popelknecht grinst mich an.

— Ja.

— Und?

— Der Laden läuft beschissen. Das können Sie schwarz auf weiß haben, wir führen Buch.

— Das wird nicht nötig sein. Wir sind doch Geschäftspartner und die Seele des Geschäfts ist Vertrauen. Übrigens, mein herzliches Beileid für Ihren Verlust. Ein furchtbarer Schlag. Aber Sie werden sich wieder erholen, davon bin ich überzeugt. Bis es allerdings so weit ist, und damit komme ich zurück zum eigentlichen Anlass meines Besuches, bis dahin müssen wir unsere Vereinbarung etwas, wie soll ich sagen, anpassen. Wir haben Kosten, die beglichen werden wollen, und deshalb schlage ich vor, wir erhöhen Ihre wöchentliche Zahlung auf vierzig Prozent.

— Ja, sag ich, ist gut.

— Tatsächlich?

Was ist daran nicht zu verstehen, denke ich, hast du was mit den Ohren?

— Ja dann, sagt er und drückt seine Kippe aus, also vierzig Prozent. Ab kommender Woche.

Er steht auf, nickt mir zu und geht raus, der Popelknecht hinterher. Der Arsch bleibt stehen und starrt mich an. Tja, denke ich, zu früh gefreut, du Drecksack! Heute hast du dich verrechnet, obwohl, du kannst ja gar nicht rechnen. Das passt nicht in dein Spatzenhirn und jetzt fehlen dir die Worte. Dieser Moment ist mir die vierzig Prozent wert.

Am 24. September gegen Mittag klopft es an der Wohnungstür. Ich mach auf, draußen steht ein Mann mit Klemmbrett und Stift in der Hand.

— Ja?

— Brenner, Josua? Wohnhaft im Wedding, Antonstraße 12?

Was ist das für 'ne beknackte Frage, denke ich, weiß der nicht, wo er ist? Überhaupt, *wohnhaft*, was ist das für ein Wort? Das fällt mir zum ersten Mal auf, dabei hab ich das schon hundertmal ausgefüllt. Einzelhaft, Schutzhaft, Wohnhaft.

— Was ist jetzt?, sagt der Mann und klopft mit dem Stift auf sein Brett.

— Ja, bin ich und das ist die Adresse.

— Gut. Das ist eine offizielle Mitteilung vom Amtsgericht, Sie müssen hier unterschreiben, und ich krieg zweifuffzig für die Zustellung.

Vor diesem Tag, vor diesem Brief hab ich mich gefürchtet.

— Was ist, wenn ich den nicht annehme?

— Dann gibt's eine Vorladung. Wenn Sie dieser Vorladung nicht Folge leisten, kommt–

— Ist ja gut, geben Sie her.

— Erst das Geld.

Ich hol die zweifuffzig und unterschreibe. Er gibt mir den Brief, ich mach die Tür zu und geh in die Küche. Das ist er also, denke ich und leg den Umschlag auf den Küchentisch. Wenn ich den Brief nicht aufmache, weiß ich nichts von seinem Inhalt und wenn ich nichts davon weiß, dann ... meine Güte, ich benehm mich wie 'n Kleinkind. Wenn ich die Augen zumache und keinen sehe, sieht mich auch keiner?

Ich nehm mir ein Küchenmesser und schlitze den Umschlag an der Seite auf. Papierkrümel rieseln durch die Luft. Es ist nur ein Blatt drin, festes Papier. Das leg ich auf den Tisch, setz mich hin und hole tief Luft. *Blablabla ... Josua Brenner ... blabla ... Ingrid Brenner, geb. Schäfer ... blabla ... mit sofortiger Wirkung ... blablabla ... GESCHIEDEN.*

Damit ist es also amtlich, denke ich und lehn mich zurück, im wahrsten Sinne des Wortes. Schluss, aus und vorbei. Und ich kann nichts mehr daran ändern, jetzt nicht mehr. Wenn ich ... aber dafür ist es zu spät. Alles, was ich noch machen kann, kommt zu spät. Damit muss ich mich abfinden.

Dann finde dich auch damit ab! Mann, du bist noch keine dreißig, du hast noch nicht mal Halbzeit! Das ist dein Leben und du hast es in der Hand, ob du jeden Tag rumheulst oder endlich wieder deinen Arsch hochkriegst!

Darauf sollte ich mir ein Gläschen genehmigen, denke ich, das brauch ich jetzt. Nein, brauch ich nicht, denn das Leben ist zum Versaufen einfach zu schade! Ein Kippchen geht und Kaffee ist gut. Aber mit dem Saufen ist Schluss. Jetzt. Jetzt sofort.

Ich hol die Flasche aus dem Schrank und kipp sie in den Ausguss. Ist schade drum, aber ein gutes Gefühl. Ich stell mich ans Fenster und denke, was für ein schöner Tag ist das heute. Das ist lange her, mein letzter schöner Tag. Doch heute ist einer und wenn ich mich zusammenreiße, auch morgen und übermorgen!

Von jetzt an wird alles anders. Mit mir, mit dem Laden, einfach alles. Ja, ich hab meinen Sohn verloren und die Frau, die ich geliebt habe, die ich noch immer liebe. Aber das ... ich bin nicht der Erste, dem das passiert, und ich werd nicht der Letzte sein. Das wird ein Teil von mir bleiben. Ein dunkles Zimmer in meinem Herzen. Aber mein Herz hat noch mehr Zimmer. Große, helle Zimmer mit schöner Aussicht. Viele kenn ich noch gar nicht. Das liegt alles noch vor mir!

Als ich in den Laden komme, wischt Hanna den Tresen ab und Horst fegt den Boden. Meine Fresse, denke ich, die beiden sehen aus, als ob einer gestorben ist. Damit ist jetzt Schluss, mit dieser ... jetzt legen wir wieder los! Das ist ein guter Laden. Im Moment hat er zwar ein bisschen Schlagseite, aber das kriegen wir wieder hin, auf jeden Fall!

— Legt mal den Kram weg und kommt her. Ich muss mit euch reden.

— Schon klar, sagt Horst und stellt den Besen an die Wand. War ja nur 'ne Frage der Zeit. Wir haben Augen im Kopp und so blöd sind wir auch nicht.

— Wer hat gesagt, dass ihr blöd seid? Zeigt mir den Mann und ich spuck ihm in 'n Hausflur.

— Sehr witzig, sagt Hanna. Also, jetzt sofort oder wann? Ist ja auch egal.

— Was ist egal? Worüber redet ihr überhaupt?

— Na wann wir den Laden dichtmachen? Das willst du uns doch sagen, oder? Ist ja keine große Überraschung.

— Wann wir den ... Blödsinn! Diesen Laden und dichtmachen? Nein, wir legen wieder los, und zwar richtig!

— Ach ja?, sagt Hanna und hebt die Augenbrauen.

— Auf jeden Fall! Guck nicht so, das gibt Falten und die stehen dir nicht. Was ich eigentlich sagen will – ich bin wieder da! Ich weiß, das war eine miese Zeit für euch, aber für mich erst recht. Und ich war bestimmt nicht ... dazu die Sauferei, ich ... tut mir leid, ehrlich. Und danke, dass ihr trotzdem zu mir gehalten habt, danke! Aber, meine Damen und Herren, das Warten hat sich gelohnt. Wir sind wieder im Geschäft!

Schon an diesem ersten Abend war mir so, als würden mehr Leute kommen. Das war Einbildung, aber dann kam tatsächlich mehr Kundschaft und mit jedem Abend wurde der Laden voller.

— Das ist wie mit den Ratten, hat Herbert gesagt.

— Mit was für Ratten denn?, sagt Horst.

— Die mit dem Schiff. Sagt man doch so. Die Ratten verlassen das sinkende Schiff. So war das hier. Aber jetzt ist der Kahn wieder flott, und die Viecher kommen zurück. Schlau, wie die Biester sind.

— Und was ist mit dir?, sag ich. Immerhin bist du geblieben, auch als wir ordentlich Schlagseite hatten.

— Tja, sagt Herbert und trinkt einen Schluck Bier, ich schätze mal, ich bin nicht so schlau. War ich noch nie. Aber auch egal.

— Oder du warst viel schlauer als alle anderen. Denn die sind erst abgehauen und nun kommen sie wieder. Den Umweg hast du dir gespart.

— Oder, sagt Hanna und hält ein Glas gegen's Licht, Herbert ist überhaupt keine Ratte.

— Oder so, sag ich.

Am 15. Oktober wurde von uns offiziell die *Berliner Glühweinsaison* eröffnet. Es dauerte nicht lange und wir hatten eine Schlange vor dem Tresen. Ende Oktober standen die Leute bis draußen. Tja, hab ich gedacht, der Pastor hat seinen Glauben wiedergefunden und die Leute kommen zurück in die Kirche, um sich die Predigt anzuhören.

Die Kasse klingelte wie in alten Zeiten. Am Ende blieb allerdings weniger übrig als früher. Zum 1. November 2007 waren die Steuern schon wieder erhöht worden. Ich hab mich darüber aufgeregt, aber überrascht hat es mich nicht.

Die Versicherung kostete jeden Monat ein Schweinegeld, dazu kam die Miete und vom Rest musste ich noch vierzig Prozent abdrücken. Schön blöd war das von mir, hab ich gedacht, aber im nächsten Jahr red ich mal mit denen. Die haben das ja nur raufgesetzt, weil der Laden nicht lief. Jetzt läuft er wieder und ... das glaubst du doch selbst nicht! Aber ich hab auch nicht geglaubt, dass ich jemals wieder auf die Füße komme, oder? Alles ist möglich.

Mitte November hab ich Iwan und Kalle zu mir eingeladen. Ich hab uns einen Tisch in der Ecke reserviert und was Anständiges zu essen besorgt. Ich hatte die beiden lange nicht gesehen, aber Iwan sah so aus wie immer und Kalle war in den letzten Monaten auch kein neues Bein gewachsen. Wir haben gut gegessen und uns ein Bierchen genehmigt.

— Donnerwetter, hat Kalle gesagt und sich umgeguckt, mächtig was los hier, hätte ich nicht gedacht. Ehrlich gesagt, ich war kurz davor, dich rauszuschmeißen und die Bude plattzumachen. Weißt du, warum? Nicht wegen der Kohle oder so, sondern um dir einen Gefallen zu tun, ehrlich.

— Indem du mich vor die Tür setzt?

— Ja. Weißt du, manchmal muss man einen geraden Schnitt machen. Ich kenn das. Wenn du erst Eiter im Bein hast und das anfängt zu stinken, kannst du da rumdoktern, wie du willst. Das wird nichts mehr. Dazu kannst du rumheulen, dich selbst bedauern und anderen die Schuld geben. Oder du verabschiedest dich von deinem alten Leben und fängst ein neues an, von Grund auf.

— Schön, dass du dir solche Sorgen um mich gemacht hast, sag ich und wisch mir den Mund ab. Aber ich bin froh, dass du mit deinem Gefallen noch gewartest hast.

— Das bin ich auch, sagt Kalle und trinkt einen Schluck.

— Apropos, wie ihr seht, läuft der Laden gut. Und jetzt, da ich ... wie soll ich sagen?

— Zurückgekehrt bist von den Toten?, sagt Iwan und steckt sich eine Kippe an.

— Ja, so ähnlich. Sagen wir, ich bin wieder im Rennen. Und deshalb wollte ich euch fragen, ob wir unseren alten Plan nicht wieder aufnehmen sollten? Um den Laden hier ganz anders und richtig fett aufzuziehen, ihr erinnert euch?

— So ungefähr, sagt Kalle.

— Ja, sagt Iwan und grinst, da war doch was.

— Und, was meint ihr?

— Tja, sagt Kalle, versteh mich nicht falsch, aber bei dir war ja in letzter Zeit ziemlich Berg-und-Tal-Bahn und gesoffen hast du auch. Im Moment bist du obenauf und das freut mich für dich. Bevor ich allerdings mit meiner Kohle hier reingehe, will ich erst sehen, ob das auch dabei bleibt. Also, wenn der Laden im Frühling noch so gut läuft wie jetzt und mit dir alles in Butter ist, bin ich im Geschäft. Wenn nicht, dann nicht. Iwan, was sagst du?

— Hört sich gut an.

— Einverstanden, sag ich, dann fangen wir im Frühling damit

an. Für mich ist das in Ordnung, denn bei aller Freundschaft, Geld ist Geld und Schnaps ist Schnaps.

—Gut, sagt Kalle und hebt sein Glas, so machen wir's! Und im nächsten Jahr lassen wir uns die Eier vergolden.

37

Mit der Adventszeit nahm der Laden richtig Fahrt auf. Wir wussten nicht, wo uns der Kopf steht, und es war herrlich! Iwan hatte recht, ich war von den Toten zurückgekehrt und hatte ein neues Leben angefangen. Das war ein Geschenk und so hab ich mich gefühlt.

Am Montag nach dem zweiten Advent hab ich zufällig Ingrids Mutter auf der Straße getroffen. Sie war herzlich und hat ohne Punkt und Komma geredet. Ich hab gelächelt, genickt und meine Ohren auf Durchzug gestellt.

— Oh!, sagt sie und guckt auf die Uhr. Ich ... war schön, dass wir uns mal wieder gesehen haben.

— Fand ich auch, sag ich und denke, wunderschön.

— Ach ja, vielleicht eine Sache noch, die dich interessieren könnte.

— Und zwar?

— Ingrid hat wieder jemanden, einen neuen Freund.

— Ach ja? Freut mich für sie.

— Wirklich?

— Klar, sag ich und denke, na ja, vielleicht freu ich mich nicht, das wär zu viel verlangt, aber es stört mich auch nicht, wirklich nicht. Das liegt hinter mir, das alles. Wir gehen getrennte Wege und jeder muss sehen, wie er sein Glück findet. Meine Güte, wir sind noch keine dreißig, ist doch klar, dass da noch was kommt.

— Übrigens, sagt sie, wenn du meine Meinung hören willst, der Neue, das ist ein ziemliches Windei. Das hab ich Ingrid auch gesagt. Aber ich muss ja nicht mit ihm leben.

— Genau, sag ich und denke, aber er mit dir.

Drei Tage vor Heiligabend war ich auf einen Kaffee bei Muttchen und bin von dort aus zur BARacke gelaufen. Es war dunkel und kalt, der Wind trieb den Schneeregen durch die Straßen. Als ich in den Laden komme, stehen Horst und Hanna am Tresen und stecken die Köpfe zusammen.

— Ist irgendwas? Was habt ihr denn da?

— Das ist eine Ansichtskarte, sagt Hanna, für dich.

— Interessant. Und ihr habt gedacht, ihr wärmt sie schon ein bisschen an für mich?

— Wir haben sie nicht gelesen, sagt Horst, wir haben uns nur das Bild angeguckt. Das ist vielleicht was, guck mal!

Er gibt mir die Karte. Eine blaue Bucht mit einem weißen Strand in weitem Bogen. Eine Promenade mit Palmen und Palästen. Am anderen Ufer ferne Berge und darüber steht mit Schwung *Karibu Matema*. Ich dreh die Karte um, diese Handschrift erkenn ich auf den ersten Blick.

Lieber Brenner, viele Grüße aus Matema. Ich hab's geschafft! Es hat eine Weile gedauert, aber jetzt bin ich hier und alles ist nzuri sana. Das heißt sehr schön und so reden die Leute hier. Ich hab Arbeit und verdien an einem Tag so viel wie in Berlin in einer Woche mindestens. Eine Freundin hab ich auch schon!!! Also alles bestens. Wenn du mal die Schnauze voll hast von dem ganzen Scheiß, komm runter und wir machen hier was auf. Jederzeit karibu, das heißt Willkommen!!! Dein alter Kumpel Roller. PS: Gruß an Lampe, der kann auch mitkommen.

Er hat's geschafft, denke ich, gibt's ja nicht. So richtig hab ich nicht dran geglaubt. Schon damals nicht, als er losgezogen ist. Wie lange ist das her? Meine Fresse, in der Zeit ist so viel passiert. Er hat sich nie gemeldet und ich hab manchmal ... aber Roller ist ein zäher Hund! Und wer weiß, wie lange er schon dort ist? So lange kann er nicht gebraucht haben. Der hat nur verpennt, mir zu schreiben.

Karibu, das kenn ich aus'm Kranzler. Einer von den Bongos hat das immer gesagt, wenn wir uns fürs Trinkgeld bedankt haben. Donnerwetter, er ist jetzt wirklich da unten und er lädt mich ein. Für Lampe wär das nichts, der würde nicht mal bis zur Grenze kommen. Und für mich? Nett gemeint, aber ich will überhaupt nicht weg aus Berlin. Jeder muss den Platz in der Welt finden, wo er glücklich ist. Roller hat seinen dort gefunden, hoffentlich. Meiner ist hier.

— Und, sagt Horst, was schreibt er?

— Was schreibt wer?

— Na Roller. Was schreibt er denn?

— Ich denke, ihr habt euch nur das Bild angeguckt?

— Ja, wir ... wo liegt das überhaupt, das auf dem Bild?

— Keine Ahnung. Irgendwo in Afrika. Wo es warm ist jedenfalls. Sieht man ja an den Palmen. Roller hat keinen Absender draufgeschrieben, hat er vergessen. Ganz der Alte.

Ja, hab ich gedacht, ganz mein alter Kumpel Roller. Meine Güte, noch einer, der von den Toten zurückgekehrt ist. Wenn das kein Weihnachtsgeschenk ist! Ich hab das Bild zu Hause an die Wand gepinnt, an eine Stelle, wo ich es gut sehen konnte.

In diesem Jahr war der Laden auch am Heiligen Abend geöffnet. Hanna und Horst hatten frei, die sollten schön nach Hause fahren. Dafür hat Herbert mir geholfen. Vormittags haben wir einen Baum besorgt, eine ziemliche Krücke, aber mit den Kugeln und Kerzen sah er ganz passabel aus.

Gegen sieben haben wir das Tor aufgeschlossen und jeder war willkommen. Am Ende waren wir fünfundzwanzig Leute, manche kannte ich. Wir haben gegessen und getrunken, erzählt und gelacht. Bis dahin hab ich noch immer nicht gewusst, warum ich das eigentlich mache. Später am Abend haben wir alle Lichter ausgemacht, bis nur noch die Kerzen am Baum brannten. Einer hat *Stille Nacht, heilige Nacht* angestimmt und alle haben mitgesungen. In dem Moment wusste ich es.

Zwischen den Jahren war der Laden zu. Am ersten Feiertag bin ich mit Muttchen nach Eberswalde gefahren und wir sind drei Tage geblieben. Am Tag vor Silvester haben wir im Laden mit den Vorbereitungen angefangen. Das sollte ein großes Fest werden und alles musste stimmen. Ich wollte das neue Jahr feiern, mein neues Leben und überhaupt, Gründe gab's genug.

Um acht kamen die ersten Gäste und am Ende waren wir mehr als hundert Leute. Es war so eng wie in einer Sardinenbüchse und die Stimmung war bestens. Kurz vor zwölf sind wir raus auf die Straße, und *vier ... drei ... zwei ... eins* ... Jubel, Umarmungen, Küsse und Händeschütteln. Die Raketen zischen und pfeifen durch die Nacht, färben den Himmel rot, gelb und grün. Eine Frau umarmt mich und gibt mir einen Kuss. Das, hab ich gedacht, wird ein gutes Jahr.

Gegen halb vier haben wir die Letzten rausgeschmissen. Wir haben die leeren Gläser auf den Tresen gestellt und Hanna kam mit dem Besen.

— Das machen wir morgen, hab ich gesagt. Wir gehen jetzt alle nach Hause und schlafen erst mal aus. Morgen ist auch noch 'n Tag und das läuft uns nicht weg.

— Aber ich, hat Herbert gesagt und ließ sich auf einen Stuhl fallen, ich bleib hier. Stellung halten. Man kann nie wissen.

Von mir aus, hab ich gedacht. In seinem Zustand schläft er besser hier, als dass er sich auf der Straße den Hals bricht.

— Aber Herbert, hab ich gesagt, trink nicht die ganzen Reste aus.

— Kennst mich doch, hat er gesagt und sein Kopf kippte auf die Brust.

Wir haben ihn auf eine Decke gelegt, seine Jacke zu einem Kopfkissen gerollt und ihn zugedeckt. Als wir die Tür hinter uns zugemacht haben, hat er geschnarcht. Zum Abschied haben wir drei uns umarmt und jeder ist nach Hause gegangen. Hanna wohnte bei Verwandten am Helmi und Horst hatte vor Kurzem ein kleines Zimmer zwei Straßen weiter gefunden.

Die Nacht war kalt und klar. Ich hab meine Mütze über die Ohren gezogen und tief durchgeatmet. Die Sterne leuchteten hell und als ich über die Gleise gegangen bin, zog eine Sternschnuppe über den Nachthimmel. Sogar Gott hat eine Rakete gezündet, hab ich gedacht, das Jahr fängt gut an.

In dieser Nacht hat es in der BARacke gebrannt. Als es hell wurde, war nur noch das verkohlte Fundament übrig. Und Herbert war tot.

38

— Was weiß ich?, sag ich und denke, ruhig, ganz ruhig ... wenn du hier ausrastest, kannst du's gleich vergessen.

— Tja, sagt der Fettsack hinter der Schreibmaschine und zieht den Rotz hoch, dann–

— Ein Konkurrent vielleicht oder einer, der denkt, ich hab ihn ... was weiß ich? Irgendein Arschloch. Oder ein Schwachkopf. Davon laufen ja genug rum in der Welt. Woher soll ich das wissen? Ich war auf dem Weg nach Hause, als es passiert ist, hab ich doch schon gesagt. Oder es war ein Unfall. Eine Rakete oder was mit dem Zähler. Ich weiß es einfach nicht und jetzt ist auch zu spät.

— Ja, aber dann kann ich das nicht machen.

— Wie, was soll das heißen? Was können Sie nicht machen?

— Ist das so schwer zu verstehen? Das soll heißen, ich kann in diesem Fall keine Anzeige aufnehmen.

Er lehnt sich zurück, sein Stuhl ächzt unter der Last.

— Moment, nur dass ich das richtig verstehe. Mein Laden ist abgebrannt, alles! Da steht nichts mehr. Und ein Mensch ist dabei gestorben, der ist tot! Ich sitze hier bei der Polizei und Sie ... Sie können noch nicht mal eine beschissene Anzeige aufnehmen?

— Nun, junger Mann, eine *beschissene Anzeige* kann ich hier sowieso nicht aufnehmen.

— Tut mir leid, ich ... Entschuldigung. Ich bin, das war alles ... und warum können Sie keine Anzeige aufnehmen?

— Gegen wen denn? Sie wissen es ja selbst nicht.

— Wenn ich wüsste, wer das war, wär ich nicht hier. Aber gibt's nicht so was wie *Anzeige gegen unbekannt* oder so? Ich brauch das zumindest für die Versicherung.

— Sicher, sagt er und faltet die Hände vor dem Bauch, so etwas gibt es natürlich. Aber wie Sie selbst gesagt haben, vielleicht war es auch ein Unfall. Deshalb kann ich das nicht machen. Nur ... nur in bestimmten Ausnahmefällen.

— Verstehe.

Ich hol mein Portemonnaie aus der Hosentasche, nehme einen Fuffziger raus, falte ihn zweimal und schieb ihn über den Schreibtisch. Der Fettsack beugt sich vor und betrachtet den Schein. Nichts hat sich geändert, denke ich, gar nichts.

— Was soll das?

— Das ist für die Kaffeekasse. Weil Sie hier so gute Arbeit machen. Das ist das Mindeste.

— Sehr richtig, sagt er, steckt den Schein ein und holt ein Formular aus der Schublade. Das ist das Mindeste.

Fünf Tage später, am Montag, den 7. Januar 2008, war die Beerdigung von Herbert. Hanna und Horst sind gekommen und drei Männer, die ich nicht kannte. Ich bin für alles aufgekommen. Mehr kann ich nicht tun, hab ich gedacht, als wir an der Gruft standen. Jetzt nicht mehr.

Nach der Beerdigung bin ich mit Hanna und Horst in eine Kneipe gegangen, Leiche versaufen. Das war auf jeden Fall in Herberts Sinne. Ich hab eine Runde bestellt und wir haben uns in eine ruhige Ecke gesetzt.

— Ja, sagt Horst, als das Bier auf'm Tisch steht, und jetzt?

— Jetzt ist die Versicherung dran, ganz einfach. Jeden Monat hab ich dafür ein Schweinegeld abgedrückt und nun müssen die mal zahlen.

— Und was denkst du, sagt Hanna, wie lange brauchen die?

— Das kann nicht so lange dauern. Ich meine, der Fall ist ja eindeutig. Und sobald ich die Kohle hab, bauen wir den Laden wieder auf, besser als vorher und größer! Ich will nicht zu viel versprechen, aber ich hab da noch so einiges in petto!

— Und bis dahin?

—Tja, abwarten und Tee trinken, würde ich sagen. Das wird uns guttun, denn wir haben ordentlich geschuftet in letzter Zeit. Also, Beine hoch! Euer Geld kriegt ihr natürlich weiter, das ist klar.

Am nächsten Morgen bin ich nach Wilmersdorf gefahren, zur *Allgemeinen Preußischen Versicherungsanstalt.* Eine breite Treppe führte zu den Eingängen. Protziger ging's wohl nicht, hab ich gedacht, alles neu und vom Feinsten. Klar, Kohle haben die genug. Aber wenn ich diese Treppe wieder runterkomme, haben sie ein paar Scheinchen weniger.

Es gab eine eigene Abteilung für die *Annahme von Anträgen zur Entschädigung* und nach weniger als einer Viertelstunde wurde ich aufgerufen. Eine Frau hat meinen Antrag und die Papiere durchgesehen und überall einen Stempel raufgedrückt, mit Datum. So, wie es sich gehört.

—Das sieht so weit alles gut aus, hat die Frau gesagt und gelächelt, wir melden uns dann bei Ihnen. Innerhalb der nächsten vierzehn Tage.

—Vielen Dank, hab ich gesagt und zurückgelächelt, und ich wünsche Ihnen noch einen wunderschönen Tag.

—Das wünsche ich Ihnen auch, hat sie gesagt.

Den werd ich haben, hab ich gedacht, als ich oben auf der Treppe stand. *Das sieht alles gut aus,* hat sie gesagt und das finde ich auch. Sehr gut. Ich krieg meine Kohle, und das schon in den nächsten zwei Wochen! Bis dahin hab ich frei und kann machen, was ich will. Das gab's lange nicht mehr. An der Ecke hab ich mir eine Bratwurst und einen Kaffee genehmigt und danach bin ich zum Tiergarten gefahren. In der Nacht hatte es geschneit, die Flächen waren weiß und unberührt. Die Bäume glitzerten in der Morgensonne.

Zehn Tage später kam der Brief von der Versicherung. Wie sie gesagt hat, hab ich gedacht, *innerhalb der nächsten vierzehn Tage.*

Die sind nicht billig, aber dafür kann man sich auf den Laden verlassen. Im Gegensatz zu den anderen Sesselfurzern. Ich hab den Brief aufgemacht, zwei Blätter. Zuerst das Anschreiben, *blablabla* und *mit freundlichen Grüßen*. Jetzt wollen wir mal sehen, hab ich gedacht.

Ein Anspruch auf Entschädigung besteht NICHT. Das kann nicht sein, das ... das ist ein Irrtum, das muss ein Irrtum sein. Die haben was verwechselt. Ich meine, das ist ein Riesenladen, da kann so was vorkommen. Das kann ja gar nicht sein. Ich hab jeden Monat gezahlt und die Frau hat ja auch gesagt, das sieht alles gut aus. Da muss sich einer vertan haben, ganz sicher.

Vierzig Minuten später bin ich in der *Abteilung für Beschwerden und Einsprüche*. Ich melde mich an, setz mich auf'n Flur und warte. Eine Stunde, zwei, nach dreieinhalb Stunden werd ich aufgerufen. Ein großes Büro, zehn Schreibtische in einer Reihe und es ist laut. Ein Wachmann steht in der Ecke und beobachtet das Geschehen. Am letzten Tisch winkt einer.

— Nehmen Sie Platz, sagt er, als ich vor ihm stehe. Herr ... Brenner, richtig?

Ein junger Schnösel ist das. So einer, der denkt, er wäre was Besonderes, nur weil er in einem Anzug hinter einem Schreibtisch sitzt.

— Ja, das stimmt, sag ich und setz mich hin.

— Und? Worum geht es?

— Also, ich hab hier diesen Brief von Ihnen gekriegt und da kann was nicht stimmen.

— Hm. Zeigen Sie mal her.

Er liest den Brief durch und runzelt die Stirn.

— Was soll damit nicht stimmen? Sie haben keinen Anspruch. Wenn das hier steht, ist das auch so. Für mich ist die Sache eindeutig.

— Ja, für mich aber nicht. Ich hab pünktlich die Beiträge gezahlt, jeden Monat! Ich hab alles richtig ausgefüllt und eingereicht und Ihre Kollegin hat auch gesagt, dass–

— Ja, meine Güte, sagt er und schüttelt den Kopf, woran das nun genau liegt? Dafür müsste ich in die Akte sehen. Das ... na, von mir aus. Sie warten bitte draußen.

Nach zwei Stunden werde ich wieder aufgerufen.

— Tja, sagt er und wischt sich einen Krümel aus dem Mundwinkel, es ist so, wie ich Ihnen bereits mitgeteilt habe. Das hat alles seine Richtigkeit. Es besteht kein Anspruch Ihrerseits.

— Ja, das ... aber warum denn nicht?

— Na, Sie wollen es aber ganz genau wissen, was?

Er nimmt sich meine Akte und blättert vor und zurück.

— Da haben wir es! Das hat mit Ihrer Anzeige zu tun.

— Was ist falsch damit? Ich musste eine Anzeige machen und das hab ich. Ganz offiziell, mit Datum, Unterschrift und Stempel. Alles wie gefordert, können Sie ja sehen.

— Jaja, sagt er und schlägt die Akte zu, aber die Anzeige richtet sich gegen unbekannt und deshalb.

— Deshalb was?

— Deshalb müssen wir zunächst abwarten, ob ein Täter ermittelt wird. Wenn das der Fall ist, hat der nämlich den Schadensersatzanspruch zu tragen und nicht wir. So steht es im Vertrag.

— Aber den ... den finden die doch nie! Die suchen ja nicht mal. Das weiß doch jeder.

— Nun, es steht mir nicht zu, die Arbeit unserer Ordnungsbehörden zu beurteilen. Ich sage Ihnen nur, wie wir das hier handhaben.

— Ja, das ... verstehe. Und wie lange müssen die suchen, bis die Versicherung das dann doch übernimmt?

— Da gibt es keine Frist. Wir können ja den Ordnungsbehörden nicht vorschreiben, wie lange sie für ihre Ermittlungsarbeit brauchen dürfen. Das wäre ja noch schöner.

Um mich herum dreht sich alles.

— Aber das, das heißt dann, dass ... unter'm Strich, von Ihnen krieg ich keinen Pfennig, kein gar nichts!

— Wie es auch in dem Schreiben vermerkt ist. Sie sehen, das hat alles seine Richtigkeit.

Das hat seine *Richtigkeit*? Du blasierter Drecksack! Deine beschissene Richtigkeit, die steck ich dir in den Arsch, und zwar so, dass sie dir oben wieder rauskommt, aus deiner überheblichen Fresse. Du ... mit so einem wie dir, ich–

— Ruhig, mein Freund, sagt der Wachmann und legt seine Hand auf meine Schulter, ganz ruhig. Wir wollen doch hier keinen Ärger machen.

— Ja, sagt der Drecksack, das wollen wir doch nicht. Und das war dann von meiner Seite auch alles. Das Gespräch ist beendet.

Ich stand draußen auf der Treppe, mitten unter Menschen. Sie kamen mir entgegen oder gingen runter zur Straße, manche waren in Eile, andere hatten Zeit. Und jedem einzelnen von ihnen war es scheißegal, was gerade passiert war.

Ich steh vor dem Nichts, hab ich gedacht, ich ... Kalle! Das ist die Lösung. Ich scheiß auf die Versicherung und diesen ganzen Dreck! Kalle und Iwan, mit denen bau ich das Ding wieder auf, größer und besser als je zuvor! Dann bin ich wieder dicke da und die hier können sich ihre Kohle in den Rachen schieben. Bis sie dran ersticken, das ganze Pack! Ich brauch euch nicht, ich hab meine Kumpels und mit denen zieh ich die Sache durch!

— Nein, sagt Kalle, tut mir leid. Von mir aus kannst du was auf dem Grundstück machen, aber mehr ist nicht drin, nicht mit mir.

— Aber, wir ... wir hatten das doch schon geplant! Wir lassen uns die Eier vergolden, weißt du nicht mehr? Das hast du selbst gesagt.

— Ja, und ich hab auch gesagt, wenn der Laden im Frühling noch gut läuft, dann sind wir im Geschäft. Wenn nicht, dann nicht. Tja, wir haben immer noch Winter und die Bude ist abgebrannt.

—Aber das war ein Unfall!

—Ist mir egal, was das war. So haben wir's abgemacht, und fertig. Ich bin raus aus der Sache und Iwan sieht das ähnlich.

Es war dunkel, als ich nach Hause gegangen bin. Obwohl, das war nicht ich. Das war nur mein Körper, nur die Fassade. Diese Fassade hat sich eine Flasche Schnaps gekauft, sich aufs Sofa gesetzt und das Zeug in sich reingekippt. Schluck um Schluck. *Schnaps,* hat die Fassade gedacht, *das war sein letztes Wort, dann trugen ihn die Engel fort* ... lustig. Wär nicht das Schlechteste jetzt. Dann wär endlich Ruhe. Ich verabschiede mich aus diesem Schmierentheater, und fertig.

Ein ... ein KLOPFEN und POCHEN. Das Pochen ist in meinem Kopf, das Klopfen an der Wohnungstür. Um diese Zeit, denke ich. Wie spät ist es denn? Na ja, schon hell, immerhin. Trotzdem, wer ... Kalle! Natürlich! Wer denn sonst? Der hat sich das noch mal überlegt und jetzt ... weil die Idee einfach zu gut ist. Eine Goldgrube ist das!

Ich setz mich auf, mein Kopf ist zu groß für meinen Hals. Und viel zu schwer. Aufstehen. Scheiße, denke ich, das ... langsam pendelt sich die Welt wieder ein. Ich geh zur Wohnungstür und dreh den Schlüssel um. Kaum ist die Tür einen Spalt offen, drückt einer von außen, packt meinen Hals und schiebt mich an die Wand. Der Popelknecht.

—Morgen, sagt er und rümpft die Nase, bisschen was getrunken gestern?

—Guten Morgen, sagt der Anzug und geht ins Wohnzimmer.

—Na los, sagt der Popelknecht, lässt meinen Hals los, packt mich am Arm und schiebt mich hinterher.

—Nun ja, sagt der Anzug, guckt sich um und fegt mit der Hand ein paar Krümel vom Stuhl. So in etwa habe ich mir das auch vorgestellt. Wenn eine Ehe geschieden wird, sind die Leidtragenden doch in der Regel die Männer. Und die Wohnungen.

— Ihr Mitleid können Sie sich sonst wohin schieben.

— Was war das?, sagt der Popelknecht.

— Lass ihn. Der Mann hat es nicht leicht im Moment, deshalb wollen wir das mal überhören. Nehmen Sie Platz.

Wie schön, denke ich, dass mir dieses Arschloch in meiner Wohnung einen Platz anbietet. Der Popelknecht drückt mich aufs Sofa.

— Was wollt ihr überhaupt noch? Ich meine, der Laden ist abgebrannt, die Versicherung zahlt keine müde Mark und sonst ... Eure sogenannte Geschäftsbeziehung, die ist vorbei, weil es kein Geschäft mehr gibt. Endgültig.

— Nun, sagt er und rückt seine Krawatte zurecht, dem kann ich nicht ganz zustimmen. Ich will nicht leugnen, dass sich Ihrerseits einiges geändert hat, unsere geschäftliche Beziehung allerdings bleibt davon unbetroffen. Was wären wir denn für Partner, wenn wir uns zurückziehen, sobald sich der andere in Schwierigkeiten befindet? Das wäre nicht anständig. Nein, wir leisten weiterhin unseren Beitrag und Sie den Ihren, verstanden?

— Das ... das könnt Ihr vergessen! Ich bin doch nicht bescheuert.

— Das hoffe ich.

— So ein Schwachsinn! Versuchen Sie mal, einem nackten Mann in die Tasche zu greifen.

— Oh, sagt er und lächelt, Sie würden überrascht sein, wie gut das funktioniert. Alles eine Frage der Motivation.

Jetzt eine rauchen, denke ich.

— Aber wir sind keine Unmenschen und deshalb, sagen wir, jeden Monat zweihundert? Für unsere Unkosten. Die bringen Sie bitte jeden letzten Freitag im Monat zu dieser Adresse.

— Und wenn ich das nicht mache?

— Nun, ich bin mir sicher, wir können Sie überzeugen. Für den unwahrscheinlichen Fall, dass uns das nicht gelingen sollte, halten wir uns an Ihre Lieben. An Ihre Mutter, Ihren Bruder mit seiner bezaubernden Frau oder Ihre Schwester mit den beiden reizenden

Kindern. Zwei Mädchen, richtig? Also, seien Sie einer Sache versichert und da spreche ich aus langjähriger Erfahrung: Wir kriegen unser Geld auf jeden Fall.

Er steht auf und geht zur Tür. Der Popelknecht kaut vor sich hin und grinst mich an.

— Allerdings, sagt er, bleibt in der Tür stehen und dreht sich um, vielleicht könnte ich mich darauf einlassen, Ihnen einen Vorschlag zur Güte zu machen. Sie haben ja einiges durchgemacht in letzter Zeit und ich, nun, ich habe ein weiches Herz.

Tatsächlich?, denke ich. Du hast ein Herz?

— Ich könnte mir vorstellen, sagt er und wiegt den Kopf hin und her, dass Sie uns eine einmalige Summe als Abfindung zahlen, und damit wäre unsere Geschäftsbeziehung dann tatsächlich beendet.

Ach was, denke ich. Na ja, der wird sich überlegen, was er hat, das hat er und wer weiß, was kommt? Oder er wollte mir vorher nur Angst einjagen, um jetzt die Kohle zu kriegen. Ist auch egal.

— Und woran haben Sie gedacht?

— Nun, sagt er und beguckt sich seine Fingernägel, angesichts der Umstände halte ich eine Summe von zweitausend für angemessen.

— Tausend.

Er seufzt und schüttelt den Kopf.

— Sie enttäuschen mich, wirklich. Ich komme Ihnen entgegen und was tun Sie? Sie feilschen. Aber gut, wenn Sie nicht wollen, dann–

— Doch, tut mir leid. Sie kriegen die zweitausend und damit war's das, richtig?

— Na ja, sagt er und rückt seine Manschetten zurecht, dann wollen wir an dieser Stelle mal Gnade vor Recht ergehen lassen, ausnahmsweise. Zweitausend also. Zahlbar innerhalb einer Woche von heute an und keinen Tag später, sonst ...

Der Popelknecht grinst mich an und ich denke, so einer redet von Gnade und Recht. Andererseits sind die, die sich eigentlich darum kümmern sollten, auch nicht besser. In diesem Scheißland!

Die Tür fällt ins Schloss, ich geh in die Küche und steck mir eine an. Zweitausend, denke ich, das ist 'ne Menge Kohle und ich hab keine Ahnung, wo ich die hernehmen soll. Aber mir fällt schon was ein. Das Wichtigste ist, dass die mich vom Haken lassen. Sonst häng ich da mein Leben lang dran.

Ich hab mir die Kohle zusammengeborgt und am letzten Tag einen dicken Umschlag zu diesen Wichsern gebracht. Das war's, hab ich gedacht. Wie heißt es so schön? Das Geld ist ja nicht weg, es ist nur woanders. Ja, und in unserer ruhmreichen Republik landet es immer bei den Arschlöchern. Das hat Roller schon vor Jahren gesagt, noch bevor ich die Bar aufgemacht hab. *Um es hier zu was zu bringen, musst du so einer sein, der anderen die Schuhe klaut, während sie schlafen. Eine ehrliche Haut kriegt hier nur eins, nämlich eins übergebraten.*

Am nächsten Tag hab ich mich mit Hanna und Horst getroffen. Ich hab ihnen erklärt, wie die Dinge stehen und dass sie ab nächsten Monat kein Geld mehr kriegen. Die beiden haben's mit Fassung getragen, was sollten sie auch machen? Zum Abschied haben wir uns umarmt, Horst hat geschluckt und Hanna hatte Tränen in den Augen.

Zwei Wochen später kam ein dicker Brief von der Versicherung. Na also, hab ich gedacht und den Umschlag aufgerissen, die haben sich doch geirrt! Damit sieht die Welt gleich ganz anders aus.

Sehr geehrter Herr Brenner, blablabla. Aufgrund von Paragraph soundso, Absatz soundso dürfen wir Ihnen hiermit mitteilen, dass Ihr Beitragssatz folgendermaßen angepasst wurde: 191,23 NRM, zahlbar zum Ende des Monats und rückwirkend ab dem 01. 01. 2008. Dass mein ... was?

Zwei Stunden später sitz ich in einem Büro der *Abteilung für Beitragsangelegenheiten*. Eine dicke Mutti thront hinter einem Schreibtisch und blättert durch meine Akte.

— Tja, sagt sie und schlägt den Ordner zu, das hat alles seine Richtigkeit. Ihr Beitrag wurde sogar verringert, deshalb verstehe ich nicht, was Sie haben?

— Was ich habe? Nichts hab ich mehr! Es gibt nichts mehr zu versichern! Steht das nicht in Ihrer Scheißakte?

— Beruhigen Sie sich bitte, sonst ... Ja, hier steht *Änderung in der versicherten Sache*, in Klammern *Totalverlust*. Das tut mir leid für Sie. Trotzdem haben Sie einen gültigen Vertrag mit uns, aus diesem Vertrag ergeben sich gewisse Verpflichtungen und denen müssen Sie nachkommen.

— Ich ... einen Scheiß muss ich!

— Beruhigen Sie sich jetzt! Ich werde Sie kein drittes Mal darum bitten. Das hat alles seine Richtigkeit, mehr kann ich dazu nicht sagen. Ich habe die Regeln nicht gemacht.

Natürlich, denke ich, keiner von euch Arschlöchern hat die Regeln gemacht. Das kenn ich schon.

— Das heißt also, ich ... ich darf weiterhin jeden Monat blechen?

— Das, sagt sie und beugt sich vor, was ich Ihnen jetzt sage, das muss ich nicht sagen, ja? Aber in Ihrem Fall, also bei einem Totalverlust, da steht Ihnen ein Sonderkündigungsrecht zu, verstehen Sie?

Na bitte, denke ich, geht doch.

— Das heißt, wenn ich jetzt kündige, bin ich raus aus der Sache? Aus diesem Vertrag?

— Grundsätzlich ja, sagt sie und setzt sich aufrecht hin, allerdings erst zum Ende des laufenden Geschäftsjahres.

— Zum Ende des ... was haben wir jetzt? Februar? Das sind trotzdem noch zehn Monate, in denen ich–

— Und die Raten für Januar und Februar, die müssen Sie nachzahlen.

— Was ist das für ein Drecksladen hier! Ich muss weiter löhnen und was krieg ich dafür? Nichts! Nicht einen Pfennig!

— Wie die Kollegen von der Abteilung für Entschädigung verfahren, dazu kann ich nichts sagen. Ich sage Ihnen nur, wie wir das hier handhaben.

— Das können Sie vergessen. Ich zahl den Scheiß nicht, ganz einfach.

Sie lehnt sich zurück.

— Das ist natürlich Ihre Entscheidung. Aber in diesem Fall muss ich Sie davon in Kenntnis setzen, dass das nicht ohne Konsequenzen bleiben wird.

— Jetzt hab ich aber Angst.

— Sollten Sie mehr als drei Monate mit den Zahlungen in Verzug geraten, werden wir einen Pfändungsbeschluss erwirken. Sollten Ihre Verbindlichkeiten damit nicht beglichen sein, so haftet Ihre Familie. Gegen Sie werden wir Strafanzeige erstatten, verbunden mit dem Antrag auf unmittelbare Inhaftierung wegen Fluchtgefahr. Und Sie bleiben auf jeden Fall in Haft, bis das Verfahren abgeschlossen ist. Das kann dauern. Gerade bei jemandem, der so wenig kooperativ ist.

Mit einem Ruck beugt sie sich vor.

— Mit anderen Worten, wir kriegen unser Geld auf jeden Fall!

— Nein, sag ich, das ... das sind genau dieselben Worte.

— Was?

— Nicht so wichtig.

— Wenn das so ist, sagt sie und lehnt sich zurück, dann gehen Sie jetzt besser. Wir sind hier fertig.

Ja, hab ich gedacht, ich bin hier auch fertig. Mit dieser Eule und den anderen Hackfressen in diesem Loch. Mit dem Anzug und seinen Knechten. Mit Wagenbeck und dem Pack um ihn herum.

Mit allen Arschgesichtern in diesem Scheißland. Mit dem ganzen Dreck!

Ich hab die Tür hinter mir zugeschmissen. Verdammt, hab ich gedacht, durch wie viele von diesen Fluren bin ich schon gegangen? Vor wie vielen dieser Zimmer hab ich gehockt und gewartet? Stunden, Tage, Wochen meines Lebens. Damit irgendein Sesselfurzer die Hand aufhält.

Ich hab mich abgestrampelt wie'n Blöder und wohin hat mich das gebracht? Meine Frau hat mich verlassen. Mein Sohn ist tot. Mein Laden ist abgebrannt. Das Einzige, was mir geblieben ist, sind Schulden.

Du wirst diesen Kahn auf Grund setzen, hat Roller gesagt, *in der Brühe kannst du nur auflaufen*. Er hat von Anfang an recht gehabt, ich hab's nur nicht wahrhaben wollen. Roller ist den einzigen Weg gegangen, der einem bleibt in diesem Drecksland, und er hat's geschafft! Wie hat die fette Eule gerade gesagt? *Dann gehen Sie jetzt besser.* Genau das werde ich machen. Das hätte ich schon längst machen sollen.

39

In den nächsten Tagen bin ich um diese Sache rumgeschlichen wie um ein Weihnachtsgeschenk. Ich wusste, was drin ist, aber hab es nicht über mich gebracht, auch nur die Schleife anzurühren. Erst nach einer Woche habe ich ihn ausgepackt und vor mich hingestellt, diesen Entschluss. Zum ersten Mal hab ich ihn mir richtig angesehen, von allen Seiten.

Sieht gut aus, hab ich gedacht. Was hat Roller geschrieben? *Wenn du mal die Schnauze voll hast von dem ganzen Scheiß* – und die hab ich voll! Bis Oberkante Unterkiefer. *Komm runter und wir machen hier was auf.* Ich kenn Roller, der meint das so. Was hält mich denn hier?

Berlin? Sicher, Berlin ist meine Heimat. Aber diese Stadt hat mir erst was gegeben, um es mir dann wieder zu nehmen. Außerdem, so toll ist es hier auch nicht. Meine Freunde? Die kommen ohne mich klar, keine Sorge. Meine Geschwister auch. Wir sehen uns ohnehin selten und die haben ihr eigenes Leben. Also ... und Muttchen? Das kann ich ihr nicht antun. Und damit ist die Sache gestorben. So einfach ist das. Ja, wenn das so einfach wäre. Denn ich sitz immer noch hier, in der Scheiße und ... ich weiß auch nicht.

Mein Tag begann früh am Morgen und spät am Abend war er zu Ende. Tag für Tag und dazwischen lag die Nacht. Am Tag hab ich gearbeitet und in der Nacht geschlafen. So einfach.

Ich hab alles gemacht, was Geld brachte. Für ein paar Stunden oder einen Tag. Wenn ich auf'm Bau geschuftet hab, hatte ich abends Mörtel und Staub an den Schuhen. Kam ich vom Schlachthof, war es Blut. Aus der Brauerei hab ich den Gestank mitgebracht und aus der Autobude den Dreck unter meinen Fingernägeln. Mit jeder Woche wurde es morgens früher hell und abends später dunkel. Das Leben in der Stadt ging weiter und es ging an mir vorüber.

Am Ende jedes Monats musste ich die Kohle für die Versicherung abdrücken, knapp zweihundert Mark. Für nichts. Dazu die Nachzahlungen für Januar und Februar. Die durfte ich in Raten abstottern, fuffzig pro Monat. Wie gnädig. Alle zwei Wochen war die Miete fällig. Die Wohnung war zu groß und zu teuer, doch es war schwer, was anderes zu finden. Kalle hat mir geholfen und Anfang Mai bin ich umgezogen. Ein Loch in Moabit. Hinterhaus, Erdgeschoss, Scheißhaus auf'm Hof, aber günstig. Von dem Rest hab ich jede Woche meine Schulden abbezahlt.

Ende Mai musste ich zu einer Beerdigung. Diesmal war es eine Cousine von mir, ein Jahr jünger als ich. Sie war bei der Geburt ihres vierten Kindes verblutet, im Krankenhaus. Der Arzt hat gesagt, er konnte überhaupt nichts machen. Wie auch, wenn er nicht da war?

Die Beerdigung war an einem Samstag um zwei. Ich bin gleich von der Arbeit zu Muttchen gefahren, damit wir vorher noch bei ihr Mittag essen.

— Gut, dass wir das so machen, hat sie gesagt, du musst mal was Anständiges zu dir nehmen. Sieh dich nur an, ganz schmal bist du geworden.

— Mir geht's gut.

— Unsinn. Mir musst du doch nichts vormachen.

— Muttchen, ich hab gerade zehn Stunden Mehlsäcke geschleppt, mit nur einer Pause dazwischen. Ist doch klar, dass ich nicht besonders frisch aussehe.

— Das ist nicht nur heute, das ... Junge, du gefällst mir gar nicht.

— Ich gefall dir nicht mehr?, sag ich und grinse.

— Hör auf mit diesem Unsinn. Du weißt genau, was ich meine.

Es ist nicht nur das Aussehen, schon seit Monaten bist du so ... du hast doch nicht wieder mit dem Trinken angefangen?

—Nein. Da kannst du beruhigt sein, das hab ich hinter mir.

—Gott sei Dank. Trotzdem, ich mache mir Sorgen um dich. Du bist noch keine dreißig, aber wenn das so weitergeht mit dir, dann ... es ist nicht mitanzusehen. Deine Geschwister kommen zurecht, aber mit dir, Junge, ich will doch nur dein Bestes.

—Mir geht's gut.

Ich guck an ihr vorbei und sie schüttelt den Kopf.

In der Kapelle saßen wir in der dritten Reihe. Der Herr Pfarrer hat über Hoffnung und Erlösung geredet und mir ging durch den Kopf, was Muttchen gesagt hatte. *Du bist noch keine dreißig, aber wenn das so weitergeht mit dir, dann* ... Was dann? Tja, hab ich gedacht, eigentlich kann ich mir auch 'n Strick nehmen und der Spuk ist vorbei.

Blödsinn! Da vorn sitzt Norbert und seine Frau ist tot. Der hat wirklich keine Wahl, nicht mit drei Kindern und dem Säugling an der Backe. Ich kann mich immer noch vom Acker machen. Sicher, das ist weit weg, aber ich bin nicht aus der Welt. Da unten komm ich wieder auf die Beine und dann ... dann hol ich Muttchen nach und sie hat auf ihre alten Tage noch ein schönes Leben, mit allem Komfort und Zurück. Wenn Roller das hingekriegt hat, schaff ich das auch. Oder ich komme wieder, die Taschen voller Kohle. Dann sitz ich im Kranzler, werde bedient und geb Trinkgeld. Nicht zu viel, sonst werden die Jungs übermütig.

Aber wenn sie in der Zwischenzeit ... und ich bin nicht da. Darin bin ich ja groß – doch das passiert mir nicht noch mal. Muttchen würde mir das verzeihen, aber ich mir nicht, niemals. Da bleib ich lieber hier.

Und geh langsam vor die Hunde? Das wird ihr gefallen. Scheiße, das wird ihr das Herz brechen! Ich glaub, wenn sie wüsste, womit ich mich rumschlage und dass sie der einzige Mensch ist, der mich hier hält, sie würde noch heute losgehen und mir die Karte für'n Bus kaufen. Mein Muttchen, hab ich gedacht und ihre Hand genommen.

Sie hat meine Hand gedrückt, ganz fest, und in dem Moment war ich mir sicher. Ich werde gehen!

40

Endlich Klarheit! Ein Ausweg! Ein Ziel! Es wird dauern, bis ich bei Roller bin, und das wird kein Spaziergang. Aber ich weiß, was ich will! Vorher allerdings muss ich meine Schulden loswerden und diese beschissene Versicherung. Hab ich das erledigt, muss ich Kohle machen. Ein paar Tausend auf jeden Fall, sonst brauch ich mich gar nicht erst auf'n Weg machen.

Roller hat sich das zusammengeborgt, ist verschwunden und hat böses Blut hinterlassen. Um jede Rückkehr auszuschließen, glaub ich. Für mich ist das nichts, denn irgendwer bleibt auf den Schulden sitzen. Ich werde hart arbeiten, mir die Kohle zusammensparen und erst dann geht's los!

Ich hab geackert wie ein Blöder. Zwölf, vierzehn Stunden am Tag. Ich hab nichts anderes gemacht und kaum jemanden getroffen. Lampe bin ich ein Mal begegnet, bei der Beerdigung seiner Mutter. Wir haben nur ein paar Worte gewechselt. Er war ziemlich mitgenommen, aber das mit Renate lief gut. Im Jahr drauf wollten sie heiraten. Ich hab mich gefreut für die beiden.

Mit Iwan hatte ich zu tun, wenn ich mal Taxi für ihn gefahren bin, also selten. Er wollte mir helfen, aber er hätte einen rausschmeißen müssen, damit ich seine Karre übernehmen kann. Das hätten die anderen Fahrer nicht mitgemacht und ich wollte das auch nicht, nicht so. Erst Ende des Sommers hat ein Fahrer aufgehört und ich konnte richtig einsteigen. Von da an wurde einiges einfacher und ich hab nicht mehr aus dem allerletzten Loch gepfiffen.

Allerdings, die guten Zeiten fürs Taxigeschäft waren vorbei. In den vergangenen fünf Jahren hatte sich der Spritpreis verdoppelt und die anderen Kosten auch. Sich ein Taxi zu nehmen war teuer geworden. Deshalb machten das weniger Leute als früher und die gaben kaum oder gar kein Trinkgeld.

Dabei kamen immer mehr Leute in die Hauptstadt. Berlin war in den letzten Jahren gewachsen wie ein Geschwür, von knapp vier Millionen auf mehr als sechs.

Wer es sich leisten konnte, zog in die Stadt. Eine Wohnung zu finden war schwer und mit den Mieten ging es steil bergauf. Die meisten lebten deshalb in den Vorstädten. So hießen die offiziell. In Wirklichkeit war das ein Meer von Hütten, Buden und Verschlägen rings um die Stadt. Zusammengenagelt aus rostigem Blech und verschimmeltem Holz, abgedichtet mit alten Mülltüten und Spucke. Bis zum Horizont.

Die Hauptstraßen dort sind im Sommer staubig und verdreckt, im Herbst werden daraus Modderpisten mit Müll zu beiden Seiten. Die Nebenstraßen sind so ausgefahren, dass man mit einem normalen Wagen nicht durchkommt. Es gibt keinen Strom und Wasserhähne nur an den Ecken, wenn überhaupt. Der Abfall wird verbrannt oder hinter die Hütte geschmissen. Am Wegesrand schwappt eine üble Brühe vor sich hin und verpestet die Luft. Die Einzigen, die sich in diesen Gegenden wohlfühlen, sind Fliegen, Ratten und Kakerlaken.

Die Leute da haben keine Kohle, nichts zu fressen, aber viel Zeit. Die nutzen sie, um sich gegenseitig fertigzumachen. Jede Nacht werden ein paar abgestochen, totgeschlagen oder angezündet. Von den Kloppereien und dem anderen Mist nicht zu reden. Den Bullen ist das scheißegal und wenn sie da reingehen, nur als Hundertschaft.

Eine Tour dahin war die Ausnahme und sobald es dunkel wurde, hab ich so was nicht mehr angenommen. Wenn ich mich umbringen wollte, konnte ich das auch in der Stadt machen.

Im Dezember hab ich die letzte Rate für die Versicherung abgedrückt und Ende Januar war ich meine Schulden los. Von da an hab ich jeden Pfennig zurückgelegt. So verging der Winter und der Frühling kam. Ich bin Taxi gefahren und hab nebenher alles gemacht, was irgendwie Geld brachte. Der Frühling ging in den Sommer über und ich hab geknechtet, geknüppelt und geackert. Von morgens bis abends und die halbe Nacht. Trotzdem ging's mir gut, denn ich hatte ein Ziel vor Augen! So wie damals, mit der Bar.

Über Umwege hab ich mir einen Reisepass besorgt. Der hat zwar ein Schweinegeld gekostet, aber dafür war's auch eine richtig gute Fälschung. Jetzt, hab ich gedacht, brauch ich nur noch ein bisschen mehr Kohle und dann mach ich mich auf die Socken! Spätestens im Herbst.

Nebenher hab ich mich umgehört, ohne das an die große Glocke zu hängen. Welche Wege kann ich nehmen und welche sollte ich meiden? Wo kann ich fahren und wo muss ich laufen? Wo kann ich unterkommen? Wie komm ich über die Grenzen und wie über die Berge? Vor allem, wie komm ich auf die andere Seite? Wer kann mir wie helfen und wo finde ich den? Schließlich, was kostet der Spaß?

Der eine hat das gehört, der andere was anderes. Der kennt diesen, der kennt jenen und der kennt den, der wiederum den kennt. Einer sagt was und ist sich ganz sicher. Sein Kumpel erzählt das Gegenteil und ist sich genauso sicher.

Schauergeschichten hab ich gehört, eine schlimmer als die andere. Und Märchen, von Reichtum, schönen Frauen und großen Autos. Schwachsinn, vorgetragen im Brustton der Überzeugung. Wunschdenken, erzählt mit leuchtenden Augen. Fabeln, Legenden und ganze Romane. Hier ein Körnchen Wahrheit, dort ein Hinweis oder eine Adresse, vielleicht. Viele Steinchen und manche Scherben. Über Monate hab ich sie zusammengesetzt und Stück für Stück ergab sich ein Bild.

Es gab ein paar Läden, da traf man solche Leute. Und solche, die was verkaufen wollten. Die einen hatten den Weg über die Berge im Angebot, die anderen die Fahrt übers Meer und manche hatten das ganze Paket. Von Tür zu Tür.

Du kannst gleich los. Wenn du willst, schon morgen, kein Problem. Und du musst nichts bezahlen, nicht mal 'ne Anzahlung, keinen Pfennig! Wie hört sich das an? Wir bringen dich da runter und in Nullkommanichts liegst du in der Sonne. Wir besorgen dir eine Wohnung, und zwar nicht irgendein Loch, sondern eine schöne, mit Blick aufs Meer. Wir besorgen dir Arbeit, was Anständiges. Und wenn dann alles in Butter ist, kannst du deine Reise ganz in Ruhe bezahlen. Wie hört sich das an? Das hörte sich gut an. Für einen Volltrottel!

Seriöse Angebote gab es auch. Man wurde morgens mit einem Wagen von zu Hause abgeholt. Am Flughafen kriegte man einen gültigen Pass mit einem offiziellen Visum für ein Land seiner Wahl. Nach einem angenehmen Flug war die Grenze nur eine Formalität und auf der anderen Seite wurde man abgeholt. Das alles für nur fuffzigtausend Afros, bar und im Voraus zu bezahlen. Ein Schnäppchen.

Ende des Sommers hatte ich ein hübsches Sümmchen zusammen und mir kam ein Gedanke. Was, wenn ich's hier noch mal versuche? Das ist immer noch meine Stadt, hier sind meine Freunde, meine Familie und mein Muttchen. Was, wenn ich diese Kohle nehme und damit hier was aufziehe? Keine Bar, das hat sich erledigt. Was anderes, mir fällt schon was ein. Nur wozu? Um damit wieder auf der Fresse zu landen? Aber vielleicht läuft es dieses Mal besser?

Damals, bei der Beerdigung meiner Cousine, war mit einem Schlag alles klar. So, als ob ich rausgetreten bin auf eine Lichtung und die Sonne schien mir ins Gesicht. Doch nun ging es Schritt für Schritt zurück in den dunklen Wald und das Hin und Her ging wieder von vorne los. Doch wer hat mich davon erlöst? Siegfried Wagenbeck höchstpersönlich!

Am Sonntag, den 13. September 2009, fanden die nächsten Wahlen statt. Wagenbeck war mittlerweile sechs Jahre am Ruder. In der Verfassung stand zwar was von fünf, aber im Jahr davor war wohl was dazwischengekommen. Er war fett geworden, rauschte in gepanzerten Karossen durch die Stadt und seine Reden hatten jeden Schwung verloren.

Sowohl seine alten Kumpels als auch die Leute aus seiner Familie schwammen im Geld und konnten machen, was sie wollten. Wer von der alten Garde beizeiten die Kurve gekriegt hatte, konnte sich ebenfalls nicht beklagen. Die hatten über Nacht das Parteiabzeichen gewechselt und blieben auf ihren Posten und Pöstchen. Den Arschkriechern und Speichelleckern ging es bestens, aber denen geht es immer gut, welche Fahne auch weht.

Alles drehte sich um eins: Geld! Das Leben war wie eine Strömung, die jeden hinaus aufs offene Meer zog. Wer genug Kohle hatte, konnte sich in der Nähe des Ufers halten. Wer mehr als genug hatte, konnte am Strand sitzen und dabei zugucken, wie die anderen sich abstrampelten. Die meisten hatten zu wenig und wurden abgetrieben, der eine langsamer, der andere schneller.

Viele neue Parteien waren gegründet worden. Manche waren für, andere waren gegen irgendwas und bei einigen war nicht klar, was die eigentlich wollten. Ein bunter Teppich mit vielen verschiedenen Mustern, die nicht zusammenpassten oder zusammenpassen wollten. Wagenbeck konnte sich zurücklehnen und abwarten, bis die Konkurrenz sich gegenseitig an die Gurgel ging. Wurde einer gefährlich, hat er ihn gekauft. Wer sich nicht kaufen ließ, ist spurlos verschwunden oder hatte einen Unfall.

Dennoch konnte Wagenbeck nicht verhindern, dass viele der kleinen Parteien sich zu einem Bündnis zusammenschlossen, und so wurde einen Monat vor der Wahl die *Allianz für Wandel und Erneuerung* gegründet, kurz *AWE*. Keiner hat geglaubt, dass die Wagenbeck aus dem Sattel heben kann. Aber die Hoffnung war, dass er eins auf die Mütze kriegt und danach nicht mehr alles machen kann, was er will.

Am Wahlsonntag hab ich mein Kreuz bei der AWE gemacht, und das haben viele getan. Am Abend sollten die ersten Ergebnisse im Radio kommen, ich war in der Kneipe gegenüber, um mir das anzuhören. Der Laden war voll und die Luft zum Schneiden. Vor Rauch und vor Spannung. In dieser Kneipe war nicht einer, der das BFD gewählt hatte.

—Atze, mach mal lauter jetzt, die bringen was.

Mit einem Mal war Ruhe, nur einer hat gerülpst.

—Du alte Sau!

—Schuldigung. Was rausmuss, muss–

—Ruhe jetzt!

Hier ist der Preußische Rundfunk, wir unterbrechen das laufende Programm für eine Sondersendung. Das ist dieselbe Stimme, denke ich, meine Fresse, der hockt da immer noch. *Vor wenigen Minuten hat der nationale Wahlleiter die ersten offiziellen Hochrechnungen zur heutigen Parlamentswahl veröffentlicht.* Und das gleiche Gelaber.

Auf das Bündnis für Freiheit und Demokratie entfallen demnach 92,8 Prozent der abgegebenen Stimmen. Auf die Allianz für Wandel und Erneuerung entfallen 5,4 Prozent der abgegebenen Stimmen. Die restlichen Stimmen– Atze macht das Radio aus. Die Männer stehen da wie versteinert und es ist totenstill.

Im nächsten Moment fliegt ein Glas durch die Luft und zerscheppert an der Wand. Schreien, Brüllen und Pfeifen. *Diese Schweine!* Holz splittert. *Das ist Betrug!* Scherben knirschen. Ein Mann klettert auf'n Stuhl und hebt die Arme. In der Ecke kichert einer.

—Männer, sagt er und nimmt die Arme runter, jetzt hört mir doch mal zu!

—Und die Damen?

—Bis auf dich ist keine Dame anwesend, sagt der neben mir.

Ein paar lachen.

— Männer, hört mir zu! Jeder von uns weiß, was gerade passiert ist.

— Beschiss, das ist passiert!

— Genau! Wir wurden beschissen. Wir wurden gestern beschissen. Und vor sechs Jahren. Jeden Tag werden wir beschissen, wieder und wieder. Doch das war das letzte Mal! Heute wird der Schlussstrich gezogen! Mit unseren Fäusten! Wer ist dabei?

Jubel, Johlen, Klatschen und Pfeifen. Einer hilft ihm vom Stuhl, er geht voran und alle folgen ihm. Nur drei bleiben zurück. Ein alter Säufer, der in der Ecke hockt und nichts mehr mitkriegt, Atze hinter'm Tresen und ich. Die Meute zieht die Straße runter und verschwindet an der Ecke.

— Weißt du, was das Schlimmste ist?, sag ich und setz mich hin.

— Was?

— Ich hab das alles schon mal erlebt. Und ich kann dir jetzt schon sagen, wie's ausgeht.

— Ja, sagt Atze, das kann ich auch.

In der Nacht brannten die ersten Autos. Die Bullen haben geknüppelt und ein paar mitgenommen. Am nächsten Tag kamen sie mit Wasserwerfern und Tränengas. Am Donnerstag fielen die ersten Schüsse. Bis Sonntag gab es acht Tote, so stand es später in der Zeitung. In Wirklichkeit waren es mehr als achtzig.

Am Montag wurde der *Vorläufige Ausnahmezustand* verhängt. Nachts galt eine uneingeschränkte Ausgangssperre und tagsüber gab es überall in der Stadt Kontrollpunkte. Ständig musste man seine Papiere zeigen und wurde durchsucht. Jedes Fahrzeug brauchte eine Sondergenehmigung, sonst wurde es beschlagnahmt und der Fahrer verhaftet. Iwan hatte so was nicht, deshalb saßen wir am nächsten Tag in seiner Wohnung und haben die Beine hochgelegt. Es war später Nachmittag und wir hatten schon ein paar Bier intus.

— Weißt du, hab ich gesagt und mir einen Schluck genehmigt, du hast recht gehabt.

— Tja, sagt er, da will ich dir nicht widersprechen. Und womit genau, wenn ich fragen darf?

— Das ist schon Jahre her, lange bevor Wagenbeck Kanzler wurde. Wir haben uns getroffen, im Wedding, weißt du noch? Er hat geredet und ich war begeistert. Aber du hast schon damals gesagt, falls der eines Tages ans Ruder kommen sollte, wird sich trotzdem nichts ändern. Nur die Namen.

— Kannst du mal sehen.

— Ich wollte das nicht glauben. Dabei ist es in Wirklichkeit noch schlimmer, denn wie oft haben sich nicht mal die Namen geändert? Da sitzt dasselbe Pack und schaukelt sich die Eier, während unsereins ... Ich meine, die Bullen, das sind genau die Schweine, die uns schon vor Jahren zusammengeknüppelt haben. Genau die wollten Wagenbeck doch fertigmachen und was macht er? Hetzt sie auf die eigenen Leute! Das ... ich hab so dermaßen die Schnauze voll von dem ganzen Scheiß, das kannst du dir nicht vorstellen!

— Sicher?

— Als Wagenbeck die Wahl gewonnen hat, war ich mir sicher, jetzt wird alles besser! Vor uns liegt das Gelobte Land und in diesem Land kann ich was reißen, kann was aus meinem Leben machen. Alles ist möglich, wenn ich nur fest daran glaube und hart genug arbeite. Ja, es gab Zeiten, da lief's ganz gut, will ich gar nicht leugnen. Doch dann waren die Zeiten vorbei und ich hab eins gelernt. Unsereins schwingt nicht den Hammer, um irgendwas zu schmieden. Wir sind der beschissene Amboss und jeder Arsch kann auf uns rumkloppen, wie's ihm gefällt.

— Mann, sagt Iwan und steht auf, deine Kehle muss ja schon ganz trocken sein von dem vielen Reden. Ich hol dir mal noch 'n Bier, oder?

Daran wird sich nichts ändern, hab ich gedacht, nicht in diesem Drecksland! Und ich hab im Ernst überlegt, ob ich's hier noch mal versuche? Was für eine beknackte Idee! Noch 'ne Ehrenrunde? Danach sitz ich wieder da und bin am Arsch.

Wer weiß, ob ich dann noch die Kraft hab, von hier abzuhauen? Irgendwann ist der Saft alle und ich geb auf, nuckel an meinem Bier und warte auf Gevatter Tod. So will ich nicht enden und das werde ich nicht!

— Was ist jetzt, sagt Iwan, noch 'n Bier?

— Nein, sag ich und steh auf, ich hab genug.

41

Mitte Oktober wurde der Ausnahmezustand aufgehoben und alles war wieder beim Alten. Manche haben vor sich hin gemeckert, aber keiner hat was unternommen. Die Leute haben ihren Ärger und ihre Wut runtergeschluckt und das war's. Ich war überrascht.

Nicht, weil sich keiner gerührt hat, sondern weil mir das egal war. Ich war nicht enttäuscht oder wütend, ich hab nicht geschimpft oder rumgejammert. Das lag hinter mir. In meinem Herzen war ich schon weg.

Das Laub färbte sich gelb und rot, es wurde frisch und ich hab geackert, Woche um Woche. Die Tage wurden kürzer, die Blätter fielen von den Bäumen und lagen auf den nassen Straßen. Mitte November fiel der erste Schnee.

Bald bin ich so weit, hab ich gedacht, nur noch ein paar Scheinchen. Der Weg ist weit und je voller meine Reisekasse ist, desto einfacher wird alles. Außerdem, mitten im Winter aufzubrechen ist nicht gerade schlau. Ich warte bis zum Frühling und dann mach ich mich vom Acker, endgültig.

Heiligabend war ich mit Muttchen allein. Gisela war schwanger, sie musste ständig kotzen und wollte dabei nicht unbedingt Gesellschaft haben. Maria war mit ihrer Familie in Eberswalde. Muttchen würde am ersten Feiertag zu ihr fahren, aber ich wollte arbeiten.

Erst waren wir in der Christvesper und danach bei ihr zu Hause. Wir haben die Kerzen angemacht und uns aufs Sofa gesetzt. Der Wind schlug gegen die Scheiben.

— Ich freue mich, dass du dich wieder gefangen hast, hat sie gesagt und mir über den Kopf gestrichen. Ich habe mir Sorgen um dich gemacht.

— Ach Muttchen.

— Mir musst du nichts vormachen. Ich weiß, wie das ist, wenn man durch ein dunkles Tal wandert. Man denkt, das hört nie auf, nie wieder. Was soll das alles noch? Ich weiß genau, wie schwer es ist, einen Weg hinauszufinden, zurück ins Licht. Wenn ich euch damals nicht gehabt hätte, ich ... ich freue mich, dass du das geschafft hast. Und ich danke Gott jeden Tag dafür, dass du wieder Hoffnung hast und nach vorn siehst.

— Ich ...

— Und eins sollst du wissen, sagt sie und nimmt meine Hand. Was auch immer du tust und wohin ... wohin du auch gehst, ich werde bei dir sein. Und du bist bei mir.

— Woher ...

— Ach Junge, sagt sie, drückt meine Hand und eine einzelne Träne läuft ihr die Wange runter. Was denkst du denn?

Zwischen den Jahren hab ich gearbeitet und natürlich bin ich Silvester gefahren. Es lief wie geschmiert und die Leute haben Trinkgeld gegeben, als ob am nächsten Tag die Welt untergeht. Das war die beste Taxinacht meines Lebens. Die letzte Tour ging nach Tegel. Der Mann war schon besoffen, als er einstieg. Er hatte eine Schnapspulle dabei und hat sich an jeder Kreuzung einen genehmigt. Wir waren am alten Kanal, als er meine Schulter packt.

— Wo ... wo fährst du denn lang? Das ist, total falsch ist das doch, du–

— Das ist schon richtig.

— Nein, das ... das ist falsch!

— Ich kenn mich schon aus, keine Sorge.

— Du ... ich zahl das nicht! Von mir siehst du keinen Pfennig. Du ... du Wichser!

— Immer langsam, sag ich und denke, das hat mir noch gefehlt.

— Keinen Pfennig kriegst du von mir, du ... ich steig jetzt aus, ich–

Er macht die Tür auf, während der Fahrt! Dieser besoffene Blödmann! Ich fahr rechts ran. Kaum steht die Karre, steigt er aus. Aber das könnte ihm so passen. Ich hinterher, krieg ihn an der Jacke zu packen.

— Du bleibst schön hier, du schuldest mir noch was.

— Ja, sagt er und dreht sich um, ist mir ein Vergnügen.

Er hält ein Messer in der Hand. Ach du Scheiße!

— Ganz ruhig. Du kannst dein Geld behalten und ich fahr weiter, ja? Ganz locker. Alles kein Problem, in Ordnung?

— Ich, ich mach dich kalt, du ...

Er macht einen Schritt nach vorn und sticht ins Leere, verliert das Gleichgewicht und stolpert. Ich krieg seinen Arm zu fassen, drück ihn weg von mir, wir drehen uns im Kreis, kommen ins Trudeln und fallen beide in den Dreck, wälzen uns hin und her. Plötzlich Schluss. Er rührt sich nicht. Unter meiner Hand wird es warm und feucht.

Scheiße! Verdammt noch mal, das ... ich spring auf und bring ein paar Meter zwischen mich und ... Ich zittere am ganzen Körper. Das ... jetzt steh wieder auf! Na los, steh auf, Mann! Er liegt da und der schwarze Fleck unter ihm wird größer. Das ... verdammt noch mal! Das, das war, ein beschissener Unfall war das! Dafür kann ich nichts. Außerdem hat er mich ... was mach ich denn jetzt?

Ist er wirklich ...? Ich meine, vielleicht ... nein. Scheiße! Verdammte Scheiße! Und jetzt? Ich muss zur Polizei. Gute Idee! Zwei Männer und einer ist tot, abgestochen. Aber das war ein Unfall. Ach so? Na dann ist ja alles in Ordnung. Noch gute Weiterfahrt und ein gesundes neues Jahr, Herr Brenner. Ganz sicher.

Gibt ja keine Zeugen. Oder? Bewegt sich da was? Da hinten ist Licht, aber ... wer weiß, was die beobachtet haben? Wenn das nach hinten losgeht? Ja, die haben mich gesehen und wie ich hinter ihm her bin. Jetzt ist der Mann tot und ich bin am Leben. Wie sieht das aus? Beschissen! Ich ... verdammter Mist!

Die haben meine Karre gesehen und die Nummernschilder und damit kriegen die mich. Auf jeden Fall. Ich ... und wenn mich keiner bemerkt hat? Wenn da überhaupt keiner ist? Aber falls doch, ich ... ich will nicht für den Rest meines Lebens im Knast verschimmeln, das ... ich muss weg! Weg von hier! Will ich doch sowieso, dann eben jetzt! Erst mal über die Grenze.

Aber zuerst muss dieser ... der muss verschwinden. Hat mir das alles eingebrockt, der Sack. Ich pack seine Füße und zerr ihn den Abhang runter. Verdammt, ist der schwer und das ganze Blut. Warum konnte der nicht einfach ... dieses besoffene Arschloch! Ein Tritt und er plumpst ins Wasser. Meine Jacke fliegt hinterher, so verdreckt und zerrissen, wie die ist.

Ich hab kein Auge zugekriegt und bei jedem Geräusch gedacht, jetzt kommen sie und holen mich ab. So ein Blödsinn! So schnell geht das nicht, außerdem ist morgen Feiertag, da rühren die Bullen keinen Finger. Fährt aber auch kein Bus und ich komm nicht weg. Erst übermorgen, Scheiße!

Als es hell wurde, hab ich angefangen zu packen. Danach hab ich die Briefe geschrieben. An Iwan und Lampe, an Maria und Hans. Zum Schluss an Muttchen. Ich hab versucht, alles zu erklären, irgendwie. Bis in die Nacht.

Morgens um fünf bin ich aufgestanden, hab mich gewaschen und angezogen. Ich hab mir einen Kaffee gemacht und eine geraucht. Ein letzter Blick, dann hab ich meinen Rucksack genommen und die Tür hinter mir zugezogen. Draußen war es noch dunkel. Eine kalte, klare Winternacht.

Der erste Bus nach Leipzig geht um sieben. Ich kauf mir eine einfache Fahrt und warte. Leute kommen und gehen, trinken Kaffee oder essen was, unterhalten sich oder schlafen. Die Busse stehen in langen Reihen und die Diesel laufen warm, blaue Abgaswolken steigen in den Himmel und verlieren sich in der Dunkelheit.

Kurz vor sieben steig ich ein. Zwei kommen noch, Vater und Sohn, danach wird die Tür zugemacht. Der Fahrer gibt Gas und der Bus ruckt an. Wir schaukeln durch die Schlaglöcher, halten kurz am Tor und dann sind wir auf der Straße. Es wird langsam hell. Ein neuer Tag beginnt und ich bin unterwegs.

Teil II

I

Wir sind noch in Berlin, da hält der Bus zum ersten Mal. Ein Hof, die Erde schwarz vom Öl, zwei Tanksäulen in der Mitte. Der Fahrer hupt, fünf Minuten später schlurft ein Opa aus dem Schuppen gegenüber. Er trägt drei Jacken übereinander und die Kippe hängt im Mundwinkel. Na wunderbar, denke ich, ein Funke und das war's mit der Reise.

Den nächsten Halt haben wir in Potsdam gemacht. Erst mal frühstücken. Das ist auch so was, hab ich gedacht, deshalb wird das hier nichts, in diesem Drecksland. Weil wir nicht aus dem Arsch kommen! Wir sind schon zwei Stunden unterwegs und wie weit sind wir gekommen? Dreißig, vierzig Kilometer?

Eine Stunde später sind wir weitergefahren. An jeder Milchkanne ist einer raus oder einer rein, Pakete wurden aufs Dach geschnürt oder Säcke abgeladen. Es war zum Wahnsinnigwerden! Der Himmel zog sich zu und vor Beelitz fing es an zu schneien. Das schaffen wir nie, hab ich gedacht. Heute ist Samstag, da machen sie die Grenze bestimmt schon mittags dicht. Dann sitz ich dort bis Montag fest und bis dahin suchen die mich doch längst.

Das Schneetreiben wurde dichter und der Bus langsamer. Sie haben ihn sicher schon gefunden, hab ich gedacht, seine Leiche. Ich hab ihn einfach ins Wasser geschmissen. Aber was hätte ich denn tun sollen?

Kurz vor Wittenberg wurde es heller und hörte auf zu schneien. Als wir an die Elbe kommen, reißt der Himmel auf und die Sonne kommt raus. Der Grenzposten ist noch offen! Wenn ich erst durch die Kontrolle bin, können die mir gar nichts mehr. Meine Knie sind weich und ich steck die Hände in die Hosentaschen, damit keiner sieht, wie sie zittern. Vier Leute vor mir.

Die Elbe, denke ich, so breit ist die gar nicht. Noch drei. Aber sie fließt ganz schön schnell, das hätte ich nicht gedacht. Zwei. Klärt sich auf, das Wetter. Wie sagt Muttchen? *Wenn man sich aus dem Blau des Himmels ein Kleid schneidern kann, dann wird's ein schöner Tag.* Einer noch. Ob sie den Brief schon gekriegt hat? Bestimmt, denn–

— Papiere!

Mein Pass riecht noch ganz neu. Der Mann hinter der Scheibe zieht den Rotz hoch und klappt ihn auf. Stempel rein, und fertig.

— Der Nächste!

Zehn Minuten später hat die Fähre abgelegt. Wir waren schon in der Mitte vom Fluss, erst da ist mir klar geworden, was gerade passiert war. Was überhaupt passiert war. Seit der mit dem Messer auf mich losgegangen ist, war mir die Wirklichkeit immer ein Stück voraus, aber auf dem Kahn hab ich sie eingeholt.

Ich hab alles zurückgelassen, hab ich gedacht. Meine Stadt, meine Freunde, meine Familie. Das liegt jetzt hinter mir und es gibt kein Zurück. Und ich will auch nicht zurück. Ich will über diesen Fluss, ans andere Ufer und weiter, immer weiter. Bis ich's geschafft hab – und ich werde es schaffen!

Mit einem Knirschen schrammte die Fähre auf brüchigen Beton. Am Ufer stand ein Fahnenmast und daneben ein großes Schild, rote Schrift auf weißem Grund: *Willkommen in der Freien Sozialistischen Volksrepublik Mitteldeutschland*, darunter Hammer und Sichel.

Durch die Kontrolle zu kommen war einfach. Vor ein paar Jahren hatten die Bongos Druck gemacht, dass die sechs deutschen Staaten einen Vertrag unterschreiben. Darin wurde festgelegt, dass keiner ihrer Bürger mehr ein Visum oder eine Genehmigung braucht, um von einem Land ins andere zu reisen. Ein Pass reicht. Hin und wieder tanzte einer der sechs aus der Reihe, aber nicht an diesem Tag.

Kaum saß ich wieder im Bus, bin ich weggenickt – um bei jedem Schlagloch hochzuschrecken, und die gab es reichlich. Die Dörfer unterwegs waren verfallen und die Städte verkommen. Alles Grau in Grau. Meine Fresse, hab ich gedacht, wenn das hier das *Paradies der Arbeiter und Bauern* ist, will ich nicht wissen, wie es bei denen in der Hölle aussieht.

Es war schon längst dunkel, als der Bus mit einem Ruck zum Stehen kam. *Endstation!* Die Tür ging auf und ein Schwall kalter Winterluft zog durch den Gang. Ich hab meinen Rucksack genommen und bin ausgestiegen.

Hinter dem Bus ragte eine gewaltige Ruine in die Nacht. Der alte Bahnhof. Rings um den Platz brannten ein paar Lichter, an einer Ecke flackerte ein Feuer. Meine Mitreisenden verschwanden in der Dunkelheit. Der Bus fuhr los, bog um die nächste Ecke und ich war allein.

Zum Glück wusste ich, wo ich unterkommen konnte. Bei Erwin Köpke, ein alter Kumpel meines Vaters. Der hatte es damals geschafft abzuhauen und lebte seitdem in Leipzig. Ich hatte ihm schon vor Wochen geschrieben und er hat geantwortet, *bei mir kannst du bleiben, solange du willst. Viele Grüße, Erwin.* Darunter die Adresse.

Ich bin rüber zum Feuer gegangen. Drei Gestalten saßen um einen abgeschnittenen Kanister herum und wärmten sich die Hände. Zwei Männer und eine Frau. Die Kerle waren hackedicht und die Alte kurz davor, aber sie war gerade noch in der Lage, mir den Weg zu beschreiben, ungefähr. Eine Stunde und ein paar Umwege später stand ich bei Erwin Köpke vor der Tür. Hinterhaus, zweiter Stock.

Ich hab geklopft, nach ein paar Minuten klappert was und die Tür geht auf. Ein alter Mann in einer Strickjacke steht vor mir und seine Augen werden feucht.

— Mensch, Ernst, sagt er und umarmt mich, das …

— Nein, ich bin–

— Das weiß ich doch, sagt er und lässt mich los, es ist nur ... du bist deinem Vater wie aus dem Gesicht geschnitten, weißt du das?

— Ja, sag ich und muss grinsen, das hat Muttchen hin und wieder erwähnt.

— Natürlich. Karin, wie ... aber jetzt komm erst mal rein. Hier, wir gehen in die Küche. Wie sieht's aus? Willst du was essen? Du musst doch Hunger haben. Oder ein Bierchen?

— Na ja, sag ich und lehn meinen Rucksack an die Wand, also wenn ich ehrlich sein soll, würde ich mich am liebsten hinhauen. Ich hab seit Tagen nicht mehr richtig geschlafen.

Am nächsten Tag bin ich erst kurz nach elf aufgewacht, die Sonne schien auf meine Decke. Für ein oder zwei Tage bleib ich hier, hab ich gedacht, dann geht's weiter und in drei, vier Monaten bin ich schon–

— Morgen, sagt Erwin und steht in der Tür, gut geschlafen?

— Wunderbar.

— Willst du Kaffee? Ist allerdings nur diese Plörre. Schmeckt nicht wie Kaffee, sieht aber wenigstens so aus.

Das Zeug schmeckte furchtbar, aber egal. Wir saßen in der Küche am Fenster und haben geredet. Über Berlin, mich und meine Pläne, mein Muttchen. Und über meinen Vater, von dem hat Erwin viel erzählt. Als es dunkel wurde, haben wir uns das erste Bierchen aufgemacht. Und geredet. Bis nach Mitternacht.

Als ich am nächsten Tag gegen neun aufgestanden bin, war Erwin nicht da. Erst gegen Mittag kam er nach Hause und sah fertig aus.

— Tut mir leid, sagt er und lässt sich auf einen Stuhl fallen, aber heute ist der erste Montag im Monat und ich musste meine Rente abholen.

— Macht doch nichts.

— Und stell dir vor, die fünf Stunden Anstehen haben sich wirklich gelohnt. Denn die Herrschaften haben die Rente erhöht. Um ganze zwei Prozent! Ist das nicht großzügig?

— Na ja, ich–

— Gut, Mehl, Brot oder Eier sind jetzt zwar doppelt so teuer wie noch vor einem Jahr, aber wer braucht das schon? Schnaps dagegen ist so billig wie eh und je. Wenn ich mich ab heute nur noch besaufe, komme ich gut über die Runden.

— Das hab ich auch mal versucht. Lief aber nicht so gut.

Er guckt mich an und fängt an zu lachen.

— Du bist mir vielleicht einer, also ...

Er setzt Kaffeewasser auf und ich steck mir eine an.

— Weißt du, Erwin, sag ich und nehm einen Zug, eine Sache, über die haben wir noch gar nicht geredet und das ...

— Du meinst, als dein Vater verschwunden ist? Wie das war?

— Ja.

— Na ja, das ... das kam damals oft vor. Eben noch redest du mit einem, machst Witze oder borgst dir 'ne Kippe. Er geht kurz was zu essen holen oder zwei Bier. Du wartest, aber er kommt nicht zurück. Du fragst rum, er ist wie vom Erdboden verschluckt und du weißt Bescheid. Das konnte jeden treffen. Das war ja ihre Absicht. Keiner sollte sich sicher fühlen. An keinem Ort und zu keiner Stunde, verstehst du? So was passierte immer wieder, jeder wusste Bescheid, aber keiner hat drüber geredet. Um nicht der Nächste zu sein. Denn wer es wagte, den Mund aufzumachen, für den war's nur eine Frage der Zeit, bis ... Und dein Vater hat den Mund aufgemacht. Der hatte Mumm, das sag ich dir. Mehr Mumm als ich.

— Und ...

— Ja, ich weiß. Danach hieß es, dein Vater ist mit 'ner anderen durchgebrannt. Hat seine Frau und Kinder im Stich gelassen. Darüber haben sich die Leute das Maul zerrissen. Besonders die, die sonst brav die Klappe halten. Nichts davon stimmt. Dein Vater hatte Mumm und er war ein anständiger Mensch. Deshalb haben sie ihn ja verschwinden lassen, denn so was konnten die nicht ertragen. Danach haben sie diesen Scheiß über ihn in die Welt gesetzt. Damit nichts von ihm übrig bleibt, nichts Gutes.

— Und wie war das bei dir?

Erwin setzt sich hin und trinkt einen Schluck.

— Na ja, dein Vater ist am 12. Mai 84 verschwunden, das war ein Samstag, das weiß ich noch genau. Am Montag hat mir einer gesteckt, dass ich der Nächste bin. Ich bin gar nicht erst nach Hause, sondern hab mich in einem Schuppen versteckt und gewartet, bis es dunkel wurde. Dann hab ich mich auf die Socken gemacht. So, wie ich war. Noch in Arbeitsklamotten und mit drei Mark achtzig in der Tasche.

— Und der Tipp von dem, stimmte das?

— Und ob! Die haben schon in meiner Wohnung auf mich gewartet, drei Mann. Das hab ich später rausgekriegt.

— Glück gehabt.

— Wie man's nimmt. Ich bin nachts gelaufen und tagsüber hab ich mich verkrochen. Essen hab ich geklaut, aber viel war es nicht. Nach einer Woche stand ich an der Elbe, aber es war schon zu hell, um rüberzuschwimmen. Ich hab mir ein Versteck am Ufer gesucht und den Tag über gewartet. Ich hatte so einen Hunger. Aber wenn du erst drüben bist, hab ich gedacht, kannst du essen, so viel du willst und die schönsten Sachen. Du bist Kommunist, die sind Kommunisten, die kümmern sich um dich. Mitten in der Nacht bin ich ins Wasser, das war arschkalt und die Strömung war heftig. Als ich endlich am anderen Ufer lag, war ich fertig mit Jack und Büx, aber glücklich und das Gras unter mir war ganz weich. Bald danach ging die Sonne auf, wärmte mein Gesicht und ich hab gedacht, ich hab's geschafft. Ich bin frei.

— Kann ich gut verstehen.

—Als es hell war, bin ich aufgestanden und den Hang hochgeklettert. Oben war ein Weg und dahinter ein Acker. Ich war noch keine hundert Meter gelaufen, da kam ein Auto in Sicht. Grün, ohne Verdeck und es hielt auf mich zu. Ich hab gewunken und gelacht. Sie hielten vor mir an und zwei Mann stiegen aus, in Uniform und mit Gewehren. Ich hab dem Älteren meine Hand hingehalten und er hat mir seinen Gewehrkolben in die Leber gerammt. Sie haben mich gefesselt, mit Draht, und auf die Ladefläche geschmissen. Wie einen Kartoffelsack.

Erwin trinkt seinen Kaffee aus und stellt die Tasse auf den Tisch.

—Ich kam ins *Zentrale Untersuchungsgefängnis des Amtes für Volkssicherheit*. In eine kleine, muffige Zelle im Keller. Die nächsten Wochen und Monate, das ... das war die Hölle auf Erden. Sie haben mich zusammengeschlagen, wieder und wieder. Mit Knüppeln und Eisenstangen. Mit einer Zange haben sie mir die Fingernägel rausgerissen. Oder ich musste in eiskaltem Wasser stehen, stundenlang. Solche Sachen.

—Aber wieso, was ...

—Ich sollte gestehen. Dass ich ein Spion bin und ein Feind des Volkes. Irgendwann hab ich alles zugegeben, was sie wollten. Aber sie haben immer weitergemacht. Was sich Menschen so ausdenken, um anderen Menschen wehzutun. Ich ... willst du auch einen Schnaps?

Ich nicke, Erwin greift hinter sich und nimmt eine Flasche aus dem Schrank. Ich hol zwei Gläser, stell sie auf den Tisch und er gießt ein. Runter damit.

—Nach zwei Monaten, sagt er und macht die Flasche zu, wurde ich verlegt, ins *Umerziehungslager Nummer vier*. Die Regeln waren einfach. Wer versucht abzuhauen, wird erschossen. Wer das Maul aufreißt oder irgendwie aus der Reihe tanzt, wird erschossen. Wir haben geschuftet, zwölf bis vierzehn Stunden, jeden Tag. Drecksarbeit. So viele sind verhungert oder erfroren oder ... schon der kleinste Anlass hat gereicht und sie haben dich fertiggemacht.

Er gießt noch zwei Kurze ein, seine Hand zittert.

— Mensch, Erwin, das ...

— Nach fünf Jahren wurde ich entlassen. Von den neun Männern, die mit mir zusammen im Lager angekommen sind, lebten noch drei, mich eingerechnet.

Erwin trinkt seinen Schnaps aus und stellt das Glas auf den Tisch.

— Und warum, ich meine ...

— Warum sie mich entlassen haben? Mir wurde kein Grund genannt und ich hab nicht gefragt. Sie haben keinen Grund gebraucht, um mich zu verknacken, also brauchten sie auch keinen, um mich zu entlassen. Mir wurde ein Zimmer in Leipzig zugewiesen, ein Loch. Ich hab Monate gebraucht, um zu mich zu erholen, und dann wollte ich nur noch eins: weg aus diesem *Paradies der Werktätigen*. Aber daran war nicht zu denken. Die Grenzen waren dicht und wer sich nur in ihrer Nähe aufhielt, der ... und noch mal ins Lager, das hätte ich nicht gekonnt. Also hab ich den Kopf eingezogen, mir Arbeit gesucht und, na ja, jetzt sitz ich hier. Du siehst, mit dem Glück ist das so 'ne Sache.

— Aber das wollte–

— Weiß ich doch. So, jetzt lass uns mal was zu essen machen. Denn am Montag ist ab sechs immer Stromsperre.

Den Dienstag bin ich noch geblieben, aber am Mittwochmorgen hab ich meine Sachen gepackt. Erwin hat mir den Rest vom Brot in die Hand gedrückt und wir haben uns umarmt. Ich bin die Treppe runter und raus in die Winterluft.

Kurz nach acht war ich am alten Bahnhof und hab mir einen Fahrschein für den Bus nach Nürnberg gekauft. Erst gegen Mittag war der Bus so voll, dass sich die Tour für den Fahrer lohnte. Bis Gera waren die Straßen frei, danach wurde es glatt und Schneeverwehungen gingen quer über die Piste. Als es dunkel wurde, waren wir kurz vor Schleiz. Von dort waren es weniger als zwanzig Kilometer bis zur Grenze.

Der Fahrer hat uns zu einer windigen Absteige gebracht und kriegte bestimmt noch Prozente dafür. Er hat den Bus auf'm Hof abgestellt und schlief woanders. Die Zimmer waren für vier Leute und die Bettdecken so verdreckt, dass man sie aufrecht hinter die Tür stellen konnte.

Am nächsten Morgen um acht ging's weiter und kurz vor neun waren wir an der Grenze. Ich hab meinen Stempel gekriegt und bin durch die Sperre. *Auf Wiedersehen in der Freien Sozialistischen Volksrepublik Mitteldeutschland* stand auf einem Schild. Ihr mich auch, hab ich gedacht, auf Nimmerwiedersehen.

Fuffzig Meter weiter kam die nächste Schranke, dahinter fing der *Freistaat Bayern* an. Ich hab mich hinten angestellt, aber vorn rührte sich nichts. Erst gegen zehn wurde das Häuschen aufgemacht und keine zwei Minuten später fängt der Erste an zu schimpfen. Die Frau hinter ihm stimmt mit ein und ihr Kind fängt an zu heulen. Es wird lauter und ich hab Mühe, mich durchzudrängeln.

—Jetzt, also ... jetzt seien Sie bitte vernünftig, sagt der Fettsack im Häuschen, das ist doch nicht meine Entscheidung.

—Was ist denn los?

—Der will uns nicht über die Grenze lassen, dieser–

—Das stimmt so nicht, sagt der Fettsack und schluckt, Bürger des Freistaats Bayern dürfen selbstverständlich passieren. Bürger aller anderen Staaten allerdings brauchen ein Visum. Leider auch die Bürger der anderen deutschen Staaten.

—Scheiße, dann gib uns dieses Visumdings und mach nicht so 'ne Faxen.

—Das kann ich hier nicht ausstellen, sagt der Fettsack und der Schweiß steht ihm auf der Stirn, ich ... das darf ich gar nicht, das müssen Sie verstehen. Dafür müssen Sie in die Botschaft, nach Leipzig. Aber die, die machen das von einem Tag auf den anderen.

— Dir haben sie wohl–

Mit einem Quietschen hält ein Laster hinter dem Häuschen und fünf Soldaten springen von der Ladefläche. Der Fettsack wischt sich den Schweiß von der Stirn und richtet sich auf.

— Also, sagt er, ein letztes Mal. Wer kein gültiges Visum vorweisen kann, hat den Grenzbereich augenblicklich zu verlassen oder er wird entfernt. Im Ernstfall sind wir berechtigt, dabei von der Schusswaffe Gebrauch zu machen.

— Was ist denn mit diesem Vertrag, sag ich, der–

— Beschwerden können Sie an die Botschaft richten, in Leipzig.

Die Bayern unter uns gehen über die Grenze, hinter der Schranke wartet der Bus und sie steigen ein. Wir anderen stehen da. Zwanzig, fünfundzwanzig Leute und ein paar Kinder. Der Himmel ist blau, es ist kalt und Wind kommt auf. Der Bus fährt los und verschwindet hinter der nächsten Kurve.

2

Die sechzehn Kilometer zurück nach Schleiz sind wir gelaufen, zu beiden Seiten der Straße standen hohe, schneebedeckte Tannen. In Schleiz hab ich den letzten Platz im Bus nach Leipzig ergattert und abends um acht stand ich wieder bei Erwin vor der Tür. Er hat nur gegrinst, ist in die Küche gegangen und hat zwei Bier aufgemacht.

Am nächsten Morgen bin ich zur Botschaft des Freistaats Bayern getrabt, die war in der Nähe vom Bahnhof. Laut Fettsack brauchen die einen Tag, hab ich gedacht. Wenn ich das heute abgebe, ist das Montag fertig, spätestens Dienstag, und ich kann weiter. *Freitag geschlossen!,* stand an der Tür.

Am Montag war ich früh um acht in der Botschaft. Es war voll und sie hatten keine Formulare mehr. Am Dienstag war ich um sieben dort und hab den vorletzten Zettel erwischt. Ich hab alles ausgefüllt und mich angestellt.

— Wo sind die Passbilder?, sagt die Eule hinter'm Schalter.

— Davon stand aber nichts auf–

— Ohne Passbilder kann ich den Antrag nicht bearbeiten. Drei Passbilder. Der Nächste!

Die Bilder waren am Donnerstag fertig. Nach zwei Stunden Warten konnt ich den Antrag abgeben, ich hab bezahlt und eine Nummer gekriegt.

— Nächste Woche Donnerstag!

— Aber der Mann an der Grenze hat gesagt, Sie–

— Der Nächste!

Eine Woche später war ich wieder da. Von vier Schaltern war einer geöffnet. Ich hab mich angestellt. Vor mir stand einer in meinem Alter, aber stämmiger als ich.

— Und, sag ich, wie lange wartest du schon?

— Jetzt heute oder watt?, sagt er und dreht sich um.

— Nein, so insgesamt.

— Warte mal, sagt er und kratzt sich am Bart, das sind jetzt ... drei Wochen müssen das sein.

— So lange?

— Ja, iss wie's iss. Aber heute soll ich mit durch sein.

— Na dann viel Glück.

— Dir auch, sagt er und dreht sich um.

Als er dran ist, schüttelt die Frau hinter'm Schalter den Kopf.

— Der Nächste!

— Immer noch nix, sagt er und klopft mir auf die Schulter, nächste Woche. Watt willst machen.

Ich geh zum Schalter und geb der Frau meine Nummer, sie wirft einen Blick drauf.

— Das wird erst nächste Woche fertig, nächste Woche Donnerstag.

— Aber–

— Der Nächste!

Eine Woche später komm ich aus der Botschaft, der mit dem Bart sitzt auf der Treppe und raucht eine.

— Und, sag ich, wieder nichts?

— Nee.

— Bei mir auch nicht, sag ich und setz mich neben ihn, erst nächste Woche Dienstag.

— Iss wie's iss, sagt er und nimmt einen Zug. Aber eins sag ich dir. Wenn nächste Woche wieder nix ist, dann geh ich so, weißt? So langsam hab ich die Schnauze voll.

— Wo willst du eigentlich hin?

Er guckt mich von der Seite an.

— Nirgendwo will ich hin.

— Ja, sag ich und mach meine Kippe an, genau dahin will ich auch. Wie sieht's aus, wollen wir einen trinken gehen?

— Erst mal rauchen wir auf. Aber dann.

Um die Ecke haben wir eine Kneipe gefunden, nicht schön, aber billig. Die erste Runde hab ich ausgegeben, die zweite er.

— Wie heißt du eigentlich?, sagt er, haut das Glas auf'n Tisch und rülpst.

— Josua.

— Im Ernst jetzt?

— Ja, aber du kannst mich Brenner nennen, das machen alle.

— Brenner, sagt er und nickt, das hört sich schon besser an. Ich bin Willi, Willi Kopp. Wie der Kopp, watt du zwischen deine Schultern hast, weißt? Eigentlich Wilhelm, aber das sagt kein Schwein.

— Sondern? Alle Schweine sagen Willi?

Er guckt mich an, runzelt die Stirn und fängt an zu lachen.

— Dafür müsstest du eigentlich was auf die Schnauze kriegen, sagt er und haut mir auf die Schulter, aber egal! Los, wie sagt der Scheich zum Emir?

— Einen trinken wir noch, dann geh'n wir?

— Genau!

— Wo wohnst du denn?

— Ach, sagt er und winkt der Bedienung, hinter'm Bahnhof, da hab ich so 'nen Schuppen gefunden und da, weißt?

— Bei dem Wetter? Das muss nachts doch arschkalt sein.

— Na ja ... ja. Muss ich mir eben warme Gedanken machen.

— Quatsch! Komm mal mit, das kriegen wir schon hin.

Erwin hatte nichts dagegen, dass Willi bei ihm pennt, im Gegenteil. Er hat es genossen, dass Leben in der Bude war. Außerdem waren wir damit zu dritt und das hieß? Wir konnten Skat kloppen!

Das ganze Wochenende über haben wir gespielt und Erwin hat uns regelmäßig die Hosen ausgezogen. Dazu haben wir geraucht und das eine oder andere getrunken. Und geredet, über Gott und die Welt. Am Sonntagabend hat Willi mit einem Mal die Karten weggeschoben.

— Sag mal Erwin, also, nach dem ganzen Scheiß, den du durch hast, bist du da immer noch Kommunist?

Erwin stellt sein Glas zur Seite und atmet tief durch.

— Das, sagt er und guckt aus'm Fenster, hat mich schon lange keiner mehr gefragt. Das ...

— Wenn du nicht willst, sagt Willi, ist gut.

— Doch, das macht mir nichts aus. Also, das macht mir schon was aus, aber ... Weißt du, meine Eltern waren auch Kommunisten, und zwar richtig. Sogar in den letzten Jahren des Krieges, als keiner mehr wusste, wer gegen wen und warum. Es ging nur noch ums Überleben und da haben die meisten öfter die Seiten gewechselt als ich meine Hosen. Aber nicht meine Eltern. So bin ich aufgewachsen. Wir waren immer auf der richtigen Seite, auch wenn das nicht immer so aussah. Die Partei hatte immer recht und für die große, gute Sache mussten eben Opfer gebracht werden. Kurz vor Kriegsende wurde meine Mutter bei einem Einsatz erschossen. Er hat sie begraben und weitergekämpft.

Erwin nimmt sein Glas und trinkt aus.

— Ende 72 war er dran. Nachts um zwei haben Männer vom NSD die Tür eingetreten und ihn aus dem Bett gezerrt. Er hat ihnen vor die Füße gespuckt, aber die haben nur gelacht. Sie haben ihn so mitgenommen, wie er war. Barfuß in Unterwäsche. Das war zwei Tage vor meinem einundzwanzigsten Geburtstag und ich hab ihn nie wiedergesehen. Aber ich hab da weitergemacht, wo er aufgehört hat. Mit ganzem Herzen. Als ich abhauen musste, hab ich gedacht, jetzt komm ich nach Hause, zu meinen Leuten. Na ja, und den Rest, das hat dir Josua vielleicht erzählt.

— Aus der Traum, sagt Willi.

— Nein, so war das nicht. Die im Knast und im Lager, diese ... das waren keine Kommunisten, nicht in meinen Augen. Das waren Tiere. Die haben alles falsch verstanden und falsch gemacht. Aber das hat doch die Idee nicht falsch gemacht, nicht für mich.

Versteht ihr, wenn einer an Gott glaubt, hört er doch nicht auf damit, bloß weil ein Pfaffe die Kollekte klaut. Nein, ich hab weiterhin an die Sache geglaubt, sogar im Lager, und damit war ich nicht der Einzige. Das hat sich erst geändert, als ich rausgekommen bin, im Juni 89.

—Und?

—Tja, im *Paradies der Werktätigen* hatten die einfachen Leute nichts zu beißen und auch sonst nichts. Wer den Mund aufgemacht hat, wurde abgeholt. Je höher allerdings einer auf der Parteileiter stand, desto voller waren seine Taschen und desto schlimmer hat er sich aufgeführt. Das kam mir sehr bekannt vor und so hab ich eins gelernt. Der Kommunismus ist eine feine Sache. Aber nur auf'm Papier.

—Vielleicht, sagt Willi, sind das auch nur die falschen Leute.

—Ja, es gibt aber keine anderen! Wir Menschen sind nun mal die, die wir sind. Weißt du, eigentlich ist es ganz einfach. Um Kommunist zu sein, musst du fest daran glauben, dass der Mensch besser sein kann, als er im Moment ist. Und diesen Glauben, den hab ich verloren.

Als wir später in der Kiste lagen, konnte ich nicht einschlafen.

—Willi, pennst du schon?

—Ja.

—Kann ich dich was fragen?

—Von mir aus.

—Warum interessiert dich das, ob Erwin noch Kommunist ist?

Er dreht sich auf den Rücken und guckt die Decke an.

—Weil, mein Alter, der war auch Kommunist. Einer von den ganz harten Knochen.

—Und?

—Jetzt ist er tot.

—Haben die ...

—Nein, er hat sich aufgehängt. Bei uns in der Scheune.

— Das, das tut mir leid.

— Muss nicht. Ich hab mich gefreut, als er endlich tot war. Der hat mich sowieso nur verkloppt, jeden Tag. Mudding auch, wenn er besoffen war, und er war oft besoffen. Bis sie's nicht mehr ausgehalten hat.

— Das ...

— Und jetzt halt den Rand, ich will schlafen.

Am Dienstag waren wir wieder in der Botschaft und was haben sie mir gesagt? *Nächsten Dienstag.* Willi war nach mir dran und ich bin schon rausgegangen, eine rauchen. Zehn Minuten später fliegt die Tür auf und Willi kommt raus. Er ist rot im Gesicht und sein Atem geht schwer.

— Diese ...

— Was ist los?

— Weißt, watt die mir gerade gesagt haben? *Leider können wir Ihrer Nummer keinen Antrag zuordnen.* So 'ne gestelzte Hühnerkacke. Die haben meine Zettel vermölt und ... und jetzt kann ich noch mal von vorn anfangen mit dem ganzen Schietkram. Aber nicht mit mir, nicht noch mal! Ich hab die Schnauze voll, die können mich alle mal am Arsch lecken!

Er setzt sich hin, holt eine Kippe aus der Schachtel und schnaubt. Ich geb ihm Feuer.

— Und, was willst du jetzt machen?

— Watt denkst du denn? Ich mach mich vom Acker. Von diesen Schweinepriestern krieg ich doch nie irgendwas. Geh ich eben so, schwarz. Die können mich alle mal.

— Hm.

— Watt ist mit dir? Kommst du mit oder willst du dich weiter verarschen lassen?

Nächste Woche haben die gesagt, denke ich. Aber so hieß es auch letzte Woche und in der Woche davor. Inzwischen haben wir Februar und ich sitz hier immer noch fest. Am Ende bin ich so schlau wie Willi und geh auch schwarz rüber, aber allein. Scheiß drauf!

— Ich bin dabei, sag ich und halt ihm meine Hand hin.

Willi schlägt ein und grinst.

— Darauf, sagt er, müssen wir einen heben. Dazu rauch ich noch eine und danach ist Schluss mit dem Scheiß.

— Wieso das denn?

— Ich hab nur geraucht, weil ich nix zu tun hatte, weißt? Aber jetzt ist vorbei mit der Langeweile.

Am nächsten Morgen haben wir uns von Erwin verabschiedet und sind los. Als wir in Schleiz ankamen, war es dunkel. Wir sind in der Bude abgestiegen, die ich schon kannte, und haben am nächsten Morgen schön ausgeschlafen. Der Plan war, tagsüber zur Grenze zu wandern, noch bei Licht zu gucken, wo wir durchkönnen, und in der Nacht rüber.

Gegen elf sind wir losgezogen, es war bedeckt. Kurz vor der Grenze sind wir von der Straße runter und durch den Wald. Der Schnee knirschte bei jedem Schritt. Der Wald hörte auf und wir mussten durch die Felder. Ein eisiger Wind schlug mir ins Gesicht und es fing an zu schneien.

— Scheiße, ich kann kaum noch was sehen. Wenn wir jetzt in die falsche–

— Watt?

— Ich hab gesagt, dass–

— Dieser Scheißwind! Ich versteh kein Wort.

Das geht ja gut los, denke ich.

— Siehst du das da?, sagt Willi, bleibt stehen und zeigt nach rechts.

— Meinst du, da wohnt einer?

— Zumindest kommt was aus'm Schornstein. Wir gehen mal gucken. Bei dem Wetter kommen wir nicht weit.

Sieht aus wie 'n Hexenhaus, denke ich, als wir näher dran

sind. Vor der Tür klopfen wir uns den Schnee von den Klamotten. Willi hämmert mit seinen Stiefeln gegen die Schwelle, damit der Schnee abfällt.

—Willi, lass die Bude heil!

Die Tür öffnet sich einen Spalt und ein Gesicht erscheint. Alt und faltig, kleine Augen und ein langer Bart.

—Ja?

—Wir dachten, sagt Willi, bei dem Wetter, ob wir uns da kurz aufwärmen können bei Ihnen. Bei diesem Schietwetter!

Der Alte guckt uns von oben bis unten an, schließlich macht er die Tür auf.

—Aber Schuhe ausziehen.

Ein kleiner Flur. Ein Haken ist frei, wir hängen unsere nassen Jacken dran. Darunter liegt Zeitungspapier, vergilbt und verdreckt. *Volkszeitung* lese ich noch und stell meine Schuhe drauf. Wir gehen in die Stube. Abgewetzte Dielen, in der Mitte steht ein Tisch mit vier Stühlen, rechts ist eine Tür und uns gegenüber ein Fenster mit karierten Gardinen zu beiden Seiten. Links in der Ecke flackert ein Feuer im Kamin. Neben dem Kamin steht ein Höckerchen.

—Sie haben's ja mollig warm hier, sagt Willi.

—Könnt euch ruhig hinsetzen, sagt der Alte und geht zum Feuer.

Mit einem Eisenhaken schiebt er die Holzscheite zurecht. Wir setzen uns an den Tisch und er hängt den Haken zurück an die Wand.

—Was trinken? Tee?

—Ein Tee wär gut, sag ich und nicke.

—Hm.

Der Alte nimmt zwei Emaillebecher vom Regal und stellt sie auf den Tisch. Er holt die Kanne und gießt ein. Als ob eine Ziege auf Blech pinkelt, denke ich, so hat Roller das genannt. Der wird Augen machen, wenn ich bei ihm auf der Matte stehe. Ich zieh einen Becher zu mir ran, der Dampf steigt mir in die Nase. Meine Fresse, denke ich, was–

— Riecht gut, nicht? sagt der Alte.

— Ja, sagt Willi, sehr gut.

— Ist Hagebutte. Hab ich selbst gepflückt, letztes Jahr.

Der Alte schleicht zum Kamin, setzt sich auf das Höckerchen und guckt uns an. Wir schlürfen unseren Tee.

— Was macht ihr denn hier? In dieser Gegend und bei dem Wetter?

— Na ja, sag ich, wir–

— Schon verstanden. Bin ja nicht aus Dummenau. Ihr sucht Pilze, hab ich gleich gesehen. Ist hier aber die falsche Richtung.

— Aha, sag ich, und könnten Sie uns zeigen, wo ...

— Könnte ich wohl. Aber heute ist schlecht. Wochenende ist gut. Da gehen die nicht raus.

— Die Pilze?, sagt Willi.

Der Alte guckt ihn an und kratzt sich am Bart.

— Könnt hierbleiben, wenn ihr wollt. Ist warm und Essen hab ich auch. Könnt mir den Schornstein machen. Der zieht nicht richtig. Ich komm nicht aufs Dach, nicht bei dem Schnee. Und Holz hacken. Ist fast alle. Dafür könnt ihr bleiben. Heute und morgen. Übermorgen zeig ich euch, wo ... wo die Pilze wachsen, und nachts könnt ihr los. Einverstanden?

Und ob. Am nächsten Tag haben wir sein ganzes Holz gehackt und hinterm Haus gestapelt. Am Samstag ist Willi aufs Dach geklettert und hat eine tote Krähe aus'm Schornstein gezogen. Danach hat der Alte uns die Stelle beschrieben, wo wir rüberkönnen. Noch bei Tageslicht haben wir alles ausbaldowert.

Sobald es dunkel ist, ziehen wir uns an. Der Alte drückt Willi ein Päckchen mit Essen in die Hand und macht die Tür hinter uns zu. Wir stapfen durch den Wald, nichts regt sich und der Schnee glitzert im Mondlicht. Der erste Zaun. In der Senke ist ein Riss, wir zwängen uns durch. Niemandsland. Auf einem Hügel links von uns sind Lichter, das ist der nächste Posten.

Der zweite Zaun. Wir suchen die Mulde, die wir tagsüber gesehen haben, finden sie und kriechen auf die andere Seite. Wir klopfen uns den Schnee von den Sachen und grinsen uns an. Wir sind in Bayern.

3

Wir wandern durch den Wald. Der Schnee reicht mal bis zum Knöchel und mal bis zum Knie. Willi geht voran und ich versuche, in seinen Spuren zu bleiben. Nach mehr als einer Stunde stoßen wir auf eine Straße.

— Und jetzt, sag ich, welche Richtung?

— Warte mal.

Er geht auf die Straße, legt den Kopf in den Nacken und guckt sich den Himmel an.

— Da lang, sagt er und zeigt nach rechts.

— Ja, sicher. Und woher willst du das wissen?

— Ich war mal Fischer, du Döskopp. Wenn du nachts auf See nicht weißt, wo du hinmusst, bist du tot.

Wir gehen nach rechts, durch den Wald, aber in Sichtweite der Straße. Wenn ein Auto vorbeifährt, ducken wir uns. Die Füße sind nass, die Klamotten feucht, ich schwitze und bin fertig – und so aufgedreht wie ein Kind, das gerade Bonbons geklaut hat. Bewacht nur eure Scheißgrenze, denke ich, wir sind längst weg und ihr habt keine Ahnung!

Als es hell wurde, konnten wir nicht mehr. Auf der anderen Seite der Straße stand eine Scheune am Waldrand, das nächste Haus war hundert Meter entfernt, kein Licht.

— Was meinst du?, hat Willi gesagt.

— Na ja, ob nun einer in dem Haus wohnt oder nicht, heute ist Sonntag. Da geht der bestimmt in die Kirche und nicht in die Scheune.

Wir sind über die Straße, die Bude war leer. In einer Ecke lag ein Haufen Stroh. Als ich noch meine Botten ausgezogen hab, fing Willi schon an zu schnarchen.

Ich mach die Augen auf, vor mir steht ein Mann. Groß und breit. Er trägt einen Hut und einen schwarzen Anzug mit Krawatte. Verdammter Mist!, denke ich und guck mich um. Willi schläft.

— So, wie der schnarcht, sagt der Mann und schüttelt den Kopf, kann er hier im Sägewerk anfangen, gleich morgen.

— Wir ...

— Aber ich schätze, ihr seid eher auf der Durchreise?

— Geben Sie uns fünf Minuten, sag ich und schüttel Willi am Arm, und wir sind weg. Als ob wir nie hier gewesen wären, nur–

— Watt ist denn?, sagt Willi und reibt sich die Augen. Ach du Scheiße!

— Oder drei Minuten. Ich muss mir nur fix die Schuhe anziehen und ... los Willi, komm auf die Füße, wir–

— Nein, sagt der Mann und nimmt den Hut ab.

— Aber ...

— Ihr kommt erst mal mit ins Haus. Ihr müsst raus aus den nassen Sachen, sonst erkältet ihr euch, das geht schnell. Dann essen wir etwas und danach könnt ihr von mir aus weiter. Ihr könnt euch aber auch ausschlafen und morgen weiterziehen. Wie ihr wollt.

— Ach nee, sag ich.

— Das ist sehr freundlich von Ihnen, sagt Willi und steht auf, aber wir wollen lieber gleich weiter.

— Das könnt ihr natürlich. Aber ich weiß doch, wo ihr herkommt und was ihr vorhabt. Da seid ihr nicht die Ersten, so dicht an der Grenze. Keine Sorge, wenn ich das wollte, hätte ich die Scheune verriegelt und die Polizei gerufen. Aber das mache ich nicht, ihr habt mein Wort. Also, wollen wir?

Ich hab Willi angeguckt und er hat genickt. Im Haus haben wir trockene Hosen und frische Socken gekriegt, dazu Filzpantoffeln. Die Kinder haben zwei Teller mehr auf den Tisch gestellt und als die Frau die Suppe reinbrachte, zog es in meinem Bauch. Nach dem Tischgebet haben wir gegessen und es war herrlich.

— Kann ich Sie was fragen?, sag ich.

Der Tisch ist abgeräumt, seine Frau macht den Abwasch in der Küche und die Kinder spielen draußen.

— Sicher.

— Also, wir ... verstehen Sie das bitte nicht falsch, aber warum machen Sie das, das mit uns?

— Brauche ich denn einen Grund?

— Nein, natürlich nicht. Aber ...

— Ich verstehe schon und es ist einfach. Heute ist Sonntag. Bevor ich in die Scheune gekommen bin, waren wir im Gottesdienst. Der Herr Pfarrer hat über unseren Erlöser gepredigt und seine Barmherzigkeit. Wie an jedem Sonntag. Ich versuche nur, mich nicht wie ein Lump zu benehmen. Das ist alles.

— Danke, sagt Willi, für ... so überhaupt.

— Es ist schon eigenartig. Wenn ich euch rausschmeiße, fragt mich keiner, warum ich das tue. Ist ja meine Scheune und somit mein gutes Recht. Sogar der Herr Pfarrer würde das verstehen. Doch wenn ich euch was zu essen und zu trinken gebe, dafür brauche ich einen guten Grund. Sollte es nicht umgekehrt sein?

Am Montagmorgen haben wir unsere Sachen gepackt. Seine Frau hat belegte Brote vorbereitet und er hat uns beschrieben, wie wir am besten weiterkommen. Auf Wald- und Wanderwegen, zu schmal für die Autos der Grenzer. Wir haben den beiden die Hand geschüttelt und uns bedankt. *Gute Reise*, hat er gesagt, *der Herr behüte euch.*

An diesem Tag sind wir um die fünfundzwanzig Kilometer gelaufen. Durch den Winterwald und über verschneite Felder. Auf einem Hügel stand ein Hirsch. Er sah in die Ferne und rührte sich nicht. Die Ortschaften haben wir gemieden und als es dunkel wurde, haben wir eine von den Hütten gefunden, die die Waldarbeiter im Sommer benutzen. Wir haben gut geschlafen und am nächsten Morgen ging es weiter.

Für zwei Etappen hatte der Mann uns den Weg beschrieben, von da an mussten wir uns wieder an die Straße halten. Wir sind in Sichtweite geblieben und gut vorangekommen, durch Wälder und Felder. Bis der Schneesturm losging. Wir konnten die Hand kaum vor Augen sehen und die Straße schon gar nicht.

— Willi, wir müssen näher ran, sonst–

Er stapft den Hang runter und ich hinterher.

— Was meinst du, sag ich, als wir unten sind, wollen wir das nicht lieber abwarten, dieses Dreckswetter?

— Und wo? Siehst du hier irgendwatt? Nee, da bleib ich lieber in Bewegung. Wer weiß, wann der Scheiß aufhört?

Wir sind am Straßenrand marschiert. Der Wind kam von vorn, also haben wir uns abgewechselt. Es war, als ob mir einer mit Nadeln ins Gesicht pikt. Der Wind fand jede Ritze, meine Finger waren taub und an den Klamotten klebte eine weiße Kruste. Langsam ließ der Sturm nach und ich hatte wieder Gefühl in den Händen.

— Papiere!

Vor Willi stehen zwei Mann in Uniform. Scheiße, denke ich, wo kommen die denn her? Ich mach kehrt und–

— Falsche Richtung, mein Freund.

Breitbeinig steht er vor mir, die Knarre im Anschlag.

— Da lang!

Ich dreh mich wieder um, er stößt mir die Mündung in den Rücken.

— Los, nicht einschlafen!

Hinter der nächsten Kurve steht ein Laster.

— Rauf da!

Unter der Plane sitzen schon fünf Männer. Ihre Gesichter sind rot und das Schmelzwasser tropft von den Klamotten auf die Ladefläche.

— Hinsetzen und Klappe halten!

Nach einer halben Stunde klettern zwei weitere Männer rauf und setzen sich neben uns. Schließlich kommt ein ganz Dicker, der schafft es nicht allein. Zwei Soldaten müssen ihn hochschieben und er schnauft. Die beiden lachen und kommen hinterher. Sie lassen die Plane runter und setzen sich hinten hin, die Knarre auf den Knien. Der Laster lässt den Motor an und wir fahren.

Wir sind noch keine Stunde unterwegs, da kommt der Laster mit einem Ruck zum Stehen. Die beiden Soldaten stehen auf und schlagen die Plane zurück.

— Weiß einer, wo wir sind?, sagt Willi.

— Das müsste Bayreuth sein, sagt der neben mir, schätze ich mal, denn–

— Klappe halten und raus jetzt! Heute noch! Los!

Wir klettern runter und müssen uns in einer Linie aufstellen. Der Boden ist matschig, zu beiden Seiten stehen ein paar flache Gebäude und das Gelände ist umgeben von einem hohen Zaun. Ein Glatzkopf in Uniform stolziert vor uns auf und ab.

— Das ist doch keine Reihe! Ihr kleinen Scheißer! Los, alle einen Schritt nach vorn und ausrichten! Das ist ja hoffnungslos, meine Güte!

Er spuckt aus.

— Jetzt rechts um und marsch! Da lang, los!

Wir marschieren zu einem der Gebäude, die Fenster sind vergittert. Hinter der Tür sitzt ein Posten auf einem Stuhl, seine Knarre lehnt an der Wand. Den Gang runter sieht man eine Reihe von Gittertüren, eine steht offen.

— Die Rucksäcke hier abstellen und rein da! Nicht einschlafen!

Der Raum ist fünf mal fünf Meter groß. In der rechten Ecke steht ein Eimer mit Deckel, links oben ist ein Fenster, stumpfes Glas mit Drahtgeflecht.

— Ausziehen!

— Was?, sagt einer.

— Hast du was mit den Ohren?

Der Glatzkopf scheuert ihm eine mit der flachen Hand.

— Los, runter mit den Klamotten! Alles! Nicht einschlafen dabei! Alles, hab ich gesagt, auch die Schlüpper! Mann, was hast du denn da? Da hat ja jedes Ferkel mehr am Hintern. Los! Jetzt hinstellen, hinter die Lumpen! Und Klappe halten!

Zwei andere kommen rein, schütteln die Klamotten aus, stecken die Hand in jede Tasche und tasten den Stoff ab. Jetzt ist klar, denke ich, was hier läuft. Wir alle in dieser Zelle haben noch viel vor und das kostet. Dass wir keine Papiere haben, interessiert die einen Scheiß. Das ist bloß ein schöner Vorwand, uns zu beklauen. Diese Arschlöcher! Dafür hab ich geknechtet wie 'n Blöder, nur damit die ... verdammter Mist! Zum Glück sind sie nicht sehr gründlich. Faules, verschissenes Pack! Aber ich werd mich nicht beschweren.

— So, fertig! Schönen Tag noch!

Ich zieh mich an und setze mich neben Willi an die Wand.

— Und?

— Watt für 'n Scheiß!

Einer fängt an zu flennen.

— Zum Glück, sagt der Dicke, haben sie nicht alles gefunden. So schlau sind die nicht. Das meiste hab ich eingenäht, hier, seht ihr? Da kommen die nie drauf.

— Hab ich auch, sagt einer, hier unten im Saum.

— Ja, das ist gut. Und du?

— Hier hinten, merkt man gar nicht.

— Und ihr?

Willi will was sagen, aber ich stoß ihn an.

— Bei uns ist alles weg, sag ich, diese Arschlöcher! Mit dem Einnähen, das hätten wir mal vorher wissen sollen.

— Genau, sagt Willi, alles weg. Schöner Scheiß.

Der Dicke fragt die anderen der Reihe nach, dann steht er auf und klopft dreimal ans Gitter. Der Glatzkopf kommt zurück, die beiden Arschlöcher im Schlepptau. Mit Schere und Messer trennen sie die Klamotten an den richtigen Stellen auf und werden mit jedem Schnitt ein Stückchen reicher. Der Dicke grinst nur und marschiert raus. Scheißspitzel.

Am Abend haben wir ein Stück hartes Brot gekriegt und Wasser. Am nächsten Morgen gab es einen Brei, der sah aus wie schon mal gegessen. Am Abend gab's wieder Brot und so weiter. Am Samstag kam gar nichts. Nach einer Stunde ist Willi zur Tür gegangen und hat gerufen. Nichts. Er hat an der Tür gerüttelt und sie ging auf.

— Die ... die war gar nicht abgeschlossen, weißt?

— Haben sie vergessen, sagt einer.

— Quatsch, so was vergessen die doch nicht, sagt Steini.

Der hieß eigentlich Martin Steinecke und kam auch aus Berlin, aus Lichtenrade. Neben Willi war Steini der Einzige, mit dem ich in der Zelle was anfangen konnte.

— Ist doch klar, sagt er, die haben die Tür mit Absicht offen gelassen.

— Ach ja? Und warum bitte sehr?

— Ganz einfach, sagt Steini, wir sind denen doch völlig egal. Die wollten bloß die Asche abgreifen, und fertig. Jetzt, wo sie die haben, sind wir nur noch Schreibkram und darauf haben die keine Lust. Einfach entlassen dürfen die uns nicht, denn wir haben ja keine Papiere und so. Also fädeln sie es so ein, dass wir abhauen. So einfach ist das.

— Bisschen zu einfach, oder?

— Wie blöd seid ihr eigentlich?, sagt der, dem der Glatzkopf eine gescheuert hatte. Klar sollen wir abhauen, die warten nur darauf. Damit sie uns erschießen können, auf der Flucht.

— Also mir reicht's hier, sagt Steini und steht auf. Ich werde dieses Etablissement jetzt verlassen. Wer kommt mit?

Tja, denke ich, die werden schon nicht auf uns schießen. Und wenn doch? Immer noch besser, als hier zu verrotten. Scheiß drauf!

— Ich bin dabei, sag ich und steh auf.

— Ja, geht ihr nur. Zwei Buletten weniger, kein Verlust.

— Und ein Fischkopp, sagt Willi, grinst und stößt die Tür auf.

Im Flur ist keiner und der Stuhl vom Posten ist leer. Wir schleichen durch den Gang, nichts rührt sich.

— Guck mal, sagt Willi und stößt mich an, da in der Ecke, die Rucksäcke.

Wir greifen uns die Sachen, Steini ist schon an der Tür. Er macht sie einen Spalt auf und guckt raus. Sein Kopf geht nach links und rechts.

— Keiner zu sehen. Los, verschwinden wir!

— Und wie kommen wir durchs Tor?

— Brauchen wir nicht. Da hinten ist eine Tür im Zaun und die steht offen, hab ich gerade gesehen. Sag ich doch, die wollen uns loswerden.

— Und wenn nicht?

— Tja, dann sind wir am Arsch.

— Jetzt hört auf zu sabbeln, sagt Willi, los!

4

Wir rennen zum Zaun. Schneller! Durch die Tür. Ich bleib mit der Jacke am Draht hängen. Kann mich losreißen. Und weiter, quer übers Feld. Die Schneedecke ist vereist, jeder Schritt ein Krachen. Mann, ist das weit bis zum Wald. Sah gar nicht so aus. Noch fuffzig Meter. Noch zwanzig ... geschafft!

— Jetzt nicht schlappmachen, sagt Steini, kommt hoch! Wir müssen so weit wie möglich weg von hier. Los!

Wir rennen durch den Wald. Die kalte Luft sticht mir in die Lunge. Ich bleib an einer Wurzel hängen und pack mich hin. Mein Knöchel ... Scheiße! Eine Straße durch den Wald. Nichts zu sehen. Rüber, den Hang rauf, durch die Büsche in den Wald. Der Rucksack scheuert an der Schulter. Über einen Bach, von Stein zu Stein. Willi rutscht aus, ich krieg ihn gerade noch zu packen. Und weiter.

— So, sagt Steini und lehnt sich an einen Stamm, wir ... jetzt können wir mal Pause machen.

— Ach ... ach ja?

Willi ist rot im Gesicht und sein Atem geht wie ein Blasebalg. Steini setzt sich auf einen Baumstumpf.

— Ja, das waren bestimmt sieben oder acht Kilometer, das reicht erst mal.

— Und jetzt?, sag ich, mein Herz hämmert.

— Tja, hier trennen sich unsere Wege. Ich bin lieber allein unterwegs, denn allein bin ich schneller.

Ich setz mich auf einen umgestürzten Baum, Willi leistet mir Gesellschaft. Steini steht auf und macht sich die Jacke zu.

— So, Freunde. Dann mach ich mich mal gleich vom Acker. Man sieht sich.

— Oder auch nicht, sagt Willi.

— Oder so, sagt er, dreht sich um und verschwindet zwischen den Bäumen.

— Watt ist mit deinem Knöchel?, sagt Willi.

— Halb so schlimm.

— Ein Glück. Und, watt machen wir jetzt?

— Na, sag ich, wir machen noch bisschen Pause und dann gehen wir weiter.

— Schon klar. Aber in welche Richtung?

— Wie, in welche Richtung? Nach Süden, wohin denn sonst?

— Na ja, sagt Willi und kratzt sich am Bart, ich weiß nicht. Wir sind gerade mal am Anfang von Bayern. Das größte Stück liegt noch vor uns, wir haben keine Papiere und nicht genug Geld, um über die Berge zu kommen. Iss wie's iss, aber ist Scheiße so. Machen wir uns nix vor.

— Was hast du noch an Kohle?

— Weniger als die Hälfte. Und du?

— Nicht viel mehr.

— Tja.

— Und, was schlägst du vor?

— Na ja, sagt Willi, am besten ist, wir ... wir gehen nach Frankfurt.

— Aber dafür müssten wir nach Westen!

— Das weiß ich auch. Aber ich hab mir das überlegt. Nach Süden ist Scheiße, den ganzen Weg ohne Papiere. Osten kannst du knicken und zurück nach Norden wollen wir beide nicht. Bleibt ja nur Westen, oder? Außerdem, das ist nicht so weit von hier und für Frankfurt brauchen wir kein Visum. Wir müssen nur über die Grenze, und gut. Aber das Beste ist, ich hab da einen Cousin, weißt? Bei dem können wir pennen und der besorgt uns Arbeit. Wir können die Kasse auffüllen und dann von Frankfurt runter und über die Berge. Ist sowieso besser.

— Ach ja? Hast du nicht immer gesagt, über Bayern ist der beste Weg?

— Ja, stimmt schon. Aber der andere Weg ist auch gut.

Mag sein, denke ich und reib mir den Knöchel, trotzdem gehen wir erst mal in die verkehrte Richtung. Andererseits, er hat ja recht und ausreden wird er sich das nicht lassen. So gut kenn ich ihn inzwischen, der ist so stur wie 'n Ziegenbock.

— Wie kommen wir denn von hier nach Frankfurt, weißt du das überhaupt?

— Das ist ganz einfach. Denn wie heißt Frankfurt richtig, also so ... du weißt schon.

— Was ist das für 'ne Frage? Hast du Frost gekriegt?

— Quatsch. Frankfurt am Main heißt das doch. Und jetzt rate mal, welcher Fluss durch Bayreuth fließt?

— Der Main?

— Genau! Also, fast genau. Der Rote Main ist das, dazu kommt später der Weiße Main und zusammen ist das ... na eben der Main.

— Woher weißt du das denn? Weil du mal Fischer warst?

— Weiß ich eben. Wir müssen bloß den Fluss finden und dem hinterher, immer stromabwärts. Ratzfatz sind wir in Frankfurt.

— Von mir aus, sag ich und steh auf, dann los.

Um den Fluss zu finden, haben wir mehr als zwei Stunden gebraucht. Dann sind wir am Ufer langmarschiert, bis es dunkel wurde. Unter einer Brücke war es geschützt, ein guter Platz zum Pennen.

Ich werd von der Sonne geweckt, sie scheint durch die Bohlen der Brücke. In der Ferne läuten Glocken. Ich weck Willi und such mir eine freie Stelle am Fluss. Das Wasser ist eiskalt, aber danach fühle ich mich so ... als ob man an einem klaren Wintertag alle Fenster aufmacht und durchlüftet. Das war schon Scheiße, denke ich und zieh meine Jacke an, besonders mit der Kohle. Aber wir sind entwischt – und jetzt sind wir wieder unterwegs!

Wir haben uns an den Fluss gehalten und sind nur weg vom Ufer, wenn Häuser in Sicht kamen. An dem Sonntag sind wir gut vorangekommen und am Montag ebenso. Der Dienstag fing schön an, über Mittag allerdings zog sich der Himmel zu und ein eisiger Wind kam auf. Zum Abend hatten wir bestimmt zehn Grad minus und aus dem Wind war ein Sturm geworden.

Wir konnten kaum noch was sehen, da tauchte die Scheune auf – ein Geschenk des Himmels! Der Sturm hat mir fast das Tor aus der Hand gerissen. Nur mit vereinten Kräften konnten wir das Ding zuziehen und waren in Sicherheit. In einer Ecke haben wir uns eingerichtet und fünf Minuten später war ich weggetreten.

Am nächsten Morgen ist der Sturm vorbei. Ich setz mich auf, die Glieder sind steif. Der Boden ist hart und kalt und an den Wänden glitzert Raureif. Jedes Ausatmen ist eine weiße Wolke. Spart man die Kippen, denke ich, aber nach Rauchen ist mir ohnehin nicht. Kaffee allerdings, das wär was. Wir sind inzwischen 'ne ganze Ecke weg, warum sollen wir nicht kurz ins nächste Dorf? Ein schöner, dampfender Kaffee und danach ein Kippchen, ja!

— Los, Willi, wir stehen auf! Weißt du, was wir machen?

Willi dreht sich zu mir, seine Augen sind glasig.

— Watt?

— Geht's dir nicht gut?

— Ich ... nein. Ich fühl mich wie ausgekotzt. Hab Halsschmerzen und mein Kopp ist wie ...

— Lass mal sehen, sag ich, leg meine Hand auf seine Stirn und–

— Watt ist denn?

— Du hast vielleicht 'n bisschen Fieber, sag ich und denke, der glüht ja geradezu. Das hat uns noch gefehlt.

— Mir ist scheißkalt!

— Los, wir packen dich erst mal richtig ein, so ... und dann schläfst du noch was, ja? Und träum was Süßes, dann hast du was zu schlecken.

—Du ... du alte Sau.

Er hat sich von einer Seite auf die andere gewälzt. Ich hab die Decken immer wieder zurechtgezogen, aber das hat nicht lange gehalten. Das Fieber ging weiter hoch und am Abend hätte ich damit die Scheune heizen können. Wenn ich das bloß aus ihm rausgekriegt hätte.

Diese Nacht war noch kälter als die davor. Willi hat gezittert und mit den Zähnen geklappert. Ein paar Minuten später war es so, als ob er auf'm Grill liegt. Seine Stirn hat geglänzt, Haare und Bart waren nass. Ich hab ihn abgetupft, immer wieder. Kurz nach Mitternacht hat er angefangen zu phantasieren.

Als es hell wurde, hab ich mich leise angezogen. Willi hat endlich geschlafen, aber sein Gesicht war grau und eingefallen. Meine Fresse, hab ich gedacht, wie schnell das geht. Schon komisch, auf der einen Seite halten wir sonst was aus. Krieg, Prügel und Hunger, bis kurz vor Feierabend. Immer die dicken Knüppel zwischen die Beine, doch wir rennen weiter. Auf der anderen Seite reicht manchmal ein Stöckchen, wir gehen zu Boden und kommen nie wieder hoch.

Das Scheunentor knarrte kurz und ich war draußen. Ein kalter, wolkenloser Wintermorgen. Ich bin quer über das verschneite Feld gestapft, durch den Wald und stand schließlich an einer Straße. Die hat mich bis in die nächste Stadt geführt, nach Bamberg.

Am frühen Nachmittag war ich zurück. Willi war wach, seine Augen waren rot und geschwollen.

—Wo warst du?

—Ich hab ein paar Sachen besorgt. Und hier, das ist für dich.

—So 'n Quacksalberzeugs?

—Nein, was Richtiges. *Anti*... was weiß ich. War scheißteuer, aber soll helfen. Dreimal am Tag eine und nach 'n paar Tagen bist du wieder auf'm Damm. Also, tu mir den Gefallen, ja?

Willi hat eine genommen und ist wieder eingeschlafen. Ich hab was gegessen und mir ein Schlückchen genehmigt, für den inneren Ofen. Am Abend gab's die nächste Pille und ich musste ihn zwingen, was zu essen.

Die Nacht hat er zwar unruhig geschlafen, doch zumindest keinen Scheiß dabei erzählt und das Fieber ging etwas runter. Noch ein paar Tage hier, hab ich gedacht, und der Junge ist wie neu. Uns drängt ja nichts.

5

— Hundsgrübbel, elendige! Hab ich's mir doch dacht, gleich als ich die Dabbser gesehn hob. Elendiges Pack!

Der Mann steht neben Willi und hält eine Mistgabel in der Hand. Das Tor steht offen, über dem Feld geht die Sonne auf.

— Ich …, sag ich und setz mich auf, mein Freund hier, der ist krank und wir–

— Krank? Windige Hund seid's! Schleichts euch! Sonst kriegts was mit der Gabel, da seid's dann wirklich krank. Pack, elendiges! Wenn ihr nich gleich wech seid, ich schlag euch tot!

— Ist ja gut. Ganz ruhig. Los, Willi, wach auf, wir müssen.

— Hundsgrübbel!

— Ich hab's verstanden, wir gehen ja schon. Übrigens, wenn der Tag kommt, viel Spaß in der Hölle. Arschloch!

Wir haben uns durch den Schnee gequält und Willi hat sich auf mich gestützt. Übers Feld und durch den Wald, bis wir an der Straße waren. Schon besser, hab ich gedacht, aber der hat ganz schön Gewicht, meine Fresse. Lange kann ich das nicht machen.

— Das, sagt Willi und keucht, das ist doch Scheiße so. Wir …

— Jetzt machen wir erst mal Pause, ich rauch eine und dabei können wir überlegen, wie's weitergeht. Komm, hier kannst du dich hinsetzen, so. Willst du was essen?

— Ich … ich leg mich mal hin. Nur ganz kurz.

— Das kannst du vergessen! Ich hab dich nicht quer durch die Landschaft geschleppt, damit du hier … du bleibst schön sitzen!

— Zu … zu Befehl.

— Na also, sag ich und steck mir eine an.

Willi atmet schwer und der Schweiß steht ihm auf der Stirn.

— Tja, sag ich und nehm einen Zug, wie ich das sehe, haben wir keine große Wahl. Wir gucken, dass wir nach Bamberg kommen, und suchen uns da eine Absteige. Was Billiges, die nicht viel fragen. Du kurierst dich aus und danach ziehen wir weiter.

— Und falls ... falls die doch fragen?

— Dann fällt mir schon was ein, keine Sorge.

Wir sind am Straßenrand geblieben. Willi hätte es nicht geschafft, im Wald durch den Schnee zu stapfen. War so schon mühsam genug. Jedes Mal, wenn ich in der Ferne einen Motor gehört hab, ging mir der Arsch auf Grundeis und ich war erleichtert, wenn die Karre vorbeirauschte.

Die Sonne steht über den Baumwipfeln, als ein Fuhrwerk uns überholt. Ein älterer Mann sitzt auf dem Bock, guckt Willi an und nickt mir zu. Ich nicke zurück, und gut. Nach zwanzig Metern bleibt er stehen und wartet auf uns.

— Dein Freund, sagt er, der sieht nicht gut aus. Ist er krank?

— Nichts Ernstes, der wird wieder.

— Hm, sagt der Mann und kratzt sich unter der Jacke, soll ich euch ein Stück mitnehmen?

Das wäre schön, denke ich. Aber wer weiß, wo der mit uns hinfährt? Was ist, wenn er uns verpfeift? Andererseits, das kann er sowieso machen, wir laufen ja nicht weg, jedenfalls nicht schnell. Daher, auch egal.

— Ja, das wäre sehr freundlich von Ihnen.

— Schaffst du das mit deinem Freund oder soll ich helfen?

— Geht schon. So, Willi, hier ... und hoch. Sehr gut. Wir können!

Der Mann schnalzt mit der Zunge und die Pferde traben los. Die verschneiten Tannen ziehen vorüber und die Sonne wärmt mein Gesicht. Willi hat sich neben mir ausgestreckt und schläft. Ich bin kurz davor einzunicken, als der Mann sich umdreht.

— Jetzt kommt Bamberg. Soll ich euch hier absetzen oder wollt ihr weiter? Ich fahr bis Haßfurt.

Meine Fresse, denke ich, Haßfurt? Das klingt ja einladend. Aber warum nicht? Wenn er uns verpfeifen will, wird er das sowieso machen. Wenn nicht, können wir auch weiterfahren. Je weiter, desto besser und die Richtung stimmt.

— Wenn Ihnen das nichts ausmacht? Und vielleicht kennen Sie dort ein Plätzchen, wo wir übernachten können. Nicht so teuer und ... nur falls Ihnen was einfällt.

— Hm, sagt er und schnalzt mit der Zunge.

Wir fahren durch Bamberg und nichts passiert. Ich hab ihm unrecht getan, denke ich. Aber das konnte ich nicht wissen. Er hätte genauso ein Arschloch sein können. So wie der heute Morgen. Man kann nicht reingucken in die Leute. Wie hat der olle Krüger gesagt? *Wer anderen zu wenig traut, hat Angst an allen Ecken, und wer zu viel auf andere baut, erwacht zumeist mit Schrecken.* Der immer mit seinen Sprüchen.

Hinter Bamberg ging die Straße am Fluss lang, es war kaum Verkehr. Hin und wieder sind wir durch ein Dorf gekommen, die Häuser waren klein und runtergekommen. Die Leute sind stehen geblieben und haben uns hinterhergeguckt. Wo noch Bonbonpflaster lag, war die Fahrt ein einziges Geratter und Geschüttel. Willi hat das nicht gestört. Der schläft wie ’n Toter, hab ich gedacht, der wird doch nicht ... nein. Aber das Fieber geht wieder rauf, so ein Mist!

Der Fluss wurde breiter, Lastkähne tuckerten gegen die Strömung und hinterließen schwarze Rauchfahnen, die sich in der Winterluft verloren. Die Sicht war gut. Sanfte Täler, flache Berge. Ein weites, weißes Land.

Es ist spät am Nachmittag, als der Mann mit einem Mal runterfährt von der Straße. Was soll das jetzt?, denke ich. Der wird doch nicht ... Wir fahren durch ein Tor und halten an. Ein viereckiger Hof. Haus, Stall und Scheune. Der Mann dreht sich um.

— Keine Sorge, das ist mein Hof. Was davon übrig ist. Wenn ihr wollt, könnt ihr hierbleiben. Bis es deinem Freund wieder bessergeht. Wenn nicht, bring ich euch in den Ort, auch gut. Ich denke nur, es würde ihm ganz guttun, mal in einem richtigen Bett zu schlafen und was Anständiges zu essen. Billiger kriegt ihr's nicht und ich will überhaupt nicht wissen, was ... das ist eure Sache. Also?

Willi packt meinen Arm und zieht mich zu sich runter.

— Brenner, ich ... ich kann nicht mehr. Und ich will nicht mehr. Ich will nur noch schlafen. Ich ... tut mir leid. Wenn ... dann musst du alleine weiter, iss wie's iss.

— Wenn Ihnen das keine Umstände macht, sag ich, dann würden wir gern bleiben, sehr gern. Vielen Dank.

— Gut, sagt er, steigt runter vom Bock und geht zum Haus.

— Danke, sagt Willi und stemmt sich hoch, so ... so ein Scheiß auch! Ich bin ganz schön im Arsch.

Der Mann kommt aus dem Haus, eine Frau folgt ihm. Sie trägt eine Schürze und hat die grauen Haare zu einem Zopf gebunden.

— Das ist Katharina, meine Frau. So, und jetzt wollen wir dir mal runterhelfen, mein Junge.

Willi schiebt sich vor, seine Füße kommen auf den Boden und wir stützen ihn. *Katharina*, denke ich und pack Willi unter der linken Schulter, der Mann nimmt die andere Seite, wie lange ist das her? Wenn daraus was geworden wäre, wer weiß? Aber iss wie's iss. Meine Güte, ich red schon wie der Fischkopp.

— So, sagt der Mann, vorsichtig. Geht das?

— Ja ... ich ... meine Beine sind ... wie Pudding sind die ... tut mir leid.

— Jetzt machen wir dir erst mal eine schöne heiße Wanne, sagt die Frau, danach geht's ins Bett und morgen sieht die Welt schon ganz anders aus.

Eine Stunde später lag Willi in der Kiste und hat geschnarcht. Ich saß mit den beiden in der Küche und wir haben was gegessen.

— Wenn er so schnarcht, hab ich gesagt, geht's ihm schon besser. Danke noch mal. Ohne Sie, ich weiß nicht … vielen Dank. Und Entschuldigung, Sie sind so nett zu uns und wissen noch nicht mal, wie wir heißen. Also, der Schnarchsack, das ist Willi. Der kommt von Rügen. Und ich bin Josua, Josua Brenner, aus Berlin.

— Josua, sagt die Frau, das ist ein schöner Name.

— Das sagt mein Muttchen auch immer.

Die Frau schluckt und eine Träne läuft ihr die Wange runter. Sie steht auf und geht raus.

— Ich … das wollte ich nicht.

— Das ist nicht deine Schuld, sagt der Mann, das …

Am nächsten Morgen läuteten die Glocken. Willi lag in dem dicken, weißen Federbett und hat gelächelt. Das Fieber war weg und er hatte Hunger. Wenn er was essen will, hab ich gedacht, ist er über'n Berg. Da kann ich beruhigt mit dem Mann in die Kirche gehen.

In den nächsten Tagen kam Willi wieder zu Kräften. Die Frau hat ihm jeden Wunsch von den Augen abgelesen und ich hab dem Mann auf'm Hof geholfen. So Sachen, die lange überfällig waren, aber die er in seinem Alter nicht mehr oder nicht mehr alleine machen konnte. Ich war an der frischen Luft und abends wusste ich, was ich getan hatte. Nach fünf Tagen war Willi so weit, dass wir loskonnten.

— Ich habe einen Freund, hat der Mann gesagt, der kommt morgen vorbei und kann euch mitnehmen, bis Schweinfurt.

Erst Haßfurt und nun Schweinfurt, hab ich gedacht, eine lustige Gegend ist das.

— Der wohnt dort. Vielleicht könnt ihr eine Nacht bei ihm bleiben.

— Danke, vielen Dank, für alles.

Er lehnt die Schaufel an die Wand und setzt sich hin.

— Nachdem unsere Jüngste gestorben ist und die uns den Hof … danach wollte er nur noch weg von hier, unser Sohn, weißt du?

Überall ist es besser als hier, hat er gesagt. Und ich ... ich hab ihm das Leben auch schwer gemacht. Eines Morgens war er weg. Kein Brief, gar nichts. Dreieinhalb Jahre ist das her und seitdem warten wir. Auf irgendein Zeichen. Ich kann nichts mehr ändern, ich ... ich kann nur hoffen, dass auch für ihn jemand da ist, wenn er in Not ist. Verstehst du? Jeder von uns trägt sein Päckchen, jeden Tag, und da schadet es nichts, wenn mal einer mit anpackt.

Am nächsten Vormittag kam Otto, so hieß der Freund, mit seinem Fuhrwerk auf den Hof. Unser Gastgeber hat erst mir und dann Willi die Hand geschüttelt und seine Frau hat uns umarmt. Sie hat Willi ein Päckchen mit Essen in die Hand gedrückt und die Tränen liefen ihr runter.

Wir sind aufgestiegen. Otto hat die Zügel genommen und die Pferde haben geschnaubt. Als wir durchs Tor gefahren sind, hab ich mich umgedreht. Die Frau hat sich mit der Schürze die Tränen aus dem Gesicht gewischt und die Hand ihres Mannes genommen. So standen sie da, verloren.

6

— Versteht ihr was von Motoren? Von so kleinen Dingern?

Wir stehen am Ufer und machen eine Pause. Die Pferde trinken und wir rauchen eine. Auf dem Fluss treibt ein großer Ast vorbei, in den Zweigen hat sich eine Plastetüte verfangen. Auch 'ne Art von Blüte, denke ich, nehm den letzten Zug und trete die Kippe aus.

— Na ja, sagt Willi, ich kenn mich mit den Dingern vom Boot aus, so Außenborder, weißt?

— Ja, na ja. Ich hab noch 'n Essigpisser in der Scheune, sagt Otto, der läuft nicht mehr so richtig. Kannst ja mal gucken, ob du da was machen kannst. Dafür könnt ihr bei mir pennen. Und ich sag euch, wie ihr weiterkommt. Also, das sag ich euch auch so, aber du kannst ja mal gucken, oder?

— Das macht er gern, sag ich. Und wie genau kommen wir am besten weiter?

— Ihr wollt doch am Main lang, oder?

— Das ist der Plan.

— Macht das nicht. Das ist bloß 'n Umweg. Kurz hinter Schweinfurt, ich sag euch noch wo, da geht die Wern lang. So 'n kleiner Fluss ist das. Und immer am Ufer lang geht so 'n Weg. Wenn ihr den nehmt, damit schneidet ihr was ab.

— Wie viel?

— Damit spart ihr bestimmt, warte mal ... aber das lohnt sich, und kurz vor Gemünden seid ihr wieder am Main.

Wir sind aufgestiegen und am frühen Nachmittag waren wir auf seinem Hof, kurz vor Schweinfurt. Otto hat die Pferde ausgespannt und versorgt. Wir haben einen Kaffee getrunken und danach hat Willi sich den Essigpisser vorgenommen. Bis in die Nacht hat er an dem Ding rumgeschraubt und wollte keinen dabeihaben. Ich saß mit Otto in der Küche, schon beim dritten Schnaps, da hat es im Hof geknattert und geknallt. Fünf Minuten später stand Willi in der Tür, sein Gesicht war ölverschmiert und er hat gegrinst. Das musste gefeiert werden.

Am nächsten Morgen reib ich mir die Augen und denke, dieses selbst gebrannte Zeug! Erst mal Kaffee und danach eine rauchen. Oder auch nicht. Scheiße, ist mir schlecht. Und mein Kopf. Den letzten hätte ich nicht trinken sollen. Und den davor auch nicht. Wie immer.

Otto steht schon in der Küche, frisch wie der Morgentau, und macht Frühstück. Wir packen unsere Sachen und essen was. Otto nimmt sich Zettel und Stift und malt uns den Weg auf.

— Wie lange brauchen wir dafür, sag ich, was schätzt du?

— So ... so drei, vier Tage.

— Und dann?

— Weiß ich, wo ihr hinwollt?

— Nach Frankfurt, sagt Willi und schlürft seinen Kaffee.

— Ach so. Ja, das ... das ist schwierig.

— Was ist daran schwierig?

— Ja, so am Fluss lang, das geht nicht. Und über die Berge auch nicht, nicht bei dem Wetter. Am besten wäre, wenn ihr so ... hm.

— So was?

— Wenn ihr auf so einen Kahn kommt. Damit schön den Fluss runter und in zwei, drei Tagen seid ihr in Frankfurt. Das wär so am besten.

— Ja, und wie kommen wir auf so einen Kahn?, sag ich und denke, meine Güte! Vor ein paar Stunden hat er noch geplappert wie ein Wasserfall und jetzt muss ich ihm alles aus der Nase ziehen.

— Komm schon, sagt Willi, wie machen wir das?

— Na ja, ich hab einen Cousin in Gemünden, der arbeitet so am

Hafen und der schuldet mir noch was. Ich schreib was auf für ihn und vielleicht kann der euch helfen.

— Danke, sag ich.

— Das mache ich nicht für dich, du hast mir den ganzen Schnaps weggesoffen, sagt er, guckt mich an und fängt an zu grinsen. Ist bloß 'n Witz! Wollt ihr noch einen? So auf'n Weg?

Wir haben unseren Kaffee ausgetrunken und sind los. Die Wern war eher ein Bach als ein Fluss und der Weg führte mal am Ufer entlang und mal durch die Felder. Die Sonne schien, es tropfte von den Bäumen und der Weg wurde matschig.

Über Nacht wurde es kalt und am nächsten Morgen gab es Stellen, die waren spiegelglatt. Wir haben Faxen gemacht und uns ein paarmal auf die Fresse gepackt. Sobald die Sonne Kraft hatte, taute es wieder und wir hatten nasse Füße. Für die Nacht haben wir eine Hütte im Wald gefunden und Willi hat ein Feuer gemacht, um unsere Socken zu trocknen.

Am nächsten Tag war es noch wärmer. Nachmittags hat Willi sich die Jacke ausgezogen und um die Hüfte geknotet.

— Jetzt übertreib nicht gleich, hab ich gesagt, du bist gerade erst wieder auf'm Damm. Also, wenn du morgen wieder flachliegst, dann ... dann lass ich dich liegen.

— Ach, mir geht's gut! Und siehst du das, da hinten, wo es so glitzert? Alter, schon bald stehen wir wieder am Main!

Abends waren wir in Gemünden und am nächsten Morgen haben wir dem Cousin von Otto einen Besuch abgestattet. Er saß hinter einem Schreibtisch und aß ein Stück Torte. Tja, hab ich gedacht, und man sieht auch, wo's bleibt.

— Ihr seid also Bekannte von Otto, hat er gesagt und sich einen neuen Happen in den Mund geschoben. Hat er noch seine Freundin? Die, ihr wisst schon, mit diesen Riesen...

— Ja, von der hat er erzählt, sag ich und denke, und zwar reichlich.

— Na ja, sagt er und fährt sich mit der Zunge über die Schneidezähne, die ist schon ... Und ihr wollt also auf einen Kahn nach Frankfurt?

— Bis zur Grenze reicht auch, sagt Willi.

— Hm, sagt er und nimmt sich das letzte Stückchen, verstehe.

Er kaut, schluckt und wischt sich mit einem karierten Tuch den Mund ab.

— Na ja, sagt er und stopft das Tuch in die Hosentasche, ich hätte da vielleicht was für euch.

Zwei Tage später standen wir an Deck der *Erika* und haben zugeguckt, wie sie die Leinen losmachten. Die *Erika* war ein Kohlefrachter auf dem Weg nach Frankfurt und bis zur Grenze konnten wir mitfahren. Dafür mussten wir das Deck scheuern und mit einer Drahtbürste den Rost vom Geländer schrubben. Totgemacht haben wir uns nicht.

Als wir durch das erste Tal gefahren sind, hab ich gedacht, Otto hatte schon recht. Hier gibt's keinen Weg und kein gar nichts, dafür ist es viel zu eng. Und die Berge, so hoch hab ich mir die nicht vorgestellt. Das hätten wir nicht geschafft, nicht mit dem vielen Schnee.

Kurz bevor es dunkel wurde, machte der Fluss eine enge Schleife und der Bootsmann hat gesagt, *willkommen im Himmelreich! So heißt das hier.* Über Nacht haben wir angelegt, der Ort heißt Wertheim. Wir sind an Bord geblieben und ich hab gedacht, nach Haß- und Schweinfurt jetzt Himmelreich und Wertheim. Das klingt schon anders.

Beim ersten Tageslicht haben wir wieder abgelegt. Der Fluss hat sich wie eine Schlange durch die Berge gewunden. Wenn uns was entgegenkam, haben beide Schiffe getutet und der tiefe Ton verlor sich im Gebirge. Hin und wieder drängten sich Häuser in ein enges Tal, Rauch kam aus den Schornsteinen und Kinder winkten uns vom Ufer aus zu.

Kurz vor Mittag steh ich mit Willi am Bug. Jeder hat einen Kaffeepott in der Hand und unter uns schäumt das Wasser.

— Guck doch mal!, sagt Willi und reißt den Arm hoch.

— Wenn du nicht aufpasst, verkippst du noch–

— Aber guck doch nur! Da oben, eine Burg! Eine richtige Burg!

— Habt ihr keine Burgen auf Rügen?

— Na ja, es gab mal eine, aber die haben sie im Krieg in die Luft gejagt. Und ihr?

— Na klar. Mann, das ist Berlin! Wir haben die Festung Spandau und dagegen ist das da oben, na ja ...

— Angeber.

Später am Nachmittag wurde das Land flacher und am Ufer standen mehr Häuser. Dörfer zogen vorbei und kleine Städte. Der Fluss wurde breiter und es war einiges los auf dem Wasser. Der Himmel verdunkelte sich, Wind kam auf und es fing an zu nieseln. Der Bootsmann winkte uns zu sich.

— So, ihr könnt euer Zeug zusammenpacken. In 'ner halben Stunde ungefähr machen wir fest. Wir entladen was und ihr könnt runter vom Kahn.

— Wie weit ist es von da bis zur Grenze?

— Zu Fuß? Vielleicht 'ne Stunde. Oder zwei. Immer backbord halten.

Willi hat geholfen, das Schiff festzumachen, dann sind wir über ein Brett an Land. Der Boden war schwarz vor Ruß und in den Pfützen schwammen Ölflecken. Es wurde dunkel. Im Regen sind wir durch Kohlenberge gelaufen bis zu einem Zaun aus Maschendraht.

— Der ist aber hoch, sagt Willi, und watt machen wir jetzt?

— Na ja, die werden ja wohl 'n Tor haben. Wir tun einfach so, als ob wir von der Arbeit kommen, marschieren da durch, und fertig.

Willi hat die Augenbrauen hochgezogen, aber nichts gesagt. Nach fuffzig Metern kam das Tor, ein Wachmann saß in seinem

Häuschen, hat eine geraucht und in die Luft geguckt. *Schönen Feierabend nachher*, hab ich gesagt und ihm zugenickt. Er hat zurückgenickt und wir sind durchgegangen. So machen wir das, hab ich gedacht. Wenn das nur an der Grenze auch so einfach wäre.

Eine Stunde später stehen wir an einem Waldrand, vor uns eine breite Schneise. Der Regen hat aufgehört. Der Wind treibt die Wolken vor sich her, hin und wieder kommt der Mond zum Vorschein. Der Wald auf der anderen Seite ist wie eine Wand, schwarz und gezackt. Quer durch die Schneise läuft ein Zaun, oben sind drei Reihen Stacheldraht.

— Tja, sag ich, hier bringt's wohl nichts, wenn wir das Tor suchen. Am besten, wir werfen eine Jacke über den Scheißdraht und versuchen–

— Nein, sagt Willi, viel besser. Guck mal da hinten.

Er zeigt nach rechts und ich denke, gibt's ja nicht! Hundert Meter weiter sind zwei Pfosten umgekippt und der Zaun hängt durch, fast bis zum Boden. Im Schutz der Bäume sind wir zu der Stelle hin und haben fünf Minuten gewartet. Nichts zu sehen und nichts zu hören, nur die Tropfen, die von den Bäumen fallen. Ein letzter Blick.

— Sieht gut aus, sag ich.

— Dann los!

Ich richte mich auf und renn über die freie Fläche. Der nasse Schnee klebt an meinen Schuhen. Willi ist hinter mir, ich hör sein Keuchen. Ich spring über den Zaun und zack, bin ich auf der anderen Seite. Das ... und wo ist Willi? Ich dreh mich um. Er ist am Zaun hängen geblieben und zerrt an seiner Hose.

— So ein Schietkram, verdammter!

— Schrei doch nicht so, sonst–

Ein *Ratsch*, Willi stolpert und schlägt hin, steht auf und läuft auf mich zu, sein Rucksack schlackert hin und her. Immer dieses Gerenne, denke ich, dreh mich um und lauf in den Wald. Egal, wir müssen hier weg. Je schneller, desto besser. So dicht an der Grenze sind ... wo ist der Kerl jetzt wieder? Willi sitzt auf einem Baumstumpf und grinst mich an.

— Hast du dir gerade die Birne aufgeschlagen? Oder–

— Siehst du das da?

Zwischen zwei Bäumen steht ein Holzpfahl und daran ist oben ein rundes Schild genagelt. Die Mitte ziert ein buntes Wappen und ringsherum steht *Bundesrepublik Rheinland, Westphalen und Nassau*. Stimmt, denke ich, natürlich! Die Eile können wir uns sparen, denn hier kann uns keiner mehr was!

— Trotzdem, sag ich, willst du da sitzen, bis du festgefroren bist? Oder wollen wir weiter?

— Tja, sagt Willi und steht auf, dann wollen wir mal.

7

Wir stapfen durch den Wald. Wenn die Wolken sich vor den Mond schieben, kann ich kaum die Hand vor Augen sehen. Der Schnee auf den Bäumen taut und tropft mir auf den Kopf. Nach einer halben Stunde stoßen wir auf einen Pfad. Der Pfad führt auf einen Weg und der Weg auf eine Straße.

— Was meinst du, sag ich, wo lang?

Willi kratzt sich am Bart.

— Nach rechts.

— Woher willst du das wissen, bei den Wolken?

— Weiß ich eben. Das ist ... mein innerer Kompass ist das.

— Was du nicht sagst.

— Kannst ja nach links gehen, sagt er und marschiert los.

Die Straße führt aus dem Wald raus und nach ein paar Kilometern kommen wir in ein Dorf. Alles dunkel. Ein Hund bellt und ein anderer bellt zurück. Der Mond kommt zum Vorschein und der erste Köter fängt an zu heulen.

— Hier können wir auf den ersten Bus warten, sagt Willi und setzt sich auf einen Stein.

— Oder, sag ich und setz mich neben ihn, ich rauch eine und danach gehen wir weiter. Wer weiß, ob hier was fährt, in diesem Kaff.

Wir marschieren auf offener Straße, als der neue Tag anbricht. Ein Laster kommt uns entgegen. Bei jedem Schlagloch spritzt das Wasser meterweit. Runter von der Straße. Fünf Minuten später ein Knattern in der Ferne. Ja, denke ich, um diese Zeit, da freuen sich die Nachbarn. Das Knattern kommt um die Kurve, auf uns zu. Drei Räder, Motor, Lenkrad, Ladefläche. Kein Fahrerhaus und keine Verkleidung. Alles vibriert und der Keilriemen dreht sich in einem Affenzahn. Am Steuer sitzt ein Männchen, das Gesicht eingemummelt, er winkt uns zu und fährt vorbei.

— Was ist das denn, sag ich, da fehlt ja die Hälfte!

Ich dreh mich um und guck der Karre hinterher. Sie verschwindet hinter der nächsten Kurve, aber das Knattern ist noch lange zu hören.

— Die kennst du nicht?, sagt Willi und schüttelt den Kopf. Gibt wohl doch nicht alles in Berlin. Alter, das muss so! Rumänisches Fabrikat, kann kein Schwein aussprechen, aber bei uns heißen die *Drakula*. Weiß ich warum. Sind ganz gut und nicht so teuer. Nur 'n büschen laut am Morgen.

Ein Bus kommt aus der Richtung, in die das Knattern verschwunden ist. Ich stell mich an die Straße und heb die Hand. Der Bus hält an, wir steigen ein und ich bezahle. Das richtige Geld hatte ich mir zum Glück schon auf der *Erika* besorgt. Wir setzen uns hin und Willi guckt mich an.

— Woher willst du wissen, dass der in die richtige Richtung fährt? Du hast nicht mal gefragt.

— Tja, ich hab vielleicht keinen inneren Kompass, aber dafür kann ich was, was du nicht kannst. Nämlich lesen. Steht vorne dran.

— Ich ... klar kann ich lesen.

Der Bus hält an jeder Milchkanne, Leute steigen ein, aber kaum einer steigt aus. Ein Fettsack sitzt fast auf meinem Schoß. Ein Opa, eingekeilt von allen Seiten, kaut vor sich hin, die Spucke läuft ihm durch die Bartstoppeln. Zwei Blagen brüllen, eine lauter als die andere. Und der hinter mir, denke ich, meine Fresse! Wie kann einer schon morgens derartig nach Schweiß stinken? Und das im Winter.

Wir sind in Frankfurt. Busse, Laster, Lieferwagen, Autos, Mopeds, dicht an dicht. Brummen, Dröhnen, Tuckern, Klappern und alle pusten ihren Dreck in die Morgenluft. Dazwischen die Leute, kreuz und quer. Hupen, Grüßen, Rufen, Lachen. Mittenmang die Drakulas, ihr schwarzer Qualm zieht am Fenster vorbei und die Scheiben zittern bei dem Geknatter. Ist zwar nicht Berlin, denke ich, aber immerhin. Das ist eine richtige Stadt, nicht wie diese Käffer unterwegs. Landschaft ist schön, aber hier ist das Leben!

Im Bus ist mittlerweile ein Kommen und Gehen, Drängeln, Schubsen und Schimpfen. Von wegen, denke ich, die Berliner sind unfreundlich. Der Opa wischt sich die Spucke vom Kinn und steigt aus, ein Schlaks mit Schal nimmt seinen Platz ein. Die Blagen brüllen. Der Fettsack bugsiert sich zur Tür, die Tasche unter'm Arm. Endstation. Wir schieben uns nach draußen.

— Frische Luft, sag ich und atme tief durch, wurde auch Zeit.

— Das, sagt Willi und zieht die Augenbrauen hoch, ist doch keine frische Luft. Du musst mal nach Rügen kommen. Dann gehen wir hoch auf die Kreidefelsen, frühmorgens, weißt? Die Bäume rauschen im Wind und unter dir ist nichts als das blaue Meer. Da ist frische Luft.

— Wenn's da so toll ist, warum bist du dann abgehauen?

— Nicht wegen der Luft.

— Aha. Weißt du, wo wir hinmüssen?

— Die Adresse ist, warte mal ... also, wir müssen nach Ro... Rodelheim oder so. Kurzgasse drei.

Des is net Rodelheim, Rödelheim is des, und feddisch, hat der Erste gesagt, den wir gefragt haben. Der Zweite hat uns beschrieben, wo dieses Rödelheim ist und wie wir dahin kommen, und der Dritte kannte die Kurzgasse.

— Bevor wir hochgehen, sag ich, erzähl mir kurz was, dann tapp ich nicht so im Dunkeln. Das ist also dein Cousin.

— Ja, er ist der älteste Sohn vom ältesten Bruder von meinem Alten, so. Deshalb ist der auch älter als ich.

— Tatsächlich?

— Du kriegst gleich was aufs Maul. Also, er heißt Franz und ist schon lange in Frankfurt. Arbeitet hier bei ... was weiß ich, kann er dir selbst erzählen. Franz ist eine Seele von Mensch und seine Frau auch, Grete. Die beiden kennen sich schon aus der Schule, seitdem sind sie zusammen und immer noch verliebt wie am ersten Tag. Vor vier Jahren hatte sein Alter, also mein Onkel, der hatte Geburtstag, was Rundes. Da hab ich die beiden das letzte Mal gesehen. Das war vielleicht 'n Bild. Wir alle in, na ja, was man eben so anhat auf'm Dorf. Aber die beiden, immer picobello! *Gepflegt*, so hat mein Alter das genannt, weißt? Als ob der wusste, was das ist. Deshalb, pass bloß auf, dass du nichts dreckig machst oder so.

Wir steigen die Treppe rauf und Willi klopft an die Tür. Nichts. Zweiter Versuch. Willi zuckt mit den Schultern und dreht sich um. Hinter der Tür ein Schlurfen, eine Büchse scheppert über den Boden. Die Tür geht einen Spalt auf. Ein Gesicht, unrasiert, Augenringe. Die Haare ungekämmt und fettig.

— Was!

— Franz, sagt Willi und grinst, erkennst du mich nicht?

— Nein. Verschwindet, alle beide!

— Ich bin's, Willi. Willi Kopp von Rügen, weißt?

— Willi Kopp?, sagt er, blinzelt und streicht sich die Haare aus der Stirn. Willi?

Die Tür geht auf. Er hat einen Bademantel an, die Ärmel sind ausgefranst, der Stoff ist voller Flecken und aus der linken Tasche guckt eine Schnapsflasche. Ja, denke ich, alles picobello.

— Mensch, sagt er und umarmt ihn, das ... das gibt's ja nicht.

Er drückt ihn fest und seine Augen füllen sich mit Tränen. Eine läuft ihm die Wange runter und tropft auf Willis Schulter.

— Und das, sagt Willi und löst sich aus der Umarmung, das ist mein Kumpel Brenner, wir sind auf ... auf der Durchreise und da haben wir gedacht, wir besuchen dich mal.

— Ja, das ... kommt doch erst mal rein, ich ... bitte. Hier und dann vorne links, ja? Ich habe gerade ein paar Tage frei, das trifft sich gut. Entschuldigt, im Moment ist es ein bisschen, aber ... Setzt euch doch, schmeiß das einfach runter. Runter damit, so. Ich wollte heute aufräumen, das wollte ich wirklich, heute Nachmittag. Wenn ich gewusst hätte–

— Macht doch nichts. Bei uns sieht das nicht besser aus, oder?

Willi guckt mich an und ich seh mich um. Auf dem Fußboden liegen alte Socken, über'm Stuhl hängt ein Schlüpper mit Bremsspur. Überall liegen leere Konservenbüchsen rum und Flaschen. Die Gardinenstange hängt schief vor dem Fenster und in der Ecke türmt sich ein Müllberg.

— Na ja, sag ich, mehr oder weniger.

— Siehst du, sagt Willi und grinst.

— Wollt ihr was trinken? Ein Bier? Oder 'nen Schnaps?

— Na ja, sagt Willi, ist ja erst kurz vor zehn. Später vielleicht.

— Oder ich kann uns Kaffee machen, ja?

— Das klingt gut, sag ich.

— Wo ist eigentlich Grete?, sagt Willi. Nicht da?

Die Zeit bleibt stehen.

Franz dreht sich um und geht in die Küche. Meine Güte, denke ich und guck Willi an, was bist du nur für ein Blödmann!

— Watt denn?, sagt er und zuckt mit den Schultern.

Franz kommt mit Kaffee und Willi erzählt von Rügen. Wer wen geheiratet hat und wer gestorben ist. Franz kippt sich einen Kurzen in den Kaffee, dazu drei Löffel Zucker. Er rührt um, während Willi weiterredet, ohne Punkt und Komma. Dass die Heringe jedes Jahr später kommen, dass der und der sich totgesoffen hat, dass die dicken Pötte alles wegfischen und deshalb die Preise Scheiße sind und dass sowieso alles Scheiße ist.

— Aber iss wie's iss, machen wir uns nix vor.

Franz geht in die Küche und kommt mit drei Bier wieder. Was soll's, denke ich, ist bestimmt schon Mittag und von dem Gelaber ist meine Kehle trocken. Beim zweiten Bier beschreibt Willi, woher wir uns kennen, was wir erlebt haben und wo wir lang sind, um schließlich in Frankfurt zu landen. Aber warum, das erzählt er nicht. Schleicht um die Sache rum, wie eine Ratte um die Falle. Bis Franz die Schnauze voll hat.

— Das heißt, ihr wollt hier eine Weile bleiben, sucht Arbeit und wenn ihr genug verdient habt, wollt ihr weiter?

— Ja, sag ich und stell meine Flasche auf den Tisch, genau das heißt es.

— Sagt das doch gleich. Natürlich könnt ihr hier wohnen, etwas Gesellschaft tut mir ganz gut. Ihr könnt hinten das Zimmer haben, das ist sowieso leer. Wenn die Saison erst anfängt, könnt ihr bestimmt im Hafen arbeiten. Das ist hart, aber die zahlen gut. Bis dahin, ich höre mich mal um.

Am nächsten Vormittag sitz ich mit Franz in der Küche, Willi schläft noch. In der Ferne läuten die Glocken zum Gottesdienst, wir schlürfen unseren Kaffee und die Sonne scheint durchs Fenster.

— Sie ist gestorben, weißt du? Letztes Jahr. Am zwölften November, da ... erst war es nur ein Husten. Aber der wurde immer heftiger und schließlich war es eine Lungenentzündung. Als das so schlimm wurde, war ich immer bei ihr, die ganze Zeit. Ich hab auf sie aufgepasst. Nur für einen Moment, für einen verdammten Scheißmoment bin ich eingenickt, weil ich nicht mehr konnte. Als ich aufgewacht bin, war sie tot. Weißt du, gerade als sie ... da hab ich geschlafen und das ... kannst du das verstehen?

Unsere Blicke treffen sich.

— Ja, sag ich und muss aus dem Fenster gucken, das kann ich.

— Willst du wissen, wie sie war?

— Erzähl mal, sag ich und mach mir eine Kippe an.

Und Franz hat erzählt. So, als ob er seit Monaten keinen gehabt hat, der ihm zuhört. Willi kam rein, hat sich einen Kaffee gemacht und sich zu uns gesetzt. Und Franz hat erzählt. Wir haben die Reste vom Vortag aufgewärmt und uns das erste Bier aufgemacht. Draußen wurde es dunkel und im Haus gegenüber gingen die Lichter an. Ich hatte keine Kippen mehr, das Bier war alle und er hat immer noch erzählt. Von ihr.

8

Zwei Wochen später stehen wir in der Frankfurter Innenstadt, in der Kaiserstraße. Hinter uns eine Tür, gesichert mit Scherengitter und Vorhängeschloss, links und rechts ein Schaufenster. Über der Tür steht in goldenen Buchstaben *FARBEN-KÖNIG* und darunter *Inhaber Ernst König*. Auf den warten wir.

— Wann wollte der noch mal kommen?, sagt Willi.

— Um fünf, sag ich und nehm den letzten Zug, vor zwei Stunden.

— Überall dasselbe. Aber watt willst machen?

— Tja, sag ich und trete die Kippe aus, warten und warten lassen. Damit wir gleich wissen, wo der Hammer hängt.

— Und wir frieren uns hier die Eier ab. Dass das noch mal so kalt wird! Was hat Franz gesagt, minus fünf? Wenn das reicht. Dazu der Wind, wenn nur dieser Scheißwind nicht wär, weißt?

— Zu dumm, dass sich das Wetter nicht an den Kalender hält.

— Weil heute Sonntag ist?

— Nein, heute ist Frühlingsanfang.

Ein Mann kommt um die Ecke, klein und dick. Bleibt vor uns stehen. Rotes Gesicht, Tränensäcke und Doppelkinn. Er steckt die Hände in die Taschen und guckt uns von oben bis unten an. Der sieht aus wie ein Käfer, denke ich, wie ein Mistkäfer.

— Aha, sagt er, ihr seid also die beiden. Na von mir aus. Ihr wisst, worum es geht?

— Wir sollen hier nachts den Laden bewachen, sagt Willi.

— Ihr sollt nicht, ihr dürft. Haben wir uns verstanden?

— Ja, sag ich und denke, und was für ein Mistkäfer!

— Gut. Arbeitszeit ist von sieben Uhr abends bis sieben Uhr morgens. Sechs Tage die Woche. Urlaub oder so was könnt ihr vergessen. Wenn ihr ein Mal nicht zur Arbeit kommt, braucht ihr gar nicht mehr zu kommen. Und wenn ich euch auch nur ein Mal dabei erwische, dass ihr schlaft, war's das. Haben wir uns verstanden?

— Verstanden.

— Gut. In den nächsten zwei Wochen arbeitet ihr erst mal sieben Tage durch. Zum Warmwerden und damit ich sehe, woran ich mit euch bin. Danach reden wir über Geld. Habt ihr ein Problem damit?

— Nein, sag ich und Willi schüttelt den Kopf, kein Problem.

— Ist auch besser so. Ihr fangt heute an, jetzt gleich.

In dieser ersten Nacht hat es morgens um zwei angefangen zu schneien. Zum Glück konnten wir uns im nächsten Hauseingang unterstellen. Was, hab ich gedacht, hat er gesagt? Die ersten Tage sind *zum Warmwerden*. Das läuft doch großartig!

In den folgenden Nächten blieb es kalt und wir haben uns den Arsch abgefroren. Doch das hatte auch sein Gutes, denn jedes Mal, wenn der Mistkäfer vorbeikam, ganz zufällig, waren wir hellwach. Nach zwei Wochen hat er uns gesagt, was wir verdienen, und das war ein Hungerlohn. Aber Kleinvieh macht auch Mist und wir hatten keine Wahl.

Ab Mitte April wurden die Nächte milder und es blieb trocken. Ich bin endlich meinen Rotz losgeworden und diesen Scheißhusten. Tagsüber haben wir meist gepennt und ansonsten nicht viel gemacht. Wir haben die Kohle zusammengehalten und darauf gewartet, dass sich was im Hafen ergibt. Anfang Mai hatte Franz endlich was für uns.

Wir haben Kartoffelsäcke auf einen Kahn geschleppt, drei Tage lang, jeden Tag zehn Stunden. Wir haben ordentlich rangeklotzt und von da an waren wir im Geschäft. Beladen, entladen, Rost abkratzen, Böden schrubben, Sachen ausfahren, Schuppen streichen, einpacken, auspacken, wir haben alles gemacht. Die Kohle stimmte, aber sie war sauer verdient.

Bis vier, halb fünf haben wir im Hafen geschuftet. Danach zu Franz, was essen, waschen und umziehen. Dann zum Laden. Einer hat gepennt, einer blieb wach, abwechselnd, immer drei Stunden, bis morgens um sieben. Vom Laden aus gleich zum Hafen und weiter ging's. Sechs Tage und sechs Nächte. Am Sonntag haben wir geschlafen, Tag und Nacht. So ging das Woche um Woche.

An einem Sommerabend sitzen wir vor dem Laden. Es wird langsam dunkel, ein laues Lüftchen weht durch die Straße und auf den Dächern zwitschern die Vögel. Willi macht seine Tasche auf und holt zwei Flaschen Bier raus. Öffnet beide und reicht mir eine.

— Na dann, Prösterchen! Auf dich.

— Was soll das denn?

— Alter, heute ist der erste Juni und wenn du mir keinen Scheiß erzählt hast, ist das dein Geburtstag, oder?

— Mensch ich ... ich bin richtig gerührt, wirklich. Das hab ich ganz vergessen. Dass du daran gedacht hast, ich–

— Jetzt nicht lang schnacken, Kopp in Nacken!

— Ja, sag ich und denke, das kommt mir bekannt vor, aus einem anderen Leben, schon eine Ewigkeit her.

Zehn Tage später haben wir einen Güterwaggon mit Holzstämmen beladen. Gegen Mittag ging der Scheißkran kaputt und wir mussten per Hand weitermachen. Wir waren sechs Leute und das war eine elende Schinderei. Kurz vor Feierabend hat sich ein Stamm gelöst und ist dem Mann neben mir über'n Fuß gerollt. Der hat geschrien und geheult und ist ohnmächtig geworden vor Schmerzen. In einer Schubkarre hat ihn sein Kumpel weggefahren und wir waren nur noch zu viert.

Erst um halb sieben waren wir mit allem fertig. Wir sind gleich rüber zum Laden und haben es gerade so geschafft. Willi ist sofort eingepennt, ich hatte die erste Wache und Mühe, die Augen offen zu halten. Eine halbe Schachtel hab ich geraucht und bin trotzdem eingenickt, immer wieder. Ich hab geträumt. Von einem Meer, tiefblau. Von einem Schiff, so weiß, dass ich die Augen zukneifen musste. Und von einem Schuh, der mir in die Rippen tritt.

— Das hab ich mir gedacht, von Anfang an! Faules Pack!

Ich guck hoch, vor mir steht der Mistkäfer, die Hände in den Hüften.

— Ziehen mir das Geld aus der Tasche. Ach, ich bin einfach zu gutmütig, das bin ich, ich–

— Wenn du meinen Kumpel noch ein Mal ..., sagt Willi und steht auf, dann mach ich dich fertig, du fettes Schwein. Danach kannst du dein Mittagessen lutschen! Und jetzt verpiss dich!

— Ich soll was? Das ist mein Laden und mein Geld und ich soll mich ...? Ihr ...

— Genau, sagt Willi und stellt sich dicht vor ihn, der Mistkäfer geht ihm bis zur Brust, verpiss dich!

Der Mistkäfer schluckt, macht kehrt und beeilt sich wegzukommen. An der nächsten Ecke bleibt er stehen und stemmt die Hände in die Hüften.

— Das hat ein Nachspiel! Da könnt ihr euch frischmachen.

— Buh!, sagt Willi, reißt die Hände hoch und der Arsch ist verschwunden.

— Lass uns abhauen, sag ich und steh auf. Der kommt wieder und bestimmt nicht allein.

— Die Kohle für die letzten Tage können wir wohl vergessen?

— Kannst ja auf ihn warten und fragen.

Am nächsten Tag haben wir im Hafen Bescheid gesagt, dass wir ab sofort länger arbeiten können, und die haben sich gefreut. Wir haben jeden Tag geknechtet, bis es dunkel wurde. Zwölf, vierzehn Stunden. Wenn im Hafen nichts zu tun war, haben wir die Zeit auf Baustellen überbrückt. Das war schlechter bezahlt als die Arbeit im Hafen, aber besser als nichts. Auf einer der Baustellen haben wir Joachim kennengelernt.

—Achim, hat er gesagt und mir seine Pranke hingestreckt, Moin!

—Brenner, sag ich und schlag ein, freut mich. Und das ist mein Kumpel Willi.

—Moin Willi, sagt Achim. Das ist ja ’n richtiger Name, aber Brenner? Was soll das denn?

—So heiß ich eben. Dafür sag ich nicht nachmittags noch *Moin*. Was soll das denn?

—Sagt man so bei uns. Ich bin aus Oldenburg. Aber nicht aus Oldenburg in Holstein, sondern aus Oldenburg in Oldenburg.

—Aha.

Achim bestand nur aus Sehnen und Muskeln, sein Kopf war kahl rasiert und auf dem rechten Oberarm hatte er drei Tätowierungen. So, wie die gemacht sind, hab ich gedacht, war er entweder beim Militär oder er hat gesessen. Oder beides.

Zwei Tage später haben wir uns auf einer anderen Baustelle getroffen. In der Mittagspause haben wir uns zu ihm gesetzt und gemeinsam unsere Suppe gelöffelt. Er hat erzählt, wie lange er schon in Frankfurt ist und was er so gemacht hat. Willi hat erzählt, wo wir herkommen, und ich hab angedeutet, wo wir hinwollen.

—Nach Matema?, sagt Achim. Das ist ja lustig.

—Was ist daran lustig?

—Na ja, Matema liegt doch in Tanganyika, nich? Soll schön sein, davon hab ich gehört. Denn ich war schon mal in der Gegend, in Kenya war ich, mehr als ein halbes Jahr.

—Das ist ja ’n Ding!

—Na ja.

—Und dann?

—Dann haben sie mich hochgenommen und zurückgeschickt.

—Wie, sagt Willi, zurückgeschickt?

—Hab ich doch gerade gesagt.

—Wie denn zurückgeschickt?

— Die haben mich in ein Flugzeug gesetzt und am nächsten Tag war ich hier. Ganz einfach.

— Die haben dich in ein Flugzeug gesetzt? Ein richtiges Flugzeug?

— Sag mal, sagt Achim und guckt mich an, dein Kumpel, ist der nicht ganz dicht?

— Doch, doch, der braucht nur 'n bisschen.

— Du bist schon geflogen, sagt Willi, das ist ja ...

— Ich sag dir mal eben, was das ist. Scheiße ist das! Alles war gut da unten. Ich habe gearbeitet, mir musste keiner was schenken. Nur durch einen beschissenen Zufall haben die mich gekriegt und ... weißt du, was so ein Flug kostet? Die hätten mir doch die Kohle einfach geben können, ich hätte schon was draus gemacht. Aber nein, die haben das Geld lieber durch'n Schornstein gejagt und ich bin wieder hier. So.

— Und nun?, sagt Willi.

— Ganz einfach. Ich geh wieder runter. Jetzt weiß ich ja, wie der Laden läuft. Und wenn ich erst unten bin ... ein zweites Mal kriegen die mich nicht.

Das ist ja, denke ich, was Besseres kann uns gar nicht passieren. Das ... ich frag ihn einfach.

— Was hältst du denn davon, wenn wir uns zusammentun?

— Wir drei?

— Ja, genau. Wie die drei Musketiere!

— Wie wer?

— Nicht so wichtig. Ich mein nur, du willst da runter und wir auch, warum sollen wir uns nicht zusammentun? Liegt doch irgendwie auf der Hand, oder? Zusammen ist immer besser als allein.

— Ich weiß nicht, sagt Achim, eigentlich bin ich lieber für mich.

— Wie schön, sagt der Vorarbeiter und baut sich vor uns auf, ich bin auch lieber für mich, aber ich hab euch nun mal am Hals. Also los, ihr faulen Säcke, fürs Reden wird hier keiner bezahlt. An die Arbeit!

— Überleg's dir, sag ich und steh auf, wär doch das Beste.

Es hat eine Woche gedauert, bis wir wieder zusammen auf einer Baustelle waren. Ich hab bis zur Pause mit meiner Frage gewartet und gedacht, wenn er nicht will, dann eben nicht.

— Doch, sagt er und nickt, können wir machen, warum nicht. Unter einer Bedingung. Bis spätestens Mitte August müssen wir los. Denn der Weg ist weit und wir müssen vor dem Winter über die Berge. Also, das sind noch anderthalb Monate. Kriegt ihr das hin?

— Ja, sag ich und Willi nickt, das schaffen wir.

— Also dann.

Er grinst und hält seine Pranke hin, die Handfläche nach oben. Wir schlagen ein.

— Ja, sagt Willi, wie die drei Muskeltiere, weißt?

— Nicht Muskeltiere, sag ich, sondern Musketiere.

Achim guckt uns an und schüttelt den Kopf.

Die nächsten anderthalb Monate haben wir geschuftet wie die Blöden, um so viel Kohle wie möglich zu machen. Der Juli war heiß und trocken. Wir haben geschwitzt und gestunken. Abends bei Franz haben wir uns abgeschrubbt, mit Kernseife, aber der Dreck blieb in den Poren. Einen Happen essen, ein Bier und ab in die Kiste. Wir haben geschlafen wie die Toten.

Ein paarmal haben wir uns mit Achim auf ein Bier getroffen, zuletzt Anfang August.

— Also, hat er gesagt und sein leeres Glas auf den Tisch gedonnert, am Achten geht's los! Achter August.

— Wieso gerade da?, sagt Willi, guckt zum Tresen und hält drei Finger hoch.

— Weil der Achte, das ist ein Samstag und es ist der Achte.

— Aha, sag ich, und was ist so gut daran?

— Also, Wochenende ist immer gut, um über die Grenze zu gehen, da arbeiten die nur mit halber Besetzung. Und Samstag ist besser als Sonntag, denn am Sonntag haben viele Grenzer schlechte Laune, weil sie arbeiten müssen und die anderen nicht. So.

— Ja, aber warum der Achte?

— Weil das nicht nur der Achte ist, sondern der Achte Achte, verstehst du?

— Du bist abergläubisch.

— Bin ich nicht. Aber ... es schadet auch nichts.

— Also bei uns, sagt Willi, heißt so was Schnapszahl und das muss gefeiert werden. Und womit feiert man eine Schnapszahl?

Am siebten August haben wir abends unsere Rucksäcke gepackt. Wir haben was gegessen und danach mit Franz in der Küche gehockt. Keinem war nach Reden zumute. Am nächsten Morgen sind wir früh aufgestanden, haben uns fertig gemacht und noch einen Kaffee getrunken. Wir haben die letzten Sachen zusammengesucht, Franz stand in der Tür und hat zugeguckt.

— Vielleicht, hat er gesagt und tief Luft geholt, vielleicht sollte ich einfach mitkommen mit euch. Ich meine, warum nicht? Ich habe noch den alten Rucksack, ich packe schnell meine Sachen zusammen und ... Was meint ihr?

— Ich weiß nicht, sagt Willi und richtet sich auf, das wird ziemlich anstrengend, das alles. Und es ist nicht ungefährlich, überhaupt nicht, und außerdem ...

— Außerdem, sag ich, ist hier das Grab von Grete. Kannst du das einfach zurücklassen? Sei mal ehrlich, macht dir das nichts aus?

Das sagt der Richtige, denke ich. Du hast das Grab deines Sohnes zurückgelassen, du hast ... alles hast du zurückgelassen. *Macht dir das nichts aus? Sei mal ehrlich.* Ja, das macht mir was aus. An jedem einzelnen Tag.

— Stimmt, sagt Franz, du hast recht, das kann ich nicht.

— Fang nicht wieder mit dem Saufen an, sagt Willi und wirft sich den Rucksack über die Schulter, lass deine Bude nicht so verkommen und schmeiß diesen Bademantel auf'n Müll.

— Ja, sag ich, und geh wieder unter Leute. Vielleicht lernst du jemanden kennen. Du bist doch noch kein Opa.

— Aber guck, dass die kochen kann. Sonst kommen wir nie wieder, sagt Willi und grinst. Mach's gut, Franz.

Sie umarmen sich und Franz kriegt feuchte Augen.

— Danke für alles, sag ich und schließ mich an, halt die Ohren steif.

— Mach ich.

— Aber wenn's drauf ankommt, sagt Willi und hebt den Zeigefinger, nicht nur die Ohren.

— Du alte Sau, sagt Franz und lächelt.

Wir sind die Treppe runtergestiegen und Franz blieb in der Tür. Als wir auf der Straße waren, stand er am Fenster und hat gewunken. Wir haben zurückgewunken, uns umgedreht und sind losgegangen. Als wir um die Ecke waren, hab ich gedacht, so ähnlich war das, als Roller los ist. Nur, dass ich es war, der am Fenster stand.

Achim hat schon auf uns gewartet und wusste, welchen Bus wir nehmen müssen. Ein Schrotthaufen war das, kein Profil auf den Reifen und mehr Rost als Farbe. Der Fahrer war so fett, er passte kaum hinters Lenkrad und sein Hemd hatte dunkle Flecken unter den Achseln.

— Dreimal bis Heidelberg, hat Achim gesagt.

Er hat das Geld hingelegt, der Fahrer hat einen Block rausgeholt und drei Zettel abgerissen. Wir haben uns hinten hingesetzt und gewartet. Es stank nach Schimmel und Pisse, die Bezüge waren zerrissen und verdreckt. Bei jeder Bewegung pikte mir was in den Hintern.

Nach zwei Stunden war der Bus voll und die Luft zum Schneiden. Die Sonne knallte aufs Dach und die Fenster ließen sich nicht aufmachen. Beim dritten Versuch sprang der Motor endlich an und die Scheibe hinter uns wurde schwarz vor Rauch. Zumindest funktioniert die Hupe, hab ich gedacht, als sich der Bus in den Verkehr schob.

Wir haben ewig gebraucht, um aus der Stadt rauszukommen. Dann wurde erst mal Pause gemacht und der Fahrer hat sich was zu essen geholt. Und ein Bier. Gegen Mittag waren wir in Darmstadt. Meine Fresse, hab ich gedacht, was ist das für 'n Name? Was kommt als Nächstes? Magenburg? Oder Hodenberg? Als Nächstes kam die Grenze.

9

Alle müssen aussteigen, sich in eine Reihe stellen und einzeln durch die Sperre gehen. Der Grenzer guckt mich nicht mal an. Er gähnt, wedelt mit der rechten Hand und ich marschiere durch. Nach zwanzig Metern kommt ein Schild, schwarze Schrift auf weißem Grund.

Sie betreten jetzt das Territorium des SÜDDEUTSCHEN BUNDES. Halten Sie Ihre Ausweispapiere ständig bereit! Verlassen Sie nicht die vorgeschriebenen Wege! Zuwiderhandlungen werden bestraft. gez. Der Standort-Kommandant. Darunter ein Wappen. Ein Adler, der ein Gewehr in den Krallen hält.

Am Ende des Weges steht ein Häuschen. Auf dem Dach flattert eine Fahne und davor steht ein Schild: *Stehen bleiben! Pass- und Zollkontrolle!* Das Häuschen ist leer. Die Leute vor uns gehen einfach weiter und wir folgen ihnen.

Auf der anderen Seite hat der Bus schon gewartet. Nach zwanzig Minuten waren wir vollzählig und weiter ging's. Der Fettwanst ist gefahren wie ein Henker. Die Kiste schaukelte hin und her und die Reifen quietschten in den Kurven. So richtig rund läuft der Motor aber nicht, hab ich gedacht, und fünf Minuten später fing er an zu stottern. Es knallte ein paarmal, machte PUFF und dann war Ruhe. Der Bus rollte aus und blieb stehen. Mitten in der Walachei.

Wir steigen aus. Der Himmel ist blau und die Grillen zirpen. Zwei Männer machen die Klappe hinten am Bus auf und gucken in den Motor wie 'n Schwein ins Uhrwerk. Ein dritter schiebt sich drunter und wackelt mit den Füßen. Der Fettwanst steht daneben, die Hände in den Taschen, sein Rücken ist durchgeschwitzt.

Wir setzen uns in den Schatten und warten. Der Boden ist warm und die Luft steht. Nach mehr als einer Stunde klatscht der Fettwanst mit einem Mal in die Hände. Das gibt's nicht, denke ich, hätte ich diesen Pfeifen gar nicht zugetraut.

— Also, sagt er, die Hände in die Hüften gestemmt, jetzt hört mal zu! Tut mir wirklich leid, aber wir kriegen das nicht hin, nicht so schnell. Da ... da ist was kaputt und jedenfalls, heute kriegen wir das nicht mehr hin. So sieht's aus.

— Und nu?, sagt einer neben mir.

— Zwei Möglichkeiten, sagt er und sein Gesicht glänzt vor Schweiß. Ihr könnt hierbleiben, könnt im Bus schlafen und warten, bis er wieder läuft. Vor morgen Mittag wird das aber nichts. Oder ihr geht in den nächsten Ort und seht zu, wie ihr von da weiterkommt. Das sind nicht mehr als zehn, zwölf Kilometer.

— Was ist mit unserem Geld?

— Sag ich ja, ihr könnt hierbleiben und warten. Ich bring euch schon nach Heidelberg, nur nicht heute. Aber wer geht, na ja ... ich hab ohnehin nichts hier. Da muss keiner auf dumme Gedanken kommen.

War doch klar, denke ich und steh auf, so, wie der die Karre getreten hat. Ich halt Achim die Hand hin und zieh ihn hoch, Willi kommt angeschlendert.

— Schöner Scheiß, sagt er.

— Und, sag ich, was machen wir?

— Ja, sagt Achim und klopft sich den Staub vom Hosenboden, ich würde sagen, wir gehen los. Mir ist das lieber, wenn ich selbst was mache, als darauf zu warten, dass andere was machen.

— Und zwar die ganze Nacht, sag ich und guck Willi an.

Er nickt, Achim holt die Rucksäcke aus dem Bus und wir machen uns auf den Weg. Wir sind nicht die Einzigen, aber mehr als die Hälfte bleibt zurück. Tja, hab ich gedacht, so ist das im Leben. Zwei Möglichkeiten und zwei Sorten von Menschen.

Achim hatte einen ordentlichen Schritt drauf und bald sind wir allein durch die Pampa marschiert. Zum Abend hin wurde es kühler und Wind kam auf.

— Wisst ihr, hat Willi gesagt und über die Felder geguckt, das ist wie das Meer.

— Achim, hab ich gesagt, hast du noch Wasser? Ich glaub, unser Seemann wird allmählich trocken in der Birne.

— Guckt doch nur! Wenn der Wind über die Halme streicht, das ist wie so 'ne leichte Dünung am Abend.

— Stimmt, hat Achim gesagt.

Kurz bevor es dunkel wurde, waren wir im nächsten Dorf. Das waren bestimmt zwanzig Kilometer, hab ich gedacht, wenn nicht mehr. Entweder hatte der Fettwanst keine Ahnung oder er hat uns belogen. Arschloch. In einer Absteige haben wir das letzte Zimmer gekriegt und das war ein Loch. Ein Bierchen haben wir uns genehmigt, danach sind wir ins Bett gefallen und haben geschlafen wie die Steine.

Morgens hab ich mir ein bisschen Wasser ins Gesicht geschmiert und bin über'n Hof zum Scheißhaus gegangen. Ein Blick und mir ist alles vergangen. Ich habe Achim und Willi futtern lassen und bin rausgegangen, um eine zu rauchen. Draußen stand einer, mit dem bin ich ins Gespräch gekommen.

Der Mann fuhr einen Laster, beladen mit Fässern, und musste nach Heppenheim. Das lag auf unserem Weg und er hat mir angeboten, uns mitzunehmen. Wir haben ihm ein Frühstück ausgegeben und danach ging's los. Der Laster fuhr nicht schnell, aber er fuhr. Ich hab vorn gesessen und die beiden draußen auf den Fässern. Die Sonne schien und der Fahrtwind wehte mir um die Nase.

Nach einer Nacht in Heppenheim haben wir den ersten Bus nach Heidelberg genommen. Der hat an jeder Ecke gehalten und die Leute hatten die Ruhe weg. Es ist schon Mittag, als wir endlich ankommen.

— Mann, sagt Willi und zeigt über'n Fluss, seht ihr das? Da am Berg! Ein richtiges Schloss!

— Sind doch nur Ruinen, sag ich.

— Trotzdem. Wollen wir da mal hin?

— Nein, sagt Achim, wir wollen zu Walter, und zwar gleich. Es ist schon jetzt zum Kotzen. Von Frankfurt hierher, das schafft man an einem Tag, aber wir haben unterwegs zwei Mal übernachtet, nich? Wenn das so weitergeht, kommen wir nie an. Also, los jetzt!

Walter war ein alter Bekannter von Achim, der sich wohl mit allen möglichen Geschäften auskannte und daher auch Beziehungen hatte zu Schleppern über die Berge. Die Treppe zu seiner Wohnung war eng und steil und knarrte bei jedem Schritt. Wir mussten ganz nach oben. Beim dritten Klopfen ging die Tür gegenüber auf und eine Oma guckte raus, in Schürze und mit einem grauen Dutt.

— Der esch net dahäm.

— Aha, sagt Achim, und wo ist er?

— Der, sagt die Frau und kneift die Augen zusammen, der esch uff Reise.

— Wo ist der?, sagt Willi und guckt mich an.

— Wissen Sie vielleicht, wann er wiederkommt?, sag ich.

— Nein, sagt die Frau und kneift die Augen noch mehr zusammen. Desch kamma bei dem nie wisse.

Sie macht die Tür zu und schließt von innen ab. Achim steigt die Treppe hinab und wir hinterher. Wie kommt die Alte diese Stiege runter? Und wieder hoch? Obwohl, vielleicht bleibt sie auch in ihrer Bude, denke ich. Bis sie tot ist. Kein Wunder, dass sie schlechte Laune hat.

— Tja, sag ich, als wir unten sind, und was machen wir jetzt?

— Was schon?, sagt Achim. Wir warten, bis Walter zurückkommt.

— Wieso das denn?, sagt Willi. Du hast doch geschimpft, dass es zum Kotzen ist, wie langsam wir vorankommen. Trotzdem willst du auf diesen Heini warten, von dem wir gar nicht wissen, wann er kommt? Also, ich bin dafür, dass wir weiterziehen.

— Von mir aus. Ich warte hier. Schönen Tag noch.

— Moooment, sag ich und denke, diese Fischköppe!

— Watt?

— Wir haben beschlossen, dass wir die Sache zusammen durchziehen, und dabei bleibt es auch. Also, warum ist das so wichtig, dass wir diesen Walter treffen? Warum fahren wir nicht einfach da runter und suchen uns einen Schlepper? Das kann doch nicht so schwer sein. Ich will es bloß verstehen und Willi, du hältst jetzt mal die Klappe!

— Du hast recht, sagt Achim, es ist nicht schwer, einen Schlepper zu finden. Im Gegenteil, die finden dich. Aber es ist verdammt schwer, den richtigen Schlepper zu finden, verstehst du?

— Nein.

— Na ... zum einen ist das eine Frage des Geldes. Du musst einen finden, der dir nicht die Hosen auszieht, nich? Aber viel wichtiger ist, verstehst du, der Schlepper, von dem hängt alles ab. Nur er weiß, welche Wege man zu welcher Jahreszeit nehmen kann und welche man besser meidet. Du musst darauf vertrauen, dass der alles richtig macht, und das ist kein Kinderspiel, nicht in den Bergen.

— Wenn der Scheiße baut, sagt Willi, dann sieht er keinen Pfennig, nicht von mir.

— So läuft das nicht, bezahlt wird immer im Voraus.

— Dann ist im schlimmsten Fall die Kohle eben weg.

— Was Scheiße wäre, sag ich, denn dann könnten wir wieder von vorn anfangen.

— Sicher, sagt Achim, wenn du das überlebst. Denn wenn der Schlepper keine Ahnung hat, verlauft ihr euch und verreckt irgendwo in den Bergen. Oder der Arsch führt dich mit Absicht in die Irre. Du wachst morgens auf und er ist weg, mit allen Vorräten. Um dich rum nur hohe Berge, du weißt nicht, wo du bist oder wo du lang musst, und hast nichts zu fressen. Er kann in Ruhe abwarten, bis du am Ende bist. Dann kommt er, holt sich deine Sachen und du bist Würmerfraß. Das ist kein Märchen, das ist 'n gutes Geschäft.

— Hm, sagt Willi und kratzt sich am Bart.

— Oder du landest im Knast. Verstehst du, die Bongos tun eine Menge, um uns aufzuhalten, und sie fangen früh damit an. Für jeden von uns, der vor oder in den Bergen geschnappt wird, kriegen die Grenzer eine Kopfprämie. Deshalb muss der Schlepper nicht nur die Berge kennen, sondern auch genau wissen, wen man wie bestechen kann und wen nicht, verstehst du? Das Gemeine ist, dass manche Schlepper gemeinsame Sache mit den Bullen machen. Die kassieren die Kohle erst von dir und anschließend liefern sie dich ab und teilen sich die Prämie mit den Grenzern. Das passiert immer wieder. Aus all diesen Gründen müssen wir den richtigen Schlepper finden und dafür brauchen wir Walter. So.

— Gut, sag ich, das leuchtet mir ein. Dann lass uns warten, der wird schon auftauchen. Auf einen Tag mehr oder weniger kommt's nicht an. Willi, was meinst du? Wir könnten in der Zeit rauf zum Schloss, wenn du willst.

— Meinst du, ein billiger Lutscher reicht und alles ist gut? Ich bin kein Kleinkind! Aber meinetwegen, warten wir eben auf diesen Heini. Mit dem Schloss, das machen wir noch, aber jetzt will ich erst mal 'n kühles Bierchen, bei dem Wetter.

Drei Tage später kam Walter. Der war in unserem Alter, bestimmt zwei Meter groß und hatte eine Statur wie ein Garderobenständer. Wir haben uns in seiner Bude getroffen. Die war verdreckt, vollgerümpelt und musste dringend gelüftet werden.

— Du, du willst das also noch mal versuchen, ja?, sagt er und steckt sich eine Kippe an, seine Hände zittern. Die, die ganze Scheiße? Ich, ich sag nur eins. Wenn, also wenn du willst, bei mir kannst du, kannst du jederzeit einsteigen, ja? Du weißt Bescheid. Einen, einen wie dich, dich kann ich brauchen. Jederzeit. Einen, der, der auch mal zulangen kann, ja?

— Das hatten wir doch schon. Ich mach so was nicht mehr.

— Ich, schade, aber du weißt Bescheid, ja? Ich–

— Was ist jetzt mit dem Schlepper? Hast du was für uns?

Er drückt die Kippe aus, die war nicht mal zur Hälfte runter, und macht sich eine neue an. Fährt sich mit der Hand durch die Haare und kratzt sich am Hals.

— Ja, klar. Walter hat immer was. Walter hat alles. Frag Walter. Es gibt nichts, was, was ich nicht besorgen kann. Du weißt Bescheid. Und so, so ein Schlepper, das ist meine leichteste Übung. Und du, ihr habt Glück, wirklich Glück. Denn ich, ich hab da einen, wirklich, wirklich gut ist der und der Preis ist in Ordnung. Und der, der andere Scheiß auch. Keine Probleme. Aber du, du weißt ja, wie das läuft, ja? Du weißt Bescheid.

— Wie was läuft?

— Ist, ist nicht umsonst. Nichts ist umsonst. Nicht mal der Tod, denn der, der kostet das Leben.

Er lacht und ich denke, dieser Spruch war schon vor hundert Jahren nicht mehr lustig, nicht in Berlin. Asche fällt auf seine Hose.

— Was willst du?, sagt Achim.

— Ich, ich hab hier dieses Päckchen. Das muss, nach Baden-Baden muss das. Gleich morgen, ja? Wenn, wenn ihr das macht, geb ich euch die Adresse von, von einem Schlepper in Freiburg und ihr, ihr kriegt Rabatt bei dem. Der ist mir noch was schuldig und ich schreib was auf und dann, dann macht der das. Der, der ist in Ordnung.

— Was ist drin in dem Päckchen?

Walter lehnt sich zurück und grinst.

— Also, ich, ich würd nicht reingucken an, an eurer Stelle. Und verlieren, verlieren würd ich's auch nicht. Sonst ... du weißt Bescheid?

Das Päckchen war halb so groß wie ein Schuhkarton und in braunes Papier eingeschlagen. Achim hat das Ding in seinem Rucksack verstaut und den behielt er die ganze Fahrt über auf seinem Schoß. Bis nach Baden-Baden waren es um die hundert Kilometer. Diesmal hat der Bus durchgehalten und am frühen Nachmittag waren wir da. Wir haben das Päckchen abgeliefert und uns danach einen Schnaps gegönnt, darauf, dass wir diesen Scheiß hinter uns hatten.

Nach Freiburg waren es weitere hundert Kilometer. Wir sind früh los und haben den halben Tag dafür gebraucht. Wir sind durch Felder und Wiesen gefahren, linker Hand erhoben sich bewaldete Berge und am Himmel stand nicht eine Wolke. Jeder konnte seinen Gedanken nachhängen. Auch wenn ich bei jedem Schlagloch halb durch den Sitz gekracht bin, hat mich irgendwann der Schlaf übermannt.

— Watt ..., sagt Willi und stößt mich an, guck mal!

— Das, meine Herren, sagt Achim und setzt sich zurecht, ist Freiburg. Freiburg im Breisgau, um genau zu sein.

— Aber, sag ich und reib mir die Augen, hier ist ja alles noch zerkloppt! Ich seh fast nur Ruinen.

— Und kaum Leute unterwegs, sagt Willi, ich meine ...

— Das ist auch das alte Freiburg. Das neue ist da drüben. Bis rauf in die Hänge vom Schwarzwald.

— Schwarzwald?, sagt Willi und macht große Augen. Wie die Torte?

— Genau, sag ich, und nach dieser Torte haben sie die Berge hier benannt.

— Du kriegst gleich eine aufs Maul.

—Und warum sind die weg aus der Stadt und haben nichts daran gemacht?

—Na ja, sagt Achim, nachdem der große Krieg 61 vorbei war, haben die Brüder hier 62 gleich den nächsten angefangen. Es ging um dieses Elsaß. Das liegt da hinten, auf der anderen Seite vom Fluss. Das wollten die Jungs hier gern für sich haben, aber die Froschfresser auf der anderen Seite, die auch. Dafür haben beide Seiten das volle Programm aufgeführt. Mit Panzern, Geschützen und eingraben und so. Dazu kleine Kommandos hinter der Grenze und Bombenanschläge und solche Scherze. Von Freiburg, das sind vielleicht zwanzig Kilometer bis zur Grenze, wenn überhaupt. Hier hat's ständig gekracht und das bisschen, was die Leute aufgebaut haben, wurde gleich wieder zerstört. Gefährlich war es auch, kann man sich ja vorstellen. Irgendwann hatten die Leute den Kanal voll und sind weg von hier. So ist es geblieben und alle haben sich dran gewöhnt. Bisschen was ist noch los in der alten Stadt, aber nicht viel.

—Und wer hat den Krieg gewonnen?

—Ach, keiner so richtig. Ende der Sechziger haben sie sich irgendwie geeinigt, aber das war auch nicht das Gelbe vom Ei. Immer wieder ist was passiert und das Militär behielt die Zügel in der Hand, bis heute.

—Das heißt, wir müssen mehr aufpassen?

—Nicht mehr als sonst. Habt ihr doch an der Grenze gesehen. Das Schild ist noch da, ganz wichtig, aber die Hütte ist leer. Hier ist es wie überall. Ob Uniform oder nicht, jeder wirtschaftet in die eigene Tasche.

—Endstation, sagt Willi und nimmt seinen Rucksack.

Die Adresse, die wir von Walter hatten, führte uns in einen Teil von Neu-Freiburg, der hieß Kirchzarten. Eine Kirche allerdings hab ich nicht gesehen und zart war da auch nichts. Die Häuser waren runtergekommen und die Straßen verdreckt, Autowracks rosteten vor sich hin und an jeder zweiten Ecke lungerten Halbstarke rum und warfen uns finstere Blicke zu.

Schließlich sind wir da. Ein Trümmerhaufen. Die Steine schwarz vor Ruß und das Holz verkohlt. Rauchgestank liegt in der Luft.

— Das ist es?, sagt Willi und zieht die Augenbrauen hoch.

— Die Straße stimmt, sagt Achim, da ist die Sieben und da die Neun, also muss das hier die Acht sein. Tja.

— Wollt ihr wissen, watt mein Alter zu solchen Heinis wie Walter gesagt hat?

— Nein.

— Keine Zähne im Maul, aber *La Paloma* pfeifen.

10

— Warmräumung, sagt eine Stimme hinter uns.

Wir drehen uns um. Eine Frau steht am Zaun gegenüber, die Arme verschränkt. Sie trägt eine karierte Schürze, hat rote Haare und war bestimmt mal 'n heißer Feger, aber das ist schon lange her.

— Watt?

— Das da, sagt sie und zeigt mit dem Kinn in Richtung Trümmerhaufen.

— Interessant, sag ich, was ist *Warmräumung?*

— So heißt das hier. Der ist wohl dem Falschen auf'n Fuß getreten und deshalb, na ja ...

— Sie wissen nicht zufällig, wo wir den finden?

— Der ist weg. Das war vielleicht 'n windiger Hund, aber dumm war er nicht. Das da war die letzte Warnung. Danach kommt nur noch eins.

Sie fährt sich mit der Handkante über die Kehle, verdreht die Augen und lässt ihre Zunge aus dem Mundwinkel hängen.

— Ja, sagt Achim, vielen Dank und–

— Aber wenn ihr 'ner armen Frau ein paar Zigaretten spendiert, kann ich euch sagen, wo ihr das findet, was ihr sucht.

— Watt suchen wir denn?

— Dann nicht, sagt sie und dreht sich um.

— Warten Sie mal, sag ich und geh rüber zum Zaun, ich hab Kippen. Sie sind nicht von hier, oder?

— Aus diesem Scheißkaff?, sagt sie und pult sich was aus den Zähnen. Nee, und das ist leider nicht meine Marke. Was ich rauche, gibt's nicht überall, das muss ich mir schon selber kaufen.

— Verstehe. Und was kostet Ihre Marke?

— 'N Zehner, sagt sie und guckt mich an.

Ich geb ihr die Kohle, sie stopft sich den Schein in die Schürze und nimmt sich trotzdem drei Kippen aus meiner Schachtel.

— Ihr müsst runter in die alte Stadt. Kennt ihr das Münster?

— Nein.

— Das ist die alte Kirche, wo nur noch der Turm steht. Da nicht weit weg von ist eine Kneipe, die heißt *Eimer*. Kennt jeder. Dort findet ihr, na ihr wisst schon. Aber weil ihr so nette Jungs seid, sag ich euch was. In dem Laden ist alles nur Gesockse. Die verscheuern ihre Mutter für 'ne Flasche Schnaps. Besser, ihr geht gleich zu Hans-Otto. Dem gehört der Laden und der steht auch hinter'm Tresen, immer. Sagt dem mal, dass ihr von mir kommt, das hilft. Von Helga, ja? Wir ... na wir kennen uns.

Wir haben was an der Straße gegessen und sind runter in die alte Stadt. Die Kneipe war leicht zu erkennen. Ein verbeulter Blecheimer hing an einer Kette über der Tür und darunter stand ein Kerl, tätowiert bis zum Hals. Der hat uns kurz angeguckt und vorbeigelassen. Achim ist vorgegangen.

Drinnen ist es dunkel und der Qualm hängt in Schwaden über den Köpfen der Leute. Gerede und Gelächter, Gläserklirren und Gehuste. Wir drängeln uns durch. Einer rempelt mich an und hebt die Faust. *Ist gut*, sagt Achim und guckt ihn an. Sein Kumpel stiert in meine Richtung, die Augen blutunterlaufen. Ich tret einem auf den Fuß. *Schuldigung*, sag ich und der guckt mich an, als ob ich vom Mond komme. Meine Fresse, denke ich, dagegen war mein Laden wie's Kranzler.

Hinter dem Tresen steht ein Mann Mitte fuffzig und ist die Ruhe selbst. Ich schiebe mich vor und leg meine Hände auf den Tresen.

— Hans-Otto?

— Was willst du?

— Schönen Gruß von Helga, aus Kirchzarten.

— Helga?, sagt er und grinst. Na das ist ja … und, was willst du?

Ich fang an zu erzählen und er zapft nebenbei Bier, gießt Schnäpse ein und gibt Geld raus.

— Jaja, schon verstanden. Und ihr seid Freunde von Helga?

— Aber sicher. Mit Helga, da haben wir schon was mitgemacht. Wenn Sie verstehen, was ich meine.

— Und ob ich das verstehe! Na gut. Geht mal rüber zu Hermann, da hinten in der Ecke, siehst du den?

— Der Opa?

— Der ist jünger, als er aussieht. Außerdem, wer in dem Geschäft alt wird, der muss gut sein, verstehst du? Eins noch.

— Ja?

— Hier, das ist 'n Doppelter von seinem kleinen Liebling. Ein Obstler, Birne. Er weiß dann schon.

— Was macht das?

— 'N Zehner. Musst gar nicht so gucken. Denkst du, ich bin die Wohlfahrt? Und schönen Gruß zurück an Helga, ja?

Wir drängeln uns durch zur Ecke, wo der Opa sitzt, und stellen uns an seinen Tisch. Ich schieb das Schnapsglas rüber zu ihm, er kneift ein Auge zu und guckt mich an.

— Mit den besten Empfehlungen von Hans-Otto. Er sagt, Sie können uns vielleicht weiterhelfen?

— Ach ja? Und das Schnäpperchen ist von ihm?

Seine Stimme klingt, als ob man ein schweres Stück Eisen über einen Zementboden zieht.

— Nee, das geht auf uns.

— Aha, ja dann … nehmt Platz. Trinkt ihr nichts?

— Erst mal nicht.

— Selber schuld.

Er kippt den Schnaps runter und knallt das Glas auf den Tisch.

— Und, was wollt ihr?

Achim erzählt ihm, was wir uns vorstellen, er guckt runter auf den Tisch und dreht das leere Glas zwischen seinen Fingern hin und her.

— Fünfundsiebzig, sagt er, hebt den Kopf und stößt auf. Fünfundzwanzig pro Nase, jetzt gleich.

— Wofür denn?

— Vermittlungsgebühr.

— Aber–

— Ich mach Vorkasse, sagt er und kneift ein Auge zu. Aber wenn ihr nicht wollt ... schönen Tag noch.

— Ist ja gut, sagt Achim, zählt unter'm Tisch die Scheine ab und reicht sie ihm rüber.

— Zufrieden?, sag ich.

— Ich bin erst zufrieden, wenn der Kunde zufrieden ist.

Er grinst und steckt die Kohle ein.

— Und?

— Also, folgendermaßen. Hier läuft gar nichts, ist viel zu gefährlich. Morgen Mittag kommt ihr zum Münster, an die Nordseite. Wisst ihr, wo Norden ist? Gut. Um zwölf kommt einer, darum kümmere ich mich. Den erkennt ihr schon. Ist so 'n ganz Dicker und mit dem macht ihr das Geschäft. Tja, und das war's auch schon.

— Wenn daraus nix wird, sagt Willi, kriegen wir unser Geld dann zurück?

— Tja, sagt er und kneift ein Auge zu, das könnt ihr ja mal versuchen.

Am nächsten Tag sind wir schon um halb zwölf am Münster, daran sollte es nicht scheitern. Schlag zwölf watschelt ein Mann quer über den Platz, der wiegt bestimmt drei Zentner. Er bleibt vor uns stehen, schnauft und wischt sich mit einem Taschentuch den Schweiß von der Stirn.

— Ihr seid die drei, die Hermann mir geschickt hat?

— Richtig.

— Gut, sagt er und nickt, mich könnt ihr Christophorus nennen.

— Wie bitte?, sag ich und denke, das ist wohl 'n Witz.

— Der Mann, der unseren Heiland übers Wasser getragen hat, sagt er und wischt sich den Nacken trocken. Kennt ihr doch, oder? Aber keine Sorge, ich trag euch nicht und es ist auch nicht umsonst.

— Das haben wir uns schon gedacht, sagt Achim.

— Wie schön, sagt er, wischt sich die Stirn ab und stopft das Tuch in die Hosentasche. Ich mach's kurz. Folgendes kann ich euch anbieten. Die Passage beginnt in dieser schönen Stadt. Von hier aus geht's über die Alpen und auf der anderen Seite dann bis Mailand. Ihr müsst euch um nichts weiter kümmern. Ist alles im Preis enthalten. Essen, Getränke und Klamotten. Denn ihr braucht andere Sachen, um über die Berge zu kommen, vor allem die richtigen Schuhe. Das ist alles mit drin.

— Aha, sag ich, und was den Preis angeht, der …?

— Du kommst gleich zur Sache, was? Soll mir recht sein. Weil ihr von Hermann kommt, mache ich euch einen guten Preis, wirklich, könnt ihr mir glauben. 1500 pro Kopf. Ein rundes Sümmchen und alles inklusive.

— 1500 Mark?, sagt Willi.

— Euren Freund, habt ihr den zu lange in die Sonne gestellt? Hier wird mit richtigem Geld bezahlt. Noch mal zum Mitschreiben, die Sache kostet tausendfünfhundert Afros pro Nase. Ihr könnt auch in Dirham oder Rupies bezahlen, nach Tageskurs, aber bei Rupies nur die neuen Scheine, ja?

— Können wir uns das überlegen?, sagt Achim.

— Sicher. Überlegt euch das. Das ist eine Menge Geld. Ist allerdings auch ein weiter Weg und nicht ohne. Ein besseres Angebot werdet ihr nicht finden, aber hört euch ruhig um, kein Problem. Allerdings habe ich noch andere Kunden und wer zuerst kommt … Und die Preise steigen. Aber ich sag euch was. Morgen ist Sonntag, da bin ich den ganzen Tag in der Kirche. Muss einige Sünden gutmachen. Aber Montag um diese Zeit treffen wir uns hier wieder und bis dahin steht mein Angebot. Bis dann.

Wir hatten mit 1000 gerechnet. So viel hatte Achim beim letzten Mal bezahlt, allerdings war das schon eine Weile her. Wir haben uns umgehört und schließlich eine Entscheidung getroffen.

— So, Freunde, sagt Christophorus, als er wieder vor uns steht, wie sieht's aus?

— Wir machen das. 1500 Afros pro Nase, von hier bis Mailand und alles ist inklusive, richtig? Keine weiteren Kosten?

— Genau so.

— Dann sind wir im Geschäft.

— Gute Entscheidung, ihr seid in den besten Händen. So, und jetzt zu den Einzelheiten. Heute ist Montag, morgen Nachmittag geht ihr zu der Adresse hier auf dem Zettel, ja? Seht ihr die Straße da hinten? Die immer weiter, bis ihr in Neu-Freiburg seid, und ihr findet das schon. Um drei klopft ihr da an und einer wird fragen, was ihr wollt. Dann müsst ihr sagen, ihr kommt wegen der bunten Kommode, verstanden? Bunte Kommode. Die lassen euch rein und ihr fragt nach Johannes.

Erst Christophorus, denke ich, und jetzt Johannes? Mal sehen, wer uns über die Berge bringt? Markus, Lukas oder gleich Jesus? Das wär was für Muttchen.

— Johannes ist ein großer Kerl mit einem Muttermal an der Schläfe. Dem gebt ihr das Geld, und nur dem. Die ganze Summe, 4500 und keine Diskussion. Wenn er das Geld hat, fährt er euch in ein sicheres Haus und dort wartet ihr, bis es so weit ist. Alles verstanden?

— Wann ist es denn so weit?, sagt Willi.

— Wenn die Zeit reif ist.

— Und wann ist die Zeit reif?

— So viele Fragen, meine Güte! An Neugierde sind schon Leute gestorben, wusstest du das? Die Zeit ist reif, wenn genug Leute zusammen sind, dass sich die Tour lohnt. Mehr kann ich euch auch nicht sagen. Aber es ist ganz einfach. Wenn euch das nicht passt, dann nicht. Keiner zwingt euch. Also, einverstanden oder nicht?

Er hält mir seine Pranke hin. Ich guck die Jungs an und beide nicken.

— Einverstanden, sag ich und schlag ein.

Seine Haut war weich und feucht und als er sich umgedreht hat, hab ich mir die Hand an der Hose abgewischt.

11

Am Dienstag sind wir um drei bei dem Haus. Wir sagen das mit der Kommode und werden reingelassen. Johannes sitzt im ersten Stock hinter einem gewaltigen Schreibtisch und pult sich in der Nase. Sein Muttermal ist dunkelbraun und so groß wie mein Daumennagel. Er holt sich einen dicken Popel aus der Nase, hält ihn zwischen Daumen und Zeigefinger und beguckt sich den Bummi. Dreht ihn zu einem Kügelchen und schießt das Ding aus dem Fenster.

— Kommen wir zur Sache, sagt er und guckt uns an.

— Sie meinen das Geld?, sag ich.

— Nein, ich meine den Kuchen, den ihr für mich gebacken habt. Wehe, der ist trocken. Ich kann trockenen Kuchen nicht ausstehen. Natürlich das Geld! Was seid ihr denn für welche?

Jeder von uns holt sein Bündel Scheine raus und legt es auf den Tisch. Johannes nimmt sich den Packen und wirft ihn in eine Schublade. Macht sie zu und schließt ab. Die ganze Kohle, denke ich, weg ist sie.

— Wollen Sie nicht nachzählen?, sagt Willi.

— Warum denn?, sagt Johannes und pult sich wieder in der Nase. Wir sind doch jetzt Partner und was machen Partner? Sie vertrauen einander. Vertrauen ist der Anfang von allem. Außerdem, wenn was nicht stimmt, weiß ich ja, wo ich euch finde.

Er rollt mit seinem Stuhl nach hinten und steht auf.

— Fahren wir los.

Hinter dem Haus steht ein Lieferwagen, wir müssen hinten rein. Tür zu und es ist finster wie im Sack. Der Motor heult auf, Gang rein, und los. Wir werden hin und her geschüttelt und der Schweiß läuft mir den Rücken runter. Wenn das so weitergeht, denke ich, muss ich kotzen. Schließlich halten wir an und die Tür wird aufgerissen. Luft … nichts wie raus! Wir stehen in einem kleinen Hof, ringsum hohe Mauern. Scheiße, denke ich, wenn die … was Achim erzählt hat. Erst kassieren sie die Kohle und danach liefern sie uns–

— So, sagt Johannes, bis es losgeht, ist das euer kleines Zuhause. Drinnen sind schon ein paar Leute und es kommen noch welche. In den Zimmern liegen Matratzen, da drüben ist das Scheißhaus und Essen wird gebracht, morgens und abends. Ihr könnt im Haus bleiben oder im Hof, mehr ist nicht. Wer rausgeht, muss nicht mehr wiederkommen und das Geld ist weg, verstanden?

— Alles klar.

— Gut. Baut keinen Scheiß, brüllt nicht rum und geht euch nicht an die Gurgel. Das dauert nur ’n paar Tage, dann geht’s los. Wiedersehen.

Die Wände um den Hof waren mehr als drei Meter hoch und die Fenster im Haus hatten sie zugemauert. Es gab ein paar Luftlöcher, aber durch die konnte man wenig sehen.

Drei Leute waren schon da. Ein Franzose, einer aus Irland und Radek aus Prag. Am nächsten Tag kamen zwei Belgier dazu und ein Däne, Sven aus Aalborg. Damit waren wir neun. Am Tag darauf kamen Wladimir und sein Kumpel, beide aus der Ukraine. Wladimir hatte ein Kreuz wie ein Schrank.

Nach drei Tagen kamen Rischek aus der Nähe von Warschau und Linus aus Finnland. Linus hatte Haare bis zu den Schultern und trug eine Brille. Die war verbogen und die Gläser sahen aus, als hätte er damit Suppe umgerührt. Rischek hat nicht viel gesagt und oft in der Bibel gelesen. Zwei Tage später kamen zwei Russen. Die waren sich mit den Ukrainern nicht grün, aber hatten Angst vor Wladimir.

Ein zweiter Franzose kam dazu und kurz danach Joris aus Antwerpen. Joris war ein blonder Schlaks und sprach gut Deutsch. Er wollte nach Nairobi, weil er dort Verwandtschaft hatte. Die würden ihm Visum und Arbeit besorgen, ganz legal, er musste nur kommen. Als er mitgekriegt hat, dass Achim schon mal in Kenya war, hat er sich an ihn gehängt wie 'ne Klette und ihm Löcher in den Bauch gefragt.

Zuletzt kam Günther aus Köln, eine rheinische Frohnatur, wie er nicht müde wurde, uns zu erzählen. Und Alfred. Er war der Älteste von uns und kam aus Königsberg.

Mit den beiden waren wir vollzählig, neunzehn Mann insgesamt. Das wussten wir und von da an haben wir darauf gewartet, dass es losgeht. Tag für Tag. Die einzige Abwechslung war, wenn das Essen gebracht wurde, ein ziemlicher Fraß. Ansonsten haben die Russen den Ukrainern giftige Blicke zugeworfen, Rischek hat in seiner Bibel gelesen, Günther hat Schoten erzählt, die kein Schwein hören wollte, und Achim hat sich Sorgen gemacht, dass wir zu spät dran sind. Alfred hatte zum Glück Karten dabei und so hab ich mit ihm und Willi Skat gekloppt, von morgens bis abends.

Am letzten Tag im August geht morgens das Tor auf und ein Laster fährt rückwärts auf den Hof. *Los, packt euren Kram zusammen, Essen gibt's später. Nicht lange rumtrödeln, loslos!* Diese Knallköppe, denke ich und hol meinen Rucksack, erst passiert ewig nichts und auf einmal kann's nicht schnell genug gehen. Einer nach dem anderen klettert auf die Ladefläche und setzt sich hin, sein Zeug zwischen den Beinen. Die Plane wird runtergelassen und der Diesel springt an. Egal, was jetzt kommt, denke ich, zumindest passiert mal was.

Die Straßen waren beschissen und das Holz scheuerte am Hintern. Ein Mal haben wir zum Pinkeln angehalten, mitten im Wald, über uns zwitscherten die Vögel. Nach Stunden der nächste Halt. Ein Holzhaus auf einer Lichtung, Bäume ringsum. So, wie die Sonne steht, denke ich, muss es schon später Nachmittag sein. Wer weiß, wo wir hier sind? Jedenfalls nicht an der Grenze.

— So, sagt der Fahrer und baut sich vor uns auf, nehmt eure Sachen. Hier bleibt ihr erst mal und wartet, bis die Jungs kommen, die euch zur Grenze bringen. In dem Haus findet ihr alles, was ihr braucht, und Futter wird einmal am Tag gebracht. Noch Fragen?

— Wann kommen die denn, sagt Günther, diese Jungs?

— Das weiß ich doch nicht. Die kommen, wenn sie kommen, und basta. Wenn euch das zu lange dauert, könnt ihr gern alleine los. Für alle anderen gilt, ihr bleibt schön beim Haus. Keine großen Spaziergänge, klar?

— Wo sind wir überhaupt?

— Das braucht euch nicht zu kümmern. Ihr wartet hier einfach und macht keinen Ärger.

Einige tuscheln miteinander, Achim schüttelt den Kopf und Wladimir zuckt mit den Schultern.

— Ich fahr dann mal. Viel Spaß noch!

Ich guck dem Laster hinterher. Der verschwindet im Wald und ich denke, ist mir auch egal, wo wir sind. Mich interessiert nur, wann es weitergeht. Aber vielleicht kommen die ja heute noch.

Sie kamen nicht, nicht am nächsten Tag und nicht am Tag darauf. Die Luft wurde mit jedem Tag dicker. Wir haben versucht, uns die Zeit zu vertreiben, aber dieses Biest hat sich mit Zähnen und Klauen gewehrt. Ich spiel gern Skat, aber irgendwann ist auch mal Schluss. Zum Glück hatte ich was zu rauchen. Die Alte, die uns jeden Tag das Essen brachte, hat mir Kippen besorgt. Für einen saftigen Aufpreis, versteht sich. Wann es weitergeht, wusste sie auch nicht.

In der ersten Woche konnten wir immerhin noch rausgehen, doch dann fing es an zu regnen. Damit hockten neunzehn Mann in drei kleinen, muffigen Zimmern und wussten nichts mit sich anzufangen. Weil die Russen Schiss vor Wladimir hatten, haben sie sich an Radek gehalten. Rischek hat angefangen, laut zu beten, und eines Morgens war seine Bibel weg. Die Belgier haben sich erst untereinander gestritten und dann mit den Franzosen. Joris hat versucht zu vermitteln. Ohne Erfolg. Das Wetter blieb beschissen.

— So ein gottverdammter Mist!, hat Achim gesagt und mit der Faust gegen die Wand gehauen.

— Ist doch bloß Regen, sagt Alfred.

— Ja, sagt Achim und setzt sich hin. Hier ist das Regen, aber in den Bergen ist das Schnee. Und je länger wir warten, desto höher liegt der Schnee, nich? Mit jedem Tag kühlt sich das mehr ab und wir sind noch nicht mal über die Grenze. Das wird alles nichts mehr, weil ... So ein Scheißdreck auch!

— Na, na, sagt Alfred und lächelt, das ist nur die Aufregung und weil wir nichts zu tun haben. Da hat der Mensch Zeit, vorwärts und rückwärts zu denken. Wenn es erst losgeht, wird alles gut.

— Ja, sagt Willi, wenn's mal losgeht.

Mitte September kamen zwei Männer, kurz vor Mitternacht. Einer der beiden trug einen Rauschebart, der andere war einen halben Kopf kleiner als ich und hatte einen unruhigen Blick.

— Heute Nacht brechen wir auf, hat der Kleine gesagt, in einer halben Stunde. Wir bringen euch bis zur Grenze, dort wartet einer auf uns. Wir gehen durch den Wald, einer hinter dem anderen. Ich geh vor und mein Partner macht die Nachhut. Passt auf, wo ihr hintretet, und haltet um Gottes willen den Mund! So, macht euch fertig. Ich werde auf keinen von euch warten.

Als ich aus dem Haus komme, scheint der Mond auf die Lichtung. Es geht los, Achim ist vor und Willi hinter mir. Sobald wir im Wald sind, ist es finster. Immer wieder schlagen mir Blätter ins Gesicht, kalt und feucht. Ein Ast knackt unter meinem Schuh, ich rutsch aus und krieg gerade noch Achims Schulter zu packen. Scheiße! Wir überqueren eine Straße. *Schnell, schnell und Ruhe verdammt!* Weiter durch den Wald, der Boden ist weich. Über eine Lichtung, einer nach dem anderen verschwindet zwischen den Bäumen.

Ein Schrei! Ich geh weiter, Achim und drei andere warten in der Dunkelheit. Sven aus Aalborg lehnt an einem Baum und sein Gesicht ist verzerrt. Er keucht und stöhnt.

— Ist umgeknickt, sagt Achim, ich hab's richtig knacken gehört. Wenn das mal nicht gebrochen ist. Schöner Scheiß!

— Pssst!, sagt der Kleine und schiebt sich durch die Männer. Ihr sollt still sein, verdammt noch mal! Was ist daran nicht zu verstehen? Wir sind kurz vor der Grenze und der soll mit dem Gequieke aufhören!

Er hockt sich vor Sven hin, betastet den Fuß und Sven schreit auf. Der Kleine steht wieder auf, seufzt und kratzt sich am Hals. Der Rauschebart wiegt den Kopf hin und her. Sven wimmert und stöhnt.

Wladimir schiebt den Rauschebart beiseite und geht zu Sven. Er hebt die Faust und schlägt zu. Nur ein Mal. Auf den Kiefer, unter das rechte Ohr. Sven zittert und sackt in sich zusammen, rutscht am Baum runter und bleibt liegen. Kein Laut mehr. Der Wind rauscht in den Bäumen.

— *Dawai!*, sagt Wladimir und geht.

— Ja aber, was ist mit ihm?

— Der wird schon wieder, sagt der Kleine. Aber wer will, kann hierbleiben und Händchen halten. Eure Entscheidung.

Er verschwindet in der Dunkelheit und einer nach dem anderen folgt ihm. Sven rührt sich nicht, ein roter Faden läuft ihm aus dem Mundwinkel und tropft auf den Waldboden. Das, denke ich, wir ...

Achim schnallt seinen Rucksack fester.

— Los, komm! Wir müssen weiter.

Er geht und ich folge ihm, einfach so. Zehn Minuten später sind wir an der Grenze.

— Die Grenze ist ein Fluss?, sagt Günther und reißt die Augen auf.

— Watt hast du denn gedacht?

— Pssst!

— Da hinten!

Dreißig Meter weiter liegt ein Boot am Ufer und ein Mann winkt. Wir klettern die Böschung lang. Ziemlich rutschig, denke ich, pass bloß auf. Wenn ich mir was tue, schlägt der mich auch … tot. So eine verdammte Scheiße! Ein falscher Schritt und Ende Gelände. So schnell kann das gehen.

Der Rauschebart hält das Boot fest, einer nach dem anderen klettert rein und setzt sich hin. Meine Fresse, denke ich, der Kahn schwankt aber ganz schön. Ist der nicht zu klein? Und am Boden, ist das Wasser? Mist, mein Rucksack steht voll in der Mumpe. Hoffentlich saufen wir nicht ab.

Der Mann im Boot wartet, bis sich eine Wolke vor den Mond schiebt, und stößt ab. Die Strömung erfasst den Kahn und das Ufer bleibt zurück. Auf dem Fluss ist es frisch. Gerade noch hab ich geschwitzt, doch nun überkommt mich ein Frösteln. Das schwarze Wasser zieht am Boot vorüber. In den Wäldern klagt ein Tier und ein Vogel gleitet hoch über uns durch die Nacht.

Eine Leine fliegt rüber, wird gefangen und zwei Männer ziehen uns zum Ufer. Sie halten den Kahn fest.

— Grüezi wohl, willkomme in der Schwyz, sagt einer der beiden und gibt uns ein Zeichen, dass wir kommen sollen.

— Hurtig, sagt der andere, runter vom Boot, tuttswitt!

— Wie reden die denn?, sagt Willi.

— Ach, sagt Achim und klettert ans Ufer, das ist noch gar nichts!

Als wir alle auf dem Trockenen sind, stößt das Boot ab und gleitet langsam in die Nacht. So, denke ich, bisher war ich immer noch in deutschen Landen unterwegs. Ab jetzt nicht mehr.

— Hurtig jitz, wir müsse wyter. S isch nid sicher do!

Die beiden verschwinden in den Büschen und wir hinterher.

12

Wir sind die ganze Nacht gelaufen. Durch Wiesen und Felder, durch Wälder und Gebüsch. Wir haben Straßen überquert und Bahngleise. Die Luft war frisch und feucht. Manchmal schien der Mond durch die Wolken. Nachdem wir durch einen Bach gewatet sind, waren meine Füße nass und ich hab mir eine Blase gelaufen. Ständig hieß es *hurtig, hurtig!*

Der neue Tag war grau und es fing an zu nieseln. An einem Hang durften wir eine Pause einlegen, endlich. *Nid für lange, wir müsse hüt noch bis Aesch. Do isch Zyt, odr?* Ich hab mir Schuhe und Strümpfe ausgezogen, um mir die Blase zu begucken, und gedacht, was ist *Aesch*? Der Fuß sah böse aus, aber was sollte ich machen? *Und wyter! Hurtig!*

Als wir endlich vor der Hütte stehen, sind wir durchgeschwitzt, durchnässt, und fertig. Den beiden Schweizern hat das alles wenig ausgemacht.

— So, sagt der Ältere, do bleibe mer, do könnet ihr schlafe, odr? S'geht erscht morge wyter.

Die beiden drehen sich um und verschwinden im Wald.

— Was hat der immer mit seinem *odr?* sagt Willi. Ist der nicht ganz dicht?

— Das machen die hier wohl so, sag ich. Du sagst ja auch ständig *weißt*, weißt?

— Und du kriegst gleich eine aufs Maul.

Achim lag schon auf dem Boden und zog sich die Decke über'n Kopf, keine Minute später fing er an zu schnarchen. Mir sind die Augen zugefallen. Eigentlich, hab ich gedacht, müsste ich noch raus aus den nassen Klamotten, aber egal.

So, do kommt öppis zum Futtern! Ich setz mich auf und reib mir die Augen. Ein Mann steht in der Tür, in jeder Hand einen Korb. Draußen wird es gerade hell. Meine Beine sind steif, die Klamotten klamm und mein Fuß tut weh. *En Guete!*, sagt der Mann, stellt die Körbe neben die Tür und geht.

Weiter durch Wiesen und Weiden. An Hängen entlang, über Hügel und durch Täler. Die wenigen Häuser unterwegs standen für sich und es war kaum ein Mensch zu sehen. An einem Bach stand eine Herde Kühe. Die kauten vor sich hin und der Junge, der dabei war, hat uns mit seinem Stock zugewunken.

Am späten Nachmittag sind wir am Ziel. Weiß getünchte Mauern, lange Fensterreihen mit roten Läden, ein hohes Dach. Daneben ein weißer Turm mit einer Uhr, die Zeiger fehlen. Auf dem Turm eine spitze Haube und auf der Haube ein Kreuz.

— Morge um achte geht's wyter, odr. Wer zu spaat kommt, gewartet wird nid.

Er hebt den Türklopfer und lässt ihn fallen, *pock!* Die beiden drehen sich um und gehen quer über die Wiese ins Tal. Mit einem Quietschen wird ein Riegel zur Seite geschoben und im Tor öffnet sich eine Tür. Vor uns steht ein Mann in einer schwarzen Kutte und lächelt.

— Einen schönen guten Tag, sagt er und tritt beiseite. Bitte, kommen Sie herein, herzlich willkommen im Kloster Beinwil. Treten Sie näher, keine Scheu.

Wir gehen durch die Tür und werden in einen Saal geführt. Zehn Fenster in einer Reihe, die Decke ist aus dunklem Holz. Auf dem Steinfußboden sind dünne Matratzen aufgereiht. Auf den Matratzen liegen Wolldecken, zu Rechtecken gefaltet.

Nach dem Essen bin ich vors Tor gegangen, um eine zu rauchen. Beim zweiten Zug ging das Tor auf und eine Kutte kam raus.

— Darf ich?, sagt er.

— Ein Kippchen? Na sicher, bitte.

Wir gucken ins Tal, ein Vogel gleitet durch die Luft.

—Vielen Dank, dass wir hier übernachten dürfen. Und für das Essen. Das war gut. Danke.

—Gern geschehen. Wir versuchen hier nur, nach dem Wort des Herrn zu leben. Wenn Sie sich bedanken wollen, dann bei ihm.

—Und was mach ich? Ich führ Sie noch in Versuchung mit den Kippen. Tut mir leid.

—Ach das, sagt er und lacht, damit komme ich zurecht. Außerdem, wenn Gott wirklich etwas gegen Zigaretten hätte, dann hätte er nicht zugelassen, dass es sie gibt.

—Sagen Sie das mal meiner Mutter. Und außerdem ... ich will Ihnen ja nicht zu nahe treten, aber wenn Sie so an die Sache rangehen, dann ist ja alles auf der Welt irgendwie von Gott gewollt. Sonst hätte er's verhindert. Den ganzen Scheiß! Ich ... Entschuldigung.

—Ich verstehe schon. Aber wie sagt Joseph zu seinen Brüdern? *Ihr gedachtet es böse zu machen, Gott aber gedachte es gut zu machen.* Wer sind wir, dass wir glauben, Einblick in die Ratschlüsse Gottes zu haben?

—Und was ist mit denen, die dabei draufgehen, unschuldig? Ja, vielleicht kommen die in den Himmel, aber vielleicht hätten sie gern weitergelebt? Und was ... was ist mit den Eltern, die ein Kind verlieren? Was soll da Gutes rauskommen? Ich meine, wenn das der Ratschluss Gottes ist, dann ... dann kann mir das alles gestohlen bleiben!

—Ich habe darauf keine Antwort. Und ich will den Schmerz nicht leugnen, das Leid und all die furchtbaren Dinge, die jeden Tag geschehen. Aber auch nicht das Gute und Schöne. Beides gehört zusammen wie Licht und Schatten. Es liegt eine tiefe Weisheit in dem Volksglauben, dass der Teufel keinen Schatten wirft. Denn auf ihm ruht kein Licht. Aus guten Absichten kann Böses erwachsen und nicht selten führen die besten Absichten zu grauenhaften Taten. Aber ebenso ist das Gegenteil möglich und das Gute ist trotzdem gut, auch wenn es aus Bösem entstanden ist. Wir können nicht wissen, was Gott mit uns vorhat.

Als wir weitergezogen sind, hab ich mich ein letztes Mal umgedreht, die weißen Mauern leuchteten in der Morgensonne. Der Mann hat schon recht, hab ich gedacht, wir können nicht wissen, was Gott mit uns vorhat. Und was wissen wir überhaupt? Wir sind nur kleine Figuren in einem großen Spiel. Der eine hier, der andere dort. Der eine gewinnt, der andere verliert. Wir glauben vielleicht, dass wir die Regeln kennen – aber das stimmt nicht.

13

Gegen Mittag zog sich der Himmel zu, es fing an zu regnen und hörte nicht wieder auf, für zwei lange Tage!

— Dieses Schietwetter, sagt Willi und schießt einen Stein in die Böschung, so langsam hab ich die Schnauze voll davon!

— Na, na, sagt Alfred, weißt du, was mein Mammchen immer gesagt hat? *Regen macht schön.* Und sieh uns an, hat sie nicht recht?

Wir gucken uns an und müssen lachen. Eine Gruppe von Männern kriecht durch den Matsch einen Abhang hoch. Verdreckt und verlottert, unrasiert und fern der Heimat. Zum Glück ist Wind, denke ich und wisch mir die nassen Haare aus der Stirn, der vertreibt unser Aroma.

— Außerdem, sagt Alfred und zeigt den Hang hoch, wir müssen nur noch dort rüber und auf der anderen Seite ist Italien. Und in Italien ist der Himmel immer blau.

Einer der Schweizer ist stehen geblieben, um zu gucken, was wir zu lachen haben.

— Nur no do hoch, odr? Du Tubel! Das isch no gar nix, die Berge komme no!

— Was ist ein Tubel?, sagt Willi und guckt mich an.

— Du bist ein Tubel, sagt Achim.

Auf dem letzten Stück wird es heller, der Regen lässt nach und der Wind vertreibt die Wolken. Endlich! Als wir auf dem Pass sind, haben wir beste Sicht. Unter uns ein weites Tal, der Klang von Glocken weht herauf.

— Wyter! S isch no wyt. Hurtig!

Bergab, durch Wälder und Wiesen. *Runter!* Einer der Schweizer wirft sich ins Gras. Alle folgen ihm. Auf der Straße vor uns fährt ein Lastwagen vorbei. Hinten sitzen Soldaten, die Gewehre auf dem Schoß. Einer von ihnen erzählt was und die anderen lachen. Der Laster verschwindet hinter der nächsten Kurve. *Wyter!*

Wir haben einen Fluss überquert. Die Brücke war alt und verwittert und schwankte unter unseren Schritten. Das Land wurde flacher und wir sind gut vorangekommen. Nach ein paar Tagen waren wir in der Nähe von Bern.

— Das kenn ich, sagt Günther, meine Mutter hatte eine Kette und die war aus Bernstein. So gelb und in einem von den Steinen war eine kleine Fliege drin.

— Du hast doch Knete im Kopp!, sagt Willi. Bernstein kommt von 'ner Küste, das weiß jeder. Immer nach'm Sturm kann man das finden, wenn man Glück hat. Muss man aber aufpassen. Denn es gibt auch watt, noch aus'm Krieg, sieht aus wie Bernstein, ist aber scheißgefährlich. Wenn du das in die Tasche steckst, fängt das an zu brennen und hört nicht mehr auf.

— Wer hier wohl Knete im Kopf hat, sagt Günther.

— Das stimmt. Der Neumann aus'm Nachbardorf und von dem der Sohn, dem ist das passiert, weißt? Bei lebendigem Leib verbrannt ist der. Und das war ihr einziges Kind. Deshalb, Bernstein ist schön und kannst du gut verscheuern, aber ist nicht immer, watt du glaubst.

— Ja, sagt Alfred, so ist das ja oft in der Welt.

Es wurde wieder hügeliger und wir sind einen ganzen Tag lang fast nur durch Wald gelaufen. Der Wind rauschte in den Bäumen und die Vögel haben gezwitschert. Ohne die Sonne war es kühler, aber so kamen wir nicht ins Schwitzen, obwohl wir ein gutes Tempo draufhatten. An diesem Abend hatten wir kein Dach über'm Kopf, nur die Wipfel der Bäume.

— Guckt euch das an, sagt Günther.

Er steht vor uns, hält die Hose in der Hand und schiebt seinen Schlüpper zur Seite.

— Was, sagt Achim, sollen wir uns deinen Sack angucken?

— Nein, das da. Es bewegt die Beine. Oh Gott!

— Das ist 'ne Sackratte, sagt Willi, ganz klar. Bleib mir bloß weg damit.

— Quatsch, sagt Achim, du hast dir bloß 'ne Zecke eingefangen. Ist nicht schlimm.

— Aber werden nicht manche, sag ich und guck mir das Ding an, ganz weich in der Birne von so 'nem Biss?

— Das kommt vor, nich?

— Und das ... das ist nicht schlimm?, sagt Günther und lässt die Hose fallen.

— Nicht für dich, sagt Achim und grinst, denn bei dir würde man den Unterschied gar nicht merken.

Alle lachen, nur Günther nicht. Wie ein Häufchen Elend steht er im Wald und sieht aus, als ob er gleich anfängt zu flennen.

— Reicht jetzt, sagt Alfred, nun werden wir dem Tierchen mal beikommen.

Am nächsten Morgen waren die Klamotten klamm und mir tat alles weh. Meine Fresse, hab ich gedacht und mich hochgequält, wie soll das erst werden, wenn ich alt bin? Aber wenn ich alt bin, schlaf ich bestimmt nicht im Freien. Dann hab ich eine Prachtbude unter tropischer Sonne und mir wird der Kaffee ans Bett gebracht.

— So, sagt einer der Schweizer, jitz isch genug, packet's zusamme! S'geht wyter. Das isch die letschte Etappe. No bis Spiez und dann isch gut! Hurtig!

Wir sind durch den Wald gewandert und haben nur eine kurze Pause gemacht. Am frühen Nachmittag kamen wir zwischen den Bäumen raus und vor uns lag ein See.

— Was für eine Farbe!, sag ich und kann mich nicht sattsehen daran. Das ... wie ein riesiger blauer Edelstein sieht das aus. Ist das nicht wunderschön?

— Ja, und erst die Fassung, sagt Achim. Seht ihr die Berge dahinter? Da müssen wir rüber.

— Das Weiße da oben, sagt Günther, ist das Schnee?

— Nein, das ist Zucker. Natürlich ist das Schnee! Das hab ich doch die ganze Zeit gesagt.

— Ach du Scheiße!

— Das schaffen wir schon, sag ich, immer eins nach dem anderen. Erst mal gehen wir runter zum See und nehmen ein schönes Bad. Damit geht der Dreck runter und das wird auch Zeit.

— Das wird vor allem schweinekalt, sagt Achim. Diese Bergseen, wenn du da rauskommst, sind deine Eier so klein wie Rosinen.

Wir sind nicht mal in die Nähe des Sees gekommen. Nach zwei Stunden waren wir in Spiez und die Schweizer haben uns zu einem Haus geführt, das lag etwas außerhalb und hatte seine besten Tage lange hinter sich. Einer der beiden hat angeklopft und nach einer Weile ging die Tür einen Spalt auf. Eine Alte erschien, ihr Gesicht war braun und faltig. Sie hat uns angeguckt, als ob wir ihr was klauen wollen.

Er redet mit ihr, in dieser Sprache, bei der mir der Hals schon vom Zuhören wehtut. Schließlich nickt sie und macht die Tür auf. Er geht rein und wir folgen ihm. Ein schmaler Flur, auf der anderen Seite ein Hof. Fünf mal fünf Meter groß und von hohen Mauern umgeben, obendrauf glitzern Glasscherben im Sonnenlicht, grün und gelb. Auf der anderen Seite der Mauer wiegen sich die Bäume im Wind.

— So, sagt der andere Schweizer, bis do haben mier euch bracht, odr? Do müsst ihr warte, bis die Italiener kommet, die bringet euch über die Berge. Essen wird bracht, immer Zmorgen und Znacht. Do hat's ä saubere Schissi und sauberes Wasser. Do runter geht's in Keller, do könneter schlafe. S isch alles do. Nur nid rausgehe, das isch zu gefährlich, odr? Also, immer schön dagebliebe!

— Schön, sagt Achim, und wann kommen die? Heute oder morgen oder wann?

— Ja, beim Tschingg kann mer nie wisse, odr? Der kommt, wenn er lustig isch. Aber mier haben alles gemacht und jitz gömmer, odr? Ade!

Er nickt uns zu, sein Kumpel hebt die Hand. Die beiden drehen sich um und verschwinden im Flur, die Alte macht die Tür hinter ihnen zu. Großartig, denke ich, jetzt geht das wieder los.

Im Keller gab es nur zwei Räume, die Wände waren schwarz vor Schimmel. Auf dem Boden lagen zehn Matratzen, für achtzehn Mann! Zumindest hatten wir den Hof, auch wenn jeder sehen musste, dem anderen nicht in die Quere zu kommen. Doch das war alles zu verkraften, denn es gab etwas, das wog schwerer. Alfred hat gesagt, *das ist der Schatten des Berges.*

Wir alle hatten die Berge gesehen und wussten, was auf uns zukommt. Im Nachhinein, einen Scheiß haben wir gewusst, aber trotzdem. Ja, wir wollten alle auf die andere Seite, doch keiner wollte da rauf. Ging aber nicht anders und wir hatten Schiss davor. Der eine mehr, der andere weniger, ich jedenfalls hatte die Hosen voll.

Mit diesem Schatten musste jeder auf seine Weise fertigwerden. Rischek hat Tag und Nacht gebetet und seine Augen lagen tief in den Höhlen. Die Belgier waren mit den Franzosen auf einmal ein Herz und eine Seele. Der aus Irland hatte nie viel gesagt, doch nun sagte er gar nichts mehr. Radek hat gepennt und Joris hatte in einer Ecke Holz gefunden, daraus hat er kleine Schiffe geschnitzt. Eine ganze Flotte.

Ich hab mit Alfred und Willi Skat gekloppt. Die dümmsten Fehler hab ich gemacht und ständig verloren, aber egal. Alles war besser, als nichts zu machen. Günther saß neben uns und hat seine Kommentare abgegeben. *Jaja, auf dem magersten Pferd sitzen die meisten Fliegen* und *ein Herz hat ein jeder* und *was, nicht mal siebzehn?* Wir haben nur die Augen verdreht, aber eines Nachmittags ist Willi aufgestanden und hat ihm eine aufs Maul gegeben. Günther ist rückwärts umgekippt und für ein paar Minuten liegen geblieben. Von da an war Ruhe im Karton. Es gab nur eins, was wirklich gut war in diesen Tagen, nämlich das Wetter.

— Was für 'n Mist, hat Achim gesagt.

— Wenn es regnet, findest du das beschissen, sag ich und setz mich neben ihn, aber wenn die Sonne scheint, bist du auch nicht zufrieden?

— Doch, aber bei dem Wetter sollten wir unterwegs sein und nicht hier hocken! Wir haben schon Anfang Oktober und das hält doch nicht ewig so an. Wir sind viel zu spät dran. Ein verdammter Dreck ist das alles!

— Ach komm, wir sind doch nicht die Ersten, die das machen. Die Jungs wissen schon, was sie tun.

— Die ... diese Scheißitaker! Wenn die hier auftauchen, aus denen mach ich Kleinholz!

Sie kamen am 6. Oktober, kurz nach dem Frühstück. Der eine war um die vierzig, klein, stämmig und seine Haare sahen aus wie Stahlwolle. Der andere war nicht älter als zwanzig, er hatte eine lange Narbe an der Schläfe und seine Nase war schief. Beide trugen karierte Hemden und hatten schwere Stiefel an. Die Alte brachte ihnen zwei Becher mit Kaffee und ging wieder.

Die beiden gucken uns an und schlürfen ihren Kaffee. Achim sagt nichts, keiner regt sich auf. Diese Penner, denke ich, haben uns fast zwei Wochen schmoren lassen. In der Zeit haben sie sich's gut gehen lassen, ihre Alte gevögelt oder was weiß ich. Wir sollten ihnen die Fresse polieren und nicht rumstehen wie die Schafe, dankbar dafür, dass sie ihren Arsch überhaupt hochgekriegt haben.

Stahlwolle trinkt seinen Kaffee aus und stellt den Becher weg, pult sich was aus den Zähnen und fängt an zu reden. Wie ein Wasserfall. Der mit der Narbe nickt alle paar Sätze. Schließlich ist Stahlwolle fertig, der andere tritt einen Schritt vor und räuspert sich.

— Ich ... ein bisschen *tedesco*. Deshalb ich ... *tradutore*. Und die *tedeschi*, die ... die können *tradutori* sein für die ... die nicht *tedeschi, si? Allora,* das ist Luigi. Und ich Adriano. *Domattina*, morgen ... morgen früh wir gehen. Über ... *attraverso le Alpi*. Und Luigi ist ... *guida alpina. Si?*

Willi steht neben mir und kratzt sich am Bart.

— Sag mal, Joris, sagt Achim, du kannst doch Italienisch, so halbwegs, nich? Hast du verstanden, was der Ältere erzählt hat?

— So ungefähr.

— Warum redet der so lange für so 'n bisschen?

— Italiener reden viel. Außerdem kommt noch etwas.

— Heute, sagt Adriano, *pomeriggio*. Nach... Nachmittag wir bringen ... *calzature*, Schuhe und ... und anderes, für *Alpi, si?* Aber noch ... *pagare*, bezahlen.

Er reibt Daumen und Zeigefinger aneinander.

— Watt? Wir haben alles bezahlt!

Adriano sagt was zu Luigi, der schüttelt den Kopf und hebt die Hände. Nimmt sie runter und fängt an zu labern. Adriano nickt, wartet, bis er fertig ist, und räuspert sich.

— *Si*, alles bezahlt, alles ... *basta*. Nur noch ... wie sagt man? Verwaltungsgebühr, *si?*

— *Si*, sagt Luigi und nickt, Verwaltungsgebühr.

— Hat euch einer ins Gehirn geschissen?, sagt Willi. Das–

— Wenn ... wenn nicht *pagare*, sagt Adriano und schüttelt den Kopf, dann ... *questa è la vostra decisione, si? Costa cinquanta.*

— Joris, sagt Achim, was hat er jetzt erzählt?

— Das ist unsere Entscheidung und es kostet fünfzig.

— Also, um das zu kriegen, watt wir schon bezahlt haben, müssen wir noch mal fuffzig bezahlen. So ungefähr?

— Nicht ungefähr, sagt Achim und spuckt auf den Boden, genau so. Diese Arschlöcher! Ist doch alles beschissen, von Anfang an!

Es dauert eine Weile, bis jeder versteht, wie der Hase läuft.

— Und, sagt Günther, was machen wir jetzt?

— Ich zahl keinen Pfennig, sagt Willi und verschränkt die Arme, ich bin doch nicht blöd! Das ... wer weiß, watt die noch haben wollen? Die kriegen eine aufs Maul, dann rücken die schon raus mit den Klamotten.

— Und wenn nicht?, sagt Alfred.

Rischek zählt fuffzig Kröten ab und gibt sie Adriano. Linus folgt ihm und so bezahlt einer nach dem anderen. Stahlwolle nickt und lächelt. Leicht verdientes Geld. Was für ein Arsch, denke ich, aber was sollen wir machen? Die haben uns in der Hand und wir müssen parieren. Überall das Gleiche! Ich hol mein Geld aus der Tasche, Achim schnaubt und Alfred zuckt mit den Schultern.

— So eine verdammte Scheiße!, sagt Willi.

Am späten Nachmittag kamen die beiden zurück, jeder hatte einen Sack auf der Schulter. Luigi hat seinen im Hof ausgeschüttet, Jacken und Mützen, Handschuhe und Socken fielen auf einen Haufen. Adriano kippte seinen auf die Seite und zog an an Ecken. Stiefel bollerten in den Dreck, immer paarweise zusammengebunden. Wir haben uns über die Sachen hergemacht und eine kleine Modenschau veranstaltet. Ich hab so viel gelacht wie lange nicht mehr.

Was auch passiert, hat der olle Krüger gesagt, *man darf nur den Humor nicht verlieren*. Tja, hab ich gedacht, Humor haben wir noch, Galgenhumor.

Mitten in der Nacht bin ich aufgewacht. Es war duster, um mich herum nur Schnaufen und Schnarchen, Willi hat sich von einer Seite auf die andere geworfen. Ich bin aufgestanden, über die Schatten gestiegen und raus in den Hof gegangen. Es war frisch, der Himmel war klar und die Sterne funkelten.

— Kannst du auch nicht schlafen?

— Joris, bist du das?

— Ja, sagt er und stellt sich neben mich. Morgen geht es los und … aber weißt du, was mein Großvater oft zu uns gesagt hat? *Gott ist bei den Tüchtigen.*

Pfarrer Balke, denke ich, hat immer gesagt, *Gott ist bei den Schwachen.* So oder so, wir werden jede Hilfe brauchen, die wir kriegen können.

14

Ich werd wach und hör ein Rauschen und Tropfen. Das kann nicht sein, denke ich und setz mich auf.

— Genau wie Achim prophezeit hat, sagt Günther und macht sich den Gürtel zu, wenn wir losgehen, wird das Wetter beschissen. Achim, das hast du doch gesagt, oder nicht?

Achim steht an der Treppe, guckt hoch und rührt sich nicht.

— Hab ich recht oder hab ich recht?

Achim dreht sich um, geht zu Günther und bleibt keine fünf Zentimeter vor ihm stehen. Günther guckt hoch und schluckt.

— Jetzt hör mir genau zu, sagt Achim und sein Atem geht schwer, denn ich sag das nur ein Mal. Wenn du heute noch einen Ton sagst, nur einen Mucks, dann prügel ich dir deine beschissene Frohnatur aus den Knochen. Hast du das verstanden?

Günther nickt und schluckt.

— Na, sagt Alfred und legt Achim die Hand auf die Schulter, warum Streit anfangen? Davon wird der Regen nicht weniger. Packen wir lieber unsere Sachen.

Als wir rauskamen, standen im Hof die Pfützen und der Regen tropfte uns auf den Kopf. Besser, wir warten das ab, hab ich gedacht, als Luigi im Flur auftauchte. *Andiamo*, hat er gesagt und mit der Hand gewunken, dass wir ihm folgen sollen. Von der Alten war nichts zu sehen. Bei dem Wetter, hab ich gedacht, liegt die bestimmt in ihrer Furzmulle und trinkt Kaffee.

Die Straße führte raus aus Spiez und weg vom See. Wir sind durch ein weites Tal gewandert, an einem Fluss entlang. Der rauschte und schäumte, Blätter und Zweige wurden mitgerissen. Im Laufe des Tages rückte das Tal zusammen und die Berge wurden höher. Erst gegen Abend hörte der Regen auf.

Am nächsten Tag wehte ein kalter Wind durchs Tal und die Wolken hingen tief. Wir haben uns an den Fluss gehalten, der Weg war aufgeweicht. An einer schmalen Stelle hat einer der Belgier den Halt verloren und ist den Abhang runtergerutscht. Zu seinem Glück war auf halber Höhe ein Busch, an dem hat er sich festgekrallt. Zu dritt haben wir ihn hochgezogen, unter ihm bretterte der Fluss talabwärts.

Luigi hat einen ordentlichen Schritt vorgelegt und die erste Pause gab's erst nach ein paar Stunden. Wir haben was von dem Brot gegessen und Wasser aus dem Fluss getrunken. Das war eiskalt, aber es schmeckte ganz weich. Geht doch mit den Bergen, hab ich gedacht, das hab ich mir schlimmer vorgestellt. Ist ja mit vielen Dingen so. Bevor es richtig losgeht, denkt man, das ist nicht zu schaffen, aber wenn man erst dabei ist ... *Andiamo!*

In einem Ort gabelt sich der Weg. Luigi wartet, bis alle aufgeschlossen haben, und geht nach links. Wir haben das Kaff gerade hinter uns gelassen, da bricht die Sonne durch die Wolken. Na bitte, denke ich, ein Spaziergang wird das. Achim hat sich solche Sorgen gemacht, dabei ist alles in Butter! Der Weg führt auf eine Anhöhe, Luigi bleibt oben stehen und die anderen auch. Was ist denn da so spannend?, denke ich – und im nächsten Moment rutscht mir das Herz in die Hose. Bis zu den Strümpfen.

Vor uns ein Tal, weit und flach. Die Hänge zu beiden Seiten steigen langsam an und sind dicht bewaldet. Doch am Ende des Tals steht das Gebirge. Nackter Fels. Kalt, grau und gezackt, die Gipfel schneebedeckt. Ach du Scheiße!

— Gibt's keinen anderen Weg?, sagt Willi.

— Klar, sagt Achim, es gibt immer andere Wege. Das Problem ist nur, die sind noch beschissener. Und das ist erst der Anfang.

— *Non parlare,* sagt Luigi, *andiamo!*

Im Laufe des Tages sind wir den Bergen immer näher gekommen und mit jedem Schritt wurden sie bedrohlicher.

Schwarze Tannen zu beiden Seiten, ein Trampelpfad führt zu einer Lichtung. Wir gehen quer über die Wiese, eine Bretterbude lehnt sich an einen Felsen. Die Gipfel der Berge sind über uns, ich muss meinen Kopf in den Nacken legen, um sie zu sehen. Wie ein Scherenschnitt zeigen ihre Zacken in den Abendhimmel und der Wind treibt die Wolken über sie hinweg.

Nachts bin ich immer wieder aufgewacht und hab mich von einer Seite auf die andere geworfen. Der Wind pfiff durch die Ritzen. Draußen hat ein Hund geheult. Oder ein Wolf?

Am Morgen ist der Himmel bedeckt, es ist frisch, aber trocken. Luigi geht voran und wir folgen ihm im Gänsemarsch. Adriano macht die Bude zu, setzt seinen Rucksack auf und geht als Letzter. Er pfeift sich ein Liedchen und ich denke, das ist nicht schlecht. Der kennt sich aus und wenn er gute Laune hat, kann's so schlimm nicht werden.

Es geht bergauf. Der Weg wird steiler und schmaler, die Bäume bleiben zurück, das Gras wird dünner. Ansonsten nur Geröll und der nackte Fels. Es fängt an zu nieseln. Aus dem Nieseln wird Regen und aus dem Regen Schneeregen.

Der Weg wird ganz schmal. Auf der einen Seite geht die Felswand hoch und verschwindet in den Wolken. Auf der anderen Seite geht es gerade runter. In den Abgrund. Mannomann, denke ich, und das bei dem Wetter. Luigi geht vor und er bewegt sich so, als ob er durch einen Park spaziert. Wladimir tastet sich an der Wand lang, gewinnt Sicherheit und geht schneller. Irgendwie, denke ich, krieg ich das schon hin. Ich muss nur aufpassen.

Einer nach dem anderen geht und schließlich bin ich dran. Einen Fuß vor den anderen. An der Wand bleiben und schön langsam. Überleg mal, als Kind bist du oben auf den Mauern langgelaufen, da war noch weniger Platz als hier, und das hat dir nichts ausgemacht, im Gegenteil. Wie schön. Aber da ging's auch nicht hundert Meter runter.

Immer einen Fuß vor den anderen, nicht nach unten gucken und ... ein Schrei! Hinter mir, unter mir ... ein Schlag, dumpf. Kiesel kullern in den Abgrund. Was ... mir ist so schwindlig mit einem Mal. Ich ... festhalten, nur festhalten! Halt! Dich! Fest! Ich drück mich mit dem Rücken an die Felsen, die Kanten drücken durch die Jacke und tun mir weh, scheißegal. Alles dreht sich, ich–

— Lass mich doch los, sagt Achim und zerrt an seiner Jacke, ich–

— Hast du das nicht gehört?

— Was soll ich gehört haben?

Ich dreh meinen Kopf zur Seite, langsam. Willi steht neben mir und atmet schwer. Linus drückt sich an die Felsen und seine Brille sitzt schief. Radek zittert, Adriano hält ihn mit einer Hand fest. Wo ist Rischek?

Adriano bekreuzigt sich und macht ein Zeichen, dass wir weitergehen sollen.

— Los, sagt Achim, komm!

— Aber ... hast du nicht–

— Ja, ich weiß! Aber wir können es nicht ändern. Und wir müssen weiter, gerade bei dem Wetter.

— Nein, wir ...

— Brenner, jetzt reiß dich zusammen!

Aus dem Schneeregen ist Schnee geworden. Die Flocken fallen in die Tiefe.

15

— Los jetzt, sagt Achim und dreht sich um.

Ja, denke ich, wir ... wir können nichts tun. Gar nichts. Ich drück mich an den Felsen. Nicht runtergucken und einen Fuß vor den anderen. Denk nicht drüber nach, geh einfach weiter. Das ist wie Treppensteigen. Wenn man erst anfängt, über jede Stufe nachzudenken, dann ... geh einfach weiter.

Der Weg wird breiter und der Abgrund liegt hinter mir. War gar nicht so schlimm. Das hätte er doch schaffen können, die paar Meter. Erst Sven und jetzt Rischek, so eine verdammte Scheiße!

Das war's bestimmt nicht, was er sich vorgestellt hatte. Aber was weiß ich über seine Vorstellungen und überhaupt? Warum er alles hinter sich gelassen hat und wohin er überhaupt wollte? Ich weiß nur, dass er ständig in der Bibel gelesen und gebetet hat. Hat er überhaupt mal geschlafen? Der Schuss ging dann aber nach hinten los, denn vielleicht ist er deshalb ... Obwohl, wer weiß, wofür er gebetet hat? Möglicherweise hat Gott ihm einen Gefallen getan und nicht er hat die Arschkarte gezogen, sondern wir. Wer weiß, was noch auf uns zukommt? Er hat das ganze Theater hinter sich und wir kriechen weiter durch den Dreck.

— Siehst du das, sagt Achim und zeigt nach vorn, da oben wird es heller. Gleich sind wir drüber.

Eine halbe Stunde später haben wir's geschafft und gucken runter in ein breites, grünes Tal. Am Himmel steht nicht eine Wolke.

— Aber dreht euch mal um, sagt Alfred, das sieht ja gefährlich aus.

— Die Wolken kommen nicht über die Berge, sagt Achim und grinst. Pech für sie.

— *Ecco*, sagt Adriano und zeigt auf den Fluss im Tal, die Rhône. Und da! Crans Montana. Da schlafen wir heute.

— Na dann, sagt Willi, und runter ist einfacher als rauf, machen wir uns nix vor.

— Dazu dieses Wetterchen, sagt Alfred, und durch diese schöne Landschaft. Hier hat der Herrgott sich was Feines ausgedacht.

— Ja, sagt Achim, und erst da drüben.

Gegenüber geht es wieder rauf, das Grün weicht den Felsen. Der Horizont ist eine endlose Kette schneebedeckter Gipfel. Noch fern, denke ich, und schon so feindlich.

— Da müssen wir rüber?, sagt Günther.

— Müssen wir nicht, sagt Achim und grinst, wir wollen das.

— Na, sagt Alfred, wenn du uns Mut machen willst, das ist dir nun geglückt.

— *Vedete*, sagt Adriano, zeigt auf die Berge und lächelt, *bellissima panorama, si?*

Von wegen, runter ist einfacher als rauf. Meine Knie haben mir wehgetan und mein Rücken. An einer Stelle ging es steil bergab, ich bin auf dem Schotter ausgerutscht und hab mich auf 'n Arsch gesetzt. Eine Hand. *Andiamo*, hat Willi gesagt und gegrinst, ich hab zugegriffen und er hat mich hochgezogen.

Als wir ankommen, ist es dunkel und der Wind rauscht in den Bäumen. Luigi stößt die Tür auf, das klingt, als ob man einer Katze auf den Schwanz tritt. Er zündet eine Petroleumlampe an und hängt sie an einen Balken. Ein Stall, denke ich, und dem Gestank nach ein Ziegenstall, meine Fresse! Egal, ich will nur noch eins. Schlafen.

Am nächsten Morgen sind wir auf Trampelpfaden durch Wiesen und Wälder gewandert. In der Nähe läuteten Glocken. Als wir über den ersten Pass sind, hab ich gedacht, das war auch ein Sonntag. Und in der Nacht davor haben wir im Kloster gepennt. Wie lange ist das her? Zwei, nein, drei Wochen. Wir haben ja ewig in diesem Spiez gehockt, ohne dass was passiert ist. Dann ging alles ganz schnell und jetzt sind wir hier. Nur Rischek nicht. Der liegt, wer weiß wo. Zerschlagen.

Ich bin nur froh, dass es heute nicht rauf oder runter geht. Schön ist es hier, eine Wohltat nach den ganzen Felsen. Aber der Herbst ist da. Klar, wir haben Mitte Oktober. In Berlin fallen jetzt die Blätter von den Bäumen und liegen auf der Straße. Wenn ein Auto vorbeifährt, wirbeln sie durcheinander und–

Luigi bleibt stehen, hebt die Hand und horcht. Er dreht sich um und gibt ein Zeichen, dass wir uns in die Büsche schlagen sollen. *Avanti, avanti! Presto!* Das ist mal was Neues, denke ich und hock mich hin, dieses *presto*. Adriano ist gerade runter vom Weg, da kommen zwei Motorräder um die Kurve. Die Fahrer tragen Uniform. Sie rauschen vorbei und das Geknatter verschwindet im Wald. Ich richte mich wieder auf und Achim macht einen Schritt durch die Büsche.

—*No!*, sagt Adriano und hält ihn fest. *Aspetta!* Warten noch. Luigi sehen nach ... *polizia*. Hier gefährlich. *Nella tutta valle, si?*

Nach zehn Minuten ist Luigi zurück und winkt uns heran. *Avanti, avanti!* Wir legen einen Zahn zu und bald stehen wir an der Rhône. Da hinten ist die Brücke. Kein Mensch zu sehen. Und los!

Am anderen Ufer in den Wald und weiter. Bald ging es wieder bergauf. Nicht steil, aber stetig. Gegen Abend waren wir bei einer Hütte am Waldrand. Unter uns das grüne Tal und über uns die Berge. Mannomann, hab ich gedacht, mir wird schon ganz anders. Ob das eine schlaue Idee war, das alles?

Am nächsten Morgen reib ich mir Augen, setz mich auf und denke, ich seh nicht richtig. Es ist schon hell, aber die anderen schlafen noch oder sitzen rum. Ich guck aus dem Fenster. Der Schnee fällt in dicken Flocken und die Landschaft ist weiß.

—Tja, sagt Achim, er sitzt an der Wand und guckt mich an. Hab ich ja von Anfang an gesagt. Wir sind zu spät und jetzt haben wir den Salat!

— Das hört auch wieder auf, sag ich und muss gähnen.

— Aber der Scheißschnee bleibt liegen und da müssen wir jetzt durch.

Es hat den ganzen Tag über geschneit, bis in die Nacht. Ich bin mit einem miesen Gefühl eingeschlafen, doch als ich aufgewacht bin, war es draußen strahlend schön. Wir haben uns fertig gemacht und sind losgestapft. Die Landschaft war unberührt und die Berge waren von erhabener Größe. Mit Willi hab ich im Schnee rumgealbert, als ob wir zwölf wären, und sogar Achim musste dabei grinsen. Nach dem Rumsitzen in der ollen Hütte war dieser Tag ein Traum. Am Anfang. Bald wird es anstrengend, mühsam und schließlich ist jeder Schritt eine Schinderei. Es geht steil bergauf, der Schnee reicht bis übers Knie und rutscht in die Stiefel. Und ich ... so richtig Luft krieg ich nicht. Das ... das ist bestimmt die Höhe und ja, auch das Rauchen. Ein Idiot bin ich! Hätten wir unsere Kräfte mal lieber gespart, anstatt Faxen zu machen. Aber hinterher ... wie hoch geht das denn noch?

Es kommt der Punkt, da ist mir alles egal. Die Berge, der Himmel, Vergangenheit, Zukunft, scheißegal! Nur eins zählt. Der nächste Schritt. Irgendwie. Am besten in den Fußstapfen der anderen. Wenn nicht ... bloß nicht auf die Fresse packen. Irgendwie. Schritt für Schritt.

Dieser Scheißschnee! Und das Licht, das ... es ist überall! Als ob ich im Inneren einer 100-Watt-Birne bin. Ich weiß nicht mehr, wo oben und unten ist. Diese schwarzen Flecken und Schlieren, ich ... werd ich jetzt blind?

Schritt für Schritt. Irgendwie. Dass es in der Hölle so hell ist, hätte ich nicht gedacht. Obwohl, passt doch, Hölle und hell. Aber ... ist es dann im Paradies dunkel? Was für ein Schwachsinn! Jetzt geht's bergab mit mir. Aber es ... es geht wirklich bergab! Ja, doch, von da oben sind wir gekommen, sieht man an den Fußspuren, und jetzt ... jetzt sind wir hier. Es, es geht wirklich runter! Wir haben es geschafft.

Als die Hütte endlich auftaucht, steht die Sonne hinter den Bergen und färbt den Himmel gelb. Unsere Schatten im Schnee sind endlos. Rein da, Rucksack weg und ... ich rutsch mit dem Rücken an der Wand runter und bleib sitzen.

— Los, du musst raus aus den Botten, sagt Willi, und aus den Klamotten. Mann, hast du das gehört? Das reimt sich sogar!

— Ich ... ich kann nicht mehr. Mir tut alles weh, und meine Augen.

— Ja, du hast ganz schöne Lichter. Aber iss wie's iss, und mit dem Matsch, du versaust die ganze Bude hier, weißt? Los, raus aus den Klamotten jetzt!

— Ich ... Willi, ich schaff das nicht. Und ich will auch nicht mehr.

— So ein Quatsch! Klar schaffst du das. Los, jetzt reiß dich zusammen! Weißt du, watt mein Opa immer gesagt hat?

— Nein, und–

— *Wenn dir das Wasser bis zum Hals steht,* hat er gesagt, *dann darfst du den Kopp nicht hängen lassen.*

— Ja, aber ... ist dein Opa auch mal über die Berge?

— Der hat zwei Kriege überlebt und ist ein Mal abgesoffen mit seinem Kahn, auf hoher See, weißt? Und er war verheiratet.

Willi grinst mich an und ich muss lächeln. Er hält mir die Hand hin.

— Na los jetzt, komm hoch! Oder muss ich dir erst eine aufs Maul hauen?

Am nächsten Morgen war der Himmel bedeckt. Gott sei Dank, hab ich gedacht. Wenn ich erst unten bin, geh ich jeden Sonntag in die Kirche. Versprochen. Jetzt liegt das Schlimmste hinter uns. Sicher, leicht wird das heute nicht, denn da oben müssen wir hoch und auf der anderen Seite wieder runter. Aber ich schaff das, auf jeden Fall! Wär ja noch schöner.

Wir waren keine Stunde unterwegs, als mir die erste Schneeflocke auf die Nase fiel. Eine ist keine, hab ich gedacht, gehofft hab ich das. Zehn Minuten später schlägt mir das Schneetreiben ins Gesicht und ich kann kaum was sehen. Ich pack mein Gesicht so ein, dass nur noch die Augen frei sind. Und weiter, einen Fuß vor den anderen. Vor mir ist Achim, dem hinterher. Wenn ich den verliere, ist Feierabend, denn sonst ist alles nur weiß. Aber ich werd ihn nicht verlieren, und wenn ich auf allen vieren durch den Schnee krieche. Ich werde ihn nicht verlieren!

Einmal hat mich in Berlin ein Wolkenbruch überrascht und ich wurde nass bis auf die Knochen. Danach war alles egal. Ich bin durch den strömenden Regen geschlendert und das Wasser lief mir übers Gesicht. Ich hatte den Regen überwunden und so ähnlich ging's mir da oben. Das Schneetreiben, die Kälte, die Schmerzen, das lag hinter mir und ich hätte ewig weitermarschieren können. Bis ich tot umfalle.

Mit einem Mal stehen wir vor der nächsten Hütte, es ist fast dunkel. Ich zieh meine Stiefel aus und stell sie in den Flur. Wie hat Willi gestern gesagt? Erst mal *raus aus den Botten und aus den Klamotten.* An dem Mann ist ein Dichter verloren gegangen. Der Küsten-Goethe. Aber das kann ich auch.

— Willi, sag ich und geh in die Stube, wie findest du den? Gestern Sonne, dass es kracht, doch heute finster wie die Nacht. Der ist nicht schlecht, oder? Willi? Wo ist der Kerl?

— Wo soll er schon sein?, sagt Achim. Wenn er nicht drin ist, ist er draußen.

— Sehr schlau.

— Nein, sagt Joris, draußen ist keiner mehr. Ich war der Letzte.

— Das ist doch Quatsch, irgendwo muss er ja sein. Ich geh mal gucken.

Wieder rein in die Stiefel. Ich reiß die Tür auf und guck raus. Keiner da. Also das ... der ist sicher bloß Kartoffeln abgießen, denke ich und geh um die Bude rum. Nichts.

— Was ist jetzt, sagt Achim und steht neben der Tür, hat er sich eingegraben?

— Nein, ich ...

— Die beiden Belgier sind auch nicht da, sagt Alfred.

Auch ... auch nicht da?, denke ich.

— Wir müssen los! Die, die haben sich verlaufen. Ist ja kein Wunder bei dem Wetter. Wir müssen los und die suchen. Worauf wartet ihr denn?

— Weißt du noch, sagt Joris und kratzt sich hinter'm Ohr, wann du Willi zum letzten Mal gesehen hast?

— Ich ... bevor das Schneetreiben losging, glaub ich.

— Ich auch, sagt Alfred und die anderen beiden nicken.

— Na und? Ist doch egal, wir finden ihn schon!

— Mann, Brenner, sagt Achim und schluckt, das ...

— Nein! Der ist zäh, ich weiß das! Und er–

— Verdammt noch mal! Es ist gleich dunkel und dann wird's erst so richtig kalt. Wer jetzt noch da draußen ist, der ... Und wenn du ehrlich bist, weißt du das auch.

— Einen Scheiß weiß ich!

Ich setz mich auf die Schwelle und schnür meine Stiefel zu. Luigi kommt und bleibt vor mir stehen. Er legt mir seine Hand auf die Schulter und ich guck zu ihm hoch. Er sieht mir in die Augen und schüttelt den Kopf.

16

Wir sind weitermarschiert, immer weiter. Hoch, höher und runter. Hoch und weiter. Der Himmel war grau. Der eisige Wind fand jede freie Stelle und fraß sich in die Haut. Eis und Schnee. Schneetreiben. Schneesturm. Einmal schien die Sonne und alles hat geglitzert.

Wir haben Radek verloren, Linus und Günther, aus Köln. Und weiter. Einen Fuß vor den anderen. Stunde um Stunde. Tag für Tag. Ich war dabei und war es nicht. Etwas stand zwischen mir und der Welt. Wie eine Milchglasscheibe. Auf der anderen Seite nur Schemen und Schatten. Auf meiner Seite – nichts. Kein Gefühl, keine Angst, keine Hoffnung. Willi hatte alles mitgenommen und nur die leere Hülle zurückgelassen. Nur so hab ich überlebt.

Mit der Zeit lag immer weniger Schnee und die Luft wurde milder. Eines Tages hatten wir die Berge im Rücken und vor uns lag ein weites, grünes Land. Die Vögel zwitscherten, ein Bach rauschte durch die Felsen und in mir regte sich etwas. Was starr war, wurde weicher. Was stumpf war, bekam neuen Glanz. Mit jedem Schritt.

— *Bella Italia*, sagt Adriano, dreht sich um und lächelt, *si*?

Er atmet tief ein und streckt die Arme in die Höhe.

— Italien, sagt Alfred, das Land, wo die Zitronen blühen.

— Was soll das denn?, sagt Achim und schüttelt den Kopf.

— Na, das sagt man doch so.

— Stimmt, sag ich, das kenn ich auch.

Die beiden bleiben stehen und gucken mich an.

— Und um beim Thema zu bleiben, hat einer von euch schon mal einen Zitronenfalter gesehen, der Zitronen faltet?

Alfred überlegt, Achim runzelt die Stirn und fängt an zu lachen.

—Mann, Brenner!, sagt er und schüttelt den Kopf. Was ist das denn für 'n Quatsch? So ein ...

Er hört auf zu lachen und guckt mich an.

—Aber schön, dass du wieder da bist. Und ganz der Alte, nur Blödsinn in der Murmel. Ich hab mir schon Sorgen gemacht, und weißt du warum?

—Weil ich nicht viel gesagt hab?

—Wir haben alle nicht viel geredet, denn das war eine Scheißzeit. Aber seit das ... du hast nicht eine geraucht seitdem und wenn der Schornstein nicht qualmt, das ist immer ein schlechtes Zeichen.

Stimmt, denke ich, ist mir gar nicht aufgefallen. Das wäre die Gelegenheit, gleich ganz damit aufzuhören. Andererseits, gerade jetzt? Ich steck mir eine an und ja ... das tut gut.

Die Nacht haben wir in einer Scheune verbracht, ich hab geschlafen wie ein Stein und–

—Los, wach auf! Jetzt komm schon. Komm hoch!

Jemand schüttelt mich.

—Was? Ich ... Achim? Ja ... moin erst mal.

—Jetzt mach keine Witze. Die sind weg!

—Wer ... wer ist weg?

—Die beiden Spaghettis. Die sind abgehauen und haben geklaut, was sie tragen konnten.

Die ... die sind weg und haben ... Mit einem Mal bin ich hellwach, greif mir unter den Kopf und ... Gott sei Dank! Meine Jacke ist noch da! Das heißt, die Kohle ist noch da! Mein Rucksack steht neben mir. Ein Glück.

—Hast du noch alles?, sag ich und setz mich auf.

—Jaja, alles da. Bei Alfred und Joris haben sie was aus'm Rucksack geklaut, aber nichts Schlimmes. Bei den anderen weiß ich nicht, aber Wladimir, sein Kumpel und die Russen sind angeschissen. Und auf einmal sind sie die besten Freunde, guck mal. Die hecken doch was aus.

—Meinst du?, sagt Alfred. Wir haben doch gut zusammengehalten bisher.

—Ja, in den Bergen, sag ich und zieh meine Jacke an, doch das ist vorbei. Ab jetzt ist sich jeder selbst der Nächste und wie wir alle wissen, unser lieber Wladimir, der fackelt nicht lange.

—Ich sag euch was, sagt Achim, vertraut ihr mir?

Ich nicke, Alfred und Joris ebenso.

—Gut, wir machen das folgendermaßen. Wenn ich uns vier angucke, würde ich sagen, an mich trauen die sich zuletzt ran, nich?

Ja, denke ich, mit Achim würde ich mich nicht anlegen. Die anderen beiden nicken.

—Gut. Deshalb mein Vorschlag. Ich nehm das Geld von uns allen und pass drauf auf und ihr passt auf mich auf. Einverstanden?

Joris runzelt die Stirn und Alfred wiegt den Kopf hin und her. Tja, denke ich, das ...

—Die Frage ist, wollen wir zusammenhalten oder will jeder für sich? Ich schwöre, dass ich keinen Scheiß baue. Bei ... beim Andenken von Willi schwör ich das! Das war auch mein Kumpel.

—So machen wir's, sag ich, wir halten zusammen. Da können sich die Iwans auf'n Kopp stellen und lachen.

Wir geben Achim unsere Kohle, so, dass keiner was merkt.

—Und, sagt Alfred, was machen wir jetzt?

—Wir machen uns auf die Socken, sag ich. Gibt ja nur eine Möglichkeit, immer die Straße runter.

Wir sind los und der Rest hinterher, elf Mann insgesamt. Nach ein paar Kilometern sind wir in einen Ort gekommen. Die Straße war menschenleer und an den Häusern blätterte der Putz ab. Sieht auch nicht besser aus als die Käffer bei uns, hab ich gedacht. Aber die Berge ringsum, das hat was.

Wir kommen auf einen Platz, in der Mitte steht ein Baum. Männer in schwarzen Anzügen kommen aus der Kirche. Sie bleiben stehen, schweigen und gucken uns an. Habt ihr gerade was aus'm Evangelium gehört, denke ich, und das wollt ihr jetzt in die Tat umsetzen? *Selig sind die Barmherzigen*, so was in der Richtung? Meine Fresse, lass uns bloß verschwinden hier, sonst schlagen die uns tot.

— Diese verdammten Spaghettis, sagt Achim, als wir aus dem Dorf raus sind, diese–

— Ist ja nichts passiert, sagt Alfred, und überleg doch mal. Wir sehen zum Fürchten aus. Was würdest du machen, wenn so ein Haufen durch dein Dorf kommt?

— Ich mein die anderen beiden, dass die abgehauen sind!

— Ja, das war nicht die feine Art. Aber sieh das mal so. Diese Leutchen haben uns immerhin heil über die Berge gebracht. Sie hätten uns auch da oben im Schnee lassen können. Aber wir sind hier, und am Leben.

— Wenn du so begeistert bist, geh doch zurück und bedank dich bei diesen–

— Jetzt streitet euch nicht, sag ich, das bringt gar nichts. Wie würde Willi sagen? *Iss wie's iss.*

— Ja, sagt Achim und grinst, *machen wir uns nix vor* und–

Sie stehen hinter der nächsten Kurve. Drei Mann in Uniform. Einer hat eine MP vor der Brust, die anderen beiden halten Gewehre in den Händen. Ich mach auf'm Absatz kehrt – hinter uns stehen auch zwei von denen, brüllen rum und fuchteln mit ihren Knarren. Verdammt, denke ich, links der Abgrund, rechts steil hoch, vorn und hinten diese Arschlöcher. Wie im Bilderbuch. Was für ein beschissenes Bilderbuch soll das sein? Was macht Achim denn?

Er setzt sich auf einen Stein am Straßenrand und schnürt seine Stiefel fester. In aller Ruhe. Einer von den Wichsern kommt und rammt ihm den Kolben in die Nieren, mit Schmackes. Achim verzieht für einen Moment das Gesicht und steht auf. Sie treiben uns die Straße runter.

Der Laster steht drei Kurven weiter. In Tarnfarben und mit einem festen Aufbau hinten. Der mit der MP macht die Türen auf und bedeutet uns mit dem Kopf, dass wir da reinsollen. Einer nach dem anderen klettert hoch, die Türen knallen zu und ein Riegel wird vorgeschoben. Es ist duster und stinkt nach Pisse und Schweiß. Angstschweiß. Der Motor geht an und wir fahren los.

—Tja, sagt Achim in die Dunkelheit, damit wissen wir auch, warum die beiden Spaghettis nicht schon in den Bergen abgehauen sind. So konnten sie schön doppelt abkassieren.

Wir sind drei oder vier Stunden gefahren. Schließlich halten wir an, der Motor geht aus und ein letztes Rütteln fährt durch die Karre. Draußen brüllt einer Kommandos. Der Riegel wird zurückgeschoben und die Türen gehen auf. Licht. Wir kneifen die Augen zusammen. *Fuori! Presto, presto! Fuori!* Tja, denke ich und steh auf, so kann man auch Sprachen lernen. *Fuori!*

Wir stehen in einem Innenhof. Hinter uns das Tor, fünf Meter hoch, oben mit Zacken. Die Mauer zu beiden Seiten grau verputzt, oben Stacheldraht. Um uns herum, drei Seiten roter Backstein, vier Stockwerke hoch. Die Fenster sind vergittert. Hinter einem Gitter ein Gesicht. Dunkle Augen. Der Himmel ist eckig und so grau wie der Putz.

Presto!, sagt einer mit Schnauzbart und zeigt nach rechts. *Costà! Presto, presto! Avanti!* Die Tür ist so niedrig, dass ich den Kopf einziehen muss. Der Raum dahinter ist umso größer. Uns gegenüber steht ein langer Tisch. Auf den müssen wir unsere Sachen packen. Danach dürfen wir uns ausziehen, bis auf die nackte Haut.

In einer Reihe stehen wir vor dem Tisch, elf Jammergestalten. Abgemagert, die Haut wie alter Käse, Haare und Bärte verfilzt. Alfred hat schon recht, denke ich, wenn solche Leute durch mein

Dorf kommen würden, ich wäre auch nicht begeistert. Hinter dem Tisch stehen vier in Uniform und grinsen sich eins. Einer zeigt mit dem Daumen auf die Tür links von uns und sagt, *zackzack!* Die anderen lachen.

Der Raum ist gekachelt, neben der Tür steht einer mit einem Schlauch in der Hand. *Costà, costà!,* sagt er und fuchtelt mit der freien Hand. Als wir alle in einer Ecke stehen, dreht er den Hahn auf und das Wasser schießt in uns rein. Jeder versucht, Schutz hinter dem anderen zu finden, doch der Strahl ist unerbittlich. Zuerst hab ich Glück, aber dann trifft er mich am Oberschenkel. Ein Eiszapfen rammt sich in die Haut. Alfred kriegt was auf die Hundert und schreit auf. Zwei von den Arschlöchern stehen in der Tür, lachen und zeigen mit dem Finger auf uns. Ihr ..., denke ich, der nächste Eiszapfen trifft mich am Arm und bohrt sich durch bis zum Knochen.

Nach einer Ewigkeit stellt der Drecksack das Wasser ab. Ich zittere am ganzen Körper und meine Zähne klappern, ich komm nicht dagegen an. *Voi!,* sagt einer von den Arschlöchern und zeigt auf Wladimir. *Presto!* Sie holen einen nach dem anderen. Manchmal sind Schreie zu hören. Schließlich bin ich dran und muss zurück in den großen Raum. So, wie der Herr mich geschaffen hat, denke ich. Das klingt so rein und gut – dabei ist es erbärmlich.

Unsere Sachen liegen in einzelnen Haufen auf dem Fußboden. Ich muss zeigen, welcher meiner ist, und mich danebenstellen. Die Arschlöcher haben meinen Rucksack ausgekippt, alles durchwühlt und jede Naht aufgetrennt, wo man was verstecken könnte. Pech gehabt, denke ich, bei mir findet ihr gar nichts! Ja, schön, dafür finden sie die ganze Kohle bei Achim und–

— *Soldi, he?,* sagt der Schnauzbart und stochert mit einem Stock in meinen Sachen rum.

— Ich versteh kein Wort.

— *Moneta,* sagt er und reibt die Finger aneinander. *Valuta, he?*

— Nix da, sag ich und schüttel den Kopf.

Etwas rauscht durch die Luft und trifft mich am Rücken. Vor Schmerz schrei ich auf, will mich umdrehen, der zweite Hieb! Ich ... eine Hand drückt mich so runter, dass ich mich vorbeugen muss, und im nächsten Moment rammt mir einer seinen Finger in den Arsch. *Niente*, sagt eine Stimme hinter mir, zieht den Finger raus und gibt mir einen Stoß, dass ich vornüberkippe. Alle lachen, ich lieg im Dreck und hab Tränen in den Augen.

Einer packt mich am Arm und zerrt mich hoch. Er gibt mir ein Zeichen, dass ich mich anziehen soll. Ich mach so schnell ich kann. Weil viel kaputt ist, hängen meine Klamotten auf halb acht, aber es ist besser als nichts. Er schubst mich zur anderen Seite des Raums, durch eine Tür. Ich muss meine Hose vorn zusammenhalten und aufpassen, dass ich nicht über mich selbst stolpere. *Zackzack*, sagt er und stößt mich vorwärts.

Die Zelle ist fünf mal zehn Meter groß. Als ich dazukomme, sind schon mehr als vierzig Männer drin. Es gibt keine Fenster, die Seite zum Gang hin ist ein langes Gitter mit einer Tür in der Mitte. In einer Ecke ist ein Klo, verstopft und zugeschissen. Ein Festmahl für die Fliegen. Die Pisse läuft in einem Rinnsal über die Steine.

Einer nach dem anderen aus unserer Gruppe wird in die Zelle gebracht. Schließlich kommt Achim, er grinst. Der hat Nerven!

— Guckt euch unseren Achim an, sag ich, der macht's richtig. Ist zwar alles im Arsch, aber davon abgesehen, ist es nicht schön hier? Alles in Butter, oder?

— Du sagst es.

Sein Grinsen wird breiter und er zieht uns rüber zur Wand, wo wir einigermaßen für uns sind.

— Das Geld, sagt Alfred, haben sie das gefunden?

— Was denkst du denn?, sag ich. Unser Grinsebäckchen hier war wie der Weihnachtsmann für diese Arschlöcher. Deshalb freut er sich so.

—Noch ein so ’n Wort und du kriegst was auf die Fresse. Was denkst du denn von mir? Wenn ich grinse, dann deshalb, weil die nichts gekriegt haben, keine müde Mark.

—Wie, sagt Alfred, die haben es nicht gefunden?

—Genau. Weil nichts da war, was sie finden konnten. So einfach ist das.

—So einfach, sag ich und denke, was haben sie mit dem gemacht?

—Wisst ihr noch, als sie uns gekriegt haben, an der Straße? Ich hab mir doch die Schuhe zugemacht, nich? Tja, das war nur, um mich auf den Stein zu setzen. Da hab ich das Geld druntergeschoben, unter diesen Stein, das ganze Geld. Wir müssen nur hier raus, dahin zurück und alles ist wieder in Ordnung.

—Wunderbar, sag ich, was hält uns auf? Stimmt, wir sitzen ja im Knast. Wie schade.

—Wir kommen hier schon raus, sagt Achim.

Die erste Nacht war das Grauen. Es gab nicht genug Platz, dass sich alle hinlegen konnten, also haben wir abwechselnd geschlafen. War ohnehin gut, wenn einer Wache hielt. Denn so viele Männer auf engem Raum, da dreht schnell mal einer am Rad.

Die zweite Nacht war besser. Nicht, weil sich irgendwas geändert hatte in diesem Saustall. Sondern wir hatten uns geändert, hatten uns ein Stück weit abgefunden mit dem ganzen Scheiß.

Wir sind schon mehr als eine Woche eingebuchtet, als einer den Gang runterkommt, den haben wir noch nie gesehen. Er zieht das linke Bein nach und hat so einen komischen Blick. Das kenn ich doch, denke ich. In der BARacke, einer von den alten Kriegern, der hat genauso geguckt. Der hatte ein Glasauge und wenn er besoffen war, hat er das rausgenommen, auf’n Tisch gelegt und sich gefreut, wenn die anderen das eklig fanden.

Mit zwei von den Wärtern im Schlepptau geht das Glasauge am Gitter entlang und fährt mit seinem Stöckchen über die Eisenstäbe. *Klong, klong, klong …* Er guckt uns an, einen nach dem anderen, und mit einem Mal bleibt er stehen. *Voi!,* sagt er und zeigt mit seinem Stöcken auf einen der Männer. Die Wärter schließen auf und nehmen ihn mit.

Zwei Stunden später kommen sie zurück. Die Wärter haben den Mann unter den Achseln gepackt, einer links, einer rechts. So schleifen sie ihn durch den Gang, sein Kopf hängt runter und Blut tropft auf die Steine. Sie schließen auf, zerren ihn rein und gehen. Der Mann bleibt liegen und rührt sich nicht. Seine Kumpels kümmern sich um ihn. Sie haben ihr Bestes getan, aber am nächsten Morgen war er tot.

Nach zwei Tagen kam das Glasauge wieder. *Klong, klong, klong …* und dieser Blick. Wo, hab ich gedacht, soll ich bloß hingucken? Ich kann ihn nicht angucken, denn das … aber weggucken kann ich auch nicht, sonst … *Voi!* Als sie den zurückgebracht haben, war er voll mit Blut und blauen Flecken, seine Augen waren zugeschwollen und er konnte nur lallen. Doch er hat die Nacht überlebt und wurde wieder.

Das Glasauge kam ein drittes und ein viertes Mal. *Voi!,* sagt er und sein Stöckchen zeigt auf mich. Ich dreh mich um, denn das … der muss den hinter mir meinen. Aber alle gucken mich an und Achim legt mir seine Hand auf die Schulter. *Keine Angst,* sagt er. Die beiden Wärter kommen rein, einer packt meinen Arm und schiebt mich raus. Meine Beine knicken ein, aber er schiebt mich einfach weiter. Den Gang lang. Eine Treppe runter. Die Stufen sind aus Stein und haben Mulden in der Mitte. Wie viele sind hier schon runtergegangen? Wie viele Seelen? Ein langer Flur. Die Schritte hallen von den Wänden wider. Am Ende eine Tür.

Das Eisen kreischt in den Angeln. Der Raum dahinter ist gekachelt, weiß mit grauen Fugen. Der Fußboden glatter Stein. Eine Glühbirne an der Decke. Nur ein Stuhl, verschraubt am Boden. Sie binden mich fest. Die Tür fällt zu. Kein Laut mehr, nichts.

Aus dem Nichts ein Rauschen, leise erst, wird lauter, wird zum Sturm in meinem Schädel. Mein Herz schlägt schnell, schneller. Eine Ramme in meiner Brust. Treibt einen angespitzten Balken meine Kehle hoch. Schlag für Schlag. Ich kann nicht schlucken, nicht atmen, kann nichts.

Schritte im Flur. Das Eisen kreischt in den Angeln.

Er kommt herein. Hohe Stiefel. Schließt die Tür. Zieht die Jacke aus, goldene Sterne auf den Schultern. Hängt sie an einen Nagel in der Wand. Spreizt die Finger. Zieht erst den linken Handschuh an, dann den rechten. Das dunkle Leder glänzt im Licht.

Er geht um mich herum, *ein großer, roter Drache, der hatte sieben Häupter und zehn Hörner und auf seinen Häuptern sieben Kronen, und sein Schwanz fegte den dritten Teil der Sterne des Himmels hinweg und warf sie auf die Erde.* Er macht seine Runden. Bleibt vor mir stehen. Lockert die Finger. Das Leder schwarz wie Wasser in einer sternenlosen Nacht. Das Wasser kräuselt sich, ein Wind fährt in die Bäume. Stürzt auf die Erde *und es kam Hagel und Feuer, mit Blut vermengt. Und der dritte Teil der Erde verbrannte, und der dritte Teil der Bäume verbrannte, und alles grüne Gras verbrannte.*

Danach nur noch Schemen. Gesicht. Gesichter. Licht und Schatten. Worte, Rufe, Lärm und schließlich Stille. Totenstille.

17

Ein Zimmer. Ein Fenster. Gelbe Gardinen. Regen schlägt an die Scheibe. Im Bett. Unter einer Decke, weich und weiß. Ein Kissen. Kopf. Hals. Schlucken ... Schmerz.

Eine Frau. Sitzt am Fußende. Wer ...? Liest in einem Buch. Dunkles Leder. *Dunkles Leder glänzt im Licht* ... nein! Vorn ein goldenes Kreuz. Die ... die Bibel. Beine, meine Beine. Ich ... ich bewege meine Beine. Die Decke bewegt sich. Die Frau sieht auf und lächelt. Dreht den Kopf zur Tür.

—Akiem!

Sie schlägt das Buch zu und legt es auf die Decke. Steht auf und geht. *Akiem, Akiem!* Mein Kopf ... *Akiem?* Schritte, Getrampel und Stimmen.

Da steht einer in der Tür. Noch einer, hinter ihm. Kenn ich. Die kenn ich. Achim! Und ... Joris! Ich ... sie kommen zu mir. Stehen vor dem Bett. Joris lächelt. Achim schüttelt den Kopf.

—Alter, sagt er, wir hatten schon gedacht ... aber du bist 'n zäher Knochen. Hab ich gleich gesagt. Weißt du noch, wer wir sind?

—Moin, sag ich, weiß nicht warum und ... mein Kopf.

—*Moin* hat er gesagt! Hast du das gehört?

Achim haut Joris auf die Schulter und lacht.

—Gerade aufgewacht und schon ein Spruch auf den Lippen. Na, kein Spruch, aber ... wie sieht's aus, willst du eine rauchen?

—Durst.

—Schon klar. War nur 'n Scherz. Erst mal Wasser?

—Was ... was ist ...

—Was passiert ist? Eine ganze Menge. Erzähl ich noch, aber erst mal musst du wieder an Deck. Eins nach 'm anderen.

Ich bin eingeschlafen. Und aufgewacht. Vor dem Fenster war es dunkel. Eine Kerze auf dem Nachttisch. Die Frau. Hat mir Brühe gegeben. Jeder Schluck eine Quälerei. Einschlafen. Aufwachen. Vor dem Fenster mal hell, mal dunkel. Suppe. Warme Milch mit Zucker. Tage und Nächte.

Es ist hell. Auf dem Nachttisch steht ein Glas Wasser. Ich setz mich auf. Meine Schulter ... mein ... alles. Ein Schluck, schon besser.

— Du bist wach, sagt Achim.

Er steht in der Tür und guckt mich an.

— Ja, sag ich und leg mich wieder hin, los ... jetzt erzähl mal.

— Na ja, sagt Achim und setzt sich ans Fußende, du weißt noch, wie sie dich geholt haben?

Die Treppe, denke ich, die Tür, kreischt in den Angeln. Stiefel. *Ein großer, roter Drache ... und warf die Sterne auf die Erde.*

— Ja.

— Ich will gar nicht wissen, was dann passiert ist. Aber als sie dich zurückgebracht haben, das sah böse aus.

Achim kratzt sich im Nacken.

— Wir haben dich sauber gemacht und ... was eben so ging. Damit sich das nicht entzündet. Ganz ehrlich, wir haben gedacht, die Nacht überlebst du nicht. Hast du aber. Da hab ich gesagt, der schafft das. Der wird uns alle noch überleben. Das sieht man nicht gleich, aber das ist ein verdammt harter Hund. Das hab ich gesagt und ich hab recht behalten, nich?

— Da ... da werd ich mich nicht mit dir streiten.

— Nach zwei Tagen kam der Scheißkerl wieder. Du weißt schon, der mit seinem Stöckchen.

Klong, klong, klong ... Voi!

— Er hat einen ausgesucht und die beiden Ratten kamen rein. Aber der Auserwählte hat den beiden gleich eine reingehauen, so schnell konnten die gar nicht gucken. Ja, und dann war Holland in Not. Das hat keine zwei Minuten gedauert und die beiden Ratten waren Matsch. Der Scheißkerl draußen wollte Land gewinnen, aber mit seinem Hinkebein kam er nicht weit. Drei Mann haben ihn in die Mangel genommen und dann war Ruhe im Schiff. Der hatte 'n Glasauge, wusstest du das? Das kullerte die Treppe runter und ist nicht kaputtgegangen. Joris und ich, wir haben dich genommen und sind raus aus dem Käfig. Mit einem Mal war überall die Hölle los. Rauch, Schreie, Schüsse, im ganzen Knast. Aus'm Schrank hab ich die Tür rausgerissen, da haben wir dich raufgepackt, und los. Nur raus und zum Tor. Da war kein Schwein, kannst du dir das vorstellen? Die hatten sich alle verpisst. Rechts in der Mauer war 'ne kleine Tür, die war offen und mit einem Mal standen wir auf der Straße. So im Nachhinein, das war wie ein Wunder. Scheiße, das war ein Wunder!

—Und Alfred?

—Na ja, sagt er und schluckt, der war immer dichte bei uns, aber auf einmal war er weg. So richtig haben wir das erst gemerkt, da waren wir schon auf der Straße. Groß warten konnten wir nicht und zurück ging auch nicht. Also, das ist schon Scheiße, aber ...

—Und dann?

—Du musst dir das vorstellen. Zwei abgeranzte Gestalten schleppen eine Tür und da liegt einer drauf, der ist halb tot. Dazu haben wir gestunken wie die Biber. Macht keinen guten Eindruck, oder?

—Eher nicht.

—Aber Maria hat gleich gesehen, was Sache ist. Sie hat nicht groß gefragt, sondern uns einfach mitgenommen und na ja, seitdem sind wir hier.

—Hat sie gesagt ...

—Warum sie das macht? Kannst du sie selber fragen. Ab Morgen hast du Zeit genug, denn dann zotteln wir beide los, um das Geld zu holen. Wir wollten nur warten, bis du wieder an Deck bist, so einigermaßen.

— Wie lange ist das jetzt her, das ... diese Sache?

— Also, sagt Achim und kratzt sich am Hals, fast drei Wochen jetzt.

— Damit ... dann haben wir schon Dezember?

— Letzten Sonntag war der erste Advent. Darum müssen wir auch los, sonst kommen wir dieses Jahr nicht mehr weiter.

Am nächsten Morgen haben sich Achim und Joris auf den Weg gemacht und ich war mit Maria allein. Sie hat sich um mich gekümmert, mit jedem Tag ging's mir besser und ich hab mehr von dem verstanden, was sie mir erzählt hat.

Mit einundzwanzig hatte Maria ihre Jugendliebe geheiratet, Gino. Aber das Schicksal meinte es nicht gut mit ihnen und mit *Bella Italia* ebenso wenig. Schon im Krieg war das Land auseinandergebrochen wie ein morscher Baum und im Friedensvertrag von 61 wurde festgelegt, dass der Norden und der Süden getrennte Wege gehen. Die Grenze wurde unterhalb von Rom gezogen und auf beiden Seiten wurde die *Repubblica Italiana* ausgerufen.

Im Süden kamen die Mafia und ihre Geschwister ans Ruder. Im Norden waren es mal die Kommunisten, mal die Gewerkschaften und mal die Faschisten. Entweder allein oder in Kombination mit der einen oder anderen Truppe. Die Regierungen kamen und gingen, die Leute haben aufgehört zu zählen. Doch egal, wer gerade am Ruder war, auf zwei Sachen konnte man sich verlassen. Zum einen waren alle katholisch. Zum anderen teilten sie einen einfachen Grundsatz: Selber essen macht fett. Für die einfachen Leute blieb wenig übrig. Die mussten für jede Kleinigkeit blechen und lebten im Dreck. Überall der gleiche Scheiß.

Gino war Lehrer für Geschichte und Literatur. Politik war ihm egal, aber mit der Zeit hatte er derartig die Schnauze voll, dass er sich den Anarchisten angeschlossen hat. Zuerst war er nur bei den Versammlungen und Demonstrationen, aber eines Tages ist er in den Untergrund gegangen und hat Bomben gebastelt. Sein letztes Werk ist ihm um die Ohren geflogen und was von ihm übrig war, konnten seine Kumpels nur noch zusammenfegen. *Er ist für die Sache gestorben.* Das haben sie Maria bei der Beerdigung gesagt und sie umarmt. Danach sind sie gegangen und er war immer noch tot.

Ihr einziger Sohn, Anteo, hat zwei Tage später seine Sachen gepackt und ist in den Süden aufgebrochen. Das war sieben Jahre her und sie hat nie wieder was von ihm gehört. Er war in meinem Alter und das Zimmer, in dem ich geschlafen habe, ist sein Zimmer gewesen.

An einem Tag Mitte Dezember geht die Tür auf. Achim und Joris kommen rein, ziehen ihre Jacken aus und fallen in die Stühle.

—Meine Herren, sag ich, ihr seht ja gut aus, braun gebrannt. Habt ihr noch einen kurzen Urlaub eingelegt?

—Du machst mir Spaß, sagt Achim, eine Schinderei war das! Wenn hier einer Urlaub gemacht hat, dann du. Fauler Sack.

—Ja, aber ... habt ihr die Kohle?

—Was denkst du?

—Ich denke, wenn nicht, sind wir ganz schön am Arsch.

—Tja, sagt Joris und lehnt sich zurück, sind wir nicht!

—Das heißt ... ihr seid die Größten! Und Achim, das mit dem Stein, du bist der Allergrößte, und Punkt! Wenn ich noch einmal was anderes sage, soll mich auf der Stelle der Blitz treffen.

—Tatsächlich? Ich geh dann schon mal Handfeger und Müllschippe holen, denn das wird nicht lange dauern und ich muss hier 'n bisschen Asche wegfegen.

—Mach dich nur lustig, ich mein das ernst.

—Und, sagt Joris, wie geht es dir?

—Besser, auf jeden Fall, aber ...

—Was ist los?, sagt Achim und macht seine Botten auf.

—Meine Rippen. Schlafen geht nur auf'm Rücken und ich kann nicht richtig durchatmen, immer noch nicht. Und wenn ich rumlaufe, mehr als 'ne halbe Stunde ist nicht drin, dann bin ich völlig aus der Puste.

— Hm, sagt Achim und zieht sich den rechten Stiefel vom Fuß.

— Aber ich hab mir das überlegt. Wenn ihr wollt, könnt ihr ohne mich los und ich hol euch dann ein, irgendwie.

— Nein, sagt Joris, das machen wir nicht! Wir sind doch Freunde, oder?

— Seh ich genauso, sagt Achim und zieht sich den linken Stiefel aus. Wir gehen auf jeden Fall zusammen und auf die paar Tage kommt's nicht an.

— Außerdem wäre es sehr undankbar von uns, sagt Joris, wenn wir Maria gerade jetzt allein lassen, so kurz vor den Feiertagen.

— Das kannst du laut sagen, und unhöflich dazu! Allerdings, so wie Achims Socken stinken, ist es vielleicht doch besser, wenn wir sofort verschwinden. Das ist nicht nur eine Sache der Höflichkeit, das ist eine Frage von Leben und Tod.

— Tja, sagt Achim und spielt mit den Zehen, wo ist der Blitz, wenn man ihn braucht?

Heiligabend waren wir in der Heiligen Messe, und das war was. Nicht das ständige Hinknien und Aufstehen, denn eine falsche Bewegung reichte und mir standen die Tränen in den Augen vor Schmerz. Aber die alte Kirche mit den vielen Kerzen, dem Weihrauch, den Gewändern und dem ganzen Brimborium. Da kommt man Gottes Herrlichkeit schon näher, als wenn bloß einer in Schwarz auf der Kanzel steht und kein Ende findet.

Achim hatte eingekauft und gekocht und nach der Messe haben wir gegessen. Es gab Ente mit Kartoffeln und Rotkohl.

— Das ist ja zum Niederknien, sag ich, meine Herren!

Maria lächelt und nimmt sich noch zwei Kartoffeln.

— Habt ihr mir gar nicht zugetraut, sagt Achim, nich?

Nach dem Essen war Bescherung. Nur Kleinigkeiten, bis auf eins. Joris hatte für Maria einen Hirten geschnitzt. Der war groß, trug einen einfachen Umhang, dazu einen Schlapphut, und stützte sich auf einen Stock. Sein Gesicht war gezeichnet von den Jahren und den Jahreszeiten. Er stand auf dem Tisch und wie heißt es in der Weihnachtsgeschichte? *Und es waren Hirten in derselben Gegend auf dem Felde bei den Hürden, die hüteten des Nachts ihre Herde.* In dieser Nacht waren wir seine Herde und er hat uns behütet. Vor allem Übel.

Um das neue Jahr anständig zu begrüßen, haben wir eine Flasche Wein besorgt. Dazu ein Zeug, das hieß Grappa. Schlag zwölf läuteten die Glocken und wir haben angestoßen. Ein Jahr bin ich schon unterwegs, hab ich gedacht, und noch immer nicht angekommen. Aber beim nächsten Silvester sieht die Sache anders aus. Da werd ich mit Roller unter Palmen sitzen und wir lassen es krachen. Ganz sicher. Das Schlimmste liegt jedenfalls hinter mir, hab ich gedacht.

18

Es hat noch einen Monat gedauert, bis ich wieder richtig auf'm Damm war. Ich hab Maria immer wieder gefragt, ob ihr das nicht zu viel wird, aber sie hat nur gelächelt und den Kopf geschüttelt.

In unserer letzten Woche hat es hin und wieder geschneit, aber das war nichts im Verhältnis zu dem, was wir in den Bergen erlebt hatten. Am Sonntag haben wir frühmorgens unsere Rucksäcke gepackt. Zum Abschied hat Maria uns umarmt und die Tränen liefen ihr runter. Auf der Straße habe ich mich ein letztes Mal umgedreht, aber sie stand nicht am Fenster.

Mailand ist die größte Stadt im Norden, deshalb ist dort viel Polizei und Armee unterwegs und es gibt oft Kontrollen. Wir konnten nur zu Fuß gehen und mussten uns abseits der großen Straßen halten, alles andere war zu unsicher. Mailand ist groß, aber am frühen Nachmittag lag die Stadt hinter uns.

In den letzten drei Monaten hatte ich mich wenig bewegt und das Laufen tat mir gut. Wir waren wieder unterwegs! Die Luft war kalt und klar und der Schnee glitzerte in der Sonne. Wir haben die Hauptstraßen und größeren Ortschaften gemieden, sind aber trotzdem gut vorangekommen. Am zweiten Tag waren wir in der Nähe von Piacenza und nach vier Tagen kurz vor Parma. Das klingt schon ganz anders, hab ich gedacht, Parma, Piacenza oder Milano. Jedenfalls besser als Schweinfurt oder Darmstadt.

Hinter Parma fing es noch mal an zu schneien, aber am Nachmittag war der Himmel wieder wolkenlos. Wir sind durch Felder und Wälder gelaufen, weiß und unberührt. Nach weiteren zwei Tagen waren wir kurz vor Modena, in einer alten Scheune haben wir eine Ecke zum Pennen gefunden.

— Wir müssen noch was entscheiden, sagt Achim.

Er setzt sich auf seine Decke und guckt uns an.

—Demnächst kommen noch mal Berge. Die heißen, ich weiß nicht mehr genau, so ähnlich wie Apfelsinen oder so.

—Apennin, sagt Joris und nickt.

—Sag ich doch. Da müssen wir rüber und wir haben zwei Möglichkeiten. Entweder laufen wir oder wir fahren. Laufen ist sicherer, aber das dauert und in den Bergen liegt bestimmt viel Schnee. Wenn wir den Bus nehmen, ist das schneller, aber eine Kontrolle reicht und wir sitzen wieder im Knast. Was meint ihr?

Im Schnee durch die Berge, denke ich, davon hab ich die Schnauze voll und gefährlich ist es dazu. Im Knast allerdings will ich auch nicht landen, nicht schon wieder. Aber wird schon gut gehen.

—Ich sage, wir nehmen den Bus. Joris?

—Das meine ich auch.

—Gut, sagt Achim und nickt. Die Busse fahren ab Bologna und dann müssen wir morgen da pennen. Ich weiß schon wo, das kenne ich noch vom letzten Mal. Der Kerl, der den Laden führt, schmiert die Bullen und kennt sich aus.

In aller Frühe haben wir uns wieder auf die Socken gemacht. Die Sonne ging über den Hügeln auf und färbte den Schnee erst rot, dann gelb und schließlich wurde er weiß und der Himmel blau. Glocken läuteten in der Ferne. Wir sind schon eine Woche unterwegs, hab ich gedacht, und Maria? Die sitzt sicher in der Kirche, wieder allein.

Es war dunkel, als wir in die Stadt kamen. Achim musste ein bisschen suchen, doch am Ende hat er den Laden gefunden und wir haben das letzte Zimmer gekriegt. Hat jedenfalls der Gauner gesagt, der uns den Schlüssel gegeben hat. Ich schätze, damit wir nicht zucken. Denn der Preis war unverschämt und die Bude ein Drecksloch. Trotzdem, nach einer Woche tat es gut, in einem richtigen Bett zu schlafen, wenn auch zu dritt.

Am nächsten Tag sind wir in die Stadt. Wir haben geguckt, wo und wann die Busse fahren, und haben Fahrscheine für den nächsten Tag gekauft. Dreimal nach Florenz. Danach sind wir durch die Straßen geschlendert. Sobald einer in Uniform auftauchte, sind wir abgebogen. Viele Häuser hatten Schimmelflecken und Risse in den Mauern. Der Schnee unter unseren Füßen war ein dreckiger Matsch und es tropfte von den Dächern. In den Ecken rottete der Müll vor sich hin und die Ratten machten sich daran zu schaffen, am helllichten Tag.

An ein paar Ecken standen Türme. Wie lange Finger zeigten sie in den Himmel. Zwei von ihnen standen nebeneinander. Einer länger, einer kürzer. Beide steinalt, baufällig und windschief. So was, hab ich gedacht, wieso kippen die nicht um? Die ganze Welt ist im Arsch, jeden Tag fällt was in sich zusammen, aber diese Dinger bleiben stehen.

Der Bus sollte morgens um sieben Uhr abfahren. Gegen zehn ließ der Fahrer schließlich den Motor an und ich hab gedacht, ist doch überall das Gleiche. Die Karre war gerammelt voll, einige hatten Enten oder Hühner auf'm Schoß und im Gang stand eine Ziege, die hat gemeckert und gestunken. Eins allerdings war anders als zu Hause. Dieses Geplapper! Das schlug über meinem Kopf zusammen und hörte nicht mehr auf.

Die Straße führte in die Berge und je höher wir kamen, desto mehr Schnee lag. Zum Glück haben wir den Bus genommen, hab ich gedacht, denn hier zu Fuß durch, das wär eine ziemliche Schinderei geworden. So sitzen wir warm und trocken, lassen uns kutschieren und ... wird schon gut gehen.

Wir waren den ganzen Tag unterwegs und der Fahrer war spitze. An manchen Stellen war es spiegelglatt, das hat er gesehen und ist vorsichtig gefahren. Ein paar seiner Kollegen waren da anders. Mit einem Affenzahn sind die um die Kurven gebrettert und haben auf ihr Glück gesetzt. Hin und wieder lagen Schrotthaufen im Abgrund, bei denen hatte sich das Glück wohl anders entschieden.

Wir hatten schon mehr als die Hälfte geschafft, da hat uns ein anderer Bus überholt, in der Kurve und bergan. Die Rostlaube kam nicht vorbei, aber ließ nicht locker. Wenn uns jetzt was entgegenkommt, hab ich gedacht, sind wir alle dran. Schließlich hat unser Fahrer den Fuß vom Gas genommen und er konnte vorbeiziehen. Arschloch!

Zehn Minuten später stand die Rostlaube am Straßenrand. Vorn und hinten die Bullen und alle mussten aussteigen. Wir sind vorbeigerauscht und ich hab gedacht, das mit dem Schicksal ist schon 'ne komische Sache. Wenn das Arschloch kein Arschloch gewesen wäre, würden wir da stehen, und Feierabend. Wie der Mann im Kloster gesagt hat, man kann nie wissen, wozu was gut ist. Aber erklär das mal den Leuten im anderen Bus.

Die Sonne ging unter, als der Bus in die Stadt fuhr. In Bologna hatte Achim gefragt, ob die was kennen, wo wir in Florenz pennen können. Kurz bevor wir los sind, hat der Gauner uns eine Adresse in die Hand gedrückt. Es war dunkel, als wir vor dem Haus standen.

Die Bude war besser in Schuss als die letzte, das Zimmer war größer und jeder hatte ein Bett für sich. Der Preis allerdings war gepfeffert, doch was sollten wir machen? Nachts durch eine Stadt rennen, die wir nicht kennen? Den Bullen in die Arme? Das wussten die auch.

Am nächsten Morgen haben wir uns früh auf die Socken gemacht und je weiter wir nach Süden kamen, desto weniger Schnee lag. Nach zwei Tagen waren wir in Siena, und es war kein Weiß mehr zu sehen. Achim kannte eine Absteige, wo wir pennen konnten. Wir kommen rein und ich denk, mich trifft der Schlag!

— Steini, bist du das?

Er guckt mich an und legt den Kopf schief.

— Brenner?

— Ihr kennt euch?, sagt Achim und nimmt seinen Rucksack ab.

— Kennen ist zu viel gesagt. Wir haben mal im selben Knast gesessen und sind zusammen getürmt. In Bayern war das, ist ’ne Weile her.

— Also in meiner Welt, sagt Achim, und nach so ’ner Sache, da kennt man sich schon, nich?

— Wir haben uns gleich danach getrennt. Aber viel schneller bist du auch nicht gewesen, oder?

— Offensichtlich, sagt Steini und zieht den Rotz hoch. Ich hatte ein paar Probleme unterwegs. Aber jetzt ist wieder alles in der Spur. Was ist mit dem Fischkopp, kommt der noch?

— Nein, der … der kommt nicht mehr.

— Kann mir auch egal sein. Nehmt Platz.

Wir setzen uns an seinen Tisch.

— Ihr wollt weiter nach Rom, nehm ich mal an?

— Was denkst du, sagt Joris, wie lange brauchen wir für den Weg?

— Von hier aus? Einen Tag.

— Das sind mehr als zweihundert Kilometer, sagt Achim und zieht die Augenbrauen hoch, wie schnell läufst du denn?

— Wer redet von Laufen? Mit dem Bus natürlich.

— Was ist mit den Kontrollen?

— Darum müsst ihr euch keine Sorgen mehr machen. Hier hat die Mafia schon überall ihre Finger drin und die lassen sich ihr bestes Geschäft doch nicht kaputt machen.

— So weit vor der Grenze schon? Das ist neu.

— Tja, sagt Steini, wird nicht alles schlechter.

— Und wenn wir in Rom sind, wohin müssen wir da gehen, um mit den Brüdern ins Geschäft zu kommen? Bist du da auf dem Laufenden?

— Vielleicht.

— Was soll das denn heißen?, sag ich.

— Im Moment bin ich so 'n bisschen klamm mit Kohle. Aber wenn ihr mir was zu essen bezahlt und ein Bierchen vielleicht, dafür geb ich euch einen Kontakt in Rom, die kümmern sich um alles, kein Problem. Einverstanden?

Er hat uns die Adresse auf einen Zettel geschrieben und nach dem dritten Bier ist er damit rausgerückt, wo wir pennen können. Am nächsten Morgen haben wir den ersten Bus nach Rom genommen und schon am Abend standen wir am Tiber. Hinter den Dächern und Kuppeln ging die Sonne unter. Das ist sie also, hab ich gedacht und meine Hände aufs Geländer gelegt, die Ewige Stadt.

19

Einen halben Tag haben wir damit zugebracht, die Adresse zu finden. Wir waren vorsichtig, denn selbst wenn die Mafia in dieser Stadt alles im Griff hatte, reichte doch ein dummer Zufall und aus der Traum.

Rom sah so aus wie die anderen Städte, durch die wir gekommen waren. Ganze Häuserzeilen gammelten vor sich hin, die Straßen waren im Arsch und in den Ecken türmte sich der Müll. Der Zettel von Steini führte uns in eine der besseren Gegenden und schließlich standen wir in einer Seitenstraße vor einem gelben Haus.

Zwei leere Schaufenster, dazwischen die Tür mit einer Scheibe aus Milchglas. Auf der Scheibe steht in goldenen Buchstaben *AGENZIA DI VIAGGI*.

— Meine Fresse, sag ich, die haben Nerven!

— Wieso?, sagt Achim.

— Na ja, auf der Tür steht so was wie *Reisebüro* und das ...

— Tja, sagt Achim und grinst, ehrlich währt am längsten.

Ich mach auf und geh rein. Drei leere Tische mit je einem Stuhl dahinter und einem davor. Gegenüber die Tür zum Hinterzimmer. Sonst nichts. Hinter dem Tisch ganz links sitzt einer und liest Zeitung.

— *Buon giorno*, sag ich.

Der Mann schlägt die Zeitung zu und legt sie auf den Tisch.

— *Buon giorno! Nazionalità? Italiano? Français?* Deutsch?

— Ja, deutsch ist richtig.

— Paolo!, sagt der Mann in Richtung Hinterzimmer. *Clienti!*

Zwei Minuten später kommt Paolo rein.

— *Si?*, sagt er und wischt sich einen Krümel aus dem Mundwinkel. *Tedeschi?* Deutsch, ja? Kommen Sie bitte, nehmen Sie Platz.

Er setzt sich hinter den Tisch ganz rechts und wartet, bis sich jeder von uns einen Stuhl geholt hat.

— So, meine Herrschaften, sagt er und lehnt sich zurück, was kann ich für Sie tun?

— Also, sagt Achim und räuspert sich, wir ...

— Wir möchten gern verreisen, sagt Joris.

— Dann sind Sie hier richtig. Wo soll es hingehen?

— Erst mal runter, sagt Achim, und dann rüber auf die andere Seite.

— Auch mit diesem Wunsch sind Sie hier richtig, sagt er und lächelt. Wir haben für dieses Ziel verschiedene Angebote. Das hängt ganz von Ihrem Portemonnaie ab.

— Tja, sag ich, das ... ist nicht besonders groß.

— Verstehe. Sie interessieren sich also für das günstigste Angebot, richtig?

— Genau.

— Schön. Dafür interessieren sich auch die meisten unserer Kunden. Wenn Sie erlauben, beschreibe ich Ihnen kurz, was dieses Angebot umfasst, ja?

Wir nicken und ich denke, das macht bis jetzt doch einen guten Eindruck. Er setzt sich aufrecht hin und faltet die Hände auf dem Tisch.

— Die Fahrt beginnt hier in Rom. Wir bringen Sie zunächst über die Grenze und kümmern uns um alle Formalitäten. Auf der anderen Seite geht es über Neapel bis zur Straße von Messina. Die überqueren Sie mit der Fähre und erreichen so die schöne Insel Sizilien. Dort bringen wir Sie zur südlichen Küste, wo Sie ein Boot besteigen. In dem fahren Sie hinüber auf die andere Seite und das ist gar nicht weit. An einem schönen Tag kann man die gegenüberliegende Küste mit bloßem Auge sehen. Wir setzen Sie dort am Ufer ab, an einer sicheren Stelle, und zeigen Ihnen den weiteren Weg. Wie hört sich das an?

— Die Boote, sagt Achim, sind die in Ordnung? Da hört man ja so einiges.

— Bedauerlicherweise. Wie heißt es auf Deutsch? Schwarze Schafe. Die gibt es hin und wieder, ich kann es nicht leugnen, aber nicht bei uns. Unsere Boote sind in bestem Zustand, darauf können Sie sich verlassen.

— Und, sag ich, was kostet der Spaß?

— Im Preis enthalten sind der gesamte Transport, die Überfahrt, Übernachtung und Verpflegung. Das alles bekommen Sie für nur dreitausendzweihundert Afros pro Person. Bar zu bezahlen hier bei mir.

Nur ist gut, denke ich und muss schlucken. Ich hab mit zweieinhalb gerechnet, aber das … Der kann noch so freundlich tun und Deutsch sprechen wie gedruckt, ein Halsabschneider ist er trotzdem. Dreitausendzweihundert, meine Fresse! Das ist alles, was ich noch habe. Allerdings, damit bin ich drüben. Da kann ich wieder Kohle machen, mehr als irgendwo hier, und das ratzfatz!

— Können wir das noch verhandeln?, sagt Joris.

— Nein, sagt Paolo und legt die Hände übereinander, das ist das günstigste Angebot, das ich Ihnen machen kann.

— Hm, sagt Achim und steht auf. Na dann … dann überlegen wir uns das mal in Ruhe.

— Tun Sie das, sagt Paolo und steht auch auf. Eine Sache allerdings müssen Sie wissen. Hinter der Grenze, da beginnt unser Land. Wenn Sie es durchqueren und hinüber auf die andere Seite möchten, so unternehmen Sie diese Reise entweder mit uns oder überhaupt nicht. Von allen anderen Versuchen möchte ich Ihnen dringend abraten.

Wir sind zum Tiber gegangen, haben uns ans Wasser gesetzt und die Beine baumeln lassen. Ich hab mir ein Kippchen angemacht. Unter unseren Füßen zog der Fluss vorbei. Den stört das alles nicht, hab ich gedacht.

— Ich hab nicht mehr so viel, sagt Joris und spuckt ins Wasser, wie ist es bei euch?

— Bei mir reicht es, sagt Achim.

— Bei mir auch, sag ich und nehm einen Zug. Wird knapp, aber ich komm hin, gerade so.

— Ja, dann ... dann trennen sich hier unsere Wege und ich–

— So ein Quatsch, sag ich und drück meine Kippe auf den Steinen aus, hast du schon vergessen, was du in Mailand gesagt hast? Da seid ihr auch nicht ohne mich gegangen und jetzt gehen wir nicht ohne dich, so einfach ist das.

— Wie viel fehlt dir denn?, sagt Achim.

— Etwas mehr als vierhundert.

— Na ja, sag ich, wir haben ja noch die Kohle von Alfred und–

— Das mache ich nicht!

— Ich mein ja nur.

— Nein! Ich habe einiges in meinem Leben getan, worauf ich nicht stolz bin, aber ich bin kein Dieb!

— Du hast doch erzählt, du hast Verwandtschaft in Kenya, sagt Achim. Da, wo du hinwillst. Können die dir nichts schicken?

— Vielleicht. Es ist nur, ich habe mir schon so viel Geld geliehen, das ... aber mir bleibt wohl nichts anderes übrig.

Joris hat seine Verwandten angerufen, für die war das kein Problem, und drei Tage später konnte er die Kohle bei der Bank abholen. Von dort aus sind wir gleich zur *agenzia di viaggi* gegangen, die Taschen voller Geld.

— Guten Tag, sagt Paolo und zeigt mit der Hand auf die Stühle vor seinem Tisch, bitte!

Wir setzen uns hin und er lächelt.

— Ich darf annehmen, Sie haben sich unser Angebot überlegt?

— Ja, sag ich und die anderen beiden nicken, wir machen das.

— Schön, sagt er und faltet die Hände auf dem Tisch. Ich gehe davon aus, Sie haben die fragliche Summe bei sich?

— Dreitausendzweihundert, wie besprochen.

Achim und Joris legen ihre Bündel auf den Tisch, ich leg meins daneben und denke, ist das nicht verrückt? Letzten Endes ist das nur bedrucktes Papier und mehr nicht. Bunte Zettel. Dafür gehen die Leute von morgens bis abends schuften oder hauen sich gegenseitig die Köppe ein. Wie bescheuert sind wir eigentlich?

Paolo nimmt sich einen Packen nach dem anderen vor und zählt. Meine Fresse, denke ich, die Maschine in der Bank war auch nicht schneller. Tja, Übung macht den Meister.

Paolo ist fertig, klopft die Bündel so zurecht, dass alle Scheine auf Kante liegen, und pfeift. Ein Junge kommt aus dem Hinterzimmer, ein Buch in der Hand. Der Junge legt das Buch auf den Tisch, nimmt die Scheine und geht. Das war's, denke ich, jetzt muss nur noch alles klappen. Paolo schlägt das Buch auf.

Er fährt mit dem Zeigefinger über die Seite und blättert um. Der Junge kommt zurück und legt drei rote Karten und einen weißen Zettel auf den Tisch.

— In den nächsten Tagen ist bereits alles ausgebucht, sagt Paolo, aber am kommenden Donnerstag könnten Sie aufbrechen. Das ist der dritte März, passt Ihnen das?

— Das passt gut, sagt Achim und nickt, sehr gut.

— Schön. Finden Sie sich bitte an diesem Donnerstag um acht Uhr morgens bei dieser Adresse ein, sagt er und schiebt den weißen Zettel über den Tisch, das ist nicht weit entfernt von hier. Dort wird Sie ein Wagen erwarten, der Sie über die Grenze bringt. Danach geht es weiter, wie ich es beschrieben habe.

— Donnerstag um acht, sag ich und denke, ein Wagen, nicht schlecht.

— Diese drei roten Karten, sagt er und schiebt jedem von uns eine zu, sind die Bestätigung dafür, dass alles bezahlt und geregelt ist. Die geben Sie bitte dem Fahrer. Ich wünsche Ihnen eine gute Reise.

Er steht auf und wir auch. Jetzt, denke ich, haben wir es fast geschafft. Er schüttelt jedem von uns die Hand und lächelt.

— Eine Sache noch, sagt er. Sollten Sie am Donnerstag nicht erscheinen oder diese roten Karten nicht vorweisen können, ist unsere Vereinbarung leider hinfällig.

— Und das Geld?, sagt Achim.

— Bezahlt ist bezahlt, *capisci*?

An der Ecke war eine Stehkneipe und zur Feier des Tages haben wir dort drei Kaffee und drei Schnäpse bestellt.

— Jungs, sagt Achim, die Runde geht auf mich. Wo wir nun am Dritten losfahren, kann auch nichts mehr schiefgehen, nich?

— Wieso?, sagt Joris.

— Weil das der Dritte Dritte ist. Das bringt Glück.

— Das hat er auch gesagt, als wir in Frankfurt los sind. Da war es der Achte Achte.

— Und, hat uns das kein Glück gebracht? Wir sind hier und bald sind wir drüben.

— Einer von uns nicht, sag ich und trink meinen Schnaps aus.

— Ja, das ...

Er kippt den Schnaps runter und knallt das Glas auf'n Tisch. Ich guck zum Tresen und heb drei Finger.

— Die gehen auf mich. Für Willi.

Wir hatten eine Woche Zeit, aber haben unsere Absteige kaum verlassen, denn wir wollten nichts aufs Spiel setzen, so kurz vorm Ziel. Ich hab so viel geraucht wie sonst im ganzen Monat nicht. Egal, hab ich gedacht und mir die nächste angesteckt, bald fängt mein neues Leben an und in dem ist Schluss mit Rauchen. Dann wird alles anders.

Am Dienstag sind wir raus, um auszubaldowern, wo es losgeht, wie wir dort hinkommen und wie lange das dauert. Bloß keine Überraschungen. Am Mittwoch haben wir unsere Sachen gepackt und am nächsten Morgen sind wir in aller Frühe los, denn schlafen konnte ohnehin keiner mehr. In den Straßen war es dunkel und die Luft war kalt.

Gegen sieben sind wir am Treffpunkt und wir sind nicht die Ersten. Zehn Minuten später geht die Sonne auf und die Vögel fangen an zu zwitschern. Die Sonne steigt über die Dächer der Stadt, wärmt unsere Gesichter und die anderen trudeln ein. Um acht ist es hell und wir sind zehn Leute. Ein kleiner Laster kommt um die Ecke und bleibt mit einem Quietschen vor uns stehen. Die Ladefläche ist offen, links und rechts ist je eine Bank. Das ist also der so genannte Wagen, denke ich. Zumindest haben wir frische Luft.

Der Fahrer sammelt die roten Karten ein und zählt sie, zählt uns und wedelt schließlich mit der Hand in Richtung Laster. Einer nach dem anderen klettert auf die Ladefläche und setzt sich hin. Bisschen eng für zehn Leute, denke ich, aber wird gehen, wir haben schon ganz andere Sachen überstanden. Der Fahrer steigt ein, lässt den Motor an und wir fädeln uns ein in den Verkehr.

Nach einer Stunde hatten wir noch nicht mal den Fluss überquert. Diese ganzen Schrottkisten, hab ich gedacht, ohne die Farbe würden die sofort auseinanderfallen, aber Hauptsache, die Hupe geht. Alles kreuz und quer durcheinander und am besten noch übereinander. Schlimmer als in Berlin. Die Krönung aber sind die Mopeds, meine Fresse! Drängeln sich überall durch, verstopfen alles und von dem, was hinten rauskommt, wird mir ganz schwindlig. So viel zum Thema frische Luft.

Nach einer Ewigkeit wurde es weniger mit dem Verkehr und der Fahrer hat auf die Tube gedrückt. Wir wurden ordentlich durchgeschüttelt, denn die Straße ... so was hatte ich noch nie gesehen. Große, platte Steine mit breiten Fugen dazwischen.

Achim stößt mich an.

— Siehst du ... da!

— Was soll ich sehen?, sag ich und beug mich rüber zu ihm. Bei dem Wind, ich versteh kein Wort!

— Die Palme da drüben, siehst du die?

Gibt's ja nicht, denke ich, eine richtige, echte Palme!

— Ich glaube, sagt er und grinst, wir fahren in die richtige Richtung.

Der Laster ist zweieinhalb Stunden durchgebrettert. So langsam reicht mir das, hab ich gedacht, und mein Hintern tut mir weh.

Der Fahrer geht in die Eisen, alle rucken nach vorn. Und zurück. Sehr zartfühlend. Ich lehn mich nach hinten und guck am Fahrerhaus vorbei. Fünf Meter vor uns ein Schlagbaum, rot-weiß gestreift, daneben ein Häuschen. Davor sitzen zwei in Uniform und rauchen. Ihre Knarren lehnen an der Wand. Der Fahrer steigt aus und lässt den Motor laufen.

Die drei schütteln sich die Hände, palavern und lachen. Der Fahrer holt einen Umschlag aus der Jacke. Einer der Grenzer nimmt den Umschlag und nickt. Der Fahrer klopft ihm auf die Schulter, kommt zurück und steigt ein. Der andere Grenzer steht auf und geht zur Schranke, die Kippe im Mundwinkel. Stützt sich auf das Gewicht und die Stange geht hoch. Geschafft, denke ich, als wir unter dem Schlagbaum durchfahren. Jetzt kann uns nichts mehr passieren.

20

Hinter der nächsten Kurve steht ein Lieferwagen unter einem Baum. Der Fahrer sitzt auf einem Stein am Straßenrand und raucht. Als er uns sieht, steht er auf und wirft die Kippe weg. Der Laster kommt neben dem Lieferwagen zum Stehen. Hier runter, da rein und Tür zu. Durch die Lüftungsschlitze fällt Licht in die Dunkelheit. In den schmalen Balken tanzt der Staub. Der Motor springt an, ein Schütteln geht durch die Karre und der Staub spielt verrückt. Gang rein, und los.

Nach ein paar Stunden Fahrt halten wir an und der Motor geht aus. Das Knirschen von Schritten. Die Tür wird aufgerissen. Alle aussteigen, *avanti, avanti!* Eine schmale Straße und alles ist so hell, dass es mir in die Augen sticht. Der Staub, die Wände der Häuser, der Himmel. Rechts von uns zwei Stufen und eine Tür, sie ist angelehnt. Links guckt eine Oma aus'm Fenster, die Ellbogen auf ein Kissen gestützt. Sie kaut vor sich hin. Der Fahrer ruft ihr etwas zu und sie lacht.

Wir gehen durch die Tür. Drinnen ist es dunkel. Gegenüber geht's auf den Hof, daneben führt eine Treppe nach oben. Unten sind vier Zimmer, die Fensterläden sind geschlossen, auf dem Fußboden liegen Matratzen mit Decken. Einige sind schon belegt. Wir gehen nach oben, die Stufen knarren unter unseren Schritten. Oben sieht's ähnlich aus. Das Zimmer ganz rechts ist leer, der Fensterladen steht einen Spalt offen und ich stoß ihn auf.

— Das müsst ihr sehen!

Eine Bucht in langem Bogen. Rechts das Mittelmeer, die Sonne glitzert in den Wellen, Inseln in der Ferne. Unter uns ein Meer aus Dächern und Giebeln, Türmen und Kirchen. Dahinter zwei Berge.

— Weiß einer, wo wir sind?

— Das ist Neapel, sagt Achim, und einer von den Bergen ist der Vesuv. Das ist ein Vulkan, nich?

— Scheiße, ist das nicht gefährlich?

— Glaube ich nicht, sagt Achim und kratzt sich am Hals, warum soll der gerade loslegen, wenn wir hier sind?

— Warum nicht?, sag ich und zieh den Fensterladen zu. Und wer weiß, wie lange wir bleiben?

— Bis die Gruppe groß genug ist, sagt Joris.

— Wo warst du denn?

— Im nächsten Zimmer. Da sind zwei aus Amsterdam und die sagen, wir müssen hier warten, bis genug Leute beisammen sind. Dann geht es weiter in den Süden, in einem großen Bus.

— Und bis dahin ist das unser Zimmer, sagt Achim und wirft seinen Rucksack auf eine der Matratzen, bei der Aussicht!

An dem Tag kam keiner mehr. Abends wurde von einer runzligen Alten was zu essen gebracht. Brot und Käse. Der Käse war steinhart, aber schmeckte gut. Dazu gab's Wasser aus einem großen Krug. Als es dunkel war, hab ich mich oben ans offene Fenster gesetzt. Unter mir die Lichter der Stadt und im Hintergrund die dunklen Berge. Die Sterne funkelten in der Nacht und durch die Gasse wehte ein warmer Wind. Um die Zeit, hab ich gedacht, sind in Berlin die Nächte noch kalt. Achim hat recht, die Richtung stimmt.

In den nächsten Tagen trudelten immer mehr Leute ein. Auch einige Frauen waren dabei, eine von ihnen hatte ein Kind, nicht älter als drei, ein Junge. Der sagte keinen Mucks, aber guckte sich alles mit großen Augen an. Die Frauen bekamen einen Raum für sich und in den anderen Zimmern wurde es eng. Jeden Tag kriegten wir Brot und Käse, immer das Gleiche, dazu morgens Kaffee und abends Wasser. Als die Alte den Jungen gesehen hat, hat sie gelächelt. Sie hat seinen Kopf gestreichelt und verschwand. Zehn Minuten später kam sie wieder, in der einen Hand ein Kännchen

Milch und in der anderen ein Stück Kuchen, eingeschlagen in ein weißes Tuch.

Eines Morgens steht ein Bus vor der Tür, grummelt vor sich hin und mit einem Mal kann es nicht schnell genug gehen. *Avanti, avanti! Andiamo popoli, avanti!*

Mir ist das recht. Fast zwei Wochen haben wir in dieser Bude gehockt und ich hab die Schnauze voll. Der Bus ist eine Rostlaube, die Bänke sind durchgesessen und der Boden ist verdreckt. Doch für mich ist das eine Nobelkarosse, denn dieser Bus wird mich in den Süden bringen! Bis ans Meer, denke ich, und dann ist es nur noch ein Katzensprung. Wie hat der Mann in Rom gesagt? *An einem schönen Tag kann man die gegenüberliegende Küste mit bloßem Auge sehen.*

Wir sind mehr als vierzig Leute und es dauert seine Zeit, bis jeder einen Platz gefunden und sein Zeug verstaut hat. Der Junge mit den großen Augen brüllt, als ob er am Spieß gebraten wird, und ich bin froh, dass ich vorn und er mit seiner Mutter ganz hinten sitzt. Der Fahrer tritt seine Kippe aus, steigt ein und zieht die Tür hinter sich zu. Er setzt sich ans Steuer, macht eine neue an und fährt los.

Erst sind wir ein Stück an der Küste lang, dann ging es rauf in die Berge. Der Himmel wurde grau, an den Hängen lagen umgestürzte Bäume und in der Tiefe rauschten wilde Wasser. Die Straße bestand aus Furchen, Pfützen und Matsch. Der Bus schaukelte gefährlich hin und her, dicht am Abgrund.

— Hier muss ja ganz schön was runtergekommen sein, nich?

— Wie kommst du denn darauf?, sag ich und klammere mich an den Sitz.

— Und was ist mit dem Fahrer? Mit wem redet der denn?

Wir sitzen schräg hinter ihm und können sein Gesicht im Spiegel sehen. Es ist frisch, aber ihm steht der Schweiß auf der Stirn und er brabbelt vor sich hin. Dreht der jetzt durch?

— Ich glaube, sagt Joris, er betet.

Wahrscheinlich zu irgendeinem Heiligen, denke ich. Die Katholiken haben da ja für jede Gelegenheit jemanden in petto, warum nicht einen für rutschige Bergstraßen?

Die Räder drehen durch und der Bus kommt ins Schlingern. Ein paar Leute schreien auf und der Junge hinten fängt wieder an zu heulen. Ich muss trotzdem grinsen. Achim guckt mich an und schüttelt den Kopf. Der macht sich wohl Sorgen, dass ich langsam irre werde, denke ich. Aber wäre das ein Wunder? Die Welt ist ein Affentheater. Deshalb ist die Frage nicht, warum einer verrückt wird. Die Frage ist, warum nicht?

Nach ein paar Tagen haben wir die Berge hinter uns gelassen, sind durch flaches Land gefahren und die Straßen wurden besser. Danach ging es wieder in die Berge, aber die waren ein Kinderspiel im Vergleich zu dem, was wir hinter uns hatten. Und dann lag das Meer vor uns. Die Sonne stand am Horizont und spiegelte sich im Wasser.

Der Fahrer zeigt mit dem Finger in Richtung Süden und dreht sich zu uns um. *Ecco, la costa della Sicilia, si?* Er wirft einen Blick auf die nächste Kurve, schnippt die Kippe aus dem Fenster und dreht sich wieder zu uns. Ein Sturzbach auf Italienisch rauscht über unsere Köpfe hinweg und ich versteh nur so viel, dass er von da kommt und dass, kurzer Blick nach vorn, seine Familie dort wohnt und, kurzer Blick, er zwei Kinder hat, zwei Söhne und ... das ist schön, denke ich, aber wenn du sie nicht zu Waisen machen willst, guck nach vorn! Scheiße, das war knapp und wie wär's mit Licht anmachen? Mein Hals ist trocken und meine Hände sind feucht. Ich wisch sie mir an der Hose ab und als wir endlich unten und angekommen sind, ist der Stoff durch.

Die nächste Etappe führte am Meer lang und die Küste von Sizilien war gut zu sehen. Ich hab das Fenster einen Spalt aufgeschoben und der Wind wehte mir ins Gesicht, salzig und warm. Vor einer Woche sind wir los in Neapel, hab ich gedacht, morgen setzen wir über auf die Insel und wer weiß, wo ich nächste Woche bin? Vielleicht schon auf der anderen Seite, ziemlich sicher sogar. Was für ein schöner Tag das heute ist!

Die erste Fähre geht früh um acht. Wir sind vor sieben da und können uns hinten anstellen. Zehn vor acht fährt der Kahn in den Hafen und es kommt Bewegung in die Schlange. Kaum schrammt der Rumpf auf die Betonrampe, geht der Kampf um die Plätze los. Der Bus darf nur leer an Deck und wir müssen selber gucken, wo wir bleiben. Mit Drängeln, Schubsen und Schieben kommen wir schließlich an Bord. Eingezwängt wie die Ölsardinen stehen wir an der Reling und das Geländer drückt sich in meine Seite.

— Ja, sagt Achim, so eine Seefahrt, die ist lustig.

Die Motoren werden aufgedreht und aus dem Schornstein pufft eine Wolke schwarzer Rauch. Der Kahn stößt ins Horn, so laut, dass mir die Ohren abfallen. Wir legen ab.

— Sehr lustig, sag ich. Wenn ich das überlebe, mach ich drei Kreuze.

— Quatsch! Was soll groß passieren?

— Du meinst, falls ich nicht zerquetscht werde? Oder über Bord gehe und ertrinke?

— Dafür gibt es Schwimmwesten, sagt Joris und zeigt nach links, da hinten.

— Die hab ich gesehen. Schön hinter Gittern und mit Vorhängeschloss, damit sie keiner klaut.

— Tja, sagt Achim und wiegt den Kopf hin und her, sicher ist sicher.

Ich beug mich über das Geländer, vorsichtig. Unter mir das Wasser, schnell und schwarz. Scheiße, denke ich, damit hab ich nicht gerechnet, dass ... nein, Angst ist zu viel gesagt. Respekt ist das richtige Wort. Mann, was soll das erst werden, wenn wir–

— Alles in Ordnung?, sagt Achim. Du bist ganz blass. Wenn du reihern musst, bitte nicht in meine Richtung, ja?

— Mir geht's gut, sag ich und atme tief durch.

— Ja, bei diesem Wetterchen und der frischen Seeluft, da muss es einem ja gut gehen!

— Bestens.

Keine halbe Stunde später tuckern wir um eine Landzunge herum. An der Spitze steht ein Bollwerk und auf dem Bollwerk steht eine Säule. Wir fahren in den Hafen. Die Fähre schrammt aufs Ufer und alles setzt sich in Bewegung. Der Bus lässt den Motor an und bahnt sich seinen Weg durch die Massen, wir hinterher. An einem Haus hängt ein Schild, blaue Schrift auf weißem Grund: *Benvenuti a Messina.*

21

Der Fahrer zählt durch und kratzt sich am Kopf. Ich guck mich um, die Frau mit dem Kind fehlt und der Mann vor ihr. Der Fahrer holt seine Kippen raus und guckt auf die Uhr. Ein paar Minuten später kommt der Mann durchs Gedränge, er zieht die Frau hinter sich her und sie hat den Jungen auf dem Arm. Der arme Kerl heult und der Rotz läuft ihm auf die Jacke. Die drei steigen ein, der Fahrer lächelt, setzt sich hinters Steuer und weiter geht's.

Wir fahren zu einem Gehöft außerhalb der Stadt. Der Fahrer drückt auf die Hupe und das Tor geht auf. Ein großer Hof. An der Mauer gegenüber stapeln sich alte Reifen. In der Ecke rottet ein halber Motor vor sich hin. Der Boden ist schmierig schwarz, zerfahren und zertrampelt. Ein anderer Bus ist vor uns angekommen. Die Leute stehen in Grüppchen zusammen und gucken. Leute wie wir.

Der Fahrer bugsiert unseren Bus so in den Hof, dass er neben dem anderen steht. Alle aussteigen! Wir stellen uns zu den Leuten, einer nickt mir zu und ich nicke zurück. Wir warten. An der Mauer steht auf einer umgedrehten Kiste ein Trog mit Wasser, am Rand hängt eine Tasse. Einige gehen hin und trinken was. Wie das liebe Vieh, denke ich.

Jetzt eine rauchen. Allerdings, heute Morgen, das war die letzte und hier ist keiner, bei dem ich schlauchen kann. Nur der Fahrer, der hat immer welche. Ich geh rüber zu ihm, er plaudert mit seinem Kollegen.

— *Sigaretta?*, sag ich und halte mir Zeige- und Mittelfinger vor den Mund. *Prego?*

Er schüttelt den Kopf und wedelt mit der Hand. So, als ob er eine Fliege verscheuchen will. Ja, denke ich, als du allein mit uns warst, bist du scheißfreundlich gewesen. Aber jetzt, mit deinem Kumpel ... Arschloch!

Am frühen Nachmittag ein Hupen, das Tor geht auf und ein dritter Bus fährt auf den Hof. Die Leute steigen aus, strecken sich und ein paar gähnen. Jetzt sind wir mehr als hundert Leute. Der Trog mit dem Wasser ist leer und kein Schwein schert sich darum. Wir warten.

Draußen hält ein Auto. Das Tor öffnet sich einen Spalt und ein Mann im Anzug kommt rein, Aktentasche in der Hand. Er geht zu den Fahrern, labert mit denen, klopft einem auf die Schulter und lacht. Unser Fahrer bietet ihm eine Zigarette an, doch der Mann lehnt ab. So läuft das, denke ich, Arschgeigen unter sich.

Der Anzug macht seine Tasche auf, holt einen Stapel Papier raus und blättert ihn durch, dabei schüttelt er gelegentlich den Kopf. Er sagt was zu den Fahrern und die kommen zu uns. Mit viel Geplapper und Geschimpfe, mit Händen und Füßen sortieren sie die Leute so, dass sich Gruppen von zehn bis fünfzehn Mann bilden. Die Frauen werden aufgeteilt, aber die mit Kindern kommen alle zu einer Gruppe. Wir drei bleiben zusammen.

Einer der Fahrer kommt zu unserer Gruppe und zeigt Richtung Tor. Draußen steht ein Lieferwagen. Hinten rein, Tür zu, und los. Wir hocken in der Dunkelheit und ich denke, so langsam reicht mir das. Ständig dieses Geschaukel und Geschüttel, dazu das Aroma von altem Schweiß und frischem Knoblauch.

Aber wie hat Roller gesagt? *Der Gestank ist nicht so schlimm, schlimmer ist das Beißen in den Augen.* Das war nach dem Regen, als alles überschwemmt war, und das hat wirklich gestunken, meine Fresse! Schmittchen ist verreckt und danach fing alles an.

Wenn seinerzeit was anders gelaufen wäre, irgendwas, wäre dann jetzt alles anders? Vielleicht, vielleicht auch nicht. Ist schon komisch, manchmal reicht die kleinste Sache und das ganze Leben geht in eine andere Richtung. Und manchmal kann sonst was passieren, doch alles geht so weiter wie bisher.

Die Karre hält an und die Tür geht auf. Eine schmale Gasse, über uns hängt Wäsche. Links steht eine Frau auf der Schwelle, ganz in Schwarz, sogar das Kopftuch. Sie winkt uns zu sich und verschwindet im Haus.

An der nächsten Ecke ist ein kleiner Laden, ich kauf mir neue Kippen und geh zurück zum Haus, die Tür ist nur angelehnt. Im Innenhof stehen zwei Stühle, wacklig und die Farbe blättert ab. Ich setz mich hin und mach die Schachtel auf. Die Frau kommt mit einem Ascher, ich biete ihr eine an, sie lächelt und greift zu. Wir sitzen nebeneinander und rauchen, auf dem Dach gegenüber sitzen zwei Vögel und putzen sich das Gefieder.

Am nächsten Morgen weiter Richtung Palermo, auf offener Ladefläche. Gegen die Sonne hab ich mir ein Tuch um den Kopf gewickelt, das flattert im Fahrtwind. Links Hügel, Felsen und Felder, rechts brandet das Meer auf den Strand. Kleine Inseln in der Ferne. Dahinter das Festland, verschwommen im Dunst.

Die letzte lange Tour ging von Palermo aus quer über die Insel. Nach ein paar Stunden kam das Meer wieder in Sicht, Wasser bis zum Horizont. Fünfzehn Monate bin ich schon unterwegs, hab ich gedacht, aber jetzt steh ich an der Schwelle, endlich.

Das Meer sieht friedlich aus, wird schon alles gut gehen. Wir sind nicht die Ersten, die diese Tour machen. Und wir wären nicht die Ersten, die dabei absaufen. Ertrinken ist bestimmt ein beschissener Tod. Wenn man nach Luft schnappt und nur Wasser in den Hals kriegt? Kaltes, salziges Wasser. Deshalb können viele Fischer nicht schwimmen, das hat mir Willi erzählt. Dann muss man sich nicht so quälen, wenn–

— Das ist was, sagt Achim und stößt mich an, nich?

— Was?

— Die Palmen links und rechts! Eine richtige Allee ist das. Wir kommen der Sache näher. Das sieht hier schon aus wie drüben, also, wenn man sich die Bruchbuden wegdenkt.

— Und leider liegt das Meer noch vor und nicht hinter uns.

— Stimmt, sagt Achim und haut mir auf'n Rücken, noch!

Kaum auf der Küstenstraße, drückt der Fahrer auf die Tube. Am Strand stehen zwei alte Frauen und gucken uns hinterher, die Sonne funkelt in den Wellen.

— *Via azzurra*, sagt Joris und beugt sich zu uns rüber, so heißt diese Straße. Das hat der Mann neben mir gesagt.

Via azzurra, denke ich, die *blaue Straße*. Dagegen sieht Berlin ziemlich blass aus. Die Stadt in allen Ehren, aber so was Schönes gibt's da nicht. Und auch keine Palmenallee. Nur die Pappelallee.

Wir fahren runter von der Straße, weg vom Wasser. Der Laster schaukelt hin und her. Damit kriegen wir schon einen Vorgeschmack, denke ich und halt mich an der Bank fest. Der Weg endet vor einer Scheune.

Der Fahrer schiebt das Tor auf, mehr als zwanzig Männer und ein paar Frauen sitzen oder liegen auf dem Boden. Eine Frau hat einen Säugling auf dem Arm und ein Kind versteckt sich hinter ihrem Rücken. Ein anderes Kind spielt in der Ecke.

Als es dunkel war, hab ich mich draußen auf einen Stein gesetzt und eine geraucht. Die Nacht war sternenklar, die Grillen zirpten wie verrückt und in der Ferne rauschte das Meer. Joris kam raus und guckte hoch in den Himmel.

— Ein Flugzeug, siehst du es?

— Ja.

— Und warum schüttelst du den Kopf?

— Tja, wir sitzen hier unten und gucken rauf. Die sitzen oben und gucken runter, wenn überhaupt.

— So ist die Welt.

— Aber eins sag ich dir. Wenn ich erst bei meinem Kumpel bin und da alles gut in der Spur ist, dann mach ich einen Ausflug nach Berlin. Und auf dem Flug zurück werde ich auch hier runtergucken und denken, meine Herren, das waren Zeiten.

Joris lächelt und ich lehn mich mit dem Rücken an die Wand, das Holz ist warm. Ein leichter Wind kommt auf und bewegt das Gras.

Sie kamen in der nächsten Nacht, zwei Männer mit einem großen Laster. Der Fahrer hat sich ins Tor gestellt und in die Hände geklatscht.

— Andiamo popoli! Andiamo!

Die Ladefläche ist abgewetzt. Wir setzen uns hin, die Rucksäcke zwischen den Knien, es wird eng. Als wir vollzählig sind, macht der andere Mann hinten zu. Es ist dunkel wie im Sack. Der Motor springt an, wir wenden und schaukeln über den Weg. Kaum auf der Straße, schaltet der Fahrer hoch und tritt aufs Gas. Bei jedem Schlagloch werden wir durchgeschüttelt. Eins der Kinder fängt an zu heulen.

Der Laster bremst ab und fährt runter von der Straße. Wieder schaukeln wir hin und her. Die Mutter redet auf das Kind ein, ohne Erfolg. Wir halten an und der Motor geht aus. Draußen rauscht es. Das ist das Meer, denke ich, jetzt wird's ernst.

Die Klappe fällt nach unten, zwei stehen auf und schlagen die Plane zurück. Das Rauschen wird lauter, der Mond scheint auf die Felsen. Es ist frisch und ich krieg Gänsehaut. Der Erste springt runter, andere folgen. Die Kinder werden nach unten gereicht. Die Frauen setzen sich auf den Rand und lassen sich fallen, zwei Männer helfen ihnen. Ich nehm meinen Rucksack, springe und lande im Sand. Über mir funkeln die Sterne.

— Andiamo, popoli! Andiamo!

Der Fahrer geht voran und wir folgen ihm. Rechts von uns laufen die Wellen auf den Strand. Dahinter ist es schwarz. Bis zum Horizont.

Auf der anderen Seite der Bucht liegt ein Boot, halb auf den

Strand gezogen. Daneben steht ein dicker Mann und winkt. Der Fahrer winkt zurück und wir gehen weiter. Der Sand ist feucht und schwer.

— Was denn, sagt Achim, als wir vor dem Boot stehen, mit dem Kahn etwa? Der ist doch viel zu klein für die ganzen Leute. Und mit dem Ding raus auf See? Das könnt ihr vergessen! Der ... seht ihr das denn nicht?

— *Andiamo, popoli!*, sagt der Fahrer und zusammen mit dem Dicken stemmt er sich gegen das Boot, um es ins Wasser zu schieben.

— Nein!, sagt Achim und packt ihn am Arm. Nix mit *andiamo* hier. Das Boot ist zu klein, zu ... *piccolo*, viel zu *piccolo*! Capisch?

— *No*, sagt der Fahrer, hört auf zu schieben und dreht sich um. *Tutto bene, si?*

— Nix mit *tutto bene*, sagt einer hinter mir.

Er hat eine Regenjacke an, drängelt sich durch die Leute und bleibt neben Achim stehen.

— Ich seh das genauso, das Böting ist zu lütt.

Der Fahrer seufzt und schüttelt den Kopf. Er pfeift und ruft *Francesco*! Pfeift noch mal. Francesco kommt angelaufen, die Leute machen ihm Platz. Er tuschelt mit dem Fahrer.

— *Si*, sagt Francesco und dreht sich um zu uns, ich ... ein bisschen Deutsch. Was ist ... *problema*?

— Wie ich schon gesagt hab, sagt der in der Regenjacke, und er hier auch, das geht so nicht. Was sind wir, vierzig Mann? Dazu noch die Damen und das kleine Gemüse. Dafür ist das Boot einfach zu lütt. Und mit die Böters kenn ich mich aus.

— Du, sagt Francesco, dich auskennen? *Marinaio, si?* Dann du ... Steuermann und ... *capitano, si*?

— Was?

— Das wird ja immer schöner, sagt Achim, erst ist der Kahn zu klein und jetzt ... heißt das, von euch kommt keiner mit?

— *No*. Wir hier. Und ihr …

Francesco zeigt mit dem Arm aufs Meer hinaus und nickt.

— So läuft das nicht, sagt Achim, und so kenn ich das auch nicht. Da mach ich nicht mit. So war das nicht abgemacht, so nicht!

— Dann …, sagt Francesco und zuckt mit den Schultern, dann nicht.

Der Fahrer und der Dicke stemmen sich wieder gegen das Boot und ein paar Männer helfen ihnen. Der Kahn kommt frei und sie drehen ihn so, dass die Spitze aufs offene Meer zeigt. Francesco redet mit einem Glatzkopp, der nickt immer wieder und kratzt sich hinter'm Ohr. Die beiden klettern an Bord, Francesco erklärt ihm was am Motor und zeigt mit dem Arm aufs Meer hinaus. Der Glatzkopp nickt, Francesco klopft ihm auf die Schulter und kommt allein zurück.

— *Avanti, avanti!*, sagt der Fahrer und rudert mit den Armen, damit wir an Bord gehen.

Die Leute um uns herum ziehen sich Schuhe und Strümpfe aus und die Ersten waten zum Boot. Achim schüttelt den Kopf.

— Ach Scheiße!, sagt er und macht sich die Schnürsenkel auf. Welche Wahl haben wir denn groß? Diese Scheißkerle!

— Wird schon gut gehen, sag ich und knote meine Schuhe zusammen.

Wir klettern an Bord und setzen uns hin. Jetzt, denke ich und versuch den Ellbogen von Joris aus meinen Rippen zu kriegen, sollte auch dem Letzten klar sein, dass der Kahn zu klein ist. Aber das ändert auch nichts mehr.

Als alle sitzen, schieben die drei Männer das Boot ins tiefere Wasser. Der Glatzkopp lässt den Motor runter. Er zieht einmal durch, noch mal, beim dritten Mal springt die Kiste an und knattert vor sich hin. Die drei Männer waten zurück ans Ufer und das Boot nimmt Fahrt auf, immer schneller klatschen die Wellen an den Rumpf.

22

Der Motor läuft rund und der Strand bleibt hinter uns zurück. Die drei Männer gehen zum Laster. Zwei rote Punkte leuchten auf, schaukeln hin und her und verschwinden in der Dunkelheit. Die Küste wird schmaler, wird zu einem Streifen, zu einem Strich. Ich versuche, ihn im Auge zu behalten. Bis er mir verloren geht in der Nacht.

Das war's?, denke ich und lehn meinen Kopf ans Holz. Ja, das liegt jetzt hinter mir. Nicht nur die Küste, sondern dieses ganze Leben. Der ganze Scheiß. Und ein neues Leben liegt vor mir, ein besseres Leben. Alles ist besser als das da. Ganz leicht wird das nicht, das ist mir klar. Aber, was ist schon leicht?

Das hier. Ich hab mir sonst was für Sorgen gemacht. Alles Quatsch. In Wirklichkeit rauschen wir übers Meer und unser Boot zerschneidet die Wellen wie Butter. Die Luft riecht nach Salz. Und nach Weite und Freiheit. Über mir funkeln die Sterne und vor mir liegt die Zukunft. Ich werde ein bisschen schlafen. Wenn ich aufwache, scheint mir die Sonne ins Gesicht und vor uns liegt die Küste. Ein Wald aus Palmen und davor der weiße Strand ...

Alles schwarz. Wo sind die Sterne? Warum sind meine Klamotten so nass, ich ... Das Boot kracht in die nächste Welle und die Gischt fegt über uns hinweg. Die Kinder heulen und klammern sich fest. Die nächste Welle, das Boot knirscht, was ... Joris hustet sich die Lunge aus'm Leib, Achim wischt sich mit der Hand das Wasser von der Stirn und spuckt ins Meer. Der Sturm zerrt an meiner Jacke.

— Wie ... wie lange geht das schon so?

— Was? Ich versteh kein Wort!

Die nächste Welle, ich beug mich rüber und schrei ihm ins Ohr.

— Wie lange ...?

— Ich bin aufgewacht, da war ... aber nicht so schlimm wie jetzt. Und das wird immer heftiger. Das Boot ist viel zu ... viel zu klein ist das und zu voll, aber ... aber zum Glück läuft der Motor noch. Wenn der ... dann ist Ende Gelände.

Die nächste Welle, die Planken knacken. Noch so 'n Ding, denke ich, und das Boot wird zerbrechen. Wird einfach in der Mitte durchbrechen und wir ... dann sind wir alle tot! *Und der HERR ließ einen großen Wind aufs Meer kommen, und es erhob sich ein großes Ungewitter auf dem Meer, dass man meinte, das Schiff würde zerbrechen.*

Die nächste Welle ... Sie haben versucht, aus dem Sturm rauszukommen, denke ich, aber das wurde nichts. Schließlich haben sie Jona ins Meer geschmissen, weil sie wussten, dass er schuld war an dem Unwetter und–

Sie kommt von der Seite und stürzt ins Boot. Eine Welle, so hoch wie zwei Männer. Ich werd nass bis auf die Haut, das Salz brennt mir in den Augen und ich muss husten. Als ich wieder schlucken und gucken kann, seh ich nur eins. Wir schwimmen noch! Ja, unten im Boot steht Wasser, nicht zu knapp, aber wir sind nicht gekentert! Ich fang an zu lachen und hau Achim auf die Schulter.

— Scheiße, Mann! Wir leben noch!

— Ja.

Er sieht müde aus und zeigt nach hinten.

— Aber der Motor ist tot.

Ich dreh mich um, der Glatzkopp zieht am Anlasser. Zieht und zieht, wieder und wieder. Nichts. Er sackt in sich zusammen, guckt uns an und schüttelt den Kopf.

— Abgesoffen, sagt Achim.

— Und jetzt?

— Jetzt kann der Sturm mit ... mit uns machen, was er will. Erst säuft der Motor ab und dann sind wir dran.

Das Boot wird nach links gerissen. Und nach rechts. Es bäumt sich auf und kracht aufs Wasser. Die nächste Welle stürzt auf uns ein. Ein Blitz! Die Welt ist grau und grausam schön. Ein Donnerschlag! Fegt mir den Kopf aus!

Jona hat geglaubt, er kann abhauen, kann alles hinter sich lassen. Das hab ich auch gedacht, gehofft hab ich das. Das frühere Leben zurücklassen. Wie einen alten Koffer auf einer Parkbank. Aber das ist kein Koffer, das alles.

Das ist Schuld, meine Schuld. Ich hab versagt, hab alle enttäuscht, die ... und ich hab das Leben eines Kindes auf dem Gewissen, meines Kindes. Wenn ich damals bloß ... und das Leben eines Mannes. Ich hab ihn umgebracht. Er ist nicht mehr da und das ist meine Schuld. Wie kann man so was hinter sich lassen? Wie konnte ich nur glauben, dass ... wie konnte Jona glauben, er könnte alles hinter sich lassen?

Konnte er nicht. Kann ich nicht. Sie mussten ihn nicht zwingen, er wollte ins Meer springen und das, jetzt versteh ich das! Damit wird der Sturm aufhören. Der um mich herum und der in mir drin. Es ist, ganz einfach ist das, und–

— Was machst du denn für Faxen!, sagt Achim und packt meinen Arm. Runter da und jetzt reiß dich zusammen! Los, nimm die Tasse hier und fang an, das Wasser rauszuschöpfen! Noch ist Holland nicht verloren.

Ich hätte nie gedacht, dass mir eine Tasse mal das Leben rettet. Ein oller Blechbecher, verbeult und die Emaille angeschlagen. Doch so war es. Ich hab den Becher genommen, mich vorgebeugt und ihn ins Wasser getaucht. Das ging mir schon bis zum Knöchel und mit jeder Welle wurde es mehr. Ich hab die erste Ladung zurück ins Meer geschleudert. Hab mich wieder vorgebeugt, wieder und wieder und wurde eins mit diesem Becher – und es gab nur einen Feind!

Und Jona war im Leibe des Fisches drei Tage und drei Nächte. Nur einen Feind! *Und Jona betete zu dem HERRN, seinem Gott, im Leibe des Fisches und sprach: Ich rief zu dem HERRN in meiner Angst, und er antwortete mir. Ich schrie aus dem Rachen des Todes, und du hörtest meine Stimme. Du warfst mich in die Tiefe, mitten ins Meer, dass die Fluten mich umgaben. Alle deine Wogen und Wellen gingen über mich.* Nur einen Feind! *Wasser umgaben mich und gingen mir ans Leben, die Tiefe umringte mich,* umringt mich und ich schreie aus dem Rachen des Todes. Aber wer hört meine Stimme?

23

— Lass gut sein, sagt Achim und legt mir die Hand auf die Schulter, oder willst du noch 'n Loch in die Planken kratzen?

Aber das Wasser, denke ich, wo …? Ich lass den Becher fallen, er poltert aufs Holz, kullert zur Seite und bleibt liegen.

— Haben wir's geschafft?

— Das haben wir, sagt er und klopft mir auf den Rücken, aber ohne dich wäre das nichts geworden. Du warst ja wie von Sinnen.

— Ja, sag ich und lehn meinen Kopf ans Holz, für einen Moment. Ein grauer Himmel. Kein Sturm mehr, nur leichter Wind. Keine Wasserberge, die auf uns einstürzen, nur leichte Hügel. Das Boot geht auf und ab, die Leute dösen vor sich hin, zusammengedrängt wie Gurken im Glas. Ein neuer Morgen, denke ich, ein neuer Tag.

— Wir haben es hinter uns, sag ich und atme tief durch.

— Tja, sagt Achim und kratzt sich im Nacken, wie man's nimmt. Aber jetzt schlafen wir erst mal 'ne Runde.

Als ich aufgewacht bin, war der Himmel immer noch grau. Das Boot schaukelte sanft hin und her und die Planken knarrten. Mir tat alles weh.

— Mann, ich fühl mich wie ausgekotzt.

— So siehst du auch aus, sagt Achim.

— Danke für die Blumen. Und, wie stehen die Dinge?

— Wie man's nimmt.

— Das hast du vorhin schon gesagt und was soll das heißen?

— Den Sturm haben wir überstanden, sagt Achim und spuckt ins Meer, aber sonst? Guck dich um. Zu allen Seiten nur Wasser. Wir haben keine Ahnung, wo wir sind. Oder wo wir hinmüssen. Und selbst wenn. Ohne Motor treiben wir nur.

— Vielleicht geht der noch?

— Das haben wir schon versucht, als du gepennt hast. Der ist im Arsch, nichts zu machen. Außerdem haben wir nichts zu fressen und kaum Wasser. So sieht's aus.

— Aber zum Glück ist das Unwetter vorbei, wenn jetzt noch die Sonne rauskommt–

— Sonne wär gut, dann geht's schneller.

— Was geht schneller?

— Dass wir krepieren! Was hast du denn gedacht? Schön einer nach dem anderen. Und vorher gibt's noch Hauen und Stechen, da kannst du Gift drauf nehmen. Wer Glück hatte, der hat's schon hinter sich.

— Was soll das heißen?

— Die mit dem Säugling ist weg, der mit der Regenjacke und noch drei andere. Hast du gedacht, die verstecken sich nur?

— Und ... und der Säugling?

— Tja, sagt Achim und zuckt mit den Schultern.

So eine Scheiße, denke ich, der kann doch nichts dafür! Wer weiß, was aus dem noch geworden wäre? Aber nun nicht mehr. Ein ganzes Leben, aus und vorbei. Bevor es überhaupt angefangen hat.

— Das ist nicht gerecht.

— Was du nicht sagst. Seit wann ist die Welt gerecht? Da hab ich wohl was verpasst. Wenn es gerecht zuginge in der Welt, dann wäre ich schwarz, hätte einen Palast mit drei Karren in der Garage und würde mir 'n Dicken machen. Das wäre Gerechtigkeit.

— Nein, sagt Joris, das wäre nur Glück. Gerecht wäre es, wenn alle schwarz wären oder alle weiß, und–

— Was ist denn mit dir los?, sagt Achim und runzelt die Stirn. Bist du über Nacht Kommunist geworden oder so was?

— Jetzt fangt bloß nicht an, euch zu streiten, das fehlt uns noch. Das könnt ihr klären, wenn wir wieder an Land sind, ja?

— Glaubst du an Wunder?, sagt Achim. Ich nicht.

Die Zeit war ein Krüppel, der sich durch den Tag schleppte. Stunde um Stunde. Die Welt war Grau in Grau. Mein Hals war trocken und etwas nagte in meinem Bauch. Hin und wieder bin ich eingenickt. Das Boot ging auf und ab und die Wellen schwappten ans Holz.

Die Nacht war kalt. Meine Klamotten waren klamm und das Schlucken tat mir weh. Achim hat recht, hab ich gedacht, wir werden alle krepieren. In diesem beschissenen Boot. Mitten im Nichts. Wir hätten gar nicht losfahren dürfen. Deshalb ist keiner von denen mitgekommen. Die wussten genau, wohin die Reise geht. Aber schicken uns trotzdem los, diese Arschlöcher. Verdammt, ist mir kalt! Hab ich Fieber? Wenn ich jetzt einschlafe, wach ich vielleicht nie wieder auf. Wäre nicht das Schlechteste.

— *Look! Over there! Look!*

Der Himmel ist grau. Mir gegenüber steht einer, er hat eine blaue Bommelmütze auf und zeigt mit ausgestrecktem Arm hinaus aufs Meer. Was, denke ich, wo bin ich überhaupt? Ein anderer steht auf, guckt in dieselbe Richtung und kneift die Augen zusammen. Noch einer.

— Setzt euch wieder hin, ihr Blödmänner!

Achim beugt sich rüber, packt einen an der Jacke und zerrt ihn nach unten.

— Du auch! Der Kahn hat schon Schlagseite und–

— *Look! That's a fucking ship! Just over there.*

Die Bommelmütze guckt Achim an, nickt und lacht. Ich dreh mich um und – ja, er hat recht! Ein Schiff!

— Mann, wir werden doch nicht verrecken!

— Aber wenn jetzt alle hier rumturnen, kippt der Kahn noch um und dann? Diese Idioten! Setzt euch wieder hin, ihr ... was macht der denn da?

Ein Mann hinten im Boot hat seine Jacke ausgezogen und verknotet sie zu einem Bündel. Der Glatzkopp zerrt das eine Ruder raus und steckt das Bündel obendrauf, nimmt den Kanister, kippt Benzin auf den Stoff und zieht ein Feuerzeug aus der Hosentasche.

— Seid ihr total bekloppt? Wenn das–

Das Bündel geht in Flammen auf und die beiden hieven das Ruder in die Luft. Sie schwingen ihre Fackel hin und her und ich denke, falls die auf dem Schiff nichts von dem Feuer mitkriegen, den Qualm können sie nicht übersehen, der–

— *Look! They're turning!*, sagt die Bommelmütze und schwenkt die Arme. *Yeah, come to daddy! Come here, you lovely fucking ship!*

— Dieser Schwachkopf, sagt Achim.

— Aber die kommen wirklich, guck doch nur!

Achim dreht sich um. Das Schiff hält auf uns zu, pflügt durch die See, zu beiden Seiten spritzt die Gischt weg.

— Siehst du das?, sag ich und hau Achim auf den Rücken. Jetzt kann uns nichts mehr passieren!

— Das Schiff ist grau.

— Von mir aus kann der Kahn kariert sein, wenn die uns nur hier rausfischen. Hast du das gehört, Joris? Die Farbe gefällt ihm nicht. Du hast sie ja nicht mehr alle!

— Grau bedeutet Marine. Verstehst du nicht, was das heißt?

— Das heißt, ich werd weder verdursten noch verhungern oder ertrinken, jedenfalls nicht heute.

Das Schiff geht längsseits. Drei Reifen hängen an der Stahlwand. Sie knirschen und knarren, als unser Boot sich an ihnen reibt. Das Gesicht eines Mannes erscheint über uns. Braune Haut, dunkle Augen, weiße Offiziersmütze. Verschwindet wieder. Worte, Schritte und ein Befehl.

Zwei Matrosen beugen sich über die Reling und lassen eine Strickleiter runter. Die Stufen sind aus Holz und klappern gegen die Wand. Als das untere Ende im Boot liegt, langt der Erste nach den Seilen und klettert hoch. Einer nach dem anderen folgt ihm. Nach Achim bin ich dran. Oben helfen mir die zwei Matrosen an

Bord, einer klopft mir auf die Schulter. Mit einem Mal wird mir schummrig, die Beine geben nach und–

Einer fängt mich auf und im nächsten Moment sind Joris und Achim bei mir. Die beiden bugsieren mich in einen großen Raum unter Deck. An die Wände sind Bänke geschraubt und in der Mitte steht ein Tisch, beladen mit Bechern und Kannen, Wasserflaschen und Keksen.

Die beiden sorgen dafür, dass ich gut sitze, Joris legt mir eine Decke um die Schultern und Achim bringt mir einen Becher Tee. Der ist stark und süß. Ich hab weniger als die Hälfte getrunken, da sind mir die Augen zugefallen und ich bin zur Seite gekippt. Ich hab gerade noch gemerkt, wie Joris mir eine Decke unter den Kopf geschoben hat.

Dieses Brummen, denke ich und streck mich, was ... stimmt, wir sind auf diesem Schiff. Die haben aus aufgefischt und dann bin ich ... aber wir haben es geschafft! Ich setz mich aufrecht hin und lehn meinen Kopf an die Wand. Wir haben es wirklich geschafft!

Auf den Bänken ringsum und auf'm Boden pennen die anderen, einer schnarcht. Neben mir sitzt Achim, er hält eine leere Tasse in beiden Händen und starrt vor sich hin.

— Und, sag ich und stoß ihn mit dem Ellbogen an, glaubst du jetzt an Wunder?

— Was?

— Nach dem ganzen Scheiß, der hinter uns liegt, haben wir's doch noch geschafft. Ist dir das klar?

— Einen Dreck haben wir.

— Bist du nicht ganz dicht? Ich meine–

— Kannst du das nicht verstehen oder willst du nicht? Was denkst du, warum sind wir überhaupt in dieses Scheißboot gestiegen, mitten in der Nacht? Warum haben wir nicht tagsüber die normale Fähre genommen, die gibt's ja auch.

— Blöde Frage.

— Genau. Die wollen uns nicht auf ihrer Fähre haben und die wollen uns nicht in ihrem Land haben. Aber wir kommen trotzdem.

— Und?

— Was machst du mit Leuten, die du nicht haben willst? Du schickst sie weg. Und zwar am besten dahin, wo sie hergekommen sind. Verstehst du jetzt, was ich meine? Wenn die Luke da aufgeht, heißt es für uns *Benvenuti Italia*!

— Aber das ... das können die nicht machen!

— Ach ja? Wer soll sie daran hindern?

— Immerhin, sagt Joris, sind wir mit dem Leben davongekommen.

— Ja, sagt Achim, aber ist das nicht ein Scheißleben?

24

Zwei Stunden später wurde der Motor gedrosselt und nach zehn Minuten haben wir angelegt. Wenn wir hier raus sind, hab ich gedacht, ist alles wieder auf Anfang. Obwohl, immerhin müssen wir nicht noch mal über die Berge. Dafür haben wir keine Kohle mehr und das heißt, wir sind am Arsch. Gestrandet. Wie der Dreck, der am Strand angespült wird. Mal schieben die Wellen ihn rauf und mal spülen sie ihn runter, aber letztlich bleibt er da, wo er ist, und verschimmelt in der Sonne.

Die Tür geht auf und ein Offizier gibt uns ein Zeichen, dass wir ihm folgen sollen. Er geht den Gang runter und wir hinterher. An Deck schlägt mir ein warmer, trockener Wind entgegen.

Ich stell mich an die Reling, vor mir ein großer Platz, umgeben von Lagerhallen. Es ist viel los, aber ich hab nur Augen für eins. Mitten auf dem Platz steht ein Mast und oben flattert eine Fahne. Die gleiche, die auch am Schiff weht. Rot und in der Mitte ein weißes Emblem mit irgendwas.

—Tunesien, sagt Joris und grinst, wir sind in Tunesien!

—Ja, sagt Achim und fängt an zu lachen, wir ... Scheiße, jetzt glaub ich auch an Wunder!

Unten warten zwei Busse, weiß und mit dunklen Scheiben. Einer in Uniform steht davor und teilt uns in zwei Gruppen auf. Die Männer sollen in den ersten und die Frauen und Kinder in den zweiten Bus. Ich steig ein und denke, meine Fresse, ist das kalt! Ist das Teppich am Boden? Und das ist kein Sitz, das ist ein Sessel! Und alles riecht so gut. Wir dagegen? Wie die letzten Penner.

Die Tür geht zu und wir fahren los, nein, wir gleiten. Durch ein Tor und raus auf die Straße. Weil die Scheiben dunkel sind, ist nicht viel zu erkennen, aber das reicht schon. Breite Straßen, fette

Häuser in großen Gärten und alles ganz sauber. Nicht eine Klapperkiste unterwegs, keine Schlaglöcher, jede Ampel funktioniert und wenig Verkehr.

Die Häuser wurden von Lagerhallen abgelöst. Die standen zu beiden Seiten der mehrspurigen Straße und die Sonne spiegelte sich auf den Blechdächern. Dazwischen Parkplätze oder Büros. Wir haben einen Tanklaster überholt, *SONGAS* stand an der Seite. Das kenn ich, hab ich gedacht, in Berlin gehört denen jede zweite Tankstelle und die Laster sieht man ständig. Nur, dass der hier so sauber ist, als wär da Milch drin und kein Benzin.

Die Lagerhallen hörten auf, die Straße wurde zweispurig und führte am Meer entlang. An einer Abzweigung ist der andere Bus weiter geradeaus gefahren, wir dagegen sind landeinwärts abgebogen, in die Wüste.

Nach zwanzig Minuten hält der Bus vor einem Tor, zu beiden Seiten ein hoher Zaun. Der Fahrer hupt, das Tor gleitet zur Seite und wir fahren weiter. Das ist der Unterschied, denke ich, bei uns rattert alles, klappert, scheppert oder klemmt. Hier ist alles ein einziges Gleiten.

Die Tür geht auf und wir steigen aus. Zurück in die Wärme. Der Himmel ist wolkenlos und es weht kein Lüftchen. Drei lange Baracken bilden ein U. Vor der Baracke rechts von uns steht ein Mann mit Bart und winkt uns zu sich. Wir trotten los und ich denke, was haben wir jetzt? Ende März, Anfang April? In Berlin sind um diese Zeit zehn Grad, wenn's hochkommt. Dazu Nieselregen und alles Grau in Grau. Tja, hier nicht.

Drinnen stehen Klappbetten in zwei langen Reihen, alle weiß bezogen und am Fußende liegen jeweils ein großes und ein kleines Handtuch übereinander. Wir richten uns ein, es gibt ordentlich was zu futtern, danach ab in die Kiste und ich bin sofort weg. In dieser Nacht hätte eine Bombe neben mir hochgehen können, ich hätte mich nicht mal umgedreht.

Am nächsten Vormittag sitz ich mit Achim und Joris im Schatten und wir gucken zu, wie der nächste Bus ankommt. Um die dreißig Leute steigen aus und gucken sich um. Der da, denke ich, sieht fast aus wie Willi. Aber Willi ist tot.

— Was meint ihr, sagt Joris, was passiert als Nächstes?

— Die werden uns nicht zurückschicken, sagt Achim. Denn das hätten sie einfacher haben können. Ich schätze, als Nächstes kriegen wir Papiere oder so was. Nichts Endgültiges, aber so, dass wir was in der Hand haben und arbeiten können. Denn so richtig wissen die Jungs hier auch nicht, was sie wollen. Auf der einen Seite lassen die uns nicht rein und machen deshalb Theater. Auf der anderen Seite brauchen die Leute wie uns, nich? Wer soll sonst ihre Drecksarbeit machen?

Gegen Abend kamen zwei weitere Busse und damit waren die beiden Baracken, die sich gegenüberlagen, voll belegt. In der Baracke quer dazu gab's das Essen und die anderen Räume dort waren Büros.

Zwei Tage später gingen die Befragungen los. Jeder kriegte eine Nummer und musste auf einer Liste ankreuzen, welche Sprache er spricht. Ich wurde als Erster von uns drei aufgerufen. Ein Mann hat mich in eins der Büros gebracht und die Tür hinter mir zugemacht.

In dem Raum stehen drei Tische, angeordnet zu einem U. Damit haben sie's hier, denke ich. Hinter dem Tisch, der quer steht, sitzt eine Dame in einem grauen Hosensanzug. Feines Stöffchen. Sie schlägt eine Mappe auf, nimmt sich den ersten Zettel und rückt ihre Brille zurecht. Hinter dem Tisch rechts von mir sitzt ein Mann, jünger als ich, kurze schwarze Haare. Vor ihm liegt ein leeres Blatt, daneben ein Stift. Er guckt mich an und lächelt. Ihm gegenüber sitzt eine Frau mit Kopftuch, ihre Hände klappern auf der Tastatur.

Die Dame guckt mich an und macht mit der Hand ein Zeichen, dass ich Platz nehmen soll. Kaum sitz ich, fängt sie an zu reden.

Alles auf Arabisch. Der Mann sieht zu ihr rüber und nickt hin und wieder, die Frau mit Kopftuch klappert auf ihrer Tastatur und runzelt die Stirn. Als die Dame fertig ist, guckt der Mann mich an und räuspert sich.

— Das ist Frau Fatma Sakli, sagt er und nickt kurz in ihre Richtung, sie arbeitet für die Einwanderungsbehörde unseres Landes und wird Ihnen gleich eine Reihe von Fragen stellen. Mein Name ist Mehdi Jamoussi, ich werde übersetzen. Alles wird protokolliert und am Ende müssen Sie das Protokoll unterschreiben. Haben Sie dazu Fragen?

— Nein, sag ich und setz mich aufrecht hin, keine Fragen.

— Gut, diese Befragung wird durchgeführt auf der Grundlage des *Gesetzes zur Regelung und Bestimmung von Einwanderungsfragen vom 23. April 2004, Paragraph 34, Absatz 2 bis 9*, basierend auf dem *Beschluss des Parlaments der Afrikanischen Union vom 12. Oktober 2002, Abschnitt 3.19 bis 3.22*, und der daraus resultierenden *Richtlinie vom 4. Juli 2003* der zuständigen *Kommission zur Regulierung von Migration, Bleiberecht und Einbürgerung innerhalb der Union und ihrer Mitgliedsstaaten*, vorbehaltlich der Ratifizierung durch die nationalen Parlamente.

Er räuspert sich.

— Sie sind verpflichtet, die im Rahmen dieser Befragung an Sie gestellten Fragen wahrheitsgemäß zu beantworten. Kommen Sie dieser Verpflichtung nicht nach, so behält sich die zuständige Behörde das Recht vor, bereits erbrachte oder noch zu erbringende Leistungen ganz oder teilweise zu kürzen und bereits ausgestellte oder noch auszustellende Dokumente ganz oder teilweise zu annullieren. Die Kosten dafür haben im Zweifelsfall Sie zu tragen. Sofern ein Bescheid ergeht, haben Sie das Recht, Widerspruch dagegen einzulegen. Sie müssen sich dabei auf das *GRBE, Paragraph 41, Absatz 12* und das *BJnGB, Paragraph 12, Absatz 19, Ziffer 7* berufen und der Widerspruch muss innerhalb von sieben Arbeitstagen nach Eingang des Bescheides schriftlich geltend gemacht werden. Haben Sie das verstanden?

Kein Wort, denke ich und nicke.

— Für die Richtigkeit des Verfahrens ist es notwendig, dass Sie mit Ja oder Nein antworten. Also, haben Sie alles verstanden?

— Ja, sag ich und denke, dieser ganze Scheiß. Wer denkt sich so was aus?

— Gut, dann beginnen wir jetzt mit den Personalien, sagt er und lächelt, guckt zu der Dame und nickt.

Das ging schnell und war einfach. Danach wurde es heikel. Sie hat alles Mögliche und Unmögliche gefragt, hat nachgefragt, gebohrt und gestochert. Der Mann hat übersetzt, die Frau mit Kopftuch hat geklappert und ich hab geantwortet. Wenn auch nicht nach bestem Wissen und Gewissen, wie es so heißt. Denn eins war mir von Anfang an klar: Mit der Wahrheit konnte ich in diesem Raum keinen Blumentopf gewinnen.

Die war und ist ganz einfach. Ich will was machen aus mir und meinem Leben. Das will doch jeder Mensch, oder? Ich meine, warum hat sich denn der olle Mose auf die Socken gemacht und das ganze Volk Gottes mit ihm? Weil sie aus der Scheiße rauswollten, deshalb! Weil sie was Besseres wollten als das, was ihnen zugeteilt war. Und weil in Ägypten da nichts zu machen war. Das sind die großen Helden, aber ich darf das nicht? Außerdem, wenn einer von euch die Sache verkackt hat, kann er immer noch zu uns kommen und auf dicke Hose machen. Mir müsst ihr nichts erzählen, ich kenn genug von denen, noch aus'm Kranzler. Zu Hause ein Würstchen, im Ausland ein Fürstchen. Aber von mir aus, kein Problem. Jeder ist seines Glückes Schmied, das ist doch eure Devise und mehr will ich gar nicht. Ihr müsst mir nichts schenken und mir bei nichts helfen. Ihr müsst mich nur machen lassen. Wenn ich denen aber damit gekommen wäre, hätte ich gleich einpacken können. Das war klar.

Stattdessen musste ich mir ein Märchen aus den Fingern saugen. Allerdings wusste ich nicht, was die von meiner Geschichte überprüfen konnten und was nicht. Die Kunst war also, so dicht wie möglich bei der Wahrheit zu bleiben, ohne wirklich die Wahrheit zu sagen. Die Geschichte, die ich mir deshalb zurechtgelegt hatte, war insofern nur zur Hälfte ein Märchen und sie ging so.

Mein Vater wurde abgeholt, als ich noch ein Kind war. Weil er für die Freiheit und die Gerechtigkeit gekämpft hatte. Danach war es schwer für uns. Die Zeit war sowieso beschissen, dazu kamen die Schikanen wegen Sippenhaft und so. Jedenfalls war mir früh klar, was richtig und falsch ist und dass man für das Richtige kämpfen muss, auch wenn es was kostet.

Ich bin dann in die Fußstapfen meines Vaters getreten. An vorderster Front hab ich gegen Willkür und Unrecht gekämpft. Egal, wer gerade am Ruder war, ich hab nicht lockergelassen und kein Blatt vor den Mund genommen, niemals. Eines Tages konnten die Herrschaften die Wahrheit nicht mehr ertragen und wollten mich loswerden, für immer. Das hat mir einer gesteckt. Ich hatte Angst um mein Leben, und das nur, weil ich für meine Überzeugungen eingetreten bin. Deshalb musste ich weg aus Berlin, so weit weg wie möglich, denn die haben überall ihre Leute, nicht nur im eigenen Land. Ich habe mich auf den langen Weg in die Freiheit gemacht und nun war ich endlich angekommen.

— Das haben sie dir abgekauft?, sagt Achim.

Wir sitzen vor unserer Baracke im Schatten, er ist der Nächste.

— Auf jeden Fall. Ich meine, vieles davon stimmt ja auch.

— Und vieles auch nicht.

— Na ja.

— Musstest du etwas unterschreiben?, sagt Joris.

— Ganz zum Schluss.

— Und was?

— Keine Ahnung, war alles auf Arabisch.

Drei Tage später kam nach dem Frühstück ein Mann in unsere Baracke. Er hatte ein Klemmbrett unter'm Arm und einen Stift in der Hand. Er hat eine Reihe von Namen vorgelesen. Jeder, der aufgerufen wurde, musste sich mit seinem Zeug hinter ihn stellen, und er hat den Namen durchgestrichen. Achim und ich, wir waren die Letzten auf der Liste. Joris war nicht dabei.

Draußen hat ein Bus auf uns gewartet. Drinnen war wieder alles vom Feinsten und aus den Schlitzen in der Decke kam ein kalter Wind. Da, wo wir hinfahren, hab ich gedacht und mich hingefläzt, kriegen wir bestimmt unsere Papiere. Ich kann ein bisschen Kohle machen und dann weiter. Das dauert nicht lange und ich steh bei Roller vor der Tür. Der wird Augen machen.

An der Hauptstraße ist der Bus nach links abgebogen und wir sind am Meer entlanggefahren. Nach einer Stunde kommen wir in einen Ort. Weiße Häuser mit Balkonen. Ein offenes Fenster, eine helle Gardine weht im Wind. Ein altes Ehepaar am Strand, Hand in Hand. Ein Mann wirft einen Stock in die Luft und sein Hund rennt hinterher. Oder ich bleib ein bisschen länger hier, denke ich, mal sehen.

Der Bus biegt ab, in eine Seitenstraße. Die Häuser werden grau, die Straße wird schmaler und am Ende ist ein Tor. Das Tor geht auf, schließt sich hinter uns und rastet ein. Um mich herum dreht sich alles, denn mit einem Mal weiß ich, wo wir sind – solche Höfe kenn ich.

Alle aussteigen! Draußen stehen fünf Mann in Uniform, sie haben Gummiknüppel in der Hand. Einer klopft sich damit auf die Handfläche und guckt mich an. Treppe runter und durch einen langen Flur. Zu beiden Seiten Türen aus Metall mit einem Riegel davor und einer kleinen Klappe auf Augenhöhe. Die vorletzte Tür auf der rechten Seite steht offen, daneben stehen zwei Wärter. Wir müssen unser Zeug abgeben und einer nach dem anderen wird durchsucht. Als der Letzte in der Zelle ist, schlägt die Tür zu und der Riegel wird vorgeschoben.

— Wieder zu Hause, sagt Achim und lehnt sich an die Wand.

— Scheiße, sag ich und stell mich neben ihn, vielleicht hätte ich doch bei der Wahrheit bleiben sollen. Oder ich hab zu dick aufgetragen und–

— Ist scheißegal, was du gesagt hast. Für die haben wir unseren Stempel weg, und fertig! Als die mich ausgefragt haben, hat der Mann zum Schluss gesagt, *wir wollen nur sicherstellen, dass Sie kein Armutsflüchtling sind.* Verstehst du?

— *Armutsflüchtling*? Wer kommt auf so was?

— Das ist doch nicht die Frage.

— Sondern?

— Was ist so falsch daran, wenn einer rauswill aus'm Dreck?

Die Zelle war sauber, jeder hatte seinen Platz zum Schlafen und das Klo funktionierte – aber es war trotzdem eine Zelle. Essen gab es morgens und abends, wir konnten einmal am Tag duschen und dreimal die Woche war für alle Freigang im Hof. Dabei gab es öfter Rangeleien und manche haben sich gekloppt. Die Wärter haben mal was unternommen und mal auch nicht.

Nach zwei Wochen passiert endlich was. Wir müssen uns morgens im Gang in einer Reihe aufstellen, kriegen unser Zeug, und los! Im Hof steht ein Bus mit laufendem Motor. Er ist dunkelgrün und hat keine Fenster, nur Lüftungschlitze. Die Sitze sind aus Plaste und der Boden ist abgeschrammt. Im Dach sind zwei Fenster, verdreckt und vergittert.

Wir fahren nicht lange. Die Tür geht auf, Achim ist vor mir. Raus an die Luft, Seeluft. Fünf Meter neben dem Bus liegt ein Schiff, eine Fähre. Männer in Uniform und mit Gummiknüppeln stehen Spalier. Am Ende ein Steg, das Holz schwingt unter unseren Schritten. In dem dunklen Spalt zwischen Schiffswand und Mauer plätschern die Wellen.

An Deck blättert die Farbe ab, drinnen ist es dreckig und stinkt nach Pisse. Viele Sitze hängen schief und ein paar sind aufgeschlitzt. Ich versuche, eins der Fenster aufzuschieben, aber die sind alle zugeschweißt. Achim hat zwei Plätze in einer Ecke gefunden, wir hauen uns hin und warten.

Es kommen noch fünf weitere Busse, dann ist der Kahn voll. Die Tür wird zugemacht und verriegelt. Unter uns kommt der Diesel langsam auf Touren. Die Taue werden losgemacht und rübergeworfen. Die Schraube wirbelt das Wasser auf und wir legen ab.

25

Am nächsten Morgen ist der Himmel blau und das Meer glitzert in der Sonne. Am Horizont ein Streifen, schmal und blass. Zwei Möwen fliegen mit dem Schiff, immer auf und ab. Um uns herum Schnarchen, Grunzen und Gestank. Achim rekelt sich auf seinem Sitz, gähnt und guckt aus'm Fenster.

— Ist ganz schön, nich? Wenn man vergisst, wohin die Reise geht.

— Du hattest recht, weißt du? Von Anfang an. Ich war so blöd und hab an Wunder geglaubt. Aber davon bin ich kuriert.

— Das ist schade, sagt Achim und gähnt noch mal, denn von Rechts wegen müsste jetzt ein Wunder passieren.

— Was für 'n Recht soll das sein?

— Man sagt doch, Wunder sind was für die Dummen, oder? Tja, und im Moment sind wir wohl die Dummen.

— Sind wir das nicht immer?

Am späten Nachmittag hat die Fähre angelegt. Ein kleines Hafenbecken, auf der anderen Seite saßen Fischer auf Holzkisten und haben Netze geflickt. Einer hat rübergeguckt, sich am Ohr gekratzt und weitergemacht.

Keine Stunde später waren wir wieder im Knast. Das muss früher eine Festung gewesen sein oder so, war jedenfalls uralt. Die Treppen waren schmal und in den Ritzen wuchs schon Moos. Ein Mann ist ausgerutscht und hat sich an einer Stufe den Hinterkopf aufgeschlagen, das hat heftig geblutet. Zwei haben ihm hochgeholfen, ein paar haben gelacht.

Die Wärter haben rumgebrüllt, mit ihren Knüppeln gedroht und uns in Zellen getrieben. In unserer waren am Ende mehr als fuffzig Mann. Die Wände waren schwarz vor Schimmel und es tropfte von der Decke. Hinten stand ein Holzeimer mit Deckel, der war selbst den Fliegen zu dreckig. Ein Fettsack in Uniform hat das Gitter zugeschoben und abgeschlossen, hat sich als Letzter die Treppe raufgequält und die Tür hinter sich zugezogen.

An diesem Tag haben wir weder was zu essen noch zu trinken gekriegt. Am zweiten Tag gab es altes Brot und Wasser, nicht genug für alle. Ich hatte Glück, dass Achim sich darum gekümmert hat, denn mit dem hat sich keiner angelegt. Sowieso nicht und außerdem hatte er eine Scheißlaune.

Recht hat er, hab ich gedacht, denn wie sieht's aus für uns? Es gibt zwei Möglichkeiten. Entweder lassen die uns raus, eines Tages. Dann sind wir in Italien, wer weiß wo und ohne einen Pfennig in der Tasche. Arbeit? Nach dem, was ich auf der Fahrt gesehen hab, gibt's schon für die Leute von hier nicht genug zu tun.

Oder wir verrotten in dieser Zelle. Das kann nicht lange dauern, bei dem Fraß. Aber was auch passiert, eins ist klar. Als ich in Berlin los bin, hab ich alles auf eine Karte gesetzt. Tja, und wie sich nun herausgestellt hat, ist das die Arschkarte gewesen.

Am Montagmorgen geht oben die Tür auf und der fette Wärter watschelt die Treppe runter. Ein paar Männer im Anzug folgen ihm, Aktentaschen in der Hand. Sie bleiben vor unserer Zelle stehen und reden mit dem Fettsack. Der schüttelt den Kopf und wenn er was sagt, fuchtelt er mit den Armen. Schließlich seufzt er, nickt und geht zur Seite. Einer der Anzüge tritt vor.

— *Who speaks English?*

Ein paar gehen zum Gitter. Der Anzug redet, ich streng mich an, aber versteh kein Wort. Einige heben die Hand. Der Anzug redet weiter und nickt immer wieder. Einer kratzt sich am Hals und sagt was, der Anzug antwortet. Das geht hin und her, schließlich heben drei Männer die Hand und zwei nicht. Der Anzug gibt dem Fettsack ein Zeichen, der schließt das Gitter auf und die drei dürfen raus. Der Anzug geht die Treppe hoch und sie hinterher.

— Achim, hast du das gesehen?

— Nein.

— Was haben die da bequatscht?

— Woher soll ich das wissen? Ist mir auch egal!

Der nächste Anzug tritt vor und sagt was auf Russisch. Das Spiel wiederholt sich, nur geht es bei den Russen viel schneller. Alle heben die Hand und dürfen raus.

— Wer von Ihnen spricht Deutsch?

— Komm hoch, sag ich und halt Achim die Hand hin, wir sind dran.

— Das ist mir scheißegal!

— Ach komm, alles ist besser als das hier. Wir wollen ja nur hören, was er will. Mehr nicht. Tu mir den Gefallen.

— Von mir aus.

Er nimmt meine Hand und zieht sich hoch. Wir gehen zum Gitter, vier andere stellen sich neben uns. Landsleute, denke ich und nicke ihnen zu. Einer nickt zurück, die anderen gucken nur. Achim lehnt sich an die Stäbe.

— Zunächst darf ich mich vorstellen, mein Name ist Carlo. Ich habe eine Frage an Sie. Wer von Ihnen möchte noch immer auf die andere Seite?

— Sie meinen dahin, sagt Achim, wo wir gerade herkommen?

— Genau das meine ich.

Die anderen heben die Hand und ich denke, will ich das überhaupt noch? Gute Frage. Aber was soll ich sonst machen? Im Knast bleiben? Da kann ich mir Schöneres vorstellen. Zurück nach Berlin? Wenn ich das schaffe, kann ich auch in die andere Richtung gehen. Also dann! Ich heb die Hand. Achim ist der Einzige, der nicht dabei ist.

— Gut, sagt Carlo, dann darf ich Ihnen ein Angebot machen. Wir bringen Sie bis nach Sizilien. Dort geben wir Ihnen Arbeit, gute Arbeit. Damit können Sie für die Kosten aufkommen, die durch

Ihre Reise entstehen. Sind die beglichen, bringen wir Sie auf die andere Seite und Sie können tun, was Sie wollen.

— Was ist das denn für Arbeit?, sagt der neben mir.

— Wie ich bereits sagte, gute Arbeit. Auf dem Feld oder in der Stadt, nichts Gefährliches.

— Und wie lange dauert das, bis wir diese Kosten raus haben?

— Zwei oder drei Monate, das hängt von der Arbeit ab, höchstens vier. Nicht länger.

— Darauf können wir uns verlassen?

— Ich bitte Sie, sagt Carlo und lächelt, natürlich.

Achim steht mit verschränkten Armen am Gitter und guckt sich die Wand an. Ich mach mit dem Kopf ein Zeichen, dass ich mit ihm reden will. Er dreht sich weg von der Gruppe und ich stell mich dicht neben ihn.

— Was meinst du?

— Zumindest wissen wir jetzt, was das für welche sind. Nämlich die gleichen Arschlöcher, die erst schön kassiert haben, um uns dann in dieses Wrack zu setzen. Du erinnerst dich?

— Aber das sind nun mal die Einzigen, die uns hier rausbringen können. Und auf die andere Seite. Ohne die läuft gar nichts, das weißt du so gut wie ich. Ich hab keine Ahnung, wie's bei dir ist, aber ich will hier nicht verschimmeln und zurück nach Hause will ich auch nicht. Also komm ich an denen nicht vorbei.

— Hm.

— Du hast ja recht, das sind Arschlöcher. Aber wenn ich mit dem Teufel würfeln muss, um in den Himmel zu kommen, Scheiße, dann mach ich das eben. Und guck ihm auf die Finger.

— Beim Würfeln kann man auch den Kürzeren ziehen.

— Richtig, aber was haben wir schon groß zu verlieren?

— Stimmt auch wieder, sagt Achim und grinst.

Wir drehen uns zu dem Itaker, die anderen tuscheln noch.

— So, meine Herren, wer ist dabei?

Ich heb die Hand, Achim auch und noch zwei. Die anderen beiden drehen sich um und gehen. Carlo nickt und gibt dem Fettsack ein Zeichen. Der kommt angeschlurft und schiebt die Tür auf. Wir holen unser Zeug. Carlo geht vor und wir vier hinterher, durch dunkle Gänge. In den Hof, die Sonne scheint und die Luft ist warm und trocken. Vor dem Tor steht ein Laster mit laufendem Motor.

— Eine letzte Sache noch, sagt Carlo und macht seine Aktentasche auf. Ich brauche Ihre Unterschriften, nur damit alles seine Ordnung hat.

— Was genau unterschreiben wir da?, sagt Achim.

— Nur das, was wir gerade besprochen haben, sagt Carlo und holt ein paar Zettel raus. Bitte, Sie können meine Tasche als Unterlage benutzen und hier ist ein Stift. Dort, wo das Kreuz ist.

Er hält mir den Stift hin und ich denke, was auch immer da steht, entweder unterschreib ich das oder ich geh zurück ins Loch. Ich nehm den Stift und mach meinen Wilhelm auf den Wisch.

Carlo steckt die Papiere zurück in die Tasche, der Verschluss schnappt zu und wir dürfen auf den Laster. Die Engländer und die Russen hocken schon auf den Bänken, ihr Zeug zwischen den Beinen. Achim klettert rauf, ich setz mich neben ihn, die beiden Landsleute sitzen uns gegenüber.

— Übrigens, sagt der eine, ich bin Max, aus Hannover. Und das ist Eugen, aus Mannheim.

Wir schütteln uns die Hände und sagen, wer wir sind und woher. Sobald alle Plätze besetzt sind, lässt einer die Plane runter und macht die Klappe zu, es wird dunkel. Kommt mir bekannt vor, denke ich, und ... und Joris? Wir haben uns gar nicht verabschiedet, weil ich mir sicher war, er kommt hinterher. Vielleicht lief's für ihn ja besser als für uns, hoffentlich.

Tja, der eine so, der andere so. Wonach das geht, was weiß ich? Macht sich ja keiner die Mühe, uns was zu sagen. Wieso auch?

Warum soll der Bauer dem Vieh erklären, wie er seinen Hof führt? Der Laster ruckt an und der Fahrer gibt Gas.

An diesem Tag sind wir nur bis zu einem Gehöft in der Gegend gefahren. Nach uns kamen noch zwei weitere Laster, wir haben alle in der Scheune gepennt. Am nächsten Morgen stand ein klappriger Bus im Hof, und los! Über die Grenze und stramm weiter Richtung Süden. Auf der ersten Tour waren wir sieben Tage unterwegs bis zur Fähre, dieses Mal brauchten wir drei, denn die Straßen waren besser in Schuss und der Kerl ist gefahren wie 'n Henker.

Am Morgen des vierten Tages haben wir die erste Fähre nach Messina genommen und sind von da aus nach Süden gefahren, immer am Meer lang. Über Mittag sind wir durch eine Stadt gekommen und am Nachmittag durch eine zweite. Ein paar Kilometer außerhalb haben wir bei einem Haus angehalten. Das stand für sich, hatte zwei Stockwerke und einen großen Hof. In allen Zimmern lagen Matratzen und Decken rum. Meine Fresse, hab ich gedacht, in wie vielen von solchen Häusern bin ich schon gewesen?

Zum Frühstück gab's Kaffee und Brot, danach mussten wir uns im Hof aufstellen. In fünf Reihen und so, dass einer bequem zwischen uns durchgehen konnte. Ich hab mich in die dritte Reihe gestellt, Achim stand rechts von mir, Max und Eugen links. Nur Männer, hab ich gedacht, was ist mit den Frauen? Dürfen die alle drüben bleiben? Oder nur die mit Kindern? Vielleicht gibt's hier in der Gegend andere Häuser, nur für Frauen.

Das Tor geht auf und ein paar Männer kommen rein. Sie unterhalten sich und lachen. Einer steckt sich eine Kippe an. Meine Fresse, denke ich, wann hab ich das letzte Mal eine geraucht? Ich hab auch nichts mehr getrunken seit ... und über Frauen will ich gar nicht nachdenken. Wenn das so weitergeht, werd ich noch heilig. Gilt das auch, wenn's nicht freiwillig ist?

Einer der Männer kommt auf uns zu, ziemlich hager. Ihm folgt einer von denen, die zum Haus gehören, einen Zettel in der Hand. Der Hagere marschiert die erste Reihe lang und guckt sich die Leute an. Hin und wieder nickt er, der andere macht einen Strich auf seiner Liste und gibt dem Auserwählten zu verstehen, dass er zum Haus gehen soll.

Zweite Reihe, dritte Reihe. Er sieht sich Achim an und nickt. Der andere macht einen Strich und wedelt mit seinem Stift. Achim guckt mich an und zuckt mit den Schultern.

— Bis gleich, nich?

Als der Hagere fertig ist, stehen fünfunddreißig Mann vor dem Haus. Achim geht zu dem mit der Liste, redet auf ihn ein und zeigt in meine Richtung. Der schüttelt den Kopf. Die Gruppe geht zum Tor, Achim dreht sich noch mal um und ist weg.

26

Das ist bestimmt nur für die Fahrt, denke ich, weil ... meine Güte, wir sind schon wie ’n altes Ehepaar! Da tut uns eine kurze Trennung ganz gut.

Der nächste Mann geht durch die Reihen und nimmt Max mit. Danach ist Eugen dran, er nickt mir zu und ich denke, bis dann. Langsam lichten sich die Reihen. Schließlich kommt ein kleiner, rundlicher Mann auf uns zu, sein Anzug hat schon bessere Tage gesehen und sitzt zu knapp. Alle paar Meter hält er an und wischt sich mit einem karierten Taschentuch den Schweiß von der Stirn.

Er bleibt vor mir stehen, guckt mir erst ins Gesicht und dann auf die Hände. Er nimmt meine Rechte und begutachtet die Handfläche. Ich weiß zwar nicht, was das soll, denke ich, aber die ist sauber. Meine Klamotten sind vielleicht nicht die besten, aber die Hände wasche ich mir schon gelegentlich. *Si*, sagt er und geht weiter. Der andere macht seinen Strich und ich geh rüber zum Haus.

Am Ende sind wir zehn Mann, ich kenn keinen von ihnen und keiner spricht Deutsch. *Andiamo*, sagt der Mann und wischt sich den Schweiß von der Stirn. Draußen steht ein kleiner Laster. Wir klettern auf die Ladefläche und der Mann zwängt sich hinters Steuer.

Nach einer kurzen Strecke am Meer fahren wir landeinwärts. Aus Hügeln werden Berge, der Fahrtwind ist warm und trocken. Felsen, gelbes Gras und staubiges Grün, ein Bach plätschert neben der Straße. Der Laster schaukelt hin und her und jedes Mal, wenn wir in ein Schlagloch krachen, flucht der Mann wie ein Bierkutscher.

Wir biegen ab, ein schmaler Weg. Die Bäume zu beiden Seiten sind klein und alt. Der Weg endet bei einem Hof. Links das Wohnhaus, gegenüber die Scheune und dazwischen ein Stall. In der Mitte steht ein Baum. Wir halten vor der Scheune und der Mann macht den Motor aus. *Andiamo*, sagt er, wischt sich den Schweiß von der Stirn und macht das Scheunentor auf. Wir richten uns ein.

Zwanzig Minuten später kommt seine Frau aus dem Haus und bringt uns Kaffee, Milch und frisches Brot. Meine Fresse, denke ich, als ich den ersten Bissen im Mund hab, ist das gut! Und endlich mal anständiger Kaffee!

Als der Mann uns weckt, wird es gerade hell. Draußen ist es frisch und die ersten Vögel zwitschern. Nach dem Frühstück klettern wir auf den Laster und werden durchgeschüttelt. Inzwischen steht die Sonne über den Bergen, die Bäume werfen einen langen Schatten und es wird wärmer. Der Laster hält und wir springen runter. Sind das Äpfel?, denke ich und gehe zu einem der Bäume.

Zitronen! Das sind richtige, echte Zitronen! In Berlin hab ich dafür ein Heidengeld bezahlt und hier hängen die einfach so am Baum! Wie hat Alfred gesagt? *Willkommen im Land, wo die Zitronen blühen.* Tja, hier hängen schon die Früchte, und zwar so weit das Auge reicht.

Wo Alfred wohl abgeblieben ist? Hoffentlich ist er auch aus'm Knast rausgekommen, aus diesem Drecksloch! Was ist eigentlich mit seiner Kohle? Ich muss Achim mal fragen, wenn wir uns wiedersehen. Wenn's überhaupt dazu kommt. Er wär dann der Nächste, den ich verloren hätte.

Der Mann erklärt, was wir machen sollen, und wir fangen an zu pflücken. Wenn der Korb voll ist, kommen die Zitronen in eine Holzkiste. Aber *con sentimento*, sagt der Mann und legt eine Zitrone in die Kiste, mit Gefühl. Er fährt los, inzwischen steht die Sonne hoch am Himmel und es ist warm. Über Mittag machen wir zwei Stunden Pause. Danach geht es weiter bis zur Dämmerung. Der Mann holt uns ab, wir waschen uns und danach gibt's was Warmes zu essen, was Gutes.

So ging das jeden Tag. Am Sonntag war frei und der Chef und seine Frau haben sich fein gemacht, um ins nächste Dorf zur Kirche zu fahren. Wer wollte, konnte mit. Ich hab mich rasiert, meine Sachen so sauber gemacht, wie es ging, und bin auf den Laster geklettert. Fast alle sind mitgekommen, ob katholisch oder nicht.

Der Giebel der Kirche war weiß und strahlte im Morgenlicht. Eine kleine Glocke tönte über den Platz und aus allen Richtungen kamen die Leute. Ein paar haben uns zugenickt, andere haben einen Bogen gemacht, die meisten allerdings haben uns mit dem Arsch nicht angeguckt. Eine Frau ist vor uns stehen geblieben und hat sich bekreuzigt.

Am Montagmorgen fing die Arbeit wieder an und in diesem Takt ging es weiter für die nächsten drei Wochen. Das Pflücken war nicht anstrengend und am Abend konnte man sehen, was man geschafft hatte. Ich war den ganzen Tag an der frischen Luft, das Essen war großartig und es gab reichlich. Von mir aus hätte das noch eine Weile so weitergehen können.

Aber Ende Mai war der letzte Baum abgeerntet und einer von uns hat die letzte Zitrone feierlich in die Kiste gelegt. *Con sentimento,* hat er gesagt und alle haben gelacht. Am Abend gab es das beste Essen überhaupt und dazu einen Becher Wein. Morgens hat die Frau jedem von uns ein Päckchen mit Verpflegung in die Hand gedrückt und der Mann ein bisschen Geld. Das müssen die nicht machen, hab ich gedacht, die bezahlen ja schon für uns. Aber das sind eben anständige Leute.

Der Mann hat den Motor angelassen, und wir sind auf den Laster geklettert. Auf dem Weg durch die Berge hab ich gedacht, vielleicht hab ich damit die Überfahrt schon raus? Dann sitz ich heute Abend bereits im Boot und morgen bin ich auf der anderen Seite. Wenn alles gut geht. Deshalb hat uns die Frau das Essen mitgegeben, für die Reise. Nur blöd, dass Achim nicht dabei ist.

Wir sind zurückgefahren zu dem Haus, an dem er uns abgeholt

hatte. Der Mann hat zum Abschied die Hand gehoben, sich den Schweiß von der Stirn gewischt und ist losgefahren. Hinter uns ging das Tor zu und ich hab gedacht, wär auch zu schön gewesen. Mal sehen, was wir als Nächstes pflücken.

Am nächsten Vormittag geht das Tor auf und ein Laster fährt in den Hof. Die Karre starrt vor Dreck und der Motor hat seine Mühe, im Standgas nicht zu verrecken. *Avanti, avanti!* Auf den Bänken, dem Boden, eigentlich überall liegt eine Staubschicht. Wir wischen das Zeug weg, um uns hinzusetzen. Der Fahrer schüttelt den Kopf und lacht. Er setzt sich hinters Steuer und würgt den ersten Gang rein.

Nach drei Stunden Fahrt sind wir am Ziel. Ein Talkessel aus Felsen und Staub. Ringsherum drängeln sich Hütten, Buden und Verschläge, zusammengeschustert aus Holz, Wellblech, Plastetüten und was der Müll sonst so hergibt. In der Mitte steht ein Baum, die Blätter sind grau.

Keine Menschenseele zu sehen. Und was sollen wir hier?, denke ich und guck den Fahrer an. Der zeigt den Weg rauf, den wir gekommen sind.

— *Zolfo, si?,* sagt er und nickt.

Ich zucke mit den Schultern.

— *Minatori o carusi, capisce?*

— *No,* sag ich und schüttel den Kopf.

— *Capirai,* sagt er und lacht, *capirai.*

Er steigt wieder ein, wendet und verschwindet in einer Staubwolke. Als die sich gelegt hat, setzen wir uns unter den Baum, denn dort ist wenigstens Schatten. Zwei unterhalten sich, bald fällt ihnen nichts mehr ein und es ist still. So muss es in der Wüste sein, denke ich. Hier zirpt keine Grille und zwitschert kein Vogel. Wundert mich nicht, denn als Vogel würd ich mich auf diesen Baum auch nicht setzen. Nur zum Sterben.

Es wurde langsam dunkel, da hab ich was gehört und die anderen horchten auch. Irgendwie kam mir das bekannt vor und ein Schauer fuhr mir den Rücken runter. Was auch immer das war, es kam auf uns zu und wurde lauter, dieses ... und dann wusste ich es! Damals, als wir die Schönhauser langmarschiert sind, nach den Wahlen 98, das klang so ähnlich.

Ein paar Männer kommen die Straße runter, andere folgen, fuffzig, hundert, zweihundert. Sie sehen aus, als hätten sie einen Sandsturm hinter sich. Verstaubt und müde. Wir stehen auf und die Kolonne zieht an uns vorüber. Einer löst sich aus der Gruppe und kommt auf uns, nein, kommt auf mich zu, wird schneller und ich denke, was soll das denn, das ... das ist Achim! Achim ist das! Mann ... und wir liegen uns in den Armen.

27

Zwei Stunden später sitzen wir beide vor dem Verschlag, in dem Achim wohnt. Mittlerweile ist es dunkel, ringsum brennen ein paar Feuer. Männer sitzen vor ihren Buden und löffeln ihr Essen, manche saufen schon. Andere stehen in Grüppchen zusammen, palavern und rauchen. Einer wankt durch die Gegend, bleibt hängen und packt sich auf die Fresse. Zwei lachen, er ballt die Faust, brüllt irgendwas und verschwindet in der Dunkelheit.

Achim hat gesagt, ich kann bei ihm wohnen. Ich hab mein Zeug genommen und mich eingerichtet. In der Zeit hat er sich sauber gemacht und uns was zu essen geholt.

— Versteh mich nicht falsch, sag ich, als ich den ersten Happen runter hab, danke für das Essen, aber das schmeckt echt zum Kotzen.

— Ich finde, heute ist es ganz gut. Manchmal schmeckt es so, als ob einer reingepisst hat.

— Sehr appetitanregend.

— Du bist nur verwöhnt, sagt Achim und grinst, sieht man dir schon an. Warst du im Urlaub?

Ich erzähl ihm von den letzten vier Wochen und komm richtig ins Schwärmen. Er nickt gelegentlich und schlingt sein Essen runter. Als er fertig ist, rülpst er und lehnt sich an die Bretter.

— Schön für dich, aber das ist jetzt vorbei.

— Das hab ich mir schon gedacht.

Ich stell die Schüssel auf den Boden und lehn mich auch zurück.

— Was ist das überhaupt für 'n Laden hier? Ich hab den Fahrer gefragt, aber der hat nicht viel gesagt, nur *zolfo, carusi* und noch was.

— *Minatori*?

— Ja, aber ich hab keine Ahnung, was das heißt.

— Mit den drei Wörtern ist eigentlich alles gesagt. *Zolfo* heißt Schwefel. Denn das hier ist eine beschissene Schwefelgrube, die größte in dieser ganzen beschissenen Gegend. Hinten die Straße rauf und dann rechts. *Carusi* sind die Leute, die den Schwefel durch die Gegend schleppen. Das geht auf die Knochen, aber ist noch das Beste, was du hier kriegen kannst. *Minatori* ist schlimmer. Die schlagen den Scheiß ab und kloppen ihn klein, damit die anderen ihn wegtragen können. Aber es geht noch schlimmer.

— Schlimmer geht immer?

— Du sagst es. Das meiste hier spielt sich draußen ab, aber es gibt auch ein paar Stollen im Berg. Wenn du da reinmusst, bist du echt am Arsch. Ich hatte bisher schon zwei Mal das Vergnügen und ich sag dir eins. So stell ich mir die Hölle vor. Aber egal, was du machst und wo, überall ist dieser verdammte Staub, den wirst du einfach nicht los. So sieht's aus. Willkommen im Dreck.

— Ist doch nur noch für einen Monat, sag ich und guck mir die Sterne an, danach haben wir's hinter uns. Das schaffen wir schon.

— Wie kommst du auf den Scheiß?

— Das hat doch der im Knast gesagt. Zwei oder drei Monate und wir haben die Kohle raus.

— Stimmt, aber er hat auch gesagt, das ist gute Arbeit. Nichts Gefährliches. Solange ich hier bin, sind schon zehn Mann über'n Jordan. Weil was umgekippt ist oder eingestürzt oder so. Einen haben sie abgestochen und einer wurde totgeschlagen. Ich schätze, das waren die Iren, aber ist auch egal. Was ich sagen will, der Arsch im Knast hat uns die Taschen vollgehauen.

— Na ja, wenigstens sind wir wieder zusammen.

— Wenn uns einer zuhört, sagt Achim und grinst, der muss ja denken, wir sind warme Brüder.

— Von mir aus. Sollen wir das begießen? Gibt's hier was?

— Na aber. Das ist immer noch die beste Möglichkeit, den Leuten das Geld aus der Tasche zu ziehen. Der Stand ist da hinten.

— Bierchen?

— Bier gibt's nicht. Nur Schnaps, und zwar ordentliches Kaliber. Denn wer im Brand ist, denkt nicht groß nach. Und wenn er schlechte Laune kriegt, lässt er die an den anderen Sklaven aus und nicht an den Sklaventreibern.

Am nächsten Morgen wurde ich wach von ... klingt wie ein Horn oder ... als ob sie 'n Tier schlachten, hab ich gedacht und mich aufgesetzt. Scheiße, wir hätten die Flasche nicht austrinken sollen.

Als wir rauskommen aus dem Verschlag, ist es hinter uns noch dunkel, doch vor uns ist der Himmel schon rosa. Es ist frisch. Aus allen Ecken kommen die Männer und gehen dahin, wo es das Essen gibt. Wir stellen uns in die Schlange. Aus dem Rosa wird ein blasses Blau.

Jeder kriegt eine Kelle von der Pampe, die es am Abend vorher gab, nur in kalt. Ich krieg zwei Löffel runter und stell die Schüssel weg.

— Du musst das aufessen, sagt Achim.

— Ich muss gleich kotzen von diesem Fraß.

— Ja, und von dem Fusel, nich? Aber das muss sein, sonst kommst du nicht über'n Tag. Nicht bei der Schufterei, glaub mir das.

Ich hatte gerade den letzten Happen runtergewürgt, als das Horn wieder losging. Die Ersten sind aufgestanden und losgetrottet. Wir haben uns eingereiht, zwei unter ein paar Hundert Männern auf dem Weg in die Grube. Herdentiere.

Die Schwefelgrube war drei Kilometer weg vom Lager und die Gegend sah aus wie eine Mondlandschaft. Das bisschen Gras zwischen den Felsen war vertrocknet. Als wir ankamen, haben die

Vorarbeiter schon gewartet. Das waren Leute aus der Gegend, die uns für die tägliche Arbeit eingeteilt haben. Weil ich neu war, hab ich als *carusu* angefangen.

Ich musste den Schwefel von der Stelle, wo die *minatori* gerade waren, rüber zu den Gleisen schleppen. Darauf standen kleine Loren, immer fünf zusammengekoppelt. Die mussten wir nacheinander vollmachen, dann wurde der Zug weggefahren und der nächste kam.

Zum Tragen hatten wir eine Stange, an beiden Enden war ein Korb festgebunden. Wenn beide Körbe voll waren mit den gelben Brocken, wog das Ding fuffzig bis sechzig Kilo. Auf die Schulter damit, und los! Die Vorarbeiter waren harte Knochen und haben jeden zusammengeschissen, der auch nur fünf Minuten Pause gemacht hat.

Als die Sonne höher stand, wurde es heiß und das Licht brannte mir in den Augen. Oder war es der Staub? Über Mittag gab es eine Stunde Pause, danach ging die Knechterei weiter, bis es dunkel wurde. Als ich an diesem ersten Tag zurück ins Lager kam, eine Gestalt unter vielen, verdreckt und fertig, saßen fünf Männer unter dem Baum, sauber und frisch. Jetzt seid ihr die Neuen, hab ich gedacht, willkommen im Dreck!

Morgens hab ich das Horn gar nicht gehört und Achim musste mich wach rütteln. Ich konnte mich kaum bewegen. Mir tat alles weh und meine Haut war verbrannt, an einigen Stellen hatte ich richtige Pusteln.

— Das wird schon wieder, hat Achim gesagt, ich kenn das. Die eitern erst so 'n bisschen und dann gehen sie auf. Aber wenn das abgeheilt ist, wirst du schön braun. Und falls wir's doch noch rüberschaffen, fallen wir da nicht groß auf.

Ich hatte auf beiden Schultern wunde Stellen und Achim hat mich jeden Abend verarztet. Am Sonntag war frei, ich hab den ganzen Tag geschlafen. Abends musste Achim mich schütteln, damit ich mal aufstehe und mir den Fraß hole. Ich bin gelaufen wie 'n alter Mann und die schlimmen Stellen brannten wir Feuer.

Am Montag wurde ich als *minatore* eingeteilt. Meine Schultern konnten sich erholen, doch dafür sahen meine Hände böse aus. Mit jedem Tag wurde es heißer, der Schweiß lief mir in Strömen über die Haut und vermengte sich mit dem Staub zu einer ätzenden Schmiere. Mein Rücken hat sich angefühlt, als ob einer mit Stricknadeln reinsticht. Mein Mund war trocken wie Schleifpapier und das Schlucken tat weh. Wasser gab's nur einmal die Stunde, eine braune Brühe. Immerhin heilte der Sonnenbrand langsam ab und aus den Pusteln wurde Schorf.

Am Ende meiner dritten Woche brach ein Stollen zusammen und neunzehn Mann wurden verschüttet. Wir haben geackert wie die Blöden, um die Trümmer wegzuräumen, aber erst mitten in der Nacht haben wir den Letzten rausgezogen. Bis auf zwei waren alle tot.

Das Lager hatte einen eigenen Friedhof. Siebzehn neue Gruben hatten wir ausgehoben und aus dem nächsten Dorf war ein Priester gekommen. Der stand an der Gruft und schwenkte den Weihrauchkessel. Eine billige Kiste wurde runtergelassen, er brummelte was, wedelte mit der Hand und ging zur nächsten Grube.

Wir haben Kreuze aufgestellt und die Namen und Daten der Männer raufgeschrieben. Bei einem wusste keiner, wie er hieß oder wo er herkam, da stand nur der Todestag. Mehr bleibt nicht übrig, hab ich gedacht, von einem Menschenleben.

An einem Sonntagnachmittag steh ich vor der Bude, wo es die Kippen und den Fusel gibt. Es ist heiß, der Schweiß läuft mir den Rücken runter. Hinten an der Wand hängt ein Kalender. Eine rote 3 steht da und darunter der Monat.

Schon Juli?, denke ich und wisch mir die Tropfen von der Stirn. Scheiße! Als ich in Berlin los bin, war ich mir sicher, das dauert ein paar Monate und ich bin bei Roller. Zusammen ziehen wir das große Ding auf und lassen es uns gut gehen. Stattdessen hab ich für alles ewig gebraucht und jetzt häng ich in diesem Drecksloch fest, schufte mich krumm und bucklig und es kann gut passieren, dass ich der Nächste bin, der auf'm Friedhof landet!

Allerdings, wenn heute der dritte Juli ist, bin ich schon einen Monat hier und bei den Zitronen war ich auch einen Monat. Vielleicht haben wir ja die Überfahrt schon raus und die haben das nur vergessen? Oder auch nicht, denn von selbst werden die nicht zu uns kommen. Aber fragen kostet ja nichts.

Sonntags sind immer ein paar von denen im Lager. Einer verkauft uns den Fusel und die anderen gucken, dass alles in der Spur bleibt. Ich finde sie hinter dem Laden. Zu viert hocken sie zusammen, labern und rauchen. Ich mach ihnen klar, was ich will, und es steht doch wirklich einer auf und geht zu der Bude, wo sie ihr Zeug haben. Nach fünf Minuten kommt er mit einem Buch zurück. Er blättert hin und her und findet schließlich meinen Namen. Er nickt, klopft mit dem Zeigefinger aufs Papier und rechnet.

No, sagt er und klappt das Buch zu. Er fängt an zu labern, ich versteh nicht alles, aber genug. Bis jetzt haben wir gerade mal die Fahrt bis in die Grube abgearbeitet. Als Nächstes kommt das Essen, die Übernachtung und dann ... dann wird man sehen. Er grinst und die anderen lachen.

Ich könnte ihm eine in die Fresse hauen, jedem von diesen, diesen Arschlöchern. Aber die sind zu viert, ich bin allein und was würde das bringen? Ich dreh mich um und gehe, mir stehen die Tränen in den Augen. Was, denke ich, was für eine beschissene Welt ist das eigentlich?

Ich bin nach vorn gegangen und hab mir ein Glas Schnaps gekauft. Runter damit! Hinten machen sie sich über mich lustig, hab ich gedacht, und vorn machen sie daraus noch 'n Geschäft. Scheißegal, noch einen! Heute Nacht pack ich meinen Krempel und verschwinde. Achim kommt sicher mit, der hat die Schnauze genauso voll wie ich.

Und was dann? Wir sind auf einer verdammten Insel und diese Typen haben überall ihre Finger drin. Egal, wo wir hingehen, die kriegen uns und rüber kommen wir schon gar nicht. Und wenn die uns schnappen, wird's ganz böse. Mir reicht, was ich gehört hab. Nein, das können wir vergessen. Wir sitzen in der Falle.

Am nächsten Morgen wurde ich zum ersten Mal eingeteilt, im Stollen zu arbeiten. Schöner Zufall! In den schmalen Gängen war es so heiß wie im Backofen und wir haben uns ausgezogen bis auf das Allernötigste. Zuerst hab ich mich und die Welt verflucht und meine Wut an den gelben Brocken ausgelassen. Bald hab ich nur noch geschuftet. Hacke rauf, Hacke runter. Rauf und runter. Wie ein krankes Tier, das mit dem Kopf gegen die Tür läuft, immer wieder. Aber eins hab ich an diesem Tag gelernt, und zwar auf die harte Tour. Fragen kostet doch was.

Eine Woche später sitz ich abends vor unserem Verschlag und warte auf Achim. Ich hab für uns beide den Fraß geholt und er wollte *nur kurz noch was klarmachen*. Die Männer sitzen vor ihren Buden und löffeln ihr Essen, es wird langsam dunkel und die Pampe wird kalt. Wo bleibt der denn?, denke ich, da sehe ich ihn. Er humpelt und die Lippe ist aufgeplatzt.

— Was ist denn mit dir passiert?

— Hör bloß auf, sagt Achim und setzt sich hin, so 'n blöder Ire! Ich geh da hinten lang und ahn nichts Böses, da baut sich dieser Arsch vor mir auf. Ich kenn den schon. So 'ne Fahne, sag ich dir. Fängt an rumzubrüllen, aber ich bin einfach weitergegangen. Ich such ja keinen Streit. Doch der hat mich am Arm gepackt und mir eine aufs Maul gegeben. Ohne Grund. Na ja, dann haben wir uns gekloppt und jetzt weiß er, wo der Hammer hängt. So, und jetzt gib mir mal die Schüssel rüber.

Zwei Tage später hab ich wieder allein vor der Hütte gesessen und auf Achim gewartet. Also, wenn das jetzt zur Regel wird, hab ich gedacht, isst in Zukunft eben jeder für sich, und fertig.

Einer kommt auf mich zu und ich denke, ist das Max? Der hat's ja eilig. Max ist zwei Wochen nach mir ins Lager gekommen, von seinem Kumpel Eugen haben wir nichts mehr gehört.

— Los komm!, sagt er und ist ganz außer Atem. Schnell!

— Was ist denn passiert?

Max hat sich schon umgedreht und rennt quer über den Platz, ich hinterher, zwischen zwei Hütten durch und um die Ecke. Ich bleib an einer Wäscheleine hängen und pack mich fast auf die Fresse, Mist! Beim letzten Verschlag hat Max angehalten, neben ihm stehen noch zwei und vor ihnen, da ...

Achim liegt auf dem Bauch, die Klamotten sind voll mit Dreck und braunen Flecken. Sein Kopf ist zur Seite gedreht und blutig. Ein Auge ist zugeschwollen und hinter'm Ohr hat er eine lange Platzwunde. Die Erde um ihn rum ist aufgewühlt und unter seinem Kopf ist eine dunkle Lache.

— Ist er ...

— Nein, sagt Max, glaube ich jedenfalls.

— Ein Glück, sag ich und denke, was hat das mit Glück zu tun, diese ganze–

— Wir müssen ihn hier wegbringen, sagt Max, am besten in eure Bude.

— Ja ... klar. Der schafft das schon. Achim, das ist 'n harter Knochen. Der hat schon ganz andere Sachen durch, der ... dann los.

— Hinter der Hütte liegen so paar Bretter rum, sagt einer der beiden anderen, ich hol mal das breiteste und da packen wir ihn rauf.

— Das ist gut, sagt Max, aber erst mal müssen wir ihn umdrehen, geht nicht anders.

Wir drehen Achim auf den Rücken, er bewegt den Arm. Gott sei Dank, denke ich, er lebt noch. Zu viert wuchten wir ihn auf das

Brett. Jetzt hoch damit, und los, vorsichtig! Es ist eng zwischen den Buden, wenn wir irgendwo anstoßen, stöhnt er leise.

Wir schleppen ihn über den Platz. Ein paar gucken zu, einer ruft was und lacht. Den anderen ist das scheißegal. Langsam absetzen, vorsichtig. Jetzt irgendwie rein in die Bude, wenn er erst ... das wird schon wieder. Ganz vorsichtig. Endlich liegt er auf seiner Decke. Er hat die Augen zu und sein Atem ist flach.

— Danke, Jungs, und ...

— Kein Problem. Wenn du was brauchst, sag Bescheid.

Einer klemmt sich das Brett unter'n Arm. Wo Achims Kopf gelegen hat, ist ein großer Fleck. Sie nicken mir zu und gehen.

— Ich besorge ein bisschen Wasser, sagt Max, und einen sauberen Lappen.

Zehn Minuten später kommt er zurück.

— Das ist das Beste, was ich auf die Schnelle auftreiben konnte. Und ich hab mich auch ein bisschen umgehört.

— Und?

— Vor ein paar Tagen ist Achim wohl mit einem der Iren aneinandergeraten und hat ihn rundgemacht?

— Vorgestern.

— Das heute waren seine Kumpels und die wollten Rache. Achim hat sich gut gehalten, aber es ging drei gegen einen. Als er erst am Boden lag, haben sie ihn fertiggemacht und einer von denen ist wohl total ausgerastet. Der ist richtig auf seinem Kopf rumgetrampelt, die anderen mussten ihn wegziehen. Danach sind sie abgehauen und haben ihn liegen lassen.

— Und die, die das erzählt haben, waren in der Nähe?

— Ich glaube schon.

— Und haben nichts gemacht?

— Du weißt doch, wie das hier läuft.

— Ja, sag ich und denke, warum sind wir so?

Ich hab das Blut abgewischt und seine Wunden sauber gemacht.

Das sah alles böse aus, nicht nur der Kopf. Auf der Brust hatte er viele blaue Flecken und ein Arm war gebrochen. Aber das wird wieder, hab ich gedacht, ganz sicher. Als der mich im Knast fertiggemacht hat, hab ich bestimmt nicht besser ausgesehen. Aber ich hab mich wieder erholt und Achim schafft das auch. Ich werd mich um ihn kümmern, so wie er sich um mich gekümmert hat. Zusammen kriegen wir das hin. Bisher haben wir doch alles irgendwie geschafft und wir werden jetzt nicht damit aufhören. Ganz sicher nicht!

Als ich fertig war, hab ich mich neben ihn gesetzt und gewartet. Wenn er aufwacht, hab ich gedacht, hat er bestimmt Durst und dann bin ich zur Stelle. Aber jetzt schläft er erst mal und das ist gut. So langsam kehrte draußen Ruhe ein und irgendwann muss ich auch eingenickt sein. Als ich die Augen aufgemacht habe, wurde es gerade hell. Ein frischer, klarer Morgen. Und Achim war tot.

28

Um die zwanzig Leute sind zur Beerdigung gekommen, uns gegenüber steht der Priester und murmelt vor sich hin. Ich hab Achim dazu überredet, denke ich und guck runter in die Grube. Da liegt mein Kumpel, in einer Kiste, und er ist tot. Wir haben mit dem Teufel gewürfelt, weil ich das so wollte, und er hat verloren. Wenn ich nicht gewesen wäre, er würde noch leben.

Aber Achim ist tot. Und Willi. Linus und Radek. Günther, die Frohnatur, und Sven, aus Aalborg. Die Frau im Boot, ihr Säugling und der mit der Regenjacke. Herbert. Und der, den ich auf'm Gewissen hab, in Berlin. Und mein Sohn. Sie alle sind tot und ich steh hier und bin noch am Leben.

Aber mehr auch nicht. Denn was ist das für ein Leben, wenn alles weg ist? Meine Familie, meine Freunde, meine Heimat. Was ich mir erträumt und schon ausgemalt hab in den schönsten Farben, das liegt mit Achim da unten, in dieser Kiste. Wenn es diesen Gott der Gnade und Barmherzigkeit wirklich gibt, soll er mir auch den letzten Stoß verpassen und dann ist Ruhe.

Am nächsten Morgen steh ich auf, ess bisschen was, trotte mit den anderen in die Grube, schufte bis zum Umfallen und trotte abends wieder zurück. Hol mir was von dem Fraß und geh schlafen. Am nächsten Tag das Gleiche. Tag um Tag. Alles wie gehabt. Aber in mir hatte sich etwas verändert. Es war, als ob ich einem Boot sitze, das langsam vollläuft. Das Wasser steigt immer höher und ich tue nichts.

— Mann, du musst mehr essen!, sagt Max.

Er hockt neben mir in der Bude und guckt mich an. Ich liege auf dem Rücken und zähl die Nägel in der Decke. Bis fünf. Dann fange ich wieder von vorne an.

— Heute bist du einfach zusammengeklappt und wir mussten dich zurücktragen. Weißt du das überhaupt noch? Ich hab den Vorarbeiter angefleht, dass wir das machen dürfen, aber ich glaube, nächstes Mal lässt er dich liegen und das war's dann. Hörst du mir überhaupt zu?

Ich hab was von dem Fraß runtergewürgt, nur damit er den Mund hält und verschwindet. Als ich später zur Tonne gegangen bin, um Wasser zu holen, haben mir die anderen Platz gemacht. Ja, hab ich gedacht, wer sucht schon Streit mit einem Toten?

Zwei Tage später kommt morgens ein Laster die Straße runter. Das Fahrerhaus ist verbeult und die Ladenfläche hat kein Verdeck. Mit Schwung fährt er um den Baum rum und bleibt stehen. Langsam legt sich der Staub. Der Fahrer steigt aus, die Kippe im Mundwinkel, und knallt die Tür hinter sich zu. Er geht zu den anderen, sie reden und lachen. Arschlöcher unter sich, denke ich und stell den Fraß weg. Von mir aus.

Mit der Schuhspitze tritt er seine Kippe aus und schlendert durchs Lager, zwei von den anderen im Schlepptau. Hin und wieder bleibt er stehen und zeigt mit dem Finger auf einen, der muss sein Zeug packen und zum Laster gehen. Ich steh auf und mach mich auf den Weg in die Grube.

— *Voi!,* sagt er und zeigt auf mich. *Aspetta!*

Er redet mit einem vom Lager, der zuckt mit den Schultern und sagt, dass ich rüber zum Laster soll. Auch gut, denke ich und kriech in den Verschlag, um mein bisschen Kram zu packen. Ob ich hier Dreck fresse oder woanders, mir egal.

Am Ende hockten achtzehn Mann auf der Ladefläche. Wir sind die Straße raufgefahren, die Federn knarrten und der Auspuff klapperte vor sich hin. Die brauchen wohl welche in einer anderen Grube, hab ich gedacht, hier gibt's ja noch mehr von diesen Dreckslöchern.

Eine halbe Stunde später waren wir am Meer. Blau bis zum Horizont. Die Wellen brachen sich an den Felsen und der Wind roch nach Seetang und Salz. Wie schön das ist, hab ich gedacht. Hab ich ganz vergessen. Da drüben ist ... die werden uns doch nicht ... nein, sicher nicht! Lässt ein Bauer etwa sein Vieh von der Kette, damit es im Wald verschwinden kann? Nicht in dieser Welt.

Wir biegen ab, ein schmaler Weg, der Laster schaukelt hin und her. Wir halten auf einem Bauernhof. Der Fahrer steigt aus, wirft die Tür hinter sich zu und geht zum Haus. Ein Mann kommt raus, sie reden und kommen zu uns. Der Mann hat buschige Augenbrauen und einen Schnauzbart, schon grau. Er wirft einen Blick auf die Ladefläche und nickt. Der Fahrer wedelt mit der Hand und wir springen runter.

Als der Laster weg ist, kriegt jeder von uns eine Schüssel Gemüsesuppe und dazu frisches Brot. Ein Festmahl. Hinter dem Gehöft sind Hügel, zwischen denen schlängelt sich ein Bach ins Tal. Neben der Scheune hat das Wasser im Laufe der Zeit ein Becken ausgespült und dort dürfen wir baden.

Der Staub und Dreck von Wochen wird weggespült. Es riecht nach Gras und Blumen, Vögel zwitschern und Grillen zirpen. Die Sonne scheint mir ins Gesicht. Nicht als Feind, sondern als Freund. Nach dem Bad fühl ich mich so gut wie lange nicht mehr. Und zum ersten Mal seh ich, was aus mir geworden ist. Nur Haut und Knochen, an vielen Stellen hab ich komische rote Flecken oder Schorf. Die Haare sind wie Stroh und meine Hände sehen aus, als wär ich über hundert. Aber die anderen sind auch nicht besser dran und da wird mir klar, warum die mich ausgesucht haben, uns alle.

Die wollen uns wieder aufpäppeln! Denn was nützt ein Ochse, wenn er tot ist? Früher hat die das nicht gestört, aber vielleicht geht ihnen gerade der Nachschub aus oder der Besitzer hat gewechselt oder was weiß ich, ich werd sie nicht fragen.

Die Arbeit begann bei Tagesanbruch: Mandelernte. Immer vier

Mann haben sich einen Baum vorgenommen. Zuerst wurden ringsum Netze und Tücher ausgebreitet, dann haben wir mit langen Stangen so lange auf die Äste gekloppt, bis keine Mandel mehr dran war. Alles aufsammeln und weiter zum nächsten Baum.

Im Vergleich zu dem, was wir hinter uns hatten, war diese Arbeit ein Spaziergang. Dazu kamen anständiges Essen und die gute Luft. Langsam bin ich wieder zu Kräften gekommen, nicht nur körperlich. Die Sonntage waren frei und wir durften uns ungehindert bewegen. Das Meer war nicht weit weg und so bin ich am Strand langgelaufen, immer ein paar Stunden. Das hat meine Seele gründlich durchgepustet.

Nach drei Wochen waren alle Bäume abgeerntet. Der Mann hat gesagt, den nächsten Tag gibt er uns frei, danach kommt der Fahrer und holt uns ab. Er hat nicht gesagt, wohin wir fahren. Aber wir wussten, es geht wieder in die Grube, zurück in den Dreck.

An unserem letzten Tag bin ich vormittags runter zum Meer. Die Wellen liefen auf den Strand, kleine Muscheln blieben zurück im nassen Sand. Die nächste Welle hat sie ein Stückchen weiter hochgeschoben. Auf einem Felsen saßen zwei Möwen und zankten sich. Ich geh nicht wieder zurück, hab ich gedacht, nicht in dieses Loch. Nicht zurück in dieses Leben.

Sondern? Abhauen? Das hatten wir doch schon. Das ist immer noch eine beschissene Insel und die Arschlöcher haben hier überall ihre Hand im Spiel. In letzter Zeit hab ich ein bisschen frische Luft gekriegt, besseres Futter und sogar etwas Auslauf am Strand, großartig! Weil ich gar nicht weglaufen kann, egal, wo ich bin. Das Schicksal hat zugeschnappt und ich kann nichts daran ändern, gar nichts!

Doch. Eins bleibt mir. Ich weiß, das ist Sünde und ... verdammt, am letzten Wochenende war die Sicht so klar, ich konnte die Küste drüben tatsächlich sehen. So dicht bin ich dran. Scheiße, ich war schon dort! Aber jetzt bin ich wieder hier und hier werde ich bleiben. Ich werde auf dieser Scheißinsel verrecken, die Frage ist nur, wo und wie? Ich kann langsam in der Grube verrotten. Oder ich mach dem ein Ende, jetzt gleich. Dann komm ich eben in die Hölle, da kenn ich mich immerhin aus.

Vor mir liegt ein kleines, weißes Kleid auf einem Stein, hingeworfen. Davor stehen zwei Schuhe, Kinderschuhe. Ich guck aufs Wasser und seh einen Kopf und zwei Arme, in die Luft gestreckt. Die hat Nerven, denke ich, in dem Alter und so weit draußen. Da ist die Strömung bestimmt heftig. Aber sie scheint ja ihren Spaß zu haben. Der Wind trägt einen Schrei rüber, im nächsten Moment ist der Kopf weg und nur die Hände sind noch zu sehen. Die Kleine, denke ich, sie wird doch nicht ... verdammte Scheiße!

Ich renn ins Wasser, wie ich bin. Als das Laufen zu mühsam wird, hechte ich nach vorn und schwimm so schnell ich kann. Die Klamotten saugen sich voll und ziehen mich nach unten. Ich krieg Salzwasser in den Mund und muss husten. In den Augen ist auch was, ich kann nichts mehr sehen. Wo ist die denn jetzt? Das ... das kann nicht, das ... eine Hand. Ein Arm. Jetzt komm schon! Ich zieh und strampel mich ab wie ein Blöder. Ich hab sie! Verdammt, meine Augen! Schwimm ich überhaupt in die richtige Richtung? Das ... doch! Und ich hab wieder Grund. Gott sei Dank!

Ich trage das Mädchen zum Strand. Sie hustet und keucht in meinen Armen. Meine Fresse, denke ich, das war knapp. So schnell kann das gehen und die hat doch ihr ganzes Leben noch vor sich. Ich leg sie in den warmen Sand und hole ihr Kleid. Das falte ich zu einem Kissen und leg es ihr unter den Kopf. Sie atmet tief durch und guckt mich an.

Nach einer Viertelstunde setzt sie sich hin und kurz danach steht sie auf, noch wacklig auf den Beinen. Sie zieht das Kleid über und ich hol ihre Schuhe.

— *Grazie*, sagt sie und lächelt.

— *Prego*, sag ich und lächle zurück. *Andiamo? Mamma e padre?*

— *No!*, sagt sie, hebt die Hände und schüttelt den Kopf.

Wieso, denke ich, ich will ihr doch nur helfen?

— *Casa, famiglia, si?*

— *No!*, sagt sie und fängt an zu plappern.

Ich versteh kein Wort. Aber meinetwegen, denke ich, wenn sie nicht will. Und so, wie sie auf mich einredet, hat sie sich ja wieder erholt.

— *Grazie*, sagt sie, *tante, mille grazie.*

Ich nicke ihr zu, sie lächelt und dreht sich um. Sie nimmt ihre Schuhe in die Hand und läuft den Strand lang. Ein paar Hundert Meter weiter steht das erste Haus. Das wird sie schon schaffen, denke ich, und für mich wird es auch Zeit, ist ja noch 'n Stückchen.

Tja, und wenn ich vorhin das gemacht hätte, was ich vorhatte ... dann wäre das Mädchen jetzt tot. Sonst ist hier ja keiner. So was soll Zufall gewesen sein? Mein Muttchen würde sagen, es war Fügung. Nicht nur für das Mädchen, auch für mich. Ein Leben kann so schnell vorbei sein, da sollte man nicht noch nachhelfen.

Am nächsten Morgen kam der Laster und zwei Stunden später waren wir im Lager. Den Rest des Tages frei? War nicht, wir mussten gleich weiter in die Grube. Schwefel schleppen, schwitzen und Staub fressen. Am Abend bin ich zurückgetrottet, auf dem Weg hab ich mit Max geredet. Vor zwei Wochen war ein Schacht eingestürzt. Fünf Tote, zwei haben überlebt, aber einer kann seine Beine nicht mehr bewegen. Wir verabreden uns für später, ich mach mich sauber, hol mir den Fraß und setz mich vor die Hütte.

Ringsum hocken die Männer zusammen und mampfen. Die Löffel klappern in den Blechbüchsen. Einer verschluckt sich und muss husten, sein Kumpel klopft ihm auf den Rücken. Ein anderer ist schon besoffen, er stolpert über den Platz und brüllt rum. Ich guck in meine Büchse, rühr die Pampe um und denke, sieht aus wie ... was ist jetzt los?

Es ist still. Alle haben aufgehört zu essen und gucken in eine Richtung. Unter dem Baum steht ein schwarzer Schlitten. Ein Mann kommt über den Platz, um die vierzig, feiner Anzug, die Schuhe glänzen in der Abendsonne. Hinter ihm zwei Schränke mit finsteren Gesichtern, einer hat eine Tätowierung an der Schläfe. Die drei kommen … genau auf mich zu. Mir rutscht die Büchse aus der Hand, sie schlägt in den Dreck und kullert zur Seite.

Dem Mann folgt ein Mädchen, zeigt auf mich. Die, denke ich, mit trockenen Haaren sieht sie ganz anders aus. Ich steh auf und der Mann bleibt vor mir stehen. Sieht mir in die Augen. Legt seine Hände auf meine Arme und gibt mir einen Kuss auf jede Wange. *Grazie,* sagt er und umarmt mich, *mille grazie.* Das, denke ich, der gute Anzug.

Er geht zurück zum Wagen. Das Mädchen nimmt mich an der Hand und wir folgen ihm. Hinter uns die beiden Schränke. Die anderen Männer gucken uns an wie eine Erscheinung und die Itaker aus dem Lager kriegen den Mund nicht mehr zu. Schön aufpassen, ihr Arschlöcher, denke ich, sonst kommen Fliegen rein. Der Typ, der uns den Fusel verkauft, wartet am Auto. Er nimmt die Hand des Mannes, küsst seinen Ring und fängt an zu plappern. Der Mann im Anzug guckt ihn nicht mal an.

Die beiden Schränke steigen vorne ein, der Mann und ich hinten, das Mädchen sitzt zwischen uns. Sie nimmt meine Hand. *A casa,* sagt der Mann und wir rauschen aus dem Lager. Ich dreh mich um, es ist nur Staub zu sehen. Zwanzig Minuten später sind wir am Meer. Die Sonne ist zur Hälfte untergegangen, der Himmel leuchtet rot und orange. Hinter uns beginnt die Nacht.

Es ist dunkel, als wir vor dem Tor stehen. Der Fahrer hupt kurz und die Flügel öffnen sich. Ein Garten ist zu sehen, Palmen säumen die Auffahrt, der Kies knirscht unter den Reifen. Zwei Säulen tragen ein Vordach. Eine Frau steht in der Tür, sie kommt auf mich zu, nimmt meine Rechte in beide Hände und drückt sie ganz fest. Sie hat Tränen in den Augen.

Ich hab ein Zimmer in einem der Nebengebäude gekriegt, im ersten Stock. Der Raum war groß, der Boden mit dunklem Holz getäfelt und auf der einen Seite stand ein Bett, in dem hätten vier Leute pennen können. Alles frisch bezogen.

Das Zimmer hatte ein eigenes Bad und einen Balkon. Ich hab die Tür aufgemacht und bin rausgegangen an die Luft. Unter mir rauschte das Meer und über mir funkelten die Sterne. Das gibt's alles nicht, hab ich gedacht. Ich wette, wenn ich morgen früh wach werde, dann durch das Scheißhorn. Anziehen, Fraß holen und ab in die Grube. Wie immer. Denn das hier kann nicht stimmen.

Ich werde vom Sonnenlicht geweckt. Mein Kopf liegt auf weichen Kissen und zwischen den weißen Gardinen glitzert das Meer in der Sonne. Entweder, denke ich und setz mich auf, ist das ein sehr langer Traum oder ... ich bin wirklich hier.

Es klopft an der Tür. *Si*, sag ich und zieh mir die Bettdecke über die Schultern. Eine Frau kommt rein, schon älter. Sie stellt ein Tablett auf den runden Tisch am Fenster und geht wieder. Kurz danach kommt sie ein zweites Mal, sie hat ein Paar Schuhe in der Hand und einige Klamotten über dem Arm. Die legt sie auf einen Stuhl und stellt die Schuhe davor. Als sie weg ist, steh ich auf und guck mir die Sachen an. Donnerwetter, ist das Leinen? Und das Frühstück, wer soll das alles schaffen?

Nach dem Essen hab ich mich gewaschen, rasiert und die neuen Klamotten angezogen. Passte alles wie angegossen, nur die Schuhe waren ein bisschen groß. Dafür waren sie sehr schön. Meine Fresse, hab ich gedacht, ich seh richtig vornehm aus.

Ja, aber unter den Klamotten bin ich derselbe und ich gehöre nicht hierher. Was soll ich jetzt machen? Ganz einfach, ich warte, bis die das auch merken und mich wieder rausschmeißen. Bis dahin setz ich mich auf den Balkon und genieße diesen Irrtum.

Zwei Stunden später klopft es an der Tür. Ich mach auf, vor mir steht ein Mann und lächelt.

— Don Mario möchte sich jetzt gern mit Ihnen unterhalten, wenn Sie mir bitte folgen möchten?

— Und das ist ...

— Don Mario ist der *padrone*. Und der Vater von Isabella.

Don Mario sitzt auf der Terrasse in einem Korbsessel und raucht eine Zigarre. Als er mich sieht, hebt er die Hand und bedeutet mir, dass ich kommen und mich in den Korbsessel ihm gegenüber setzen soll. Der Mann, der mich geholt hat, bleibt stehen und wartet. Don Mario nimmt einen Zug, stößt den Rauch aus und sagt einiges, ich versteh kaum ein Wort. Der Mann nickt und räuspert sich.

— Don Mario möchte sich noch einmal sehr dafür bedanken, dass Sie seiner Tochter so geholfen haben. Er steht in Ihrer Schuld.

Don Mario guckt mich an und nickt.

— Wenn es irgendetwas gibt, das er für Sie tun kann, sagen Sie es bitte. Es wäre ihm eine Freude, Ihnen behilflich sein zu können.

Don Mario nickt und klopft die Asche ab. Was er für mich tun kann?, denke ich. Davon abgesehen, dass er mich aus diesem Loch geholt hat? Mich stattdessen in einem Palast einquartiert und mir nagelneue Klamotten gegeben hat? Reicht das nicht? Alles, was mir noch einfällt, ist ... aber das wäre unverschämt. Andererseits, wie hat der olle Krüger gesagt? *Bescheidenheit ist eine Zier, doch weiter komm ich ohne ihr.* Und ich will weiter.

— Na ja, sag ich und rutsch in dem Sessel hin und her, es gibt vielleicht eine Sache, die ...

Don Mario guckt mich an und zieht die Augenbrauen hoch.

— Bitte, sagt er Mann, sprechen Sie.

— Also, wenn ich vielleicht, möglicherweise einen Platz in einem der Boote kriegen könnte, die rübergehen. Das ...

Der Mann übersetzt und Don Mario zieht an seiner Zigarre.

Schließlich lächelt er und schüttelt den Kopf. War ja klar, denke ich, der muss auch glauben, ich hab zu heiß gebadet. Ich meine, er reicht mir die Hand und was will ich? Den ganzen Arm. Wie blöd bin ich eigentlich? Was er dazu sagt, muss mir keiner übersetzen.

— Don Mario möchte sich bei Ihnen entschuldigen.

Don Mario guckt mich an und nickt. Nein, denke ich, das ist kein Traum, mir muss im Stollen was auf'n Kopf gefallen sein und–

— Er hätte selbst auf diese Idee kommen können und entschuldigt sich dafür, Sie womöglich in Verlegenheit gebracht zu haben. Natürlich bekommen Sie eine solche Überfahrt, das ist selbstverständlich.

— Ach nee.

Don Mario legt die Zigarre in den Aschenbecher und erhebt sich. Ich will auch aufstehen, aber er gibt mir ein Zeichen, dass ich sitzen bleiben soll. Er geht ins Haus. Nach zehn Minuten kommt er zurück und lässt sich in den Sessel fallen. Er sagt einiges zu dem Mann und lehnt sich zurück.

— Sie bekommen die beste Überfahrt und freie Passage bis Kairo. Dort können Sie sich an einen Geschäftspartner von ihm wenden, der wird Ihnen sicher weiterhelfen. Wenn Sie möchten, haben Sie schon morgen die Möglichkeit, an Bord zu gehen.

— Schon morgen Nacht?

— Nein, nicht so ein Boot. Morgen Vormittag.

Die Nacht hab ich schlecht geschlafen. Ich bin früh aufgestanden, hab mich fertig gemacht und mich auf den Balkon gesetzt. Mein Kopf war wie leer gefegt. Die Frau mit dem Frühstück kam und eine Stunde später stand der Mann vor der Tür, um mich abzuholen.

Unten hat ein Auto gewartet, daneben standen Don Mario, seine Frau und Isabella. Er hat mir einen Kuss auf jede Wange gegeben, seine Frau hat meine Hand gedrückt und Isabella mich umarmt.

Ich bin in den Wagen gestiegen, und wir sind die Einfahrt runtergefahren. Das Tor ging auf und der Fahrer hat Gas gegeben.

Kurz darauf waren wir schon am Hafen. Dort lagen ein paar Fischerboote, richtig mit Kajüte, und ich hab gedacht, so ein Boot also. Das ist gut, die halten was aus und wenn das Wetter beschissen ist, hat man ein Dach über'm Kopf. Wir sind an den Fischerbooten vorbeigefahren und haben fuffzig Meter weiter angehalten. Dort hatte ein Segelboot festgemacht. Lang, schlank und weiß, mit einem hohen Mast. Oben flatterte ein Wimpel und hinten am Boot hing eine Fahne, rot und weiß. Wir steigen aus.

— Das ist Ihr Boot, sagt der Mann. Es sind schon drei weitere Passagiere an Bord, aber Sie sind der letzte und damit kann es losgehen. Der Kapitän heißt Youssef und er wird Sie nach Tunesien bringen, nach Sidi Bou Said. Man kann mit diesem Boot die Strecke auch schneller zurücklegen, aber Sie werden zwei Tage unterwegs sein. Heute ist Samstag, Sie kommen also am Montag dort an. Im Hafen wartet ein Wagen, der wird Sie zu einem sicheren Haus in Tunis bringen und von dort aus geht es dann weiter.

— Also, ich geh einfach so von Bord und spazier durch den Hafen und das am helllichten Tag?

— Genau so. Sehen Sie das einmal von der anderen Seite. Unser Freund Youssef hier ist Tunesier und er hat mit drei Freunden eine kleine Kreuzfahrt vor der Küste gemacht. Am Montag kehrt er in seinen Heimathafen zurück. Er bleibt noch am Boot, während seine Freunde schon in die Stadt fahren. Ganz einfach.

— Und keiner kommt auf komische Gedanken?

— Sehen Sie sich an. Gepflegt und gut gekleidet. Sehen Sie etwa aus wie jemand, der es nötig hat, die Grenzkontrollen zu umgehen? Sie müssen sich nur so benehmen und keiner wird Fragen stellen. Außerdem wird der zuständige Beamte gerade seinen Tee trinken, wenn Sie ankommen. Ganz zufällig.

— Verstehe.

— Ich wünsche Ihnen eine gute Reise und habe hier noch einen Umschlag für Sie, von Don Mario, bitte. Viel Glück.

Er schüttelt mir die Hand und steigt ein, der Wagen wendet und fährt weg. Ein Mann mit dunkler Haut fordert mich auf, an Bord zu kommen. Ich geh über den schmalen Steg, er zeigt auf meine Schuhe und dass ich sie ausziehen soll. Vorn am Boot turnt ein Junge rum und zieht eine Leine straff. Ich werf einen Blick in die Kajüte, seh eine Frau und weiter hinten zwei Männer, die drei gucken mich an. Ich nicke ihnen zu und setz mich draußen an die Reling.

Die Leinen werden losgemacht und Youssef wirft den Motor an. Wir tuckern aus dem Hafen. Sobald wir draußen sind, stellt er den Motor ab. Zusammen mit dem Jungen zieht er ein Segel am Mast hoch. Der Wind fährt in den weißen Stoff, bläht ihn auf und das Boot nimmt Fahrt auf.

29

Zwei Tage später gleiten wir in den Hafen von Sidi Bou Said. In langen Reihen liegen die Segelboote nebeneinander, ein Wald aus schwankenden Masten. Es ist gegen zwei, die Sonne steht hoch am Himmel und im Hafen ist nicht viel los. Schade, denke ich, von mir aus hätten wir auch länger unterwegs sein können. Das Meer, der salzige Wind und nichts zu tun. Zwei wunderbare Tage. Doch jetzt sind sie vorbei und es geht weiter, auch nicht schlecht.

Aber wenn das nicht stimmt, was der Mann gesagt hat? Wenn sich was geändert hat und die Bullen uns schon erwarten? Dann geht's von hier aus in den Knast und von dort wieder zurück nach ... Noch mal halte ich das nicht durch. Scheiße, die ganze Fahrt über war nichts, aber mit einem Mal wird mir ganz flau in der Magengegend.

Youssef steuert einen freien Liegeplatz an, kein Mensch zu sehen. Sobald es geht, springt der Junge auf den Anleger. Er macht das Boot fest, Youssef schiebt den Steg rüber und lächelt zum Abschied. Die Frau geht zuerst. Marion heißt sie und kommt aus Linz. Die beiden Männer folgen ihr, Francois und Jean. Ich muss mich nur so benehmen, als ob alles in Ordnung ist, denke ich und setze meinen Fuß auf den Steg, kein Problem. Ach ja? Wieso sind meine Hände dann so feucht?

Wir gehen über die breiten Holzbohlen, unter uns plätschert das Wasser. Die paar Leute auf den anderen Booten beachten uns gar nicht. Hinten steht ein Auto, ein Mann lehnt an der Motorhaube und guckt in unsere Richtung. Er hat ein knochiges Gesicht, seine Haut ist dunkler als die von Youssef und am linken Handgelenk trägt er eine fette Uhr. *Don Mario?*, sagt er, als wir in seiner Nähe sind. Wir nicken und er lässt uns einsteigen.

Er macht den Motor an, die Lüftung läuft auf Hochtouren und es wird kalt. Wir fahren auf eine Schranke zu. Jetzt werden wir ja sehen, denke ich und wisch meine Hände an der Hose ab, jetzt ... die Schranke geht auf und wir verlassen den Hafen, einfach so.

Wir biegen ab und es wird belebter. *Karthago*, sagt der Fahrer und dreht sich kurz um. *Hannibal, bumbumb*. Er lacht und dreht die Lüftung runter. Meine Fresse, denke ich, die ganzen Geschäfte und eine Nobelkarre neben der anderen, unglaublich!

Es geht hoch auf eine Schnellstraße, sechs Spuren und viel Verkehr. Nicht ein Schlagloch und die Karren sehen alle aus wie neu. Mein oller Protea, denke ich, würde hier auffallen wie 'n bunter Hund.

Die Stadt reicht bis zum Horizont. Vor uns ein Wald aus Hochhäusern. Alle Spuren sind dicht und wir kommen nur noch im Schneckentempo voran. Der Fahrer biegt ab und wir fahren runter in die Stadt. Ein Geschäft neben dem nächsten. Rechts ein Markt für Obst und Gemüse. Menschen gucken, kaufen, gehen weiter.

Die Häuser werden älter und die Straßen schmaler, das Auto schiebt sich durchs Gedränge. Ein Opa fährt seine Sackkarre vor uns über die Straße, sein Gesicht sieht aus wie altes Leder und die Kippe hängt im Mundwinkel. Wir biegen ab, fahren durch eine Gasse und halten schließlich neben einem schwarzen Tor. Der Fahrer hupt kurz und gibt uns ein Zeichen, dass wir aussteigen sollen. Das Tor öffnet sich einen Spalt und ein Mann mit Bart guckt raus. Er winkt uns zu sich, schiebt das Tor ein Stück auf und hinter uns wieder zu. Er trägt einen langen, weißen Kaftan und wir folgen ihm durch einen Hof ins Haus. Im Flur dreht er sich um und begrüßt uns auf Englisch, sein Name ist Karim.

Schon während meiner Zeit im Kranzler hab ich die ersten Brocken Englisch aufgeschnappt und im Laufe der Zeit kam eins zum anderen. Wenn die Leute nicht zu hochgestochen oder zu schnell reden, versteh ich sie ganz gut. Das Sprechen fällt mir schwerer, aber ich komm zurecht.

Unsere Zimmer sind die Treppe rauf, jeder kriegt eins für sich. Ich leg mein Zeug auf einen Stuhl, zieh die Gardinen auf und werd nicht wieder! Unter meinem Fenster geht eine schmale Straße lang und gegenüber ist ein Schmuckladen neben dem anderen. Goldene Ringe, silberne Ketten, Edelsteine, es glänzt und glitzert an allen Ecken und Enden. Die Leute schlendern vorbei und gucken sich die Auslagen an. Mir rauscht der Kopf.

Langsam wird es dunkel und draußen ertönt eine Stimme, über Lautsprecher. *Allahuakbar* ... Noch eine. Und eine dritte, weiter weg. Ich leg mich aufs Bett und denke, vor ... vor vier Tagen war ich noch in der Grube und jetzt ... Das Schicksal ist nicht gut oder böse und auch nicht blind, es ist einfach nur verrückt!

Am nächsten Morgen hab ich mich von den anderen drei verabschiedet, ihre Reise ging weiter. Nachdem sie weg waren, hat Karim eine Weile telephoniert und kam danach zu mir.

— Du fährst bis nach Kairo, richtig?

— Ja.

— Gut. Wir machen das mit dem Zug. Heute ist Dienstag, in zwei Tagen geht's los. Gleich nach dem *fadschr*.

— Nach dem was?

— Nach dem ersten Gebet. Kurz nach Sonnenaufgang kommt der, der euch vom Hafen abgeholt hat, und bringt dich zum Güterbahnhof. Wir setzen dich in einen Waggon, der wird versiegelt und in dem fährst du durch bis nach Kairo. Dort wartet einer auf dich, der lässt dich raus und das war's.

— Donnerstag also.

— Genau. Bis dahin kannst du machen, was du willst. Du kannst auch rausgehen, aber pass auf! Die Fremdenpolizei hat überall ihre Leute und wenn sie dich kriegen, ist das Geschäft gelaufen, klar?

Das war nicht schwer zu verstehen und deshalb bin ich den Tag über im Haus geblieben. Am Mittwoch allerdings hat's mich gepackt und ich hab gedacht, was hat der Mann gesagt, bevor ich aufs Boot bin? So wie ich aussehe, wird keiner Fragen stellen. Ich muss mich nur entsprechend benehmen. Wär doch eine Schande, ich hab eine Stadt wie Tunis vor der Tür, aber trau mich nicht raus?

Ich geh durch die Vordertür und nach links. Schmuckläden auf beiden Seiten. So ungefähr, denke ich und geh an den Schaufenstern vorbei, hab ich mir als Kind die Höhle von den *Vierzig Räubern* vorgestellt. Wer soll das alles kaufen? Der Ring da ist schön, was kostet der? Fünftausend? Ich hab wohl was mit den Augen, denn das ... das ist mehr, als ich in Rom für die ganze Strecke bezahlt hab, viel mehr. Für einen Ring! Die haben sie ja nicht mehr alle.

An der nächsten Ecke geh ich nach rechts und bleib stehen. Die Leute drängeln sich an mir vorbei und ich hab Mühe, dass mir nicht die Kinnlade runterfällt. Teppiche! Hunderte! Zu beiden Seiten die Straße runter, in allen Farben, Größen und Mustern. Schräg vor mir hängt ein goldener Käfig, in dem sitzt ein blauer Vogel und guckt mich an. Die ganze Straße ist mit Gewölben überdacht, eins hinter dem anderen, sagenhaft!

Und so, denke ich, benimmt sich einer, der hierhergehört? Wie 'n Kind zu Weihnachten? Reiß dich zusammen und geh weiter, ganz normal. Das hast du alles schon tausendmal gesehen. Keiner beachtet dich und dabei soll's auch bleiben. Nur der ... der eine da, an der Ecke, der guckt mich so komisch an. Die ganze Zeit schon. Oder täusch ich mich? Nein, ich ... wie blöd bin ich eigentlich? Setz alles aufs Spiel, nur um ein Mal rauszugehen. Ich könnte mich ... Schluss damit! Ich bleib jetzt hier stehen und tu so, als ob ich mir was angucke. Nun dreh ich mich um und geh schön wieder zurück. Langsam und ganz gelassen. Nicht umdrehen.

Sobald ich um die Ecke bin, renn ich los. Rein ins Haus und Tür zu. Ich lehn meinen Kopf ans Holz, das Herz schlägt mir bis zum Hals und meine Hände zittern. Noch mal Schwein gehabt, denke ich. Ich geh jetzt nach oben und da bleib ich auch und rühr mich nicht, bis morgen früh. Ich guck nicht mal aus'm Fenster.

Als ich aufgewacht bin, war es draußen noch dunkel. Ich hab mich fertig gemacht und gewartet. Beim ersten *Allahuakbar* bin ich runtergegangen. Im Hof stand eine Bank, ich hab mich hingesetzt und eine geraucht. Es war frisch und der Himmel war von einem blassen Blau. Im Nachbarhaus klapperten Töpfe, auf dem Dach gegenüber saß ein Vogel und zwitscherte sein erstes Lied. Ein Auto hielt vor dem Tor. *Salaam*, hat der Fahrer gesagt, als ich eingestiegen bin.

Anderthalb Stunden später gehen wir zwischen zwei langen Reihen von Güterwaggons durch. Der Fahrer guckt sich die Nummern an und bleibt schließlich vor einem Wagen stehen. Er pfeift kurz und ein Mann taucht auf. Er trägt einen Blaumann und einen weißen Helm, in der rechten Hand hat er eine Tasche. *Salaam*, sagt er und grinst. Der Fahrer gibt ihm einen Umschlag, er nickt und stellt die Tasche ab. Mit einer Zange kniept er das Siegel durch und schiebt die Tür auf. Ich klettere in den Waggon, der Blaumann reicht mir die Tasche hoch.

— Da ist was zu essen drin, sagt er, und Wasser. Die Fahrt dauert eine Weile.

— Wie lange?

— Am Samstag bist du in Kairo, *inschallah*. Du musst warten, bis einer kommt. Der klopft drei Mal an die Tür und du musst drei Mal zurückklopfen, dann lässt er dich raus.

Er schiebt die Tür zu, um mich wird es dunkel. Zum Glück gibt es Lüftungsschlitze, durch die fällt das Licht in schmalen Streifen auf den Boden. Jetzt macht er das Siegel wieder zu, denke ich, und mir kann nichts mehr passieren. Die Männer verabschieden sich und danach ist Ruhe.

Oder ich sitz in der Falle. Denn eins darf ich nicht vergessen. Ja, es läuft gut im Moment und alle sind nett und freundlich zu mir, aber das sind trotzdem Halsabschneider, allesamt. Die verdienen ihr Geld damit, Leute wie mich über'n Tisch zu ziehen. Ob wir dabei draufgehen, ist denen am Ende scheißegal, solange die Kasse stimmt. Alles Ganoven, auch Don Mario, der erst recht. Würde mich nicht wundern, wenn dem die Grube sogar gehört. Solchen Leuten vertrau ich mein Leben an? Aber hab ich eine Wahl?

Nach vielleicht zwei Stunden gab es einen Ruck und der Zug setzte sich in Bewegung. Ich bin aufgestanden und hab mich unter die Lüftungsschlitze gestellt. Der Fahrtwind tat gut, denn im Wagen herrschte eine Bullenhitze. Leider konnte ich nichts sehen, und als ich genug von der frischen Luft hatte, hab ich mich hingesetzt und gedöst. Manchmal zog das Geklingel von Bahnübergängen vorüber, ansonsten gab es nur das ewige *totock* ... *totock* ... *totock* ...

Das Licht aus den Schlitzen wurde gelb, dann rot und schließlich war es um mich dunkel wie im Sack. Nicht lange danach wurde der Zug langsamer. Es fiel wieder Licht auf den Boden, aber kein Tageslicht. Mit einem Ruck kam der Zug zum Stehen. Ein paar Minuten später gingen Männer draußen vorbei, sie unterhielten sich und einer hat gelacht. Das war wohl die Grenze, hab ich gedacht, als der Zug sich wieder in Bewegung setzte. Damit bin ich jetzt in Libyen.

Der Zug fuhr noch eine Weile und hielt dann quietschend an. Ein anderer Zug rollte auf dem Nachbargleis langsam vorbei. Metall schlug auf Metall. Das Klirren einer Kette. Ferne Rufe und das tiefe Tuten einer Lok.

Als ich aufgewacht bin, war es hell und wir rollten wieder, *totock* ... *totock* ... *totock* ... Ich hab mir ein kleines Frühstück genehmigt und dazu ein paar Schluck Wasser getrunken. Was die Leute hier essen, hab ich gedacht und mir den Mund abgewischt, ist gar nicht übel.

Nach ein paar Stunden Fahrt wurde die Luft, die von draußen kam, heiß und trocken. Vielleicht, hab ich gedacht, fahren wir jetzt durch die Wüste. Feiner Sand, so weit das Auge reicht, und Kamele! Eine Karawane, beladen mit Gold und Elfenbein, aus fernen Ländern. Allerdings, vielleicht ist es ganz gut, dass ich nichts sehen kann. So kann ich mein Märchen behalten.

Mitten in der Nacht hat der Zug angehalten, draußen war es hell erleuchtet. Ein Mann ging vorbei, seine Schritte knirschten im Kies und er summte vor sich hin. Nach zehn Minuten ruckte der Zug wieder an und nahm Fahrt auf, die Luft von draußen war kalt.

Der dritte Tag war fast rum, als der Zug langsamer wurde. Der Waggon schob sich von einer Seite zur anderen, als ob wir durch Weichen fahren. Eine halbe Stunde später kommt der Zug zum Stehen und es dauert keine fünf Minuten, da klopft es an der Tür. Ein, zwei, drei Mal. Ich klopf zurück, einer kniept das Siegel durch und die Tür wird aufgeschoben.

30

Die Sonne ist schon untergegangen. Unten steht ein Mann, er trägt schwere Stiefel und eine Arbeitsjacke. Er fuchtelt mit der Hand rum und will, dass ich rauskomme. Ich nehm mein Zeug und spring runter.

— Danke, sag ich und halt ihm die Hand hin.

Er schiebt die Tür zu und zeigt mit ausgestrecktem Arm nach links, dann dreht er sich um und verschwindet in der entgegengesetzten Richtung.

Tja, denke ich und mach mich auf den Weg, und jetzt? Ich hab zwar diese Adresse von Don Mario, aber es ist gleich dunkel und ich werd bestimmt nicht nachts durch eine Stadt rennen, die ich nicht kenne.

In einem Schuppen hau ich mich zwischen zwei Bretterstapel. Kaum mach ich die Augen zu, hab ich ein Rauschen in meinem Ohr und dazu ein endloses *totock ... totock ... totock ...*

Am nächsten Morgen hab ich mir die guten Sachen angezogen und mich auf den Weg in die Stadt gemacht. In der Gegend um den Güterbahnhof gab es nur hohe Zäune und lange Mauern, dahinter Lagerhallen und Parkplätze. In der Ferne hundert Hochhäuser am Horizont. Daran hab ich mich orientiert und bin schön im Schatten geblieben.

Nach dem letzten Lagerhaus kam eine Brücke und gerade als ich da rübergegangen bin, sauste unter mir ein Zug vorbei, weiß mit gelben Streifen an der Seite. Meine Fresse, hab ich gedacht, was fährt der? Bestimmt zweihundert Sachen! In so was will ich auch mal fahren – und schon war er weg. Ich hab ein bisschen gewartet, aber als kein zweiter Zug mehr kam, bin ich weitergegangen.

Auf der anderen Seite der Gleise standen Wohnhäuser, unten waren Geschäfte und Lokale drin, auf den Straßen war einiges los. Ein Mann hat mir den Weg zu der Adresse beschrieben und kurz vor der Mittagshitze war ich dort. Es war eine Teestube, noch geschlossen.

Ich hab mich gegenüber in den Schatten gesetzt und gewartet. Gegen drei ging die Tür auf und ein dicker Mann mit Bart kam raus. Er hat gegähnt, sich den Himmel angeguckt und ist wieder reingegangen. Die ersten Gäste kamen, vier ältere Männer. Ich bin aufgestanden und hab mir den Staub von der Hose geklopft.

— *Salaam*, sag ich und zieh die Tür hinter mir zu.

Schweigen im Walde. Die vier Männer gucken mich an, als ob ich ihre Töchter geschändet hätte, und der Dicke mit dem Bart runzelt die Stirn.

— Was willst du?

Der Mann in Sizilien hat gesagt, der Geschäftspartner von Don Mario heißt zwar Abdullah, aber er mag es, wenn man ihn Mike nennt. Damit hätte ich gleich einen Stein im Brett.

— Ich würde gern mit Mike sprechen.

— Noch mal, was willst du?

Das, denke ich, klappt ja großartig.

— Ich ... ich soll einen schönen Gruß von Don Mario ausrichten.

— Komm mit, wir gehen nach hinten.

Die anderen Männer widmen sich ihrem Tee und wir gehen in ein kleines Zimmer nebenan.

— Setz dich, sagt er und holt eine Schachtel Zigaretten aus der Hemdtasche, willst du eine?

— Gern.

Er gibt mir Feuer und lehnt sich an die Wand.

— Von Don Mario also, hm? Und was kann ich für dich tun? Brauchst du Arbeit?

Das wär nicht schlecht, denke ich. In dem Umschlag von Don

Mario war zwar einiges, aber ob das reicht? Und was ich hab, das hab ich.

— Arbeit wär gut.

— Hm, mal sehen. Am besten, du kommst morgen wieder, dann weiß ich mehr. Hier, du kannst die Tür nehmen.

Ich hab mir ein Plätzchen zum Pennen gesucht, morgens sahen meine guten Sachen nicht mehr so gut aus, aber es ging noch. Als ich nachmittags in den Laden komme, hockt Mike mit einem Mann zusammen und beide trinken Tee. Mike steht schon gut im Futter, aber der andere ist noch mal das Doppelte von ihm.

— Komm her, sagt Mike.

Er redet mit dem anderen auf Arabisch und der guckt mich von oben bis unten an.

— Das ist Ibrahim, sagt Mike, am besten, ihr geht nach hinten.

Ibrahim nickt und quält sich hoch. Er watschelt ins Nebenzimmer, lässt sich in einen Stuhl fallen und stöhnt.

— Ich habe ein Restaurant, sagt er und kratzt sich im Nacken, eines der besten in Kairo. Du kannst in der Küche arbeiten, was so anfällt. Ich zahle dir, sagen wir mal, achtzehn pro Tag. Sagen wir zwanzig, weil du von Mike kommst und ich heute einen guten Tag habe. Was hältst du davon?

Zwanzig Diris pro Tag?, denke ich. Für die Gegend ist das bestimmt ein Hungerlohn, aber ich hab keine Papiere und was anderes werd ich nicht kriegen. Außerdem, zwanzig sind gar nicht so schlecht. In zehn Tagen sind das zweihundert, in hundert Tagen schon zweitausend und das ist eine hübsche Stange Geld.

— In Ordnung.

— Gearbeitet wird sechs Tage die Woche, ein Tag ist frei, der wird aber nicht bezahlt. Du kannst unten wohnen, bei den anderen. Die Miete wird vom Lohn abgezogen. Einverstanden?

Er hält mir seine Hand hin. Dafür geht was weg, denke ich, ich muss was essen und wer weiß, was noch kommt. Trotzdem.

— Einverstanden, sag ich und schlag ein.

— Gut, du kannst gleich mitkommen und noch heute anfangen.

In einer Seitenstraße stand ein Lieferwagen, Ibrahim hat sich hinters Steuer gequält und ich bin auf der anderen Seite eingestiegen. Zwischen Lenkrad und Bauch war kaum Platz, deshalb hatte er Mühe, um die Kurve zu kommen – aber dann hat er Gas gegeben.

Kairo war so ähnlich wie Tunis, nur alles eine Nummer höher, voller und lauter. Wir sind über eine lange Brücke gefahren und ich hab den Mund nicht mehr zugekriegt. Ein breiter Strom mit Hunderten von Booten, Schiffen und Fähren. Hochhäuser zu beiden Seiten. An den Ufern kleine Parks und breite Promenaden mit Anlegern.

— Ist das der Nil?

— Siehst du die Terrasse da hinten?, hat Ibrahim gesagt und quer über den Fluss gezeigt. Das ist mein Restaurant, die *Princess of Cairo*.

Wir halten am Hintereingang, Ibrahim wuchtet sich aus der Karre und watschelt zur Tür, ich hinterher. Drinnen ist es heiß und die Luft ist geschwängert von den Gerüchen nach gebratenem Fleisch und frischem Fisch, dem Duft von feinen Soßen und Gewürzen. Es zischt und brodelt, Teller klappern, ein Deckel scheppert auf seinem Topf. Neben mir schneidet einer Zwiebeln, *tacktacktack* ...

— Alle mal herhören!, sagt Ibrahim und klatscht in die Hände.

Der Mann lässt ab von seinen Zwiebeln und guckt mich an. Einer mit Kochmütze wischt sich mit einem karierten Tuch den Schweiß von der Stirn.

— Das hier ist, wie heißt du überhaupt?

— Josua.

— Hm ... Das ist Joe. Er arbeitet jetzt hier. Der da hinten kann dir alles zeigen und bei dem wohnst du auch. Der kommt daher, wo du auch herkommst. Das war's auch schon, wieder an die Arbeit!

Ibrahim klatscht in die Hände, dreht sich um und ist weg. Ich geh rüber zu dem Mann, auf den er gezeigt hat. So mein Alter, aber schmächtiger als ich. Blonde Haare, kleine Augen und eine spitze Nase.

— Du bist auch aus Berlin? Mann, so klein ist die Welt, oder?

— Nö, ich bin aus Dräsden, also eigentlich aus Oddendorf-Ogrilla, aber ist dor fast die Egge.

Ach du Scheiße, denke ich, ein Sachse! Andererseits, so weit weg von zu Hause ist das auch egal. Wir sind doch Landsleute, irgendwie.

— Ich heiß zwar Josua, das stimmt schon, aber alle nennen mich Brenner. Freut mich.

— Mich ooch, sagt er und schüttelt meine Hand. Ich bin Georg, aber alle sagen Schorsch.

Schorsch führt mich rum, zeigt und erklärt mir alles. Zum Schluss gehen wir in den Keller, in den Raum, wo ich pennen soll. Das ist ein muffiges Loch mit einer verstaubten Glühbirne an der Decke. Auf dem Boden liegen drei Matratzen und Schorsch zerrt eine vierte durch den Flur. Die passt gerade noch so rein und ich leg mich hin, zur Probe. Eine Mischung aus Staub und Schimmel steigt mir in die Nase.

— Kein Palast, aber besser als nüschd, nor?

— Was ist mit den anderen beiden?

— Miguel und Kurt? Eener ist oben und der andre hat frei. Der Miguel, der ist von Barcelona und der Kurt von Dänemark, aber die reden ni viel, weesde?

Erst nach Mitternacht war Feierabend, Schorsch und ich waren die Letzten in der Küche. Ich wollte runter in den Keller, aber er hat vom Flur aus gerufen, dass ich mal kommen soll.

— Was ist los?

— Ich will dir nur ma was zeigen. S'lohnt sich.

Schorsch geht durchs Lokal. Von draußen fällt Licht ein und ich denke, Donnerwetter, der Laden ist nicht übel. Hier kostet sicher die Suppe schon das, was wir für'n ganzen Tag kriegen. Schorsch macht die Tür zur Terrasse auf, winkt und ich folge ihm.

Die Lichter von den Hochhäusern gegenüber spiegeln sich im Fluss, über die Brücken rauscht der Verkehr und vor uns gleitet ein Boot durch die Nacht. Bunte Lampen blinken und die Musik wummert übers Wasser, hinter den Scheiben wird getanzt und getrunken. Ich atme tief durch. Nach der ganzen Zeit in der Küche ist die frische Luft eine Wohltat.

— Eenes Dages wohn ich da oben, sagt Schorsch und zeigt auf eins der Hochhäuser.

— Das mit den Bäumen auf'm Dach? Die spinnen ja.

— Nu klar. Oder 'n anderes. Hauptsache weit oben, weesde?

— Das ist ein weiter Weg von Ottendorf-Okrilla bis dahin.

— Da kannste lauschen, sagt Schorsch und spuckt ins Wasser.

Am nächsten Morgen ging's früh los. Gemüse putzen und schneiden, Fische ausnehmen, Töpfe schrubben, Müll wegbringen und alles das machen, was vom Vortag übrig war. Nach der Mittagspause ging's richtig zur Sache, denn um fünf machte der Laden auf. Gegen elf gingen die letzten Gäste, danach sauber machen, Licht aus und ab in die Kiste.

So ging das jeden Tag. Die Kohle gab's nur auf Nachfrage und den freien Tag sowieso, wenn überhaupt. Weil der Laden sieben Tage die Woche lief, war immer nur einer von uns der Glückliche.

Wenn Schorsch mal nicht arbeiten musste, ist er durch Kairo gestromert. Das hörte sich verführerisch an und ich hätte das gern gemacht, aber es war mir zu gefährlich. Die ägyptische Fremdenpolizei war wohl nicht so scharf wie die in Tunesien, aber wenn sie einen kriegten, war der Ofen trotzdem aus.

Ich bin deshalb an meinen freien Tagen lieber in der Nähe vom

Lokal geblieben. In der Gegend kannte ich mich aus und wenn ich ein blödes Gefühl hatte, konnte ich schnell verschwinden. Manchmal hab ich mir einen Tee gekauft, ganz süß. Oder einen Kaffee, so stark, dass der Löffel drin stand. Damit hab ich mich an den Nil gesetzt. Ich kannte ein Plätzchen, wo ich meine Ruhe und einen guten Blick hatte. Dem Treiben auf dem Fluss konnte ich stundenlang zugucken – und mit einem Mal war der freie Tag vorbei.

Zu Heiligabend hat Schorsch eine Zimmerpalme besorgt. Aus Stanniolpapier haben wir uns Lametta zurechtgeschnitten und das an die Blätter gehängt. *Besser als nüschd,* hat Schorsch gesagt, *nor*? Nach Feierabend haben wir in unserem Loch zusammengehockt und *Stille Nacht, heilige Nacht* gesungen. Eine Melodie, aber drei verschiedene Sprachen.

Die Köche bei uns waren Moslems und die feiern ja kein Weihnachten. Trotzdem haben sie uns am ersten Feiertag ein Geschenk gemacht. Sie haben gewartet, bis der Chef weg war, dann haben sie in der Küche einen Tisch in die Mitte gerückt, einer hat ein weißes Tischtuch ausgebreitet und zwei andere haben eingedeckt. Die Gläser glitzerten, das Silber glänzte und die Teller leuchteten. Wir durften uns hinsetzen und wurden bedient wie die Könige. Erst gab es eine Suppe, dann zwei Hauptgänge und zum Schluss eine Nachspeise, so was hatte ich noch nie gegessen.

Die Jungs haben sich mit uns gefreut. Nur einer musste unbedingt am Rad drehen, Aziz, der konnte uns sowieso nicht leiden. Er hat irgendwas vom Koran erzählt und den Ungläubigen, aber die anderen haben nur gelacht.

Silvester mussten wir natürlich arbeiten und erst morgens um vier waren wir mit allem fertig. Wir wollten schon in die Kiste gehen, da hatte Schorsch mit einem Mal eine Flasche Schampus in der Hand.

— Scheiße, hast du die etwa geklaut?

— Nö, ich hab nur die Reste zusammengekippt, und fertsch.

Und nu lassen wir's ma tierisch krachen! Ich hab ooch noch zwee andere Pullen, zur Reserve.

Wir sind auf die Terrasse gegangen. Miguel hat sich wie immer zurückgehalten, aber Kurt hat nach dem zweiten Glas geredet wie ein Wasserfall. Seine ganze Lebensgeschichte hat er uns erzählt, wilde Sachen. Hinter den Hochhäusern ging die Sonne auf.

Ein neuer Tag, hab ich gedacht, und ein neues Jahr. Wie hat Iwan mal zu mir gesagt? *Neues Jahr, neues Glück*. Das war, als ich ihm gesagt hab, dass ich eine Bar aufmachen will. Zu der Zeit hatte ich noch Frau und Kind. Wenn ich das damals nicht gemacht hätte, wer weiß, was ... Aber Willi hat recht. *Machen wir uns nix vor. Iss wie's iss.*

Berlin, das ist schon so lange her und so vieles hat sich geändert seitdem. Ich hab mich auch geändert, sicher. Aber nicht in dem, was ich will.

— Prost, hat Schorsch gesagt und sein Glas in die Luft gehalten, auf uns!

— Ja, hab ich gesagt und wir haben angestoßen, auf uns.

31

Mitte Januar hatte ich einen Tag frei. Ich bin am Fluss gewesen und als ich mich auf den Rückweg mache, wird es langsam dunkel. Schon von Weitem seh ich das Blaulicht. Ich geh näher ran, vorsichtig, und versteck mich hinter einem Baum.

Vor dem Restaurant stehen fünf Hörnertaxis. Männer in Uniform schleppen Kisten raus und verstauen sie in einem der beiden Lieferwagen. In dem anderen sitzen drei Männer, sie haben ihre Hände auf dem Rücken und gucken nach unten. Ich kann nur einen von ihnen erkennen, das ist Kurt. So ein verdammter Mist, denke ich, das war bestimmt Aziz. Dieser Drecksack!

Nach einer Stunde sind die Bullen fertig und fahren ab, mit Blaulicht und Sirene. Die armen Schweine, denke ich, heute Morgen war noch alles in Butter und jetzt? Tja, Gott hat mit dem Teufel gezockt und verloren, drei Mal.

Ich hab noch zwei Stunden gewartet, dann bin ich rüber zum Laden. Die Türen waren alle abgeschlossen und versiegelt, nur eine Seitentür hatten sie vergessen. Ich bin runter in den Keller, meine Sachen lagen in der Ecke und die Kohle hatte ich ohnehin bei mir. Ich hab alles zusammengerafft und bin abgehauen. Zum Fluss. Zu meiner gewohnten Stelle, dort würde mich keiner finden.

Am nächsten Tag bin ich zu Mike. Ich steh noch in der Tür, da kommt er schon auf mich zu, packt meinen Arm und zerrt mich ins Nebenzimmer. Tür zu.

— Was willst du denn hier?

— Na ja, der Laden–

— Hab ich gehört. Das ist schlecht, ganz schlecht.

— Ich glaube, ich weiß, wer das war.

— Wer was war?

— Einer von den Köchen hat uns verpfiffen.

— Der hat euch ... ach, um die paar *Kuffar* geht's doch gar nicht. Das ist bloß Beifang. Eigentlich ... aber das geht dich einen Scheißdreck an.

— Kein Problem, sag ich und denke, *bloß Beifang*, diese Arschlöcher.

— Was willst du? Brauchst du eine neue Arbeit?

— Nein, ich ... ich will weiter.

— Sowieso besser, wenn du hier verschwindest. Wo willst du hin?

— Eigentlich nach Matema, das ist in Tanganyika.

— Ich weiß, wo das ist. Hm ... am besten, du findest ein Schiff, das die Küste runterfährt. Von Sues. Kostet natürlich was.

— Klar.

— Warte hier! Ich werde sehen, ob ich was organisieren kann. Da, rauch eine in der Zwischenzeit.

Nach zehn Minuten kommt er wieder und grinst.

— Alles geklärt. Morgen Vormittag kommt Ali, für 'n bisschen Geld nimmt der dich mit nach Sues. Dort bringt er dich zu Costas. Der Mann ist Grieche, aber lebt schon seit hundert Jahren in Ägypten und kennt Gott und die Welt. Er hat was für dich und macht dir einen guten Preis. Einverstanden?

— Einverstanden, sag ich und denke, das hört sich doch gut an.

— Du kannst hier schlafen, aber geh nicht raus! Man kann nie wissen. Wenn sie dich kriegen, du kennst mich nicht, hast mich nie gesehen und Ibrahim war niemals hier, ist das klar? Sonst mach ich dich fertig, egal, wo du bist.

— Verstanden, sag ich und denke, Ibrahim wollte wohl hoch hinaus, aber jetzt ist die Kacke am Dampfen und alle haben die Hosen voll. Tut mir wirklich leid.

Am nächsten Tag hielt gegen zehn ein Lieferwagen vor dem Seiteneingang und hat kurz gehupt. Ich hab mein Zeug genommen und bin vorn eingestiegen. Die Karre roch nach frischem Brot und Zigaretten.

— *Salaam.*

— *Salaam*, hat Ali gesagt und ist losgefahren.

Wir haben mehr als zwei Stunden gebraucht, bis wir endlich auf der Straße nach Sues waren. Vierspurig, schnurgerade und zu beiden Seiten brauner Sand. Nach einer knappen Stunde kommen die ersten Häuser und Geschäfte. Ali biegt ab und wir fahren vorbei an Lagerhallen und Parkplätzen, an Stapeln von Containern und Tanks für Gas oder Öl. In einer Seitenstraße hält er vor einem flachen Gebäude, auf dem Dach stehen mehrere Antennen.

— Das letzte Büro, sagt Ali, und wenn ich dir einen Rat geben darf?

— Natürlich.

— Costas ist schon sehr lange im Geschäft, und warum? Weil er ein verschlagener Hund ist. Also, bei allem, was du mit ihm abmachst, sei vorsichtig!

Muss man das nicht immer sein, denke ich, vorsichtig?

— Ich versuch's, sag ich und kram in meiner Hosentasche. Was kriegen Sie für die Fahrt?

— Ach, lass stecken. Ich wäre sowieso gefahren und du brauchst dein Geld noch. Also dann, Allah beschütze dich auf deiner Reise.

— Danke, und ... Sie auch.

Er lächelt, ich steig aus und hau die Tür zu. Der Lieferwagen fährt los und verschwindet an der nächsten Ecke. Dann wollen wir doch mal sehen, denke ich, wie ein verschlagener Hund in diesem Teil der Welt so aussieht.

Über der letzten Tür hängt ein Schild, vergilbt und fleckig. *Import & Export International* steht drauf und darunter *Costas Papadakis*. Der Name klingt ja ganz freundlich, denke ich und klopf an. Ich hör was von drinnen und mach die Tür auf. Ringsum Regale, voll mit Akten, Büchern, Kartons und allem möglichen Trödel. Von der Decke hängt ein Miefquirl, der läuft auf unterster Stufe und schwingt leise hin und her. Darunter steht ein riesiger Schreibtisch, begraben unter Stapeln von Papier. Hinter dem Schreibtisch sitzt ein älterer Herr mit rundem Kopf und grauem Haarkranz.

— Einen wunderschönen guten Tag, sagt er, breitet die Arme aus und lächelt. Was kann ich für Sie tun?

— Guten Tag, ich komm von Mike und er–

— Der alte Mike, sagt er und legt seine Hände auf den Schreibtisch, jaja. Er hat mich angerufen, ich weiß Bescheid. Bitte, nehmen Sie Platz. Darf ich Ihnen etwas anbieten? Ein Glas Wasser? Kaffee oder Tee?

— Nein, danke, sag ich und denke, also entweder ist der Mann besonders durchtrieben oder die Leute reden nur schlecht über ihn, so was geht schnell.

— Wenn ich das recht verstanden habe, möchten Sie gern mit einem Schiff nach Tanganyika?

— Genau.

— Nun, wie ich dem alten Mike ja schon gesagt habe, hätte ich da etwas für Sie. Ein hervorragendes Angebot, wie ich in aller Bescheidenheit sagen darf.

— Hört sich gut an.

— In der Tat. Was ich Ihnen anbieten kann, ist eine Passage auf der *Bombay Star*. Es handelt sich dabei um einen Stückgutfrachter unter indischer Flagge und das Beste ist, er läuft schon morgen aus.

— Das mach ich, sag ich und denke, geht doch wie geschmiert.

— Sehr schön, sagt er und lächelt.

— Und, was kostet die Fahrt?

— Nun, da ich annehme, dass das Ihren finanziellen Verhältnissen am ehesten entspricht, darf ich Ihnen Folgendes vorschlagen. Die Hälfte der Kosten bezahlen Sie mit Ihrer Hände Arbeit im Laufe der Fahrt. Die andere Hälfte begleichen Sie bar und im Voraus, das wären insgesamt 650 Afros. Dazu erlaube ich mir, eine kleine Vermittlungsgebühr in Höhe von 90 Afros in Rechnung zu stellen. Könnten Sie sich damit anfreunden?

Also mehr als 700, denke ich, meine Fresse! Billiger allerdings werd ich's nicht kriegen und bei wem auch? Ich kann ja hier nicht auf irgendeinen Kahn klettern und fragen, *können Sie mich vielleicht mitnehmen? Ach ja, leider hab ich keine Papiere.* Außerdem, das hört sich doch gut an und auf mich macht der keinen verschlagenen Eindruck, im Gegenteil. Die Kohle hab ich noch und wenn ich erst bei Roller bin, lach ich über das bisschen Geld.

—Einverstanden, sag ich und halt ihm meine Hand hin.

—Sehr schön, sagt er und schlägt ein.

Er zieht das Telephon ran, wählt eine lange Nummer und nach dreimal Klingeln nimmt auf der anderen Seite jemand ab. Ich versteh kein Wort, denn die beiden unterhalten sich in einer Sprache, die hab ich noch nie gehört. Er legt auf und lächelt.

—Alles ist arrangiert. Gleich kommt jemand, der holt Sie ab und bringt Sie an Bord. Morgen Vormittag legt das Schiff planmäßig um elf Uhr ab und fährt Richtung Süden.

—Wie lange dauert die Fahrt ungefähr?

—Nun, das fragen Sie am besten die Herrschaften auf der Bombay Star.

Kurze Zeit später hält draußen ein Wagen und eine Autotür schlägt zu. Ein Mann kommt ins Büro, er sieht indisch aus.

—Dieser Herr, sagt Costas Papadakis, wird Sie zum Schiff bringen. Vorher allerdings, wenn Sie gestatten, wollen wir die Bezahlung erledigen.

Ich hol mein Geld raus, zähl die Kohle ab und geb jedem sein Sümmchen. Mit drei Fingern zählt der Inder nach. Er nickt, steckt das Bündel ein und geht zur Tür.

—Damit, sagt Costas Papadakis und steht auf, bleibt mir nur noch eins übrig zu tun. Ich wünsche Ihnen eine gute Reise oder, wie man dort sagt, wo Sie hinmöchten, *safari njema*.

— Danke, sag ich und denke, *safari njema*, das klingt gut.

Nach einer kurzen Fahrt waren wir bei der *Bombay Star*. Die war größer, als ich sie mir vorgestellt hatte, mehr als hundert Meter lang. Gerade wurde das Schiff beladen und es herrschte ordentlich Betrieb. Wir sind rauf auf den Kahn und gleich unter Deck. Einen Gang lang, die Treppe runter und durch eine dicke Tür. Wir stehen im Maschinenraum. Ein anderer Inder kommt auf mich zu.

— Ich bin Kamal, sagt er und schüttelt mir die Hand, der Ingenieur. Du wirst hier unten für mich arbeiten. Ich zeige dir erst mal, wo du schlafen kannst, und danach, was du machen sollst. Aber eins vorab, das ist wichtig. Du darfst den Maschinenraum nicht verlassen, auf keinen Fall! Das ist in deinem eigenen Interesse. Denn es gibt immer wieder Kontrollen, auch auf See, und ich weiß, du hast keine Papiere. Wenn die dich nur sehen, dann ...

Er seufzt und schüttelt den Kopf.

— Aber das Gute ist, sagt er und grinst, in den Maschinenraum kommen die nicht. Weil sie Angst haben, sich ihre schönen Uniformen schmutzig zu machen. Also, solange du hier unten bleibst, bist du in Sicherheit, versprochen!

— Wie lange dauert die Fahrt?

— Tja, sagt er und kratzt sich am Kopf, das ist kein neues Schiff und der Weg ist weit. Außerdem hängt es davon ab, welche Häfen wir unterwegs anlaufen und wie schnell die uns abfertigen können. Also, schwer zu sagen. Aber jetzt komm, ich zeig dir alles.

— Ich hab immer gedacht, sag ich und geh ihm hinterher, so ’n großer Diesel macht einen Höllenlärm, aber das geht ja noch.

— Ja, sagt er und lacht, das sind auch nur die Hilfsmotoren. Warte bis morgen früh.

Am nächsten Tag wurde der Schiffsdiesel hochgefahren. Ein paar Stunden später wurde es noch lauter und ich hatte das Gefühl, mir fallen jeden Moment die Ohren ab. Andererseits, hab ich gedacht, kann das nur eins bedeuten. Wir legen ab!

32

Geländer entrosten, Rohre streichen, den Boden schrubben. Putzen, polieren, fegen, wischen. Schlafen und essen, immer den gleichen Fraß. So ging das Tag für Tag. Obwohl, war es Tag oder Nacht? Und der wie vielte Tag?

Den Lärm hab ich nicht mehr gehört. Nur wenn die Maschine gedrosselt oder abgestellt wurde, ist mir das aufgefallen.

— Sind wir jetzt da?

Kamal hat den Kopf geschüttelt und gelacht.

— So schnell geht das nicht. Wie ich gesagt habe, das ist kein neues Schiff und der Weg ist weit.

— Aber ich krieg Bescheid, wenn wir da sind?

— Natürlich.

Nachdem das drei Mal so ging, hab ich gedacht, hier stimmt was nicht. Wenn wir das nächste Mal festmachen, geh ich raus und guck mich um. Scheiß auf die Kontrollen, ich pass schon auf. Nur mal wieder Tageslicht sehen und frische Luft atmen, das ist mir die Sache wert.

Als der Diesel das nächste Mal runtergefahren wurde und nur noch die Hilfsmotoren liefen, hab ich so getan, als ob ich mich aufs Ohr hau. Kamal hat sich ein letztes Mal die Anzeigen angeguckt und ist gegangen. Ich hab noch ein bisschen gewartet, dann bin ich zur Tür geschlichen. Schön vorsichtig, hab ich gedacht und wollte die Tür aufmachen. Sie war verriegelt.

Eine Ewigkeit später kommt Kamal zurück, er will zur Hauptsteuerung gehen, aber ich stell mich ihm in den Weg.

— Warum macht ihr das?

— Was denn?

— Warum schließt ihr die Tür ab? Wieso darf ich nicht raus hier?

— Das ist zu deiner eigenen Sicherheit, sagt er und grinst, wegen der Kontrollen. Hab ich doch schon gesagt. Und jetzt lass mich durch, wir–

— Einen Scheiß werd ich! Ich mach ...

Mein Herz schlägt bis zum Hals und meine Hände zittern.

— Was!, sagt er und guckt mich von oben bis unten an. Was willst du machen, he?

Ich hau dir eine in die Fresse! Oder besser, ich greif mir einen Schraubenschlüssel und damit ... damit schlag ich dir deinen beschissenen Schädel ein. Bis nur noch Brei davon übrig ist und ... und dann? Dann bin ich immer noch auf diesem Scheißschiff. Und die anderen machen mich fertig. Was ich machen will? Was kann ich denn machen? Nichts.

Ich geh zur Seite, er grinst und spaziert an mir vorbei. Ich bin am Arsch, denke ich, und jetzt erst recht. Denn damit ist ihnen klar, dass ich Bescheid weiß, und nun werden die richtig aufpassen. Ich kann mich ja weigern, die Arbeit zu machen. Aber dann krieg ich bestimmt nichts zu essen. Obwohl, auf den Fraß kann ich verzichten. Was zu trinken allerdings brauch ich schon, sonst dauert es keine zwei Tage und ich geh am Stock. Oder ich mach was an der Maschine, irgendwas krieg ich schon kaputt. Aber wenn der Kahn dadurch am Ende absäuft, geh ich genauso unter.

Damit weiß ich auch, was in Sues gelaufen ist. Ich hab geglaubt, dieser Costas Papadakis verkauft mir eine *Passage*. In Wirklichkeit hat er mich verkauft, an diese verlogenen Ratten – und ich hab noch dafür bezahlt, ich Trottel! Ich hätte auf diesen Ali hören sollen. Aber ich war ja so schlau und jetzt sitz ich in der Scheiße!

Wir waren wieder auf See, ich hab das Nötigste gemacht, gegessen und geschlafen. Kamal hat mich nach dieser Sache behandelt wie den letzten Dreck.

Es hat lange gedauert, bis wir das nächste Mal festgemacht

haben. Die Tür war die ganze Zeit über verriegelt, keine Chance. Wir waren wieder unterwegs, als ein Chinese in den Maschinenraum kam, den Mann hatte ich noch nie gesehen. Die Inder halten bestimmt zusammen, hab ich gedacht, aber den sprech ich an. Was hab ich zu verlieren?

— Darf ich Sie was fragen?

— Was!

— Fahren wir überhaupt nach Tanganyika?

— Das also erzählen sie dir? Nein, wir kommen nicht mal in die Nähe von Tanganyika, überhaupt nicht.

Er lacht und ich denke, das ist aber lustig.

— Und wohin fahren wir?

— Wir fahren immer nur die Route Sues, Dschibuti, Bombay und Maskat. Gerade waren wir in Bombay, weit weg von Tanganyika.

Er schüttelt den Kopf und lacht.

— Was davon liegt am nächsten dran?

— Dschibuti. Aber das ist immer noch weit weg.

Der wird sich zwar einen Scheiß darum kümmern, denke ich, aber ich frag ihn trotzdem. Mehr als auslachen kann er mich nicht und das macht er jetzt schon.

— Ich muss runter von diesem Schiff, unbedingt! In diesem Dschibuti, können Sie mir dabei helfen? Ich bitte Sie darum, bitte!

Er zieht die Augenbrauen hoch.

— Warum soll ich das für dich tun?

— Weil ..., sag ich und denke, gute Frage.

— Na?

— Weil das gut ist für ... für Ihr Karma.

Er schüttelt den Kopf und lacht.

— Nein, Karma ist nichts für mich. Aber schöner Versuch, nicht schlecht. Woher kommst du?

— Aus Berlin.

— Ah, Berlin ist in Deutschland, oder?

— Wie man's nimmt.

Er kratzt sich hinter'm Ohr und seufzt.

— Na gut. Ich helfe dir, in Dschibuti. Willst du wissen warum?

— Sicher, ich–

— Du bist nicht der Grund, sondern Beethoven. Kennst du den?

— Klar, sag ich und denke, keine Ahnung.

— Du musst wissen, als ich jung war, habe ich Klavier gespielt. Gut, sehr gut, alle haben das gesagt. Aber meine Eltern wollten, dass ich etwas Anständiges mache und ... du verstehst?

Er reibt seinen Daumen über Zeige- und Mittelfinger.

— Am liebsten habe ich Beethoven gespielt. Das ist die schönste Musik der Welt, oder?

— Auf jeden Fall.

— Ja ... aber jetzt? Ich spiele nicht mehr. Aber Beethoven ist immer noch hier.

Er legt die rechte Hand auf sein Herz und seufzt.

— Deshalb helfe ich dir. Du bist Deutscher und Beethoven auch, als Dankeschön. Verstehst du das?

— Ja, sag ich und denke, irgendwie schon.

— Gut. Einen Tag bevor wir in Dschibuti ankommen, gebe ich dir Bescheid. Du verschwindest und ich, ich tue etwas für mein Karma.

Er lacht, haut mir auf die Schulter und geht. Das gibt's ja nicht, denke ich. Ob er tatsächlich kommt? Das werd ich ja sehen. Aber wenn, dann komm ich raus aus diesem Drecksloch und Kamal und seine Kumpane, die können mich mal. Das können sie auch jetzt schon.

Alles ging weiter wie gehabt und ich hab aufgehört zu zählen, wie oft ich den Fraß essen musste. Meine Hoffnung, jemals da rauszukommen, war wie ein Apfel, den man im Küchenschrank vergessen hat. Erst ist er rot und knackig, doch bald kommen die ersten Flecken. Dann wird er schlaff, die Flecken werden braun und er schrumpelt vor sich hin. Schließlich fängt er an zu faulen und letzten Endes landet er im Müll.

Ich schrubb gerade den Fußboden, da geht die Tür einen Spalt auf und der Chinese steckt den Kopf rein. Er guckt sich um, schlüpft durch und macht die Tür hinter sich zu. Das ..., denke ich, schmeiß die Bürste weg und steh auf, also doch!

—Ist er da? Kamal?

—Nein, keine Ahnung, wo er ist.

—Gut. Morgen Abend sind wir in Dschibuti. Wenn alles aus ist, warte noch drei, vier Stunden, dann schlafen alle. Ich lehn die Tür an und du kannst verschwinden.

—Danke, vielen Dank.

Er nickt knapp und will gehen.

—Eine Frage noch. Kennen Sie sich aus im Hafen? Wissen Sie zufällig, wo ich lang muss?

—Hm. Du willst nach Tanganyika?

—Ich weiß, das ist noch weit, aber ...

—Am besten ist, du fährst zuerst nach Addis Abeba und dann von dort aus weiter.

Er kratzt sich am Kopf und runzelt die Stirn.

—Wir haben Liegeplatz B 27. Du musst dich immer links halten, bis zum Güterbahnhof. Da versteckst du dich in einem Zug, der bringt dich nach Addis, und gut.

—Nochmals vielen Dank.

—Hm. Warte!

Er holt Zettel und Stift aus seiner Jacke, drückt das Papier an die Wand, schreibt drei Zeilen in Großbuchstaben und kritzelt was auf Chinesisch drunter. Er dreht sich um und gibt mir den Zettel.

—Ich habe einen Cousin in Addis, Li Yang. Er hat eine Autowerkstatt und kann dir vielleicht helfen. Hier ist die Adresse, dazu ein Gruß von mir. Du kannst das nicht lesen, aber keine Sorge.

Er nickt und ich denke, wird schon richtig sein. Wenn er mich in die Pfanne hauen will, das kann er einfacher haben.

— Eine allerletzte Frage noch, sag ich und steck den Zettel ein. Den Wievielten haben wir heute?

— Datum? Zwanzigster.

— Februar?

— Nein, sagt er und lacht, März.

Aber dann, denke ich, dann war ich mehr als zwei Monate hier unten? Diese Arschlöcher!

— Ich gehe jetzt, bevor Kamal wiederkommt.

Er legt mir die Hand auf die Schulter und guckt mich an.

— Ich tue das nicht nur für Beethoven, auch für dich. Und für ... für die Seele.

Nachdem er weg war, hab ich mich hingehauen und versucht, zur Ruhe zu kommen. Bloß nichts anmerken lassen, hab ich gedacht, alles ist wie immer, kein Problem. Nur mit dem kleinen Unterschied, dass ich endlich hier rauskomme. Nach zwei Monaten! Aber bis es so weit ist, ganz locker. Reiß dich zusammen!

Ich hab kaum geschlafen und war aufgedreht. Kamal hat davon nichts mitgekriegt. Warum sollte er auf einen Fußabtreter achten? Als wir endlich festgemacht haben, hab ich mir vor Aufregung fast in die Hosen gemacht. Der Diesel wurde runtergefahren, Kamal ist gegangen und hat die Tür hinter sich verriegelt. Ich hab mich auf meine Matratze gelegt und gewartet.

So, denke ich, die drei Stunden sind um! Oder soll ich noch warten? Sicher ist sicher? Aber wenn ich mir zu viel Zeit lasse, wird's wieder hell und das war's. Also los! Gleich schlägt die Stunde der Wahrheit, denn vielleicht hat der mich auch nur verarscht, die ganze Zeit. Damit wär er nicht der Erste.

Ich drück gegen die Tür und ... sie gibt nach! Ja! Den Jubelschrei kann ich gerade so unterdrücken. Er hat Wort gehalten und ... Schluss damit! Freuen kann ich mich später. Wenn ich's wirklich geschafft hab. Denn noch bin ich auf diesem Scheißkahn und das Schwerste kommt jetzt.

Ich mach die Tür auf, vorsichtig. Draußen ist die Notbeleuchtung an, kein Mensch zu sehen und es ist still. Die Treppe rauf, leise! Nur noch den Gang lang und dort hinten raus. Wenn jetzt einer seine Tür aufmacht, bin ich geliefert. Aber die schlafen alle, hoffentlich. Die Tür am Ende ist nur angelehnt und ich bin draußen!

Diese Luft! Frisch und sauber ... und dieser Himmel! Scheiße, ich hab seit mehr als zwei Monaten keinen Himmel mehr gesehen und Sterne erst recht nicht. So viele Sterne, wie schön das ist! Und weiter, quer übers Deck, schnell! Und runter! Bloß nicht stolpern. Geschafft!

Vor mir liegt eine weite Fläche, hell erleuchtet. So breit wie ein Fußballfeld und unendlich zu beiden Seiten. Alle dreihundert Meter steht ein riesiger Kran. Weit hinten wird ein Schiff entladen. Aber hier ist es wie ausgestorben, ein Glück. Ich muss nur auf die andere Seite, da kann ich zwischen den Containern verschwinden. Das ist allerdings 'n Stück.

Ich schnall meinen Rucksack fest und hol tief Luft. Und los! Meine Schritte hallen auf dem Beton, egal! Nicht umdrehen ... und ... das war's! Meine Fresse ... ich lehn meinen Kopf an eine Containerwand, mein Atem geht wie ein Blasebalg und mein Herz schlägt bis zum Hals.

Ich halte mich links, wie der Chinese gesagt hat. Vorbei an Güterzügen und langen Reihen von Lastern. Rechts eine Lagerhalle, links eine Wand aus Containern und über mir ein Riesenkran in der Nacht. Unter Rohren und Leitungen durch, über Straßen und Schienen. Immer links halten. An vielen Stellen wird noch gearbeitet, da ist alles hell erleuchtet. Ich bleib im Schatten und unbemerkt.

Mehr als eine Stunde bin ich gelaufen, bis ich am Güterbahnhof war. Ein Zug neben dem anderen. So, hab ich gedacht, und welchen soll ich nun nehmen? Die können ja nicht alle in dieses Addis Abeba fahren. Wenn ich den falschen Zug erwische, lande ich am Ende wieder in Kairo und alles war umsonst. Ich bin zwischen den Gleisen herumgeirrt und mit einem Mal stand ich vor einer Reihe von Waggons, die hatten Autos geladen, in zwei Etagen. Ist das nicht eigentlich blöd, hab ich gedacht, Autos mit dem Zug durch die Gegend zu fahren? Ich wollte schon weitergehen, da hab ich gesehen, dass jedes Auto hinter der Frontscheibe einen Lieferschein hatte. Ganz unten stand in fetten Buchstaben *TO: ADDIS ABEBA*. Na, hab ich gedacht, nehm ich doch den. Ich hau mich hinten in eine von den Karren und hab gleich ein Bett, und zwar vom Feinsten. Wenn sie nicht abgeschlossen sind. Ich bin auf die zweite Ebene geklettert und hab mir das größte Auto ausgesucht, eins für's Gelände. Die Tür ging auf und ich hab mich auf der Rückbank ausgestreckt. Ja, so machen wir das.

33

Als ich aufgewacht bin, rollte der Zug schon. Ich hab mich aufgesetzt und mir den Schlaf aus den Augen gerieben. Zu allen Seiten weites Land. Trocken, staubig und menschenleer. Ferne Berge im Morgenlicht.

Ich hab's geschafft, hab ich gedacht, wirklich! Kamal und die anderen denken bestimmt noch, dass ich unten in ihrem Scheißkahn auf Knien rumrutsche und die Drecksarbeit mache. Falsch gedacht. In Wirklichkeit sitz ich auf weichem Leder und guck mir die Gegend an. Ein neuer Tag bricht an, ich hab mein Leben zurück und bin wieder unterwegs!

Als die Sonne höher stand, wurde es stickig in der Karre und ich hab die Scheiben runtergekurbelt. Der Fahrtwind war warm und trocken. Für die nächsten Stunden war die Landschaft so, wie es am Anfang der Heiligen Schrift heißt, *wüst und leer.* Mittlerweile kam der Fahrtwind frisch aus dem Backofen und bald war ich so ausgetrocknet wie das Land um mich herum. Zum Glück hatte ich Wasser mitgenommen, aber das musste ich mir gut einteilen.

Eine Bergkette erhob sich am Horizont, als das erste Grün auftauchte, verkümmert und verstaubt. Doch je näher wir den Bergen kamen, desto fruchtbarer wurde das Land. Die ersten Siedlungen. Die erste Stadt. Verdammt, hab ich gedacht, wenn wir hier anhalten, sitz ich wie auf'm Präsentierteller. Ich hab die Scheiben hochgekurbelt, so schnell ich konnte, mich hingelegt und gewartet. Der Schweiß lief mir über die Stirn und tropfte aufs Polster.

Der Zug ist durchgerauscht und bei der nächsten Stadt hab ich nicht so viel Theater gemacht, sondern die Aussicht genossen. Auf den Straßen war nicht viel los, am Ortsausgang standen Lagerhallen zu beiden Seiten der Gleise und das war's. Linker Hand die

Berge und rechts das weite Land. Am frühen Nachmittag sind wir durch ein breites Tal gefahren und dann ging's bergauf. Immer höher und die Lok hatte ganz schön zu ackern.

Große Städte spürt man schon lange, bevor man was von ihnen sieht. Da ist eine Kraft, die alles an sich zieht. Als wir oben waren, wusste ich, es wird Zeit. Nach zwei Monaten unter Deck waren meine alten Klamotten am Ende, aber die Sachen von Don Mario hatte ich geschont und sie sahen immer noch passabel aus. Ich hab mich umgezogen und gedacht, ich muss nur so tun, als würde ich dazugehören. Wenn ich nicht komisch aussehe oder mich so benehme, wird mich auch keiner komisch angucken.

Die ersten Ausläufer der Stadt. Industrieanlagen, Lagerhallen, Bürogebäude, die Straßen werden breiter, der Verkehr nimmt zu. Auf einem Bahnsteig warten Leute, wir rauschen vorbei. Es wird langsam dunkel, die Lichter gehen an. Ich trinke den letzten Schluck Wasser und pack meine Sachen zusammen. Hochhäuser, leuchtende Reklame auf den Dächern. Zu beiden Seiten Gleise und Weichen, andere Züge, rote und grüne Signale. Wir werden langsamer und wechseln das Gleis, ich kurbel die Scheiben hoch. Links eine Reihe Güterwaggons, rechts flache Wagen mit Containern. Der Zug kommt zum Stehen.

Erst mal raus aus der Karre, denke ich und mach die Tür auf, dann sehen wir weiter. Kein Schwein zu sehen. Ich kletter runter, spring auf den Schotter – und zwei Bongos kommen auf mich zu! Scheiße, denke ich, wieso ... weil es schon so schummrig ist und ... die beiden gehen an mir vorbei und gucken mich nicht mal an. Der eine sagt was, der andere lacht und sie gehen weiter. Ich atme tief durch und muss mich anlehnen.

Ich gehe den beiden hinterher. Manchmal macht man ja so Sachen und weiß nicht warum. Zu ihnen gesellt sich ein Dritter und ein Vierter. Ich hör was, dreh mich um und hinter mir gehen auch welche. Verdammt, denke ich, wie komm ich hier wieder raus?

Die Gleise enden an einer Querstraße, alle zwanzig Meter steht eine Laterne und verbreitet gelbliches Licht. Von überall kommen die Leute und alle gehen in eine Richtung. Die meisten sind schwarz, ein paar Chinesen sind dabei und einige sind weiß. Meine Leute, denke ich und fühl mich gleich sicherer. Dabei hab ich die noch nie gesehen und wer weiß, was das für welche sind?

Aber egal, welche Farbe ihnen der Herrgott ins Gesicht gepinselt hat, die meisten sehen erledigt aus. Der Tag geht zu Ende und das kann nur eins heißen: Feierabend! Ich könnte mich einfach mit ihnen rausspülen lassen und es so durch die Pforte schaffen.

Schritt für Schritt geht es voran, manche Männer halten einen Ausweis hoch. Noch einer vor mir. Der Mann hinter der Scheibe sieht müde aus und guckt durch mich hindurch. Das trifft sich gut, denke ich und geh weiter, denn ich bin gar nicht da.

Am Straßenrand stehen fünf Busse hintereinander. Der erste fährt gerade los. Die Männer vor mir steigen in den zweiten, alle. Wenn ich das nicht mache und weitergehe, denke ich, das fällt auf. Ich werde vorwärts geschoben und rein in den Bus.

Neben mir sitzt schon einer, dunkel und dünn. Er guckt aus'm Fenster und ich guck mir das Muster auf der Rückenlehne an. Die Türen gehen zu, wir fahren los und biegen ab auf eine Autobahn. Sechs Spuren nebeneinander, ein wogender Strom aus roten Lichtern. Bremsleuchten flammen auf, Blinker hin und her. Auf der äußeren Spur rauschen schwarze Wagen vorbei, die Scheinwerfer aufgeblendet.

Durch einen Tunnel, über Brücken und Brücken über uns. Rote und weiße Schlangen winden sich durch die Nacht. Hochhäuser, hell erleuchtet, auf den Dächern blinken rote Lichter. Ein Zug rauscht über uns hinweg.

Wir biegen ab. Halten an einem Platz, gegenüber ein flaches Gebäude mit vier Eingängen, Hunderte strömen rein oder raus. Die Tür geht auf und die Hälfte der Männer steigt aus. Tür zu. Hätte ich aussteigen sollen? Zu spät. Aber demnächst muss ich mal raus, denn ich will nicht der Letzte sein im Bus. Ich hol den Zettel raus, den mir der Chinese gegeben hat, und frag den Mann neben mir, ob er weiß, wo das ist.

— Das ist in Chinatown. Da müssen Sie die nächste raus.

Er guckt wieder aus dem Fenster. Auf den Straßen wird es ruhiger und die Häuser sind nicht mehr so hoch. Der Bus hält, ich nehm mein Zeug und steig aus. Drei Chinesen folgen mir und verschwinden in einem Durchgang. Die Tür geht zu, der Bus ordnet sich ein und biegt an der nächsten Ecke ab.

Ich guck mich um und denke, keine Ahnung, wie dieses Chinatown aussieht, aber ich schätze, das hier ist es nicht. Am besten, ich geh den dreien hinterher. In dem Durchgang ist es dunkel und stinkt nach Pisse. Ich komm auf der anderen Seite raus und–

Lieferwagen, Laster, Taxis, Mopeds schieben und drängeln sich durch die Straße, hupen, quietschen und knattern. Ein Chinese haut aufs Lenkrad und fuchtelt mit den Armen, ein anderer telephoniert und schüttelt den Kopf. Zwei Mädchen steigen aus und lachen.

Quer über die Straße hängen lange Reihen roter Lampions. Zu beiden Seiten leuchtet, blinkt und strahlt Reklame. Geheimnisvolle Zeichen. Gelb, Grün, Orange, neben- und übereinander, bis in den Himmel. Ich setze einen Fuß ins Gedränge, werde aufgesogen und vorwärts geschoben. Berge von frittierten Vogelfüßen, siedendes Öl, Gebäck, Gewürze, Gerüche, Gestank. In einem Fenster fünf Enten nebeneinander, an den Füßen aufgehängt, rot und glänzend. Ein Lokal, zur Straße offen, hundert Chinesen schlürfen ihre Suppe und schieben sich mit Stäbchen die Nudeln in den Mund. Daneben Uhren, Werkzeug, Schmuck und Tiere im Käfig. Mir wird schwindlig.

Zwischen zwei Türen lehn ich mich an die Wand und hol tief Luft. Auf der linken Schwelle sitzt ein Alter, guckt hoch zu mir und lacht, seine paar Zähne sind braun und schief. Ich geb ihm meinen Zettel, er kaut vor sich hin und deutet die Straße runter und dann nach rechts.

In der nächsten Querstraße ist es ruhiger. Nach fuffzig Metern kommt auf der rechten Seite eine Autowerkstatt. Die Wände und der Boden sind weiß gekachelt und blitzblank. Neben jedem Auto steht ein Wägelchen mit Werkzeug, alles vom Feinsten und schön geordnet. Die Mechaniker tragen blaue Anzüge und ich kann nicht einen Fleck darauf erkennen.

Meine Fresse, denke ich, kein Vergleich zu dem ollen Zanofski, wo Iwan seine Karren immer hingebracht hat. Die Schrauber dort sahen aus, als würden sie sich regelmäßig im Dreck suhlen, und der Boden war schwarz vor Öl. Hier dagegen kann man vom Fußboden essen und muss dabei noch Sorge haben, was schmutzig zu machen.

Das Büro ist hinten in der Ecke und sieht aus wie ein großes Aquarium. Drinnen sitzt ein Chinese am Schreibtisch und hämmert auf seine Tastatur ein, das Licht vom Bildschirm spiegelt sich in seiner Brille. Die Tür steht offen, ich klopfe ans Glas.

— Was!

— Herr Li Yang? Ich ... ich war auf einem Schiff und ... und daher kenn ich Ihren Cousin und der hat gesagt, Sie könnten mir vielleicht ... und er hat mir das hier mitgegeben.

Li Yang nimmt den Zettel, runzelt die Stirn und im nächsten Moment hellen sich seine Züge auf.

— Setz dich, sagt er und zeigt mit der Hand auf einen der beiden Stühle. Ich habe zunächst eine Frage an dich, ja?

— Sicher.

— Was willst du?

— Ich ... wenn Sie vielleicht Arbeit für mich hätten? Irgendwas?

— Nein, sagt er und schüttelt den Kopf, nein, nein.

Ist ja gut, denke ich, dann nicht.

— Ich will wissen, sagt er und lehnt sich zurück, was du wirklich willst? Wo willst du hin?

Ach so, denke ich, das meint er.

— Eigentlich will ich nach Matema, das ist–

— Ja, kenne ich. Und?

— Na ja, ein Freund von mir ist dort, ein guter Freund, und da ... da fang ich noch mal an, so richtig.

— Warum?

— Na, ich will noch was machen aus meinem Leben.

— Schon besser, sagt er und nickt, aber warum?

Meine Güte, denke ich, das geht den zwar nichts an, aber ich muss auch kein Geheimnis draus machen.

— Weil ich glücklich werden will, deshalb!

— Genau!, sagt er und haut beide Handflächen auf den Tisch. Das wollte ich wissen! Hier steht, sie haben dich schlecht behandelt, aber du bist ein guter Mann, kannst gut arbeiten und ob ich dir helfen kann. Doch hier steht nicht, wer du eigentlich bist. Um aber zu wissen, wer du bist, muss ich wissen, was du willst. Verstehst du, ein Mensch ist immer das, was er will, was er sein will. Wenn er nichts mehr will, was bleibt dann von ihm?

Donnerwetter, denke ich, der geht ja gleich ans Eingemachte.

— Meine Familie, wir stammen aus Shanghai. Aber nach dem großen Krieg haben meine Eltern beschlossen, alles zurückzulassen. Mit drei Kindern haben sie sich auf den Weg gemacht und als wir hier angekommen sind, hatten wir nichts, nur unseren Willen. Und jetzt sieh dich um!

Er breitet die Arme aus und lächelt.

— Das alles gehört mir, ich werde von allen geachtet und meinen Geschwistern geht es auch gut.

— Das freut mich für Sie, ehrlich.

— Ja, sagt er und legt die Hände übereinander auf den Tisch, doch nun haben wir genug geredet. Du suchst Arbeit? Du kannst den Mechanikern helfen und die Werkstatt sauber machen. Hinten ist noch ein Zimmer, wenn du willst, kannst du dort wohnen, das kostet dich nichts. Ich zahle dir sechs Afros die Stunde, acht Stunden am Tag, sechs Tage die Woche, gut?

Sechs mal acht sind achtundvierzig, denke ich, und das in Afros, das ist fast das Dreifache von dem, was ich in Kairo gekriegt hab!

— Gut?

— Mehr als gut, danke.

— Jetzt ist sowieso nicht die richtige Zeit, um nach Matema zu fahren. Im Moment ist dort Regenzeit, verstehst du? Im Mai oder Juni ist es besser und bis dahin kannst du hier arbeiten. Morgen früh fängst du an, sechs Uhr und keine Minute später!

— Verstanden, sag ich und denke, was für ein Tag!

34

Am nächsten Morgen hab ich die vier Jungs von der Frühschicht kennengelernt. Der Älteste war Abebe. Wenn die anderen mit ihrem Latein am Ende waren oder was verbacken hatten, er hat's wieder hingekriegt. Der Jüngste war Lu Song und *Song* bedeutet *Drachen*. Das hat er mir mehr als einmal erklärt, aber wenn überhaupt, war Lu ein sehr freundlicher Drache.

Ich hab einen eigenen blauen Anzug gekriegt und bin jedem zur Hand gegangen, der gerade Hilfe brauchte. Was festhalten, Schrauben lösen, schleifen, spachteln, feilen und solche Sachen. Wenn keiner Bedarf hatte, hab ich den Boden gefegt und das Werkzeug sauber gemacht. Um zwei hatten wir Feierabend und die Spätschicht hat übernommen, die haben bis abends um zehn geackert.

Zur Spätschicht gehörten Mamo, der wöchentlich dicker wurde und bei jeder Gelegenheit stöhnte, zwei Chinesen, die nicht viel gesagt haben, und Besrat. Sie stammte aus einem Ort namens Lalibela und hat oft davon erzählt. Dort gab es wohl Kirchen, die in den Fels gehauen waren, mit mehreren Stockwerken, Treppen und Säulen.

— Du musst nach Lalibela fahren, hat sie gesagt, unbedingt. Ich leih dir auch meine Karre.

— Aber ich–

— Kein aber, das muss man gesehen haben. Wer in Lalibela nicht an Gott glaubt, dem ist nicht mehr zu helfen.

— Und wenn ich schon an Gott glaube?

— Dann erst recht.

Ich hatte abwechselnd eine Woche Frühschicht, eine Woche Spätschicht und die Kohle gab's pünktlich jeden Samstag, ich musste nicht ein Mal nachfragen. Wenn ich freihatte, bin ich entweder in meinem Kabuff geblieben und hab was gelesen, oder ich bin durchs Viertel geschlendert. Hab hier eine Kleinigkeit gegessen, dort einen Tee getrunken oder bin nur so rumgelaufen. Zu gucken gab's immer genug. Die Leute in Chinatown wussten, wo ich hingehöre, sie haben mir einen guten Preis gemacht und wenn was anzupacken war, hab ich geholfen.

Zwei Querstraßen weiter hörte Chinatown auf und ein anderes Viertel fing an, das hieß Little India. Dahin bin ich nicht gegangen, denn mein Bedarf an Indern war gedeckt. Eines Tages aber war ich ganz in der Nähe unterwegs und ein Duft zog durch die Straße, der ... ich konnte gar nicht anders.

Ein paar Minuten später steh ich in einer Gasse und die Leute drängeln sich an mir vorbei. Zu beiden Seiten eine Reihe von überdachten Ständen. Es blubbert und brodelt, zischt und dampft. Diese Farben, denke ich, und Düfte ... ich muss das probieren. Scheiß auf Kamal!

— Entschuldigung, in dem Topf da, was ist das?

Ein dicker Inder guckt mich an und lächelt.

— Du hast Hunger? Du musst Hunger haben, so dünn, wie du bist. Aber hier bist du richtig, denn das ist das beste *Chicken Tikka Masala* der Stadt. Wahrscheinlich sogar das beste der Welt.

— Und in dem anderen Topf?

— Das ist *Paneer Makhanwala.*

— Auch das beste der Welt?

— Nein, nur das zweitbeste. Soll ich dir sagen, wer das beste macht?

— Deine Mutter?

— Mein Freund, wir verstehen uns. Komm, probier beides, kostet nichts. Danach triffst du deine Wahl, ja?

Das war beides so gut! Der Mann hieß Arjun und wenn ich von da an was essen wollte, bin ich zu ihm gegangen oder zu einem von den anderen Ständen. Chinesisches Essen ist nicht schlecht, aber kein Vergleich zu dem, was die Inder kochen. Die Leute in Little India und die vom Schiff, das war wie Tag und Nacht. Gibt eben immer sone und solche, hab ich gedacht, das ist bei uns ja nicht anders.

In den Rest der Stadt bin ich nicht gegangen. Jeden Tag hatte ich die Hochhäuser vor Augen und es hat mich schon gereizt, mir das mal aus der Nähe zu begucken. Aber ich wollte nichts riskieren, denn so schön das war in Addis und so gut alles lief, für mich war das nur eine Zwischenstation. Deshalb bin ich Mitte Mai zu Li Yang ins Büro gegangen. Er hat mir einen Stuhl angeboten und sich zurückgelehnt.

— Also, hab ich gesagt und tief Luft geholt, ich ...

— Du willst weiter, richtig?

— Sie haben ja selbst gesagt, Mai oder Juni ist eine gute Zeit und ... na ja, da sind wir jetzt.

— Die Zeit vergeht, wie ein Weberschiffchen flitzt.

— Was?

— Das hat mein Vater oft gesagt. Früher hab ich das nicht verstanden, aber je älter ich werde, desto ... nun ja. Bei allem, was du vorhast, sollst du eins wissen. Hier kannst du bleiben, solange du willst, und du kannst jederzeit zurückkommen. Du bist hier willkommen.

— Vielen Dank. Und ich hoffe–

— Keine Sorge. Du bist noch nicht am Ziel, ich verstehe das. Aber kommen wir zur Sache. Wenn du nach Matema willst, rate ich dir, fahr mit dem Bus. Das dauert zwar am längsten, aber dafür ist es am billigsten. Die großen Gesellschaften bieten für lange Strecken Pakete an. Damit bekommst du die Fahrt und die Übernachtungen unterwegs für einen anständigen Preis. Die Zimmer sind einfach, aber dicht am Busbahnhof und es gibt Frühstück. So hast du gleich etwas im Bauch.

— Wenn ich so ein Paket kaufe, wollen die nicht meine Papiere sehen?

— Nein, sagt Li Yang und lacht, denen ist egal, wer du bist oder wo du herkommst, solange du nur bezahlst.

— Und da, wo wir schlafen, wollen die nichts sehen?

— Du bekommst einen Gutschein für die Übernachtung und einen fürs Frühstück, mehr interessiert die nicht.

— Aber an der Grenze wird's doch Kontrollen geben!

— Sorgen über Sorgen. Natürlich musst du über die Grenze, zwei Mal sogar. Aber davon merkst du nichts, denn die existieren nur noch auf dem Papier. Und keine Angst, unterwegs gibt es auch keine Kontrollen oder so etwas, das wäre ja noch schöner! Man kann doch die Leute nicht einfach anhalten und kontrollieren. Das ist ein freies Land und dafür gibt es Gesetze!

— Wo ich herkomme, gibt's auch Gesetze. Hält sich bloß keiner dran.

— Aber jetzt bist du hier. Deshalb lehn dich zurück und genieße die Fahrt.

Das sagt sich so leicht, denke ich.

— Und welchen Bus soll ich nehmen?

— Am besten nimmst du eine Gesellschaft aus Tanganyika, bei denen bekommst du bestimmt ein Paket bis nach Mbeya. Die größte ist *Simba Lines* und die sind gut.

— Und wenn ich da angekommen bin?

— Mbeya ist eine große Stadt in der Nähe von Matema und von dort aus fahren ständig Busse zum See.

Noch am selben Abend bin ich zum Busbahnhof gegangen, der war nicht weit weg. Eine Riesenhalle, hell erleuchtet und pieksauber. Auf der anderen Seite geht es raus zu den Bussen. Die stehen in Reihen hintereinander wie an Bahnsteigen und neben jedem Bus hängt eine elektrische Anzeigetafel. Leute steigen ein oder aus, werden erwartet oder verabschieden sich, Gepäck wird verstaut. Wenn ein Bus losfährt, ist der Motor kaum zu hören und es kommt kein Ruß aus'm Auspuff. Er gleitet an mir vorbei und fährt durch die Schranke.

Simba Lines hat fünf Schalter nebeneinander und ich komm sofort an die Reihe. Nach zehn Minuten hab ich mein Paket gebucht. Als sie mit dem Preis rüberkommt, fall ich fast hintenüber. Aber hier ist alles teuer, denke ich, warum soll dann das Reisen billig sein? Das Gute ist, bis Mbeya ist damit alles geregelt und bezahlt und ich muss mir keine Gedanken mehr machen.

Freitag früh geht's los. Zuerst in zwei Etappen nach Nairobi, dort hab ich einen Tag Aufenthalt. Am Montag fahr ich weiter nach Dodoma und am Dienstag nach Mbeya. Dort übernachte ich noch mal und am Mittwoch fahre ich nach Matema.

35

Am Tag vor meiner Abreise haben sich alle von mir verabschiedet. Der dicke Mamo hat mir ein Päckchen mit Essen in die Hand gedrückt. Besrat hat mich umarmt und mir einen Kuss auf die Wange gegeben. Zuletzt kam Li Yang.

— Ich möchte dir auch etwas mit auf den Weg geben. Aber es ist nichts für den Magen, sondern etwas für den Geist. Ein altes Sprichwort aus meiner Heimat, das mir viel bedeutet. Es lautet: Nur ein Narr tut, was er nicht lassen kann, ein weiser Mann hingegen lässt, was er nicht tun kann.

Er lächelt und nimmt meine Hand.

— Ich wünsche dir Weisheit, Glück und eine sichere Reise. Und mein Cousin hatte recht, du bist ein guter Mann.

Er geht und macht an der Tür das Licht aus. Ich steh allein in der Dunkelheit und denke, *nur ein Narr tut, was er nicht lassen kann.* Bin ich denn die ganze Zeit über ein Narr gewesen? Angefangen mit der Idee, eine Bar aufzumachen? Bis heute? So meint Li Yang das nicht, aber ist es nicht so?

Kann gut sein. Doch damit bin ich in bester Gesellschaft. Denn viele von denen, die was gerissen haben im Leben, haben das getan, was sie nicht lassen konnten. Die weisen Männer haben gesagt, spar dir das mal lieber, aber sie haben es trotzdem gemacht. Vielleicht muss man ein Narr sein, um was zu erreichen.

Mein Bus sollte morgens um sieben abfahren und eine halbe Stunde vorher stand ich unter der Anzeigetafel, ich war der Erste. Gerade wollte ich mir eine anstecken, als ich gesehen hab, dass Rauchen verboten ist. So ein Scheiß, hab ich gedacht, jetzt könnt ich eine vertragen.

Ein nagelneuer Bus biegt ein in die Spur. Unten grün, oben gelb und quer über die Seite ein Löwe im Sprung. Der Bus hält genau vor mir und die Tür gleitet auf. Hinter'm Steuer sitzt eine Frau, ihre Haut ist sehr schwarz, die Haare sind ganz kurz und in ihrer Nase funkelt ein Stein. Sie gähnt und steht auf, kommt das Treppchen runter und stellt sich neben die Tür. Sie trägt eine weiße Bluse und um den Hals ein Tuch, grün und gelb gestreift.

Sie nickt mir zu, ich zeig ihr meinen Fahrschein und darf einsteigen. Ich such mir einen Platz aus, hinten und am Fenster. Noch bequemer als die in Tunesien, denke ich, so kann man's aushalten. Leute steigen ein und machen sich's gemütlich, ich bin das einzige Weißbrot, aber das kümmert keinen. Kurz vor sieben ist der Bus nicht mal halb voll. So ein Mist!, denke ich. Mit den paar Leuten fahren die doch niemals los.

Schlag sieben steigt die Fahrerin ein und setzt sich hinters Steuer. Ein leises Zittern geht durch den Bus und die Tür gleitet zu. Gibt's ja nicht, denke ich, doch ... wir fahren! Die letzte Etappe.

Es war viel Verkehr und wir haben mehr als zwei Stunden gebraucht, um aus der Stadt rauszukommen. Nicht lange danach ging es in Kurven bergab. Die Autobahn war dreispurig und gut befahren. Unten angekommen ging es in Schleifen auf eine andere Autobahn und dann Richtung Süden. Nach ein paar Kilometern kam an der Seite ein großes blaues Schild mit Entfernungsangaben. Ganz unten stand *Nairobi (KENYA) – 1529 km.* Das ist ja 'ne Ecke, hab ich gedacht und mich zurückgelehnt.

Ein großer See. Ferne Berge. Wir rauschten dahin und ich bin eingenickt. Als ich die Augen wieder aufgemacht hab, war das Land weit und grün. An einer Tankstelle mit Restaurant haben wir Pause gemacht. Nachmittags wurde die Gegend trockener, wo kein Gras wuchs, sah der Boden lehmig aus. Als die Sonne unterging, wurde die Erde rot, die wenigen Bäume warfen einen langen Schatten.

Es ist dunkel, als wir auf den Parkplatz fahren. Am anderen

Ende steht ein Hochhaus mit mehr als zwanzig Stockwerken. Viele Fenster sind beleuchtet und auf dem Dach steht in großen gelben Buchstaben *SUNRISE HOTEL*. Der Bus hält vor dem Eingang, alle steigen aus und ich denke, am besten mach ich das, was die anderen machen.

Durch eine der Drehtüren kommen wir in die Eingangshalle, von der Decke hängt ein riesiger Kronleuchter und der Boden ist weich. Links ein Tresen, so lang wie der Bus, ich bin der Vorletzte in der Schlange. Einer nach dem anderen reicht seinen Gutschein rüber und kriegt dafür einen Umschlag.

— Herzlich willkommen im Sunrise Hotel, sagt die Dame hinter dem Tresen und guckt mich an, aber irgendwie auch nicht.

Sie nimmt mir den Zettel ab und ich krieg meinen Umschlag. Der ist kleiner als ein Geldschein und es steht eine Zahl drauf, 718.

— Siebter Stock, sagt sie und lächelt, ich wünsche Ihnen eine gute Nacht. Der Nächste bitte.

— Danke, sag ich und denke, krieg ich keinen Schlüssel? Aber wenn ich danach frage, fall ich nur auf, denn keiner hat gefragt.

Rechts vom Tresen sind die Fahrstühle und *bling!*, geht einer auf. Drei Bongos steigen ein und ich folge ihnen, die 7 ist schon gedrückt. Das letzte Mal bin ich in Berlin Fahrstuhl gefahren, denke ich, in einem der Ämter. Als ich eingestiegen bin, gab's einen Ruck und die ganze Kiste ist 'n halben Meter nach unten gesackt. Das war ein Gefühl. Hier dagegen merkt man nicht mal, dass er fährt. *Bling!*, und die Türen gehen auf.

Zwei steigen aus und gehen nach links. Ich guck mir die Zahlen an, geh nach rechts und bleib vor Zimmer 718 stehen. Ich hab zwar keinen Schlüssel, denke ich, aber die Tür hat auch kein Schloss. Dafür einen Schlitz über dem Drücker und in meinem Umschlag ist eine Karte. Wenn das mal nicht zusammenpasst.

Die Tür fällt hinter mir ins Schloss, ich mach das Licht an und denke, hat Li Yang nicht gesagt, die Zimmer sind einfach? Wenn das einfach ist, wie sehen dann die mit Luxus aus? In dem Bett kann ich ja quer liegen und alles frisch bezogen. Und ein Badezimmer nur für mich, alles blitzt und blinkt.

Ich geh zum Fenster, unter mir rauschen rote und weiße Lichter vorbei. Kann nicht mehr weit sein, denke ich, bis zur Grenze. Wird schon gut gehen morgen, hoffentlich.

In der Nacht hatte ich einen Traum. Ich bin durch die Wüste gelaufen, meine Schuhe waren voller Sand und das hat gescheuert. Nach Stunden bin ich zu einer Schranke gekommen, die war gelb und grün gestreift. Auf der anderen Seite standen Willi und Achim. Willi hat die rechte Hand gehoben und seine Augen haben rot geleuchtet. Im nächsten Moment war ich in einer Zelle, feucht, muffig und so flach, dass ich nur liegen konnte. Putz rieselte von der Decke, mir in die Augen, aber ich hab meine Hände nicht freigekriegt. Die Decke senkte sich, hat mir den Brustkorb zusammengequetscht und ... ich wach auf! Mein Herz rast, der Schweiß steht mir auf der Stirn und mein Mund ist trocken. Scheiße, denke ich und setz mich auf, was war das denn? Das ... und wenn man von Toten träumt, das bringt Unglück!

Den Rest der Nacht hab ich kaum geschlafen und mich von einer Seite auf die andere geworfen. Um sechs bin ich aufgestanden, hinter den Bergen ging die Sonne auf. Ich war wie gerädert und wacklig auf den Beinen.

Das Frühstück gab es in einem großen Raum mit Fenster zum Parkplatz. Die Tische waren weiß gedeckt und an der Wand stand eine lange Tafel, vollgepackt mit den schönsten Sachen und alles frisch! Was machen die mit dem, was liegen bleibt?, hab ich gedacht. Nehmen sich bestimmt die Leute aus'm Hotel mit nach Hause, nicht schlecht. Ich hab mir den größten Teller gegriffen, den ich finden konnte, und hab ihn vollgeladen. Einen Kaffee hinterher und raus an die Luft. Es waren noch zwanzig Minuten Zeit, aber der Bus stand schon da und die Tür war offen.

Kurz nach acht kam der Letzte vom Frühstück und wir sind losgefahren. Jetzt werden wir sehen, hab ich gedacht und musste gähnen. Wird schon gut gehen. Meinen Traum habe ich beiseitegeschoben, denn seit wann war ich abergläubisch? Außerdem, das Unglück schlägt zu, wann und wie es will. Das braucht keine Träume.

Ich musste wieder gähnen und hab gedacht, wenn das so weitergeht, renk ich mir noch den Kiefer aus, das wär was. Ich war zwar unruhig und aufgeregt, aber auch hundemüde und pappsatt. Kaum waren wir auf der Autobahn, bin ich eingeschlafen.

36

Das ... wo bin ich überhaupt? Ich ... Mann, ich muss erst mal wach werden. Ich streck mich und reib mir die Augen, bis ich Sterne sehe. So, denke ich, setz mich aufrecht hin und guck aus'm Fenster, wo sind wir denn? Wie lange hab ich geschlafen?

— Entschuldigen Sie, sag ich und beug mich zum Gang.

Auf der anderen Seite sitzt ein Mann am Fenster und liest ein Buch. Seine Haut ist dunkler als die von den Leuten in Addis und seine Haare sind weiß.

— Ja bitte?

Er macht das Buch zu und guckt mich an.

— Nur eine kurze Frage. Ist es noch weit bis zur Grenze?

— Bis zu welcher Grenze?

— Na ... bis zu der nach Kenya.

— Junger Mann, sagt er und lächelt, sehen Sie aus dem Fenster, dort hinten, sehen Sie das?

— Den Berg da?

— Das ist der Mount Kenya und das bedeutet, in weniger als zwei Stunden sind wir in Nairobi. Die Grenze liegt schon lange hinter uns.

— Ach.

— Ihren Schlaf möchte ich haben.

Er klappt das Buch wieder auf und liest weiter. Ich hab die Grenze verschlafen? Gut! Das mach ich in Zukunft immer so. Ich lehn mich zurück, streck die Beine aus und guck mir den Berg an. Ganz schöner Brocken.

Nach anderthalb Stunden sind wir an den ersten Lagerhallen, Fabriken und Parkplätzen vorbeigefahren. Zu beiden Seiten Stahlträger mit riesigen Reklametafeln. Aus drei Spuren wurden vier, aus vier wurden fünf. Abfahrten, Auffahrten, Brücken und Tunnel, der Verkehr wurde immer dichter. Am Horizont stand ein Gebirge aus Hochhäusern.

Wir nähern uns dem Zentrum. Breite Straßen, teure Geschäfte, Menschen in Eile. Es wird Abend und die ersten Lichter gehen an. Das alles sieht beeindruckend aus, aber nach Tunis, Kairo und Addis wirft mich das nicht mehr um. Auch an so was kann man sich gewöhnen.

Am Busbahnhof folge ich den Wegweisern zum Sunrise Hotel und keine Viertelstunde später bin ich in meinem Zimmer. Das sieht fast so aus wie in dem anderen Hotel. Bisschen einfallslos, denke ich, aber gut für mich, keine Überraschungen.

Einen Unterschied gibt es allerdings und das ist der Blick aus dem Fenster! Inzwischen ist es dunkel und vor mir liegt ein Lichtermeer, bis zum Horizont. Es schimmert, glitzert und funkelt. Die Hochhäuser strecken sich wie leuchtende Finger in die Nacht.

Beim Frühstück sitz ich gerade vor meiner dritten Tasse Kaffee, da hör ich was. Hinter dem Geklapper von Tellern und Tassen, dem Gerede an den Nachbartischen und dem Gedudel aus den Lautsprechern in der Decke, da ... Sind das, denke ich und mach die Augen zu, ... Glocken? Kirchenglocken?

Natürlich, es ist Sonntagmorgen und die Leute gehen in die Kirche. Wann war ich das letzte Mal im Gottesdienst? Das krieg ich nicht mehr zusammen. Dann wird's ja Zeit, Grund zum Danken hab ich mehr als genug. Nach dem ganzen Scheiß, der hinter mir liegt, sitz ich trotzdem hier und übermorgen bin ich am Ziel. Unglaublich, denke ich, trink aus und steh auf.

Die Kirche steht am Ende der nächsten Straße, ein Backsteinbau mit einem spitzen Turm. So hat unsere Kirche vielleicht auch mal ausgesehen, denke ich, vor dem Krieg.

— Schön, dass Sie da sind, sagt der Pfarrer, er steht in der Tür und schüttelt mir die Hand.

— Find ich auch, sag ich und denke, wenn du wüsstest.

Ich setz mich in die letzte Reihe. Die Kirche ist groß, alles ist frisch renoviert, der Boden blitzblank und auf den Bänken liegen Kissen, schön weich. In den Reihen vor mir sitzen weniger als zehn Leute und alle sind älter als ich. Ist doch komisch, denke ich und rück das Kissen zurecht, ich bin dankbar dafür, dass ich's bis hierher geschafft hab. Aber diejenigen, die das Glück haben, immer schon hier zu leben, sollten die nicht erst recht dankbar sein? Die Kirche müsste gerammelt voll sein. Na ja, vielleicht zeigen die das nur anders.

Langsam bin ich zur Ruhe gekommen. Was gewesen war und was noch kommen würde, auf die eine oder andere Weise, alles fiel ab von mir. So, wie die Eiszapfen von der Dachrinne fallen, wenn es taut. In dieser einen Stunde hab ich mich so leicht gefühlt wie schon lange nicht mehr.

Ich nehm einen anderen Weg zurück, über mir rauschen die Bäume. Ganz für mich schlendere ich den Gehweg lang und guck mir die Häuser an, als ich aus dem Augenwinkel sehe, wie ein Hörnertaxi von hinten kommt. Scheiße, denke ich, das ... was bin ich für ein Schwachkopf! Ich hab keine Papiere und kein gar nichts, aber seh mir in aller Ruhe die Stadt an! In einer Gegend, wo sonst keiner unterwegs ist. Das ist ja wie 'ne Einladung für die, gedruckt mit Blödheit auf Idiotenpapier. Das ... die Bullen fahren vorbei und biegen an der nächsten Ecke ab. Ich muss mich an einen Baum lehnen, meine Beine sind wie Pudding und mein Herz schlägt mir bis zum Hals.

Auf dem schnellsten Weg bin ich zurück ins Hotel und gleich in mein Zimmer, meine Hände waren immer noch feucht. Ich hab mich aufs Bett gelegt und gedacht, weil alles so glatt lief in letzter Zeit, hab ich mich schon sicher gefühlt, zu sicher. Manchmal vergess ich, dass alle anderen schwarz sind und nur ich weiß bin. Aber sie vergessen es nicht und deshalb beweg ich mich hier auf ganz dünnem Eis. Ein falscher Schritt und das war's. Das muss ich mir immer vor Augen halten.

Als ich morgens aufgewacht bin, platterte der Regen gegen die Scheiben und ich hab gedacht, hat Li Yang nicht gesagt, die Regenzeit ist vorbei? Das Frühstück hab ich mir gespart, ich bin gleich runter und in den Bus. Wir haben Stunden gebraucht, um aus der Stadt rauszukommen, und der Regen ließ nicht nach. Auf der Autobahn war alles grau in grau, die anderen Karren rauschten an uns vorbei und zogen einen feuchten, schmutzigen Schweif hinter sich her. Am späten Vormittag hörte der Regen mit einem Mal auf und die Sonne kam raus. Zwanzig Minuten später fahren wir an einem großen Schild vorbei, in der Mitte ist ein Wappen und darunter steht *KARIBU TANGANYIKA*.

37

Hinter der Grenze wurde das Land trocken und staubig. Es war flach, doch am Horizont erhob sich eine Reihe von Bergen. Einer überragte sie alle und auf seinem Gipfel lag Schnee. Das musste der Kilimandscharo sein.

Als ich in Berlin noch Taxi gefahren bin, hat mal einer von den Bongos ein Buch auf dem Rücksitz vergessen. Die Geschichten waren auf Englisch und ich hab mich damit abgequält, um die Sprache zu lernen. Eine spielte in Afrika. Ich weiß nicht mehr, wie sie hieß oder wer sie geschrieben hat, aber ich weiß noch genau, wie sie anfing.

Der Kilimandscharo ist ein schneebedeckter Berg, 19.710 Fuß hoch, und es wird gesagt, er ist der höchste Berg Afrikas. Sein westlicher Gipfel wird von den Massai »Ngàje Ngài« genannt, das Haus Gottes. Dicht beim westlichen Gipfel liegt das getrocknete und gefrorene Gerippe eines Leoparden. Niemand konnte erklären, was der Leopard in dieser Höhe gesucht hat.

— Was meinst du, hat Iwan gesagt, als ich ihm davon erzählt hab, was wollte der da oben?

— Er wollte zum Gipfel.

— Ja klar, aber warum? Um mal runterzugucken?

— Er wollte zum Haus Gottes, glaub ich.

— Um was zu finden? Vergebung? Unsterblichkeit? Ewige Futterquellen?

— Keine Ahnung. Vielleicht findet da jeder das, was er sucht. Was er eigentlich sucht.

— Hat aber nicht geklappt.

Nein, hab ich gedacht und hoch zum Gipfel geguckt, hat nicht geklappt. Aber er hat's zumindest versucht.

Der Verkehr nahm zu, die Autobahn führte durch ein großes Industriegebiet, danach wurde es wieder ruhiger. Wir sind kilometerweit gefahren, ohne ein Haus zu sehen, und nur selten kam eine Abfahrt. Das Land war flach bis zum Horizont, die Büsche staubig grün oder vertrocknet und das Gras gelb. Die paar Bäume sahen alt aus und ihre Kronen waren breit und ausladend.

Der Busbahnhof von Dodoma lag am Rand der Stadt. Als ich nach einer weiteren Nacht im Sunrise Hotel dorthin komme, wo mein Bus stehen soll, wartet da eine Dame von Simba Lines, sie sieht müde aus.

—Guten Morgen, sagt sie, wir bitten um Entschuldigung, aber aufgrund einer technischen Störung wird der Bus heute voraussichtlich erst in einer Stunde abfahren.

—Kein Problem, sag ich und denke, da fühle ich mich gleich wie zu Hause und das will ich ja auch, irgendwann.

Es hat schließlich anderthalb Stunden gedauert, bis es losging. Die anderen haben geschimpft oder aufgeregt telephoniert, aber ich hab nur gegrinst. Unterwegs sind wir an einem großen See vorbeigekommen, die Berge am anderen Ufer waren bewaldet und die Sonne glitzerte in den Wellen. Gegen Mittag sind wir auf eine andere Autobahn gestoßen, die kam aus Dar es Salaam, der Hauptstadt von Tanganyika. Die drei Spuren waren voll in beide Richtungen. Hinter der nächsten Abfahrt kam ein Schild und ganz oben stand *Mbeya – 335 km.*

Linker Hand ragten Berge auf, aber rechts hatte man einen weiten Blick auf ein endloses, grünes Land. Die Wolken hingen am Himmel wie an einer Wäscheleine, eine Leine nach der anderen, bis zum Horizont. Schließlich kam eine Bergwand in Sicht. Bestimmt hundert Meter hoch. Wir sind darauf zugefahren und ich hab gedacht, das sieht aus wie eine Steilküste, nur dass wir nicht auf'm Meer sind. Verrückt. Und kein Ende zu sehen.

Der Verkehr nahm zu, bald war alles dicht und wir sind nur

noch im Schneckentempo vorangekommen. Von der Stadt war nicht viel zu sehen, denn zu beiden Seiten der Autobahn standen hohe, graue Wände. Nach einer Ewigkeit sind wir abgefahren und zehn Minuten später waren wir am Busbahnhof. Der war nicht so groß wie der in Nairobi, aber ein Betrieb! Wir waren gerade ausgestiegen, da fuhr unser Bus schon weiter und der nächste kam an.

— Ich möchte nach Matema, sag ich zu dem Mann an der Information, können Sie mir–

— B 12, sagt er und guckt hoch zu der großen Uhr, aber der ist gerade weg. Der nächste fährt in einer Stunde.

— Bis ich dort ankomme, ist es schon dunkel, oder?

— Tja, wenn Sie nicht zufällig den Lauf der Sonne anhalten können?

Er zwinkert mir zu und ich denke, nun bin ich schon so lange unterwegs, da kommt's auf eine Nacht mehr oder weniger nicht an. Das war ja auch der Plan, einen Gutschein hab ich noch und vor allem, wie oft hab ich mir schon ausgemalt, wie ich in Matema ankomme? Das will ich genießen, in aller Ruhe und bei Tageslicht.

Ich hab gut gefrühstückt und den Bus um neun genommen. Das wär was für Hans, hab ich gedacht und mich hinten hingesetzt. Da könnte er mal sehen, wie butterweich diese Kisten sich fahren, wenn sie neu sind. Andererseits, die Bongos würden staunen, wenn sie wüssten, was ihre Karren noch alles leisten, nachdem sie hier schon ausrangiert wurden.

Der Bus hat noch drei Mal angehalten, dann ging es hoch in die Berge und auf der anderen Seite wieder runter. Das Grün wurde üppig und die Blätter riesig, manchmal waren die Pflanzen so hoch, dass wir wie durch einen Tunnel gerauscht sind. Aus den Bergen wurden Hügel und auf einer Anhöhe hab ich ihn zum ersten Mal gesehen – den See!

Keine Stunde später sind wir durch eine Allee gefahren, Palmen zu beiden Seiten. An der Straße stand eine Holztafel, geschützt durch ein kleines Dach, und auf der Tafel stand in schlichten, weißen Buchstaben *Karibu Matema*. Ich war angekommen.

38

Zu beiden Seiten der Straße stehen weiße Villen, etwas zurückgesetzt und in großen Gärten. Der Bus hält an einem runden Platz, in der Mitte plätschert ein Springbrunnen, umgeben von roten und gelben Blumen. Alle steigen aus, ich bin der Letzte. Die Tür schließt sich hinter mir, der Bus fährt los und die Leute verschwinden in verschiedene Richtungen.

Jetzt geh ich erst mal zum Wasser, denke ich und guck mich um. Das ist ausgeschildert, ich geh die Straße runter und an der Kreuzung nach rechts. Es sind kaum Leute unterwegs und nur ein paar Autos. Ist ja auch vormittags und mitten in der Woche, denke ich und guck mir die Schaufenster an. Feine Anzüge, Abendkleider, Handtaschen, Uhren und Schmuck. Keine Preise.

Am Ende der Straße ist eine breite Treppe und als ich oben bin, kann ich's nicht fassen! Das ist genau der Blick von der Postkarte, die Roller mir geschickt hat vor ... wie viel Jahren? Eine blaue Bucht mit einem weißen Strand in weitem Bogen. Eine breite Promenade mit Palmen und Palästen. Am anderen Ufer hohe Berge.

Diese Karte hatte ich immer bei mir und die hat einiges mitgemacht. Doch eines Tages war sie verschwunden und ich hab mich schwarzgeärgert. Aber nun hab ich sie zurück, und zwar in echt!

Ich schlendere die Promenade lang und denke, das alles ist so wunderbar und wunderschön – und ich bin hier! Kaum zu glauben. Ich bleib stehen und guck auf den See. Weit draußen sind drei Segelboote auf dem Wasser. Ja, ich bin angekommen. Richtig, wirklich und tatsächlich!

Jetzt muss ich nur noch Roller finden, der wird Augen machen. Wer weiß, vielleicht kommt er mir ja gleich entgegen. Arm in Arm mit seiner Freundin und wie Graf Koks. Bei Roller kann man nie wissen. Aber darauf wetten würde ich nicht und ist sowieso besser, wenn ich hier verschwinde. Denn auf der ganzen Promenade bin ich das einzige Weißbrot und noch so 'n Ding wie in Nairobi will ich mir nicht leisten.

Ich nehm die nächste Treppe und geh die Straße runter. Drei Häuser weiter bringt eine Frau den Müll raus, dünn wie 'ne Bohnenstange, rote Haare und das Gesicht voller Sommersprossen. Ich schätze, die Weißbrote kennen sich untereinander, denke ich und leg einen Schritt zu, so groß ist der Ort ja nicht.

— Entschuldigung, kann ich Sie was fragen?

— Machen Sie doch schon, sagt sie und bleibt stehen.

— Das stimmt, sag ich und denke, na großartig.

— Und?

— Kennen Sie vielleicht einen Jochen Roller?

— Nein.

— Aha. Trotzdem danke.

Ich geh weiter und–

— Sind Sie Deutscher? Und der, den Sie suchen, der auch?

— Ja.

— Gehen Sie mal zum *Pumpkin* und fragen nach Erich, der ist auch Deutscher.

— Wohin?

— *Blue Pumpkin*, das ist ein Restaurant in dieser Straße.

Zwei Kreuzungen weiter kommt der Laden, sieht edel aus, aber hat noch zu. Neben dem Haus ist eine Einfahrt, dort steht einer und raucht.

— Du bist nicht zufällig Erich?

— Volltreffer, sagt er und grinst. Was kann ich für dich tun?

— Ich such einen Kumpel von mir, Jochen Roller? Schon mal gehört?

— Na aber! Die alte Hundelunge.

— Weißt du, wo er ist?

— Nicht genau. Zuletzt war er drüben im *Mamba*, das ist die angesagteste Bar hier. Stand hinter'm Tresen und hat gut kassiert. Soweit ich weiß, hatte er da schon den gelben Schein in der Tasche. Keine Ahnung, wie er das gemacht hat.

— Was für'n gelben Schein denn?

— Bist du neu hier? Dann geb ich dir mal die Kurzfassung. Also, es gibt den grünen Schein, mit dem darfst du sechs Monate bleiben, aber nicht arbeiten. Es gibt den blauen Schein, mit dem darfst du auch sechs Monate bleiben und du darfst arbeiten. Dann gibt es noch den gelben Schein, mit dem darfst du fünf Jahre bleiben und arbeiten. Die Krönung ist eine richtige Aufenthaltsgenehmigung, so für immer, aber das kannst du vergessen.

— Und welchen Schein hast du?

— Gar keinen Schein, sagt er und lacht, ich ... wozu willst das wissen?

— Keine Sorge, ich such nur meinen Kumpel.

— Dann ist ja gut. Wie gesagt, ich hab keine Ahnung, wie er das gemacht hat, aber wenn du ihn kennst ...

— Roller ist 'n schlauer Hund.

— Na aber! Von einem Tag auf den anderen hat er im *Mamba* aufgehört und gesagt, er geht nach Mbeya. Hat da eine Stelle mit fettem Gehalt und allem Drum und Dran. Und das nicht irgendwo, sondern im *Mbeya Peak*, das beste Hotel am Platz. Mehr weiß ich auch nicht, aber ich denke, er ist noch da. Und sitzt bestimmt nicht auf der untersten Sprosse der Leiter.

— Vielleicht gehört ihm der Laden inzwischen, sag ich und muss grinsen.

— Kann man nicht ausschließen, sagt er und lacht, nicht bei Roller. So, ich muss wieder. Grüß ihn von mir und wenn er was Schönes hat für mich, jederzeit.

Er geht rein und ich denke, wenn Roller in Mbeya ist, was soll ich in Matema? Das alte Schlitzohr, er hat's wirklich geschafft, und zwar richtig! Das auf der Postkarte war nicht gelogen. Hab ich auch nicht geglaubt, sonst wär ich kaum hier. Vielleicht, dass er ein bisschen übertreibt, das schon. Aber von wegen! Mein alter Kumpel sitzt hier fest im Sattel und das auf dem besten Pferd. Da wird sich doch für mich ein Pony finden.

Kurz vor fünf war ich wieder in Mbeya und hab gedacht, die Nacht schlaf ich noch im Sunrise Hotel, denn heute werd ich nichts mehr unternehmen. Von dem, was ich in Addis gespart hab, ist dann nicht mehr viel übrig, aber was soll's! Morgen Abend kann ich bei Roller pennen. Ich hatte Sorge, dass sie nach meinen Papieren fragen, doch das hat keinen interessiert.

Am nächsten Morgen bin ich zum Mbeya Peak Hotel. Das war nicht schwer zu finden, denn jeder kannte das und es war nicht zu übersehen. Im Zentrum der Stadt gab es viele Hochhäuser, aber das Mbeya Peak hat sie alle überragt. Nur die Berge im Hintergrund waren noch höher.

Das Hotel liegt an einer breiten Straße, in der reiht sich ein Geschäft ans andere, alle von der edelsten Sorte. Es hat eine eigene Auffahrt, geschwungen und überdacht. Die Türen glänzen wie Gold und sind blank poliert. Davor liegt ein breiter, dunkelroter Teppich. Eine schwarze Limousine fährt vor und drei Männer in Frack und Zylinder setzen sich in Bewegung. Einer hilft der Dame aus dem Wagen, ein anderer hält ihr die Tür auf und der dritte wuchtet drei Taschen aus dem Kofferraum.

Hier also arbeitet mein alter Kumpel Roller, denke ich und setz mich auf eine Bank gegenüber. Das gibt's nicht! Ich hab schon einiges erwartet, aber so was? Wenn uns das früher einer gesagt hätte, Mannomann! Ich seh Roller noch, wie wir durch die Trümmerberge kraxeln, er mit seinen ewig aufgeschlagenen Knien. Oder das mit der Handgranate, meine Fresse! Oder als wir Kohlen geklaut haben, in Lichtenberg. Aber jetzt? Nobel geht die Welt zugrunde.

Allerdings, wenn er hier arbeitet, wird er kaum vorne rauskommen, denke ich und steh auf. Ich muss den Eingang fürs Personal suchen und da auf ihn warten. Der wird den Mund nicht mehr zukriegen, wenn er mich sieht!

An der Rückseite vom Hotel geht eine schmale Straße lang und neben der Einfahrt zur Tiefgarage finde ich, was ich suche. Ich stell mich gegenüber hin und rauch eine. Die Bongos kommen und gehen, auch ein paar Weißbrote, doch Roller ist nicht dabei. Aber er wird schon kommen, denke ich, und heute Abend lassen wir's krachen!

Ich hab den ganzen Vormittag gewartet und den halben Nachmittag. Meine Beine taten weh und die Kippen waren alle. Ich wollte gerade in den kleinen Laden nebenan gehen, um mir eine neue Schachtel zu kaufen, da ... das ist er! Auf jeden Fall! Mann, sieht der gut aus. Feiner Anzug. Und die Krawatte, Donnerwetter! Neue Frisur, steht ihm, aber ich erkenn doch meinen alten Kumpel.

— Hey, Roller!, sag ich und lehn mich an die Wand. Weißt du noch, wer ich ... schuldigung!

Ich stell mich richtig hin.

— Entschuldigung, ich hab Sie mit jemandem verwechselt, tut mir leid.

— Kein Problem, sagt der Mann, der wie Roller aussieht, das passiert mir nicht zum ersten Mal.

— Dann kennen Sie ihn? Jochen Roller?

— Natürlich.

— Wissen Sie, wann er Feierabend hat?

— Leider nicht, denn er arbeitet nicht mehr hier, schon seit längerer Zeit nicht mehr.

— Und wo ... wo ist er jetzt?

— Keine Ahnung. Er hatte eine gute Position im Hotel, aber von einem Tag auf den anderen ist er nicht mehr gekommen, niemand weiß warum. Aber keine Sorge. So, wie ich ihn kenne, hat er bestimmt etwas Besseres gefunden. Oder eine reiche Witwe geheiratet.

Der Mann grinst und zwinkert mir zu.

—Wissen Sie vielleicht, wen ich fragen könnte?

—Es gibt eine Bar, sagt er und guckt auf die Uhr, in der treffen sich die Deutschen. Möglicherweise weiß dort jemand etwas, die Welt ist klein.

—Wo ist das, diese Bar?

—Am Ende der Mbalizi Road, in der letzten Querstraße. Das Lokal heißt ... keine Ahnung, tut mir leid. Aber Sie können den 244er Bus nehmen, der fährt in diese Richtung. Viel Glück und einen schönen Gruß an Jochen.

In dieser Querstraße lag eine Bar neben der anderen. Großartig, hab ich gedacht, soll ich jetzt in jede einzelne gehen und gucken, ob da ein paar Landsleute hocken? Dafür brauch ich ja bis zum Jüngsten Tag und – nein, brauch ich nicht, schon gefunden!

Der Laden, das war nur ein Fenster und eine Tür und darüber stand in braunen, schwungvollen Buchstaben ein einzelnes Wort: *MAMPE*. Wie war das?, hab ich gedacht und bin über die Straße gegangen. Früher gab's diesen Optiker, *Ruhnke*. Die Firma hatte alle Kriege überlebt und ihr Spruch war: *Sind's die Augen, geh zu Ruhnke*. Aber was hat der olle Krüger draus gemacht? *Sind's die Augen, geh zu Mampe, gieß dir einen auf die Lampe. Brauchst nicht mehr zu Ruhnke gehen, kannste alles doppelt sehen*. Der mit seinen Sprüchen, denke ich und mach die Tür auf.

Die Bude ist gerammelt voll und die Luft zum Schneiden dick. An den Wänden hängen Postkarten aus Berlin, Köln und Hamburg. Die Kundschaft besteht nur aus alten Säcke, in einer Ecke hocken drei zusammen und kloppen Skat. Die haben sich ja 'ne schöne Stampe hier aufgebaut, denke ich und drängel mich durch zum Tresen.

— Was willste?, sagt der Mann hinter'm Tresen und guckt mich an. Bierchen für die Nierchen?

— Nehm ich eins.

— Groß oder klein?

— Klein erst mal und 'ne Frage.

— Was'n?, sagt er und fängt an zu zapfen.

— Ich such 'n Kumpel von mir, Jochen Roller, schon mal gehört den Namen?

— Kann sein, aber ... nee, kenn ich nicht.

— Kennt den vielleicht sonst einer?

Ich reck den Kopf, damit mich alle hören und sehen können.

— Jochen Roller? Aus Berlin?

Die Männer am Tresen schütteln die Köpfe.

— Gar keiner? So viele Deutsche wird's doch hier nicht geben?

— Jungchen, sagt der Mann hinter'm Tresen und schiebt mir mein Bier rüber, in dieser Stadt wohnen mehr als vier Millionen Menschen. Denkst du, da kennt jeder jeden?

— Aber ich meine–

— Versuch's mal am Bahnhof, sagt einer hinter mir.

— Sie kennen ihn?, sag ich und dreh mich um.

— Ich hab da so was läuten hören.

— Karl, du hörst doch immer irgendwas läuten, sagt der Mann hinter'm Tresen, halt lieber die Schnauze.

— Halt du doch die Schnauze!

— Sie haben also was gehört, sag ich und schieb mich zwischen die beiden, arbeitet er da?

— Gewissermaßen.

— Was heißt das denn?

— Gewissermaßen heißt gewissermaßen und jetzt lass mich in Ruhe.

— Ja, sagt der Mann hinter'm Tresen, lass ihn in Ruhe.

— Schönen Dank auch.

Ich trink mein Bier aus, leg die Kohle auf'n Tresen und geh zur Tür. Was für Affen, denke ich, kann man sich nicht gegenseitig helfen? Wir sitzen doch alle in einem Boot.

Es ist schon dunkel, als ich vor dem Bahnhof stehe. Eine lange Front aus Glas, hell erleuchtet. Oben strahlt in blauen Buchstaben *TAZARA – MBEYA*. Über die breite Treppe strömen die Leute rein und raus, die Drehtüren stehen nicht einen Moment still und am Fuß der Treppe warten die Taxis in zwei Reihen, Wagen für Wagen rücken sie vor.

Wahrscheinlich ist drin ein Restaurant, denke ich, und dort wird Roller arbeiten. In Matema war er in einer Bar und hier im Hotel, das passt doch. Aber weil er vom Mbeya Peak bestimmt nur weg ist, weil er was Besseres gefunden hat, wird er hier kein einfacher Kellner sein, sondern ... deshalb hat der Heini gesagt, *gewissermaßen*. Denn er arbeitet nicht mehr selbst, er lässt arbeiten. Roller als Chefchen? Das kann ich mir gut vorstellen und–

— Na Bruder? Was willst du hier? Kaufen oder verkaufen?

Ein bulliger Kerl steht neben mir und guckt mich an. Solche Typen kenn ich aus Berlin zur Genüge und auch diesen Blick.

— Kein Problem, Mann. Ich will gar nichts. Ich steh hier bloß und warte auf'n Kumpel. Und wenn er da ist, gehen wir, keine Sorge.

— Na gut. Dein Kumpel, wie heißt der denn?

— Glaub nicht, dass du den kennst.

— Das lass mal meine Sorge sein. Also?

Von mir aus, denke ich, sonst werd ich den nicht los.

— Jochen Roller heißt der.

— Roller?, sagt der Kerl und grinst. Na und ob ich den kenne. Du bist 'n Kumpel von ihm?

— Genau. Noch aus Berlin.

— Da wird er sich ja freuen.

— Weißt du denn, wo ich ihn finde?

— Sicher doch. Siehst du die Straße da hinten, neben dem Bahnhof? Da hat er sein Büro.

Sein eigenes Büro, denke ich und muss grinsen. Ich glaub's ja nicht! Jetzt werd ich mal anklopfen beim großen Chef und zugucken, wie er aus'm Sessel fällt. Der hat ja keine Ahnung!

— Ja, dann ... danke.

— Kein Problem, ich helf gern.

Er grinst und ich geh los. Hinter der Glasfront laufen die Bongos mit Koffern hin und her, zwei umarmen sich und ein Opa wird im Rollstuhl geschoben. Ich bieg ein in die Straße, die er gemeint hat. Die ist schmal, alle paar Meter brennt eine müde Funzel. Es stinkt nach Pisse und ich denke, der hat mich doch verarscht. Zwanzig Meter vor mir streiten sich zwei.

Einer hat 'ne Flasche in der Hand und der andere fuchtelt mit den Armen rum. Schließlich nimmt er die Arme runter, beugt sich vor, brüllt was und spuckt aus. Der mit der Flasche dreht sich um und humpelt auf mich zu. Er kommt ins Licht und ...

Nein, denke ich, das kann nicht sein, niemals! Das ... ich hab heute schon mal einen verwechselt, ich ... das kann er auf keinen Fall sein!

— Was willst du von mir? Verpiss dich!

— Roller? Bist du das?

— Was willst du? Ich hab selber nichts mehr. Ihr könnt mich alle mal am Arsch lecken, ihr Scheißwichser!

— Roller, ich ... erkennst du mich nicht?

Ich geh dahin, wo ein bisschen mehr Licht ist, und Roller kneift die Augen zusammen. Sein Gesicht sieht schief aus und was er anhat, sind Lumpen.

— Brenner? Also, dieser Stoff wirkt länger, als ich gedacht hab. Nicht schlecht ... und trotzdem alle, Scheiße!

— Nein, das ... ich bin's wirklich. Ich bin hier!

Er kommt näher ran, guckt mich von oben bis unten an und

schüttelt den Kopf. Kommt noch näher ... und im nächsten Moment fällt er mir in die Arme! Drückt mich, die Tränen laufen ihm runter, er schluchzt und zittert.

—Ist ja gut.

—Mann ... Brenner, ich ... tut mir leid.

—Was genau? Dass du mich nicht vom Bus abgeholt hast? Oder dass du stinkst wie 'n Iltis?

Er löst sich von mir, grinst und zieht den Rotz hoch. Ja, denke ich, das ist er auf jeden Fall. Bisschen mitgenommen, aber immer noch Roller. Und immer noch mein Kumpel.

—Mensch, das ..., sagt er und wischt sich den Rotz von der Nase, was machst du denn hier?

—Du hast mich eingeladen, schon vergessen?

—Ach das. Na ja, und ... und jetzt bist du hier.

—So sieht's aus.

—Alter, sagt er und drückt meine Hand, ich freu mich, dich zu sehen. Glaubst du gar nicht.

—Ich freu mich doch auch.

—Und Berlin?, sagt er und lässt meine Hand los. War doch alles Scheiße, oder?

—Am Ende, ja.

—Hab ich doch gleich gesagt.

—Das hast du. Aber egal, jetzt fang ich hier noch mal neu an, ganz einfach.

—Ja, ganz einfach.

—Na ja, nicht so einfach, schon klar.

—Doch, sagt er und legt mir den Arm um die Schulter, kein Problem. Du schaffst das. Und wie ich dich kenne, hast du das alles schon geplant, oder?

—Eigentlich wollte ich–

—Kenn dich doch. Mein alter, mein bester Kumpel. Und ... du hast bestimmt auch so 'n bisschen Startkapital in der Tasche, oder?

— Nee, da muss ich dich enttäuschen.

— Jetzt erzähl mir doch keinen Scheiß, komm schon!

— Ich hab wirklich nichts mehr. Vielleicht noch 'n paar Kröten oder so, aber das war's. Ich hab ja–

— Du willst mir nur nichts geben, sagt er und grinst, he?

— So ein Quatsch.

— Das ist kein Quatsch, sagt er und schubst mich weg, du Arschloch! Du geiziges Arschloch!

— Roller, was soll das denn? Ich hab wirklich nichts, ich–

— Jetzt gib mir die Kohle, los! Ich ... ich brauch das, bitte! Du bist doch mein Kumpel. Und ... und du kriegst alles wieder, mit Zinsen. Versprochen!

— Aber ich hab tatsächlich nichts, glaub mir!

— Du ..., sagt er und die Spucke läuft ihm aus dem Mund, dann verpiss dich, du Drecksack!

— Aber ...

— Verpiss dich, hab ich gesagt. Du kannst mich auch am Arsch lecken, alle können mich mal am Arsch lecken!

— Mensch, Roller, jetzt–

Die Flasche fliegt an meinem Kopf vorbei und zerdeppert auf dem Pflaster.

— Bist du bescheuert?

— Gib mir die Kohle jetzt. Oder ich stech dich ab!

Er steht vor mir, in der linken Hand ein Messer und sein Blick ist starr.

— Ist ja gut, sag ich und heb beide Hände, alles kein Problem, ganz locker.

Ich geh rückwärts, immer einen Schritt nach dem anderen, ganz langsam. Am Ende der Straße warte ich noch einen Moment. Roller steht da, die Klinge in der Hand, er schwankt ein bisschen. Ich dreh mich um und geh den Weg zurück, den ich gekommen bin. Alles ist verschwommen.

39

— Und, war der alte Roller noch im Büro?

Der bullige Kerl lehnt an der Hauswand und grinst.

— Du Arsch, sag ich und wisch mir das Nass von der Wange.

— Immer langsam, sagt er und stößt sich von der Wand ab, das ist nicht meine Erfindung. Er selbst hat das so genannt, als er da noch Stoff vertickt hat.

— Das auch noch? Mann, wie konnte das denn ... das alles! Ich hab doch gehört, ihm geht's bestens. Und jetzt das, diese ganze Scheiße!

— Willst du lieber die lange oder die kurze Version hören?

— Ich weiß nicht, ob ich überhaupt was davon hören will.

— Also die Kurzfassung. Hier, rauch erst mal eine, dann geht's dir schon besser.

Ich nehm den ersten Zug, der donnert rein.

— Soweit ich weiß, ist der alte Roller schon vor 'n paar Jahren hier angekommen. Zuerst war er in Matema. Hat hier und dort gearbeitet, alles schwarz natürlich. Eines Tages aber hatte er einen schönen neuen Pass und alle Papiere, die man braucht. Damit konnte er richtig loslegen, zuerst im *Golden Bay* und danach im *Mamba*, das ist–

— Kenn ich.

— Willst du lieber erzählen?

— Ist ja gut.

— Das ist ein teurer Laden und der Besitzer hat Verbindungen zum Mbeya Peak, kennst du das auch?

— Ja.

— Na, auf diese Weise hat er einen hübschen Posten da gekriegt und alles lief, wie du gesagt hast, bestens. Unser alter Roller hat richtig Karriere gemacht und ein Ende war nicht in Sicht. Bis seine albanischen Freunde ins Spiel kamen. Ich schätze, die kennst du noch nicht, oder?

— Nein.

— Die hatten ihm damals Pass und Papiere besorgt, alles gefälscht natürlich. Nun standen sie vor der Tür und haben ihm ein Geschäft vorgeschlagen. Er spielt hin und wieder den Kurier für sie und dafür bleibt das mit den Papieren ihr kleines Geheimnis. Die Herrschaften sind nicht dumm, verstehst du? Die warten in Ruhe ab, bis einer was zu verlieren hat und erst dann machen sie den Sack zu.

— Ich kenn das Gefühl.

— Kenn ich auch, aber das ist 'ne andere Geschichte. Jedenfalls, der alte Roller hatte was zu verlieren und deshalb ...

Er breitet die Arme aus und seufzt.

— Diese Kurierdienste, sag ich und nehm einen Zug, da ging's um Stoff, oder?

— Wenn's was anderes gewesen wäre, wer weiß, vielleicht wär immer noch alles bestens. Aber er konnte der Versuchung nicht widerstehen und musste probieren. Tja, und wie das mit dem Zeug so ist, es blieb nicht beim Probieren. Er hat regelmäßig was abgezweigt und gedacht, die merken das nicht. Das war ein Irrtum.

Er steckt sich auch eine an, zieht tief durch und bläst den Rauch in die Nacht.

— Sie kamen nachts, zu viert. Haben die Tür eingetreten und ihn fertiggemacht. Nicht nur als Strafe, sondern damit alle mal wieder wissen, wie's läuft. Es hat Wochen gedauert, bis er wieder laufen konnte, einigermaßen. Als er nur noch jeden zweiten Tag Blut gepisst hat, standen die Herrschaften wieder vor der Tür und haben ihm ein neues Geschäft vorgeschlagen. Entweder vertickt er ihren Stoff oder sie besuchen ihn noch mal.

— So eine Scheiße.

— Allerdings hatten sie nicht viel davon, denn er hat sie zwar nicht beschissen, aber er war selbst sein bester Kunde, verstehst du? Deshalb hat's nicht lange gedauert und sie haben ihn fallen lassen wie 'n faulen Apfel. Und danach? Du hast ja gesehen, was los ist und wohin die Reise geht. Das dauert nicht mehr lange, dann liegt der alte Roller auf'm Müll und die Maden kriechen ihm durch die Nase rein und kommen an den Ohren wieder raus.

— Danke für die Kippe, sag ich und schmeiß den Stummel weg, ich ... ich muss mich mal hinsetzen.

— War'n bisschen stark für dich?

Ich geh quer über die Straße. Ein Taxi fährt mich fast über'n Haufen, der Fahrer hupt und schimpft. Ein anderes Auto blendet auf, scheißegal. Auf dem Gehweg stehen Bänke aus Metall. Ich setz mich hin. Vor mir laufen die Bongos hin und her, mit Koffern und Taschen. Dahinter fahren die Autos und Busse, Lichter in der Dunkelheit. Ich fühl mich wie ein altes Marmeladenglas. Draußen klebt noch das Etikett dran, aber drinnen ist alles leer. Ausgekratzt.

Vor mir hält ein Bus und die Tür geht auf. Über der Tür steht *Mbeya – Matema*. Ich steig ein und kauf von meinem letzten Geld eine Fahrkarte bis zur Endstation. Ich setz mich in die letzte Reihe, die Türen gehen zu und der Bus fährt ab.

Farben, Gestalten und Lichter. Trubel und Treiben. Alles zieht an mir vorüber. Wir lassen die Stadt hinter uns, fahren hoch in die Berge und wieder runter. Die Blätter am Straßenrand sind schwarz und sehen aus wie gezackte Klingen.

Matema. Ich steig aus, geh die Straße runter und nach rechts. Lichter und Gesichter. Die Treppe rauf. Die Promenade liegt wie eine Perlenkette um die Bucht, dahinter leuchten die Paläste. Musik weht hinaus auf den See und verliert sich in der Dunkelheit.

Ich geh am Geländer lang, meine Hand streicht über das Holz, ich kann die Maserung fühlen. Ein Mann guckt mir in die Augen.

An der nächsten Treppe geh ich runter zum Strand. Ich lass mein Zeug fallen und setz mich hin. Der Sand ist kalt und feucht. Ich bin allein.

Die Musik hört auf, die Lichter gehen aus, eins nach dem anderen. Die Berge sind schwarze Schatten in der Nacht. Die Wellen schwappen ans Ufer und zwischen den Wolken funkeln die Sterne.

40

— Komm, steh auf! Bisschen zügig! Hoch jetzt!

Einer zerrt an meinem Arm. Die Sonne blendet mich und ich kneif die Augen zusammen. Ich–

— Auf die Beine! Loslos! Und hoch ... geht doch.

— Hast du Papiere? Pa – pie – re?

Zwei Bongos in Uniform gucken mich an. Wo ... was ...

— Der versteht doch nichts, sagt der Kleinere, guck dir den doch an. Scheißpack! Gibt immer mehr von denen. Aber wenn die jetzt schon bei uns am Strand sitzen, wo soll das noch hinführen?

Er holt was aus der Tasche, packt mich an der Schulter und dreht mich so, dass er hinter mir steht. Auf der Promenade lehnt ein Paar am Geländer und guckt zu. Die Haut der Frau ist dunkler als die von ihrem Mann, sie schüttelt den Kopf.

— Ich geh davon aus, sagt er und nimmt meine Handgelenke, die Sprache verstehst du, oder?

Er bindet sie zusammen und zieht zu.

— Mach nicht so fest, sagt der andere, das reicht.

— Ach was, das schadet schon nichts. Da wird er gleich wach. Und ab mit dir!

Er schubst mich zur Treppe, die Stufen rauf. Die beiden auf der Promenade gucken mich an, als ob ich 'ne Ratte wär, die tot in ihrem Flur liegt. Auf der anderen Seite die Stufen runter. Rein in die Karre und Tür zu!

Sie bringen mich auf die Wache. Schieben mich durch einen Flur, in ein Büro. Setzen mich auf einen Stuhl und bleiben an der Tür stehen. Hinter dem Schreibtisch sitzt einer, auf seinen Schultern ist ein Stern mehr als bei den anderen beiden. Er trinkt einen Schluck und stellt die Tasse neben sich.

— So, sagt er und nimmt ein Formular, dann wollen wir doch mal sehen, was du für einer bist.

Er nimmt einen Stift, zieht die Kappe ab und legt sie neben die Tasse.

— Also, wir fangen klein an und–

— Der sagt nichts. Entweder versteht er uns nicht oder er will uns nicht verstehen. Wir haben alles versucht.

— Aha, sagt er und macht den Stift wieder zu. Wenn das so ist, können wir hier wenig machen. Dafür sind wir auch nicht ausgebildet. Er muss nach Mbeya, das ist deren Sache. Die sind für solche Kandidaten zuständig.

— Sollen wir das gleich machen?

— Ja, was weg ist, ist weg.

— Und die Fessel, sollen wir die lassen oder ...

— Lasst das mal lieber so. Wer weiß, was der auf'm Kerbholz hat.

Er nickt, nimmt seine Tasse und trinkt einen Schluck. Ich muss aufstehen, sie schieben mich durch die Tür. Den Flur lang. Rein in die Karre und Tür zu. Die beiden bleiben draußen stehen und unterhalten sich. Steigen schließlich ein, der Kleinere fährt. Durch die Allee aus Palmen. Am Ende steht eine Holztafel, geschützt durch ein kleines Dach. Auf der Tafel steht *Karibu tena – Welcome again.*

Zwei Stunden später sind wir in Mbeya. Ein Innenhof, die Fenster ringsum sind vergittert. Ein langer Flur. Ein großer Raum. Ich muss mein Zeug abgeben und der Kleinere füllt ein Formular aus. Die Fessel wird durchgeschnitten, ich beweg meine Finger. Treppe rauf. Den Flur lang. Vorletzte Tür rechts. Ich geh rein, hinter mir fällt die Tür zu und der Riegel wird vorgeschoben.

Eine Weile bleib ich einfach nur stehen, dann leg ich mich auf die Pritsche und verschränk die Hände hinter'm Kopf. In der Mitte der Decke ist eine Lampe, das Glas ist vergittert. Daneben sitzt eine Spinne und guckt auf mich runter. Und jetzt?

Jetzt reiß dich gefälligst zusammen, du Blödmann! Ich spring von der Pritsche, lauf zur Wand und wieder zurück. Reiß dich zusammen und ... scheiß drauf! Scheiß auf Matema! Scheiß auf Roller! Tut mir leid um ihn, aber ... trotzdem! Dieser blöde Arsch! Vergiss, was du dir vorgestellt hast! Daraus wird nichts! Na und? Machst du eben was anderes, wird sich schon was finden!

Mann, ich hab's bis hierher geschafft! Ich hab so viel Scheiß hinter mir, aber ich hab's geschafft! Jetzt muss ich nur was draus machen. *Nur* ist gut, aber ... warum soll ich das nicht hinkriegen? Ich hab schon ganz andere Sachen gedeichselt. Aber es wird bestimmt nichts draus, wenn ich hier nur rumliege, das Maul nicht aufkriege und in Selbstmitleid bade. Damit ist jetzt Schluss!

Den Rest des Tages hab ich damit verbracht, mir meine Geschichte zurechtzulegen. Im Wesentlichen bestand sie aus dem, was ich auch in Tunesien erzählt hatte. Allerdings hab ich hier einiges geändert, da was zurechtgefeilt und dort ein paar Kanten abgeschliffen. Am Ende wurde das ganze Ding lackiert und poliert. Die halbe Nacht hab ich gebraucht, um alles auswendig zu lernen.

Am nächsten Vormittag wurde ich in ein Zimmer gebracht, keine Fenster, nur eine Deckenlampe. In der Mitte steht ein Tisch, davor steht ein Stuhl und dahinter sitzt eine Frau mit Brille. Könnte die Schwester von der sein, denke ich, die uns von Addis nach Nairobi gefahren hat, wer weiß? Die Frau hat ein paar Formulare vor sich liegen und spielt mit ihrem Stift. Mit einer Handbewegung bedeutet sie mir, dass ich mich hinsetzen soll. Der Wärter bleibt an der Tür stehen.

— So, sagt sie und klappert mit dem Stift auf der Unterlage, hier steht, Sie sagen nichts. Verstehen Sie mich überhaupt?

— Ja.

— Warum haben Sie bisher nicht geantwortet?

— Weil mich keiner was gefragt hat.

— Ach so? Nun, dann fangen wir mal an.

Ich bin schön bei meiner Geschichte geblieben und hab mich wacker geschlagen. Zwischendurch hat sie ein paar Fangfragen eingebaut, aber ich bin nicht blöd. Sie hat allerhand mitgeschrieben und gelegentlich genickt. Mein Mund war ganz trocken, als sie endlich fertig war. Sie hat noch eine ganze Seite vollgeschrieben und ich hab gewartet.

— Damit, sagt sie und legt den Stift zur Seite, ist diese Befragung so weit abgeschlossen. Haben Sie noch Fragen?

— Na ja ... was passiert jetzt?

— Nun, es ist so.

Sie nimmt die Brille ab und massiert ihre Nase an der Stelle, wo sie gesessen hat.

— Ich kann Ihren Fall hier nicht endgültig entscheiden. Was ich aber tun kann, ist Folgendes. Zunächst stelle ich Ihnen eine Bescheinigung nach *Paragraph 12, Absatz 4* des *Gesetzes zur Regelung von Einwanderungsfragen* aus. Damit erhalten Sie ein Bleiberecht für zunächst sechs Monate von heute an, Sie dürfen aber nicht arbeiten. Des Weiteren ordne ich eine *Erweiterte Einzelfallprüfung nach Paragraph 5, Absatz 7 bis 11* an. Diese Prüfung findet allerdings nicht hier statt, sondern in Dar es Salaam. Bei der nächsten Gelegenheit werden Sie dorthin verbracht, das sollte in den kommenden Tagen geschehen.

— Und wie lange dauert das, diese ...?

— Nun, eine solche Einzelfallprüfung kann durchaus einige Monate in Anspruch nehmen. Das kommt auf den Fall an. Aber das hat auch seinen Grund, denn wenn diese Prüfung positiv für Sie ausfällt, erhalten Sie eine dauerhafte Aufenthaltsgenehmigung.

— Und arbeiten darf ich auch?

— Selbstverständlich. Sie haben damit dieselben Rechte, die jeder Einwohner dieses Landes hat, aber auch dieselben Pflichten. Mit einigen Ausnahmen natürlich.

— Und meinen Sie, dass ...

— Ich treffe diese Entscheidung nicht.

— Schon klar. Aber trotzdem danke, vielen Dank.

— Sie brauchen sich nicht zu bedanken, sagt sie und setzt ihre Brille wieder auf, ich mache hier nur meine Arbeit.

Ich wurde zurück in meine Zelle gebracht und hab mich auf die Pritsche gelegt. Was, hab ich gedacht, ist gerade passiert? Ganz einfach. Ich hab die Frau überzeugt! Sonst hätte sie mir weder diesen Schein ausgestellt noch würde ich dieses Einzeldings kriegen. Und wenn ich sie überzeugen konnte, schaff ich das auch bei denen, die sich das noch mal angucken! Eine dauerhafte Aufenthaltsgenehmigung, ich glaub's ja nicht!

Zwei Tage später ging der Transport nach Dar es Salaam. Wir waren drei Weißbrote, einer in Uniform hat uns bewacht und ein anderer saß am Steuer. Wir sind morgens um acht losgefahren. Ein weites Land, ferne Berge, ein reißender Fluss. Am späten Nachmittag wurde die Natur üppig. Vor uns lag ein Meer von Palmen. Am Horizont ein schmales, blaues Band – der Indische Ozean.

Gegen sechs sind wir hier angekommen. Wir wurden in einen Raum geführt, durften uns hinsetzen und einer in Uniform hat sich vor uns aufgebaut. Er hat erklärt, was wir machen dürfen und was nicht, wo wir hindürfen und wo nicht, und was passiert, wenn wir uns nicht daran halten. Ganz wichtig war dem Mann, dass das kein Gefängnis ist, auch wenn wir nicht rausdürfen. Das hat er bestimmt zehn Mal gesagt. Wenn einer was so oft wiederholt, ist meistens das Gegenteil der Fall.

Ich musste einiges unterschreiben und hab schließlich dieses Zimmer gekriegt. Ein gutes Zimmer mit einem anständigen Bett. Am nächsten Tag gingen die Befragungen los. In der ersten Woche haben sie mich jeden Tag geholt. Ich bin bei meiner Geschichte geblieben und hab mich gut gehalten.

Ab der zweiten Woche wurde es weniger und das letzte Mal,

dass ich rübermusste, ist schon lange her. Die Frau in Mbeya hat ja gesagt, das kann dauern. Aber das ist gut, denn wenn sie mich rausschmeißen wollten, warum sollten sie damit ein halbes Jahr warten? Ich bin mir sicher, alles ist in der Spur.

Zum Glück hat Pfarrer Mowo mir diese Hefte gebracht, so hatte ich was zu tun. Jeden Tag hab ich dran gesessen und alles aufgeschrieben, mein ganzes Leben. Er musste mir dreimal Nachschub bringen, aber jetzt bin ich fertig. Am Ende bin ich da angekommen, wo ich angefangen hab, in diesem Zimmer. So schließt sich der Kreis.

41

Heute hab ich meinen Bescheid gekriegt. Kurz nach zehn hat mir einer der Wärter den Umschlag gebracht. Groß, braun und schwer. Er hat nicht gesagt, was drin ist, aber ich hab's sofort gewusst. Deshalb hab ich das Ding erst mal aufs Bett gelegt, hab mich hingesetzt und gar nichts gemacht. Hab ihn mir nur angeguckt. Wer hätte gedacht, dass das Schicksal eines Menschen in einen Umschlag passt?

Nach einer halben Stunde bin ich aufgestanden, hab mir den Umschlag genommen und ihn geöffnet, meine Hände haben ein bisschen gezittert. Drin war ein Haufen Papier, mehr als dreißig Blätter. Das ist gut, hab ich gedacht, denn um mich loszuwerden, würden sie nicht so 'n Aufwand machen.

Ich hab die Zettel durchgeblättert, einiges hab ich nicht verstanden. Blatt um Blatt, Gelaber. Ich war schon auf der vorletzten Seite und mir war immer noch nicht klar, was Sache ist – aber dann wusste ich es.

Aufgrund der o.g. Gründe wird der Antrag abgelehnt. Der Antragsteller wird zum nächstmöglichen Zeitpunkt in sein Herkunftsland überstellt. Ein Widerspruch ist aufgrund der o.g. Gründe nicht möglich.

Erst mal hab ich nichts gemacht. Hab nur dagesessen, die Zettel in der Hand. Irgendwann hab ich angefangen, sie durchzublättern, wieder und wieder. Diese o.g. Gründe, was soll das sein? Schließlich hab ich's gefunden, es stand auf Seite 14 ganz unten.

Weder ging es darum, was ich gesagt hab. Noch darum, ob das alles stimmte oder nicht. Wer ich bin oder was ich will im Leben, das spielte überhaupt keine Rolle. Sie hatten die offizielle Mitteilung aus Tunesien gekriegt, dass dort mein Antrag schon mal abgelehnt wurde – und das war's! Warum abgelehnt? Das hätte ich auch gern gewusst, ist immerhin mein Leben. Aber das stand da gar nicht! Wenn einmal über dein Leben entschieden wurde, ist jede weitere Entscheidung nur noch Formsache.

Ich bin mir sicher, Li Yang hat recht. Hier gibt es für alles Gesetze und die meisten halten sich dran. Und so wie die Frau in Mbeya, so machen auch die Leute hier nur ihre Arbeit. Aber ist es deshalb richtig, was sie machen? Oder gerecht? Nicht für mich.

Gerade war einer von den Bongos da und hat gesagt, in zwei Stunden werd ich verlegt, ich soll mein Zeug packen. Diese ganzen Hefte hier kann ich nicht mitnehmen und was soll ich auch damit? Lieber Pfarrer Mowo, ich möchte, dass Sie diesen Packen hier kriegen. Sie können damit machen, was Sie wollen. Gott segne und beschütze Sie. Ich glaube, mich hat er vergessen.

Nachbemerkung

Von Stephen Mowo, Pfarrer i. R.

Das Schicksal von Josua Brenner hat mich bewegt. Ich habe deshalb Nachforschungen angestellt, um herauszufinden, was aus ihm geworden ist, nachdem er diese Aufzeichnungen beendet und mir überlassen hat.

Kurz nachdem er die letzten Zeilen geschrieben hatte, wurde er in ein Abschiebehaftgefängnis außerhalb von Dar es Salaam verlegt. Er blieb dort zwei Wochen und wurde dann mit dem Flugzeug zurück in die *Neue Preußische Republik* gebracht. Die lokalen Behörden haben ihn in Gewahrsam genommen und zehn Tage später in ein Auffanglager für Rückkehrer überstellt. Aus den Unterlagen geht hervor, dass Josua Brenner dort für vier Monate bleiben musste, bevor er unter Auflagen entlassen wurde.

Nach der Entlassung ist er in seine Heimatstadt Berlin zurückgekehrt. Er hat diverse Gelegenheitsarbeiten angenommen, ist wieder Taxi gefahren und sein Freund Richard Lampbrecht hat ihn unterstützt. Ein halbes Jahr später ist seine Mutter an einer Typhuserkrankung verstorben. Nach ihrem Tod blieb er noch für mehr als zwei Jahre in Berlin, dann verliert sich seine Spur.

Erst Anfang letzten Jahres ist Josua Brenner wieder aufgetaucht, und zwar in Toulouse. Ein halbes Jahr später war er im Süden Portugals. Dort ging er Ende Juli an Bord eines Bootes, das Kurs nahm aufs offene Meer, um in einem weiten Bogen die marokkanische Küste zu erreichen.

Wie die meisten solcher Boote war auch dieses überladen und nicht hochseetauglich. Nach zwei Tagen auf See geriet es in einen Sturm und kenterte. Nach Angaben der marokkanischen Marine konnten von den mehr als einhundertfünfzig Personen an Bord nur zwölf gerettet werden. Josua Brenner war nicht unter ihnen.